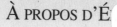

L'Autre Rivage
Tyranaël –4

DU MÊME AUTEUR

L'Oeil de la nuit. Recueil.
Longueuil: Le Préambule, Chroniques du futur 1, 1980.

Le Silence de la Cité. Roman.
Paris: Denoël, Présence du futur 327, 1981.

Janus. Recueil.
Paris: Denoël, Présence du futur 388, 1984.

Comment écrire des histoires: guide de l'explorateur. Essai.
Beloeil: La Lignée, 1986.

Histoire de la princesse et du dragon. Novella.
Montréal: Québec/Amérique, Bilbo 29, 1990.

Ailleurs et au Japon. Recueil.
Montréal: Québec/Amérique, Littérature d'Amérique, 1990.

Chroniques du Pays des Mères. Roman.
Montréal: Québec/Amérique, Littérature d'Amérique, 1992.

Les Contes de la chatte rouge. Roman.
Montréal: Québec/Amérique, Gulliver 45, 1993.

Les Voyageurs malgré eux. Roman.
Montréal: Québec/Amérique, Sextant 1, 1994.

Les Contes de Tyranaël. Recueil.
Montréal: Québec/Amérique, Clip 15, 1994.

Chanson pour une sirène. [avec YVES MEYNARD] Novella.
Hull: Vents d'Ouest, Azimuts, 1995.

Tyranaël
  1- *Les Rêves de la Mer*. Roman.
    Beauport: Alire, Romans 003, 1996.
  2- *Le Jeu de la Perfection*. Roman.
    Beauport: Alire, Romans 004, 1996.
  3- *Mon frère l'ombre*. Roman.
    Beauport: Alire, Romans 005, 1997.
  4- *L'Autre Rivage*. Roman.
    Beauport: Alire, Romans 010, 1997.

L'Autre Rivage
Tyranaël –4

Élisabeth Vonarburg

ALIRE

Données de catalogage avant publication (Canada)

Vonarburg, Élisabeth, 1947–

   Tyranaël

   L'ouvrage complet comprendra 5 v.
   Sommaire: 1. Les rêves de la mer - 2. Le jeu de la perfection - 3.
Mon frère l'ombre - 4. L'autre rivage

   ISBN 2-922145-11-5 (v.4)

   I. Titre. II. Titre: Les rêves de la mer. III. Titre: Le jeu de la
perfection. IV. Titre: Mon frère l'ombre. V. Titre: L'autre rivage

PS8593.O53T97 1996   C843'.54   C96-940935-4
PS9593.O53T97 1996
PQ3919.2.V69T97 1996

Illustration de couverture
GUY ENGLAND

Photographie
ROBERT LALIBERTÉ

Diffusion et Distribution pour le Canada
Québec Livres

Pour toute information supplémentaire
LES ÉDITIONS ALIRE INC.
C. P. 67, Succ. B, Québec (Qc) Canada G1K 7A1
Télécopieur: 418-667-5348
Internet:www.alire.com

Dépôt légal: 3e trimestre 1997
Bibliothèque nationale du Québec
Bibliothèque nationale du Canada

10 9 8 7 6 5 4 3e MILLE

À mes parents

Remerciements

Le récit qui continue avec ce volume est mon premier rêve de science-fiction qui se soit transformé en une histoire, le premier que j'aie écrit – et réécrit, et réécrit... En trente ans, il a subi bien des métamorphoses en même temps que moi. Mais certaines de ces métamorphoses lui sont venues plus spécifiquement de rencontres, et je désire remercier ici ces visiteuses et ces visiteurs après lesquels le paysage se réorganisait autrement.

Dans l'ordre d'apparition: René Ferron-Wherlin, Jean-Joël Vonarburg, François Duban, Bertrand Méheust, Aliocha Kondratiev, Danielle Martinigol, Bruno Chaton, Maximilien Milner, René Beaulieu, Serge Mailloux, Gérard Klein (pour les licornes), Daniel Sernine, Jean-Claude Dunyach, Wildy Petoud, Joël Champetier, Jean-François Moreau, Yves Meynard, Jean Pettigrew, Sylvie Bérard, Guy Sirois – et Denis Rivard, stratège émérite et patiente épouse.

Enfin, et surtout, le dernier visiteur, la source des ultimes métamorphoses – les plus essentielles – Norman Molhant, écosystématicien et encyclopédie extraordinaire. Plongeant avec abnégation dans mon paysage au détriment du sien, il m'a donné l'occasion d'éprouver ce rare plaisir, que seule la science-fiction sait m'offrir, de voir mes fantasmes et mes rêves correspondre parfois à ceux de l'univers. Sans lui, cette histoire n'aurait jamais été ce qu'elle devait être. Si elle ne l'est pas, j'en suis seule responsable.

Ceux qui connaissent le jour de Brahma
qui dure mille âges
et sa nuit, qui ne prend fin qu'après mille âges
ceux-là connaissent le jour et la nuit.
Et la foule des êtres,
indéfiniment ramenée à l'existence,
se dissout à la tombée de la nuit
et renaît au lever du jour.
Et toutes les créatures sont en moi
comme dans un grand vent
sans cesse en mouvement dans l'espace.
Je suis l'être et le non-être,
l'immortalité et la mort [...]

TABLE DES MATIÈRES

TYRANAËL...

Au début du XXIe siècle, la Terre a connu des catastrophes climatiques et écologiques qui ont bouleversé l'économie et la politique mondiales. Le grand élan généreux de la Reconstruction a duré environ un siècle; on a établi des colonies sur la Lune et sur Mars, puis l'une des sondes du programme Forward a décelé une planète de type terrestre autour d'Altaïr, dans la constellation de l'Aigle. La première expédition découvre une planète apparemment désertée depuis au moins trois siècles par ses indigènes humanoïdes et où se manifeste un phénomène inexplicable, dont la première apparition imprévue décime l'expédition, laissant des naufragés qui vont devenir les premiers colons. Ce phénomène apparaît lors d'une éclipse totale de lune, recouvre toute la planète jusqu'à une altitude de mille mètres, annihile l'énergie électrique sur mille mètres supplémentaires et absorbe toute matière organique vivante ; à cause de sa couleur bleue, les colons lui donnent le nom de " Mer ", d'autant que les anciens indigènes y naviguaient; ces derniers avaient par ailleurs remodelé l'immense continent principal en bâtissant de nombreuses digues pour faire obstacle à cette " Mer ". Celle-ci est présente pendant la moitié de la longue année de la planète, soit un peu plus de deux ans terrestres, puis disparaît lors d'une éclipse totale de soleil. Après la seconde expédition, on commence à coloniser la planète, qu'on nomme Virginia, du nom de la première enfant qui y est née. La non-disponibilité de l'électricité pendant la moitié de l'année force les colons à utiliser des technologies archaïques astucieusement modernisées (vapeur, air comprimé, gaz, ballons, etc.). On a depuis le début délibérément fermé les yeux sur les nombreuses énigmes irrésolues de Virginia, à commencer par la disparition des indigènes, mais quelques chercheurs plus audacieux s'entêtent. L'un d'eux, Wang Shandaar, découvre des indices portant à croire qu'une autre race différente des indigènes a très longtemps vécu sur Virginia ; il s'embarque sur la Mer pour disparaître avec elle, persuadé qu'il est possible de survivre à cette disparition, et malgré l'expérience malheureuse de l'*Entre-deux*, un bateau en voyage expérimental sur la Mer, dont l'équipage a péri le cerveau brûlé ; on n'entendra plus jamais parler de Shandaar. Des dizaines de saisons plus tard, les sphères métalliques des pylônes, un vaste réseau d'artefacts indigènes, se mettent à briller sur tout le continent lorsque Simon Rossem, un adolescent apparemment autistique, pénètre dans une île du nord jusqu'alors interdite par une barrière mortelle pour les humains. Et Simon semble manifester par la suite des capacités psychiques inhabituelles...

Tout cela, c'est Eïlai qui le voit et nous le voyons avec elle dans le premier tome de *Tyranaël*, *Les Rêves de la Mer*. Eïlai est une Rani, une humanoïde pourvue d'un don bien difficile à supporter : elle Rêve d'autres univers. Et elle a Rêvé l'arrivée de Terriens sur sa planète, Tyranaël, avec des conséquences funestes pour les siens comme pour les nouveaux venus. Mais, comme toujours, elle ignore si ses Rêves se réaliseront dans son propre univers. Cependant, ce Rêve-là a bouleversé la vie de tout son peuple, comme il a bouleversé la sienne et, pendant toute sa vie, tout en essayant de comprendre les humains à travers ses Rêves et ceux d'autres Rêveurs, Eïlai s'est efforcée de faire la paix avec ce qui doit être – et avec ce qui ne sera peut-être jamais.

Dans *Le Jeu de la Perfection*, nous accompagnons Simon Rossem pendant les cent cinquante saisons suivantes : incompréhensiblement pourvu de longévité, sinon d'immortalité à la fin de sa première longue vie, il " meurt " et " ressuscite " à plusieurs reprises. Lors de sa deuxième vie, il découvre un certain nombre de données concernant les Anciens grâce à de mystérieuses plaques évidemment conçues par et pour des télépathes, mais il ne peut s'y consacrer : il doit continuer à surveiller la mutation qui se développe et se diversifie chez ses compatriotes, ainsi que les transformations subies par la société virginienne elle-même dans ses relations de plus en plus conflictuelles avec la Terre.

Simon et les siens ont eu tout le temps d'organiser des réseaux et des groupes clandestins de mutants, et même de les laisser fonctionner de façon autonome. Voilà bientôt qu'un groupe s'implique secrètement dans le mouvement indépendantiste virginien, auquel il va permettre d'arriver au pouvoir puis de mener à bien l'insurrection armée devenue nécessaire. Simon veille, d'autant qu'est impliqué le jeune Martin Janvier, arrière-petit-fils de son frère Abraham. Puissant télépathe, Martin n'est hélas pourtant pas le compagnon – le confident, le complice – que Simon souhaiterait pour adoucir la terrible solitude où le plongent ses trop nombreux secrets...

Et, comme Martin – comme Simon lui-même –, les mutants sont aussi des êtres humains, avec leurs peurs, leurs désirs, leurs idéologies parfois divergentes. Que va-t-il advenir de leur solidarité et de leurs idéaux maintenant qu'ils sont au pouvoir sans avoir encore révélé leur véritable nature ? Quant à lui, Simon ne sait combien de vies il lui reste, mais il va continuer à se promener à travers le continent sous diverses identités, aidant là où il le peut, admettant son impuissance quand il le doit. Une des plaques déchiffrées décrit un jeu fort prisé des Anciens, le Jeu de la Perfection, où, semble-t-il, qui perd gagne. Simon veut espérer que même s'il perd des batailles et, qui sait, la guerre même, il trouvera moyen de ne pas perdre totalement son âme...

Mon frère l'ombre se déroule cent soixante saisons plus tard. Un jeune homme nommé Mathieu s'échappe d'une étrange prison souterraine. D'abord sans mémoire, il retrouve peu à peu des souvenirs tandis qu'il erre dans le labyrinthe. Il ignore tout de ses origines, mais il est un "tête-de-pierre", ou encore un "bloqué".

Dans le labyrinthe, il rencontre un Ancien nommé Galaas, qui lui fait subir une bizarre aventure initiatique. Le parcours imite la légende d'Oghim, dont Mathieu ignore tout, mais que nous découvrons en alternance avec ses aventures. Au sortir du labyrinthe, Galaas s'avère cependant être une créature artificielle lorsque la disparition de l'électricité le pétrifie au retour de la Mer.

À Morgorod, la grande ville proche de l'île où il était emprisonné, Mathieu se rend dans le ghetto où sont confinés les têtes-de-pierre comme lui. Après un pogrome qui le chasse du ghetto, il est recueilli par un artisan, Egan Merril, dans la famille accueillante duquel il passe deux saisons de paix relative, prétextant l'amnésie pour couvrir ses innombrables ignorances. Il apprend que les têtes-de-pierre sont les descendants des derniers colons terriens imposés à Virginia par la Terre juste avant la sécession définitive de la planète au cours d'une guerre victorieuse contre les troupes d'occupation terriennes. On a depuis perdu tout contact avec la Terre, qu'on pense victime de catastrophes et de conflits terminaux. Une épidémie d'origine terrienne a tué plus de quatre-vingts millions de Virginiens – d'où le statut de pestiférés qu'ont encore les têtes-de-pierre. Mais c'est surtout parce que presque toute la population virginienne est constituée de sensitifs capables de percevoir les émotions d'autrui, hormis celles des têtes-de-pierre.

Des télépathes, les " Gris ", règnent en secret sur Virginia, asservissant la population à son insu. Mathieu est-il donc le seul à savoir la vérité ? Non, les Gris ont apparemment des opposants, les " Rebbims ". Ce sont eux que Mathieu va rejoindre, un peu malgré lui, lorsqu'il est pris en charge par un curieux petit vieillard nommé Abram Viateur. Abram confie Mathieu à la famille des Bordes, dans le lointain Sud-Est, tous des mutants. Mathieu apprend qu'il appartient à la lignée des Janvier et ne devrait pas être un bloqué mais un puissant télépathe.

Une variante nouvelle de la mutation est explorée par " le groupe ", la synergie qui s'établit entre les enfants vivant chez les Bordes et une jeune fille pourtant bloquée, Nathalia. Les quelques expériences de Mathieu avec le groupe indique qu'il est un catalyseur, un peu comme Nathalia : une fillette, apparemment une proto-Rêveuse dans le groupe, Rêve d'une des licornes familières de l'endroit, Étoile, qui a attaqué Mathieu le jour de son arrivée, effrayée de n'avoir pas senti sa présence ; les licornes sont en effet, à leur manière, des créatures pourvues de télépathie.

Mathieu et Nathalia deviennent amants. Abram revient chez les Bordes, très fatigué, pour essayer de les convaincre de faire d'autres essais avec Mathieu et le groupe, en utilisant de l'aëllud – la drogue même employée par Jordan pendant les cinq saisons perdues de Mathieu. Après sa réticence initiale, Mathieu accepte. Vu le résultat peu concluant de l'essai pour lui, il décide qu'il abandonne les expériences : il s'est résigné à son état.

Le choc de ce dernier essai semble avoir donné le coup de grâce à Abram, qui décline à une vitesse alarmante. Seul Lefèvre, un télépathe et un ancien Gris vivant avec les Bordes, est persuadé qu'il survivra. Pourtant, Abram disparaît : il s'est jeté dans la Mer, déclarent les licornes consultées. Lefèvre est particulièrement effondré : selon lui, une mutation particulière a produit parmi les Virginiens un homme pourvu d'une très grande longévité, qui serait Abram. Il va consulter les membres voisins de la secte des Immortels, des télépathes qui ont adopté les mœurs des Anciens et se joignent à la Mer après avoir atteint "l'Illumination". Mais ils n'ont pas senti la présence d'Abram dans la Mer.

Mathieu, immunisé contre l'influence psychique de la Mer, va seul assister à sa disparition vers le milieu de l'après-midi. La licorne Étoile, toujours à la fois très farouche et très curieuse à son égard, l'invite à monter sur son dos. Il s'exécute, la licorne part au galop... et plonge dans la Mer. Qui disparaît quelques secondes plus tard.

Mathieu se retrouve sur une plage, en pleine nuit, accueilli par une foule d'Anciens joyeux et fervents. Une brève communication télépathique avec Abram lui confirme qu'il est passé avec la Mer, il ne sait où, qu'elle ne l'a pas absorbé. Des milliers de saisons auparavant, Oghim, le premier Rêveur, a eu la vision d'un étranger non-Rani sortant de la Mer. Mathieu, devenu télépathe en passant avec la Mer, est la réalisation du Rêve d'Oghim, le premier Virginien à entrer en contact avec les Anciens...

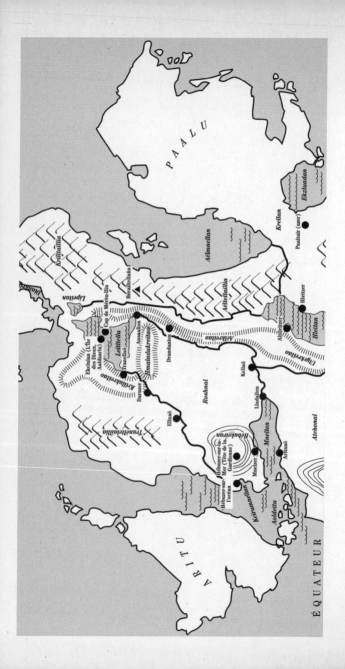

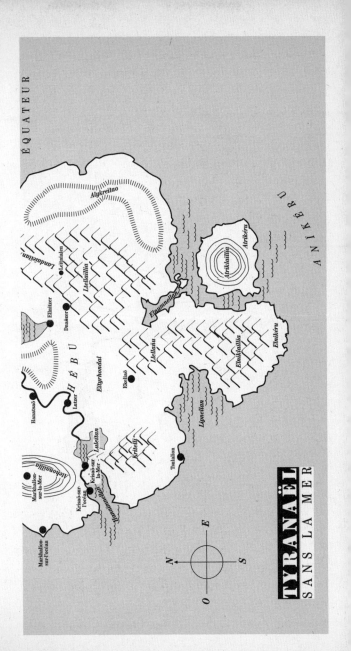

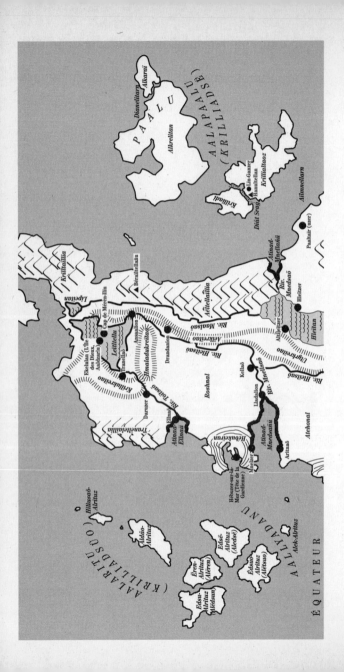

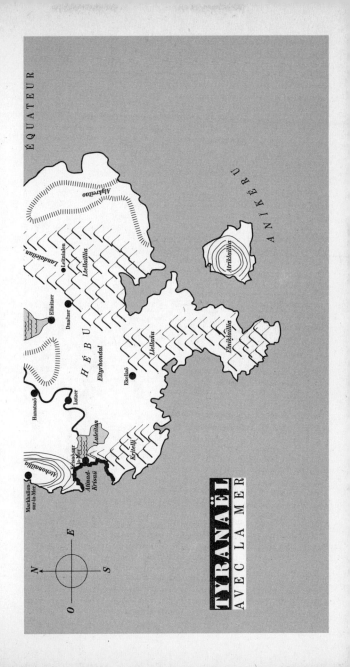

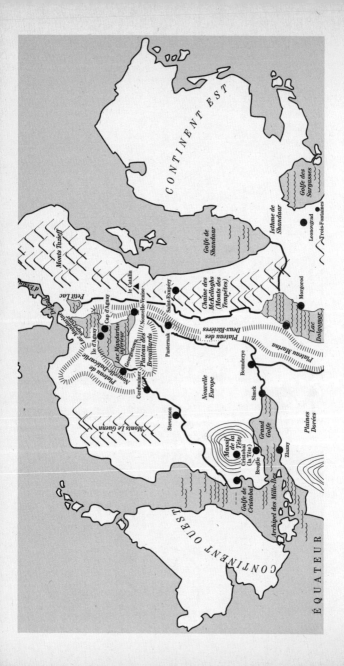

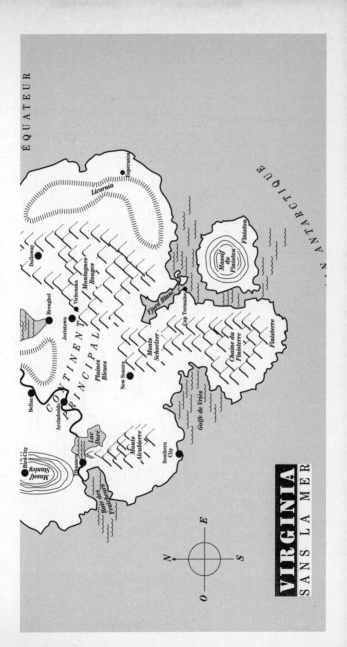

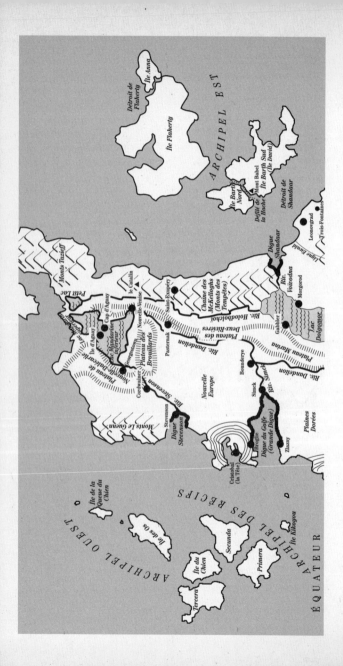

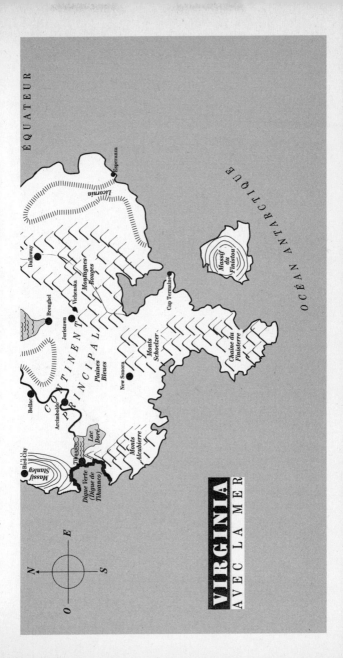

ÉQUATEUR

Cap Espernaza

Licornia

OCÉAN ANTARCTIQUE

Massif du Finistou

Dalloway

Breughel

Montagnes Rouges

Vichenska

Jorkstown

Cap Terminus

CONTINENT

Monts Schoelzer

Chaîne du Finistère

Bellac

Plaines Bleues

New Sonora

PRINCIPAL

Archimboldo

Lac Doré

Thugee

Monts Alcubierre

Bird-City

Massif Stanley

Digue Verte
(Digue de Tihuanco)

N
O   E
S

VIRGINIA
AVEC LA MER

Première partie

1

Lorsqu'il était petit, il avait vu mourir un arbre-Gomphal.

◆

Ils trouvent Lian à l'aube du jour de l'an, sur l'esplanade près du port, au bord de la Mer. Nu, inconscient, ensanglanté. Il a dû se blesser aux grillages interdisant l'accès aux quais. Il a de la chance, c'est Jill Estérazy qui le découvre, avec Jaques Hueng, alors qu'ils font leur habituel périple avant la foule, elle à grandes poussées rythmées sur les roues de son fauteuil roulant, lui à côté, au petit trot, avec le chien. Ils l'emportent en hâte à la commune toute proche sur les genoux de Jill, étrange madone. Quand il ouvre les yeux, et qu'ils lui demandent comment il s'appelle, ils entendent mal son murmure, ils comprennent : " Liam ". Et comme il est blond, avec des yeux gris bleu trop pâles dans sa face brune, et qu'ensuite il semblera comprendre leur anglam, ils lui font faire des faux papiers au nom de Liam Shaunessy.

◆

Lorsqu'il était petit, il avait vu mourir un arbre-Gomphal.

L'arbre a toujours été là devant la maison, en plein soleil, avec les boules duveteuses de ses rejetons autour de lui, au ras du sol, comme une couronne. Lian a vu naître le dernier : d'abord une branche étirée jusqu'au sol, déformant la masse sphérique des filaments à la luminescence maintenant atténuée. Puis la tête de l'arbre-Gomphal retrouve sa luminosité habituelle, sa belle ligne courbe. L'arceau, d'abord souple et doux au toucher, est devenu aussi dur et rugueux que les autres : on peut s'y appuyer, s'y suspendre, tourner autour en s'y accrochant d'une main. Au ras du sol, là où l'arceau plonge en terre, une minuscule pousse verte pointe bientôt. Devient, en une journée, une brindille. Trois jours plus tard, un brouillard blanchâtre se matérialise à son sommet : une huitième réplique miniature de l'arbre-Gomphal, mais comme les autres inachevée, sans vie ; quand on effleure leurs filaments, même pas de vague picotement – il ne faut jamais toucher ceux de l'arbre-Gomphal, Lian l'a appris à ses dépens.

L'arbre a ses petits régulièrement, un par année : huit arceaux, huit petits Gomphali, huit années. Lian est dans sa troisième saison, mais il sait déjà qu'herbes, feuilles et arbres vivent un autre temps que lui, un temps qui revient sans cesse sur son chemin, alors que les êtres humains, et lui, Lian, qui en est un, continuent tout droit, sans jamais revenir – mais pour aller où ?

Et où placer l'arbre-Gomphal, dans ce commencement d'ordre qu'il a trouvé au monde ? L'écorce du tronc (qu'on a le droit de toucher, elle) est souple et douce comme une peau et, en collant l'oreille tout contre, on peut sentir comme une vibration... Mais les filaments enchevêtrés de sa chevelure, lorsque Père-Nathénèk les fait observer de près à Lian, ressemblent bien à de l'herbe ou à des feuilles, très minces, longs et étroits, un bruit de soie quand le vent les frotte les uns contre les autres. Le nom même, " arbre-Gomphal "... Lian a

l'habitude de dire " Père-Nathénèk " et " Mère-Laraï "
quand il n'utilise pas les termes plus enfantins "béra",
" ati ". Et l'arbre est une personne : il pense, il sent, il
se souvient. Il parle, même – c'est ce que disent les
histoires de Laraï. Alors, il s'appelle " Gomphal ",
même si ce n'est pas une personne de la même façon
que Nathénèk ou Laraï. Comme eux il a des enfants,
comme eux il traverse les saisons sans vraiment changer,
comme eux il a toujours été et sera toujours là. Comme
eux, surtout, il est unique : il n'y a pas d'autre arbre-
Gomphal aux alentours ; les rejetons ne comptent pas :
si petits, si inertes quand on les touche...

Mais voilà que les arceaux de l'arbre-Gomphal sont
cassés ! Ils se dressent de travers dans le ciel, tout
noirs ; la brise les agite comme du papier, il y en a des
morceaux par terre, secs et creux. Et, là où s'étaient
timidement blottis les rejetons de l'arbre, se gonflent
huit sphères chatoyantes, deux fois plus grosses que la
veille.

L'arbre lui-même a rétréci. La peau de son tronc
s'écaille en lamelles, qui brillent d'une lueur sourde
sur le sol, la boule ternie de ses filaments semble si
pesante...

Nathénèk dit : « L'arbre-Gomphal va mourir. »

Mourir, cela arrive parfois aux gens. L'autre père de
Lian, Dougall, son père-par-le-sang, est " mort " ainsi
quand Lian était tout petit. Au début, il pensait que
c'était seulement une façon de dire que Père-Dougall
n'était plus là. Comme Micahmee, la sœur de Père-
Nathénèk. Un jour, Micahmee a quitté le plateau pour
aller vivre dans l'Ouest ; elle écrit, des fois. Mais on
n'a jamais dit qu'elle était "morte". Dougall, c'est différent. Mère-Laraï a dit "il est mort", ses yeux se sont
assombris d'une façon particulière. Cette absence-là
est triste, pas du tout comme celle de Micahmee. Il y a
deux façons de ne pas être là, alors : on "part" ou bien
on "meurt". Quand on meurt, c'est plus triste.

Pourtant, on dit aussi des plantes et des animaux
qu'ils "meurent", et ni Laraï ni Nathénèk ne semblent

en avoir beaucoup de peine. Parce qu'animaux et plantes dorment, en réalité, invisibles dans la terre, pour se réveiller plus tard et s'étirer vers le soleil. Mais les gens qui meurent, d'une certaine façon, c'est pareil, Nathénèk l'a bien expliqué à Lian : on les emporte dans l'île d'Ëlmadziulan, après avoir fait pousser une coque de cristal bleu autour de leur corps, et on les installe sur l'île. Puis, quand vient le temps, on les retire du cristal, on les plante en terre, et avec eux on plante des graines de tingalyai, l'arbre de vie ; l'arbre pousse en puisant la substance du mort, et quand il est devenu assez grand pour avoir des graines, on les récolte et on les envoie à tout le monde, et on les plante dans les cours intérieures, dans les rues et dans les villes et sur les digues, partout, pour avoir de l'eau.

« Les tingalyai vivent très, très longtemps, au moins deux mille saisons, a continué Nathénèk. Et ainsi les morts restent avec nous. Et quand l'arbre a fini sa vie, nous en faisons des objets, des meubles, des statuettes, et le souvenir dure ainsi pendant encore des générations. » Fasciné, Lian a regardé les trois tingalyai qui s'abreuvent au lac et alimentent le bassin et les canalisations de la maison. « Est-ce que Père-Dougall est ici, alors ?

— Non, a dit Nathénèk avec un soupir. Il est ailleurs. » Et comme ses yeux s'étaient assombris aussi, comme ceux de Mère-Laraï, Lian n'a pas insisté.

Pour l'arbre-Gomphal, Nathénèk a dit " mourir " et Lian demande tout de suite : « Comme Père-Dougall ? » L'ombre familière passe dans les yeux de Nathénèk, qui dit avec lenteur : « Oui, comme ton père-Dougall. »

Avec un mélange d'angoisse et de curiosité, Lian observe les progrès de la mort chez l'arbre-Gomphal.

D'abord la rupture des arceaux, la vie soudaine des petits : leur boule est animée de scintillements lents, leur tronc mince s'est assoupli. Puis la sphère du gros arbre s'éteint complètement : à la place de la blancheur frémissante irisée par le soleil, une masse triste et terne. Ensuite elle change de forme. Ou plutôt elle cesse d'avoir une forme. Les filaments fusionnent en une pellicule opaque ; il en pend de grands morceaux sur les branches soudain devenues visibles, comme du linge mouillé.

Les herbes, la mousse, les petites plantes qui vivaient dans la lumière atténuée de l'arbre commencent à se faner. Deviennent noires, se recroquevillent, un grand cercle au pied de l'arbre, comme de la terre brûlée.

Pendant deux jours, rien. Les petits Gomphali vibrent et scintillent, leur père se tient immobile et silencieux au milieu de leur cercle enfin animé. Le troisième jour, alors que le soleil atteint le milieu du ciel, les grandes feuilles opaques drapées sur les branches redeviennent translucides. L'arbre frissonne, une vague se propage dans sa blancheur ternie, une neige de particules légères se met à tomber. Elles disparaissent en l'air avant d'atteindre le sol. Il ne reste bientôt plus que les branches, des traits noirs qui dessinent encore une sphère si on les regarde de loin, mais on peut voir le ciel au travers.

Lian se tient devant Laraï, et il demande, la nuque appuyée contre le ventre de sa mère : « Il va mourir, maintenant, ati ?

— Il a vécu très, très longtemps, et il a eu beaucoup d'enfants.

— Mais il va mourir ! Pourquoi ?

— Pour que ses enfants puissent vivre », dit Nathénèk derrière eux, un peu trop vite, un peu trop fort, et Lian sent se raidir les muscles du ventre de Laraï. Il renverse la tête pour regarder sa mère ; à l'envers, c'est difficile de déchiffrer l'expression d'un visage ; Laraï hoche simplement la tête : « Oui. » Mais, comme dans l'arbre-Gomphal, Lian a vu passer en elle une vague non de lumière mais d'obscurité.

Cette nuit-là, il y a un grand craquement devant la maison, comme un cri. De la fenêtre de sa chambre, Lian regarde, terrifié. Le squelette noir oscille sous les lunes avec ses doigts mutilés, un mouvement lent d'abord, qui s'amplifie, et enfin, réduites en poussière

toutes les racines qui l'attachaient à la terre, l'arbre-
Gomphal s'incline, et s'écroule.

Quelques jours plus tard, deux des petits ont rompu
le cercle. Et bientôt un, deux, trois, tous les autres
commencent à s'éloigner aussi de l'arbre abattu. Lian
contemple le sol nu, les trous profonds où s'étaient
trouvées leurs racines. Nathénèk retourne l'un des
petits arbres et montre à Lian les racines à présent
pseudopodes qui se tordent lentement.

« Remets-le, béra, remets-le par terre ! » crie Lian,
horrifié et apitoyé. Avec comme un scintillement plein
de colère, la petite boule duveteuse se remet à avancer.
Ils bougent le jour et ils se nourrissent la nuit, dit
Nathénèk.

« Mais où est-ce qu'ils vont ?

— Vers le Nord. Ils remontent au pays des Gomphali, près du Leïtltellu. Ça leur prendra des dizaines
et des dizaines de saisons. Ensuite, ils redescendront vers
le Sud, là où il fait plus chaud, et ils se chercheront une
place au soleil pour s'arrêter et avoir leurs propres
enfants.

— Et après, ils mourront ? »

Nathénèk lui ébouriffe les cheveux : « Ce sera dans
très, très longtemps, quand ta mère-Laraï, toi et moi,
nous serons partis depuis des années.

— Quand nous serons morts ? » dit Lian, épouvanté,
le dernier cri de l'arbre dans les oreilles.

Nathénèk fronce les sourcils. Il s'accroupit pour
mettre sa tête au même niveau que celle de Lian, il lui
prend les bras et il les serre, fort : « Écoute-moi bien » – il
a l'air un peu fâché – « les gens ne meurent pas. Ils s'en
vont. Ils partent avec la Mer et ils vivent pour toujours.
C'est là que nous irons, Mère-Laraï, toi et moi...

— Et Père-Dougall ? »

Nathénèk se relève ; son visage à contre-soleil est
un masque d'ombre dans lequel Lian ne voit rien :
« Quelquefois, très rarement, il arrive qu'on ne puisse
pas rejoindre la Mer. C'est ce qui est arrivé à ton père-

Dougall. Mais si tu es un bon garçon, tu n'auras pas à t'en faire, tu rejoindras la Mer quand ton temps sera venu.»

Il part de sa démarche chaloupée et Lian reste là avec le petit Gomphal qui rampe lentement, presque imperceptiblement, vers le Nord. Est-ce que Nathénèk veut dire que Père-Dougall n'a pas été bon? Qu'il est mort à cause de cela? C'est quoi, la Mer? Comment sait-on que le temps est venu?

◆

Il ne reprend pas conscience avant trois jours. Jack ou d'autres changent ses pansements, le nourrissent, lui donnent à boire, le baignent. Jill ne le quitte pas une minute. Quand il se réveille et qu'il la voit, il est simplement surpris. La chambre ne l'étonne pas trop: c'est le genre de décor qu'il se rappelle, avec les fenêtres en losanges, aux encadrures sculptées, les murs où alternent bandes de pierre rouge et bandes de pierre dorée. Le lit est plus haut, les meubles ont des formes inhabituelles, le modèle de la lampe de chevet diffère de ceux qu'il connaît, mais ce n'est pas important, sans doute des particularités locales, il n'est jamais allé sur la côte ouest jusqu'alors.

Ensuite, il commence à comprendre. Parce qu'il ne saisit pas très bien l'accent de Jill, d'abord, ne l'a jamais entendu auparavant – et qu'elle répond à sa question: «Mais c'est l'accent de Bird-City.» Ensuite parce que d'autres membres de la commune font leur apparition, et que ce sont tous de purs Virginiens: il sait bien qu'il ne se trouvait pas dans le sud-est du continent ni dans l'île de Krillialtaoz quand la Mer est partie.

Quand la Mer est partie.

Ils s'inquiètent alors en voyant son expression, lui disent de ne pas avoir peur, que personne ne lui fera de mal, qu'ils sont tous des amis. C'est là qu'ils lui demandent son nom et entendent "Liam".

2

Un matin, vers la fin de la première lunaison de Hékelténu, Laraï et Nathénèk commencent à préparer les bagages, et Lian comprend qu'il sera du voyage. Il n'a jamais quitté la maison. Il ne sait trop s'il doit s'en réjouir ou s'en inquiéter, mais il est plutôt soulagé. La semaine précédente, dans son lit, le soir, il entendait les voix de ses parents, qui s'efforçaient de rester feutrées. Laraï ne voulait pas partir, Nathénèk voulait que Lian les accompagne et répétait : « Il ne va pas rester ici toute sa vie ! »

C'est un très long voyage ; Lian somnole souvent, bercé par le rythme hypnotique des sabots des deux aski attelés à la carriole. Un jour, il s'est encore endormi, mais quand il se réveille on est sorti des montagnes, la carriole roule sur une route de dalles rouges et polies, à travers des collines aux boisés aimables, bien différents des grands arbres sauvages auxquels il est habitué. On arrive bientôt à une rivière – il n'a jamais vu autant d'eau courante. On charge la carriole et les aski sur un petit bateau à aubes muni d'une cheminée d'où s'échappent des panaches de fumée blanche. Dans un halètement pressé, le bateau quitte le quai, s'engage dans le courant, et les rives défilent à toute allure sous les yeux écarquillés de Lian.

Ils restent à l'écart sur le bateau, mangent entre eux, ne parlent pas aux matelots ni au capitaine, un grand et gros homme à la peau très foncée, au crâne couvert de petites nattes noires cruellement serrées, et que Lian regarde de loin, un peu effrayé. Il n'a jamais vu personne d'autre que son père et sa mère. Il préfère regarder les arbres, puis les collines qui ondulent de chaque côté des rives.

Après la rivière, c'est la savane, à perte de vue, une étendue presque plane, bien plus grande que le plateau. Les grandes herbes en sont déjà à moitié couchées, toutes bleuies par le soleil, il y pointe seulement de rares arbustes rabougris – mais, parfois, la boule blanche d'un Gomphal s'y arrondit, majestueuse. Malheureusement, la plaine devient vite aussi monotone que la montagne et la rivière. On s'arrête bien dans une " auberge " ou un " relais ", de temps en temps, mais très brièvement, pour acheter de quoi manger ; on n'y couche que lorsqu'il pleut, le reste du temps on dort sous les étoiles. Dans les auberges et les relais, on ne va pas au " dortoir " avec tout le monde, on prend une chambre, et c'est là qu'on mange ; Lian ne sait s'il en est satisfait ou déçu ; mais c'est fascinant, tous ces gens qui ne sont ni Laraï ni Nathénèk, tous différents, et les enfants, surtout, qui courent partout – Lian aimerait bien courir avec eux, mais Laraï a été très claire : il ne doit jamais s'éloigner seul de la chambre. D'un autre côté, parfois, il y a des gens qui les regardent d'un drôle d'air, ses parents et lui, quand ils arrivent dans une auberge. Pas vraiment méchant, mais surpris, ou compatissant, ou ennuyé. En réalité, Lian s'en rend compte, c'est surtout lui qu'on regarde – ou qu'on s'efforce de ne pas regarder, ce qui est encore plus bizarre. Quand il demande pourquoi à Laraï, elle répond : « Parce qu'ils ne te connaissent pas », et il doit s'en contenter, car Nathénèk ne dit rien. Est-ce que tous les gens se connaissent, alors, dans les auberges ?

Laraï et Nathénèk ne parlent à personne, pourtant. Aux premières heures de l'aube, on repart, et le voyage recommence, dans le cliquetis régulier des sabots sur les dalles polies. Une fois, Lian aperçoit au loin un troupeau de tovik qui filent la corne haute, crinière et queue emportées par la course. Il voudrait les voir revenir, mais la plaine infinie les a avalés.

Il essaierait bien de poser des questions, mais il comprend très bien que ses parents n'en ont pas envie. Ils échangent entre eux des paroles brèves ; quelquefois Nathénèk se met à chanter, mais la voix de Laraï se joint rarement à la sienne, et il finit par se taire.

Et enfin, enfin, le paysage change à nouveau, la plaine s'étage en collines de plus en plus élevées, et même parfois rocailleuses, d'où souffle un vent plus chaud. « Les collines près de la Mer », dit Nathénèk avec un soupir de contentement. L'herbe y est plus jaune, il y a de vrais arbres, et de plus en plus souvent des maisons, d'abord isolées, puis groupées en hameaux. Sur la route, maintenant, on rattrape d'autres carrioles et de gros chariots de toutes sortes, remplis de gens aux habits gaiement colorés, cinq, six par chariot, parfois plus. Plus légère, la carriole de Nathénèk les double et on échange des saluts polis avec leurs passagers. Tout le monde a l'air très joyeux.

À la nuit, le vingt-cinquième jour (Lian sait déjà compter sur ses doigts : cela fait cinq mains qu'ils sont partis), ils arrivent au sommet de la dernière rangée de collines, la plus haute. En contrebas s'étend une plaine obscure, car les lunes ne sont pas encore levées. Disposées à intervalles réguliers au flanc de la longue colline, des moitiés de ronds bleutés brillent dans la pénombre.

« C'est ça, la Mer ? C'est là qu'on va ?

— Non, dit Nathénèk. Plus au Nord, au lieu du rassemblement. »

Les moitiés de ronds bleus sont de grosses pierres arrondies presque aussi hautes que la carriole, et la route les suit. Bientôt des taches de lumières sourdes, au loin, deviennent des tentes rondes, carrées, en triangle, dressées en groupe ici et là, avec des feux, des carrioles et des chariots, des aski dételés qui paissent dans les allées, et même quelques tovik qui les dominent de la tête et de l'encolure, avec des rubans tressés dans leur crinière. Lian a un peu mal au cœur ; les auberges, ce n'était rien, il n'a jamais vu tant de monde à la fois.

Laraï choisit une place à l'écart, la tente est bientôt dressée, le feu allumé, le repas en train de cuire sur les braises. Le ventre plein, Lian se sent mieux. Il y a de la musique quelque part au centre du camp, mais une main le rattrape au vol. « Reste là, Lian ! » Pourquoi Laraï est-elle fâchée ? Il proteste : « Mais, ati, la musique... »

Le visage de Laraï semble se défaire ; elle s'agenouille près de lui : « Nous irons ensemble plus tard, Lian. Tu ne dois pas y aller tout seul. Promets-moi de rester avec Nathénèk pour l'instant. »

Elle n'est pas fâchée, elle a peur ! Étonné, inquiet, Lian promet. Elle s'en va, revient bientôt avec des beignets sucrés en forme de spirale dont Lian se bourre, ravi. Après, il a tellement sommeil qu'il oublie la musique.

Un bruit de voix assourdies le réveille ; on parle dehors à mi-voix ; c'est toujours la nuit ; l'ouverture de la tente découpe un morceau de ciel étrangement violet. « Il le faut », dit une voix inconnue. Une ombre apparaît dans l'entrée. Père-Nathénèk. Il vient secouer doucement Lian : « Viens, Lian, viens voir la Mer. » Dehors, deux autres silhouettes, celle de Mère-Laraï et une autre, un homme, moins grand qu'elle, moins grand que presque tout le monde. Dans le ciel, les trois petites lunes ont disparu et la grosse lune n'est plus pleine : un ovale noir est en train de flotter lentement au travers, et cela fait comme un œil.

Un grand silence règne à présent sur le campement, et pourtant, tout le monde marche vers le bas de la colline, vers la ligne des pierres phosphorescentes. Lian a essayé de prendre la main de sa mère, mais Laraï semble distraite et sa main reste inerte dans celle de Lian ; quand il la lâche, pour voir, elle ne le retient pas. Mais c'est la nuit, la lumière de la lune est trop étrange, il y a trop de monde autour d'eux : il reste près de Laraï. Au bout d'un moment, une autre main enveloppe la sienne ; il croit que c'est son père-Nathénèk, mais c'est le petit homme inconnu. Ils se regardent un moment tout en avançant. L'homme n'est pas très vieux, il a

des cheveux sombres qui lui descendent sur les sourcils ; son visage est un peu bizarre, Lian ne saurait dire
pourquoi. Il ne sourit pas vraiment, mais il a l'air gentil.
Comme ni Laraï ni Nathénèk ne disent rien, Lian
accepte sa compagnie.

Tout à coup, il ne sait comment, il se retrouve avec
l'inconnu en avant de la foule ; devant eux, sous la lumière violette, la plaine obscure est immobile et déserte
au-delà des pierres bleutées. Derrière eux, les bruissements se taisent peu à peu : la foule a cessé d'avancer.
Lian se sent soudain très vulnérable, comme si cette
présence invisible le poussait malgré lui en avant, mais
il ne veut pas dépasser la ligne des pierres. Il n'ose se
retourner pour voir où est Laraï.

L'inconnu ne bouge pas. Personne ne bouge. Le
silence devient intolérable. Et puis soudain, d'une seule
voix, la foule sans visage se met à chanter. Lian tourne
la tête alors, vite, n'aperçoit ni sa mère ni son père
mais une forêt de bras levés vers le ciel, et il s'agrippe
plus fort à la main du petit homme en regardant de
nouveau devant lui.

Le chant semble durer éternellement. Il n'en comprend pas les paroles, il n'est même pas sûr qu'il y ait
des paroles : c'est comme le ruisseau, la nuit, à côté de
la maison, quand il ne dort pas, s'il faisait juste un peu
plus attention il pourrait reconnaître une voix qui lui
parlerait. Parfois le chant est sur le point de s'éteindre,
presque inaudible, puis il reprend de plus belle, des
phrases longues et basses d'abord sur lesquelles roulent
ensuite des motifs de plus en plus courts, de plus en
plus aigus. Ensuite, le tonnerre des voix graves vient
peu à peu noyer les voix hautes, et le chant s'inverse
encore, un flux et un reflux régulier, comme un ber-
cement. Lian sent ses yeux se fermer. S'il lâchait la
main de l'inconnu, il flotterait dans l'espace violet et il
resterait là, balancé entre la terre et le ciel, pour toujours...

Le chant s'arrête brusquement, presque brutalement,
au sommet d'une phrase haute, et Lian tressaille comme

s'il avait trébuché. La lune est toute violette, avec le rond noir dedans. Tout le monde attend de nouveau, une énorme bulle de silence qui se gonfle derrière lui... Et soudain, loin devant, là où le ciel rejoint la plaine, un trait brillant apparaît, une nappe, non, une vague, non, un mur de lumière bleue, un éclair qui se précipite sur eux ! Lian fait un pas en arrière, mais la main de l'inconnu le retient. Il ferme les yeux.

Un grand cri retentit derrière lui, poussé par des centaines de poitrines, un énorme cri de joie, qui lui fait rouvrir les yeux en tremblant.

La chose terrifiante qui l'instant d'avant allait tout engloutir lèche le pourtour des pierres, étrangement scintillante. Bleue. D'un bleu comme Lian n'en a jamais vu, vivant, frémissant, ourlé contre la roche, comme si la masse agitée de lents frémissements était plus solide que liquide... Et il y a cet éclat scintillant qui flotte au-dessus, une brume qui se perd dans le ciel, impalpable, magique. Fasciné, oubliant tout le reste, Lian s'exclame : « Oh, la lumière ! » Il n'a plus peur. Il s'arrache à l'étreinte du petit homme, en trois pas il est au bord de la chose lumineuse et bleue, et il y plonge ses mains.

À travers sa stupeur, alors, il entend le cri sourd de la foule derrière lui. Il se retourne, atterré : il a dû faire quelque chose de mal ! Le bleu palpite au creux de ses mains encore réunies en coupe... Tout le monde le regarde avec une expression horrifiée ou incrédule. Mais pas le petit homme, qui a l'air très triste. Lian écarte les doigts, le bleu toujours impalpable glisse, coule, tombe en scintillant dans l'herbe, se divise autour de ses pieds nus et retourne se fondre dans la lumière.

Mais il n'a rien senti, rien touché.

Conscient du murmure qui agite maintenant la foule, plein d'incertitude et d'effroi, il éclate en sanglots convulsifs.

◆

On le traite comme tout le monde à la commune – compte tenu des circonstances de sa découverte, et du fait qu'il ne parle presque pas, au début. Il flotte dans un étonnement rêveur bientôt mêlé d'une hésitante gratitude. Si on trouve son physique un peu curieux, on ne le dit pas. N'ont-ils pas remarqué ses pupilles plutôt ovales, la forme trop carrée de ses ongles, sa paupière nictitante, l'opercule qui lui ferme à volonté l'oreille externe, sa quasi-absence de pilosité corporelle ? Apparemment pas, ou alors ils ont décidé de ne pas lui poser de questions sur le sujet. À certains échanges, il comprend cependant qu'on n'a pas appelé de médecin : il n'a pas subi d'examen poussé, ses blessures n'étaient pas assez graves pour cela. Il est seulement " en état de choc ". On semble tenir pour acquis qu'il a été attaqué par des agresseurs inconnus individuellement mais dont l'existence collective semble aller de soi. Plus tard, il trouvera cela un peu curieux : on n'est pas vraiment des opposants, mais on est apparemment prêt à recueillir et à cacher sous de faux papiers une victime supposée de la "police fédérale".

Personne ne fait de commentaire non plus sur ses différences invisibles, le comportement général semble impliquer qu'on ne les remarque pas non plus. C'est alors qu'une certaine gratitude point en lui. C'était vrai, alors, personne n'est capable de le repérer, ici ? Ici, il est *normal* ?

3

Lian ne se rappelle pas vraiment le voyage de retour, qu'il a tendance à confondre avec l'aller – mêmes paysages, mêmes auberges, mêmes silences. Mais il sait qu'on a dû lui expliquer ce qu'il pouvait comprendre de la Mer, à trois saisons. Comment, annoncée par les aïlmâdzi, elle est apparue la première fois sur les rivages et dans les ports de Tyranaël préparés depuis longtemps pour sa venue, car elle est bien plus haute que les plus hautes marées des océans d'eau salée. Comment elle a recouvert Aritu et Paalu, les deux continents de l'Ouest et de l'Est évacués par leurs habitants, n'en laissant que les plus hautes montagnes sous forme d'îles. Et comment elle a disparu deux saisons plus tard lors de l'éclipse de soleil, ainsi que l'avaient vu les aïlmâdzi, laissant derrière elle les océans intacts et des étendues de terre dépourvues de toute végétation mais où peu à peu ont repoussé plantes et arbres. Et deux saisons plus tard, de nouveau avec l'éclipse de la lune, et toujours comme l'avaient vu les aïlmâdzi, elle est revenue.

« C'est quoi les aïlmâdzi ? » se décide alors à demander Lian, puisqu'on ne lui explique toujours pas. Il ne se rappelle plus qui a répondu, Nathénèk ou Laraï, seulement que la réponse a tardé à venir – « Des gens qui ont le don de voir dans les nombreuses maisons de Hananai » – et qu'on lui a raconté alors l'histoire de la création, adaptée à son âge : Hananai habite plusieurs maisons à la fois, et dans beaucoup de maisons il y a les mêmes pièces, avec les mêmes meubles, mais juste un peu différents, et elle y accueille les mêmes gens, juste un peu différents ; et là l'histoire devient drôle, quand on lui fait imaginer tous les Nathénèk et toutes les Laraï et tous les Lian différents qui peuvent habiter les nombreuses demeures – un Lian rond comme une balle, ou en forme de cube avec seulement des pieds... L'histoire de la Mer perd de son intérêt ensuite. Elle était presque terminée de toute façon, et ce sont les fins que Lian trouve souvent les plus ennuyeuses : le Retour et le Départ de la Mer rythment le passage de l'année pour les Ranao ; elle transforme en glorieuse lumière le corps de ceux qu'elle a jugés dignes de la rejoindre et de mêler au sien leur esprit. Elle n'a pas dissous le corps de Lian lorsqu'il l'a touchée, certes, mais c'est seulement parce que son temps n'est pas encore venu. Il doit être bon et sage, et un jour, lui aussi, il ira rejoindre la Mer.

Il y aurait eu bien d'autres questions à poser, sans doute moins périlleuses – d'où vient la Mer ? Comment ? De quoi est-elle faite ? Est-ce une personne ? Mais Lian demande, sans savoir pourquoi : « Père-Dougall n'a pas été bon, lui, c'est pour ça qu'il n'a pas pu rejoindre la Mer ? », et il perd alors tout désir de poser d'autres questions : Laraï serre les lèvres en regardant au loin, et Nathénèk finit par répondre : « Non, mais quelquefois, c'est ainsi », sur un ton que Lian commence à connaître : plus-tard-quand-tu-seras-grand.

Et il s'occupe à devenir grand ; il oublie le voyage, et la Mer trop lointaine. Il a bien trop d'autres choses à apprendre. Car il grandit : les Gomphali lui arrivent maintenant presque aux genoux, et les arbustes s'écartent toujours davantage de la maison, plus vite à mesure qu'ils grandissent eux aussi. Il faut marcher plus loin à chaque lunaison pour les voir, petites silhouettes obstinées que leur trajectoire finira bien par amener aux premières pentes pierreuses de la montagne. Plus haut, escaladeront-ils le roc nu, les pentes de neige et de glace ? Quelques-uns seulement, dit Nathénèk ; et quelques-uns seulement sentiront un jour dans le lointain l'immensité orangée du Leïtltellu, le grand lac chaud du Nord. Les autres seront emportés dans les tempêtes, glisseront dans les précipices ; leurs filaments trop faibles cesseront de leur fournir l'énergie nécessaire, leurs racines gèleront et les affameront... Mais à quoi aura servi le sacrifice de leur père-Gomphal, alors ?

Si tous les petits Gomphali rejoignent le Nord, explique Nathénèk avec patience, ils seront trop nombreux, ils épuiseront le sol du territoire où ils se rassemblent pour la fécondation, et ils ne pourront pas redescendre procréer dans le Sud. L'impitoyable barrage des montagnes, maintenant et plus tard dans le Nord, ne laisse passer que les plus gros, les plus forts, ceux qui sont capables de creuser la glace assez profond pour s'ancrer dans les tempêtes, ceux dont les filaments peuvent capter la moindre parcelle de lumière à travers le brouillard le plus épais. Ceux-là gagnent le droit de vivre, et de descendre vers la chaleur féconde des eaux du Leïtltellu.

La calme conviction de Nathénèk est contagieuse, et Lian ne trouve rien à reprendre à ces explications : la loi qui fait disparaître certains Gomphali pour que l'espèce entière puisse survivre est assez claire ; c'est ainsi – une expression qui revient souvent dans la conversation, avec Nathénèk. Pourtant, une obscure protestation monte en Lian chaque fois qu'il observe l'obstination patiente des Gomphali. Un jour, il en choisit un, le plus petit, le dernier parti, et chaque matin, pendant une semaine, il pose de grosses pierres devant l'arbuste ; pour éviter l'obstacle, le Gomphal choisira sûrement le moindre effort : il infléchira sa route et, à force de l'infléchir, il finira par se diriger vers la passe qui traverse les montagnes en toute sécurité, au sud-ouest. Il pourra toujours repartir ensuite vers le Nord, n'est-ce pas ?

Mais chaque soir, quand Lian vient vérifier les progrès de son protégé, il trouve une trace bien nette autour des pierres, et le Gomphal toujours plus près de la montagne fatale. « Pourquoi il ne veut pas que je l'aide ? » demande Lian à Nathénèk, frustré. L'arbre ne se détourne que pour éviter les surfaces liquides très larges et très profondes, lui explique son père ; même l'ombre ne l'arrête pas, en plein jour, car il peut sentir la lumière. Il *doit* aller vers le Nord à cette période de sa vie, c'est inscrit dans ses gènes, il ne peut faire autrement et ce n'est pas gentil de l'en empêcher. «Il y a des choses dans le monde qu'on ne peut pas changer, Lian. C'est comme... le soleil qui se lève à l'est. On n'y peut rien. C'est ainsi.»

◆

Au début, il dort beaucoup. Mais à mesure que les jours passent et deviennent des semaines, il finit quand même par se rendre compte peu à peu que tous les gens de la commune sont au moins des sensitifs: la façon dont ils se parlent, leur comportement à l'égard les uns des autres, tout cela lui semble familier. Il se l'explique pourtant aisément, sans inquiétude: un simple écho rémanent de la mutation disparue chez eux. Mais ne voient-ils pas qu'ils ne le voient pas? Et si oui, pourquoi ne disent-ils rien? Par politesse? Ils ne se privent pas de lui poser des questions sur ses anté-cédents, au début – il s'installe dans sa feinte amnésie après que Jill Estérazy a déclaré: «Il ne se souvient de rien, le pauvre, c'est normal, laissez-le tranquille!» Une fois qu'il est capable de se lever et commence à se déplacer dans la commune, toujours accompagné de Jill qui l'a pris sous son aile, une certaine perplexité menace de faire surface: ils ne perçoivent bel et bien pas sa différence. Ils le voient quand il arrive dans leur dos, ils savent que c'est lui derrière la porte avec Jill (mais peut-être après tout entendent-ils dans les deux cas le bruit du fauteuil roulant, bien qu'il soit fort silen-cieux). Ils devinent ce qu'il désire, ce qu'il ressent – même si quelquefois, surtout au début, ils se trompent complè-tement.

Il trouve encore: la Mer. La Mer lui a laissé une sorte de... coloration protectrice. Pourquoi pas? Et quelle autre explication possible? Les jours passent, cela ne s'efface pas avec le temps, au contraire, il demeure caméléon – avec quelques éclipses, mais rares, et per-sonne ne semble s'en inquiéter. Il accepte la situation telle quelle, sans l'approfondir, flottant toujours dans le même étonnement lointain et sans angoisse. L'important, c'est que, pour les autres, il est comme tout le monde.

4

Lian accompagne désormais ses parents dans leurs rondes en forêt. Parfois tous les trois ensemble, quelquefois seul avec Nathénèk, mais plus souvent avec Laraï. Il apprend vite à faire silence pour ne pas troubler les véritables habitants de la forêt, qu'on voit rarement dans la pénombre bourdonnante traversée de lumière et d'insectes, mais qu'on entend toujours, cliquetis, aboiements brefs, ronflements, souffles rauques, le grincement rythmé du nätzinllad, l'oiseau qui ne vole pas et marche au ras du sol, les trilles obstinés de la mastanlid à mi-hauteur et, loin dans le ciel presque ininterrompu de feuillage, le bavardage intermittent des natlànkaï tandis que, invisibles et vifs, ils collectent les graines qu'ils cacheront et oublieront plus tard.

Laraï sait le nom de toutes les plantes, de tous les animaux, de tous les insectes. Dans la forêt, Laraï connaît tout. Elle ne se perd jamais. Elle a des points de repère – des petites figurines de terre cuite, de pierre ou de bois, peintes de couleurs vives, toutes différentes, accrochées ici à une branche basse, là nichées dans un creux de rocher. « C'est ce que faisaient les Hébao d'autrefois, les premiers gardiens de la forêt : chacune et chacun gardait et cultivait un territoire bien précis. C'était une faute très grave de déplacer des marques qui ne vous appartenaient pas. »

Toutes différentes, les figurines, tailles et couleurs, postures aussi, mais toujours la même créature, mi-animale mi-humaine : debout, assise, couchée, tel bras levé ou plié, ou telle jambe, tournés comme la tête dans une direction ou une autre. Toutes petites, pas plus grandes que la main de Lian, mais avec des détails amoureusement fignolés : autour de la tête et jusqu'au ras des yeux, un halo de cheveux très fine-ment bouclés d'où sortent deux petites protubérances, un peu comme des cornes, mais terminées par une sorte de petite boule aplatie ; le corps est mince et sinueux, presque sans hanches et sans épaules, avec un torse bombé, des jambes musclées et des bras nerveux décou-verts par une courte tunique sans manches décorée de minuscules poissons. C'est Liani-Alinoth. Elle a créé les êtres humains par inadvertance. Elle dormait, les jambes dans l'eau, et voilà qu'une petite bête aquatique plus audacieuse que les autres lui grimpe dessus, à l'air libre. Elle commence à suffoquer, la pauvre, en plein soleil. Ses cris réveillent Liani-Alinoth – et Laraï ra-conte toujours exactement de la même façon cette partie de l'histoire, sans rien expliquer, laissant toujours Lian perplexe : « Liani-Alinoth hésite entre la colère, parce que la petite bête est sortie de son élément, l'admiration, parce que la petite bête est sortie de son élément, et la pitié – parce que la petite bête est sortie de son élément. » Mais en fin de compte, Liani-Alinoth souffle sur la bestiole pour lui permettre de respirer dans l'air, et fait pousser un arbre de vie dans sa main pour la protéger du soleil. Et ainsi Liani-Alinoth devient la Gardienne des eaux et des forêts.

Et Laraï conclut avec un sourire grave : « C'est ta gardienne aussi, Lian, je t'ai donné son nom : "le lieu de la vie". »

Lian est flatté, mais un peu perplexe : « Je croyais que c'était Hananai qui avait créé les êtres humains. »

Laraï se met à rire : « Oh, elle les a créés ! Mais Hananai est la divinité qui va masquée, Lian, et elle possède autant de noms que de demeures. Pour les anciens Hébao, elle s'appelait Liani-Alinoth. »

Laraï connaît toutes les histoires. Souvent, quand elle montre à Lian quelles baies il faut manger, où creuser pour trouver les bonnes racines, à quel cri on reconnaît quel animal, de quelles couleurs se méfier chez les champignons, les fleurs ou les serpents, elle lui raconte comment les anciens Hébao l'ont appris pour la première fois. Quand il se promène dans la forêt, de plus en plus souvent sans accompagnateurs à mesure qu'il grandit, il entend bruire les histoires autant que les feuillages et les animaux. Il n'est jamais seul : l'esprit des anciens Hébao l'accompagne.

Et puis, un jour, il apprend que ses parents et lui ne vivent pas seuls non plus sur le plateau de Landaïeïtan. Il remarque dans les lianes basses des figurines qui ne sont pas celles de Laraï. Il reste frappé de stupeur et son père vient presque buter contre lui. « Quoi, Lian ? » D'un doigt tremblant, Lian désigne la marque. « Ah, trop loin », dit simplement Nathénèk sans se troubler, « nous sommes chez Gundiel ». Et il rebrousse chemin. Une fois à la maison, il lui montre pour la première fois une grande carte du Landaïeïtan – ce morceau de papier coloré, c'est le plateau, leur plateau ? Le territoire dont Laraï est chargée s'étend au nord-ouest, autour du Leïtnialen en forme de croissant – le lac Perle, à cause de la couleur gris-rose de ses eaux. Leur maison, invisible sur la carte, quel scandale, est située au bord du lac, là où il s'incurve. Ce n'est pas le seul du Landaïeïtan : toute son étendue en est parsemée, en général des lacs assez petits, souvent allongés, ou en forme de larme. Et d'autres maisons, d'autres fermes de gardiens, sont également réparties sur tout le plateau. Celle des Olaïlliu est la plus proche, à environ vingt-cinq langhi plus à l'est – l'est, c'est à droite de la carte.

« Tu finiras bien par rencontrer leurs enfants dans tes promenades, remarque Nathénèk avec nonchalance, ils vont souvent se baigner au bassin Tarli. » Et il désigne de l'ongle, sur la carte, à l'extrême limite du territoire de Laraï, un petit rond bleu bien trop petit

pour être un lac – sans prêter attention aux sourcils
froncés de Laraï. Lian a bien vu, lui, même si l'idée
qu'il existe non seulement d'autres adultes mais d'autres enfants sur le plateau lui fait écarquiller les yeux.
«Est-ce qu'ils ont le droit?»

Nathénèk éclate de rire en roulant la carte : « Bien
sûr ! Et de se promener dans notre territoire comme
nous dans le leur. Tout le monde, dans la réserve du
Landaïeïtan. La terre n'appartient à personne. Nous
sommes des gardiens, ici, Lian. Nous observons et
répertorions les animaux et les plantes, nous cultivons
parfois celles-ci dans nos petits jardins ou dans la forêt
pour savoir comment elles poussent, nous les étudions
au laboratoire pour déterminer comment elles pourraient aider tout le monde sur Atyrkelsaõ, mais nous
sommes des gardiens.»

Lian a cinq ou six saisons à cette époque-là, il
accompagne depuis un bon moment ses parents dans la
forêt et il commence à savoir ce qu'ils font sur le plateau.
Ce n'est pas pour cela qu'il sursaute: «Atyrkelsaõ?»

Il entend Laraï faire "tss" entre ses dents. Pourquoi
est-elle agacée?

«Le monde où nous vivons, Lian, dit Nathénèk avec
bonhomie. Tu te rappelles quand même bien que nous
vivons sur une planète?»

Oui, oui, une des perles dans le collier dans le tiroir
dans la commode dans la chambre dans la maison de
Hananai, comme le dit la chanson ; une grosse boule
ronde qui tourne autour du soleil en même temps que la
lune – elle-même une planète, puisqu'elle a des lunes.
«Elle ne s'appelle pas Tyranaël ? Toutes les histoires
de Laraï se passent sur Tyranaël...»

Nathénèk ne répond pas tout de suite ; il regarde
Laraï. Avec un soupir, celle-ci s'avance dans la pièce et
vient s'asseoir à la table: «Eh bien, ça dépend, Lian.»

Lian, qui sent venir une histoire, s'appuie aux genoux de sa mère. Elle lui caresse un bras. «Il y a très
longtemps, mille saisons au moins, nous vivions sur
une planète que nous appelions Tyranaël. Un jour, les

aïlmâdzi ont vu un grand danger, et nous sommes partis pour l'éviter... » Elle hésite un moment, puis reprend comme si elle avait voulu dire autre chose mais avait changé d'avis : «... dans une autre demeure de Hananai, sur une planète exactement pareille. Comme deux graines de fofolod dans la même gousse. Les mêmes rivières, les mêmes montagnes, les mêmes lacs, tout au même endroit... mais sans les villes et les ports et les ponts et les routes, rien de ce que nous avions bâti sur Tyranaël. Nous avons dû reconstruire. »

Elle se tait, les yeux perdus au loin. Lian est abasourdi. Comment fait-on pour passer d'une demeure de Hananai à une autre ? Mais il n'a pas le temps de poser la question, Laraï reprend : « Certains d'entre nous... pensaient qu'il ne fallait pas tout recommencer comme avant, et on les a appelés darnao. D'autres, les dânao, voulaient reconstruire un certain nombre de choses de la même façon, pour que nous ne perdions pas la mémoire. Nous avons beaucoup discuté et nous avons convenu de nous partager le travail. Les dânao s'occuperaient de ce qui serait pareil, et les darnao de ce qui serait différent. Par exemple, sur le Landaïeïtan de Tyranaël, il y avait beaucoup de mines et de carrières partout. Mais ici, sur Atyrkelsaõ, certaines plantes et certains animaux n'existent nulle part ailleurs que sur le plateau. Les darnao ont décidé d'en faire une grande réserve, et les dânao ont ouvert ailleurs les mines et les carrières dont nous avions besoin. »

Elle se tait encore. Lian remarque : « Ça se ressemble, dânao, darnao...

— Bien sûr, sourit Nathénèk approbateur. Les enfants du souvenir, les enfants du devenir : deux faces de la même médaille. »

Laraï hoche la tête en souriant aussi, finalement. « Et c'est pour cela que nous, les darnao, nous préférons appeler cette planète-ci "Atyrkelsaõ" plutôt que "Tyranaël".

— L'autre côté de l'éternité, dit Nathénèk avec gravité en regardant Laraï.

— L'autre côté de l'éternité », acquiesce Laraï à mi-voix en le regardant aussi.

Quelque chose passe entre eux, comme souvent, et Lian devine avec plaisir qu'ils ne sont plus fâchés l'un après l'autre – même s'il ne sait toujours pas pourquoi ils étaient fâchés.

Ce soir-là, Lian rêve de grosses perles qui font la ronde autour du soleil, toutes pareilles, et elles poussent des tiges et deviennent des Gomphali, sans jamais cesser de tourner ni d'être des perles, et lui est suspendu dans les branches – il fait bien attention de ne pas se faire piquer par les filaments. Dans le rêve, il doit sauter d'une perle à l'autre, mais il a très peur de tomber dans le vide, alors il se répète le mouvement dans sa tête, mais il ne saute jamais.

◆

Il y a beaucoup de monde à la commune, une cinquantaine de personnes – il n'a pas vécu avec autant de monde depuis plus d'une saison ; des foules dans des rues ou sur des bateaux, ce n'est pas pareil. Ici, on le connaît par son nom – " Liam " –, on lui parle, on s'attend à ce qu'il réponde. À ce qu'il partage les repas pris en commun. Bientôt, à ce qu'il les prépare avec les autres quand c'est son tour. À ce qu'il travaille comme tout le monde. On ne lui demande pas de se trouver du travail à l'extérieur, heureusement – un autre fait acquis dont il ne comprend pas vraiment la raison d'abord, mais qu'il accepte encore avec gratitude. Il devra seulement travailler dans la commune. Que sait-il faire ? Il propose avec prudence : « Jardiner. Travailler le bois. Faire de l'aquarelle, jouer du piano. » Les deux premières offres suscitent une approbation sans réserve. On le lâche bientôt sur la terrasse qui couronne la maison, entièrement reconvertie en jardin potager et en verger. Il lui faut un moment pour s'adapter aux plantes locales, il n'en connaît vraiment ni culture ni usage, ce ne sont que des noms pour lui – heureusement, il peut aller consulter en catimini les manuels dans la bibliothèque de Jill Estérazy.

Jill est la trésorière de la commune, et son « institutrice » : elle apprend aux tout jeunes enfants à lire, à écrire et à compter en attendant qu'ils aillent " à la grande école ". La blonde Suzane, sa nièce, s'occupe des enfants un peu plus âgés en alternance avec Andreï Bingham, un petit homme jovial dans la quarantaine, à la barbe et aux cheveux poivre et sel frisés en auréoles jumelles, autour de son menton et autour de son crâne. Il y a une vingtaine d'enfants en tout à la commune, petits et " moyens " mêlés, et une demi-douzaine d'adolescents qu'on voit seulement les matins et les soirs, avant leur départ pour l'école du quartier, après leur retour.

À la fin de la première semaine – une semaine de vacances pour les adultes et pour les enfants – la commune se vide tous les jours en alternance, matinée, après-midi, des deux tiers de ses adultes qui vont travailler à l'extérieur. Ne restent que Jill, Suzane et Andreï, et " les grands-mères et les grands-pères ", comme les appellent les enfants, un groupe d'une demi-douzaine de vieilles personnes (dont les grands-parents d'Andreï), qui font presque tout ensemble, une sorte de club à l'intérieur de la commune. On les aime et on les respecte, avec une note souvent indulgente, ou un peu agacée quand ils radotent aux réunions.

Le fonctionnement de la commune est assez simple : on prend les décisions à la majorité, et après des discussions animées. Les enfants sont apparemment les enfants de tout le monde (comme d'ailleurs " les grands-pères et les grands-mères), et il faut à Liam plusieurs semaines pour déterminer avec certitude qui sont les parents de qui – il ne se presse pas, c'est comme un jeu, sans importance. On met aussi l'argent en commun, on se partage les tâches, et gare à qui essaie d'en faire moins et de recevoir plus que sa part. Il y a des séances de réflexion, toutes les fins de semaine, où chacun évalue sa performance, reçoit les commentaires des autres, le cas échéant des points de démérite. Pas de points de mérite, même si l'on félicite et encourage chaleureusement enfants et adolescents lorsqu'ils ont bien travaillé. Les adultes, eux, cela va de soi ; ce sont leurs fléchissements qu'on souligne.

On s'habille de façon simple, voire monotone. Deux modèles de robes, de tuniques, de combinaisons et de pantalons, une palette de couleurs limitée pour les hommes, blanc, brun, gris, noir et bleu, un peu plus riante pour les femmes (on a droit aux autres couleurs primaires, rouge et jaune, et au vert). Les cheveux sont portés courts ou aux épaules ; si on frise, c'est naturellement, comme Suzane ou Jill. On se rattrape sur les accessoires, foulards, ceintures, bijoux de pacotille, mais avec discrétion – *l'ostentation* est l'un des manquements qu'on ne rate pas aux séances de réflexion.

Mais on mange correctement, bien que sans excès ; les enfants jouent et rient sans contrainte, une fois qu'ils ont fait leurs devoirs et aidé aux tâches collectives. On est en bonne santé – pas de dodus à la commune : on fait de l'exercice en jardinant, on va travailler à pied à l'extérieur partout ou on le peut et, tous les matins, après le petit-déjeuner, on se livre à des séances communes d'assouplissement et de méditation, même Jill dans son fauteuil roulant, même les grands-pères et les grands-mères. C'est une vie simple et saine ; on a les uns pour les autres une affection discrète mais réelle, compte tenu des inévitables frictions. Qui, plusieurs fois, en viennent aux cris, aux empoignades et aux pleurs – entre enfants comme entre adultes – et doivent se régler en séance de groupe. Mais après un examen de conscience poussé, et grâce aux commentaires et conseils des uns et des autres, les problèmes semblent se résoudre sans séquelles.

Lian enregistre tout cela avec le même intérêt flottant. Ces gens, cette demeure, sa présence parmi eux sont si improbables que parfois il en serait presque amusé.

5

Un jour, distrait par le chant d'un oiseau inconnu qu'il essaie de mémoriser pour le transcrire dans son carnet – à défaut du portrait de l'oiseau, qui se déplace tout le temps –, Lian pénètre sans le remarquer dans une clairière. La surface n'en est pas plane mais bombée, et la végétation n'est pas tout à fait la même que dans la forêt environnante. Les oreilles et l'esprit fixés sur le chanteur invisible, Lian gravit le monticule central en écartant distraitement buissons et arbustes. Et trébuche au sortir du dernier buisson, pris au dépourvu par le large espace circulaire qui s'ouvre devant lui, par le miroitement et l'odeur de l'eau, par sa couleur aussi, un vert profond où se détachent le vert presque blanc des lentilles d'eau et le vert amande des roseaux. Il s'accroupit, étonné. Un trou d'eau ? À en juger par les plantes, l'odeur et les petites taches rouges et noires des ueldânani affairées qu'il voit nager ici et là près des bords, ce n'est pas de l'eau stagnante ; il peut même déceler à la surface le léger friselis d'un courant, car il n'y a pas de vent en cette fin d'après-midi.

Intrigué, il décide de faire le tour – bien trente lani de diamètre. Il pose un pied prudent dans l'eau, tout près du bord, est surpris de sentir comme la pente est raide et dure sous la pellicule de mousse glissante, et se résout à circuler à l'extérieur en s'accrochant quand c'est nécessaire aux branchages, car il a parfois à peine la place de poser les pieds. Ayant déterminé d'où vient le courant, il redescend du monticule et va explorer la clairière dans cette direction, qui serait l'amont d'un hypothétique ruisseau. Rien.

Perplexe, il revient au trou d'eau, à l'étang, il ne sait comment l'appeler... et soudain il se rappelle les petits ronds bleus sur la carte montrée par Nathénèk. *Bassin*. C'est un bassin ! Il s'assied, les jambes dans l'eau – presque chaude en surface, elle se rafraîchit vite, il doit y en avoir profond. Mais ce n'est pas... naturel, un bassin, n'est-ce pas ? Il glisse une main le long de la surface moussue si étrangement dure, gratte de l'ongle, rencontre vite de la pierre. Y met les deux mains, gratte avec plus d'énergie. Quand l'eau s'éclaircit, il a dégagé un morceau de surface rocheuse légèrement incurvée, écarlate, de l'ultellaod sans aucun doute, mais pas lisse – elle est marquée d'innombrables petites dépressions régulières. Plane, pourtant, la surface, égale. *Sculptée*, c'est le mot qui lui vient à l'esprit, même s'il le sait inexact : Laraï lui a montré comment travailler un morceau de pierre avec pour tout outil un autre morceau de pierre.

Il continue à gratter la mousse sur le pourtour du bassin, au ras de l'eau, et tombe enfin sur un joint où la pierre légèrement arrondie s'ajuste, sans un interstice, à une autre pierre également travaillée. Pas de ciment. Il suit le joint vers le fond jusqu'à avoir de l'eau à l'épaule, mais sans en sentir la fin. Il faut en avoir le cœur net : il se débarrasse de son sac à dos, se déshabille, prend son souffle et plonge, yeux ouverts sous sa paupière transparente. Difficile de voir quand même dans l'eau trop riche, mais il tâtonne le long du joint et peut le sentir s'incurver en s'enfonçant. La lumière de la surface est à au moins trois lani au-dessus de lui quand il touche un autre joint perpendiculaire et le suit sur un lani ou deux sans en rencontrer d'autre. À bout de souffle, stupéfait, il remonte et crève la surface. D'où viennent ces pierres énormes ? Il n'y a pas d'ultellaod par ici, il faut aller au sud-ouest du Leïtnialen pour en trouver les premières veines. Et qui les a travaillées ainsi, à la main, qui a créé ces bassins ? Les gardiens du plateau, aux temps lointains où les Ranao se sont installés dans leur nouvelle demeure ? Mais pourquoi ?

Au moins, cette petite baignade l'aura rafraîchi. Il
se hisse sur le rebord, se glisse entre les buissons et se
retourne sur le dos, un bras sur les yeux, pour se laisser
sécher. Ses parents lui recommandent toujours de ne
pas exposer trop longtemps sa peau nue au soleil, mais
sous ces grandes feuilles dentelées à l'odeur musquée,
il est assez protégé. Il laisse les bruits de la clairière
envahir sa conscience, avec ceux de la forêt, une aura
plus lointaine. L'oiseau capricieux chante-t-il encore ?
Oui. Une mélodie longue et complexe, où se détachent
des motifs récurrents, d'abord brefs et aigus, puis longs
et plus graves... Lian chantonne à mi-voix en essayant
de suivre l'oiseau puis, engourdi par la chaleur, il
chantonne seulement dans sa tête. Même cela, au bout
d'un moment, c'est trop, et il se contente d'être, saturé
de chaleur humide, de sons et de parfums.

Un bruit d'éclaboussures le tire brusquement de sa
somnolence et il se dresse sur son séant. Dans la
pénombre, il se demande un instant, égaré, si c'est la
nuit, mais non : de gros nuages ont envahi le ciel, le
soleil a disparu, le vent s'est levé, le temps a fraîchi, il
va pleuvoir. Il a dû dormir plusieurs heures, malgré
tout, c'est le milieu de l'après-midi, il a faim ; et il va
devoir penser à rentrer.

De nouveau le bruit d'éclaboussures. Lian observe
la surface obscure d'où s'élèvent de légères vapeurs,
comme des petites langues chaudes. Des ondulations
viennent lécher le rebord près de lui. Il essaie de se
rappeler le bruit, un peu inquiet. Un gros animal. Une
malangai ? C'est ce qu'il y a de plus gros dans cette
partie du plateau, d'après Laraï ; elles vivent près de
l'eau où elles aiment s'amuser, et se sauvent si on les
dérange ; mais il n'en a pas vu de traces aux alentours
de toute façon... Un karaïker ? Lian frissonne, mais il
sait qu'il joue à se faire peur : si un tigre géant était un
habitué du bassin, il en aurait encore plus remarqué les
traces aux alentours – ce sont les premières que ses
parents lui ont appris à reconnaître, même si les quelques
karaï du plateau vivent plus à l'ouest, dans la partie la

plus sauvage de la réserve. Oui, mais un karaïker fou,
un mangeur d'humains ?

Qui se baignerait bien gentiment au lieu d'avoir
avalé Lian tout cru pendant qu'il dormait ? Lian aime
bien se raconter des histoires, mais il y a des limites ; il
hausse les épaules en observant encore un moment la
surface de plus en plus indistincte sous son voile de
vapeur, tandis que la lumière continue à décliner et que
résonnent les premiers grondements lointains de l'orage.
Allons, il ferait mieux de retourner dans la forêt et de
se fabriquer un abri en prévision de l'averse.

Il se lève, s'habille en hâte, assure son sac sur ses
épaules et se détourne après un dernier coup d'œil au
bassin.

Et dans cette fraction de seconde, il voit, sous la
vapeur blanchâtre, près du bord, à ses pieds. Deux
grands yeux jaunes et ronds au ras de l'eau, sous une
toison hirsute, brillante de gouttelettes. Y avait-il deux
petites protubérances, comme des cornes molles et
mouvantes, à travers les poils – les cheveux ? Il n'est
pas sûr. Il gardera l'impression d'un corps sombre et
sinueux juste sous la surface, sans épaules et sans hanches, deux longs bras étendus, une grande queue – ou
bien étaient-ce des jambes jointes ?

Lian fait volte-face et dévale le monticule, le cœur
dans la gorge, il n'arrête pas de courir quand les premières gouttes de pluie, lourdes et pressées, lui fouettent
le visage. Il s'engouffre dans la forêt, saute par-dessus
les troncs abattus, fonce à travers les rideaux de lianes,
et finalement trébuche et tombe. Il se redresse à quatre
pattes, terrifié : le poursuit-on ? Impossible de rien entendre dans le déluge. Au bout d'un moment, comme
nul monstre ne surgit, il se blottit sous une large branche,
honteux et dégoulinant, pour attendre la fin de l'averse.

Laraï et Nathénèk le contemplent d'un air étrange,
cette nuit-là, à la maison, quand il leur raconte. Un
mélange de stupeur et... d'envie ? « Ça pourrait être une
naaludan, remarque Nathénèk.

— Ça n'a pas de cornes », dit aussitôt Lian qui a parfois aperçu les timides mais mélodieux nageurs blancs dans le lac, et Laraï renchérit : « Une naaludan ne serait pas allée vers lui. »

Il a vu une moatrani. « Nous les appelons ainsi, moatranao, nous ignorons quel nom elles se donnaient. C'étaient les premières... les ancêtres. Les autres ancêtres, car il y a très, très longtemps, des créatures identiques ont existé aussi sur Tyranaël, et nous sommes leurs descendants. Mais ici, sur Atyrkelsaõ... »

Laraï cherche ses mots, ce qui ne lui est pas habituel, et Nathénèk enchaîne : « ... elles ne se sont pas développées comme sur Tyranaël. Il y a des centaines de milliers d'années, elles ont cessé de changer. Et elles sont devenues de plus en plus rares, parce que ce qui ne change pas est condamné à disparaître, c'est ainsi.

— Certains pensent qu'il n'y en a plus du tout sur Atyrkelsaõ, reprend Laraï, mais on en a vu parfois, dans des endroits sauvages.

— Ou bien on a voulu en voir, s'obstine Nathénèk.

— Lian ne connaissait même pas leur existence ! »

Lian réfléchit, les sourcils froncés, inquiet de leur désaccord. Cette créature lui fait surtout penser aux figurines de Laraï, à Liani-Alinoth, mais il n'ose pas le dire. « Est-ce que ce sont... des gens ?

— Oui, Lian », dit Laraï d'une voix un peu triste, et Nathénèk ne la contredit pas. « Du moins l'ont-elles été, il y a très, très longtemps, et qui peut dire ce qui leur en reste si elles existent encore ? Ce sont eux qui ont construit les bassins. »

Le lendemain, elle emmène Lian dans une autre clairière, au nord du lac, plus près de la montagne. Le relief en a été bouleversé par un ancien tremblement de terre et le bassin est à sec depuis longtemps. Les énormes pierres sont en partie disjointes, certaines sont même fêlées, mais on en distingue encore très bien l'agencement. Et Laraï montre à Lian l'arrivée des conduits souterrains qui amenaient l'eau depuis un torrent disparu.

Les torrents peuvent disparaître ? Laraï sourit : « Il y a une centaine de milliers d'années, Lian, près de cinq cent mille saisons. Le plateau n'était pas comme aujourd'hui. Le continent était différent. Tout change, tu sais, les plaines deviennent des montagnes et les montagnes des plaines, les rivières s'assèchent, les mers s'ouvrent et se referment... Tout se transforme. Pas à la même vitesse, voilà tout. »

Elle s'accroupit, caresse la pierre usée du conduit et murmure, pensive : « Et les moatranao ont construit ceci, des dizaines de bassins semblables dans tout le sud-est, il y a une centaine de milliers d'années... Elles ont taillé et transporté les pierres, elles ont construit les canalisations, parfois sur des langhi de long, elles ont édifié les monticules, ils ont façonné les bassins.

— Mais pourquoi ?

— Tu te rappelles l'histoire de Liani-Alinoth ? Comme nous, à l'origine, les moatranao étaient des créatures aquatiques. Nous pensons qu'elles ont eu plus longtemps que nous besoin d'eau pour se reproduire – mais pas n'importe quelle eau. De l'eau calme mais non stagnante, pas trop d'espace, une température et un ensoleillement particuliers, et même certains types d'animaux et de végétation dans l'eau et aux alentours, qui sait ? Et quand elles ne les ont plus trouvés à l'état naturel, ou avec difficulté, elles les ont recréés elles-mêmes. Ou encore plus tôt dans leur évolution, à mon avis, par choix et non par besoin. Parce qu'elles étaient devenus... – elle sourit à Lian – ... des gens. Et que les gens, où qu'ils soient, tendent à changer le monde autour d'eux, parce qu'ils changent eux-mêmes. »

Lian contemple le bassin effondré en écartant de son front un nuage d'insectes grésillants. « Elles n'ont jamais rien construit d'autre ?

— Non. Avant de découvrir les bassins, nous étions persuadés qu'il n'y avait jamais eu de conscience sur Atyrkelsaõ. Que c'était une maison vide, sans passé... » La voix de Laraï se perd dans un murmure, elle ne parle plus vraiment à Lian. « Une maison sans fantômes.

— Mais si Atyrkelsaõ est exactement comme Tyra-naël, "deux graines de fofolod dans la même gousse", pourquoi il y avait des Ranao sur l'une et des moatranao sur l'autre?

— Ah mais, Lian, les graines de fofolod ne sont jamais *exactement* semblables dans leur gousse. Les demeures de Hananai non plus. C'est comme les gouttes de pluie. Il y a des différences entre elles, que nos yeux ne peuvent pas toujours voir, mais qui existent.

— Il pourrait aussi y avoir une demeure, alors, où les Ranao et les moatranao existeraient en même temps, et où les moatranao seraient encore vraiment des gens?

— Oui », finit par dire Laraï, avec une drôle de voix dure. « Mais je ne sais pas s'ils existeraient très long-temps ensemble. »

Et Lian garde pour lui le "pourquoi?" qui lui est inévitablement monté aux lèvres. Désormais, cependant, quand il se promène dans la forêt, s'il n'est jamais seul, ce n'est plus à cause de l'esprit des anciens Hébao – ils n'ont jamais connu cette forêt-*là*, ce ne sont que des souvenirs dans les histoires de Laraï –, mais l'esprit des moatranao l'accompagne, qui ont été des *gens* et qui avaient sûrement plein d'histoires aussi, dont per-sonne ne saura jamais rien.

◆

La commune est située dans le quartier 4 de la zone Ouest de Bird-City (on dit "Bird"; on dit aussi "Orlemur Ouest" en parlant du quartier.) Mais Liam ne sort pas. Pas prudent, même avec ses faux papiers, il vaut mieux pas, dit Jill. Ce n'est pas comme s'il voulait sortir, non plus. L'espace de la maison lui suffit, le toit-terrasse, sa chambre, la cuisine, la salle à manger, la cour cen-trale, le grand bassin ombragé de son arbre-à-eau. Une bulle confortable. Il ne va pas la crever en essayant d'en sortir. D'ailleurs, Jill a raison, il courrait le risque de se faire repérer; il se le dit par acquit de conscience: il a peine à croire à l'existence de la ville au-delà de la commune. Il pourrait la voir, pourtant : il lui suffirait de s'approcher des parapets de la terrasse et de regarder la rue en contrebas, dont il entend pourtant la rumeur. Mais il ne le fait pas.

Il est bien. Entre son travail au jardin, à la cuisine, à l'atelier et les longues parties d'échecs avec Jill ou Andreï, il ne s'ennuie pas. Par acquit de conscience, encore, il a parcouru en diagonale les livres de la bibliothèque ; il ne tient pas à connaître le monde qui entoure la commune ; il est certain d'en savoir tout ce qui compte. Ce sont surtout des manuels techniques, d'ailleurs, jardinage, médecine, bricolage, quelques romans... rien de très intéressant. Il glane des détails, pour remplir les cadres qu'il possédait déjà. On écrit *Année*, ici, on écrit *Mois* – a-t-on besoin de se rappeler qu'on vient d'ailleurs, d'un monde où le temps se mesurait en d'autres années et d'autres mois ? – mais, bizarrement, pas de majuscule à *saison*, bien qu'on écrive, et pense donc, toutes les saisons avec des majuscules ; il n'y a que douze Mois, les jours ont des noms différents, ils durent trente-cinq heures, tout le monde fait la méridienne ; mais c'est l'Hiver aussi à Bird-City, même si l'Année *commence* avec le retour de la Mer...

Il est pourtant bien obligé d'entendre les discussions des travailleurs de l'extérieur, à la table des repas, et quelques autres informations vont rejoindre celles qui dorment dans son paysage intérieur, curiosités épinglées comme des papillons. La ville semble fonctionner sur le même modèle que la commune, le reste de la région aussi, sans doute – mais aucun des membres de la commune n'a jamais quitté la région, à peine la ville : on ne sort pas sans passeport de la province, on ne circule pas sans laissez-passer temporaire d'une région à l'autre de la province, et en ville il faut avoir en tout temps son *idicarte,* sa carte d'identification, sur soi. Bird semble, en gros, une association de communes. Des séances de réflexion ont lieu à l'échelle du quartier, puis de la zone, et on y examine

avec la même gravité attentive la performance des uns
et des autres. On a des *quotas* à respecter – une partie
des fruits et des légumes du jardin reviennent au quartier sous forme de conserves, une portion du salaire
des travailleurs de la commune revient à la zone. On
reçoit des points de démérite, sinon. Et des remon-
trances, par écrit, du conseil de quartier ou du conseil
de zone. Le Conseil de Ville (le seul qui a droit à des
majuscules) fait effectuer par ses fonctionnaires des
inspections-surprises : pour les enfants et leur niveau
d'instruction, pour l'hygiène (la cuisine, les toilettes et
les douches étant toujours impeccables, personne ne
s'en soucie beaucoup) et – Liam ne peut se le décrire
autrement – pour le degré de satisfaction général des
membres de la commune. Tout le monde le prend avec
philosophie : c'est comme la pluie et le soleil. Lui, il
flotte avec équanimité au-dessus, à côté, en dehors de
tout cela. Il se promène de sa chambre à la salle à
manger, en passant par la terrasse et la cuisine, il travaille, il mange, il écoute, il joue aux échecs, il dort,
les semaines s'ajoutent aux semaines. La routine est
délicieuse, délicieux le calme de la grande maison le
matin et l'après-midi, l'ombre tiède des arbres de la
terrasse, la terre moite et fertile entre ses doigts, les
plantes de mieux en mieux apprivoisées... Il s'est trouvé une place. Elle lui semble évanescente parfois,
comme un rêve, parfois il se dit qu'il va se réveiller,
qu'êtres et choses, ici, ne sont que des fantômes, mais
il écarte vite ces percées d'angoisse, les oublie. Il s'est
trouvé une place. Ici, il est normal. Il vit, et il mourra,
comme tout le monde. C'est tout ce qui compte.

6

Un jour, bien sûr, au bassin Tarli, Lian rencontre les enfants des voisins. Cela se fait simplement, un après-midi d'automne. Il a pris son dana-dana et il est passé par la piste, comme les autres fois : ça rallonge, mais c'est plus praticable pour des roues – il a sept saisons, il est capable de pédaler sur une demi-douzaine de langhi aller puis retour dans une journée. Lorsqu'il y arrive, ce jour-là, il entend enfin des rires, des cris, des bruits de plongeon ; il y a tellement pensé que la curiosité est bien plus forte que la crainte, et il les observe, Maïli, Miniaz, Tarmel, il connaît leurs noms, Nathénèk les lui a dits. Miniaz aux nattes rousses et Maïli aux courtes boucles brunes sont des alnaldilim, enfants d'un même père, en l'occurrence Naritias ; Tarmel aux cheveux noirs est l'enfant de l'autre époux de Gundiel, Kavnid. Lian connaît même le nom de la mère de Gundiel, qui vit avec eux, Olaïli, et de sa sœur cadette, Shalaï.

Et eux le connaissent aussi, même s'ils ne l'ont jamais vu – Laraï ou Nathénèk se rendent aux réunions de travail et aux assemblées générales du plateau, même s'ils n'y emmènent jamais Lian. Il croyait que c'était normal. Il apprend qu'il est différent.

Son corps est un peu différent, il le savait, il a vu ses parents nus, mais il pensait qu'en grandissant il deviendrait comme Nathénèk – tout change, n'est-ce pas ? C'est ce que Laraï lui avait dit quand il avait remarqué la différence entre son pénis et celui de son père : « Nathénèk est un adulte et toi un petit garçon. » Mais Lian regarde Tarmel quand le petit sort de l'eau – il regarde le pénis de Tarmel, qui se secoue pour s'égoutter et se déploie ensuite au soleil, et c'est comme celui de Nathénèk, en plus petit, une sorte de courte trompe cylindrique et musclée qui, une fois sèche et réchauffée, se recourbe de nouveau vers l'arrière et devient presque invisible, à l'abri maintenant dans le léger repli de chair, le long du pubis ; elle ne pend pas tout droit et pointu au bas de son ventre, toujours visible, comme le pénis de Lian.

Pourtant Tarmel n'est pas un adulte, il a seulement quatre saisons ! Lian, désemparé, contemple son propre sexe avec un début d'inquiétude.

Tarmel, qui a suivi la direction de son regard, redéploie son pénis et le fait tourner de droite à gauche : « Et ça ne sert pas pour faire pipi, non plus », dit-il d'un ton définitif.

Lian n'est pas pareil. Ils examinent ensemble leurs différences, tous également curieux. Le brun de sa peau est plus clair, ses cheveux presque blancs – blonds, c'est le soleil qui les décolore, « blonds », concède Maïli. Sous la paupière nictitante transparente, ses yeux sont gris-bleu, une couleur inconnue des Ranao, et la paupière plus ovale que verticale. Et il a un nombril. Il croyait aussi que le petit nœud changerait avec l'âge, se résorberait : Nathének n'en a pas ; sur son ventre comme sur celui de Laraï, à peu près à la place du nombril, une petite bande verticale de peau plissée, un peu plus claire, mais c'est tout. Les petits Olaïlliu ont la même bande verticale, et pas de nombril non plus.

Miniaz effleure le ventre de Lian et dit : « Moi, je trouve ça mignon. » Elle trempe une main dans l'eau et, sur les planches déjà sèches du ponton, elle dessine rapidement un petit rond avec deux taches pour les yeux et une tache pour la bouche, puis un autre rond plus grand, avec aussi trois points en triangle ; Maïli ajoute des traits : bras, jambes et un sexe masculin. C'est un jeu, maintenant. Lian dessine les filles : leurs seins ne sont pas encore formés, mais les petites aréoles sont apparentes, avec les semis de taches symétriques en dessous, comme Laraï, là où les ancêtres femelles des Ranao avaient une double rangée de tétines. Il ajoute les nattes de Miniaz, pour faire plus ressemblant.

« Eh, c'est quoi, ça, des cornes ? » proteste le modèle.

Une impulsion fait dire à Lian : « Non, tu n'es pas une moatrani. »

Et il en est bien content, car Maïli, avec un reniflement dédaigneux, lui sert sa réplique suivante sur un plateau : « Personne n'en a jamais vu, des moatranao ! »

La discussion se détourne alors résolument du physique comparé de Lian et des petits Olaïlliu.

Plus tard dans la matinée, alors qu'ils attendent la carriole qui les a amenés là, Tarmel propose de jouer à cache-cache. Puis il se mord les lèvres tandis que Miniaz dit, juste un peu trop vite : « On n'a pas le temps.

— C'est quoi, ce jeu-là ? » demande Lian.

Il y a un petit silence, puis Maïli soupire : « Celui qui s'y colle compte jusqu'à cent sans regarder, et tous les autres vont se cacher. Il faut les retrouver le temps de compter jusqu'à cent. Le premier à avoir été trouvé s'y colle au tour suivant. »

Un autre petit silence. « On *peut* y jouer », dit Miniaz à Maïli.

« Ça serait juste *se cacher* », rétorque celle-ci.

Lian les regarde l'une après l'autre, agacé : de quoi parlent-elles ? « Pourquoi ? » proteste-t-il.

Maïli semble hésiter, puis hausse les épaules. Elle se couche par terre, la tête dans les bras. « Cachez-vous, sans vous cacher – pas toi, Lian. Je compte seulement jusqu'à cinquante. »

Déconcerté, il regarde Miniaz et Tarmel se dissimuler, sans un bruit, parfaitement invisibles, dans les hautes herbes et dans un buisson touffu d'arpelai. Quand Maïli se relève, elle ne se déplace même pas pour chercher. Elle tend un doigt : « Tarmel. » Elle en fait autant pour Miniaz. Pas une hésitation. Elle ne peut pas les avoir vus, mais elle sait exactement où ils se trouvent.

« On n'a pas besoin de se voir avec les yeux, nous autres. Si on ne se *cache* pas, si on ne s'empêche pas de voir à l'intérieur, on se trouve tout de suite. C'est pour ça que ça s'appelle " cache-cache " : il faut se cacher des deux façons. »

Et Miniaz enchaîne, presque d'un ton d'excuse : « Si tu t'y collais, on aurait juste à se cacher, puisque tu ne peux pas nous voir à l'intérieur. Ça prendrait des heures, ça ne serait pas très amusant... Nous, si on ferme les yeux » – et elle le fait – « c'est comme si tu n'étais pas là du tout. On ne te voit pas à l'intérieur. On ne te trouverait jamais, tu gagnerais tout le temps. Ça ne serait pas juste.

— Voilà Shalaï ! » dit Maïli. Elle semble soulagée. Pas de carriole en vue, pourtant. Mais les autres enfants rangent leurs affaires et s'élancent vers la piste qui passe près de la clairière ; Miniaz se retourne pour crier : « Viens nous voir à la maison quand tu veux, Lian ! » Quelques minutes plus tard, une carriole sort en effet de la forêt. Quoi, Shalaï aussi, ils la *voient* à distance ?

Ils ne lui ont pas dit qu'il est un halatnim. Cela n'aurait pas été poli, et ils avaient déjà dépassé la limite.

Quand il rentre ce soir-là, il ne sait pas trop comment s'y prendre, avec ses parents. Il range ses affaires, va se laver, leur montre ses carnets où, comme d'habitude, il a consigné ce qu'il a vu de nouveau ou d'insolite. Puis, comme s'il s'agissait simplement d'une autre variété de créatures exotiques – et c'est bien le cas, d'une certaine façon – il conclut : « Et j'ai rencontré les Olaïlliu au bassin Tarli. »

Il voit le raidissement de Laraï, la lenteur avec laquelle Nathénèk finit de couper sa tranche de pain. Puis son père demande : « Vous vous êtes bien amusés ? »

Et Lian s'entend dire : « Oui, mais je ne peux pas jouer à cache-cache avec eux. »

Ils lui expliquent, alors. Les gens qui ont des pouvoirs et ceux qui n'en ont pas. « C'est ainsi. » Ce n'est pas Laraï qui dit " halatnim ", c'est Nathénèk. Laraï parle de mutation ; Lian s'illumine : voilà pourquoi il n'est pas tout à fait pareil, bien sûr, comme les kâstelladaï qui sont des versions différentes des kâstulladaï, grises au lieu d'être noires, et avec des pattes plus courtes et un bec plus fin. Laraï dit « Oui, les halatnim sont une variante des Ranao. » Nathénèk a l'air de vouloir parler mais elle répète, et ce n'est pas pour Lian : « Les halatnim *sont* des Ranao », et Nathénèk finit par hocher la tête en silence.

Ensuite, Laraï raconte à Lian l'histoire d'Oghim. Pas en entier. Juste l'ombre perdue du petit prince, la quête pour la retrouver, les pouvoirs acquis en chemin : comment, premier tzinan, Oghim s'envole pour échapper au karaïker, comment, premier keyrsan, il déplace la Fleur de Palang sans la toucher pour ne pas en être foudroyé, et comment enfin, premier danvéràn, il parle à l'homme fou sans passer par ses oreilles sourdes. Pas à haute voix, précise Nathénèk, à l'intérieur. « Comme Miniaz, Maïli et Tarmel se voient ? » Non, eux, ce sont simplement des lâdzani, ils sentent les émotions des gens, à plus ou moins grande distance. Beaucoup de Ranao sont ainsi. Quelques-uns, plutôt rares, ont tous les pouvoirs, comme Oghim ; on les appelle des hékel – il y en a une sur le plateau, Kéryan ; c'est chez elle qu'on fait les assemblées et les réunions. D'autres Ranao, assez rares aussi, présentent tel ou tel pouvoir, mais l'intensité en est si limitée que cela ne sert à rien.

Lian ouvre de grands yeux : « Vous en avez, vous ? »

Nathénèk se met à rire : « Mon don a des hauts et des bas – surtout des bas ! Je peux planer à environ un demi-pied du sol. N'importe quoi de plus haut, je bute dedans. Et sur un ou deux lani, pas plus : après ça, fini. Ne me demande pas une démonstration, je ne l'ai pas fait depuis des années et ça prend de l'entraînement, comme n'importe quel effort musculaire. Ta mère peut faire bouger de petits objets.

— Ce n'est pas important, intervient Laraï avec force. Comme ce n'est pas important d'être une lâdzan ou une danvéràn. Il y a bien des façons différentes de savoir ce que les gens pensent ou ressentent. Tu vois, Lian, quand Oghim arrive dans l'île des Ékelli et qu'ils lui offrent le choix entre son ombre et ses pouvoirs, il leur dit " Reprenez vos pouvoirs, Ô Ékelli. La puissance de l'amour est aussi grande, et elle ne me séparera pas de mes frères humains " ...

— C'est quoi, les Ékelli ?

— Dans l'ancien temps, on croyait que c'étaient des envoyés de Hananai, dit Nathénèk.

— Des gardiens, comme les dzarlit ? » Liani-Alinoth est une dzarlit, créée par Hananai pour garder les rivières et les forêts, sauf qu'elle ne le savait pas encore quand elle a sauvé la petite bête aquatique.

Laraï dit "oui" avec un peu d'impatience et reprend : « Ce qui est important, Lian, c'est comment nous nous traitons les uns les autres. Nous n'avons pas besoin d'être des lâdzani ou des danvérani pour t'aimer, ni toi pour nous aimer, n'est-ce pas ? »

Une vraie question, posée sans sourire, et Lian répond avec gravité : « Non. » Et c'est la vérité, mais en même temps il se demande pourquoi les Ékelli ont quand même laissé leurs pouvoirs à Oghim. Laraï l'embrasse, Nathénèk lui caresse les cheveux, ils reprennent leur repas. Au cours de la conversation, Lian leur dit qu'on l'a invité à se rendre chez les Olaïlliu quand il le désire.

« Pourquoi pas ? » dit Nathénèk en souriant. Entre lui et Laraï passe un de ces silences où Lian a appris à reconnaître un désaccord, mais sa mère se contente de hocher la tête en répétant « Pourquoi pas ? », et il n'en demande pas davantage.

◆

On est à la fin de Février – l'Hiver se termine, déjà ? – Tony Vogel et Marla Lopez, qui travaillent dans une *usine* quelque part à la périphérie de la ville, protestent contre l'augmentation des quotas sur leurs *chaînes de montage*. Un des grands-pères remarque de sa voix un peu chevrotante : « Ils commencent la guerre drôlement tôt cette Année !

— Mais non », dit quelqu'un d'autre, un jeune, Liam ne se rappelle pas qui, « l'entrepôt de l'Arsenal a brûlé, ils doivent reconstituer les stocks d'uniformes. »

La conversation continue après cela, mais Liam ne l'entend pas, la poitrine comme traversée d'une aiguille chauffée à blanc. La guerre ! *La guerre ?* Puis, peu à peu, le ton et la teneur de la conversation se fraient un chemin dans sa conscience pétrifiée. Personne ne semble inquiet ni choqué. La guerre. C'est... comme un phénomène naturel récurrent, banal. La guerre, ou la *campagne*, contre les rebelles (le plus souvent les *Rèbs*, rarement les *Sécessionnistes*). On s'en passerait bien, mais les Rèbs ne veulent pas se calmer, ils essaient toujours de prendre Dalloway, il faut bien défendre la place. Et tenir le *front* (ou *la frontière*, ou *la ligne Ewald*). C'est une question de principe, d'honneur, de bon sens (selon qui parle). Pas de quoi s'énerver. Si ton numéro sort, tu y vas. C'est comme ça. Quand ? On hausse les sourcils, puis on se rappelle que Liam est amnésique, on explique avec patience : après le départ de la Mer, et jusqu'à son retour. Depuis quand ? Depuis... On se consulte du regard, on consulte le grand-père, qui consulte un autre grand-père... Longtemps. Ça a commencé vers 128, par là. « Ah oui, intervient un troisième grand-père, mais il y a eu l'insurrection, avant, en 104. Ça n'a jamais vraiment arrêté après.

— Janos, proteste une grand-mère, la guerre n'a vraiment commencé qu'après 126.

— Et qu'est-ce que tu crois que c'était, l'insurrection ? Une partie de campagne ? Deux Années, ça a duré ! Un million et demi de morts ! Le pays ravagé ! Terrible, je te dis, terrible ! Quand on a vu ça...

— Oh, Grand-père, dit un des adolescents narquois, vous n'étiez même pas né...

— J'ai fait la campagne de '26, mon garçon, on est allés à Dalloway en train, et je te dis, il y avait encore des ruines partout ! Terrible, terrible... »

7

Également située au bord d'un lac – plus petit, le lac Aleïdan –, la maison des Olaïlliu est bien plus vaste que celle de Lian ; ils l'habitent plus nombreux, aussi. Lian fait pêle-mêle connaissance de leur mère, de leurs pères, de leur grand-mère et de leur tante, du banker qui a choisi de vivre avec eux, Tiuli, un grand noir et feu de la variété des montagnes. Au début, il se sent mal à l'aise parmi tous ces adultes inconnus, il craint un peu que ce ne soit comme dans les auberges, lors de ce fameux voyage jusqu'à la côte. Mais on est très aimable. Le mot halatnim ne sera jamais prononcé devant lui, on ne commentera ni les habitudes solitaires de sa famille, ni le fait qu'il soit enfant unique ; on sait la valeur de la politesse, chez les Olaïlliu. On discute plutôt gravement de son expérience de la forêt, de sa rencontre avec la peut-être moatrani, des découvertes récentes de Gundiel, des expériences de Kavnid, biologiste résident d'Aleïdan comme Nathénèk l'est de Leïtnialen. On lui fait visiter le laboratoire, lui laisse observer des cultures au microscope. Lian est plutôt flatté de toute cette attention. Ensuite, Shalaï lui ouvre ses albums remplis d'aquarelles de fleurs, de papillons et d'oiseaux. Il est tout retourné : lui aussi, il veut utiliser de la couleur dans ses carnets d'expédition, pourquoi Laraï ne lui a-t-elle pas appris à en utiliser ? « C'est trop compliqué en forêt, remarque Shalaï. Il fait trop humide. Il vaut encore mieux noter ce qu'on voit, et peindre quand on est rentré. » Lian admet qu'elle a raison, mais il est bien décidé à apprendre l'aquarelle, et Shalaï s'offre à lui donner des leçons. Il faudra revenir.

Après le repas, Gundiel et Kavnid font de la musique, à quatre mains, sur un instrument que Lian trouve d'abord assez comique, habitué qu'il est aux flûtes de

Nathénèk : une espèce de grosse boîte de bois verni plate et triangulaire posée sur trois pieds, avec à l'avant, sur toute la largeur, un étroit plateau rectangulaire muni des touches alternées d'ivoire et d'ultiéki violet : vraiment pas le genre d'instrument qu'on peut emporter avec soi dans la forêt, ce " piano " ! Mais quand la mélodie s'élève, il écoute les notes rondes et vibrantes, transporté, et il n'a plus envie de sourire.

Ils sont en train de chanter tous en chœur une ballade que Lian est bien content de connaître lorsqu'une nouvelle visiteuse arrive, une grande femme maigre dans la cinquantaine, yeux noirs attentifs, courts cheveux de jais, peau d'un bronze doré. « Kéryan Bataliz Dialadnu », se présente-t-elle à Lian, qui touche les mains tendues en donnant son propre nom, intérieurement aux aguets : voilà donc la hékel Kéryan ! Elle semble ne rien avoir de bien particulier, pourtant. Elle grignote avec appétit les biscuits offerts, tout en sirotant du thé, chante avec les autres le cas échéant – elle a une belle voix grave un peu rauque. Entre deux chansons, elle interroge Lian à mi-voix sur sa rencontre avec la moatrani. Puis elle se désintéresse de lui.

Pendant le reste de l'après-midi, les autres enfants lui font visiter la maison, les jardins, les cabanes qu'ils sont en train de construire dans la forêt proche, une chacun. Ils scient, ils clouent, ils rabotent ; ensuite, pour se reposer, ils se racontent des histoires. En attendant le dernier repas de la journée, Shalaï donne à Lian sa première leçon d'aquarelle. Quand il va se coucher, le soir, avec Tarmel, il a du mal à s'endormir. Trop de monde, trop de choses nouvelles – mais ce n'était pas désagréable du tout, tous ces gens ensemble, cette chaleur, ces rires...

« J'aimerais bien avoir des frères et des sœurs », conclut Lian de retour chez lui le lendemain, lors de la collation de mi-matinée, pour essayer de résumer son expérience. Le silence qui suit lui fait lever les yeux. Laraï continue à manger. Au bout d'un moment, elle pose sa cuillère, s'essuie les lèvres, boit une gorgée

d'eau. Ses yeux ne regardent pas Lian. Ni Nathénèk.
« Je ne peux pas créer d'autres enfants, Lian », dit-elle
d'une voix calme et un peu froide.

Lian n'ose pas demander pourquoi.

◆

Liam se fait raconter l'histoire de l'insurrection par
les grands-pères, qui ne demandent que ça. L'Insurrection, avec une majuscule, en 104, au départ de la
Mer. Dans toutes les grandes villes en même temps,
Bird, Cristobal, Nouvelle-Venise, Morgorod, Tihuanco.
Les usines qui sautent, les voies de chemin de fer, les
ponts. Les rebelles retranchés dans les villes, ensuite,
attendant le grand soulèvement général de la population,
qui n'a pas lieu. Et finalement chassés par les troupes
fédérales. Le début de leur longue retraite vers leurs
places fortes jusqu'alors secrètes, dans les montagnes
et les hauts plateaux de Nouvelle-Dalécarlie au nord-
ouest, dans les McKelloghs à l'est, dans les monts
Alcubierre au sud-ouest, et surtout en Licornia, à l'abri
des montagnes Rouges.

« Mais qu'est-ce qu'ils voulaient ?

— Renverser le gouvernement, prendre le pouvoir,
quoi d'autre ? » grognent à plusieurs voix les grands-
pères. Revenir en arrière, annuler tous les progrès
accomplis. Des idéologues, des fanatiques, surtout à
l'époque. Ils se sont un peu calmés, à force de crever
de faim derrière leurs montagnes. Enfin, la population,
parce que les dirigeants... Ce sont eux qui font attaquer
la Ligne, qui poussent autour de Dalloway. « Si ça ne
tenait qu'à moi, je ferais sauter Dalloway, moi, ça
calmerait tout le monde ! »

Dalloway, l'ancien spatioport, se trouve au-dessus de
l'influence de la Mer, sur un haut plateau réaménagé, à
plus de deux mille mètres d'altitude. Les principaux
complexes *d'ordinateurs* se trouvent toujours là, dont
dépendent les *satellites météo*, les *satellites de communication* et le centre de coordination pour la *défense*

rapprochée de Virginia. Un point stratégique essentiel, Dalloway. Un saillant d'environ cinquante kilomètres de large tenu par les Fédéraux, débordant du mauvais côté de la Ligne, une épine dans le pied des rebelles. Pourtant, lors des négociations de paix, on était presque arrivé à une entente : territoire neutre, également accessible à tous. Mais non, ils voulaient Dalloway pour eux tout seuls, les maudits Rèbs !

« Dieu sait pourtant qu'Ewald s'est mis en quatre pour que les négociations aboutissent, le pauvre. C'est terrible, quand même. S'il y avait eu quelqu'un de bonne foi aussi en face, tout ça aurait été terminé... »

8

Ce matin d'automne-là, Lian va vérifier, comme chaque jour, où en est rendu son petit Gomphal. Il a dix saisons, à présent, mais l'arbuste lui arrive toujours aux genoux : ils grandissent ensemble. Le Gomphal a parcouru environ cinq cents lani depuis le début de son voyage vers le nord ; il arrive dans une zone rocailleuse, l'embouchure du ruisseau qui se déverse dans le lac. Le soleil n'a pas encore dépassé les montagnes. Lian contemple l'arbuste aux filaments encore endormis dans l'ombre. Comment traversera-t-il ? Faudrait-il lui construire un pont, pour lui faciliter la tâche ? De temps en temps, par acquit de conscience, Lian place devant lui plusieurs grosses pierres pour lui barrer la route, mais le petit Gomphal les a toujours contournées pour reprendre son chemin vers le nord.

Soudain exaspéré sans bien savoir pourquoi, Lian va chercher d'autres pierres et se met à les entasser autour de l'arbuste, un enclos circulaire qui lui arrive aux genoux.

Le Gomphal frémit dès que le soleil jaillit des crêtes de l'est. Et alors, hein, que va-t-il faire, maintenant ?

La lumière atteint le sommet de la boule duveteuse, les filaments scintillent, une racine-pseudopode tâte la première pierre...

Une voix retentit derrière Lian, et il sursaute : c'est une voix d'homme, inconnue, qui a posé une question – dans une langue inconnue. Il se retourne. Et voit un étranger. Un petit homme étrange. Pourquoi, étrange ? Il ne sait pas très bien. L'inconnu porte des vêtements dépourvus de marques d'identification, ordinaires pour la saison, sauf peut-être le pantalon avec une pièce de cuir à l'intérieur des jambes, mais ce n'est pas cela. Il répète sa question, et Lian reconnaît tout de même son prénom à la fin de la phrase – cet homme le connaît ? – mais le reste lui est toujours aussi impénétrable. Ce n'est sûrement pas du setlâd ! Il continue à dévisager le petit homme : mince, à peu près l'âge de Nathénèk, une tignasse noire en désordre... La lumière du soleil sculpte un visage aux traits vaguement familiers – est-ce possible ? Mais non, ce n'est pas de là que vient cette sensation bizarre ; quelque chose ne va pas dans ce visage. Les sourcils sont trop fins, trop écartés, le trop grand nez trop droit, les lèvres trop minces... Et la peau, brunie, mais une nuance bizarrement claire. Quelque chose ne va pas avec les yeux, non plus.

« C'est toi qui as mis les pierres, Lian ? » répète l'inconnu, enfin compréhensible, mais avec une intonation curieuse. Reproche, réprimande ? Non, une sorte de... lassitude. Qu'est-ce que ça peut lui faire, si on a mis des pierres ? Déconcerté, prêt à être agacé, Lian hoche la tête en marmonnant "Oui", et se retourne machinalement vers le Gomphal.

Avec lenteur, avec difficulté, presque à la verticale, le petit arbre est en train de se hisser sur la paroi de sa prison, en direction du nord.

Lian hausse les épaules, cueille le Gomphal presque arrivé au sommet de son escalade, en faisant attention de ne pas en toucher les filaments ; il traverse le ruisseau, pieds nus dans l'eau froide, l'arbuste à bout de bras. Après une cinquantaine de lani, il s'arrête, le pose dans l'herbe, en regarde les pseudopodes tâter le sol puis reprendre leur lente reptation vers le nord. L'étranger n'a pas bougé et lui adresse un regard paisible quand il revient vers lui : « Je m'appelle Odatan », dit-il sans rien offrir d'autre, comme c'est le droit des voyageurs.

Lian retient un sourire : drôle de nom, un étranger qui s'appelle "l'étranger". « Lian Dougallad Laraïnu », répond-il en tendant les mains, car on lui a appris à être poli, même dans son isolement.

L'étranger lui serre les mains un instant, une expression curieuse passe sur son visage, mais il ne dit rien et ils se mettent en route côte à côte vers la maison. Lian observe le petit homme à la dérobée, à la fois mal à l'aise et curieux : l'impression de familiarité se fait plus intense, comme s'il avait déjà marché ainsi près de cet inconnu, mais quand, où ? La caravane de nuages qui passait sur le soleil s'éloigne enfin, et Lian comprend soudainement ce qui le frappait dans les yeux de l'étranger, à la pupille maintenant étrécie dans la lumière : ils sont très clairs, trop clairs – gris-bleu, comme les siens.

Et comme si cette découverte avait soudain tiré le souvenir de son sommeil, il se rappelle, oui, il a déjà rencontré cet inconnu : sur la côte, au bord de la Mer !

Il s'immobilise. Le petit homme en fait autant, paisible, le dévisage en silence.

« Vous êtes... un halatnim ? » s'entend demander Lian, au mépris cette fois de toute politesse, mais il n'a pu s'en empêcher.

Et à sa grande surprise, l'étranger répond : « Non. » Sans paraître fâché, avec même une sorte de petit sourire triste. Comme il n'ajoute rien et se remet en marche, Lian n'ose insister et lui emboîte le pas.

En s'approchant de la maison, il entend la voix de sa mère qui crie : « C'est toi qui l'as fait venir ! »

Laraï et Nathénèk se trouvent dans la cour intérieure, près du bassin où boit un grand tovker zébré noir et roux. Ils ne les ont pas vus arriver. Laraï est assise à côté de Nathénèk, agrippée des deux mains au rebord du bassin et elle répète, les dents serrées : « C'est toi, c'est toi !

— Mais non, par la Mer ! » explose soudain Nathénèk en frappant l'eau du bassin d'une grande gifle qui les éclabousse tous deux et fait broncher le tovker. « Ce n'est pas moi et je le regrette !

— Ce n'est pas Nathénèk », dit l'étranger de sa voix calme.

Laraï et Nathénèk se retournent en sursautant. Lian, horriblement embarrassé, se glisse vers le tovker et fait mine de le contempler. L'animal tourne la tête vers lui avec un bref son guttural, comme surpris ; c'est un jeune : sur son front, la corne incurvée n'est pas très longue ; la barre de poils sombres plus épais, comme des sourcils jointifs au-dessus des grands yeux bruns au regard liquide, lui donne une expression à la fois sévère et perplexe, comme à tous ses congénères.

« Lian, reprend le petit homme avec naturel, voudrais-tu indiquer à Nagal-Rasser où il pourrait paître ? »

Le tovker se détourne du bassin et quitte la cour, tandis que Lian trotte pour se maintenir à sa hauteur, à la fois reconnaissant et irrité : on l'éloigne.

Une fois dans la prairie où broutent les quelques aski de la maison, Lian s'assied dans le creux de son rocher favori, qui devient vraiment trop étroit pour son confort. Il regarde les aski accueillir l'étranger noir et roux ; comme le tovker n'a pas encore atteint sa pleine croissance, il ne les domine que d'une demi-encolure ; assemblés en rond autour de lui, les aski s'approchent tour à tour en sifflant doucement, le museau levé, et les naseaux frémissants se touchent.

Avec agacement, Lian se rend compte qu'il essaie de ne pas penser à ce qui se passe à la maison entre les adultes. Il se trémousse pour mieux s'installer dans le creux du rocher, ramène ses genoux sous son menton et les entoure de ses bras. Pourquoi aurait-il peur, de toute façon ? C'est plus déroutant qu'inquiétant. L'inconnu a toutes les caractéristiques d'un halatnim, pourtant, les yeux, la peau – encore plus claire que celle de Lian, en fait ! En quelle langue parlait-il ? Et il voyage avec un tovker... Lian contemple la haute silhouette zébrée tandis que l'animal broute paisiblement tout près de lui. Un tovker a choisi cet Odatan pour compagnon ! C'est comme dans les anciennes légendes de Laraï. Il n'y plus de rois ni de princes depuis bien longtemps, mais les tovik se choisissent encore des compagnons parmi les humains – les tovik de Tyranaël, car il n'y en avait pas sur Atyrkelsaõ lorsque les Ranao y sont arrivés, ils les ont amenés avec eux, ceux qui ont voulu venir. Laraï ne lui a jamais expliqué comment se faisait le choix, simplement qu'il était rare, et précieux, et un signe de grande valeur. Odatan est un homme de grande valeur, alors. Qu'est-ce qu'un homme de grande valeur ressemblant à un halatnim vient faire à Leïtnialen ?

Encore une autre variété de halatnim, peut-être. Est-ce qu'on le voit, cet Odatan, quand on ne le regarde pas ?

Lian se mord les lèvres à la pensée qui vient de lui traverser l'esprit. Puisqu'on ne le voit pas, lui, si on ne sait pas qu'il est là, il pourrait se glisser jusqu'à la maison et...

Il se renfonce dans son rocher, honteux, et en même temps un peu étonné. Il n'a jamais eu cette idée auparavant, ni chez les Olaïlliu ni avec ses parents. Il lui arrive toujours de surprendre quelqu'un, bien sûr, et maintenant qu'il sait pourquoi, s'il le faut, il s'en excuse ; on ne lui en tient de toute façon jamais rigueur. Mais le faire délibérément, ce serait... impoli. Et puis, si on lui a dit de s'éloigner, c'est parce qu'on ne veut pas qu'il soit là. On a des choses à se dire qu'il ne doit pas entendre. Qui ne le concernent pas.

Ou bien qui le concernent, justement ? Mais alors, pourquoi ne doit-il pas les entendre ? L'inquiétude

renaît, s'alourdit, devient insupportable. Et finalement,
Lian quitte son rocher. Il se glisse dans le passage
voûté qui donne sur la cour intérieure, où le visiteur se
trouve toujours avec ses parents, en train de dire d'une
voix patiente : « Il faudra bien le lui apprendre un
jour. » Et se retourne vers le buisson d'atlevet rose derrière lequel s'est dissimulé Lian : « Et il ne voudra
peut-être pas toujours rester sur le plateau, n'est-ce
pas, Lian ? »

Le feu aux joues, et stupéfait, Lian se redresse.
Entend derrière lui un petit reniflement. À l'entrée du
passage, le tovker renifle à nouveau, comme amusé,
secoue sa crinière et fait volte-face pour retourner vers
la prairie.

« Viens, Lian », dit Nathénèk. Il ne semble pas vraiment fâché.

« Pourquoi voudrait-il quitter le plateau ? » demande
Laraï entre ses dents serrées. Elle, elle est fâchée.

« Aimerais-tu aller ailleurs sur Atyrkelsaõ, Lian ? »
dit Odatan.

Lian lance un regard à Nathénèk, qui incline la tête.
Il s'approche en examinant la question, vite affolé.
Aller ailleurs ? Quitter Leïtnialen ? Quitter ses parents ?

« Pas maintenant, mais plus tard », précise le petit
homme.

L'affolement diminue un peu. « Quand ? »

— Dans quatre ou cinq saisons. Pour ton eïldaràn.

— L'eïldaràn ne le concerne pas ! » lance Laraï d'une
voix basse et intense.

— Si ce que dit Odatan est vrai, il doit la subir quand
même, c'est plus sûr », réplique Nathénèk.

Eh, ont-ils déjà oublié qu'il est là ? Lian fait un pas
en avant : « C'est quoi, l'eïldaràn ? »

Ils se tournent tous vers lui.

« L'eïldaràn, dit le petit homme d'une voix posée,
c'est l'ouverture des portes. Celles qui peuvent être
ouvertes. Les gens qui possèdent des dons ne le savent
pas toujours. Quelquefois, la porte s'ouvre toute seule.
Quelquefois, il faut l'aider. Toi, rien n'entre, rien ne

sort, et tu es un naïstaos. Mais c'est peut-être que ta porte est si bien fermée qu'elle en est invisible. L'eïldaràn pourrait nous le dire. »

Lian apprend ainsi le nom de ceux qui ne peuvent pas rejoindre la Mer, *naïstoï* : les séparés, les enfermés. Il n'est pas le seul. Beaucoup de halatnim sont ainsi, mais aussi parfois des Ranao. Pas tous enfermés de la même façon que lui, cependant, et certains sortent tout seuls, ou avec de l'aide. Son père-Dougall était un naïstaos aussi. Mais pas vraiment comme lui. Toi, dit Odatan avec l'expression de quelqu'un qui ne veut pas avoir l'air triste, tu es spécial.

Lian comprend. Mais surtout, à l'expression de ses parents, il devine pour la première fois que leurs silences n'étaient pas simplement remplis d'histoires qu'il entendrait plus tard, quand il serait grand. Il y avait dans ces silences des choses qu'on ne voulait pas lui dire du tout, jamais. Qu'on lui cachait. Il les regarde tour à tour, Nathénèk, Laraï, il voit l'effort qu'ils font pour ne pas détourner les yeux.

Est-ce que ce sont des mensonges, quand on ne vous dit pas ce qu'on devrait vous dire ?

Quand Lian pensait à Tyranaël, jusque-là, le monde d'où étaient venus les Ranao, c'était comme à une légende : à travers des légendes. Les explications de Laraï étaient restées très floues sur la façon dont les Ranao étaient arrivés sur Atyrkelsaõ. "Le Jour où la Mer était couverte de Vaisseaux " – cent millions de navires, disait l'histoire. Nathénèk avait aussitôt rectifié : cela ne s'était pas réellement passé ainsi. « La Mer ne nous a pas amenés tous ensemble en une seule fois. Nous étions bien plus de cent millions, de toute façon ! Il a fallu près de cent vingt saisons, et pendant tout ce temps les gens sont venus petit à petit, à mesure qu'on installait ce qu'il fallait pour les accueillir.

— Mais il y a eu le jour du grand passage, en 17 LH, avait insisté Laraï. Des centaines de milliers de navires sur la Mer.

— Après quoi il a continué d'en arriver jusqu'en 30 LH, et même encore quelques retardataires après », s'était obstiné Nathénèk.

Lian ne voyait pas la raison de ce débat et s'en était désintéressé. «LH», les lettres qui suivaient les années dans toutes les dates inscrites dans les carnets, voulaient dire "Lita Hdiaël", "après le grand voyage"; peu lui importait si ce voyage-là n'en avait pas été un de cent millions de vaisseaux et avait seulement constitué le début, relativement modeste, de l'installation de ses ancêtres sur Atyrkelsaõ. Il préférait contempler le Leïtnialen quand le lac se perdait dans la brume, et l'imaginer comme la Mer, soudain couvert de voiles multicolores à perte de vue. Mais l'idée avait fait son chemin souterrain, jusqu'au jour où il avait soudain compris que, lorsque la Mer quittait Atyrkelsaõ, elle retournait sur Tyranaël. L'image des graines de fofolod dans leur gousse avait pris une dimension nouvelle: c'était plutôt... comme ces graines jumelles qu'on trouve parfois, soudées par un côté, sauf que là c'était plutôt comme une sorte de... conduit, et c'était la Mer, le conduit! «Est-ce qu'on pourrait revenir avec la Mer, revenir sur Tyranaël?» avait-il demandé à Nathénèk, tout excité. Mais son père avait secoué la tête, gravement: «Non, Lian. Seulement dans un sens, le passage.»

Et Laraï avait ajouté, comme si elle était un peu fâchée: «Et il n'y a plus rien pour nous de l'autre côté.»

Mais après l'arrivée d'Odatan, tout change, comme au jeu des mille bornes où, lorsqu'on commence à retourner les cartes une à une, le jeu se modifie au fur et à mesure, en cascade, prenant avec chaque carte des configurations nouvelles. Tyranaël existe dans une autre demeure de Hananai et non, comme Lian avait pris l'habitude d'y penser, dans une autre chambre de la même maison que lui, loin, derrière une porte fermée. Et elle n'est plus "Tyranaël" que dans la mémoire des Ranao. L'autre côté de la Mer a d'autres habitants, qui lui ont donné un autre nom dans leur propre langage,

Virginia, qui l'ont transformée, qui ignorent tout d'Atyrkelsaõ, pour qui les Ranao sont des fantômes et pas même des légendes. Les *Terriens,* les *Virginiens*, comme le dit plutôt Odatan : d'autres êtres, différents des Ranao, mais humains. Comme les moatranao ? Non, pas du tout : ils sont venus à travers l'espace, dans des vaisseaux qui n'ont pas de voiles, d'un monde complètement différent né d'un autre soleil très lointain. Ce sont des *gens*, en tout cas. Et on est parti de Tyranaël bien avant qu'ils n'y arrivent ? En quoi étaient-ils un danger ?

Le visiteur ne dit rien ; il regarde Nathénèk et Laraï. Nathénèk et Laraï se regardent. « Que fait-on, Lian, quand les pitlànkraï essaiment ? » demande enfin Laraï, d'un ton distant.

De l'autre côté du lac, deux saisons plus tôt, il a suivi avec elle, sur plusieurs langhi, la large zone dévastée, et il a vu les carcasses parfaitement nettoyées des petits animaux qui ne se sont pas écartés assez vite. Il avait demandé avec effroi : « Qu'est-ce qu'on ferait si elles venaient de notre côté ? »

Lian regarde sa mère, puis son père. Quand les minuscules et féroces insectes sont en marche, on se gare. Mais les *Terriens* n'étaient pas, ne sont pas, des pitlànkraï, sûrement ! On n'aurait pas pu s'arranger avec eux ?

Laraï dit : « Non.

— C'est ainsi, soupire Nathénèk.

— Chacun de son côté », ajoute Odatan après un petit silence.

Lian finit par acquiescer – ce sont les adultes, ils doivent savoir, n'est-ce pas ? Et puis, c'est de l'histoire ancienne, on ne peut plus rien y changer. Les Ranao sur Atyrkelsaõ, les Virginiens sur Virginia...

Lian se raidit brusquement. *Chacun de son côté*. Mais la Mer... Il regarde les trois adultes tour à tour, un peu inquiet : « Est-ce qu'ils pourraient venir sur Atyrkelsaõ, les Virginiens, avec la Mer ?

— Depuis environ deux cents saisons, quelques-uns réussissent à passer avec elle, dans un seul sens aussi », dit le visiteur, qui l'observe avec attention. «C'est... un don, comme pour les aïlmâdzi, les danvérani ou les keyrsani, mais très rare. Les halatnim sont des hybrides, les enfants que les passeurs ont créés avec les Ranao. »

Le regard abasourdi de Lian passe de Laraï à Nathénèk. Il balbutie enfin : « Mon père... mon père-Dougall était un passeur ?

— Un halatnim. »

Lian se sent les jambes un peu molles. Il va s'asseoir sur le rebord du bassin, près de Laraï. Il espère un moment qu'elle va lui parler ou le toucher, mais elle ne bouge pas. Elle fixe ses mains croisées sur ses genoux et elle ne dit rien. Nathénèk non plus.

Pas comme les moatranao, les Virginiens. Nés d'un monde complètement différent. Pas du tout la même espèce, alors ?

« Mais comment peuvent-ils avoir des enfants avec les Ranao ? »

Laraï dit, d'une voix sarcastique et dure que Lian ne lui connaît pas : «Avec difficulté. »

Elle se lève et quitte la cour. Nathénèk esquisse un mouvement pour la rattraper, mais Odatan l'arrête, se tourne vers Lian : « On les a modifiés un peu pour que ce soit possible. » Puis, un peu plus bas, comme pour lui-même : «Ils ne sont pas si différents des Ranao. »

◆

Thomas Ewald, c'est le Président de Virginia à l'époque de l'Insurrection. Il a perdu ses deux fils et sa fille pendant les combats autour de Morgorod – un horrible accident, une erreur de calcul, ils ont été écrasés sous un bombardement effectué par les Fédéraux. Et après bien des examens de conscience, il décide que la guerre civile a assez duré, Thomas Ewald. Il tend la main, il propose une trêve – non sans avoir eu bien du mal à convaincre son propre gouvernement. On offre aux rebelles une Année de désengagement total, pendant lequel ils pourront se rendre, eux et leurs sympathisants, en Licornia. Laissez-passer pour tous ceux qui le veulent, pas de questions, pas de contrôles. Et les rebelles acceptent – pardi ! Une dizaine de millions de personnes se retrouvent à la fin de l'Année dans le sud-est. Et là, en profitant lâchement du retour de la Mer qui neutralise en grande partie l'avantage technologique des Fédéraux, ils frappent. Dans les grandes villes, encore, attentats, sabotages : ils ont laissé derrière eux une cinquième colonne d'agents décidés à tout. Ils attaquent Dalloway, où avaient lieu les pourparlers de paix. Ils échouent. La chasse aux clandestins commence partout sur le continent. On établit la ligne Ewald, tout le long des montagnes Rouges et jusqu'à la côte est, un glacis protecteur d'une quinzaine de kilomètres de large, hérissé à intervalles de forts, de casemates, semé de mines et de senseurs, où rien ne peut bouger sans être repéré. On s'installe dans ses positions de part et d'autre de la Ligne, une trêve armée qui dure seize Années. Dans le reste du continent, la vie reprend tant bien que mal, on panse les blessures, on relève les ruines, on veut croire que c'est fini. Plus de soixante saisons s'écoulent : deux générations n'ont jamais connu la guerre. Et en 126, les rebelles attaquent de nouveau Dalloway.

Depuis, de temps à autre, le ciel s'allume dans les montagnes Rouges. Les rebelles essaient ici ou là de traverser la ligne Ewald, les Fédéraux les repoussent. La plupart du temps, pas grand-chose : escarmouches, tirs symboliques. C'est surtout autour de Dalloway. Pas question de laisser se relâcher la vigilance, cependant – chaque fois, les Rèbs ont essayé d'en profiter. C'est pourquoi l'effort de guerre s'intensifie dans les deux Mois qui précèdent le départ de la Mer : il faut équiper les troupes fraîches qu'on enverra effectuer leur tour sur le front. Les conscrits sont tirés au sort dans la classe des dix-huit/vingt saisons. C'est un très lourd fardeau sur l'économie de maintenir ces dix millions d'hommes sur la Ligne tout le temps. On n'aime

vraiment pas les Rèbs à la commune – si on n'aime pas
trop non plus certains aspects du gouvernement fédéral.

Quand Liam demande des précisions sur l'idéologie
des rebelles, on fronce le nez : capitalisme sauvage,
pollution effrénée, individualisme immoral... Liam ne
comprend pas tout très bien, mais ni le mot "mutants"
ni le mot "pouvoirs" ne sont prononcés une seule fois,
c'est l'essentiel. Bon, il y a la guerre. Mais entre normaux.
L'histoire telle qu'on la lui a racontée, il peut la comprendre.

La bulle a éclaté, pourtant. Il ne peut plus s'imaginer
qu'il rêve. Il est réveillé. Il n'arrivera pas à se rendormir.

9

Dans l'après-midi, le visiteur s'en va. Laraï n'a pas
reparu. Devant la maison, le tovker recourbe une patte
antérieure pour permettre à son cavalier de monter en
s'aidant du sabot comme d'une marche mouvante. Une
fois sur la selle, le petit homme passe ses jambes dans
les cuissières obliques et enroule une de ses mains
dans la crinière du tovker. Jamais de bride ni de mors,
bien sûr, pour un Libre Compagnon.

« Bon chemin, dit Nathénèk en levant une main.

— Bon chemin, répond le petit homme. Veux-tu
monter sur Nagal-Rasser, Lian, et faire un petit bout de
route avec moi ? »

Lian a à peine le temps de se tourner vers Nathénèk
qu'il se sent attrapé sous les bras par-derrière et hissé
d'un seul mouvement vers Odatan, qui l'aide à s'installer sur l'avant de la selle. « Assieds-toi en tailleur,

c'est le plus confortable pour quelqu'un de ta taille. Je te servirai de dossier – et mon chapeau de parasol ! Accroche-toi. » Lian attrape une touffe de crinière. Le tovker ne bronche pas. Nathénèk les contemple avec une expression indéchiffrable, la tête rejetée en arrière, les yeux plissés sous le soleil.

Le tovker se met en route, au pas, sans un signal de son cavalier. Ils suivent la berge du lac en direction du sud-ouest. Ce n'est pas du tout comme sur un asker ; on est plus haut, d'abord, plus haut même que dans la carriole : le monde paraît différent ainsi, un peu comme depuis un arbre, mais un arbre animé. Et puis, assis en tailleur sur cet énorme dos, c'est difficile de se croire un cavalier ; on a plutôt l'impression... d'être sur un bateau !

« Nagal-Rasser fait toujours ce que vous voulez ? » Aussitôt la question posée, Lian la trouve idiote : le tovker a *choisi* Odatan !

« La plupart du temps. Et quand il ne veut pas... on en discute. » La voix du petit homme a une inflexion amusée.

Dans les histoires de Laraï, les tovik sont toujours des animaux intelligents, et qui parlent. Mais Lian a dix saisons, il sait faire la différence entre les animaux des histoires et les véritables animaux : Tiuli, par exemple, le banker des Olaïlliu, ne lui a jamais adressé la parole ! Il se met à rire : « Et comment vous faites ?

— Nous nous parlons en esprit, dit l'autre après une petite pause. Les tovik sont comme des danvérani. La mutation qui a affecté les Ranao, à l'aube des temps, sur Tyranaël, les a également touchés. Plusieurs autres animaux aussi. »

Lian se retourne pour voir s'il est sérieux. « Les banki, les lladao ? » Les histoires de Laraï seraient donc vraies ?

« Plutôt des lâdzani, eux.

— Les Gomphali ? » Dans l'histoire de Lileïniloo, c'est le Gomphal qui alerte la Hébaë de la présence du Gardien du Vent. Lian n'y croyait plus, pas davantage qu'au reste, mais...

« Oui, mais parce que ce sont des créatures de la Mer. »

Lian abasourdi s'adosse à nouveau contre la poitrine du petit homme. Au bout d'un moment, il murmure : « Tout le monde, alors, sauf les halatnim.

— Non, les halatnim aussi. Au début, les premiers passeurs qui sont venus avec la Mer étaient tous des danvérani. Mais ils n'ont jamais été très nombreux. Le don s'est perdu chez leurs enfants à mesure que les générations se sont succédées. Un peu comme... du sirop dilué dans trop d'eau. Ceux de la sixième génération, ta génération, Lian, sont maintenant souvent de simples lâdzani. »

Lian se retourne encore, avec un soudain espoir : « Moi, on ne me voit pas si on ne me regarde pas, mais vous saviez que je me cachais dans le buisson !

— Non. Mais Nagal-Rasser t'avait suivi, et je t'ai vu dans son esprit », dit Odatan ; il esquisse un petit sourire. « Nagal-Rasser me sert parfois d'yeux et d'oreilles... »

Lian digère l'information, déçu, un peu vexé. « Vous lui aviez demandé de me surveiller ?

— Non. Mais je te l'ai dit : Nagal-Rasser fait aussi ce qu'il veut. »

Le tovker secoue un peu la tête avec un petit sifflement ronflant, comme s'il avait compris leur échange – et Lian réalise qu'il a bel et bien compris, qu'il les écoute par l'intermédiaire d'Odatan. Du coup, il redevient muet, tandis qu'ils s'engagent dans l'ombre des tingai bordant cette partie du lac. Mais il a des questions à poser, il les posera et ce n'est pas ce... ce bateau sur pattes qui va l'en empêcher !

« Mon père-Dougall, c'était un lâdzani ?

— Un petit danvéràn. Il entendait et voyait un peu, mais pas très loin ni très clair. »

Au bout d'un moment, Lian dit tout bas : « Et moi je ne suis rien du tout, même pas un lâdzan. »

Les bras d'Odatan se resserrent autour de lui : « Ne dis pas ça, Lian ! Crois-tu que ce soit si plaisant d'entendre ce que les autres pensent, sans pouvoir le

contrôler ? Ton père-Dougall était ainsi. Ça l'a rendu
très malheureux. Il aurait voulu être un vrai danvéràn.
Mais tes petits amis Olaïlliu, ce ne sont pas des danvérani et ils s'en passent très bien, non ? Et ça ne les
dérange même pas de ne pas te voir comme eux se
voient les uns les autres. Ce sont tes amis quand même,
n'est-ce pas ?

— Oui..., admet Lian.

— Tu connais les plantes et les animaux de la forêt
encore mieux qu'eux. Tu es capable de vivre tout seul
sur le plateau. Tu sais faire de *l'aquarelle*, sapristi ! »

Lian réfléchit : « Je vais apprendre à jouer du piano,
aussi, décide-t-il soudain.

— Très bonne idée. »

Au bout d'un moment, Lian reprend : « Mais l'eïldaràn, alors, Mère-Laraï a raison, ça ne sert sûrement à
rien, je n'ai pas besoin d'aller à Hleïtzer... »

Le petit homme se dégage soudain des cuissières,
prend Lian éberlué à bras-le-corps et glisse avec lui à
bas du tovker. Il traverse la piste sans le lâcher, l'assied
sur un tronc de bois flotté au bord de la plage. Son visage est grave, mais résolu : « Écoute-moi bien, Lian.
Les dons... sont plutôt comme des ruisseaux : ils s'enfoncent dans la terre et on croit qu'ils ont disparu, mais
parfois ils sont simplement en train de se transformer.
Tu te rappelles, quand la Mer est arrivée ? »

Pris au dépourvu par le changement de sujet, Lian
hoche la tête.

« Tu as vu sa lumière. La lumière de la Mer. Les vrais
naïstoï ne la voient pas. Ils ne voient que du brouillard.
Il en naît quelques-uns comme toi depuis deux générations. Une nouvelle variété de naïstoï. C'est ce qui
me fait penser que tu as peut-être une porte à ouvrir.
Que le don s'exprime d'une autre façon chez toi. »

— Je deviendrais... un danvéràn ? » souffle Lian
incrédule.

Le petit homme se mord les lèvres : « Peut-être. Peut-
être pas. Ce n'est encore jamais arrivé ici. » Sa voix se
raffermit : « Mais si on n'essaie pas, on ne saura pas. Et

puis quelquefois, surtout après la quinzième saison, chez les halatnim... les portes s'ouvrent toutes seules. Et si cela arrive... » – le regard clair s'assombrit – « Il vaudrait mieux que ce soit à Hleïtzer, où il y aurait du monde pour t'aider, qu'ici sur le plateau.

— Pourquoi ?

L'autre dévisage Lian un moment comme s'il cherchait une explication, soupire en haussant un peu les épaules : « Imagine que tu aies toujours vécu dans le noir. Et que tout d'un coup tu voies le soleil. Tu serais aveuglé, tu aurais mal, tu aurais peur. Non ? »

Lian acquiesce, en se demandant où l'autre veut en venir.

« Mais » – et le petit homme croise ses mains devant Lian, paumes tournées vers lui, à la hauteur de ses yeux – « s'il y a quelqu'un pour te protéger du soleil, pour t'expliquer ce qui se passe, pour te montrer comment faire pour vivre dans la lumière, c'est mieux pour toi, non ? » Il décroise les mains pour conclure : « Et comme les gens qui ont très peur et très mal peuvent être très dangereux, c'est mieux aussi pour ceux qui les entourent. »

Lian réfléchit un moment : « Mais il y a des gens sur le plateau. Il y a mes parents, à Leïtnialen. »

L'autre soupire de nouveau : « Ils ne pourraient pas t'aider. Seuls des hékel le pourraient. »

Lian ramasse des cailloux et les jette un à un dans le lac à ses pieds. « C'est Kéryan qui vous a fait venir ? »

Odatan ramasse un caillou aussi, bien plat, et l'envoie rebondir en ricochets. « Non, Lian. » Il le regarde de biais, les yeux plissés. « Je venais te voir. Je te connais depuis que tu es né, et même avant. Ce n'est pas la première fois que nous nous rencontrons, le sais-tu ? »

Lian murmure : « Oui. » Dans le silence, un souvenir de nuit violette passe entre eux.

Une autre série de ricochets. Lian se prend au jeu, trouve un caillou plus approprié, le lance. Trois rebonds. Il peut faire mieux. Il se met à chercher pour de bon autour de lui.

Après un bref concours, que Lian gagne d'une courte tête, le petit homme se lève. « Je dois partir, Lian. »

Lian le contemple, la main en visière devant les yeux parce qu'il est face au soleil. « Vous reviendrez me chercher, pour l'eïldaràn ? »

Le visage de l'autre est perdu dans l'ombre de son chapeau, mais Lian entend sa voix sourire quand il dit : « D'accord. »

En revenant à la maison, après avoir regardé le petit homme disparaître dans la forêt, Lian trouve Nathénèk assis à la table ronde installée sous l'arbre qu'ils ont planté en remplacement du Gomphal. Il épluche des tubercules de sarsinit, en en grignotant un de temps en temps. Lian hésite, infléchit son chemin et vient s'asseoir près de lui sur le banc circulaire. Nathénèk lui adresse un rapide coup d'œil, esquisse un sourire, reprend son travail. Lian contemple le visage familier de son père – son autre père, mais c'est Nathénèk qui lui a chanté les premières chansons, qui lui a appris à rouler en dana-dana, à pêcher à la sagaie... C'est Nathénèk, son vrai père, il a toujours su que cela n'a rien à voir avec le sang ; il le voit bien chez les Olaïlliu, où Kavnid s'entend mieux avec Miniaz qu'avec son fils Tarmel.

« Odatan dit... que je deviendrais peut-être un dan-véràn, si je vais à Hleïtzer. »

Nathénèk hoche la tête sans cesser de gratter les tubercules : « Ça te plairait ? »

Lian réfléchit, hausse les épaules : « Tant qu'à faire, je préférerais voler, comme toi. »

Nathénèk sourit sans rien dire.

Lian retourne entre ses doigts une fleur du kaïringa tombée sur la table, puis reprend : « On me plantera dans l'île d'Ëlmadziulan, alors, quand je serai mort. Je deviendrai un tingalyai.

— Oui », dit Nathénèk d'une voix paisible, et Lian considère donc l'éventualité sans trop de crainte non plus. Vivre deux mille années au bord d'un beau bassin et donner l'eau et la vie à tous, ce n'est pas si épouvantable. Et puis, il fera plein de graines.

Et il a dix saisons, il a bien le temps.

Il demande quand même : « Pourquoi vous ne m'avez jamais rien dit ? » Et, en entendant sa propre voix, il comprend que ce n'est pas un reproche mais une véritable curiosité.

Les mains de Nathénèk s'immobilisent un instant, reprennent leur tâche. « Pas "rien", dit-il enfin. Et tu as commencé à en apprendre pas mal avec tes petits amis Olaïlliu.

— Ati ne voulait pas tellement que je les rencontre », remarque Lian, pour qui quantité d'événements passés viennent en un éclair de prendre un sens nouveau. Il ne dit pas "toi, oui", mais ce n'est pas nécessaire.

Nathénèk pèle un autre tubercule en silence. Son bon visage rond a une expression inhabituelle, triste et presque dure tout à coup. « Ta mère-Laraï... a été très malheureuse autrefois. » Il semble chercher ses mots, reprend avec un soupir : « Avec ton père-Dougall. Mais pas seulement à cause de lui. Il était très malheureux aussi. Elle pensait... que tu le serais moins en sachant moins de choses. »

Il jette un coup d'œil à Lian : « Es-tu plus heureux maintenant ? »

C'est une véritable question aussi, et Lian l'examine comme elle le mérite. Il conclut : « Je ne suis pas plus malheureux. » Il réfléchit encore un instant et rectifie : « Je ne suis pas malheureux. »

Ce n'est pas tout à fait vrai. Il y a dans son cœur une étrange petite place silencieuse, et il ne veut pas trop savoir ce qui se trouve là et qui se tait. Mais ça ne fait pas mal, alors il répète : « Je ne suis pas malheureux. »

Nathénèk l'attire contre lui, l'embrasse, et pendant un moment, serré contre la poitrine de son père, Lian se dit que rien, absolument rien ne peut lui faire du mal, ni tout ce qu'il ignore, ni tout ce qu'il apprendra, plus tard, quand il sera grand, quand il ira à Hleïtzer.

Laraï n'évoquera jamais la visite d'Odatan. Mais deux semaines environ après son passage, alors que Lian se trouve chez les Olaïlliu pour ses leçons d'aquarelle et maintenant de piano, il voit arriver Kéryan Bataliz Dialadnu, qui s'ébroue dans l'entrée – les pluies sont un peu en avance. Il n'y a personne pour l'accueillir, tout le monde travaille à cette heure-ci dans la maison, les ateliers ou le laboratoire, mais cela ne semble pas la déranger. Elle se rend dans la cuisine où Naritias prépare la collation de mi-journée, et revient s'asseoir dans le divan bas ; elle boit son thé en écoutant les gammes plus ou moins laborieuses de Lian. Lorsqu'il a fini et que Gundiel le libère, Kéryan se lève et s'avance vers lui. Après avoir échangé un sourire avec la hékel, Gundiel quitte la pièce.

« Lian, ta mère-Laraï m'a demandé de t'enseigner la langue de ton père, si tu le désires. Le désires-tu ? »

Lian, pris au dépourvu, contemple le visage maigre et grave qui se penche vers lui. « La langue de mon père ?

— La langue des passeurs, et des halatnim qui veulent la parler. La langue qu'on parle de l'autre côté. »

Lian fait mine de ranger les feuilles de musique pour se donner le temps de réfléchir. « Comment c'est ? »

La hékel prononce une longue phrase incompréhensible, presque sans accentuation ni ligne mélodique, et rythmée de pauses bizarres, mais pas désagréable.

« Ça veut dire quoi ?

— Qu'on a retrouvé l'éternité, et que c'est la Mer partie avec le soleil. »

Lian hausse les sourcils malgré lui et Kéryan esquisse un petit sourire : « De la poésie.

— Est-ce que c'est difficile ?

— Moins que le setlâd. »

Un bon argument. Mais Lian, à qui Nathénèk essaie d'apprendre à avoir l'esprit pratique, demande encore : « Est-ce que j'en ai besoin ?

— Tu en auras sans doute besoin si tu vas à Hleïtzer », réplique posément la hékel.

Outre l'aquarelle et le piano, Lian apprendra désormais le virginien chez les Olaïlliu. Une langue plus facile en effet que le setlâd : les mots ne changent pas de sens selon leur accentuation, par exemple, s'ils changent – quelques-uns seulement, les *homonymes* – selon leur graphie (et alors il faut deviner le sens au contexte, mais c'est bien plus simple) ; et on ne peut pas les utiliser aussi créativement qu'avec le setlâd, où l'on peut faire glisser des mots les uns dans les autres à volonté pour en créer de nouveaux, ou en inventer de toutes pièces au fil du besoin ou de la fantaisie à partir des racines connues de tous. Mais le vocabulaire virginien n'est pas si simple que cela, et la syntaxe non plus ; de nombreux mots existent en six ou sept versions parfois assez différentes – des variations locales, dit Kéryan, mais apparemment tout le monde doit les connaître. Même chose pour la syntaxe : il y a des règles générales de fonctionnement, mais à l'intérieur quantité d'exceptions, également des "variations locales". Finalement, le principe en est un peu celui du setlâd : plusieurs langues voisines ou distinctes qui ont fini par s'accommoder les unes des autres sans disparaître. Une des caractéristiques les plus déroutantes pour Lian, cependant, c'est la rigidité et la pauvreté de l'attribution des genres. Féminin, masculin, et ce "neutre" aux formes si souvent masculines qui n'équivaut absolument pas au registre setlâd englobant du "han'maï" – d'ailleurs intraduisible en virginien : "sous le regard de Hananai" ne veut rien dire si on ignore la nature multiple de la Divinité.

Mais une langue, c'est comme une forêt, et Lian l'explore avec autant de curiosité et de fascination qu'il a appris à connaître celle du Landaïeïtan. Au début, quand il rentre à Leïtnialen, il essaie de partager ses découvertes. La réaction de Laraï l'en décourage vite, si Nathénèk tolère un peu mieux ses comptes-rendus – mais Nathénèk ne parle pas le virginien. De fait, Lian finit par comprendre qu'il ferait mieux de ne jamais parler cette langue en leur présence. Il a le droit d'étudier, et même d'apporter des livres à la maison, mais c'est tout. Il n'ose demander à sa mère si elle parle la langue virginienne, ou si elle la parlait, au moins, avec son père-Dougall ; tout d'un coup, cela ne lui semble plus aussi évident que lorsque Kéryan s'est offerte à la lui apprendre.

10

Un jour, au début d'Avril, un des grands-pères meurt. C'est Stefan, le grand-père d'Andreï, l'un des plus vieux. Il vient de se lever de la table du souper, et il tombe, il s'écroule, tout d'un bloc, sa canne rebondit sur les dalles avec un claquement sec. On se précipite, en premier Paula Eklosz, l'infirmière de la commune, mais on sait déjà qu'il est mort. Elle lui touche le cou, le poignet, par acquit de conscience. Secoue la tête d'un air navré et passe la main sur les yeux fixes. La grand-mère d'Andreï s'est affaissée dans les bras des autres grands-mères. On l'escorte dans sa chambre.

« Aide-moi, Liam », dit Paula à Liam qui se trouve être le plus proche d'elle parce qu'il s'est précipité comme les autres, quoique sans comprendre. Il saisit le vieil homme sous les bras, ils le portent dans sa chambre à côté de celle de la grand-mère qu'on peut entendre sangloter par la porte restée ouverte, à travers les murmures apitoyés des autres. Ils l'étendent sur le lit. Avec douceur, Paula lisse les cheveux blancs en désordre, remet les vêtements en place, croise les mains noueuses du vieil homme sur sa poitrine. Doit prendre conscience de l'immobilité pétrifiée de Liam, car elle relève la tête, le regarde et dit avec compassion : « Il avait cent trois ans, Liam. Il a bien vécu. Et c'est une belle mort, sans douleur. »

Cette nuit-là, très tard, Liam se glisse dans la chambre du mort. Plus personne, on a mis fin à minuit à la veillée funèbre. On a pourtant laissé allumée la lampe à gaz, en guise d'ultime veilleuse – ou bien craint-on que le mort ne se réveille dans le noir ? Liam augmente la flamme, s'assied sur le bord du lit. Le vieil homme semble-t-il plus petit ? On dirait qu'il dort.

Liam reste là sans pensée, opaque, vide. Au bout d'un moment, il entend la porte s'ouvrir. Des pas. Il se lève, machinalement. C'est Suzane, en robe de nuit, boucles blondes toutes ébouriffées, les yeux rougis. Ce grand-père-là était son préféré. Ils se regardent longuement, que comprend-elle ? Elle dit « Oh, Liam ! », le prend dans ses bras avec des sanglots muets. Il la serre contre lui, il se rend bien compte qu'elle en a besoin, même si lui est sans larmes.

Au bout d'un long moment, elle s'écarte un peu, s'essuie les yeux en murmurant : « Il est tard, viens, il faut aller se coucher. » Ils quittent la chambre du mort, main dans la main. Quand ils arrivent à la chambre de Suzane, elle ne lui lâche pas la main, alors il entre avec elle. Comme il hésite, incertain de ce qu'il doit faire, elle dit d'une voix enrouée : « Reste un peu avec moi ? » Elle se couche dans le lit ouvert. Il s'assied, caresse ses cheveux lumineux comme de l'or dans la lueur de la lampe de chevet. Après un moment, elle se pousse, tapote le matelas près d'elle en murmurant « Viens là, va ». Il obéit, s'étend près d'elle sur le lit étroit. Elle éteint la lampe, se blottit contre lui. Il sent ses mains sur lui, sur sa poitrine, sur son cou. Il comprend, elle a besoin d'être rassurée. Avec une douceur désolée, il lui caresse les épaules, les cheveux. Maintenant, il a envie de pleurer, mais il ne sait pas vraiment pourquoi. Après un moment, elle se blottit de nouveau contre lui sans bouger, et il écoute son souffle devenir régulier tandis que les premières lueurs de l'aube se glissent à travers les rideaux.

◆

La première fois qu'ils ont été jusqu'au bout, Miniaz s'est appuyée sur un coude pour contempler le corps nu de Lian, suivant d'un doigt les contours de ses pectoraux pour en agacer de l'ongle les aréoles sensibles, descendant jusqu'au nombril, puis jusqu'au sexe redevenu tout timide, encore mouillé d'elle et de lui. Elle a dit : «Ça fait bizarre», avec un sourire complice, et Lian ne s'est pas senti blessé : il trouvait ça plutôt bizarre aussi, surtout après avoir vu Tarmel leur démontrer de ce que pouvait un pénis rani en érection ; en l'occurrence, ce qu'il lui enviait le plus en cet instant, c'était le contrôle de l'éjaculation ; il croyait pourtant avoir fait des progrès en ce sens, mais il a été pris par surprise. Comme Miniaz a ajouté, en frottant d'un air coquin une joue contre son épaule : «Mais c'était plutôt agréable», la conversation a pris très vite un autre tour, plus satisfaisant pour tout le monde, cette fois. Plus tard seulement, curieux, il lui a demandé : « Bizarre comment ? », et elle a froncé le nez : « Toucher quelqu'un ainsi sans le *toucher*. Mais c'est plutôt... intéressant. Plus mystérieux. On ne sait pas tout de suite ce qui fait plaisir ou pas... » Elle lui a fait un clin d'œil : « Et quand ça marche, alors, ça vaut vraiment la peine ! »

Avec Maïli, c'est différent. Moins complice. Et puis elle est devenue fertile très tôt, il a fallu limiter un peu les explorations. Tarmel, c'est complètement autre chose encore, très expérimental quelquefois – mais en général paisible et silencieux, parce que toucher quelqu'un sans le *toucher* plonge Tarmel dans l'extase : il pourrait passer des heures à caresser Lian et à en être caressé. C'est tout de même Miniaz que Lian préfère. Mais elle a une saison de plus que lui et va partir bientôt pour son eïldaràn – tous les adolescents un peu doués d'Atyrkelsaõ, les hékellin, participent au rituel, et Miniaz est une petite danvéràn. Elle ne le lui a jamais vraiment dit, on ne parle jamais directement de ce qui touche aux pouvoirs chez les Olaïlliu, du moins pas en présence de Lian, mais il le sait.

« Quand tu reviendras de Hleïtzer, le mois prochain, tu voudras encore de moi ? plaisante-t-il à demi.

— Oh, je ne reviendrai pas tout de suite », dit Miniaz, distraite par les lèvres et les mains de Lian sur elle. Comme elle se tait, il relève la tête, la regarde. Il a appris à reconnaître cette expression : elle regrette ce qu'elle vient de dire. Intrigué, un peu inquiet, il la presse. Elle dit : « C'est juste une épreuve. Un rite de passage, si tu veux. On le subit entre quinze et vingt saisons environ, ça dépend. Dans les îles. Quand on est prêt, mais toujours après... l'eïldaràn. Kéryan a dit que j'étais prête. » Elle bat des paupières et ajoute : « Les gens comme toi » – on ne dit jamais " naïstoï " chez les Olaïlliu, et "halatnim" seulement par rarissime étourderie – « en sont dispensés. »

Ensuite, c'est elle qui s'emploie à le distraire, et il se laisse faire. Depuis la visite d'Odatan, il peut apprécier la *politesse* des Olaïlliu, la façon gracieuse dont ils l'ont toujours traité, enfants et adultes, sans effort vraiment apparent une fois passée la période d'adaptation. Ce doit être pourtant difficile, pour des gens habitués à toujours savoir au moins ce que les autres ressentent – les disputes ou les discussions de Miniaz, Maïli et Tarmel entre eux sont assez différentes de celles qu'ils ont avec lui. Ils se touchent souvent, par exemple – avec lui, ils essaient de contrôler ce réflexe ; la proximité physique intensifie les perceptions des lâdzani.

La petite place silencieuse s'élargit dans son cœur.

Il a presque quinze saisons et il est en train de mémoriser à voix haute un bref poème pour la leçon suivante de Kéryan, qui portera sur les registres archaïques du virginien ; il l'a choisi lui-même dans un des livres qu'elle lui a prêtés. C'est un poème très bref, en mode dit " latinam ", et dans un ancien registre dit " franca ", une sorte de dialogue dont on ne connaît pas les interlocuteurs, plutôt un fragment de conversation surpris au passage ; mais il en aime l'arbitraire étrangeté, et surtout l'envolée finale, qu'il a reconnue avec un certain amusement lorsqu'il l'a lue tout haut.

« *Elle est retrouvée. – Quoi ? L'Éternité.* »

Dans son dos, soudain, la voix altérée de Laraï : « *C'est la mer allée avec le soleil.* »

Il se retourne. Sa mère se tient sur le seuil, les lèvres blanches, les mains serrées en poings au creux de la poitrine comme si elle avait reçu un coup. « Qui... qui t'a donné ce poème ? » murmure-t-elle entre ses dents serrées, les yeux étincelants.

Lian balbutie : « Le livre... Kéryan me l'a prêté. J'ai choisi le poème. Il y en a plein... » Et comme Laraï se tient toujours rigide dans l'embrasure, il ajoute en hâte : « Je peux en apprendre un autre si tu veux ! »

Laraï passe une main dans ses cheveux en disant « Non, non, ça va... ». Elle se redresse avec lenteur, fait quelques pas hésitants dans la chambre, effleurant au passage les habits drapés sur le dossier de la chaise, le premier tiroir à demi tiré de la commode. Lian ne lui a jamais vu cet air égaré. Elle se laisse tomber dans l'autre chaise, le dévisage un moment avec une tendresse désespérée qui l'affole : qu'y a-t-il, qu'a-t-il fait ? Mais elle lui caresse la joue : « Ce n'est rien, Liani, ce n'est rien. » En prenant une grande inspiration, elle croise les bras, s'appuie au dossier de la chaise et parcourt la pièce du regard. « Commence à être petite, cette chambre », murmure-t-elle pour elle-même. Lian, qui avait plutôt craint un commentaire sur le désordre, se détend un peu. Le silence retombe, mais n'est plus aussi inquiétant.

« Ton père-Dougall aimait beaucoup ce poème, dit enfin Laraï à mi-voix. C'est lui qui me l'a appris. J'ai craint... » Elle se mord les lèvres en haussant une épaule et poursuit, sur un ton différent, plus délibéré : « ... j'ai pensé que c'était un tour de Kéryan. Les hékel aiment bien faire ce genre de choses. Vous prendre par surprise. » Son visage s'est durci et elle regarde au loin, les sourcils froncés. C'est vrai que Kéryan a une façon un peu curieuse de parler, quelquefois, ou plutôt de ne rien dire, comme les "points d'orgue" au piano, et dans le silence s'engouffrent parfois une phrase musicale imaginaire mais surprenante, des idées qu'on ignorait avoir... Avec un petit tressaillement intérieur, surprise, colère, Lian voit soudain dans une autre lumière le comportement de Kéryan ; aurait-il choisi ce poème, si bizarrement musical fût-il, s'il n'y avait reconnu la première phrase virginienne qu'il a entendu énoncer ?

Laraï feuillette le livre d'une main distraite, puis elle le repousse et s'adosse de nouveau dans la chaise avec un soupir.

« Comment il était... » demande impulsivement Lian, pour conclure plus bas, soudain conscient de ce qu'il fait, mais il a commencé, il doit finir : « ... Père-Dougall ? »

Laraï hoche la tête, dit aussitôt. « Un homme en colère. » Puis, comme un remords : « Un homme qui ne savait pas être heureux. Mais quand il oubliait d'être malheureux, c'était bien. »

Lian pose ses bras sur la table et son menton sur ses bras, pour être plus près d'elle – il est bien trop grand maintenant pour grimper sur ses genoux. Elle lui sourit et lui caresse une main.

« Pourquoi il était malheureux ?

— Ah. » Un profond soupir. Laraï se carre dans sa chaise. « Son ancêtre, qui est venu de Virginia avec la Mer, était un danvéràn très puissant. Le fils de cet homme l'était moins. Sa petite-fille, la grand-mère de Dougall, l'était moins encore. Comme sa fille, la mère de Dougall. » Elle parle avec une lenteur délibérée, choisissant ses mots avec soin. « Et lui, Dougall, encore moins qu'elle.

— Les pouvoirs se sont perdus », acquiesce Lian pour lui montrer qu'il comprend.

Elle hoche la tête. « Être des danvérani comptait beaucoup pour les premiers halatnim. Voir le don se perdre les a blessés à chaque génération. Certains plus que d'autres. Quand tu es venu, Dougall a pensé... »

Elle se penche de nouveau vers Lian, lui serre les bras : « Il était heureux d'avoir un enfant, Lian, comprends-le bien. Il avait de l'amour pour toi, et pour moi. Mais... » Son visage se contracte. « C'est plus difficile d'aimer les autres quand on ne s'aime pas soi-même. Et il pensait... que tu n'aurais pas dû être comme tu étais, et que c'était sa faute. Stupide, mais c'est ce qu'il a pensé... »

Après une pause, elle murmure : « Ils ne sont pas comme nous, ils ne savent pas ce qui est important. Peut-être... Les pouvoirs existent parmi nous depuis des milliers de saisons. Mais pour eux, de l'autre côté, depuis bien moins longtemps, quatre cents ou cinq cents saisons tout au plus. Ils n'ont peut-être pas encore eu bien le temps de comprendre. »

Lian essaie d'évoquer les quelques souvenirs flous qu'il a de Dougall. Des disputes violentes entendues de loin dans un demi-sommeil angoissé, de grandes mains brusques... N'en a-t-il pas d'autres ? Cette silhouette à contre-jour, ces bras qui le font sauter en l'air, était-ce Dougall ou Nathénèk ? Non, Dougall, une odeur particulière se dégageait de ses vêtements, à la fois douce et âcre, qui n'a jamais été celle de Nathénèk ; Lian serait incapable de la décrire, mais s'il la sentait de nouveau il est sûr qu'il la reconnaîtrait.

« Est-ce qu'on vivait à Hleïtzer, tous les trois ? »

Laraï sort de sa méditation avec un petit sursaut : « Oui. C'est là que tu es né. Mais je ne voulais pas... y rester. Nous sommes venus sur le Landaïeïtan. »

Lian regarde autour de lui, incrédule : « Ici ? »

— Non ! Non... plus à l'est. Mais ton père-Dougall n'aimait pas trop la forêt. Et finalement, il est parti. » L'ombre familière passe sur le visage de Laraï. « Il est mort.

— Il est mort comment ?

— Un accident. » Laraï répète, un peu plus bas, un peu plus dur : « Un accident.

— Et tu as rencontré Père-Nathénèk après », dit Lian, pour changer le sujet.

Le visage de Laraï s'éclaire d'un léger sourire un peu mélancolique : « Non, en fait, je l'ai rencontré pendant que Dougall était encore là. Après sa mort, nous avons travaillé ensemble un temps. Et puis nous avons décidé de vivre ensemble. C'est sa maison, ici. Il y habitait avec sa sœur. »

Elle plonge dans une profonde rêverie. Lian espère que ce sont des souvenirs heureux. Mais l'expression anxieuse reparaît dans ses yeux, ses traits se contractent. « C'est Nathénèk qui a voulu, pour la Mer. Que tu la voies, peut-être. Qu'elle te voie, sûrement. Je ne pensais pas... »

Elle se mord violemment les lèvres.

« Quoi ? » s'écrie Lian, affolé de nouveau.

Et alors, comme si elle se déchirait à l'intérieur : « Oh, Lian, nous ne serons jamais ensemble dans la Mer ! Tu ne peux pas... Tu ne peux pas la rejoindre ! Odatan nous l'avait dit, pourtant, que tu devais être... un naïstaos, mais je ne voulais pas le croire. Quand je t'ai vu... avec la Mer dans les mains, j'ai cru que j'allais mourir. »

Lian balbutie : « La Mer ? »

Laraï caresse convulsivement les mains, les bras, les épaules de Lian, tout en se forçant à prendre de grands respirs : « Peut-être... pas. C'est pour ça... l'eïldaràn. Odatan a peut-être raison. Il y a peut-être une chance... que tu ne sois pas vraiment un naïstaos. Que tu voies le Signe de la Mer, qu'elle te libère. Oh, qu'elle te libère, Lian, pour elle ! Ça m'est bien égal si tu n'es pas un hékel, ni un danvéràn, ni rien, mais que tu puisses rejoindre sa lumière, que nous soyons ensemble tous les trois un jour dans sa lumière ! »

Le cœur battant à tout rompre, Lian se rappelle la nuit violette de l'éclipse, le cri sourd de la foule derrière lui, l'absence déroutante de sensations quand il a touché la scintillante surface bleue. Et le visage triste et calme de l'inconnu – d'Odatan.

Plus tard, il s'interrogera sur le rôle et la nature d'Odatan – mais Nathénèk ne pourra pas lui en dire

grand-chose : un Virginien, un passeur, un danvéràn.
Plus tard. Pour le moment, en regardant Laraï lutter
contre les larmes, il se sent tout creux, il a peur de
bouger, peur de se casser. Il ne comprend pas tout à
fait pourquoi sa mère a si mal – que Laraï est profondément croyante, que rejoindre la Mer n'est pas
pour elle cette histoire merveilleuse et vague qu'on lui
a racontée à lui quand il était petit, il y a longtemps,
mais une réalité vivante, une certitude, un espoir de
tous les instants. Plus tard, il saura. Maintenant, il
comprend seulement que sa mère a mal. À cause de
lui. À cause de ce qu'il est. Et il a mal aussi comme si
c'était de sa faute – même si, stupide, ce n'est pas sa
faute. Et, pour la première fois, quand Nathénèk atterré
dira " C'est ainsi ", la formule magique ne parviendra
pas vraiment à étouffer la révolte de Lian : « Mais
pourquoi ? » Il sait désormais ce que recèle la petite
tache de silence, en lui. Il ne pourra plus l'oublier.

La troisième semaine d'Atéhatéñu, le onzième mois
de l'année, à la toute fin de l'automne, alors que Lian a
quinze saisons et demie, Odatan revient à Leïtnialen. Il
salue Lian en virginien. Lian lui répond en setlâd. Le
visiteur ne fait pas de commentaires. Ils savaient qu'il
arrivait, les bagages sont prêts depuis la veille au soir.
Pas de grandes démonstrations. Nathénèk embrasse
Lian, Lian étreint Laraï. Il n'a pas d'autres adieux à
faire. Les Olaïlliu ne savent pas qu'il partait, Kéryan
s'en chargera bien. Le Gomphal, il est allé le voir la
veille au soir, à l'heure où l'ombre l'immobilise.

Et ils s'en vont.

◆

Les habitants de la commune ne parlent presque
jamais de la Mer, y pensent à peine. Ils vivent pourtant
à seulement un demi-kilomètre des quais, à l'extrême
limite est du quartier, au bord du canal qui encercle
l'ancien port. Jill et Jaques vont toujours y faire leurs

promenades matinales, le long de la grande esplanade
herbeuse parsemée d'arbres et de buissons qui longe le
canal et ouvre sur les grilles interdisant l'accès direct
aux quais. Mais pour eux, ce n'est pas " le bord de la
Mer " ni " le port ", simplement l'esplanade Carghill.
Même l'océan existe à peine pour eux – pas de Cristobal-
sur-l'Océan sur l'autre côte, huit cents kilomètres à
l'ouest, où l'on s'installerait après le départ de la Mer :
tout le territoire intermédiaire est un simple blanc sur
la carte. Liam n'a même pas à voir le scintillement
bleuté de la Mer au-dessus des édifices déserts du port
ancien : la fenêtre de sa chambre donne sur la ville et,
sur la terrasse, une haie impénétrable d'arbres-trolls
masque la vue au nord-ouest.

L'absence de la Mer dans la vie de la commune ne
dérange nullement Liam, au contraire. Il la remarque,
tout de même, distraitement, une autre curiosité. On dit
aux tout petits enfants : « Si tu n'es pas sage, on t'emmène à la Mer. » C'est pratiquement la seule mention
qui en est faite dans leur vie quotidienne. Ils apprennent ensuite l'histoire de Virginia – la colonisation, la
première expédition décimée par la Mer, les naufragés
éparpillés sur tout le continent, chaque groupe persuadé, jusqu'au retour de la seconde expédition, d'être
les seuls survivants... Et si la première lutte victorieuse
contre la Terre est également liée à un retour de la Mer,
la dernière et définitive guerre contre les Terriens agresseurs s'est déclenchée lors d'un de ses départs. Et les
rebelles aussi réactivent la guerre lorsque la Mer s'en
va. On pourrait être heureux de son retour – il marque
la fin de la campagne, le début de deux saisons paisibles – mais on en est simplement soulagé, avec un peu
d'agacement parfois : si la Mer n'existait pas, tout ça
serait réglé depuis longtemps, et la vie serait bien plus
simple.

Les Anciens, c'est un peu différent. Il reste assez de
fresques, des mosaïques dans les cours intérieures – les
édifices eux-mêmes, la ville. (Toutes les villes, les
routes, les canaux... Mais Liam s'arrête toujours au

bord de cette dérive.) On n'évoque pas les Anciens à la commune – on vit chez eux, on ne les voit plus à force de les voir. Même pas des fantômes. Leur énigmatique disparition ne suscite plus l'ombre d'une curiosité, depuis le temps. Leur absence si présente fait partie du décor au même titre que tout le reste, les arbres, les pierres écarlates ou dorées, les oiseaux bleus et blancs qui tournent au-dessus de la ville pour se percher sur les rares tourelles encore debout sur les terrasses. Tout sauf la Mer a perdu son nom, ici, pour en trouver un autre. Anciens, arbres-rois, arbres-à-eau, racalous, oiseaux-de-clocher. Liam ne les appelle jamais autrement, comme il n'est plus jamais "Lian" pour lui-même. Une nouvelle vie lui a été donnée, Liam en est reconnaissant, il ne veut pas la questionner. Les autres, dont c'est la vie normale, ne le font pas : il trouve facile de les imiter. Il s'intègre aux histoires qu'ils se racontent, d'autres histoires. Sur la Mer, sur les Anciens, sur les Terriens.

Cette histoire-là s'est vu ajouter récemment une suite fascinante, mais nul ne semble fasciné à la commune, et Liam n'a donc pas envie de l'être : des Terriens arrivent. Enfermés dans Lagrange, un astéroïde qu'ils ont décroché de leur lointain système solaire, ils voyagent depuis des Années dans l'espace. Depuis environ vingt saisons ils se promènent dans le système de Virginia. Ce sont eux, cette oblongue tache lumineuse qu'on voit briller la nuit, parfois, quand le ciel est dégagé. « Z'ont rien de mieux à faire que de déranger tout le monde avec leurs moteurs à ions ? » grommelle un des grands-pères, astronome amateur convaincu. « Bien des Terriens, ça ! »

Ils arrivent, ils vont passer, ils vont s'en aller. Sans s'arrêter. Le système d'Altaïr leur sert simplement à freiner et à modifier leur trajectoire, un jeu compliqué de ricochets entre ses planètes. C'est ce qu'ils ont dit quand on a pris contact avec eux. Silence total depuis. Les voyageurs se soucient aussi peu de Virginia que les Virginiens d'eux. On n'en est même pas vexé. Une vieille histoire, les Terriens, la Terre, dont les notes en bas de page n'intéressent plus personne. Liam, après une brève curiosité vite distraite, se contente de regarder parfois la lumière dans le ciel, la nuit, quand il va se coucher. C'est joli.

11

Ils se dirigent vers la passe Arpaïel, au sud-ouest, le chemin le plus court pour contourner les Ltellaïllia si l'on désire se rendre à Hleïtzer depuis cette région du plateau. Les premières heures du voyage sont extrêmement silencieuses. Lian s'en accommode fort bien. Il préfère contempler autour de lui sa forêt qu'il va quitter pour longtemps, au moins une saison puisque l'eïldaràn ne peut avoir lieu qu'au retour et au départ de la Mer. Et ensuite il reviendra sur le Landaïeïtan, quel que soit le résultat. Mais il préfère ne pas trop penser aux résultats possibles de l'eïldaràn ; il a appris à ne pas s'appesantir sur cette incertitude-là. Il préfère écouter de toutes ses oreilles les sons familiers, sentir sur sa peau l'humidité chaude et douce qui diffuse en une légère brume toujours mystérieuse la lumière verte filtrée par les hautes frondaisons, humer les parfums, laisser formes et couleurs emplir son regard, sans vouloir les prendre ni même les comprendre, pour simplement être dans la forêt, être la forêt.

À peine une heure après la collation de mi-matinée, Odatan tire une couverture de son sac et la déroule à l'ombre d'un jeune tingai : il doit faire une petite sieste, dit-il en virginien. Ils repartiront vers la quinzième heure.

Trois heures de perdues ? « Vous vous fatiguez vite », remarque Lian en setlâd, un peu narquois.

L'autre s'installe sur sa couverture, réplique en virginien : « Ce n'est pas ça. Je ne suis pas un hybride de sixième génération, moi, Lian. Sur Virginia, tout le monde fait la méridienne. Les Terriens ont évolué sur une autre planète, où la journée est bien moins longue qu'ici, et si nous n'arrêtons pas en milieu de journée, notre organisme tend à se dérégler. »

Lian ignorait l'existence de la méridienne, s'il connaît les mesures virginiennes du temps – il a appris, en découvrant les mots nouveaux, " jour ", " heure ", " minute ", " seconde ", que s'ils ont des équivalents setlâd, leurs durées ne sont pas les mêmes ; la journée rani compte vingt-huit heures, la journée virginienne trente-cinq.

Mais Odatan vient surtout de lui rappeler qu'il est un pur Virginien, passé assez récemment avec la Mer. Lian examine l'autre, qui a fermé les yeux et croisé les mains sur sa poitrine (bizarrement : seulement les dernières phalanges, les doigts pliés et entrelacés) : ce visage étroit et anguleux aux yeux trop rapprochés, ce grand nez aquilin, l'arc effilé des sourcils, les lèvres trop minces, c'est ça, un Virginien. Et le brun clair de la peau, et la petite taille – à quinze saisons et demie, Lian est presque aussi grand que lui – et les ongles roses et pointus, et les poils sur les mains, sur les bras, sûrement partout. Lian se prend à détailler le dormeur avec une animosité qui l'étonne un peu – il y a pourtant là certains traits qu'il a l'habitude de voir lorsqu'il se rencontre lui-même dans un miroir ; il n'a pas de poils sur le corps, certes, juste le duvet presque imperceptible d'un vrai Rani, mais son nez, sa bouche, ses sourcils à lui ne sont pas très ranao. Ni la couleur de sa peau. Ni ses yeux.

L'autre a les yeux fermés, mais il ne dort pas. Il dit : « Désolé, Lian, c'est ainsi. Tu peux faire un peu de yoga en attendant. Ou lire. Il y a quelques livres dans ma sacoche. J'ai le dernier Malani Opted.

— C'est qui, Malani Opted ?

— Une halatnim qui écrit des histoires passionnantes. »

Lian fait « pfff » et commence plutôt à se dérouiller les articulations dans les exercices préparatoires à la satlàn – qui n'est pas vraiment du " yoga ", malgré ce qu'en dit le dictionnaire virginien de Kéryan. La méditation en mouvement a toujours un effet apaisant sur lui. Odatan redressé sur un coude l'observe un moment et remarque, toujours en virginien : « Tu vas un peu vite, dans la troisième phase. »

Lian pense très fort : Fais ta sieste, Virginien, t'ai-je demandé ton avis ?

Comme s'il avait entendu, mais Lian sait bien que non, le petit homme se recouche les mains croisées sur la poitrine et ferme les yeux.

Quand ils sont repartis, et qu'à un moment Odatan lui adresse de nouveau la parole en virginien, Lian agacé demande : « C'est quoi, un test ? » – en virginien, car la notion d'*épreuve*, ou même celle d'*essai,* est différente en setlâd : ce ne sont pas des situations où l'un des partenaires prétend en savoir plus que l'autre. Le petit homme lui jette un regard en biais et répond, en setlâd : « Des essais. Je veux m'assurer que tu comprends bien le virginien. Tu en auras besoin à Hleïtzer, avec tes futurs compagnons. Il y en a parmi eux qui ne parlent pas du tout le setlâd, ou très mal. Quelques communautés halatnim ont choisi de ne parler que leur langue. C'est leur droit.

— Des premières générations ?

— Plutôt le contraire, murmure Odatan.

— Et vous êtes là depuis combien de temps, vous ? »

Ils sont descendus de leurs montures pour se dégourdir les jambes ; le petit homme continue à marcher en silence, vraiment petit auprès de Nagal-Rasser.

« Longtemps », dit-il enfin.

Lian lui lance un regard sceptique que l'autre ne voit pas car il regarde droit devant lui. Si Odatan a la quarantaine, c'est bien le maximum. Il connaissait Laraï et Dougall bien avant sa naissance, s'il faut en croire Nathénèk. Mais l'inflexion descendante indique, en setlâd, qu'un sujet est clos, et Lian change plutôt d'angle : « Et vous travaillez au Haëkelliaõ de Hleïtzer. Vous êtes un hékel, alors.

— Pas vraiment au Haëkelliaõ. Et je ne suis pas un hékel. Juste... un bon danvéràn passé avec la Mer. »

Du coup, Lian oublie sa stratégie. Il imagine une petite barque perdue dans l'immensité bleue, la voile gonflée par le Vent du Retour, l'abordage – quelque part, dans l'inconnu, puisque les Virginiens ignorent tout d'Atyrkelsaõ. « Pourquoi êtes-vous passé ? murmure-t-il avec un soudain respect vaguement craintif.

— Par hasard. Je suis tombé dans la Mer. »

Lian s'immobilise, tirant brusquement sur la bride des deux aski, qui renâclent ; Odatan fait encore un pas puis se retourne vers lui tandis que Nagal-Rasser s'immobilise à son tour avec une majestueuse lenteur.

« Tombé ? »

L'autre hoche la tête, très calme : « Les passeurs n'ont pas besoin de barque. »

Lian murmure enfin : « Vous êtes... un naïstaos ?

— Oui. Tous les passeurs. »

Lian se sent les jambes un peu molles et s'appuie contre le flanc de Métyi, son asker de monte, qui émet un sifflement doux et perplexe. Dans son souvenir, des petits ruisselets de lumière bleue, délicatement ourlés, s'égouttent de ses doigts pour retourner se fondre dans la masse scintillante de la Mer.

« Vous vouliez savoir... la Mer, quand j'étais petit... »

Le visage de l'autre prend une expression horrifiée : « Oh, Lian, non ! On ne fait pas ce genre d'expérience avec la Mer ! Et je ne savais pas. Lorsque tu as été conçu, on a simplement cru Laraï malade, au début, parce qu'on ne percevait absolument pas le bébé dans son ventre. On m'en a parlé, j'ai reconnu le symptôme. Mais... » Il se mord les lèvres, répète, les traits contractés : « Non, Lian. Quand tu as touché la Mer, alors seulement j'ai compris ce que tu pouvais être. »

Lian murmure. « Un naïstaos.

— Un naïstaos qui voit la lumière de la Mer, Lian. »

Lian ne dit rien. Odatan pousse un petit soupir. « Je voyais la lumière aussi, de l'autre côté, avant de devenir un danvéràn. Et j'étais comme toi, complètement enfermé derrière une porte invisible. Tous les passeurs. L'eïldaràn pourrait être pour vous ce que le passage avec ou sur la Mer est pour nous. »

Lian hausse les épaules : « Je deviendrais un danvéràn.

— Peut-être.

— Mais je resterais un naïstaos. La Mer me rejetterait toujours. »

L'autre se donne sur la cuisse une claque exaspérée qui fait broncher Métyi. « La Mer ne *rejette* pas les naïstoï, ça n'a rien à voir, être bon, être méchant, ce sont des superstitions, ça, Lian ! »

Lian n'écoute pas. D'une voix qui s'enroue, il répète, de plus en plus fort pour couvrir la voix du petit homme : « Mais je ne pourrais pas rejoindre la Mer. Qu'est-ce que ça peut me faire d'être un danvéràn *si je ne peux pas rejoindre la Mer* ! ? »

À l'aveuglette, il s'agrippe à la crinière de Métyi, se hisse sur la selle, enfonce ses genoux dans les flancs rebondis. Avec un petit sifflement de protestation, l'asker part au grand trot sous les futaies.

◆

Le septième jour, vers le milieu de la matinée, alors qu'ils se sont enfin engagés dans la passe Arpaïel, Nagal-Rasser s'immobilise, Odatan saute à terre, s'approche d'un bloc de granit au bord du torrent et fait signe à Lian, qui obtempère. En dégringolant le long de la montagne en des temps immémoriaux, le roc a éclaté, et une longue face plane de pierre gris-rose est à nu, miroitant au soleil – et striée de fines marques verticales entrecroisées.

« Karaïker », dit Odatan.

Lian n'a jamais vu des rochers marqués ainsi ; en forêt, les karaï laissent des traces sur le sol et sur les arbres – mais entamer du granit ? Toutefois, le territoire de Laraï et même le plateau sont loin, les voyageurs ont déjà passé deux crêtes de montagnes : Lian se trouve désormais en territoire inconnu et doit se fier davantage à son compagnon. Il se dresse sur la pointe des pieds, pose une main sur les stries les plus proches, qui la débordent largement de toute part. Un adulte. Par réflexe, il regarde autour de lui, tend l'oreille – le karaïker, prédateur dominant, n'est pas particulièrement discret lorsqu'il n'est pas en chasse. Mais ils n'ont pas vu de troupeaux d'aski sauvages dans les environs, et ce ne sont pas des marques récentes, car Métyi aurait manifesté son inquiétude – elle a un odorat bien plus développé que celui des humains. Néanmoins, comme son compagnon, Lian sort le fusil de son étui, y glisse un chargeur de fléchettes – avec les précautions d'usage : l'enduit qui paralyse un karaïker est instantanément mortel pour les humains. Tout en retirant ses gants, il remarque quand même : « Les karaï ne vivent pas aussi haut dans les montagnes d'habitude, non ? »

Odatan hoche la tête : « Celui-ci doit être un chasseur d'agraï. »

Lian se met à rire. « Une légende ! » Les karaï et les agraï ne peuvent être rivaux : leurs territoires ne se recoupent pas, les karaï étant bien plus à l'aise dans les forêts et dans les zones médianes relativement boisées des montagnes, les agraï ayant besoin de terrain découvert, le plus escarpé possible, pour reprendre leur vol après l'atterrissage – et ils respirent fort mal, de surcroît, en dessous d'une certaine altitude. Même leurs proies de prédilection sont différentes – les aski sauvages pour les karaï, et les maëliki, blancs acrobates des précipices, pour les agraï.

«Toutes les légendes ne sont pas mensongères», dit Odatan, en passant la courroie de son fusil sur son épaule. « Karaï et agraï sont des lâdzani aussi, à leur manière. Ceux de Tyranaël, entendons-nous bien, pas ceux d'Atyrkelsaõ. Comme les banki et les lladao : seulement ceux que les Ranao ont amenés avec eux. » Le petit homme murmure, pensif : « La mutation n'a jamais eu lieu, ici. Et les moatranao ne sont jamais devenus des Ranao. »

Lian digère sa stupeur en silence. Les deux graines de fofolod ne sont pas si semblables, après tout.

Nagal-Rasser se remet en route et ils le suivent – la masse et la corne aiguë du tovker sont leur première ligne de défense en cas d'attaque frontale inopinée. Métyi ferme la marche : la brise est favorable, son odorat les préviendra si un karaïker les suit de trop près. Le large torrent bruit à leur droite, la pente incurvée de la vallée est trop bien dégagée sur leur gauche pour une approche furtive. Au bout d'une demi-heure sans incident, alors que Lian commence à se détendre, un son étrangement humain tombe du ciel pour se répercuter entre les parois rocailleuses de la vallée, comme un cri de douleur impossiblement prolongé, aigu, lointain et rauque. Odatan tend un bras, doigt pointé : très haut à l'ouest, du côté où les montagnes s'étagent au-dessus de la passe, plane un large trait noir faussement immobile.

Lian, plus fasciné qu'inquiet, contemple son premier agraïllad. Avec un cri pareil, pas étonnant que le rapace géant ait nourri l'imagination des conteurs. « Et lui, alors, c'est un chasseur de karaï ? » demande-t-il en plaisantant à son compagnon.

Odatan dit « Peut-être », sans sourire. Croit-il vraiment que l'oiseau va les attaquer, dans cette vallée où les courants ascendants sont insuffisants pour lui permettre de remonter et alors que – à part peut-être les deux aski – ils ne ressemblent en rien à ses proies habituelles ? L'autre continue à marcher, les sourcils froncés.

Au bout d'une heure, il doit décider que ses craintes ne sont pas fondées : il remonte en selle. Lian en fait autant. Le petit homme se met soudain à chantonner par à-coups, après un moment, à voix basse, comme sans en avoir conscience ; Lian finit par reconnaître certains vers, à défaut de la mélodie : c'est la légende des karaï et des agraï.

Kithal et Paguid, les Gardiens des montagnes, accidentellement créés sœur et frère jumeaux par Hananai, sont en conflit. Hananai, lassée de leurs déprédations, les transforme en félins et en rapaces géants pour les jeter sur les montagnes en leur disant " Régnez, maintenant ! ", – mais, dans cette version, sans remords : elle ne leur donne pas le don de parole pour la dernière nuit de l'hiver. Avec les petits morceaux restants, elle façonne la première femme et le premier homme, cependant, comme dans la version connue de Lian. Leurs descendants vivent d'abord dans les plaines de Paalu, le continent de l'est et, parfois, sans qu'ils en comprennent la raison, une irrésistible nostalgie les saisit lorsqu'ils regardent du côté de l'ouest et de l'immense barrière de montagnes où trône le Hanultellan aux épaules de nuages. Alors, ils abandonnent tout et vont s'y installer. Là, ils chassent karaï et agraï, qui eux aussi gardent un souvenir confus de leur origine et se haïssent mortellement, mais en pure perte, puisque les forêts du karaïker sont impraticables pour l'agraïllad et inversement les sommets escarpés de celui-ci pour le karaïker.

L'histoire d'Odatan dévie à partir de là. Les deux humains où dort la substance des Gardiens jumeaux sont frères issus du même père, et non sœur et frère – Kithulai s'appelle Kalalu, et Paguyn Merrim. Et au lieu de se compléter dans le chant et la danse, comme Kithulai la créatrice de chants et Paguyn aux pieds légers, Kalalu est un éleveur et Merrim un chasseur. Ils collaborent au début – Merrim capture des aski sauvages que Kalalu apprivoise, dresse, et apprend à traire et à tondre. Mais leur harmonie ne tarde pas à se rompre, là aussi. Merrim, affamé au retour d'une chasse infructueuse, tue par accident le plus bel asker de Kalalu ; Kalalu, outragé de voir ce crime rester impuni par le village, jette le cadavre ensanglanté dans le grand chaudron où l'on conserve tout le lait du troupeau communal ; les villageois furieux de voir leur lait ainsi souillé chassent les deux frères, chacun de son côté, Merrim dans la forêt, Kalalu dans la montagne. Kalalu doit devenir chasseur pour survivre – et Merrim apprendre à se nourrir aussi de racines et de noix.

Odatan cesse de chantonner. Lian, qui commençait à se prendre à l'histoire, demande : « Et ensuite ? »

Un petit muscle tressaute dans la joue de son compagnon. « Kalalu se fait tuer dans la montagne par un agraïllad, Merrim rencontre le fantôme de son frère dans la forêt et, fatalement distrait, se fait tuer par le karaïker qu'il était en train de traquer. Les Gardiens des montagnes, enfin libérés, retournent auprès de Hananai qui attribue les précipices à Paguid et les pics à Kithal. Fin. »

Lian est déçu, presque choqué. La légende que Laraï lui a apprise est bien plus satisfaisante. « Oui », dit Odatan avec un drôle de petit sourire, « plus civilisée. »

Et quand Lian lui demande d'où vient sa version à lui, il répond : « Des Krilliadni. » Puis en virginien, comme si c'était une traduction, un ton plus bas : « Des chasseurs. »

Mais Krilliadni ne veut pas dire " chasseurs " en setlâd. Simplement " ceux du froid ", d'après l'étymologie. Le terme désigne en réalité les habitants des îles d'Aalpaalu et d'Aalaritu, parties montagneuses des continents Est et Ouest seules laissées à découvert par la Mer lorsqu'elle se trouve là, et seules habitées lorsqu'elle ne l'est pas. Un peu étrange, à vrai dire, dans la mesure où la majeure partie de ces îles se trouve dans des zones tempérées ; les plus au sud d'Aalpaalu, Krillialtaoz et Krilliadi, correspondent cependant aux sommets les plus élevés d'Atyrkelsaõ, dont le fameux Hanultellan aux neiges éternelles, qui atteint près de sept mille lani d'altitude – la montagne autrefois sacrée des Paalani. Alors, " Krilliadni ", et le nom a dû se généraliser à partir de là.

« Pourquoi " chasseurs " ?

— Des chasseurs chassent », répond Odatan à mi-voix, toujours en virginien. Puis, de nouveau en setlâd : « On ne t'a jamais parlé des grandes chasses ?

— Pas vraiment. Un rituel de passage, après l'eïl-daràn. Ça ne concerne pas les naïstoï, apparemment, ils en sont écartés. Quel rapport avec les Krilliadni ?

— Les naïstoï en sont *dispensés*, Lian », intervient l'autre d'un ton un peu las.

C'était l'euphémisme employé aussi par Miniaz, Lian ne relève pas : « Quel rapport avec les Krilliadni ?

— Les Krilliadni participent aux grandes chasses », dit Odatan ; perché comme il est maintenant sur Nagal-Rasser, presque un demi-lani plus haut que Lian, son visage est indéchiffrable ; mais sa voix est neutre, trop. « On va dans leurs îles pour l'épreuve. Une saison. Il faut survivre. C'est dangereux. »

Il n'élabore pas davantage et Lian n'a pas envie de le pousser, soudain un peu inquiet pour Miniaz, même si elle s'est beaucoup améliorée dans sa connaissance de la survie en forêt depuis leur enfance. Ils continuent à avancer en silence, Odatan lointain sur Nagal-Rasser, Lian morose sur Métyi. L'autre le surprend en murmurant : « Mais n'importe qui peut aller vivre chez les Krilliadni en dehors des grandes chasses, à n'importe quel moment de sa vie. C'est un choix.

— Vous y êtes allé, vous ? » demande Lian, narquois : depuis qu'ils voyagent ensemble, il a eu le temps de se rendre compte que le petit homme aime bien son confort.

« Oui, dit Odatan, le prenant au dépourvu. Plusieurs années. » Il observe Lian du haut de Nagal-Rasser, un peu ironique. « La vie y est beaucoup plus dure que sur le continent, mais elle semble parfois plus... simple. » Son sourire s'efface. « Une illusion, bien entendu. »

◆

Liam aime les enfants de la commune, surtout les plus jeunes. Quelquefois, quand il a fini de travailler dans le jardin ou à l'atelier, il vient s'asseoir sous l'arcade de la cour intérieure près des salles où Jill, Suzane et Andreï font la classe, et il se laisse couler dans le temps au rythme hypnotique de l'eau de la fontaine, dans le bassin, et avec l'autre musique aussi : voix chantonnantes, murmures, rires, questions. Quand les petits sortent en courant, plusieurs s'arrêtent souvent près de lui pour lui raconter avec enthousiasme ce qu'ils ont appris ou poursuivre à son bénéfice une querelle dont il comprend qu'il doit être l'arbitre. Les petits l'aiment bien aussi. Il ne sait pas pourquoi. Peut-être parce qu'il parle toujours d'une voix égale, est toujours prêt à les écouter, toujours avec gravité. Ou parce qu'ils n'ont pas grandi avec lui, qu'il vient d'ailleurs – de l'extérieur de la commune, c'est-à-dire, on n'a jamais précisé d'où, et pour cause ; il se trouve investi pour eux d'une aura de fascinant exotisme.

Après la collation qui suit la méridienne, et le soir, après le souper, petits et moyens se rassemblent parfois autour de Jill, Suzane et Andreï, pour des histoires. Quand Liam est de cuisine, il va les rejoindre après avoir fini de ranger. Pas tellement pour entendre les histoires, il les connaît vite par cœur, mais pour regarder les visages des enfants, étonnés, effrayés, ravis. Pour eux, il n'y a pas de différence. Tout est réel. Tout est vrai.

Un soir, quand vient le temps de la dernière histoire, les enfants font preuve de beaucoup d'habile mauvaise foi. Jill et les deux autres déclarent forfait après s'être fait dire à plusieurs reprises : « Mais celle-là, on la connaît ! », et Jill lance, en plaisantant à demi : « Demandez à Liam, il doit en savoir d'autres ! » Les enfants se retournent vers lui. Pris de court, il proteste, mais certains des petits viennent s'agripper à ses genoux, implorants, « Oh oui, Liam, raconte-nous une histoire ! » Vaincu, il improvise. Croit improviser. « Il était une fois deux enfants qui vivaient au pied d'une très haute montagne, tout seuls dans la forêt. Un garçon et une fille. La fille s'appelait Katrina...» (Katrin la brunette s'épanouit, les autres rient en se poussant du coude)... «et le garçon Patriki. » (Nouveaux rires. Patrik bombe le torse.) «Ils se débrouillaient très bien dans la forêt. Patriki chassait avec son arc et ses flèches, et Katrina capturait et dressait des cabals sauvages.

— Elle ne peut pas, dit un des garçons plus âgés. C'est trop grand pour des enfants, un cabal sauvage.

— Si, si, elle peut! protestent d'autres, surtout Katrin.

— C'étaient de plus petits cabals, en ce temps-là, tranche Liam. Il y a très longtemps. Ils n'avaient pas encore grandi. Mais on pouvait utiliser leur poil laineux pour faire des habits, et on pouvait les traire pour avoir du lait. C'est ce que Katrina avait découvert, et elle le faisait très, très bien. » Là, selon l'habitude de Jill et des autres, il renvoie l'histoire aux enfants, leur demandant comment Katrina s'y prend pour tondre et traire les cabals et quels animaux Patriki chasse dans la forêt – les hypothèses fusent, raisonnables ou délibérément absurdes. Les animaux de la forêt inspirent davantage les enfants, cependant : « Des souris ! Des éléphants ! Des dragons ! Des tigres ! Des cro-cro-diles !... »

Il est temps de reprendre le fil de l'histoire.

«Justement, oui, des tigres, il y en avait dans la forêt, des tigres géants, rayés blanc et bleu. Mais Patriki ne les chassait pas. Il savait que ses flèches ne les toucheraient jamais, parce que c'étaient des tigres magiques.

— Ils étaient invisibles ! propose une petite.

— Non, on ne voyait que les rayures bleues ! contre une autre.

— On ne voyait que les rayures bleues », accepte Liam, se lançant aussitôt dans la description de la première rencontre entre Patriki et ces rayures bleues qui flottent mystérieusement à travers la forêt. Puis il reprend : «Et les tigres n'étaient pas les seuls animaux magiques, en ce temps-là. Il y avait aussi, très haut dans la montagne, des aigles géants, rayés bleu et

blanc, et ils étaient magiques parce qu'ils parlaient.
Les tigres aussi parlaient. Mais ils ne parlaient jamais
aux aigles, parce qu'ils ne pouvaient pas s'entendre. »

Il s'arrête alors, pétrifié, en prenant enfin conscience de ce qu'il est en train de raconter. Les enfants
se trémoussent, impatients. Katrin demande : « Pourquoi
ils ne s'entendaient pas ?

– Les aigles étaient très haut en l'air, et les tigres
tout en bas par terre, réplique un des plus vieux, d'un
air supérieur. Ils ne pouvaient pas crier assez fort. »

Liam contemple les visages attentifs tournés vers
lui, à la fois désemparé et attendri. Ils ne comprennent
pas, bien sûr. Ils comprennent autre chose. Et pourquoi
pas ?

Il continue avec le fil qu'on lui a tendu, revient en
arrière pour raconter l'origine des tigres et des aigles
magiques : en ce temps-là, une très puissante magicienne s'occupait du soleil, des étoiles et des lunes, et
des rivières, des forêts et des montagnes ; comme elle ne
pouvait pas tout faire elle-même, elle décide de créer
des gardiens. Et en créant le Gardien des montagnes,
elle a le hoquet et voilà que des jumeaux lui sortent de la
bouche. Et le Gardien s'appelle... Ariki, et la Gardienne
Arina, et la magicienne... est juste la Magicienne – mais
questions et suggestions se font de moins en moins fré-
quentes à mesure que l'histoire se déploie, les bouches
restent entrouvertes, les yeux s'écarquillent. Frère et
sœur, repentants après leur terrible querelle, partent à
la recherche l'un de l'autre, quittant leur exil respectif,
Patriki la forêt, Katrina la montagne, et chacun rencontre
l'animal-totem de l'autre, qui s'est hasardé lui aussi en
dehors de son territoire habituel et s'est blessé ; comme
c'est la dernière nuit de l'Hiver, ils leur parlent au lieu
de les achever. Katrina ramène l'aigle vers les hauteurs
de la montagne sur un travois, Patriki le tigre vers les
profondeurs de la forêt, ils se rencontrent à mi-chemin,
se tombent dans les bras, se racontent leurs aventures,
et le tigre et l'aigle en viennent à se parler aussi, ce
qu'ils n'ont jamais tenté jusqu'alors la dernière nuit de

l'Hiver malgré le don que la Magicienne leur avait fait de la parole.

« *J'aimerais tant pouvoir courir dans la neige blanche des sommets, dit enfin le tigre d'une voix rêveuse. Comment est-ce, là-haut, mon frère l'aigle ?*

— Les volcans rougeoient au milieu des glaciers, comme un amour qui ne finit jamais. Quelquefois, quand les chemins d'air m'emportent vers le soleil, je vois des étoiles en plein jour et le ciel est si bleu qu'il en est presque noir. Mais j'aimerais tant planer dans l'ombre de la forêt... Comment est-ce, en bas, mon frère le tigre ?

— La terre est noire et profonde, et les arbres sont les racines du ciel. Parfois, quand je cours à travers la nuit, j'entends le cœur qui bat sous l'écorce du monde, comme un amour qui ne finit jamais... »

Et Katrina et Patriki, réconciliés, retournent vivre ensemble pour toujours dans leur village. Et les Gardiens querelleurs Ariki et Arina, enfin libérés de leur sortilège, reviennent auprès de la Magicienne, qui leur demande alors de quoi ils désirent être désormais les Gardiens.

« *Des montagnes, dit Ariki sans hésiter, là où elles s'enracinent dans les profondeurs de la terre, là où le sang du monde coule encore.*

— Des montagnes, dit Arina sans hésiter, là où elles touchent le ciel, là où elles s'ouvrent au soleil en profonds précipices. »

La Magicienne hocha la tête : « *Les montagnes, dit-elle, là où le ciel et la terre s'aiment d'un amour qui ne finit jamais... »* Et elle sourit à Arina comme à Ariki : « *C'est bien. Qu'il en soit ainsi jusqu'à la fin des temps. »*

Il y a un silence perplexe quand il se tait. Jill dit en souriant : « Il est tard, ce coup-ci, on va se coucher. On dit merci à Oncle Liam pour la belle histoire. » Un chœur désordonné de voix enfantines le remercie et les petits partent sous la houlette d'Andreï, les arguments faisant rage pour et contre le choix final des Gardiens. Suzane s'étire avec un sourire ravi : « Je ne savais pas que tu étais un conteur d'histoires ! En as-tu d'autres comme ça ? »

Depuis la nuit qu'ils ont passée si chastement ensemble, elle recherche sa compagnie, l'embrasse sur la joue pour lui dire bonjour et bonsoir, lui touche la main ou le bras quand elle lui parle. Jill remarque, avec un amusement indulgent : « Il peut sûrement en inventer d'autres pour nous dépanner, hein, Liam ? »

Hésitant, inquiet, tenté, il contemple le sourire de Suzane. Et finalement, il dit : « Je suppose que oui. »

12

Au sortir de la passe, sur environ deux cents langhi, la route descend en paresseux lacets le long d'une série de plateaux. « La route des carrières et des mines », a dit Odatan, une véritable route dallée d'ultellaod écarlate, de plus en plus large à mesure qu'on descend vers les collines et la plaine d'Eïtyrhondal, perdues dans une brume laiteuse en contrebas. Il doit y avoir des villages invisibles dans la forêt, car des pistes fréquentées débouchent ici et là sur la route, avec des gens affairés, à pied ou sur des aski, circulant dans les deux directions. Puis, à partir de l'avant-dernier plateau, les pistes deviennent des routes secondaires pavées, et la circulation se fait plus dense, essentiellement de gros charrois à vapeur chargés de billes de bois, de lingots de minerai ou de pierres brutes qui descendent vers la plaine ou remontent à vide, mais aussi des carrioles légères attelées d'aski, de lents chariots tirés par des pâlukaï au front têtu, des cabriolets, des cavaliers et encore, toujours, des marcheurs, femmes, hommes ou enfants, toujours chargés ou non de fardeaux divers. Il y a aussi des charrois communaux, également à vapeur, bien identifiés par leurs couleurs vives et la liste de leurs destinations peinte le long de leurs côtés. À ce moment-là, la route s'est divisée en deux voies, une qui monte, une qui descend, et la circulation s'organise de gauche à droite sur chaque voie, dans un aimable désordre, plus lente à gauche, plus rapide à droite.

Lian et son compagnon voyagent sur le côté gauche, bien que, comme plusieurs cavaliers, ils piquent parfois un trot sur la bande herbeuse séparant les deux voies. Un tovker pourvu d'un cavalier est un spectacle assez rare, de toute évidence (pendant tout leur voyage au sortir des montagnes, Lian n'en verra qu'un seul autre), et les regards les suivent longtemps ; il voudrait penser que c'est la seule raison pour laquelle les piétons se retournent sur leur passage ou ralentissent parfois sur l'autre voie.

S'il y a des relais et des auberges sur les routes attenantes, parfois signalés par des panneaux, Odatan ne s'y arrête pourtant pas. Pendant trois jours, ils continuent à dormir à la belle étoile, en épuisant les provisions qui leur restent.

Ils ont quitté le Leïtnialen depuis vingt-quatre jours quand ils arrivent en vue de la plaine. Il fait nettement plus sec et l'air est riche et un peu lourd pour Lian, habitué à respirer en altitude ; il sourit à l'idée qui lui traverse soudain l'esprit : après avoir été karaïker, le voilà en passe de devenir agraïllad !

La route se suspend à des falaises abruptes au-dessus des collines, taillée à vif dans le roc, où des veines écarlates d'ultellaod miroitent en alternance avec des épaulements de pierre couleur crème, assez friable : en plusieurs endroits, des grillages recouvrent la face de la falaise pour retenir les éboulis. À un tournant, les voyageurs découvrent que leur voie est obstruée par un long charroi renversé en travers. Deux carrioles se sont déjà arrêtées. L'accident vient d'arriver : des sacs de sciure, de copeaux et de bûchettes sont répandus un peu partout, on s'affaire à soigner les deux passagers qu'on a étendus dans l'herbe. Le charroi a apparemment perdu une roue en pleine descente – et il devait aller un peu trop vite, aussi ; mais le conducteur a réussi à le détourner vers la falaise, qu'il est allé percuter avec violence ; la cabine est à moitié écrasée. Constatant qu'on n'a pas besoin d'eux pour les blessés – trois personnes s'en occupent avec une compétence évidente –, Lian et Odatan vont dégager la route, ou du moins un passage, en ramassant les sacs éparpillés et les débris du véhicule.

Tout se passe très vite. Ils viennent de saisir à deux un lourd sac de bûchettes tombé entre la falaise et le charroi renversé quand il y a comme un craquement sourd juste au-dessus d'eux, un grondement qui s'amplifie. Lian lève la tête, le temps de percevoir un mouvement dans l'énorme veine d'ultellaod qui les surplombe, de lâcher le sac en même temps que son compagnon, de fermer les yeux.

De les rouvrir avec stupeur, parce qu'il n'est pas enseveli sous des tonnes de roc, et de sauter à l'écart pour se protéger, quand même, tandis que des petits morceaux d'ultellaod pleuvent autour de lui et explosent en éclats coupants sur la route. Les deux blocs détachés de la falaise, dont l'un est presque aussi gros que la remorque du charroi, sont apparemment passés à l'horizontale au-dessus d'eux pour aller se poser entre les deux voies. Lian reste pétrifié, tandis que les derniers cailloux ricochent sur la route.

Odatan se tient le bras en grimaçant, du sang coule entre ses doigts. Lian se précipite vers lui, l'autre secoue la tête, «Ce n'est rien», mais la coupure est profonde – les éclats d'ultellaod sont tranchants comme des rasoirs. Lian improvise un tourniquet avec le lacet qui ferme son encolure de chemise, tire son compagnon vers le petit groupe des sauveteurs encore agenouillés près des deux blessés. Une femme assez âgée à la peau bronzée se lève, les regarde approcher avec un calme étrange. Elle incline la tête : «Bon chemin, Odatan.

— Grâce à toi, Kilasi », réplique Odatan d'une voix un peu enrouée. Lian l'aide à s'asseoir dans l'herbe, la vieille femme s'agenouille près de lui et examine la plaie tandis que Lian court chercher la trousse d'urgence dans les fontes de sa selle.

Kilasi nettoie la blessure, applique du désinfectant et commence à enrouler avec soin un bandage. Mais il faut des sutures ! La vieille femme réplique : « Ce ne sera pas nécessaire. » Quand Lian insiste, scandalisé, Odatan intervient : « Elle sait ce qu'elle fait, Lian. » Et sa voix habituellement paisible est si rude que Lian, pris au dépourvu, se tait. Kilasi se relève, aide Odatan à en faire autant. Elle le dépasse d'une bonne tête.

D'autres véhicules se sont arrêtés sur l'autre voie aussi. Il faudra détourner la circulation autour du plus gros bloc dont les extrémités débordent sur la voie montante comme la voie descendante, mais tout le monde est indemne. Lian contemple le spectacle, abasourdi. Puis, lorsque le charroi renversé s'ébranle en grinçant et vient se ranger lentement le long de la falaise pour dégager le passage, sans que personne y touche, il comprend enfin.

Kilasi s'est affaissée, les yeux fermés, contre Odatan ; il la soutient de son bras indemne. « Pour le reste, souffle-t-elle, ils se débrouilleront. » Odatan lui tapote l'épaule d'un air compatissant en disant « Mais oui ! ». Sous le long manteau de voyage de la vieille femme, la tunique bleue n'est plus simplement une tache de couleur, ainsi que Lian l'a distraitement perçue la première fois. C'est la tunique d'une hékel. Avec, à l'ourlet et au col, la bande noire des keyrsani.

Après qu'elle s'est remise, Odatan fait les présentations. « Kilasi Mattiéïl Lunmiu. Lian Dougallad Laraïnu. » Elle tend les mains, Lian les prend ; les yeux noirs le dévisagent un moment avec intérêt dans leur entrelacs de rides bienveillantes, se détournent avec une politesse sans affectation. « Je vais emmener les blessés au relais Dnaözer. Lian peut prendre Nagal-

Rasser. Il y a une place dans mon cabriolet, tu viens avec moi, ça vaudra quand même mieux. »

Odatan émet un petit « tsss » agacé, mais il se laisse faire, sans doute parce que Lian manifeste beaucoup d'enthousiasme à l'idée de monter le tovker. Le petit homme s'assied à l'avant du cabriolet avec la hékel tandis qu'on installe les blessés sur les banquettes à l'arrière. Les deux aski sont attachés aux montants de la capote. Et Lian se hisse sur le dos du tovker, qui l'accueille avec son habituelle équanimité et part au trot dans l'herbe à côté du cabriolet dès qu'il a passé les jambes dans les cuissières. Brièvement déséquilibré, Lian enroule ses mains dans la crinière soyeuse, cherche un instant le rythme, assez différent de celui de Métyi et, quand il l'a trouvé, il se laisse emporter, un grand sourire aux lèvres. Si on le regarde, désormais, se dit-il avec une satisfaction maligne, on aura vraiment de quoi s'étonner : un halatnim, et un naïstaos, monté sur un tovker !

Le relais Dnaõzer : un grand morceau de forêt transformé en parc, avec à l'entrée une vaste prairie où paissent des aski et des pâlukaï ; de l'autre côté de la route des véhicules s'alignent un peu au hasard dans une aire dégagées couverte de gravillons. Une demi-douzaines de femmes et d'hommes en tuniques bleues attendent Kilasi ; on décharge les blessés sans exiger de la hékel des explications que, de toute évidence, on détient déjà, et l'on s'occupe de dételer et de ranger son cabriolet. Puis on leur demande avec sollicitude s'ils désirent emprunter l'un des dana-dana alignés près de l'entrée – il y en a une autre variété, les masdana, à trois roues, des espèces de mini-cabriolets propulsés par les pédaliers situés aux places arrière et sous le siège du conducteur assis à l'avant au guidon. « Non », dit Kilasi. « Toujours pas, même un masdana ? » fait Odatan. « Non-non-non ! » réplique Kilasi ; ils échangent un sourire amusé. « Mais si vous pouvez faire porter nos bagages au relais... », suggère Kilasi redevenue sérieuse aux gardiens de l'entrée. On lui assure que ce sera fait.

Ils s'engagent dans une allée bordée d'arbres moussus et de grands buissons aux feuilles vernies dont Lian ignore le nom. Elle serpente entre prairies herbeuses et bosquets ponctués çà et là de plaques de fleurs, de buissons et de pièces d'eau miroitantes ; d'autres sentiers s'y embranchent, plus étroits. Un peu partout, à moitié dissimulées par l'herbe ou les feuillages, se dressent de petites stèles de pierre dorées, incrustées de filaments argentés de sirid. Lian, curieux, s'accroupit pour en examiner une bien visible au bord du chemin. « Ne la déterre pas, Lian, dit Kilasi, c'est une offrande. »

Le relais n'est pas simplement une auberge, mais un musée, et un sanctuaire. « Sur Tyranaël, avant les guerres de l'Unification, se dressait ici une grande ville, la capitale des Paalani, Dnaõzer. C'est de là qu'est partie la toute dernière guerre, et non loin de là qu'elle s'est achevée, dans la plaine, à Hanat-Naïkaõ, avec la mort de l'Envoyé divin, Ktulhudar. De l'Autre Côté, on avait conservé les ruines de la ville. Ici, sur Atyrkelsaõ, les reconstituer n'aurait eu aucun sens. On s'est donc rangé à l'avis des darnao et, à l'emplacement exact de la ville, ils ont construit le sanctuaire et dessiné le parc. Les visiteurs d'ascendance paalao, mais d'autres aussi, plantent ces stèles en souvenir de l'Envoyé divin – et de Tyranaël. »

Encore une histoire qu'il ne connaissait pas ; Lian se dit, avec une certaine ironie, que ce n'est sûrement pas la dernière. Kilasi et Odatan vont-ils se relayer pour éduquer le petit sauvage sorti de sa forêt ? Mais non, Kilasi a passé un bras sous le bras valide d'Odatan et ils continuent leur marche dans un silence amical. Après avoir parcouru un demi-langhi au moins, ils arrivent au relais – Lian en avait deviné la proximité aux rires et aux appels qui résonnaient parfois à travers les arbres. Le complexe circulaire, qui fait au moins cent vingt lani de diamètre, se dresse dans une vaste clairière, sur une élévation de terrain qui évoque aussitôt pour Lian les monticules des moatranao. Mais le bassin est un anneau relativement étroit, une dizaine de lani ; on le traverse par un pont pour arriver dans l'anneau suivant, d'une vingtaine de lani, pelouses, fleurs, buissons bas, plantes vertes, et les tingalyai qui alimentent le complexe en eau, régulièrement espacés et d'un âge vénérable à en juger par leur taille et le renflement de leur tronc-réservoir. Une arcade couverte à colonnade enserre le corps principal du bâtiment rond et modulaire, dont les cinq segments sont recouverts de toits légèrement bombés faits de briques de verre hexagonales, épaisses et translucides. Au point le plus haut de l'édifice, une autre coupole, avec en son centre une explosion de feuillage cuivré – un jardin intérieur ? Sous l'arcade, on distingue des tables où l'on doit se restaurer à l'heure des repas, des fauteuils et des bancs où pour l'instant des gens se reposent ou bavardent, lisent, écrivent, jouent à des jeux divers, tout en surveillant les jeunes qui nagent et plongent dans le bassin, en compagnie d'une troupe de banki de petite taille, la variété daru des plaines.

Dans le grand hall, il y a du monde mais pas trop, une vingtaine de personnes venues comme eux s'enregistrer et dont certaines attendent leur tour sur une banquette, ou en examinant des objets placés dans de nombreuses vitrines le long des murs : coupes, vases, bijoux, tapisseries. D'autres font la file au comptoir d'accueil. Après s'être enquis d'un dortoir où il reste de la place pour un groupe de quatre, l'homme qui se trouve devant Lian et Odatan va pour s'éloigner, et bute dans Lian. Son visage aux méplats accusés de Paalao passe presque instantanément de la surprise à l'irritation.

« Jamais assez de place pour vous », grommelle-t-il, d'une voix qui veut être entendue.

Lian devine plus qu'il ne voit les regards se fixer sur eux pour se détourner presque aussitôt. « Veuillez m'excuser », balbutie-t-il machinalement en reculant d'un pas pour laisser davantage d'espace ; il lui semblait pourtant s'être tenu à une distance suffisante. Mais l'autre ne s'éloigne pas ; il le fixe avec une curiosité hostile, dit encore sans discrétion : « Et au relais Dnaõzer, en plus... »

Personne ne s'est jamais comporté ainsi avec Lian. Il est complètement désemparé. Le cœur lui débat, il a mal à la poitrine comme s'il avait trop couru. A-t-il peur ? Qu'est-ce qu'il a ?

« Pourquoi pas au relais Dnaõzer ? » demande Odatan, paisible.

L'autre se tourne vers lui, le dévisage un instant en silence ; ses traits se crispent, il se mord les lèvres : « Parce que la véritable Dnaõzer est perdue à jamais pour mon peuple », laisse-t-il enfin échapper d'une voix qui s'étouffe d'émotion. « Par votre faute. » Il tend une main tremblante vers Lian. « Et vous venez semer vos graines néfastes sur Tyranaël, maintenant. Mais Hananai vous voit, et vous juge. Regardez ce qui attend votre descendance, Virginien. Naïstoï vous êtes, et naïstoï vous redevenez. La justice de Hananai.

— Sais-tu à qui tu parles ? » s'écrie Kilasi – elle s'étrangle presque.

Odatan lui pose une main sur le bras. « Il parle à un Virginien. Et il a le droit de le faire, n'est-ce pas ? Plus que le droit, en ces lieux, le devoir. Ktulhudar serait satisfait, Paalao, lui qui a dit à ton peuple "vous serez grands dans la paix, et non dans la guerre", lui qui a sacrifié sa vie humaine pour guérir les hommes de leur poison. Tu as laissé sortir le venin qui te blesse, te sens-tu mieux à présent ? »

L'homme reste un instant pétrifié, puis s'écarte avec une exclamation inarticulée et quitte le hall presque en courant. Odatan se tourne vers les autres personnes présentes – un grand silence règne, tout le monde les regarde, maintenant. « En reconnaissez-vous aussi le goût ? Vous tente-t-il ? »

La plupart secouent négativement la tête ; quelques-uns baissent les yeux. Puis une grande femme à la peau dorée de Tyrnaë dit d'une voix claire : « Je le reconnais,

mais il ne me tente pas. Cet enfant n'est pas responsable des volontés de la Mer. Pas plus que toi ni tous
les tiens, passeur. »

Un murmure d'assentiment court dans le hall. Odatan
hoche la tête.

Et c'est terminé. La tension s'évapore, chacun revient
à ses occupations. Lian, encore sous le choc, les jambes
molles, regarde stupidement son compagnon qui se
retourne vers le hékel du comptoir d'accueil et demande
une chambre pour deux. Le jeune homme le contemple,
les yeux écarquillés, se reprend avec un sursaut, balbutie :
« Oui, oui, dans la section nord, 221 », et lui tend deux
clés. Sans lui demander son nom ni celui de Lian pour
son registre. Odatan donne l'une des clés à Lian, em-
poche l'autre, tandis que le jeune hékel pose une autre
clé devant Kilasi en murmurant : « Le 237 ». Mais elle,
il inscrit son nom dans le registre, même s'il ne le lui a
pas demandé. « Vos bagages sont en route, ajoute-t-il.

— Merci.

— Allons au sanctuaire, Lian », dit Odatan d'une
voix étrange, distante.

— Tu devrais te reposer, béra, murmure la vieille
hékel.

— C'est plutôt toi qui le devrais. »

Elle secoue la tête. Ils se regardent un instant en
silence, puis Odatan se dirige vers l'un des couloirs qui
s'ouvrent dans le hall, à la droite du comptoir. Ils le
suivent. Lian est encore sous le coup du "béra" adressé
par la vieille femme à Odatan, qui a bien quarante
saisons de moins qu'elle. Mais comme ils entrent
presque tout de suite dans le sanctuaire, il n'a pas le
temps de poser de question.

◆

Liam raconte des histoires aux enfants de la commune. La grande histoire de la création du monde, et
des humains que la Magicienne doit se reprendre à
trois fois pour créer. La drôle d'histoire des Atiolai, la

première race humaine, qui croient que les montagnes
de l'est pondent le soleil à neuf tous les matins, pour
que les montagnes de l'ouest l'avalent tous les soirs.
La triste histoire de Merrim et Kalalu, les amants à
jamais séparés par l'ouverture de la Passe de la Hache.
La joyeuse histoire de Pit-Pit au chapeau vert, et comment le tout petit Gardien des petites choses gagne son
pari avec les autres Gardiens en jetant simplement un
tout petit caillou sur la Terre, et le tout petit caillou
tombe sur la tête du cheval du vilain Prince, et le Prince
tombe de son cheval et perd la mémoire et devient
gentil, et il rencontre la Princesse, et il l'aime même
quand il a retrouvé la mémoire, et à la fin leurs royaumes
ennemis ne se font plus la guerre – tout ça pour un tout
petit caillou.

« Pourquoi il a un chapeau, Pit-Pit ?

— Parce qu'il a demandé aux autres Gardiens un de
leurs cheveux s'il gagne le pari, et il se fabrique un
chapeau magique avec tous ces cheveux magiques,
pour se protéger de la colère des autres Gardiens
fâchés d'avoir perdu leur pari.

— Mais pourquoi il est vert, le chapeau de Pit-Pit ?

— Parce qu'il est vert. »

Des histoires.

13

Le sanctuaire de Dnaõzer, on y pénètre par l'est et
on en fait le tour complet d'abord par l'extérieur en
direction de l'ouest, en suivant le large corridor qui
l'encercle. Le mur de gauche est entièrement blanc,

comme le sol du corridor, recouverts tous deux d'un enduit épais qui étouffe les sons. Des fresques vernies recouvrent le mur de droite, exactement recopiées de celles qui ornent le puits funéraire de Ktulhudar sur Tyranaël. D'abord les Paalani en paix malgré eux, vaincus par le Tyrnaë Markhal, troisième du nom, aidé par les Envoyés divins. Atéhoni, la fille aveugle et muette du puissant roi Atsulad, et sa prophétie, "Ô mon père, laisse-moi vivre et mêler notre sang à celui de l'étranger tyrnaë, car de notre union naîtra un dieu, et le nom des Atsuladi deviendra immortel." La naissance miraculeuse de l'enfant, au cours d'un orage qui lui donne son nom, Ktulhudar, Fils de l'Éclair. Et, lorsqu'il entre dans l'âge d'homme, à sa seizième saison, les trois autres miracles : l'Épée des Atsuladi sort seule de son fourreau pour se donner à lui, la lourde Selle ancestrale ne pèse pas plus qu'un fétu entre ses mains, et un tovker franchit les portes ouvertes sans l'aide d'une main, pour venir lui rendre obéissance, "noir comme la nuit d'avant Bélek, mais sa corne était blanche".

Ensuite la guerre, la guerre, la guerre, et Lian contemple les fresques avec un sentiment de nausée. Il sait ce qu'est la guerre, certaines des histoires de Laraï l'évoquaient – mais les guerres des Hébao, escarmouches, embuscades, combats singuliers, quelques dizaines de combattants rivalisant d'adresse, d'astuce et de courage dans la forêt. Les batailles rangées, les soldats par milliers, les massacres qui durent des jours, la guerre qui dure des années, cela dépasse son entendement. Il contemple les fresques pourtant, et il est obligé de voir, de savoir. Les artistes de l'antiquité – cette histoire remonte à plus de huit mille saisons – avaient un sens atroce du détail. Lian saturé ne voit bientôt plus que du sang, du sang, du sang. Et partout Ktulhudar triomphant, à l'armure toujours sans tache, à l'épée jamais rougie.

Jusqu'au sac d'Almïundaz, la ville ouverte des Hébao. Et là, dans la nuit et les flammes, Ktulhudar couvert de sang pour la première fois de sa vie passe au cou de la Hébaë Eylaï le lourd collier d'or que seule sa main peut ouvrir une fois qu'il s'est refermé sur un cou d'esclave.

On est revenu au point de départ. On pousse la très lourde porte de bois sombre, dépourvue d'ornement – et il faut y mettre les deux mains d'abord, et toute sa force, mais ensuite elle s'ouvre aisément, comme emportée par sa propre masse. On peut alors entrer au plus secret du sanctuaire. On en suivra les contours dans le sens inverse, d'ouest en est. Comme dans le corridor, les briques de verre de la coupole y atténuent la lumière du jour, mais il y fait encore plus sombre. Trois salles distinctes s'y ouvrent, comme les trois chambres d'un cœur rani, séparées par une paroi en biseau qui ne se rend pas au centre du sanctuaire. Et au centre se dresse un arbre, un tingalyai, le plus grand que Lian ait jamais vu. Il a été planté là il y a près de neuf cents saisons, et autour de lui on a édifié le sanctuaire. La partie inférieure de son énorme tronc renflé se perd dans l'obscurité d'une chambre souterraine, un puits creusé à même le roc et dont on n'a pas adouci les arêtes vives. Les branches du sommet s'étendent comme cent bras et jaillissent vers le ciel par la coupole ouverte, filtrant le soleil en reflets cuivrés.

Des oiseaux chantent dans l'arbre. Des dizaines, peut-être des centaines d'oiseaux de toutes sortes. On ne les entendait pas de l'extérieur, et on comprend alors à quel point les parois doivent être épaisses, qui séparent les deux faces du sanctuaire. Leurs chants résonnent entre les parois de la salle, puis se taisent quand la porte se referme avec un choc sourd. Alors, dans le silence, on peut entendre la voix de l'eau souterraine qui court, invisible, au pied de l'arbre de vie.

Et l'histoire de Ktulhudar reprend. Comme lors du premier périple extérieur, la voix d'Odatan et celle de Kilasi psalmodient en alternance la légende ancienne. Comment Ktulhudar édicte ses nouvelles lois de la guerre, plus humaines, irritant contre lui le riche Argad et le rusé Balinduz, chefs des Coalisés. Comment il libère la Hébaë et comment elle referme elle-même autour de son cou le collier d'or. Comment il l'épouse, malgré l'opposition de ses alliés. Et de nouveau du sang : celui de l'assassin auquel échappe l'épouse du Prince. Ensuite, dans une blancheur aveuglante, la visite de Ktulhudar désespéré aux autres Envoyés, ses sœurs et frères : "Rendez-la immortelle, et je mettrai fin à la guerre." Les voici tous deux, le Prince et son épouse, vêtus de leurs plus riches atours, devant les Envoyés invisibles au cœur de leur forteresse immaculée. Mais le Prince retourne seul en son palais de Dnaõzer, "et lorsque Balinduz lui demanda où était la Princesse, son visage devint si terrible que Balinduz s'évanouit à ses pieds".

Ensuite, c'est l'adieu de Ktulhudar aux siens, et la prophétie. "Je suis l'Épée et la Blessure, l'Arbre et le Bûcheron. Mon séjour parmi vous s'achève. Voici venu le temps de la paix. Trop de haine habitait encore le cœur des hommes, et de peur qu'elle n'empoisonne la terre à jamais, je suis venu moissonner la dernière moisson du mal. Vous serez grands un jour, Paalani, non par les armes et dans la guerre, mais dans la paix. Demain nous livrerons la dernière bataille, et je vous quitterai. Mais rappelez-vous que mon esprit sera toujours avec vous."

Et maintenant, la grande bataille, la dernière bataille, la bataille de Hanat-Naïkaõ, presque aux portes de Dnaõzer, dans la plaine où l'armée de Markhal, avec celles de ses alliés aritnai et hébao, a repoussé l'armée des Coalisés. Du sang, du sang, le dernier sang. Et Ktulhudar au visage d'orage, immobile au milieu de la mêlée sur son tovker noir. Soudain, autour de lui, ses gardes disposés en quinconce, les fidèles Kraïkerdaru, semblent s'endormir les yeux grands ouverts. Le Prince brandit son épée et lance un cri sauvage, dans une langue inconnue de tous. Sa noire monture se cabre, et une flèche de feu vient frapper Ktulhudar en pleine poitrine.

« Il se fit un grand silence alors sur le champ de bataille, car la lumière du soleil s'était obscurcie, murmure Kilasi. Une voix surnaturelle résonna, et chacun l'entendit dans son cœur comme si elle s'adressait à lui seul, et la voix disait " PAIX ! " Les armes tombèrent, les soldats s'étreignirent, et l'empereur Markhal, troisième du nom, s'en vint chercher le corps de Ktulhudar au milieu des rangs paalani. On le porta jusqu'à son camp sur le long bouclier des hommes d'Aritu, tandis que Hébao et Tyranao chantaient leurs chants funèbres et que les Paalani en pleurs faisaient gronder le tonnerre de leurs tambours dans la nuit. »

Ils sont revenus près de la lourde porte, à l'est, du côté où le soleil se lève. Il se lève aussi dans la dernière image de la fresque. Odatan enchaîne, d'une voix sourde où résonne une curieuse amertume : « Au matin, les Envoyés divins emportèrent le corps mortel de leur frère sur Ékellulan, leur île du Nord où il reposerait auprès de son épouse. Et leur lumière brillait désormais d'un feu pur, car il les avait enfin guéris de la folie de l'immortalité. »

Le silence revient, assez longtemps pour que quelques oiseaux se mettent à chanter dans les ramures de l'arbre de vie. Lorsque Kilasi reprend la parole, Lian ne sait si elle s'adresse à lui ou à Odatan : « Mais Ktulhudar, pour expier le terrible prix de cette guérison, décida de marcher pour toujours sur la terre des humains. Et des lointains enfants de ses enfants naquit Oghim, le prince sans ombre. » Puis, posément : « Et tu es là, petit halatnim, parce qu'Oghim, le premier aïlmâdzi, a vu le premier passeur qui viendrait de Tyranaël. »

Laraï n'avait pas dit qu'Oghim était le premier aïlmâdzi, ni qu'il avait vu des Virginiens... Mais Lian y songe à peine ; il entend à peine Odatan murmurer « Je suis fatigué, je vais faire ma méridienne », et la lourde porte se refermer sur lui. Il est trop perdu dans l'histoire de Ktulhudar, dans les formes et les couleurs de la fresque que le miroitement de la lumière à travers les branches du tingalyai anime de mouvements magiques.

Immobile auprès de Kilasi, comme en transe, il écoute le chant des oiseaux se mêler peu à peu, triomphant, au bruissement de l'eau souterraine.

À pas lents, ils quittent enfin le sanctuaire, dont ils ont été les seuls visiteurs pendant tout ce temps. Ils ne repassent pas par le hall, s'engagent au sortir du corridor principal dans un lacis de couloirs déserts qui les mènent à la section nord du relais. Lian se sent la tête légère, un fourmillement nerveux dans tout le corps. Les images des fresques lui tournent dans la tête. Si ancienne, l'histoire, et pourtant, la voix des deux conteurs était empreinte de chagrin et de pitié comme si elle s'était déroulée la veille... Lian sait qu'il est un trop bon auditeur – pendant toute son enfance, Nathénèk l'a gentiment taquiné pour sa crédulité, veillant à remettre en perspective les histoires de Laraï. Mais si les tovik sont des sortes de danvérani, et les banki des sensitifs comme les humains – et même les karaï et les agraï – quelle perspective pour cette histoire-ci?

« Qu'est-ce qui est vrai, dans l'histoire de Ktulhudar? » demande Lian en levant la tête vers la vieille hékel.

Elle le regarde de biais avec un petit sourire. « Tout. » Il va protester mais elle poursuit – et son sourire n'est pas dénué de tristesse : « Tout ce que tu décides de croire, petit halatnim. C'est nous, en dernier ressort, qui décidons de la vérité.

— Mais Ktulhudar, il a réellement existé? » insiste Lian avec une légère impatience.

Le sourire de la vieille femme se fait plus franchement amusé : « Tu m'as demandé ce qui était vrai dans cette histoire. Nous ne parlons pas de la réalité. Seule Hananaï connaît et le réel et le vrai. Nous autres humains devons nous contenter d'imaginer le réel et d'en chercher la vérité. »

Lian réfléchit un moment, les sourcils froncés. « Le soleil se lève à l'est, c'est la réalité et c'est vrai. Je ne l'imagine pas. » Le visage de Nathénèk passe soudain dans sa mémoire. « C'est ainsi. Je ne peux pas le changer en décidant que ce n'est pas vrai.

— Le changer, non. Mais te changer, oui, en décidant de croire que ce n'est pas vrai. »

Lian éclate d'un rire scandalisé : « En devenant fou, vous voulez dire ! »

Kilasi s'est immobilisée. Son visage est soudain grave : « Oui, Lian, en devenant fou. » Puis elle reprend : « Mais écoute. Il était une fois un village où les gens croyaient que les montagnes de l'est accouchaient à neuf du soleil tous les matins pour en nourrir tous les soirs les montagnes de l'ouest. Un jour s'en vint une vieille voyageuse qui avait vu le soleil se lever et se coucher bien des fois sur l'océan. Elle en avait déduit à force que la terre était ronde, et tournait autour du soleil. Les villageois, saisis de compassion, décidèrent de la guérir de sa folie. Ils la privèrent de sommeil, de nourriture, d'eau et de lumière. Et lorsqu'elle sortit de son cachot, elle les remercia : elle savait maintenant que les montagnes de l'est accouchaient d'un soleil neuf tous les matins, et que celles de l'ouest s'en nourrissaient tous les soirs. Elle n'était plus folle.

— Mais le soleil se levait quand même toujours à l'est », marmonne enfin Lian, buté.

Kilasi se met à rire. « Oh, Lian, je ne dis pas que la réalité n'existe pas, ni même que nous ne pouvons pas en connaître des fragments. Pourquoi sinon serais-je une guérisseuse ? » Elle redevient grave. « Ktulhudar a réellement existé, comme tous les empereurs nommés Markhal, et la Hébaë Eylaï et bien d'autres. Mais ce qu'ils étaient, et ce qu'ils ont fait, c'est le sens qui en importe pour nous, maintenant comme déjà en leur temps. Lorsque Dalgyan, l'historien tyrnaë qui s'était volontairement rendu à Ktulhudar, a commencé d'écrire son histoire, *Les Chroniques du Royaume du Milieu*, il voulait garder trace des événements pendant qu'ils se déroulaient, mais il voulait surtout les comprendre, parce que l'existence et les actes de Ktulhudar niaient tout ce qu'il avait été habitué à croire, et qu'il ne voulait pas devenir fou. Il est des parts de la réalité que notre esprit ne peut appréhender aisément – n'appréhendera peut-être jamais – et nous essayons de les approcher, de les apprivoiser, en discernant non pas ce qu'elles signifient en elles-mêmes, sous le regard de Hananai, mais ce qu'elles signifient pour nous.

— Leur vérité, non leur réalité », traduit Lian à mi-voix. Et, après une pause : « Quelle était la vérité de Ktulhudar, alors ? »

— Pour ceux qui l'ont suivi, et pour nous aujourd'hui, c'est qu'il n'y a plus jamais eu de guerres entre les Ranao », dit Kilasi avec un sourire approbateur. Et elle ajoute, un peu plus bas : « Et que nous avons préféré abandonner Tyranaël plutôt que de voir renaître la guerre. »

Lian s'immobilise, le cœur brusquement serré. « Les Virginiens... font la guerre ? »

Kilasi le dévisage. « Ils nous l'auraient faite », dit-elle enfin, avec une curieuse hésitation. Puis, plus assurée : « Et ils se la font entre eux, depuis très longtemps. Ou ils la faisaient lorsque les derniers passeurs nous ont donné des nouvelles de l'autre côté. Il y a bien longtemps de cela, cependant. Hananai sait ce qui a pu arriver depuis. »

Lian se hâte pour rattraper la vieille femme, qui s'est remise en marche ; ils se trouvent maintenant dans la section nord, et elle vérifie les numéros des chambres. « Les derniers passeurs ? Il n'en passe plus ? »

Elle lui lance un regard de côté : « Pas depuis quatre-vingts saisons.

— Quatre-vingts... Mais... attendez... »

La hékel s'est immobilisée. Il la dévisage en essayant de donner forme à sa stupeur. « Odatan... est un passeur... »

Kilasi hoche la tête.

« Il a à peine quarante saisons !

La hékel hésite un bref instant : « Il est plus vieux qu'il n'en a l'air.

— C'est... le dernier passeur ? » Voilà pourquoi les gens le regardaient de ce drôle d'air, alors, dans le hall !

Kilasi semble prendre une décision : « Seul Odatan peut te parler de lui-même, s'il le juge bon, Lian. Je ne le peux pas. »

Elle a en fait utilisé la formule consacrée, "la discrétion m'oblige au silence " : elle le pourrait, mais a déterminé qu'elle ne le doit pas. Le réflexe de politesse joue aussitôt, et Lian n'insiste pas. Ils se remettent en marche. Au bout d'un moment, Lian se rend compte qu'un fragment de phrase lui tourne dans la tête : " la folie de l'immortalité ". La folie des Envoyés divins. Et de Ktulhudar, alors, puisqu'il en était un aussi. En quoi était-ce une folie ? Comment la terrible guerre déclenchée par Ktulhudar a-t-elle pu en guérir les Envoyés ? Mais pas Ktulhudar lui-même, apparemment, puisqu'il a décidé de " marcher pour toujours sur la terre des humains ". Sous sa forme divine ? humaine ? Cela n'a pas de sens. Quelle était la vérité de Ktulhudar, pour Ktulhudar ?

◆

« Tu devrais les écrire, tes histoires », dit Suzane à Liam, le jour où il taille avec elle leurs initiales dans le tronc de l'arbre-roi, sur la terrasse ; elle lui a expliqué que c'est une coutume des amoureux : les arbres-rois durent près de trois cents saisons ; un large anneau de cœurs et de lettres entoure en effet la circonférence de l'arbre, certains si anciens que l'écorce s'est presque refermée sur eux. Une impulsion lui a fait raconter alors à Suzane une variante de la création des humains, où pour protéger l'imprudente créature aquatique, la désormais omniprésente Magicienne fait pousser dans sa main l'arbre salvateur – qui n'est pas un arbre-à-eau dans cette version archaïque, mais un arbre-roi.

« Pourquoi les écrire ?

— Pour que d'autres en profitent, voyons ! Et puis les histoires pour enfants sont toujours en demande dans les communes. Ce serait un appoint intéressant pour nous si tu les publiais. »

Avec tous ces arguments, Liam se laisse convaincre. Il se fait une liste des histoires qui lui reviennent à l'esprit, choisit les plus aisément transformables. Et au début, c'est un plaisir inouï, qu'il n'essaie pas d'examiner. Simplement, il se rappelle et il transpose ; quelquefois, le déguisement est trop bizarre, il rit tout bas, et si Suzane est là, elle vient déposer un baiser sur le sommet de son crâne – elle ne l'a jamais entendu rire auparavant.

Il écrit. Toutes les histoires qu'il a racontées aux enfants, et le conte de Lilinilou et de Patirivi le Gardien du Vent, et d'autres aventures de Pit-Pit au chapeau vert, et comment la Magicienne a créé le premier arbre-à-eau, et la grande quête de Mata et de Gata, partis à la recherche de la Fleur magique volée par le Sorcier Écorché.

Des histoires.

14

Ils quittent le relais après le repas, vers la seizième heure, sans avoir revu Kilasi ; Odatan dit au revoir à Nagal-Rasser, qui repart de son côté ; tous deux montés sur les aski, qui feront le voyage avec eux jusqu'à Hleïtzer, Lian et le petit homme s'en vont prendre le bateau à vapeur qui monte d'écluse en écluse jusqu'au plateau d'Ellnitzer, à l'extrême pointe sud du Grand Lac, un peu plus de mille langhi par les canaux. Le vapeur transporte plus de fret que de passagers et ne se traîne guère à plus de seize langhi à l'heure, une allure qui semble au début presque vertigineuse pour Lian accoudé au bastingage. On s'arrête deux fois par jour, afin de décharger et charger du cargo, débarquer et embarquer des passagers, et refaire le plein de gaz. Le petit homme tombe gilet et chemise au premier arrêt pour mettre la main à la pâte. « Eh, qu'est-ce que vous faites ! s'interpose Lian, vous ne devriez pas... » Puis il se rend compte avec un temps de retard que l'autre ne porte plus son bandage au bras.

La blessure ne saigne pas, ne suinte même pas. Elle est, en fait, déjà cicatrisée – une mince et longue ligne rougeâtre bien nette sur la peau brune.

Odatan suit le regard de Lian, semble un instant se figer puis, d'un ton comme résigné : « Je guéris vite. » Il attrape une grosse caisse : « Un coup de main, Lian ? »

Lian obtempère, abasourdi. Le petit homme tient l'arrière de la caisse et dirige les opérations. Une fois revenu sur le pont, Lian retrouve sa voix : « Kilasi a dit... que vous êtes plus vieux que vous n'en avez l'air.

— Kilasi, hein ? fait Odatan entre ses dents. Elle a toujours eu tendance à trop en dire. »

Lian hésite, se lance : « Vous êtes le dernier passeur. »

Odatan assure sa prise sur les poignées d'une autre caisse. « Non. »

Lian médusé le contemple. « Il n'en passe plus depuis...

— Quatre-vingts saisons », achève l'autre à sa place. Puis avec un petit sourire sans joie : « Je suis plus vieux que je n'en ai l'air. »

Il assure sa prise sur les poignées de la caisse, Lian tourne le dos et en fait autant de l'autre côté, à tâtons. Pas d'inflexion descendante, pourtant, dans la dernière phrase du petit homme. Mais au diable la politesse de mise entre Ranao ! Odatan est un Virginien et Lian un halatnim, non ?

« C'est parce que vous guérissez vite ? lance Lian par-dessus son épaule. Une autre mutation ? »

La réponse tarde un peu à venir : « Oui.

— Il y en a d'autres comme vous ici ? »

Silence. Ils descendent la passerelle dans le brouhaha des quais. «Pas que je sache.

— De l'Autre Côté?

Ils déposent la caisse près de la première: «Pas que je sache.»

La voix est un peu enrouée. Lian se retourne, contemple le visage brun trop pâle, les yeux clairs sous la tignasse sombre. Il s'entend dire, comme on proteste: «Mais vous n'êtes pas immortel», ridicule, mais c'est dit, il ne peut pas revenir dessus.

«J'espère bien que non», dit le petit homme avec un sourire en biais, comme s'il le mettait au défi de poursuivre.

Du coup, Lian demande: «Vous connaissez Kilasi depuis longtemps?

— Depuis sa naissance.

Lian avale sa salive, mais s'entête. «Elle vous a appelé "béra"...

— Une figure de style.

— Vous ne vieillissez pas?

— Très lentement.

— Mais vous avez quel âge?» s'exclame Lian, vaincu.

L'humeur joueuse de l'autre s'est déjà effacée. Il s'essuie le front d'un geste distrait. Il est moins poilu que Lian ne l'aurait cru, les bras, les jambes, la poitrine un peu. «Je suis vieux», murmure-t-il, comme pour lui-même. Puis, avec une ombre de sourire: «Mais la jeunesse, la vieillesse, ce sont des choses relatives, n'est-ce pas? Te rappelles-tu comme tu étais quand tu avais trois ou quatre saisons?»

Lian fait une grimace. Le petit homme hoche la tête. «Eh bien, moi, quand je me rappelle mes quinze saisons...» Son regard se fait lointain et il termine d'une voix assourdie: «... je me sens vieux aussi.»

Il se redresse: «Mais pas au point de ne pouvoir décharger encore quelques caisses. Et toi, te sens-tu trop jeune?»

Ils retournent sur le pont du caboteur.

◆

Et puis le plaisir que Liam éprouve à déguiser les histoires atteint un sommet, et se retourne de l'autre côté en douleur. Parce qu'il les relit, ces histoires. Parce qu'à force de les relire, de se relire, il perçoit soudain autrement les modifications, les glissements, ce qu'il a dû inventer pour remplir les trous là où il a dû sauter par-dessus un fragment original intransposable. À travers les trous, à travers les métamorphoses, à travers les mensonges, il se rappelle ce qu'il sait, et qu'il ne pourra jamais dire. De plus en plus, sous les ratures, il y a les autres noms, les autres mots qui poussent. Tingalyai, Matal Ughataï, Iptit, Askorch, Pian-Dzaïri... Quelquefois, Liam reste figé de longues minutes, le cœur battant douloureusement, comme ébloui : il voit double.

Une nuit, il ne peut pas dormir, il se lève sans faire de bruit pour ne pas réveiller Suzane et il va écrire, d'un seul jet, comme en transe, le conte des Collines de la Mer. La Mer s'était ramassée, comme un chat fait le gros dos, pendant qu'on construisait les digues qui en protégeraient l'intérieur des terres d'Atyrkelsaõ ; et l'on voyait son moutonnement bleu à l'horizon, comme de hautes collines, comme des plateaux, comme des montagnes. Et une hardie navigatrice nommée Ramaïel décida un jour d'y aller naviguer. Une fois arrivée dans les Collines de la Mer, autour et sur les Collines de la Mer, car son navire pouvait escalader les pentes bleues, elle découvrit tout un monde, des plantes et des animaux et d'autres créatures étranges. Et elle en invita plusieurs à bord de son vaisseau, émerveillée, pour les montrer à son retour. En cours de route, les créatures riaient et devisaient avec Ramaïel et ses marins, mais quand le bateau arriva au rivage, elles se défirent, telle l'eau d'une fontaine lorsque le jet en est coupé, pour retourner en ruisselets bleus jusqu'à leur source, car c'étaient des créatures de la Mer : elle s'était divertie à les créer comme elle l'avait fait au temps jadis lorsqu'elle était arrivée pour la première fois sur Tyranaël, mais elle ne désirait pas les voir vivre sur Atyrkelsaõ.

Et il contemple la page, les yeux brûlants, ce n'est pas un conte, il sait que ce n'est pas un conte, la Mer s'est vraiment retirée loin de tous les rivages du continent, pour ne pas envahir l'intérieur des terres pendant qu'on construisait les digues de l'Autre Côté, les digues d'Atyrkelsaõ, mais il ne peut pas écrire cette histoire-là, il ne peut pas la raconter, même pas en mentant, rien sur la Mer, pas ici, il *est* de l'Autre Côté, du mauvais côté! Il rature d'abord "Atyrkelsaõ", puis "Tyranaël", puis avec une énergie furieuse, la poitrine broyée dans un étau, il rature tout à grands traits, si fort qu'il passe au travers du papier.

Le grattement de son stylo réveille Suzane, ou peut-être n'a-t-il pu retenir un gémissement, il entend la voix endormie de la jeune fille qui dit son nom, « Liam ? » Il a envie de lui crier « Lian, je m'appelle Lian ! », mais lui dit n'importe quoi d'une voix contrainte, « Dors, tout va bien », et ce n'est pas vrai, il ne savait pas qu'il avait ouvert une porte, non, pas une porte, une digue, la digue a sauté, et les souvenirs se précipitent, il est débordé, il coule, il se noie.

15

Ils arrivent à Hleïtzer vers la vingt et unième heure. Mille deux cent cinquante langhi depuis Ellnitzer, trente et unième jour de voyage depuis le Leïtnialen ; ils ont passé l'équateur dans le premier tiers du voyage sur le lac : on a sonné la corne de brume, le cuisinier a distribué des biscuits spéciaux en forme de sablier, et l'on est resté tard dans la nuit sur le pont à faire de la musique et à raconter des histoires de fantômes ; Lian n'a pas vu le rapport, mais il a écouté les histoires avec intérêt. Il essaie de se faire à l'idée que c'est l'été de l'hémisphère nord. À cette altitude et à huit cents langhi seulement au nord de l'équateur, à vrai dire, les différences ne sont pas énormes. Le port est impressionnant, plus de trois langhi de large, rempli de bateaux de toutes tailles, péniches, vapeurs, voiliers de plaisance, barques et jonques chargées à ras bord de produits hétéroclites. La ville étage ses anneaux concentriques – canaux, zones vertes, quartiers habités – sur une série de plateaux en escaliers, jusqu'à la montagne au pied de laquelle Odatan désigne un immense édifice rouge et doré entouré de verdure, dans l'axe de la voie principale qui monte à l'assaut des plateaux et se divise en deux pour le contourner : « Le Haëkelliaõ. »

Le petit homme est resté très silencieux tandis qu'ils abordaient, les yeux fixés sur le panorama de la cité. Il ne dit rien non plus tandis qu'ils gravissent les plateaux pour se rendre à leur destination. On leur a encore proposé dana-dana et masdana dans le port, mais Odatan a décliné avec un petit sourire : « Trop de côtes ! » ; il y en a en assez grand nombre dans les rues, pourtant. Mais Lian se concentre sur l'endroit où son asker va poser les pattes, sur le dos de son guide dans ses habits de voyage un peu fripés, juste en avant de lui, pour ne pas se laisser engloutir ; la foule est relativement clairsemée pourtant en ce début de soirée, et l'on y parle, comme partout en public, à mi-voix ; mais cette rumeur même, ces mouvements colorés, ces odeurs inhabituelles... Lian se surprend à répéter intérieurement quelques litanies de satlàn.

Le grand calme du Haëkelliaõ est un soulagement : presque tout le monde y est en train de dîner. Une hékel en courte tunique bleue les salue et les débarrasse de leurs aski à l'entrée. À travers la vaste cour carrée presque déserte, où alternent pelouses d'un jaune éclatant et aires dallées d'écarlate autour de l'immense bassin ovale ombragé de plusieurs tingalyai, deux silhouettes s'avancent vers eux, une fille rousse et dorée qui évoque aussitôt Miniaz pour Lian, un grand garçon mince et brun aux yeux noirs.

« Kyrin et Argelos vont s'occuper de toi, Lian, dit Odatan. Tout ira bien. » Et il amorce un mouvement pour faire demi-tour.

Lian ne peut s'empêcher de s'exclamer : « Vous ne restez pas là ? »

Le petit homme a un sourire presque embarrassé : « Je n'habite pas au Haëkelliaõ quand je viens à Hleïtzer. Je vous rendrai visite de temps à autre. Tu n'as pas besoin de moi. Tout ira bien, tu verras. » Et il disparaît d'un pas pressé sous la grande voûte d'entrée.

Ils emmènent Lian dans sa chambre, proche des leurs, y dînent avec lui en lui expliquant à deux voix les us et coutumes du Haëkelliaõ, en lui parlant d'eux, en l'amenant à parler de lui, de son voyage, de ses parents, du plateau – mais pas d'Odatan, et une obscure réticence l'empêche d'aborder lui-même le sujet. Au cours de la conversation, il apprend qu'un autre naïstaos – ils énoncent le mot sans affectation, c'est rafraîchissant – réside dans une chambre voisine. Tomas Liéouélyn. Le seul autre au Haëkelliaõ. Lian est surpris, mais pas par le nom étrange, ni même par l'absence du garçon. Odatan lui avait dit qu'ils n'étaient pas nombreux, mais... « Il y en a dans les autres Haëkelliani, à Markhalion, Ansaalion, Krisaõ et Hébuzer. Pas plus d'une dizaine en tout, à peu près un pour environ trois mille halatnim », dit Kyrin. Et Argelos remarque, pensif : « C'est fascinant de vivre en un temps où se développent de nouveaux dons. »

Kyrin Melamnaz Alianrad, Argelos Karghad Tandiu. Dans leur seizième saison comme Lian, ils vivent au Haëkelliaõ depuis trois mois déjà, en prévision aussi de l'eïldaràn, mais sans grande incertitude : tous deux danvérani déclarés, ils attendent simplement de savoir s'ils seront hékel, et s'y préparent. *Les ancêtres hébao de Kyrin vivaient sur le Landaïeïtan, de l'Autre Côté*, raconte Lian dans la première lettre qu'il enverra à ses parents, la semaine suivante. *Argelos descend de Paalani installés au nord du Hleïtan au moment de la Conquête. Kyrin est très décidée, très pratique. Argelos ne dit pas grand-chose, mais toujours quand il faut. Beau aussi, à sa façon. Peut-être parce qu'il est si doux, si paisible. Tout en angles, pourtant, le visage taillé plutôt raide comme tous les Paalani, avec des yeux très noirs, comme des puits, mais étincelants.*

Des deux, il ne sait lequel l'attire le plus. Le souvenir de Miniaz le pousse vers Kyrin et ses rondeurs accueillantes, mais la paix lumineuse d'Argelos est tout aussi puissante. Thomas, c'est très différent. Lian a du mal à en parler à ses parents. En leur écrivant, il se rend compte qu'il ignore ce qu'ils savent, si ses découvertes au Haëkelliaõ et dans Hleïtzer en sont pour eux – si elles font partie de ce qu'ils lui ont caché – et sa plume devient maladroite.

Thomas vient le voir, ce premier soir, quand il est seul ; il a dû guetter le départ des deux autres. Il entre, les sourcils froncés, dit d'un ton abrupt : « Tu es Lian Flaherty », en virginien, et c'est à peine une question.

Il est de la même taille que Lian, et roux – mais un roux comme Lian n'en a jamais vu, pas rouge comme Miniaz : orange, comme certaines variétés de sarsinit. Et ses cheveux semblent avoir déteint sur ses sourcils et sur toute sa peau, très claire, constellée de petites taches orange pâle aussi. Jusqu'à ses yeux, qui sont d'un riche marron roux. Lian le dévisage, fasciné. Les sourcils, le nez, les lèvres, sont bien plus virginiens que ranao.

Lian se reprend, un peu embarrassé de son indiscrétion, rectifie en virginien également : « Je suis Lian Dougallad Laraïnu.

— Oui, dit l'autre avec impatience, mais ton père s'appelait Dougall Flaherty. Je suis Tomas Liéouélyn. »

C'est ainsi que Lian l'entend, il apprendra plus tard que ça s'écrit " Thomas Llewellyn " ; Thomas est très jaloux de l'orthographe virginienne de ses noms. Pour l'instant, le garçon aux cheveux orange (comme Lian se le décrira souvent au début) fait des yeux le tour de la pièce, voit les restes du repas de Lian, dit : « Alors, ils t'ont fait le numéro d'introduction ? » Les inflexions, autant que le vocabulaire, indiquent en virginien de l'ironie, un doute jeté sur la sincérité de Kyrin et d'Argelos. Lian, un peu choqué, réplique avec calme en setlâd : « Ils m'ont accueilli. » Puis, se rappelant soudain ce qu'Odatan lui a dit des halatnim qui refusent de parler la langue rani, il traduit en virginien : « Ils m'ont accueilli comme un des leurs, et je n'ai aucune raison de douter de leur gentillesse. »

L'autre hésite et reprend en setlâd, comme embarrassé : « Non, je voulais dire... Ils ont fait pareil pour moi. Ce sont eux qui vont s'occuper de nous. On travaillera ensemble, tous les quatre. » Lian comprend alors que Thomas n'est pas hostile, mais aussi incertain que lui : il l'exprime autrement, voilà tout. Il lui sourit : « Ça devrait être intéressant », dit-il en virginien – et dans le bon registre, moitié sérieux moitié plaisant, car Thomas lui sourit en retour.

Thomas a été élevé par sa famille virginienne. Il y a des purs Virginiens, sur Atyrkelsaõ, qui ne sont pas des passeurs. On les appelle des Keldarao. Ils ne sont pas très nombreux, environ six mille, concentrés surtout dans le sud-est du continent et dans les îles d'Aalpaalu. « Chez les Chasseurs ? » Non, à l'écart. Au début, Lian ne peut que spéculer sur leurs raisons de ne vouloir se croiser qu'entre eux ; un peu plus tard, quand Thomas l'aura emmené chez le vieux Raül pour assister aux réunions du " club ", il comprendra mieux. La mère de Thomas était malgré tout une halatnim, de troisième génération, son père par le sang un pur Keldaran ; ce n'est pas la situation de Lian, mais il n'osera quand même pas en parler à ses parents dans sa première lettre.

Les parents de Thomas sont morts dans un accident
quand il avait six saisons, une terrible tragédie. Il avait
vécu jusqu'alors avec eux parmi la famille halatnim de
sa mère ; sa famille virginienne, où l'on est danvéràn
de père en fils (en fille aussi, sans doute, mais Thomas
ne le dit pas), a demandé sa garde ; la famille de sa
mère la lui a accordée. Thomas n'en raconte pas plus,
mais Lian voit à travers sa désinvolture, malgré la neu-
tralité des phrases virginiennes – à cause d'elle. Thomas
le halatnim, le naïstaos, l'invisible, Thomas le rejeté.

Et si Lian ne raconte pas à ses parents l'origine de
la blessure, comment pourrait-il ensuite leur faire comprendre son indulgence envers Thomas – la solitude du
garçon aux cheveux orange, son besoin inarticulé d'affection, sa gentillesse maladroite, désarmante, entre deux
sautes d'ironie et de colère ; et même, oui, sa violence.
Intense, Thomas, imprévisible – *dangereux*. Et sans
expliquer tout cela, comment Lian pourrait-il décrire à
ses parents l'attrait que Thomas exerce sur lui ? Il se
l'explique mal à lui-même, au reste, après le doux
Tarmel. C'est peut-être surtout l'exotisme, cette crinière
rousse, cette peau semée de soleil... Thomas n'accepte
d'être touché par Lian que dans les jeux, cependant, ou
dans des bagarres pour rire qu'il suscite toujours le
premier. Il n'admet en lui-même ni tendresse ni désir,
même si parfois sa première éducation rani refait surface et s'il se laisse aller un peu, du moins dans le ton
de voix plus caressant, dans des regards, dans des sourires. Lian, qui jouit bientôt de la compagnie de Kyrin,
sinon de celle d'Argelos, pense " pauvre Thomas " et,
en redoublant de gentillesse discrète, il respecte le
choix de l'autre, sans comprendre que ce n'est pas un
choix. Et Thomas l'aime, avec férocité. Mais Lian ne
le sait pas. Thomas non plus.

Et Lian ne parle pas non plus en détail de Thomas
dans sa première lettre à ses parents, et plus jamais
après, parce que le garçon aux cheveux orange l'emmène bientôt dans des lieux où ils n'aimeraient sans

doute pas le voir. Chez Raül Costa, où se rassemble, deux fois par semaine, le Club Virginien de Hleïtzer. Une vingtaine d'hommes et de femmes, des halatnim de quatrième génération, où les traits virginiens sont plus nets que chez Lian. On l'examine avec une certaine suspicion, malgré ses cheveux blonds et ses yeux pâles, jusqu'à ce que Thomas ait expliqué qu'il est un naïstaos comme lui et le présente comme « Lian Flaherty ». À la grande stupeur de Lian, les visages se détendent, le vieux Raül remarque avec un sourire grave, «un descendant du premier capitaine !», référence qui échappe totalement à Lian, et on l'admet dans les délibérations du Club.

Ce sont plutôt des conférences, des exposés, des discussions sur un thème, avec parfois des conférenciers invités. On parle uniquement en virginien, bien entendu. Et exclusivement de Virginia. À commencer, pour le bénéfice de Lian, par l'histoire héroïque de la colonisation – il apprend alors que, par son père, il est peut-être un descendant lointain du capitaine de la première expédition terrienne sur Virginia. De la Terre, le monde d'où sont pourtant venus les Virginiens, on ne dit presque rien : un ancien ennemi, vaincu après de terribles sacrifices, écrasé, disparu, bon débarras. On s'étend plutôt tout à loisir sur les grandes réalisations de la technologie virginienne en réponse au " défi unique de Virginia ", l'usage universel du gaz, la vitesse et la puissance de milliers d'ingénieuses machines mues par l'électricité quand la Mer n'est pas là, et même quand elle est là, au-dessus des mille mètres fatidiques où s'exerce son influence neutralisante.

Lian a entrevu tout cela dans le dictionnaire de Kéryan et au détour de certains textes qu'elle a utilisés pour lui apprendre le virginien : ce qu'il entend surtout, au début, ce sont des histoires. Exotiques aussi, fascinantes, parfois inquiétantes (quand il essaie par exemple d'imaginer Hleïtzer-de-l'autre-côté – Morgorod – remplie d'*automobiles*, ou encore sa *zone industrielle*). Mais il entend aussi autre chose. Selon les membres du Club, et même s'ils ne le disent pas en clair, les Ranao sont une culture en stagnation, incapable de changer, condamnée à court ou à moyen terme. Lian se rappelle Laraï, Nathénèk, et les Olaïlliu : l'existence des darnao, les enfants du devenir et du changement, ne contredit-elle pas cette assertion ? On écarte son objection d'un revers de main : les darnao sont aussi conservateurs que les dânao, ils veulent garder *Atyrkelsaõ* intacte ! Et ils ont tous fait l'union sacrée pour rejeter les améliorations techniques suggérées par les passeurs et leurs descendants. Oh, les idées nouvelles, les Ranao les acceptent assez volontiers : pour les collectionner, comme si c'étaient des papillons ! Comme si c'étaient... des curiosités. Sans vouloir les mettre à l'épreuve, sans jamais rien en tirer de concret.

— Il y avait un piano, là où j'ai appris le virginien », insiste Lian, pour une fois qu'il peut contribuer à la conversation.

Lartigues émet un reniflement dédaigneux : « Oh, oui, bien sûr, un peu de musique, de poésie, ce qui ne risque pas de déranger l'ordre établi. Mais ça ne les intéresse pas vraiment. Une autre technologie, une autre science à côté d'eux, et ça ne les intéresse pas ! Aucune véritable curiosité, aucun sens pratique !

— Leurs moteurs à vapeur, ils en font tout un plat, s'exclame Lee Ségura, le trésorier du Club, mais enfin, ça a été inventé bien avant le moteur à gaz, c'est de la préhistoire, le moteur à vapeur ! Et qu'est-ce que ça fait si les moteurs à gaz naturel sont un peu polluants ? On se déplace plus vite en automobile, c'est drôlement plus pratique ! »

Costa renchérit : « Ah, ça, ce n'est pas comme leurs charrois – " charrois " ! Pourraient pas les appeler " camions " ou " autobus ", oh non ! Bien caractéristique, ça, " charroi " ! Bon, un moteur à gaz, ça pétarade un peu, mais suffit d'un bon silencieux pour régler le problème ! C'est moderne, ça va vite, c'est puissant, qu'est-ce qu'il leur faut de plus ? Pourquoi ils s'accrochent à leurs vieux trucs primitifs ?

— C'est comme pour l'électricité », reprend Lartigues
– visiblement, le numéro leur est familier. « Ça ne serait
quand même pas sorcier de s'équiper d'un barrage ou
deux, ou d'une centrale thermique, histoire d'avoir
l'électricité quand la Mer n'est pas là, hein ? Mais non,
le progrès, connais pas. "À quoi ça sert ?", toujours la
même rengaine. "Est-ce qu'on en a besoin ?" À quoi
ça sert, l'électricité ? À faire fonctionner les frigos. À
quoi ça sert, les frigos ? À conserver les aliments durant
la saison chaude. Et là : " On a déjà les chambres
froides souterraines, alors à quoi ça sert ? " À croire
qu'il n'y a jamais rien à améliorer chez eux, que tout
est parfait ici !

— Et c'est pas comme s'ils nous laissaient développer nos propres affaires, reprend le vieux Costa,
non, monsieur. Pas question d'installer une ligne de
chemin de fer dans le sud-est ! Où est notre liberté, là-
dedans ? Hein ? Où sont nos droits ? »

Lian écoute l'échange sans oser intervenir avec les
" oui, mais " qui se pressent sur ses lèvres : d'après ce
qu'il en a vu, les moteurs à vapeur ranao ont un rende-
ment égal, ils sont moins compliqués à produire et à
entretenir, le biogaz qui les alimente ne nécessite pas
de *zone industrielle*, par exemple ! Et les Ranao savent
ce qu'est l'électricité : ils ont choisi, après l'arrivée de
la Mer, de ne plus l'utiliser du tout, ce qui lui semble
également rationnel. Et les chemins de fer, ils en ont
eu, on en voit dans les fresques datant de l'Unification,
mais ils ont finalement décidé aussi que non, ils n'en
voulaient plus.

Les membres du Club ont quand même un peu
raison ; Lian comprend le choix rani des transports
communaux, mais si Odatan avait eu une *automobile*,
à gaz ou pas, le voyage aurait duré moins longtemps, au
moins à partir de la passe Arpaïel ; il serait parti plus
tard du plateau, et surtout il n'aurait pas dû subir les
regards de tous ces gens, en route – pas de la *véritable
curiosité*, comme le dit Lartigues, mais au mieux de la

pitié, une forme comme une autre de rejet. Et l'agres-
sivité du Paalao, au relais Dnaõzer.

Entre deux exposés sur les merveilles technologiques
ou culturelles de Virginia, on décrit l'excellence et la
justice de son système politique, la fameuse *démocratie*.
Lian ne connaît pas assez bien le système rani pour
saisir ce qu'ils ne disent pas ainsi – il sait simplement
que, sur le plateau, la hékel Kéryan est chargée de
transmettre à l'extérieur les besoins et les désirs des
gardiens de la réserve, et réciproquement ; il ne voit
pas très bien la différence – excepté sans doute le fait
que Kéryan n'ait pas été *élue* mais simplement choisie
par les gardiens du plateau ; et le mode de consultation
et de communication, puisque c'est une danvéràn.
Mais il sent une histoire en creux, le fil d'une critique
implicite des Ranao, encore.

« S'ils sont si mécontents du continent, pourquoi ne
vont-ils pas vivre chez les Chasseurs ? » finit-il pourtant
par dire à Thomas, après une de ces séances de récrimi-
nations.

« Ils sont vieux, dit Thomas avec dédain. Ils aiment
leur confort. C'est plus facile de parler. » Son regard se
durcit. « Mais chez les Chasseurs, on ne parle pas pour
ne rien dire. Rani, halatnim, Virginien, peu importe où
on est né, ce qu'on est. Ce qui compte, c'est ce qu'on
fait, pas les pouvoirs. Des hommes libres, les Chasseurs.
Des hommes fiers.

— Argelos dit... – Lian regrette d'avoir évoqué
Argelos, Thomas a déjà haussé les épaules, mais il
s'obstine – ... que ce sont des gens qui n'arrivent pas à
trouver leur place, à faire leur paix avec ce qui doit
être...

— Bien sûr, la ligne du parti ! » s'exclame Thomas
avec une ironie furieuse puis, voyant que Lian ne comprend pas : « Le discours officiel. Ce que ça veut vraiment
dire, c'est que les Chasseurs dérangent l'ordre établi.
Ils critiquent, ils questionnent, ils refusent, ils ont le
courage de leurs opinions, ils n'hésitent pas à prendre
leurs affaires en main... Pourquoi crois-tu qu'il y a

tellement de halatnim là-bas ? On s'arrange pour qu'ils s'exilent, en espérant qu'il leur arrivera un accident. La vie est dure, dans les îles. Mais eux, les vertueux Ranao, ils n'ont porté la main sur personne, n'est-ce pas, ils peuvent continuer à dire "Il ne faut pas tuer" ! » Il hausse de nouveau les épaules ; « Qu'est-ce qu'il te dirait d'autre, Argelos, c'est un futur hékel ! »

Et en toute honnêteté, Lian est obligé de reconnaître qu'on ne lui a jamais rien dit qui contredise formellement cette interprétation. L'idée le frappe soudain : ce que dit Thomas des Chasseurs, ce que les membres du Club disent sans le dire des Ranao, c'est une *interprétation* : une autre façon de voir l'histoire. Leur vérité à eux. Et comme il devine d'où parle Thomas, quelle peine secrète nourrit les fureurs du garçon aux cheveux orange, comme l'humiliation secrète des halatnim descendants de passeurs, maintenant presque dépourvus de pouvoirs et de surcroît parfois naïstoï, il fait taire ses objections.

Un jour, l'une des membres du Club, Ferdina Marquis, arrive très irritée à une réunion. Elle est depuis longtemps en dispute avec sa voisine, une Rani : les arbres de la terrasse de celle-ci empiètent sur sa propre terrasse, et le hékel consulté a déclaré que ces arbres n'avaient pas à être coupés, ni même élagués.

« "On ne se dispute pas pour des arbres", il a dit, avec cet air qu'ils ont, vous savez, d'en savoir toujours plus que vous ! Si ces arbres me font de l'ombre et que je veux du soleil, c'est quand même bien mon droit ! Ça ne les tuerait pas, ces arbres, d'être élagués ! Ça ne la tuerait pas, cette vieille chouette de Kitlaz ! Mais non, il a fallu qu'elle mette un maudit hékel dans le circuit ! Comme si on avait besoin de trente-six mille pouvoirs pour régler un pur problème technique ! Cette maison est à moi, c'est ma terrasse, et je ne veux pas de son ombre à elle sur ma terrasse à moi, c'est quand même simple ! »

Lian, un peu éberlué par l'usage répété du possessif, voit ses compagnons hocher gravement la tête. « Ça n'arriverait pas s'il y avait des lois claires et précises, au lieu de ces interminables médiations, grommelle Lartigues.

— Ça n'arriverait surtout pas s'ils ne croyaient pas les hékel indispensables ! lance Ferdina. Ah, ils l'ont, la combine, les hékel, on ne peut pas dire. Eux et leurs fameux pouvoirs. Les danvérani, je vous dis, c'est les pires !

— Tout serait plus simple s'il n'y avait pas de pouvoirs, voilà tout, lance Thomas, les sourcils froncés. Comme chez les Chasseurs. Et comme de l'Autre Côté. »

Tout le monde acquiesce avec conviction, et Lian ouvre de grands yeux : «Les *passeurs* viennent de l'Autre Côté ! proteste-t-il.

— Ils venaient, dit Costa, l'index dressé.

— Ils ne viennent plus », renchérit Lartigues ; et, déjà prêt à s'irriter : « Tu n'étais pas au courant ? Ils ne te l'ont même pas dit ?

— Si, mais...

— Il n'en vient plus parce qu'il n'y en a plus, explique Thomas avec une certaine satisfaction – il aime combler les lacunes de Lian. « Il n'y a plus de mutants de l'Autre Côté. Les normaux ont gagné la guerre. »

C'est la première fois que Lian entend le terme " mutants " utilisé au Club, où l'on ne parle que très rarement des pouvoirs. Mais surtout, *les normaux*. Voilà un terme que Lian n'avait jamais entendu utiliser ainsi. L'implication est curieuse : les mutants ne sont donc pas normaux ? Lian a toujours employé "mutants" de façon descriptive, comme il dirait " chaud ", ou "vert" : un élément naturel, relevant du "c'est ainsi". En couple avec "normaux", cependant, le terme prend une autre résonance.

Et les *normaux* ont gagné la guerre. Contre les mutants. Kéryan l'avait bien dit, au relais, que les Virginiens se faisaient la guerre entre eux...

«Ils ne lui ont rien dit ! » conclut Lartigues, se méprenant sur son silence et prenant les autres à témoin de cette nouvelle duplicité des Ranao.

Lian proteste par acquit de conscience : « Ils m'ont dit qu'il y avait une guerre, mais qu'on ne savait pas où elle en est maintenant que les passeurs ne passent plus.

— Pardi ! s'exclame Costa.

— Les passeurs ne passent plus parce qu'il n'y a plus de passeurs, répète Thomas avec une sombre allégresse. Plus de mutants de l'Autre Côté. Ils ont fini par disparaître. Juste des gens comme nous, maintenant. Normaux. »

Lian observe ses compagnons à la dérobée : ils hochent tous la tête. "Normaux" ? D'après ce qu'Odatan lui a laissé entendre des halatnim de dernière génération, ce sont en général au moins des petits lâdzani. Il n'a pas posé la question, cependant. Des mutants, en tout cas, si limitées soient leurs capacités. Et Thomas, le pauvre Thomas, naïstaos fils et petit-fils de danvéràn et si farouchement anti-pouvoirs, est un mutant aussi – même si sa mutation fait de lui comme de Lian, ma foi, c'est vrai, un "normal" au sens où ils l'entendent : totalement dépourvu de pouvoirs. Est-ce donc la raison pour laquelle on les a acceptés dans le Club avec tant d'enthousiasme ? En quoi est-ce si souhaitable, de ne pas avoir ce que possède tout le monde ?

Ah mais, si *personne* ne l'a... Et d'après ce qu'ils disent, de Virginia, tout le monde y serait ainsi, sans pouvoirs. Lian songe soudain à la brève histoire contée par Kéryan, les villageois qui croyaient voir le soleil pondu à neuf par les montagnes tous les matins et la voyageuse dissidente guérie par eux de sa "folie"... Son sourire involontaire s'efface : les membres du Club Virginien, et Thomas, ne sont pas fous, bien sûr. Mais si ce qu'ils disent à propos des passeurs et de la guerre est vrai, ils sont simplement... du mauvais côté des montagnes. Pour toujours.

Et la pensée le traverse, inattendue, douloureuse, avant qu'il ait pu la réprimer : *et moi aussi, si l'eïldaràn ne donne rien.*

◆

Lian ne touche plus aux contes. C'est Suzane, déconcertée, qui prend l'initiative de les taper à la machine et d'envoyer le manuscrit au bureau culturel du Conseil de Ville. Lui, une nostalgie déchirante l'envahit maintenant, à tout moment, irrésistible, physique. Il regarde une mosaïque, une fresque, un arbre, et il reste cloué sur place, aveuglé, sourd à tout ce qui l'entoure.

Une lettre leur arrive bientôt, des félicitations et la permission de publier. Quatre semaines plus tard, Liam reçoit les épreuves. Il s'est un peu calmé, ou bien le fait pour ses histoires d'être imprimées leur confère à nouveau un degré tolérable d'irréalité. Il corrige les épreuves. Les renvoie. Se fait rappeler par retour du courrier que le manuscrit n'a toujours pas de titre. Il se mord les lèvres pour retenir le premier qui lui est venu à l'esprit, *Contes de Tyranaël*, reste muet, les yeux perdus dans le vague, incapable d'en trouver un autre. Suzane claque des doigts devant son visage, agacée : « Où es-tu, Liam, il lui faut un titre, à ce recueil, reviens parmi nous, veux-tu ? »

Il murmure « Je suis ailleurs », d'une voix si altérée qu'elle comprend seulement le dernier mot, mais s'illumine : « Légendes d'ailleurs ! Ah, oui, parfait ! »

Dans le courant de Mai, *Légendes d'ailleurs* est publié par le Pic, les Presses Intercommunales de Bird-City, dans une jolie édition cartonnée de format poche ; on a choisi de représenter sur la couverture Katrina et Patriki avec le tigre et l'aigle – trop de monde pour cet espace restreint, et les deux animaux sont bien raides et proportionnellement trop petits, mais peu importe, tout le monde s'accorde à trouver le livre magnifique, on organise une fête à la commune pour sa sortie officielle. Dans les semaines suivantes, on trouve quelques commentaires dans les bulletins des communes de Bird qui l'ont acheté, souvent élogieux sur le style mais parfois plus réservés sur le contenu : trop bizarre, ou trop compliqué, ou pas assez réaliste.

Suzane se hérisse à la place de Lian, s'agace de son absence de réaction. Le livre, dans l'ensemble et malgré les réserves de certains adultes, est un succès auprès des plus jeunes, on s'en rend compte lorsqu'on reçoit les premiers chèques du Pic, au début de Juin. Suzane voudrait bien que Lian en écrive un autre – pas d'abord pour l'argent supplémentaire qui va dans les coffres de la commune, mais parce qu'elle aime ses histoires, elle le lui répète, elle est fière de lui. Il donne des réponses évasives, ou répond à côté, ou ne répond pas. Suzane essaie de comprendre pourquoi il n'est pas plus enthousiaste, amène même le sujet lors d'une séance de réflexion après avoir constaté sa réticence à en discuter avec elle. «Ce n'est pas comme un quota de conserves», finit par dire Jill, volant à la rescousse de Lian qui ne dit rien et regarde ses mains, lointain, abattu. «On ne peut pas le forcer à écrire s'il n'en a plus envie.

— Mais pourquoi n'en a-t-il plus envie?» proteste Suzane.

Lian devine que les regards se sont tournés vers lui, hausse les épaules et ment: «Je n'ai plus d'idées d'histoires.»

Ce n'est pas vraiment un mensonge. Ce qu'il voudrait raconter, ce ne sont pas des histoires, et il ne le peut pas.

Est-ce que c'est un mensonge, quand on ne peut pas dire ce qu'on veut dire?

Cette nuit-là, quand Suzane le rejoint chez lui et devient tendre, peut-être pour essayer encore de le convaincre ensuite, ou pour lui faire comprendre qu'elle a accepté la situation – il ne sait, comment saurait-il? – il n'arrive pas à lui répondre comme elle le désire. Il regarde sa blondeur rousse, il la caresse avec une tendresse désespérée, il se laisse caresser, mais il pense à Miniaz, à Kyrin, et avec elles, dans l'élan irrésistible des souvenirs, s'en viennent tous les autres, ceux qu'il se rappelle et ceux qu'il voudrait ne pas se rappeler. Suzane est déçue, inquiète, blessée. Un moment, elle essaie de parler, de le faire parler, mais que pourrait-il lui dire? Il étouffe. Elle reste un instant assise au bord du lit, soupire, «Mieux vaut dormir, alors», et retourne dans sa chambre.

Lian reste couché sur le dos, les yeux ouverts dans la pénombre, tandis que la sueur sèche sur sa peau en picotant. Laraï, Nathénèk, Odatan, Dougall. Thomas. Imprononçables à jamais, les paroles qui n'ont pas été prononcées. Il ne savait pas. Il sait maintenant. Trop tard. Perdu, perdu pour toujours, l'autre côté.

Au bout d'un moment il se lève, il va à tâtons au petit bureau, allume la lampe. Sur une page blanche, il écrit, d'un trait : *Lorsqu'il était petit, il avait vu mourir un arbre-Gomphal.* Et il ne peut pas aller plus loin. Il déchire la feuille en menus morceaux, il la jette dans la corbeille, une neige de particules légères, et il reste assis là, mains à l'abandon sur la table, les yeux fixés sur la lueur un peu vacillante du gaz.

16

Au bout de la quatrième semaine de son séjour au Haëkelliaõ, Lian est amoureux, terriblement amoureux de Kyrin. Il ne sait pas comment c'est venu. Au début, la première fois qu'ils ont fait l'amour ensemble, il a bien compris qu'elle était autant poussée par la curiosité que par une affection réelle, mais sans passion, et il n'en a pas été dérangé. Il était prêt à une relation détendue, amicale, complice, comme avec Miniaz. Et puis, elle a refusé de poursuivre. Elle ne le désirait pas, elle l'a dit clairement, Lian n'aurait même pas pensé à insister. Mais quelque chose est arrivé, il ne sait quoi, il ne s'est pas rendu compte : peu à peu la présence de

Kyrin, son contact, même simplement amical, lui sont devenus aussi nécessaires que de respirer.

Peut-être parce que Kyrin est toujours avec Argelos. Ils ne sont pas amants, pourtant – Kyrin dit " pas encore ", d'une manière qui plonge Lian dans des abîmes de perplexité chagrine. Mais ils sont ensemble : unis par le lien invisible, incompréhensible, des danvérani. Ce n'est ni dans leurs paroles ni dans leurs silences – devant Lian et Thomas, ils échangent toujours à haute voix. C'est dans la tête de Lian, dans ce qu'il imagine de leur intimité – il n'a osé leur demander ce qui se passe réellement. Et en vérité, il ne sait qui il envie le plus, Argelos d'être avec Kyrin, ou Kyrin avec Argelos.

Il ne comprend pas très bien au début ce qui se passe entre lui et Argelos. Il l'attribue d'abord, avec espoir, à une attirance réciproque. Il voit bien comme Argelos lui parle, le regarde, s'occupe de lui plus que de Thomas. Un après-midi, dans un des jardins intérieurs où ils se sont réfugiés pour échapper à la chaleur, ils se font sécher côte à côte après s'être baignés dans le petit étang. Kyrin n'est pas là, Thomas est en ville ; Lian contemple le dos d'Argelos qui s'est couché sur le ventre ; des gouttelettes brillantes cascadent le long de ses flancs, d'autres brillent au creux de ses reins. D'un doigt un peu timide, Lian les chasse. Argelos tourne la tête vers lui. Ils se regardent un moment sans rien dire, puis Lian voit le visage d'Argelos s'assombrir ; le garçon brun se redresse sur un coude avec une expression consternée en soufflant : « Oh, Lian... Non. Ce n'est pas ça. »

Lian reste muet, désemparé, atterré aussi d'avoir si mal compris. À la fin, il ne peut s'empêcher de protester à mi-voix : « Pourquoi ? »

Argelos secoue la tête d'un air navré et finit par dire : « C'est ainsi. »

L'expression familière allume en Lian un bref éclair de révolte, mais insister serait impensable. Il passe la main dans l'herbe rase et fine à côté de lui – un bien pâle substitut pour la peau d'Argelos – et murmure :

« Y a-t-il quelque chose au monde qui ne soit pas ainsi ? »

Argelos se met à rire : « Oh, Lian, bien sûr !

— On ne peut pas faire un pas ici sans buter sur des "c'est ainsi" ! La Mer, les dons... »

Argelos est redevenu sérieux ; il s'assied, les bras autour des genoux, les sourcils un peu froncés : « C'est vrai, murmure-t-il. Il y a si longtemps que nous vivons avec que nous ne les voyons plus très bien, ou alors uniquement par rapport à nous. » Il sourit, non sans ironie : « On ne peut pas vivre chaque instant de chaque jour avec le mystère, on exploserait ! C'est pour cela que nous prêtons tant de masques à Hananai et qu'elle les accepte : elle sait que sans eux, constamment face à sa lumière sans déguisement, nous deviendrions fous. »

Il contemple Lian avec une intense fascination, et Lian se sent tressaillir d'espoir, malgré tout. Il ne peut pas le regarder ainsi et ne pas...

« Quand les passeurs ont commencé à arriver... », reprend Argelos. Il se détourne et soupire : « Nous nous sommes vus par leurs yeux, ceux d'entre nous qui étaient en contact avec eux, et pour beaucoup le choc a été presque intolérable. Pas du tout comme lorsque les aïlmâdzi avaient vu avec les Étrangers, avant qu'ils n'arrivent sur Tyranaël. Pour les aïlmâdzi, oui, un choc, mais ils sont habitués à voir par d'innombrables yeux, ils connaissent les nombreuses demeures de Hananai. La plupart se sont remis. Et pour tous, et même les hékel qui les avaient aidés à transcrire leurs visions dans les plaques mémorielles, c'étaient des histoires, étranges, parfois effrayantes, mais ni plus ni moins que toutes les autres visions des aïlmâdzi. Un mystère, certes, mais un mystère habituel. La plupart des Ranao ne touchent jamais de plaques mémorielles, les visions font partie... de ce qui est ainsi. On élabore parfois des histoires à partir de ces visions, certaines entrent petit à petit dans notre mémoire, quand nous pouvons les apprivoiser, nous les approprier, d'autres restent à jamais énigmatiques. La plupart des gens s'interrogent rarement sur elles – s'interroge-t-on sur l'air qu'on respire ? »

Argelos est terriblement beau ainsi, mince visage ardent, yeux étincelants, lèvres entrouvertes sur ses dents humides. Lian détourne les yeux, accablé. Il commence à comprendre confusément d'où vient son erreur, la nature de la fascination qu'il exerce sur Argelos. Il conclut à mi-voix : « Mais avec les passeurs, c'était différent. Ils étaient là... directement, sans inter- médiaires.

— Oui, soupire Argelos. Et dans la demeure même de Hananai que la Mer nous avait offerte. Ensuite, bien sûr, nous avons replacé dans une perspective différente les étonnements des passeurs, leurs craintes, leurs colères, en comprenant mieux d'où ils venaient, avec quels yeux ils nous voyaient, et voyaient la Mer, et les dons et tout le reste. L'orage s'est apaisé, l'étang est redevenu tranquille... » Il se redresse en se frottant les bras pour en écarter les insectes, son visage se détend, ses yeux brillent d'une lueur plus douce : « Oh, nous n'étions plus comme avant. Notre paysage avait changé, s'était élargi. Nous nous sommes employés à l'explorer. À l'accepter. On ne peut pas faire que les passeurs ne soient pas passés. »

Lian hausse les épaules sans pouvoir déguiser son amertume : « C'est ainsi. »

Argelos a de nouveau tourné la tête vers lui et le regarde, mais Lian ne veut pas se voir dans ses yeux. *Halatnim. Naïstaos.*

L'autre se doute-t-il de ce qu'il ressent ? Il effleure le bras de Lian. « Les passeurs constituent pour cer- tains d'entre nous un mystère profond, Lian. Presque... effrayant. » Sa voix est triste, mais ferme. « Pas leur don – c'est comme les autres dons, et la Mer, et tout le reste, il fait partie des univers de Hananai et obéit à ses lois. Mais leur existence même... Tu comprends, ils voyageaient entre les demeures de Hananai avec la Mer, non pas comme les aïlmâdzi, en esprit, mais dans leur chair – en elle mais sans être absorbés par elle ! »

Lian lui jette un coup d'œil à la dérobée : Argelos regarde au loin, passionné, fervent, intolérable de beauté. « Ils étaient plus proches d'elle, d'une certaine façon, que ne l'ont jamais été tous ceux qui l'ont rejointe, ou le Communicateur même, qui parle avec son Esprit. Que l'envers de ce don, son autre face, ait été l'impossibilité pour les passeurs de se joindre à la lumière de la Mer... Qu'il se soit, apparemment, perdu, et que sa seule survivance soit justement l'impossibilité de la rejoindre dans leur chair... » Le garçon secoue la tête et conclut à mi-voix : « Les dons font partie pour nous de ce qui est, nous savons d'où ils viennent, nous en avons étudié le fonctionnement, nous les servons de notre mieux. Mais nous ne comprenons toujours pas leur nature profonde, ni la direction de leurs métamorphoses. Et ce don-là... est encore plus mystérieux que celui des aïlmâdzi, pour nous. »

Et moi, a soudain envie de lui crier Lian, est-ce que j'existe en dehors de mon absence de don ? Il se retient, bien sûr. Il ne veut pas se fâcher avec Argelos – Argelos ne se fâcherait pas, il serait simplement consterné, peiné, et que peut-il y faire ? *C'est ainsi.*

« C'est un peu comme pour les Ékelli », murmure encore Argelos, qui a continué à tourner autour de ses propres questions. « Qu'ils aient pu franchir les portes d'une des demeures mais n'aient jamais pu en repartir, même avec la Mer... », il se tourne vers Lian avec un sourire à la fois ironique et navré : « C'est la limite de ce que je peux supporter comme mystère ! »

Lian fait un effort. Si c'est ce qu'Argelos peut et veut lui donner, la seule façon dont ils peuvent être ensemble, il ne va pas le refuser, n'est-ce pas ? « En quoi est-ce un mystère ? La Mer est à sens unique pour tout le monde, les Ékelli, les Ranao, les passeurs. »

Et il va ajouter, en se forçant à l'humour, " C'est ainsi, non ? ", quand Argelos se retourne vers lui avec vivacité : « Ah, mais pourquoi, puisqu'elle, elle passe, et puisque les aïlmâdzi vont partout avec elle, au moins en esprit ? Lorsque l'Esprit de la Mer nous a proposé de nous installer ici, les baïstoï dans la Mer nous ont simplement *dit* que ce serait à sens unique. Que même passer dans un seul sens serait difficile – comme naviguer sur la Mer juste avant son départ ou après son retour, mais en infiniment plus pénible encore. Aucune explication. Certains ont compris que c'était à cause de nos limitations, ou des lois de l'univers – que c'était ainsi. D'autres ont pensé que la Mer voulait nous protéger des Étrangers. Et d'autres que c'était la volonté de la Mer pour des raisons qui nous dépassent et qu'elle n'a pas choisi de nous communiquer. Nous avons dû nous en accommoder, comme de la pluie ou du beau temps. C'est *devenu* ainsi. Mais pendant toutes les années où les premiers ont tout installé pour ceux qui suivraient, et pendant toutes les années où nous avons effectué le passage, les débats n'ont jamais cessé. Tout le monde n'est pas passé. Beaucoup ont choisi de rejoindre la Mer. Certains ne sont venus ici que très tard... et quelques-uns ont même choisi de rester sur Tyranaël. Et jusqu'à ce que nous ayons la preuve que les Étrangers étaient vraiment arrivés, le débat a continué.

— Jusqu'au premier passeur.

— Oh non, bien avant ! Les premiers Étrangers que la Mer a absorbés, au tout début... L'Esprit de la Mer les a protégés tant bien que mal, la plupart étaient devenus fous. Oh, il lui a fallu très, très longtemps pour les guérir et arriver à établir un contact avec eux. »

Malgré le chagrin et la frustration qui lui brûlent la poitrine, Lian ne peut s'empêcher de commencer à être curieux. On ne lui a jamais parlé de ces détails – ses parents ne le voulaient pas, les Olaïlliu le croyaient sans doute au courant ou avaient décidé que l'ensemble du sujet était trop périlleux ; et le Club Virginien... a sa propre ligne du parti. « Vous auriez pu les contacter, non, ceux qui n'étaient pas dans la Mer ? Envoyer des messages ? »

Argelos secoue la tête avec gravité : « La Mer a toujours refusé tous les messages, y compris au temps où nous étions en train de nous installer sur Atyrkelsaõ et où la majorité de notre peuple se trouvait encore sur Tyranaël. C'était très clair depuis le début : un choix sans retour, pour qui que ce soit. »

Il se balance un peu d'avant en arrière, le regard lointain : « Non, le débat a surtout fait rage alors parce que la toute première vision de la première aïlmâdzi à avoir vu avec eux, Eïlai Liannon Klaïdaru, s'était réalisée. Les aïlmâdzi ne savent pas quelle demeure ils visitent : elle peut ressembler à la leur, mais le détail qui l'en sépare est parfois si infime qu'ils ne le remarqueront jamais. » Sa voix a pris une intonation différente, presque anxieuse : « Après Eïlai, tous les aïlmâdzi se sont mis à voir avec les Étrangers, les mêmes visions terribles, guerre, massacres, ravages...

— Mais si on ne sait pas où les visions sont vraies, pourquoi les avoir crues ? s'étonne Lian.

— Parce qu'avant la première arrivée de la Mer, ça avait été pareil : tous les aïlmâdzi l'avaient vue apparaître, et c'est pour cela que nous avions décidé de tout préparer pour l'accueillir. Nous ne pouvions courir ce risque. »

Argelos reste un moment silencieux puis reprend tout bas : « Et elle est arrivée. Mais pas comme les aïlmâdzi l'avaient vu : nous n'avons pas été engloutis. Alors on s'est demandé... Était-ce parce qu'ils avaient vu que ce n'était pas arrivé ? Avaient-ils simplement vu une autre demeure où de toute éternité nous avions été engloutis, et vivions-nous dans la demeure où, de toute éternité, nous avions décidé de nous préparer à cause de leur vision – et n'avions *pas* été engloutis ? Avions-nous changé de demeure sans le savoir dès l'instant où nous avions décidé de nous préparer ? » Sa voix se fait plus grave encore : « Avons-nous, grâce aux aïlmâdzi, le pouvoir... de changer l'avenir ? Ou bien voient-ils ce qui, de toute éternité, doit être, et n'avons-nous de liberté que celle de faire ce qui doit être ? »

Lian contemple Argelos, accablé ; il se rend bien compte que le garçon est bouleversé, qu'il vient de lui confier une de ses préoccupations les plus profondes – mais tout ce qu'il peut penser en cet instant, c'est : et voilà ce qu'il voit chaque fois qu'il me regarde !?

Argelos n'en a pas conscience ; il est trop pris par sa propre angoisse. « On se l'est demandé depuis que les aïlmâdzi existent, tout ça, soupire-t-il enfin, et on n'a jamais trouvé de réponse satisfaisante. Mais la plupart du temps, c'était très... théorique : les visions concernent en général des incidents assez mineurs, parfois importants pour ceux qui les vivent, mais impossibles à vérifier, même rétrospectivement – qui sait quels détails diffèrent, ce qui nous a échappé ? Mais avec les visions de la Mer... et celle des Étrangers... Une fois, bon. Deux fois... D'autant que le premier aïlmâdzi, Oghim, avait vu un Étranger, on pouvait le comprendre à présent, le reconnaître dans sa vision. Une vision si brève... À peine si on pouvait y deviner la Mer – c'est seulement après l'arrivée de la Mer qu'on a compris le décor de la vision d'Oghim. » Argelos est presque amusé, tout d'un coup : « Imagine, on avait voulu croire qu'il s'agissait d'une créature de la Mer, cet homme qui n'était pas un Rani, puisqu'il en sortait ! »

Lian n'imagine rien du tout ; il répète en écho, abasourdi : « Une créature de la Mer ?

— Oh, dit Argelos étonné, tu ne sais pas ? » Peut-être trouve-t-il bienvenue cette occasion de changer un peu de sujet : il raconte longuement à Lian comment, au temps de sa première venue sur Tyranaël, la Mer s'est amusée à créer toute sorte de créatures étranges qu'on pouvait apercevoir, parfois, sur le rivage. Et comment elle l'a fait encore, sur Atyrkelsaõ, pendant qu'on construisait les digues. Lian le dévisage, mais non, Argelos est sérieux. Les Gomphali sont vraiment des créations de la Mer, comme l'a dit Odatan.

Dans le silence qui suit, Argelos revient à ce qui le travaille : « Oghim avait vu l'un des Étrangers d'Eïlai sortir intact de la Mer, murmure-t-il. Eïlai les avait vus absorbés. » Il se tourne de nouveau vers Lian, le regard étincelant : « Imagines-tu le tourbillon de questions que cela soulevait, que cela soulève encore ? Avec le temps, après le Grand Passage, on a un peu oublié. On avait assez à faire de s'accommoder de la nouvelle demeure, de toutes ses différences, de toutes ses ressemblances. La vision d'Oghim est redevenue ce qu'elle avait toujours été pour nous, plus importante pour ce qu'elle signifiait – l'existence future des aïlmâdzi et la nature de leur don – que par son contenu même.

— Jusqu'au jour où le premier passeur est arrivé », dit Lian, avec une sorte d'obscure satisfaction, comme on gratte une plaie.

Argelos hoche la tête : « Une troisième vision peut-être réalisée, dit-il d'une voix un peu altérée. Pour beaucoup d'entre nous, c'était trop. Oghim avait vu cet Étranger, et à cause de cela nous l'avions reconnu dans la vision d'Eïlai, et à cause de cela nous avions décidé d'accepter l'offre de l'Esprit de la Mer et de venir ici... Et parce que nous étions ici nous avions pu accueillir le premier passeur. Tout ce que nous avions fait jusque-là n'était-il donc destiné qu'à réaliser la vision d'Oghim ? Qu'en était-il de notre liberté sous le regard de Hananai ? Vous avez un mot, les Virginiens : "prédestination". Nous n'en avions pas. Vous dites "c'est écrit", mais ce n'est pas la même chose que "c'est ainsi". Nous reconnaissons par là la demeure de Hananai où nous nous trouvons vivre, ses lois, et notre existence à l'intérieur de ces lois. Mais nous *savons*, depuis que les aïlmâdzi existent, qu'ailleurs ça a été, c'est, ce sera autrement. C'est pour cela qu'existe le mode han'maï, pour pouvoir parler des possibles. Et quelquefois... c'est effrayant. Nous vivons aujourd'hui sur une Tyranaël où notre race ne s'est jamais développée, Lian ! Il y a une Tyranaël où nous avons été engloutis par la Mer, une autre où la venue des Étrangers a causé notre disparition et la leur. Imagine ce que nous avons pensé, lorsque les premiers passeurs ont commencé à arriver ! »

Lian l'imagine fort bien, pour le coup : « Les visions des premiers aïlmâdzi pouvaient se réaliser sur Atyrkelsaõ et non sur Tyranaël.

— Aucun d'eux n'avait jamais vu d'Étrangers sur Atyrkelsaõ indiscutablement reconnaissable comme telle, mais ça ne voulait rien dire, n'est-ce pas ? Il y a tant de ressemblances entre nos deux demeures...

— On a quand même dû se calmer quand on a vu que les passeurs étaient rares, remarque Lian un peu narquois. Et encore plus quand ils ont cessé de passer. »

Argelos l'observe un moment, puis dit avec une légère tristesse : « Non. Quand on a réussi à leur permettre de créer des enfants avec nous, Lian. »

Lian se détourne, à la fois blessé et irrité. Argelos a fait exprès de lui rappeler sa nature ! Mais le garçon brun se penche soudain vers lui, prend son visage entre ses mains et l'oblige à le regarder : « Tu es des nôtres, Lian », dit-il avec une tendresse que Lian ne peut pas ignorer. « Ça n'a absolument rien à voir. Je t'aime. Mais juste pas comme ça. Je n'y peux rien, et toi non plus. »

Lian a accepté – avec mélancolie : c'est ainsi, Argelos lui restera physiquement inaccessible. L'affection inaltérable que lui manifeste le mince garçon aux yeux ardents, sa confiance, lui sont des compensations suffisantes, il se l'affirme, il le croit. Mais c'est comme si le refus de Kyrin, après celui d'Argelos, avait exaspéré en lui des émotions indistinctes qui se croisent, glissent les unes dans les autres, s'inversent, et au bout du compte, il ne sait trop comment, il se retrouve amoureux de Kyrin. Terriblement. Au point de penser à l'eïldaràn avec une terreur et un espoir qu'il n'a jamais éprouvés jusque-là, qui le font trembler. Qui le font pleurer, une nuit, dans les bras de Kyrin. Qui lui font dire, d'une voix brisée : « Est-ce que tu m'aimerais, Kyrin, si je n'étais pas un naïstaos ? » et il l'a dit en setlâd, bien sûr, les termes et l'inflexion qui se traduiraient en virginien, littéralement, par "m'aimerais-tu dans nos enfants ?", par "serais-tu la mère de nos enfants ?"

Et Kyrin, atterrée mais honnête, et toujours directe, répond : « Mais je t'aime, Lian ! » – elle dit comme

Argelos : " je t'aime en toi-même ", ce qu'on dit aux amis – « mais je ne pourrais t'aimer de cette façon. Tu es un halatnim. Tu peux créer des enfants avec d'autres halatnim, mais pas avec moi. Et je désire créer des enfants, Lian. »

Il n'a entendu que le début et la fin de sa phrase. Il murmure, accablé : « Les enfants d'Argelos.

— D'Argelos ou d'un autre, Lian, mais des enfants ranao. »

Il reste un instant pétrifié. Kyrin, c'est *Kyrin* qui dit ça ? Ils ont raison, alors, au Club, quand ils disent qu'en réalité tous les Ranao sont racistes, que c'est ce que cache leur *politesse* ? Pourquoi l'a-t-elle accepté dans son lit, alors, la première fois, par... par *perversité* ? Il se lève, et crache : « Je ne te contaminerai pas plus longtemps de ma présence ! »

Mais la poigne solide de Kyrin le rattrape, et il ne peut pas s'en libérer – à âge égal, elle est aussi grande et forte que lui. « Que fais-tu, Lian ? »

Il bégaye, presque aveuglé de rage douloureuse : « Tu ne veux pas souiller ton sang avec le mien, je comprends très bien ! »

Elle le rassied sur la banquette d'une traction brusque. « Mais qu'est-ce que tu racontes ? s'écrie-t-elle d'un ton horrifié. Ce n'est pas ça ! Je ne veux pas subir les modifications génétiques nécessaires, c'est tout. Si je le faisais, je ne pourrais plus créer d'enfants ensuite avec des hommes de mon peuple, ou alors ce serait tellement dangereux... »

Elle le dévisage d'un air presque suppliant : « Je ne pourrais peut-être plus créer d'enfants avec Argelos, Lian. Ou avec n'importe quel autre Rani que j'aimerais de cette façon. C'est peut-être égoïste de ma part, mais je ne veux pas courir ce risque...

— Quel risque ? ! Les Ranao et les Virginiens sont compatibles ! »

Kyrin reste silencieuse un moment, les yeux agrandis, puis elle murmure : « Tu ne sais pas ? »

Et après la dénégation furieuse et déjà secrètement terrifiée de Lian, elle lui prend les mains, un geste bien inutile entre eux puisqu'il ne sent rien que ses mains, et elle explique, avec gentillesse, avec compassion, mais toujours directe et sans circonlocutions. Les Ranao sont d'origine amphibienne plus récente que les Virginiens. Les mères allaitent leurs enfants, mais ceux-ci se développent en elles sans contact biochimique, dans un œuf souple qui se résorbe après crevaison de la paroi et naissance de l'enfant. Il n'y a donc pas de cordon ombilical, pas d'ombilic sur le ventre des enfants ranao, seulement la cicatrice froncée indiquant la résorption du sac vitellin.

Lian pose machinalement la main sur son ventre, sent son nombril à travers le tissu léger de sa tunique, reste pétrifié.

Une femme virginienne peut créer sans grand problème des enfants avec un père rani, poursuit Kyrin de sa voix douce, impitoyable, une fois effectuées chez elle, avant la conception, les modifications génétiques nécessaires. Mais c'est différent pour une femme rani qui désire avoir l'enfant d'un père virginien, ou même halatnim. Les embryons métis ont besoin de l'apport immunitaire de la mère, leur œuf n'est pas étanche, la mère développe un tissu spongieux qui vient irriguer le sac vitellin. Ce tissu se dégrade, mais le sac vitellin ne peut ni le résorber ni se résorber ; il se trouve expulsé à la naissance, avec l'enfant, qui est donc pourvu de l'équivalent d'un nombril. Mais les modifications génétiques sont irréversibles. L'enfant conçu par une mère rani avec un père rani grandit bien dans son œuf étanche, mais le même tissu spongieux vient encercler celui-ci, causant de graves problèmes de développement et, en dernier ressort, la mort de l'enfant – et parfois de la mère – si l'on ne se livre pas à une intervention chirurgicale délicate et dangereuse, à laquelle de toute façon peu de nouveau-nés survivent.

Lian regarde sans le voir le visage apitoyé de Kyrin. Il se rappelle. Nathénèk et Laraï nus avec lui dans le

Leïtnialen, la première fois qu'il a remarqué leurs différences ; Miniaz sur le ponton au milieu du bassin Tarli, lui effleurant le nombril ; le pénis mobile et musclé de Tarmel dans sa main... Lian a le vertige, tandis que se recompose à la vitesse de l'éclair le paysage de sa petite enfance, de son enfance, de toute sa vie jusqu'à présent. L'expression de Laraï, à la table du repas familial, quand elle a dit : « Je ne peux pas créer d'autres enfants, Lian ». C'était elle qu'il regardait, comme toujours, il ne regardait pas Nathénèk, mais quelle expression, alors, sur le visage de Nathénèk ? Quelle histoire, entre eux ? Quelle histoire, en vérité, entre Laraï et Dougall ? Entre Dougall et Nathénèk ? Pourquoi Dougall est-il parti, réellement ? Comment est-il mort, réellement ?

Pourquoi ne lui ont-ils jamais rien dit ?

Mais il peut se rappeler, il peut déchiffrer, maintenant, ses souvenirs. La tension, légère mais toujours présente, entre Laraï et Nathénèk. Ils dormaient dans la même chambre, pourtant. Il ose à peine imaginer, comprendre. La tendresse, entre eux, toujours un peu triste, parfois un peu forcée : les baisers, les caresses au passage, comme des rituels. Comme des exorcismes. Les longues randonnées en forêt, le travail incessant. Mais pourquoi ? Il y a des façons de... Il les a apprises lui-même avec Maïli, sûrement Laraï et Nathénèk les connaissaient aussi ! Leur image lui échappe, se brouille sous les sens nouveaux qui viennent de lui apparaître. Le calme bonhomme de Nathénèk, ses silences devant les sautes d'humeur de Laraï. Comme il la débarrassait parfois de Lian, quand elle était ainsi. Et ses regards sur Lian. Lian les avait crus pensifs et aimants ; il l'étaient sans doute, mais tristes aussi – nostalgiques.

Une compassion horrifiée lui coupe le souffle à mesure qu'il imagine, que l'histoire se ramifie. Et toujours, les chemins viennent se recroiser au même endroit : lui, l'enfant, l'unique enfant. L'enfant qui a déçu Dougall, qui a changé Laraï pour toujours, qui a frustré Nathénèk.

Lian s'enfuit de la chambre de Kyrin, sans un mot –
il ne peut parler, il suffoque. Il court sans rien voir
dans des corridors, dégringole et escalade des escaliers,
traverse des cours intérieures, des jardins obscurs, des
esplanades, se retrouve enfin dans la grande cour centrale, sous le ciel étoilé. Il halète ou sanglote, il ne sait.
Il se laisse tomber sur le rebord du bassin, dans l'herbe
au pied d'un des tingalyai, hors d'haleine. Il a dû croiser
du monde dans sa course aveugle, et Kyrin a dû alerter
Argelos, car au bout d'un moment, une mince silhouette
se détache de la pénombre pour venir s'asseoir tout
près de lui. Argelos ne dit rien. Lian écoute la nuit, le
froissement de l'eau dans le bassin, le ramage des
oiseaux nocturnes dans les jardins du Haëkelliaõ et
dans les tingalyai. Son propre souffle qui s'apaise.
Argelos, si proche. Leurs bras s'effleurent à chaque
respir. Et tout à coup c'en est trop de nouveau pour
Lian, il étreint Argelos, se serre contre lui en tremblant.
Et les bras d'Argelos se referment sur lui, la main
d'Argelos lui caresse les cheveux, le murmure d'Argelos
passe sur son front, un souffle chaud, doux, triste :
« C'est ainsi, Liani, c'est ainsi... »

Pendant les semaines qui précèdent encore l'eïldaràn,
Lian n'écrira pas d'autres lettres à ses parents. Il essaie
une ou deux fois, reste paralysé pendant une éternité
devant la feuille blanche. Ensuite, il n'essaie même
plus.

C'était toujours Nathénèk qui répondait, de toute
façon.

◆

À la toute fin de la première semaine de Juillet, Jill
vient trouver Lian à l'atelier. L'air soucieux, elle lui tend
une lettre, sans rien dire.

L'enveloppe porte un simple cachet rouge qu'il ne
reconnaît pas, sans autre indication – le cachet du
Conseil de Ville est un cercle formé d'une ronde

d'oiseaux-de-clochers stylisés, celui du conseil de zone un triangle, également bleu, et le conseil de quartier n'a pas de sigle. Mais la lettre est bien adressée à Liam Shaunessy, Commune Carghill 1, 1, avenue Trenton Ouest, Z0Q4.

C'est une convocation pour le lendemain 15 juillet, à 9h30, à la Base Quintin, 18336, rue Otchkis, Z0Q2.

Il a été conscrit. Recruté. Dans l'armée. Demain à midi, la Mer s'en va. Demain commence la nouvelle saison de guerre.

Un grand silence se fait en lui. Il dit enfin, d'une voix hésitante : « Je n'irai pas, c'est tout.

— C'est ton avis de conscription, Liam ! Ton numéro est sorti. Si tu ne te rends pas à la caserne, la police militaire viendra te chercher comme déserteur ! »

Comme toujours lorsqu'elle réfléchit furieusement, elle donne des petits coups de paume sur les roues de sa chaise, comme si elle n'attendait qu'un signal pour se propulser en avant ou en arrière. Elle le dévisage, sourcils foncés, d'un air bizarrement calculateur : « Tu ne te rappelles toujours rien, ce qu'ils t'ont fait, pourquoi ils te l'ont fait ? »

Lian répond, avec une totale sincérité : « Non. » Il ne lui demande pas ce qu'elle croit qu'on lui a fait ni pourquoi. Il ne l'a pas demandé en deux saisons, il ne va pas commencer maintenant. Ce n'est pas pertinent, de toute façon : quoi qu'elle pense, elle est dans l'erreur.

Elle hausse enfin les épaules, le visage durci, semble prendre une décision. « On n'y peut rien. S'ils n'ont pas bougé jusqu'à présent... J'ai fait ce que j'ai pu. »

Il se sent bizarrement détaché, à présent. Il y a une saison pour la guerre, une saison pour la paix. Une saison pour l'hiver, une pour l'été. On n'y peut rien. Ici, c'est ainsi : « Qu'est-ce que je fais, alors ?

— Tu vas à la Caserne Quintin demain. J'irai avec toi, il faut bien. Après ça... Tu as eu une grave dépression nerveuse il y a deux saisons – c'est ce qu'il y a dans ton dossier. Ça aidera peut-être. De toute façon, joue les idiots. Pas trop, mais... Réponds de travers quand on te pose des questions, trompe-toi... »

Il se dit, avec un vague amusement, qu'il ne lui sera sans doute pas très difficile de se tromper. Un peu surpris quand même, il se dit aussi qu'il devrait être terrifié. Mais après deux saisons à la commune et dans le quartier sans avoir jamais été inquiété, il a peine à penser qu'on va soudain le repérer. Ici, il est normal. Il fera comme tout le monde.

Le lendemain à midi, quand la Mer s'en va, Lian ne la voit pas : il est dans sa chambre, à faire sa valise. Ce n'est pas comme s'il voudrait voir la Mer partir, non plus.

17

Quand Lian et Thomas arrivent chez Raül Costa ce jour-là, une semaine avant l'eïldaràn, ils trouvent le Club en effervescence. On a une visiteuse de marque. Une femme d'une quarantaine de saisons, grande, mince et musclée, avec des cheveux coupés très courts, un casque noir qui épouse son crâne oblong. Et la peau d'une nuance que Lian n'a jamais vue, ni le bistre foncé de certains Paalani de la côte est, ni le cuivre parfois intense des Hébao, non, un brun si profond qu'il en paraît presque noir. Lartigues la présente : Kalaï Malawi. Elle arrive des îles de l'est. Il ne le dit pas, mais tout le monde a des yeux pour voir, c'est une pure Virginienne, une Keldaran.

La femme incline la tête pour un bref salut, puis parcourt l'assistance des yeux – dans cette face impassible,

Lian fasciné ne voit d'abord que ce mouvement, à cause du contraste des pupilles noires avec le blanc de l'œil ; puis les détails deviennent perceptibles ; si la face n'était aussi étroite, le nez assez plat et la bouche aux lèvres pulpeuses seraient curieusement assez ranao. Mais c'est surtout la couleur de la peau qui fascine Lian ; il croyait tous les purs Virginiens comme Odatan, petits et pâles, et mesure sa naïveté : il existe de nombreuses variantes physiques parmi eux, bien sûr, comme parmi les Ranao. D'ailleurs, quand la femme prend la parole, Lian met un moment à la comprendre : elle utilise surtout le mode afran du virginien ; il ne l'a jamais pratiqué au Club où l'on emploie surtout le latinam dans son registre 'spanic.

Kalaï Malawi leur parle des communautés de Keldarao installées au sud-est de Krillialtaoz, dans l'archipel d'Aalapaalu. Elle leur décrit leurs réalisations, leurs progrès, leurs projets. Puis elle en arrive au véritable sujet de sa visite : les communautés ont besoin de leur aide, de l'aide de tous les Virginiens fidèles. L'hiver a été particulièrement inclément, la saison des cultures a commencé très tard, les réserves sont basses, mieux vaut prévenir que guérir, tous les dons sont acceptés. Elle parle avec une certaine raideur : il lui en coûte sans doute de demander, en particulier à des halatnim, si « fidèles Virginiens » soient-ils. Est-ce pour cela qu'on l'écoute avec cet air de satisfaction secrète ?

Après un temps de réflexion, les propositions fusent : le fils de Raül Costa travaille dans une minoterie et pourrait négocier l'achat de grain, un cousin de Lartigues se mettra en rapport avec sa belle-famille à Hébuzer pour rassembler des fonds parmi les Clubs Virginiens de l'ouest... Et plusieurs sortent des carnets pour faire des *chèques*.

L'argent existe chez les Ranao, parallèlement au troc. Mais Lian et Thomas, en tant que candidats à l'eïldaràn, sont pris en charge par le Haëkelliaõ ; comme tous les

autres candidats, ils se rendent utiles en participant aux
travaux d'entretien et à la vie de tous les jours. On leur
donne chaque semaine un carnet de notes d'échange à
valeurs fixées, contre lesquelles ils peuvent s'ils le
désirent troquer de menus items en ville. Ils ne sortent
guère du Haëkelliaõ, sinon pour se rendre au Club, et
leur carnet est presque plein, mais ce n'est pas du tout
la même chose que ces " chèques " de la " Banque
Virginienne ", Thomas le lui explique à mi-voix ; lui, il
peut s'en tirer aisément : il contactera sa famille à
Paaltaïr, sur la côte est.

Lian est embarrassé de ne pouvoir contribuer, mais
surtout très surpris : si les Keldarao craignent d'être
dans le besoin, pourquoi ne le signalent-ils pas aux
hékel ?

Un silence soudain s'abat sur la salle, et Lian devine
son impair avant d'en comprendre la cause exacte.
« Nous sommes économiquement indépendants des
Ranao », dit enfin Kalaï Malawi, encore plus roide, en
cherchant des yeux son interlocuteur.

« Lian vient du Landaïeïtan », s'empresse de dire
Thomas ; Lian retient une mimique agacée : Thomas
utilise toujours ce détail lorsqu'il veut défendre son
ignorance ; il croit bien faire, mais c'est agaçant de le
voir décrire par implication les gardiens de la réserve
comme des ignorants. Si Lian ne sait pas tout ce qu'il
devrait savoir, c'est la faute de ses parents, pas celle
des gardiens en général.

Kalaï Malawi dévisage Thomas, puis Lian, avec
une brève stupeur, puis recouvre son impassibilité initiale. Vient-elle seulement de comprendre ce qu'ils
sont ? Est-elle choquée de trouver des naïstoï au Club ?
Moins étonnant que d'y trouver une danvéràn, se dit
Lian morose – Malawi en est certainement une, comme
beaucoup de Keldarao ; Thomas et lui n'ont aucun pouvoir, eux, au moins !

Lartigues, un peu gêné, les présente : « Thomas
Lléwelyn, Lian Flaherty.

— Flaherty ? » dit Kalaï Malawi avec une petite grimace vite réprimée. « Le fils de Dougall Flaherty ?

Le cœur de Lian manque un battement : « Vous connaissiez mon père ? »

Cette idée semble bien déplaisante à Kalaï Malawi, dont le rictus s'accentue : « Pas... personnellement. Mais j'étais déjà au Comité Directeur à l'époque de cet incident malencontreux. Il n'aurait pas dû aller chez les Chasseurs.

— Un bon choix, dit Thomas, agressif.

— Une décision regrettable, réplique Malawi offensée. Le meurtre avait eu lieu en territoire keldaran. Nos tribunaux à nous auraient très bien réglé l'affaire, et sans toute cette publicité négative. »

Une fois revenu au Haëkelliaõ, Lian lance au premier hékel rencontré : « Je dois parler à Odatan. » Et il retourne dans sa chambre d'où il chasse Thomas, puis Argelos venu aux nouvelles, et où il marche de long en large pendant près d'une heure, incapable de s'asseoir, ou de penser.

Quand le petit homme se présente enfin, Lian ne lui laisse même pas ouvrir la bouche : « Vous m'avez menti ! Mon père... » Il ne peut en dire davantage, c'est comme si ce simple mot lui avait enfin coupé les jambes, il se laisse tomber sur le lit.

Odatan reste un moment immobile, puis se dirige à pas lents vers la chaise du bureau, la tire, s'y assied. « Personne ne t'a menti. Dougall était mort pour ta mère, comme pour ton père-Nathénèk, du jour où il est parti dans les îles.

— Elle m'a dit qu'il était *mort* dans un *accident !* » s'écrie Lian d'une voix qui se déchire.

Odatan bat des paupières, mais ne détourne pas les yeux. « Il a tué un homme par accident. Quand on va chez les Chasseurs pour ce genre de raison, on est mort pour ceux qui restent. On n'a jamais eu de ses nouvelles. Les Chasseurs de l'Est ne sont pas renommés pour leur pacifisme. Pour autant qu'on le sache, il est bel et bien mort. Laraï a pensé que tu n'avais pas besoin de savoir. »

Lian donne un violent coup de poing dans le mur, ne sent même pas la douleur, hurle : « Qui décide de ce que j'ai besoin de savoir, de quel droit ? »

Odatan s'est figé. Puis il s'affaisse un peu dans sa chaise. Il se passe les mains sur la figure et reste silencieux, coudes sur les cuisses, le menton sur ses mains croisées. Les yeux clairs sont fixés sur Lian, mais ne le voient pas. « Curieux », murmure-t-il enfin comme pour lui-même, « nous voulons éviter les erreurs de nos prédécesseurs, et nous en commettons d'autres, et ça revient au même... » Il se redresse avec un soupir : « Nous faisons ce que nous croyons pouvoir ou devoir faire, Lian. Parfois, nous nous trompons. »

Lian regarde fixement le visage navré du petit homme, ce visage à la mensongère jeunesse, et il dit, comme on frappe : « Ça ne sert à rien, alors, d'être vieux ? »

Un terrible éclair de souffrance passe dans le regard pâle. Au bout d'un moment, Odatan se lève, et s'en va.

Et bientôt, c'est l'eïldaràn. Lian en a tellement peur, s'est tellement raidi contre sa peur, qu'il ne sent plus rien. Il dort d'un profond sommeil pendant la nuit du retour, ne va pas regarder l'éclipse de lune, ne participe pas aux réjouissances. Il passe comme anesthésié à travers le début de la matinée du lendemain, dans sa chambre, sans manger, comme on le leur a prescrit, en ne buvant un peu d'eau qu'une fois toutes les trois heures. Il devrait faire la satlàn, mais à quoi bon ? À un moment donné, on frappe timidement à la porte – « C'est Thomas » – il le laisse entrer. Le garçon aux cheveux orange ne dit rien, va s'asseoir dans l'embrasure de la fenêtre, les bras autour des genoux. Ils attendent ensemble le moment où l'on viendra les chercher à leur tour.

Après la douzième heure, avec Argelos et Kyrin, et parmi une centaine d'autres candidats, on les conduit sur la place du Haëkelliaõ, du côté nord. Un cordon de hékel en tunique bleue scintillante les sépare de la foule silencieuse des parents, des amis. Lian ne jette

pas un seul regard de ce côté. Ni Nathénèk ni Laraï ne
sont là, il l'a exigé – il ne sait pas s'ils seraient venus,
de toute façon, ne veut pas le savoir. Après sa dernière
lettre, il leur a renvoyé les leurs sans les ouvrir. Il n'y
en a eu que deux. Ont-ils compris d'eux-mêmes ou
Odatan s'en est-il chargé, avec Kéryan ? Peu importe,
il ne veut pas le savoir non plus. Retournera-t-il jamais
sur le plateau ? Il n'arrive pas à l'imaginer, à se voir
devant Laraï, devant Nathénèk. De toute façon, le futur
n'existe pas. Le temps s'arrête à l'eïldaràn.

La façade nord du Haëkelliaõ est une paroi un peu
oblique sans terrasses intermédiaires, très lisse malgré
les réseaux argentés du sirid qui y courent en fins filaments presque invisibles et constituée uniquement de
pierre dorée au contraire des autres façades où elle alterne
avec l'ultellaod. " Voir le Signe de la Mer. " Comment
pourrait-il soudain y apparaître, le fameux Signe de la
Mer ? Lian jette un regard en biais à Thomas, qui contemple la façade, les lèvres agitées par intermittence
d'un murmure silencieux : comme on le leur a prescrit,
il suit les méandres intérieurs de la satlàn.

Une main vient saisir la main de Lian, qui sursaute.
Argelos. Les yeux noirs, intenses, presque implorants.
Lian respire profondément. Une idée vagabonde vient
le distraire, *mantra, on dit mantra en virginien*, mais il
la repousse. Il se calme, il se concentre, il plonge. Cela
n'a jamais été aussi difficile, mais la présence d'Argelos
l'aide, sa force paisible. Il commence à flotter. Bientôt
les doigts d'Argelos toujours entrelacés aux siens ne
sont plus qu'un fil ténu, à l'extrême limite de sa conscience ; quand Argelos le lâche, il s'en rend à peine
compte, ce n'est pas très important.

« Lian ! »

Quelqu'un le secoue. Une rumeur autour de lui. Il
ouvre les yeux sur le visage consterné d'Odatan. Il a
fermé les yeux ? Il devait regarder la façade, pour voir
le Signe de la Mer ! Thomas n'est pas là. Le cordon
des hékel s'est rompu. Des parents étreignent leurs

enfants ; certains s'éloignent déjà avec eux. Quelques candidats pleurent ; d'autres rient, exultants ; d'autres sont immobiles, les yeux encore fixes, avec une expression d'indicible stupeur.

À quelques pas de lui, Argelos et Kyrin, face à face, extatiques.

Lian les contemple sans comprendre, en comprenant trop bien, balbutie : « C'est fini ? C'est fini ? Mais je n'ai pas regardé ! J'avais les yeux fermés !

— Tu aurais vu le Signe même avec les yeux fermés, Lian », murmure le petit homme abattu. Il prend Lian par les épaules, le retourne vers lui : « Mais ce n'est pas forcément fini. On peut essayer d'autres méthodes. Avec de l'aëllud...

— De l'aëllud », répète Lian en écho, sans savoir ce qu'il dit.

« Une drogue. Ça peut aider. Ça avait donné quelques résultats... »

Lian recule d'un pas en s'arrachant à l'étreinte du petit homme, murmure : « Non... » Puis, plus violemment : « Mais non ! » Il évite les mains tendues pour le retenir, recule encore, bouscule il ne sait qui, se retourne et marche, lentement d'abord, puis plus vite, puis court, droit devant.

Il ne va pas très loin, le parc du Haëkelliaõ se referme sur lui, sa lumière verte trouée de soleil, ses oiseaux jacassants, ses parfums familiers, déchirants. Il s'appuie au tronc d'un kaïringa, l'enlace, haletant, la joue contre l'écorce odorante. Il voudrait pleurer, il ne peut pas. Après un moment, il se laisse glisser contre le tronc, recroquevillé entre les racines, les yeux fermés. Après un autre moment, il entend des pas sur la mousse. Il n'ouvre pas les yeux, il ne veut même pas deviner qui est venu le rejoindre, il se veut invisible, absent, mort.

« On n'en a rien à foutre », murmure enfin la voix butée, désespérée, de Thomas – c'est seulement Thomas, bien sûr que c'est Thomas. Il répète : « On n'en a rien à foutre, ça ne nous concerne pas, on ferait mieux d'aller chez les Chasseurs, c'est tout des manigances de hékel, tout ça !

— Non, murmure Lian, non. » Argelos et Kyrin, leur visage illuminé. Ensemble. Danvérani, hékel. Ensemble.

« Si, dit furieusement Thomas, si ! Le Signe de la Mer, c'est juste les hékel qui leur mettent ça dans la tête, ils le savent d'avance, pour les futurs hékel, c'est juste de la frime, la Mer ne fait rien du tout !

— Je l'ai touchée », dit Lian, les yeux toujours fermés. Il se sent curieusement détaché. « Quand j'étais petit. Au retour de la Mer. Je l'ai prise dans mes mains. Ils m'ont dit que j'irais la rejoindre quand je serais grand. Comme tout le monde. Mais pas nous. Tout le monde, mais pas nous. Les naïstoï. Les enfermés, les séparés. Tous ceux que j'aime, ensemble, et je ne les rejoindrai jamais. Ma mère, mon père, Argelos, Kyrin. Jamais. Nous ne nous retrouverons jamais dans la Mer.

— Mais c'est pas vrai ! s'écrie Thomas d'une voix étranglée. Elle absorbe seulement la matière, la Mer, rien d'autre ! Les esprits, la lumière, c'est leurs histoires de hékel ! La Mer, c'est juste... un dépotoir à populations superflues, voilà, une grande poubelle ! »

Lian ouvre les yeux et contemple Thomas, Thomas qui essaie de ne pas pleurer, mais des larmes roulent sur ses joues, une à une. Thomas croit-il vraiment ce qu'il dit ? Mais il croit ce qu'il a besoin de croire. C'est son droit. Et quelle importance, la réalité de la Mer ? C'est sa vérité qui compte. Sa vérité : le désespoir de Laraï. De Nathénèk, de Dougall. De Thomas. Il a raison, Thomas : cela ne les concerne pas, toutes ces histoires de hékel. De Ranao. Ils ne sont pas, n'ont jamais été, ne seront jamais des Ranao. Ni des Virginiens. Halatnim, hybrides, entre-deux, des sans-pouvoirs, voilà leur réalité, leur vérité. Et tant mieux, oui, tant mieux, à quoi servent-ils donc, ces fameux pouvoirs ? Toute cette souffrance. Ceux qui ont des pouvoirs, ceux qui n'en ont pas, et toutes ces vies brisées – Dougall, Laraï, Nathénèk. Thomas, qui pleure maintenant pour de bon en hoquetant « Allons-nous-en, allons-nous-en ! », et Lian, qui le serre contre lui, et caresse les cheveux orange en murmurant : « Oui, oui. »

Quand ils rentrent au Haëkelliaõ et que Lian se rend dans sa chambre pour préparer ses affaires, il y trouve Odatan. Qui ne dit rien. Lian lui lance avec défi : « Je vais chez les Chasseurs avec Thomas ! » Il est prêt à tout faire si on essaie de les en empêcher.

Le petit homme reste un instant comme pétrifié, puis incline la tête. « Vous êtes libres, et aussi de vous tromper », murmure-t-il d'une voix enrouée. « Mais pense à ceci : pour approcher la vérité, il faut d'abord que ce soit elle qu'on cherche. »

Lian hausse les épaules avec violence.

Après un long silence, Odatan dit encore : « Ton père est allé au village de Lïu-Ganzer, sur Krillialtaoz. » Puis il tourne les talons et quitte la chambre.

DEUXIÈME PARTIE

18

La Base Quintin se trouve dans la ville nouvelle, au-delà du grand canal de ceinture marquant la limite de la ville des Anciens. Pas de zones concentriques dans la ville nouvelle ; les bâtiments y sont des grandes boîtes hétéroclites à l'air fragile avec leurs grandes façades apparemment de verre coloré, alignées les unes à côté des autres le long de rues et d'avenues à angles droits – plantées d'arbres-rois et d'arbres-à-eau, tout de même. Lian n'aurait pu y aller tout seul : ils prennent deux ferries et trois bus pour se rendre à la Base – à gaz, toujours, le départ de la Mer n'a pas changé grand-chose aux habitudes de la ville bien que l'électricité soit maintenant disponible ; la circulation est assez dense, mais il y a bien davantage de bicyclettes et de gazobus que d'automobiles particulières, et beaucoup de piétons aussi sur les trottoirs. Personne ne remarque Lian. Jill reste silencieuse et préoccupée pendant tout le trajet.

Ce n'est pourtant pas la première fois qu'il sort de la commune. Vers le début du Printemps, Suzane l'a convaincu d'aller se promener avec elle sur l'esplanade, les soirs, après le souper ; sans doute avait-elle envie, elle aussi, de se montrer au bras d'un garçon, comme les autres filles – Jill les accompagnait, comme s'ils avaient eu besoin d'un chaperon... On n'a jamais remarqué Lian non plus lors de ces promenades. Ils ne sont pas allés ailleurs que sur l'esplanade, cependant – après deux saisons dans le quartier 4, Lian n'en connaît toujours que la géographie abstraite des cartes de Bird-City affichées dans le bureau de Jill. Et il n'a jamais pris de ferries ni de bus – pas très différents d'un caboteur ou d'un charroi communal, à vrai dire, sinon, le gazobus, par le châssis de matériaux composites, le nombre des passagers et les portes à air comprimé.

Sur le pont des ferries, accoudé aux fenêtres grandes ouvertes des bus, Lian essaie de ne pas trop regarder, mais il voit quand même. Les cicatrices de la guerre sont encore présentes. Dans la vieille ville, surtout, là où des édifices des Anciens ont été détruits, on a reconstruit à leur place des bâtiments modernes ; le contraste est surprenant, presque choquant. C'est moins net dans la ville nouvelle : impossible de dire si tel ou tel terrain vague est récent ou non. Mais sur au moins une place on a délibérément laissé des ruines au milieu d'un petit parc : un monument aux morts de l'Insurrection. Il n'y a pas d'arbres, juste des pelouses et des buissons de prunelliers roses.

Jill abandonne Lian bien avant les portes de la Base, à une centaine de mètres. Elle lui désigne l'entrée, marmonne « Bonne chance », fait faire demi-tour à son fauteuil roulant et s'éloigne. De nombreux jeunes gens sont descendus du bus en même temps qu'eux, quelques-uns sont venus en voiture, beaucoup en bicyclette ou à pied, presque tous aussi avec des membres de leur famille. Après avoir regardé Jill disparaître dans la foule, Lian tourne les talons, franchit en même temps que d'autres garçons et filles les grilles ouvertes. Depuis qu'il a quitté la commune, deux heures et demie plus tôt, il s'efforce de se laisser traverser par tout ce qui l'entoure comme s'il était un simple réceptacle vide, sans que les sensations deviennent des perceptions, les émotions des sentiments. Sans pensée, sans volonté, absent. Ailleurs.

◆

Dougall Flaherty n'est pas à Lïu-Ganzer; il y a vécu une année, se trouvait assurément depuis plus longtemps dans les îles de l'Est car il connaissait bien les coutumes des Chasseurs; il est reparti depuis deux saisons sur le continent. Nemgorot, le guérisseur rani du village, ne peut en dire davantage.

L'homme ne correspond pas à l'idée que Lian s'était faite d'un Chasseur: ni très grand ni très fort, avec des mains fines, et presque aimable. Il leur offre l'hospitalité pour les premiers jours; s'ils veulent rester à Lïu-Ganzer, il leur faudra bâtir leur propre demeure, ce n'est pas la place qui manque; il les aidera. Comme la plupart des villages d'Aalpaalu, Lïu-Ganzer ne compte qu'une centaine de Chasseurs, femmes et enfants compris, dont le tiers à peine sont des halatnim – guère d'enfants, à vrai dire. Lian est d'abord un peu surpris; mais pourquoi pas des femmes et des enfants? Quelques-uns doivent venir avec leur famille. Certains en créent peut-être de nouvelles. Et des femmes doivent bien pouvoir se révolter aussi, quelquefois.

Lian est allé chez les Chasseurs pour devenir un Chasseur lui-même autant et plus que pour trouver son père, n'est-ce pas? Il ne comptait pas vraiment le trouver, en vérité; ils ne vont pas repartir. Ils construisent donc leur cabane avec l'aide de Nemgorot. Après quoi Lian explore le village. C'est vite fait: une vingtaine de bâtisses de pierre et de bois autour d'une place de terre battue. La plupart des autres Chasseurs préfèrent vivre à l'écart. Il y a quelques maigres jardins. La seule véritable ressource est la chasse; cueillette et pêche viennent en appoint. Certains villages plus au sud-est, peu nombreux, entretiennent des petits champs; on échange des denrées avec eux. Dans cette partie de Krillialtaoz, au pied du Hanultellan, la terre est rare, et ingrate: la vraie reine, c'est la pierre sous toutes ses formes, de la montagne au caillou. Heureusement, c'est l'été. Les épaules majestueuses du Hanultellan portent leur manteau de neiges éternelles, comme les autres pics moins élevés de la chaîne des Hanultellarn, de part et d'autre de Diât Strag (que Thomas s'entête à appeler par son nom virginien, le défilé de la Hache), tout proche du village ; mais le reste du haut plateau est couvert de la végétation rase et obstinée qui marque l'été dans cette partie des îles.

La vie au village est simple, austère. Les adultes sont généralement taciturnes. Seuls les enfants animent la place de leurs rires et de leurs cris. Des hommes fiers, des hommes libres, disait Thomas. Pourquoi ces hommes n'en semblent-ils pas plus heureux ? Les femmes non plus, d'ailleurs. Ils doivent l'être, pourtant, puisqu'ils restent... Car enfin, on peut partir, on peut cesser d'être un Chasseur : Dougall est revenu sur le continent – Odatan aussi, mais Lian refuse de songer à Odatan. Pourquoi Dougall est-il parti, après avoir vécu si longtemps dans les îles ? Et si on peut quitter les îles, qu'en est-il des théories de Thomas ?

Peut-être Thomas dirait-il simplement que les îles ont brisé Dougall, et qu'il est retourné par faiblesse ou lâcheté vivre sur le continent aux conditions des Ranao. Mais Thomas est devenu très taciturne. Bien que l'environnement soit fort différent de celui du Landaïeïtan, Lian s'y adapte vite, plus vite que son compagnon, qui a toujours vécu dans des villes et à qui il faut presque tout apprendre, la chasse, la pêche, les plantes utiles – et il n'a pas eu le temps de s'endurcir physiquement en route vers les îles : le bateau de la Mer les a débarqués directement au port de Trélinaõ, sur la côte, seulement quelques jours de voyage ensuite. Mais si la réalité des îles ne correspond pas à l'histoire qu'il a imaginée, le garçon aux cheveux orange n'en dit rien ; il essaie d'être plus Chasseur que les Chasseurs et ne parle plus que par monosyllabes.

◆

Après un examen physique expéditif, à la suite
duquel on le déclare bon pour le service, des tests écrits
également rudimentaires dont il ignore les résultats, et
une entrevue plus rapide encore avec les deux agents
de la section politique, Lian se retrouve dans le baraquement qui lui a été assigné. On l'a simplement me-
suré, pesé, on a vérifié sa vision et l'acuité de son ouïe,
excellentes, qu'il n'a pas les pieds plats, qu'il est droi-
tier – il n'a pas dit qu'il est ambidextre – l'état de ses
dents – nul n'a besoin de savoir qu'elles repoussent au
fur et à mesure. Une brève angoisse quand on lui a piqué
un doigt à l'aide d'une petite aiguille, afin d'évaluer la
compatibilité de son sang avec le sérum universel, mais
on a simplement laissé tomber la goutte rouge sur une
languette de papier absorbant, qui n'a pas changé de
couleur : il est compatible ; c'est alors qu'on l'a expédié
chez le barbier après l'avoir déclaré apte. Après quoi
on lui a octroyé son équipement, et on l'a expédié avec
d'autres de la Compagnie B, 44e Régiment d'infanterie
légère, dans le baraquement 12 – lit 9.

Lian prend la pochette de plastique où se trouvent
sa montre, son idicarte et les divers menus objets qu'il
avait sur lui avant l'examen physique... La renverse sur
le lit, le cœur soudain étreint d'angoisse, vérifie deux
fois. Étale ses habits, secoue sa chemise, fouille avec
une angoisse croissante les poches de son pantalon,
examine une fois de plus le contenu de la pochette de
plastique. Il avait réussi à rester presque absent jusque-
là, calme, détaché, mais c'est comme si tout ce vide
offrait simplement plus de place à l'accablement qui
l'envahit.

« Perdu quelque chose ? » dit le garçon en train de
s'installer à sa gauche, un grand maigre aux cheveux
noirs tout bouclés.

« Ma bague », murmure Lian d'une voix altérée.

L'autre continue à ranger ses affaires dans le coffre
situé au pied de son lit. « Important ?

— Tout ce qui me reste... » Cette seule pensée
l'étouffe, il se tait.

« Une fille ? » dit l'autre.

L'intonation n'était qu'à demi ironique, c'est la première personne qui lui adresse la parole en tant que personne et non en tant que numéro depuis le début de la journée. Lian répond, à mi-voix : « De ma famille.

— Orphelin ? »

L'intonation est plutôt compatissante, cette fois. Du coup, Lian se sent la gorge nouée, hoche seulement la tête.

« Pas moi, marmonne l'autre comme pour lui-même. La vie est mal faite. »

Lian reste un instant déconcerté, puis dit simplement « Quelquefois ». Il s'oblige à bouger. Après avoir passé sa montre à son poignet, remis le reste moins l'idicarte dans la pochette, il jette un coup d'œil au garçon qui continue à ranger méthodiquement ses affaires. La vingtaine, peau très brune comme presque tout le monde ici, grand et carré d'épaules mais trop mince pour sa taille, un visage tout en méplats, joues creuses et pommettes saillantes, yeux noirs, orbites profondes, grande bouche au dessin sarcastique.

« Elle était comment, ta bague ? » reprend le garçon, les sourcils un peu froncés.

« En or, avec un petit cabochon de rubis poli. »

L'autre fait « mmm ». Il ferme son coffre, se redresse, dévisage Lian à son tour : « Grayson James, dit-il sans tendre la main. On dit Gray. Ça a l'air qu'on en a pour un moment ensemble.

— Liam Shaunessy », dit Lian ; il a failli dire "Lian", s'est repris à temps.

Autour d'eux, les rangées se remplissent, le brouhaha monte, des portes d'armoires claquent. Avec un soupir, Liam commence à ranger son équipement, l'uniforme de rechange et l'uniforme de parade dans l'armoire, le reste dans le coffre.

« De toute façon, ils vont tout nous faire refaire », remarque Grayson James.

— Comment ça ?

— Il y a la manière ordinaire, et la manière militaire. »
Il donne un petit coup de pied dans le coffre de Lian :
« Pas réglementaire, comme ça. Le mien non plus.
Personne. Vont tout flanquer par terre et nous faire re-
commencer. »

Lian considère son coffre à moitié plein, désemparé.
« Ce n'est pas la peine de ranger maintenant, alors...

— Oh si ! Sinon, crac, punition.

— Mais ça ne sera pas rangé comme il faut.

— Ça ne fait rien. »

Et devant la mine déconfite de Lian, l'autre se met
à rire : « N'essaie pas de comprendre ! On est chez les
militaires, ici. Finis de ranger, va. »

Lian s'exécute en demandant. « Tu as déjà été conscrit ?

— Non, mais on m'a raconté ! Pas toi ? » Le jeune
homme s'est assis en tailleur sur son lit, mains croisées
entre les genoux.

« Non, murmure Lian.

— C'est simple : il faut faire ce qu'on nous dit et
essayer de penser le moins possible. Surtout pendant la
période d'entraînement. »

Avec une ombre d'ironie, Lian se dit que ça ne
devrait pas lui être trop difficile.

Au bout d'une demi-heure, alors que les recrues
commencent à s'ennuyer et à chahuter pour de bon, le
sergent-instructeur Maja Turner fait son apparition, une
femme d'une cinquantaine d'années qui se tient très
droite, musculature nerveuse, voix trompeusement calme
qui peut atteindre un volume et une intensité surprenants.
Un silence parfait règne bientôt dans le baraquement 9,
alors qu'ils se tiennent tous au garde-à-vous. Une espèce
de jeu stupide, se dit Lian en regardant droit devant lui
comme les autres, tout le monde le sait, mais personne
n'ose le dire.

L'instructrice nomme un chef de section, un garçon
à la peau presque noire nommé Ritchie Abdul. Ensuite,
elle leur fait vider coffres et casiers, un par un, et recommencer le rangement à zéro. Lian oublie le conseil

de son voisin et sourit. Il se fait donner dix pompes. Ne sait pas ce que l'instructrice veut dire, se fait demander s'il a un problème. Quelques recrues ne peuvent retenir un gloussement. Dix pompes chacun. Lian en prend cinq de plus. Maintenant, il a compris. Il s'exécute.

Quand vient le temps de la méridienne, Lian fourbu aurait presque sommeil. Il écoute les autres dormeurs – certains ronflent déjà. Il pense avec une stupeur incrédule qu'il est un *soldat* maintenant. Qu'il va vivre pendant des semaines, des Mois, avec tous ces inconnus – et ces inconnues : les baraquements sont séparés, mais il y a autant de filles que de garçons parmi les recrues et tout le monde sera entraîné ensemble. Et il ne se trouve pas là parce qu'il l'a choisi mais parce que le hasard en a décidé pour lui. Ensuite, il essaie de se dire que les inconnus ne le resteront sans doute pas longtemps ; et qu'eux non plus n'ont pas choisi d'être là. Peu importe, l'absurdité profonde de la matinée écoulée le laisse éberlué. Les règlements, les règles, les ordres. Ce qu'on ne peut pas faire. Ce qu'on est obligé de faire. Les grades, les insignes, les formes adéquates de salut. La tête lui tourne un peu.

L'après-midi est consacré à des exercices de marche en formation, répétitifs, intensément ennuyeux, mais il se rend compte qu'il n'a en effet pas grand mal à ne pas penser. Après quoi on les envoie à la collation puis aux douches en leur ordonnant de revêtir leur uniforme de parade, et on les présente au commandant de la Base, toutes les recrues réunies, dix-huit cents garçons et filles au garde-à-vous sous la pluie chaude, pendant plus d'une heure. C'est d'une telle étrangeté, ces rangées d'uniformes où l'on n'arrive plus à distinguer des individus, que Lian dégoulinant écoute à peine le discours du colonel Diaz, quand celui-ci daigne enfin monter sur le podium. La voix fulminante amplifiée par les haut-parleurs leur garantit, longuement, qu'ils sont la pire classe de recrues qu'on ait jamais vu de sa vie mais qu'ils vont devenir des soldats, des vrais soldats, les meilleurs des soldats. Ensuite, on les fait repartir pour un tour de parade.

Lian passe de nouveau aux douches après la parade, dans les tout derniers ; personne n'a encore fait de remarque sur son corps pratiquement dépourvu de pilosité, mais une obscure prudence le pousse à limiter les risques d'exposition. Quand il revient à sa rangée en se passant la main dans les cheveux – quelle sensation bizarre, cette courte brosse rêche – Grayson James assis sur son lit en slip, le torse nu et encore humide, le regarde arriver avec un sourire en biais ; avant même que Lian se soit assis sur son lit, il lui tend ses deux poings fermés. «Devine quelle main.»

Lian reste un moment ébahi, puis, comme l'autre insiste, désigne la main droite du garçon. Qui s'ouvre sur la bague au cabochon de rubis.

Lian souffle : «Où l'as-tu trouvée ?

— Oh », dit Grayson, nonchalant mais visiblement très content de lui, « il y a quelquefois des erreurs... administratives, lors du recrutement... Du personnel aux doigts collants. Mais on peut toujours s'arranger.»

Il faut un moment à Lian pour comprendre qu'on a essayé de lui *voler* sa bague. Il la passe à son médius avec une gratitude stupéfaite. «J'ai une grande dette envers toi», murmure-t-il avec gravité.

L'autre, l'air un peu surpris, finit par dire d'un ton plaisant : «Oh, je me ferai payer, compte là-dessus !»

Ensuite, comme ils ont une quinzaine de minutes avant l'extinction des feux, ils parlent un peu. Lian préférerait s'abstenir, il se doute que n'importe quelle conversation normale peut receler des dizaines de pièges pour lui, mais il ne va pas refuser, surtout maintenant. Grayson demande : «Tu viens d'où, Liam Shaunessy, tu fais quoi ?

— Quartier 4. Jardinier.

— Biologiste ?

Lian se rappelle une réflexion de Jill : «Pas de diplômes, mais oui, si on veut. Et toi ?

— Cristobal, mais j'étudie ici, alors... Quartier 1, l'université Œniken. Littérature et mathématiques.» Et, avec une emphase bouffonne : «Les arts et les sciences !» Le sourire s'efface. «Ça passe le temps...

— En attendant quoi ? » demande Lian, curieux du changement de ton.

Le garçon fait une petit grimace faussement ironique : « Mes parents me destinent à la politique.

— Et toi ? »

Grayson hausse les épaules en silence. Au bout d'un moment, Lian conclut à mi-voix : « Tu penses que tu n'as pas le choix.

— Difficile d'aller contre la tradition familiale », dit l'autre ; il ne prétend plus à la désinvolture. Puis le sourire sarcastique revient : « Pourquoi, tu penses qu'on a toujours un choix ? »

Lian reste un instant figé. « On peut être beaucoup de choses. Il s'agit de poser les bonnes questions », murmure-t-il enfin, la gorge un peu serrée, en revoyant le visage grave d'Odatan. « Personne ne peut choisir qui tu es, sinon toi-même. »

« Ha ! dit Grayson, va dire ça à Turner et aux autres instructeurs !

— Ils décident ce que nous faisons, pas qui nous sommes.

— Et nous ne sommes pas ce que nous faisons ? » rétorque Grayson.

Lian baisse la tête, soudain accablé de souvenirs. « Pour les autres, pas forcément pour nous », admet-il d'une voix qui s'éraille.

« Mmm, dit l'autre, toujours sarcastique. Tu veux dire que si je finis par faire ce que mes parents veulent me voir faire, ce sera par lâcheté. »

Lian, navré du malentendu, s'apprête à protester, mais l'autre lève déjà une main : « Non, ce n'est pas ce que tu veux dire, d'accord. Juste moi : je me trouve un peu trop... conciliant avec eux. Mais d'un autre côté, tu n'as pas tort, je suis peut-être simplement de mauvaise foi, inconscient. Peut-être que ça me tente, en réalité, la politique. » Il fronce les sourcils, poursuit à mi-voix. « Ce serait tellement plus facile. Descendre sa pente. Il y a des héritages qui viennent de loin. Trop de poids accumulé. » Un petit rire bas, empreint d'amertume. « C'est dans les gènes. »

Lian tressaille, se penche vers l'autre : « Mais nous ne sommes pas que nos gènes, Gray ! »

Le garçon le dévisage, comme déconcerté, finit par dire : « Je suppose que non... », avec une note interrogative. Puis le sourire ironique revient : « En tout cas, ne pas oublier : pour l'armée, on est ce qu'on fait et on fait ce qu'on vous dit ! »

Et justement le sergent Turner vient ordonner l'extinction des feux. Grayson adresse un clin d'œil à Lian, qui esquisse un sourire en retour. Les lumières s'éteignent.

19

Lian et Thomas s'intègrent vite au village, sans doute parce qu'il n'y a rien où s'intégrer véritablement ; on les traite avec la totale indifférence qui est, Lian finit par le comprendre, la politesse des îles. Ou bien les habitants du village ne sont même pas des lâdzani, ou bien peu leur importe ce que vous êtes, cette partie-là au moins de l'histoire de Thomas serait vraie, même s'il est des Chasseurs qu'ils ne voient jamais, ceux qui vivent à l'écart.

La seule exception est Nemgorot, qui parle un peu plus, qui sourit parfois. La règle de discrétion, en usage ici plus encore que sur le continent, interdit d'en demander plus qu'il ne veut bien en dire, mais il semble posséder des connaissances étendues, pas seulement en médecine. Et pourtant, c'est un Chasseur lui aussi. Avec quoi n'a-t-il pu faire sa paix ? Il a souvent les sourcils froncés, comme s'il luttait contre une migraine tenace...

Il n'est pas que le guérisseur du village : on vient lui présenter des sujets de querelle, il s'occupe des enfants, du partage de la pêche et de la chasse... « C'est peut-être le chef », dit Thomas, sceptique, un jour de rare loquacité. Nemgorot se met à rire lorsque Lian lui transmet ce commentaire. « Je n'ai pas d'autorité. Je suis seulement... utile. Ils me tolèrent justement parce que je ne suis pas un *chef*. » Le terme virginien sonne bizarrement dans la phrase en setlâd, et le sourire de Nemgorot prend une tonalité différente, plus sombre : « À cause de ma faiblesse. Parce que je suis moins qu'un Chasseur. » Mais comme il termine sa phrase par une inflexion descendante, Lian n'insiste pas.

Pourtant, après trois semaines, Lian se rend compte qu'ils sont en observation. Un nommé Siridelln vient leur rendre visite, accompagné d'un nommé Kamlaz. Kamlaz est un pur rani, pas Siridelln – un nom inhabituel, mais c'est celui qu'il s'est choisi lorsqu'il a rejoint les Chasseurs. " Métal sans fin ", sans doute approprié : le halatnim semble aussi dur, froid et indestructible que du sirid. Lian n'avait pas songé à se choisir un autre nom, et une vague prudence le retient d'évoquer son père ; il dit simplement « Lian ». « Darkalla », dit Thomas, qui y a pensé, lui. Lian le regarde à la dérobée, un peu inquiet : " Frère sombre " ? Mais les deux autres hochent la tête avec une réticente approbation, même si le nom est un mélange bizarre de virginien et de setlâd. Ils leur offrent de venir chasser avec eux. Thomas accepte en dissimulant mal son plaisir et Lian, un peu surpris, accepte aussi. On leur donne rendez-vous pour le lendemain à l'aube.

Il se rend vite compte qu'on les met à l'épreuve – qu'on leur fait passer un *test*. Siridelln et Kamlaz ne sont pas seuls ; deux autres couples de Chasseurs, dont trois halatnim qu'ils n'ont jamais vus, se relaient pour courir et traquer avec eux. Pour les évaluer. Heureusement, en trois semaines, Lian a retrouvé ses jambes et son souffle ; c'est plus difficile pour Thomas, qui n'en a jamais eu – et il n'a pas encore tout à fait fini de s'adapter à l'altitude, on est plus haut ici qu'à Hleïtzer ; mais il s'accroche avec une obstination farouche, et Lian traîne plus lentement qu'il ne le pourrait pour rester au contact ; si Thomas lui en est reconnaissant, il ne le manifeste pas.

Ils passent une journée entière à arpenter ainsi le haut plateau, escaladent même quelques pentes pour traquer des maëliki. Ils réussissent à en capturer chacun un, comme on le leur a ordonné, les redescendent sur leur dos et s'arrêtent près d'un torrent qui s'encaisse entre des parois sonores. On leur demande alors de tuer et de dépouiller les animaux. Thomas égorge sans broncher le premier maëlik, l'écorche avec un peu plus de maladresse, étant encore novice ; Lian se raidit quand vient son tour – sur le Landaïëïtan, on traque pour observer, non pour manger, et on ne tue que quelques rares spécimens afin de les étudier ; les seuls animaux qu'il ait jamais chassés ainsi, ce sont des poissons. Mais chez les Chasseurs, on fait comme les Chasseurs. Ils ont leurs propres lois, qui ne sont pas celles du continent, et ces maëliki nourriront plusieurs familles. C'est d'ailleurs de toute évidence encore un *test*, car lorsqu'il se relève, moins ensanglanté que Thomas, Siridelln lui tape sur l'épaule avec une mimique approbatrice.

Ils rentrent fourbus au village ce soir-là, mais Thomas rayonne de satisfaction. Les jours suivants, on vient encore les chercher, pour les soumettre à d'autres épreuves d'adresse ou d'endurance que Lian passe haut la main, Thomas à force d'acharnement. Après une semaine, Lian comprend l'obstination de son compagnon : on les juge enfin dignes d'être initiés dans le culte du Karaïker.

On les emmène une nuit dans une caverne éclairée de torches fumeuses, au centre de laquelle repose sur une pierre plate l'énorme crâne poli d'un félin géant. Une demi-douzaine d'hommes, et une femme, nus, excepté un pagne de peau, zébré comme leur visage et tout leur corps de suie et d'ocre rouge. On fume du maalt, une herbe au parfum douceâtre, à la fumée âcre qui irrite la gorge – Lian en reconnaît subitement l'odeur : Dougall ! Il a l'impression d'être un peu ivre, ensuite. On les peint aussi de noir et de rouge. On chante en s'accompagnant de tambours – une longue histoire confuse où il croit reconnaître un écho de Paguyn et Kithulai. Chacun s'entaille une main et laisse sa marque sur la poitrine nue de Lian et de Thomas, qui en font autant à leur tour. Ensuite on boit, et pour le coup Thomas fait preuve de plus d'endurance que Lian, qui se réveille tard le lendemain dans leur cabane avec un mal de tête à fendre les montagnes.

Comme Thomas est déjà reparti chasser, Lian vaque seul au jardin. Il voit passer Nemgorot, lui dit qu'il a été intronisé avec Thomas dans le culte du Karaïker : il trouve tout cela plutôt amusant. « J'ai entendu les tambours », dit Nemgorot, sans sourire.

« C'est quoi, ce culte, au juste ? Thomas semble au courant, mais je n'en ai jamais entendu parler.

— Un culte très ancien », répond simplement le guérisseur, avec une inflexion descendante. Il s'éloigne, et Lian se remet à bêcher, perplexe. Quand Thomas revient de sa chasse, et qu'il l'interroge, il se rend compte que son compagnon ne savait pas grand-chose ; c'est juste une rumeur qui courait sur les Chasseurs, elle est vraie, il en est heureux. Ils sont de vrais Chasseurs, de vrais hommes libres, maintenant que la confrérie du Karaïker les a adoptés. Lian retient un sourire indulgent : Thomas s'est trouvé une place.

◆

Vers le milieu de la deuxième semaine d'entraînement, Grayson, qui reçoit du courrier, lui, sort un livre d'une grosse enveloppe matelassée. Lian, une fois de plus déçu dans son attente d'un petit mot de Suzane ou de Jill, reconnaît avec stupéfaction et embarras un exemplaire de *Légendes d'ailleurs*.

« Hmm, dit Grayson avec un faux sérieux. Liam Shaunessy. Ce nom me dit quelque chose... »

Lian hésite, mais il ne va pas nier. Grayson feuillette le livre : « Tu ne m'avais pas dit que tu écrivais.

— Juste des histoires pour enfants. »

Grayson relève la tête avec un large sourire, et Lian comprend avec retard que l'autre est aussi embarrassé que lui, mais pas pour la même raison : « Eh bien, je suis un enfant comblé. » Il sort un stylo-feutre d'une de ses poches : « Tu me le dédicaces ? »

Lian prend le livre, constate qu'il a été lu – et sans doute plusieurs fois. Déconcerté, touché malgré lui, il prend le stylo et écrit d'un trait : "À Grayson, l'enfant comblé".

L'autre lit la dédicace, sourit. « Mais ce n'est pas juste pour les enfants.

— Non, concède Lian.

— Tu vas écrire autre chose ? »

Lian ne peut retenir un petit tressaillement chagriné. Il a emporté un gros carnet, mais n'y a encore rien écrit. Il a le sentiment qu'il n'y écrira jamais rien. Grayson l'observe avec une sorte de timidité sûrement bien inhabituelle chez lui.

« Je ne sais pas, murmure enfin Lian. J'aimerais écrire... » Il cherche un moment, s'entend déclarer – et c'est une révélation pour lui : « ... l'histoire de mes parents.

— Eh bien, pourquoi pas ? »

Encore stupéfait du brusque sentiment de certitude qui l'a envahi, Lian écoute la question résonner en lui. Pourquoi pas ? Il contemple le visage curieux et innocent de Grayson ; il lui doit bien d'être aussi honnête que lui : « J'aurais peur que ce ne soit pas assez vrai.

— Une biographie, c'est une biographie. Si tu connais bien les faits...

— Oh, ce serait un roman. »

Grayson reprend sans se démonter : « Pourquoi, tu n'as pas assez d'informations factuelles sur eux ? »

Lian hésite, les yeux au loin, essayant de formuler ce qu'il découvre lui-même en cet instant : « Trop, pas assez. On se raconte toujours des histoires sur ses parents. Les faits... ne sont jamais que nos souvenirs ou ceux des autres, une autre histoire. »

Et il a soudain envie de fermer les yeux, comme s'il pouvait ne plus voir ainsi le visage de Nathénèk, de Laraï, d'Odatan.

« Il y a quand même bien des façons de vérifier les faits, s'obstine Grayson qui ne peut pas comprendre. Des documents, des témoins... »

Lian secoue la tête : « Pas de documents. Et les témoins sont... inaccessibles.

— Eh bien, alors, si tu écris un roman, tu n'as pas à te préoccuper de la vérité des faits, tu inventes ce qui t'arrange, ce qui convient à ton histoire. »

Lian ne peut s'empêcher de sourire un peu tristement : « Ah, mais il y a toujours au moins deux versions des faits. Quand les choses sont simples. Et puis, il n'y a pas que la vérité des faits. Il faut que les mensonges soient vrais aussi. »

Cette fois, Grayson est dérouté : « De vrais mensonges ?

— Des mensonges vrais. Leur vérité pour moi. Et je ne suis pas sûr de pouvoir l'écrire. Pas encore. Trop près. Trop loin. » Il hausse les épaules en signe d'impuissance : « Pas la bonne distance.

— Tu pourrais sûrement écrire d'autres contes, en tout cas », dit Grayson en feuilletant de nouveau le livre.

Lian sourit, avec tristesse ; c'est ce qu'il n'a pas réussi à expliquer à Suzane : « Non, je ne pourrais pas », murmure-t-il, sans espérer être compris là non plus. Mais Grayson le dévisage un moment avec intensité puis dit en hochant la tête : « Oui. Encore des contes, maintenant, ce seraient seulement des mensonges, n'est-ce pas ? »

20

Six semaines ont passé depuis le retour de la Mer. Lian en prend conscience avec stupeur, un matin : se peut-il que l'équivalent d'une saison seulement se soit écoulé depuis qu'il a quitté le Landaïeïtan ? Il s'est efforcé de ne pas penser à ses parents depuis qu'il est à Lïu-Ganzer. À ce qu'ils ont dû ressentir lorsqu'ils ont cessé de recevoir ses lettres. À ce qu'ils ont dû penser lorsqu'ils ont appris – sûrement – qu'il est allé rejoindre les Chasseurs. Il croyait les avoir oubliés, voilà que des myriades d'images surgissent soudain dans sa mémoire, claires et précises comme s'il était parti la veille. Un regret soudain le saisit... mais pour quoi ? Pour le Landaïeïtan où on l'a nourri de faussetés ? Pour le Haëkelliaõ de Hleïtzer, d'où l'ont fait fuir les quelques vérités enfin découvertes ? Rien à regretter – sûrement pas l'ignorance ; il préfère savoir ce qu'il sait et être ici.

Il le doit : il le paie assez cher. Une pensée trop dérangeante, qu'il oublie aussitôt.

C'est la dernière semaine du mois des Chasseurs. Curieux, tout de même, qu'un mois leur soit dédié, et ce depuis des temps extrêmement lointains, alors qu'ils sont, dans les termes de Thomas, des révoltés – et donc des rejets de la société rani. Ils vivent encore plus indépendants que les Keldarao – un Chasseur change de nom s'il le désire, disparaît dans les îles, le continent n'a plus aucun droit sur lui. Si l'on envoie sur leur territoire les jeunes Ranao respectueux des règles édictées par les hékel, c'est assurément pour leur faire prendre conscience de ce qui les attend s'ils les enfreignent.

Un matin, c'est à peine l'aube, le village dort encore, Lian se réveille en sursaut : on lui secoue le bras. Il reconnaît Siridelln et Kamlaz dans la pénombre.

« L'heure de la chasse, alla », dit Siridelln.

Il l'appelle " frère " : ce sont les affaires du culte. Avec un soupir, et parce que Thomas est déjà tout équipé, Lian se lève et s'équipe à son tour. Mais ils lui désignent la machette qui lui sert à se frayer un chemin dans le sous-bois, en contrebas du village, quand il va à la pêche. Ils ne portent eux-mêmes ni arc ni flèches ni lance ; seulement de larges coutelas et de gros sacs passés en bandoulière. Avec un haussement d'épaules, Lian raccroche arc et carquois près de la porte. Encore une épreuve. Il pensait en avoir terminé avec ça.

« On y va ? » dit-il avec désinvolture.

Siridelln hoche la tête, impassible, et s'éloigne au petit trot, aussitôt suivi par Kamlaz. Lian et Thomas leur emboîtent le pas.

La matinée s'allonge, se termine. Ils ont pris la piste en contrebas du village, près du lac, la suivent vers la vallée. Elle est difficile à lire : trois animaux, de taille moyenne. Pas d'odeur spécifique, pas de laissées. L'herbe est foulée, la terre brouillée par une averse pendant la nuit, et Lian n'arrive pas à identifier les traces. Il est presque certain de n'en avoir jamais suivi de telles, cependant, mais il n'a pas l'intention de poser aux autres des questions compromettantes. Drôle de gibier, en tout cas, qui suit sans jamais s'arrêter un chemin presque rectiligne. L'après-midi s'étire sans rencontre. L'allure est curieusement lente, pour une traque ; on s'arrête même pour manger.

La nuit tombe. Deux des petites lunes éclairent les traces, toujours aussi visibles, toujours aussi illisibles. Ils ne dorment donc pas, ces animaux ? Et ils mangent quoi ? Rien n'indique qu'ils se soient nourris depuis le matin. Ils ne mangent pas, ils n'excrètent pas : logique. Mais Lian croit de plus en plus à une sorte de plaisanterie. Un peu longue, mais ce n'est pas comme s'ils avaient vraiment autre chose à faire.

Siridelln s'arrête enfin sur un petit promontoire au-dessus d'un amas de roches à moitié recouvert de buissons. Kamlaz disparaît dans la pente à gauche de Lian. Quand il revient, il désigne l'amas de rochers.

Ils descendent du promontoire en silence, contournent le monticule rocailleux avec précaution. Une large fissure, mal dissimulée par des branchages : une caverne. Kamlaz a dégainé son coutelas ; sur un hochement de tête de Siridelln, il se dirige vers l'entrée obscure. Va-t-il attaquer ces animaux seul ? Ils sont sûrement dangereux, si on doit les surprendre ainsi au repos... Voilà en quoi consiste l'épreuve, alors : les surprendre.

Kamlaz revient presque aussitôt, un éclat de dents blanches sous les lunes, du sang sur son coutelas. Lian n'a rien entendu. Siridelln tire une corde et un assez large bandeau de peau de sa sacoche, disparaît à son tour dans la caverne. Lian tend l'oreille : silence. Plus une cérémonie rituelle qu'une épreuve, se dit-il, vaguement amusé : le premier doit tuer sans réveiller les autres animaux, le second doit capturer... et le troisième ? En soumettre un à mains nues ? Ils sont quatre, de toute façon : que fait le quatrième ?

Siridelln reparaît et leur fait signe de venir. Lian se faufile derrière Kamlaz et Thomas par l'entrée étroite de la caverne. Quand ses yeux se sont habitués à la pénombre, il voit le gibier.

Une masse immobile, ficelée comme un paquet. Une autre un peu plus loin, dans une flaque de sang qui s'élargit. Une troisième un peu à l'écart. Sous une couverture. Près d'un feu presque éteint.

Siridelln se penche déjà sur la troisième silhouette, la secoue... Elle se redresse en sursaut, sans crier. Essaie de bondir, mais la main de Siridelln s'est refermée sur sa gorge tandis que de l'autre il lui retourne violemment les bras dans le dos. Kamlaz la ligote avec sa corde.

Siridelln remet du bois sur le feu, qui bondit en pétillant. La silhouette garrottée est celle d'une femme, non, une très jeune fille. Siridelln se tourne vers Thomas avec un sourire féroce : « Tu as besoin d'une femme, petit frère. En voilà une. »

Une pierre grosse comme un poing s'envole brusquement du sol pour venir lui frapper l'épaule. Avec un rugissement sourd, il brandit son coutelas devant le visage de la jeune fille : « Recommence et tu meurs tout de suite ! »

Il se tourne vers Lian, à présent, en désignant l'autre masse ficelée, un garçon d'environ dix-huit saisons aux yeux exorbités au-dessus du bâillon de peau qui lui écrase la figure : « Il est à toi. Tue-le. »

Lian bondit sur Siridelln sans même penser à dégainer sa machette.

Après, il doit les regarder torturer le garçon et se servir de la fille avant de la tuer à son tour. Siridelln, Kamlaz. Thomas ne fait rien. Quand ils ont voulu le tuer, lui, Thomas a hurlé « Non ! ». Ils ont ricané, mais ils ont renoncé. Ils ont ordonné à Thomas de le ligoter et de le bâillonner et, après une hésitation, Thomas a obéi, les yeux détournés.

Encore après, quand ils ont joué aussi un peu avec Thomas, ils détachent Lian : « Tu n'es pas digne d'être un frère du karaïker. Va rejoindre Nemgorot et les autres lâches. Et que ta chasse ne croise jamais la nôtre », dit Siridelln. Il lui crache dessus, Kamlaz en fait autant, et ils entraînent Thomas couvert de sang, les yeux fous. Lian essaie de ramper depuis le fond de la caverne, mais ils lui ont cassé des côtes et l'éclair rouge de la douleur le foudroie. Le feu s'est éteint. La lumière des lunes disparaît. C'est l'heure noire d'avant l'aube. Ensuite, le soleil monte, illumine la caverne. Lian ferme les yeux, pour ne pas voir. Bientôt les mouches bourdonnent. Et sur lui aussi. Il dérive entre évanouissements et hébétude. Une autre nuit. Un autre matin. Il a tellement soif. Un bruit à l'entrée de la caverne. Ils sont revenus l'achever. Non. Nemgorot. Et un autre homme du village. Ils le retournent sur le dos. Il s'évanouit.

◆

L'entraînement commence. La Base Quintin se trouve à l'extrême limite de la ville nouvelle ; ses terrains s'étendent sur une cinquantaine de kilomètres carrés, épais boisés, étangs, petite rivière, marais, champs découverts, collines, zones rocailleuses, et même des escarpements rocheux hauts de plusieurs dizaines de mètres. Lian comprend vite que le paysage a été remanié de façon délibérée et pourquoi, tandis qu'avec les autres il marche, trotte, court, en portant son sac plein de sable et de roches. D'abord sur les chemins, ensuite en dehors. Il s'est rouillé à la commune malgré les exercices et le jardinage, mais au bout d'une semaine il commence à retrouver son endurance de la forêt. Certains autres ne sont pas aussi chanceux, Grayson, en particulier. Lian traîne à l'arrière du peloton pour rester avec lui et Chris, une des filles, – petite et mince, et dont les charges sont calculées en fonction du poids et de la taille comme pour tout le monde, mais qui, comme Grayson, n'a apparemment jamais fourni de réel effort physique de toute sa vie.

Quand on passe à l'entraînement avec le véritable matériel, Turner leur dit : « Débrouillez-vous, mais il faut amener tout ça du point A au point B. » C'est plus simple : on se répartit les charges selon les capacités. Lian, qui a convaincu les autres de fonctionner ainsi, se retrouve chef de section pendant une semaine, un peu embarrassé. C'est lui qui doit diriger les séances d'examen, tous les trois jours, en présence du commissaire politique attaché au bataillon, le capitaine Lars Trent – un petit homme mince et droit d'une cinquantaine de saisons, voix toujours douce, traits toujours impassibles, et qui ne dit jamais grand-chose : sa simple présence suffit à assurer le sérieux général. Grayson l'appelle « notre conscience de poche » ou, plus souvent, « Jiminy », une référence qui échappe à Lian et à la plupart des autres ; il doit leur raconter l'histoire de Pinocchio. Tout le monde s'écroule de rire. Les autres membres de la section ne sont pas plus respectueux qu'il ne le faut à l'égard de Trent – hors de sa présence.

On a commencé l'entraînement au tir sur cible. Tant qu'on s'est contenté de monter et de démonter les armes, Lian a trouvé l'exercice plutôt intéressant, comme un casse-tête. Et au début, malgré le bruit, c'est intéressant aussi d'utiliser ces machines qu'il connaît maintenant par cœur, et dont il apprécie l'ingénieuse complexité. Ce ne sont pas des arcs et des flèches, mais le principe est le même. Il se concentre, il contrôle son souffle comme la satlàn lui a appris à le faire et il tire sur les lointaines cibles rondes : c'est une simple épreuve d'adresse. Après une courte période d'adaptation, il voit ses cibles lui revenir avec de beaux tirs groupés ; l'instructeur est très content de lui, le cite en exemple aux autres.

Un jour, les cibles qui se dressent au fond du champ de tir ne sont plus des cercles rouge et blanc. Ce sont des silhouettes en tenue de camouflage. Lian se fige. L'instructeur de tir le remarque vite : « Alors, Shaunessy, on prend des vacances ? »

Lian ferme les yeux. C'est juste du carton, du bois et de la peinture, se répète-t-il en essayant de contrôler le battement de son cœur. Il se mord les lèvres, vise, tire. Manque, à plusieurs reprises. « Dis donc, Shaunessy, tu es devenu daltonien ou quoi ? » dit l'instructeur déconcerté et mécontent. Juste du carton, juste du carton. Lian se concentre, vise bas, les jambes. Touché. « Quand même ! » dit l'instructeur, en passant au suivant.

Lian s'affaisse dans son créneau, le front contre la crosse de son arme.

Une fois que l'instructeur s'est assez éloigné, Grayson lui souffle : « Qu'est-ce qu'il y a ? »

Lian avale sa salive ; il a la nausée. Il réussit à dire, en s'y reprenant à deux fois : « On va tuer... des gens.

— Qu'est-ce que tu croyais qu'on allait faire ? » s'exclame Grayson à mi-voix, éberlué. Puis, devant le silence accablé de Lian, son regard plein de détresse, il finit par murmurer : « Tu sais, quand on y sera, là-bas, tu pourras tirer à côté, personne ne s'en rendra compte. »

Au bout d'un moment, comme l'instructeur revient vers eux, Lian recommence à tirer, les dents serrées. Il vise avec encore plus de soin, les jambes, les bras. Il ne tirera pas à côté. Il ne tuera personne par accident. Il ne tuera personne.

Dans le combat à mains nues, la satlàn vient de nouveau à son aide – ce n'était pas seulement une danse, aux temps archaïques, mais une danse guerrière. Il apprend le reste. Une pression appliquée pendant tel laps de temps rend inconscient, un coup à tel ou tel endroit paralyse. La même pression peut tuer, ailleurs le coup est fatal. Peu importe, il apprend, mais il n'utilisera pas.

Il y a les exercices de combat rapproché, à l'arme blanche, d'abord avec des sacs de sable, puis des mannequins. Lian réussit encore à compartimenter – c'est du sable et de la toile, juste du sable et de la toile. Et même pour le combat corps à corps, avec des partenaires : on arrête toujours avant le coup mortel. C'est ce qu'il fera. Grayson, en le voyant livide quand même, la première fois, lui dit que les combats rapprochés sont extrêmement rares, sur le front. Il hoche la tête en silence, sombrement résolu à se préparer à toutes les éventualités.

Quand on les place en situation de combat simulé, avec les mitrailleuses lourdes et les fusils automatiques qui tirent à blanc, les explosions, la fumée, il ne craque pas. Pendant les embuscades dans les bois, section contre section, avec les fusils électroniques et les senseurs qui allument leur petite lumière rouge pour vous dire que vous êtes mort, il ne craque pas. Il a trouvé comment voir, comment comprendre où il se trouve. Il est ce qu'il choisit d'être, personne ne peut en décider à sa place. Ceci est son entraînement aux Grandes Chasses, et il ne tuera pas.

Deux, trois, bientôt quatre semaines. Tout n'est pas aussi dur. Lian aime les exercices de nuit, être lâché n'importe où sur le champ de manœuvre, et nager, escalader, courir pour retourner à la Base, dans un temps limité, seul ou avec la section au complet. Il y est très doué – sa vision de nuit l'y aide autant que son habitude ancienne de la forêt, à vrai dire, mais il les passe sous silence. Les séances d'instruction technique, il aime aussi ; c'est fascinant, quelquefois, de voir ce que toutes ces machines peuvent faire. Toutes ne sont pas destinées à tuer. Et, de toute façon, il ne les utilisera pas ainsi.

Quatre, cinq, bientôt six semaines. Les sections prennent leur forme définitive, l'entraînement de base se termine. Lian est plus fort, plus rapide, plus habile. Presque calme, aussi. Il est sûr de savoir ce qu'il fait, ce qu'il fera.

Et puis un jour, au baraquement, Grayson discute avec deux autres gars et fait un commentaire sarcastique de trop ; le ton monte, Lian s'interpose, un des gars lui saute dessus. Lian se retrouve à genoux sur lui, la main levée pour le coup qui lui écrasera la carotide. Se redresse d'un bond, les oreilles bourdonnantes, va vomir dans les toilettes où il reste à genoux, tête basse, incapable de se relever.

La voix de Grayson résonne entre les carreaux de céramique derrière lui : « Liam ? »

Il appuie sur le bouton de la chasse d'eau, s'essuie la bouche et se relève tant bien que mal pour sortir du cubicule en chancelant. Il ne peut pas regarder Grayson. Il va se rincer la bouche à un lavabo, tombe face à face avec lui-même dans le miroir. Se détourne, tout raide, comme si ses articulations s'étaient grippées. « Je ne peux pas », s'entend-il murmurer d'une voix rouillée aussi. « Je dois partir d'ici.

— Mais qu'est-ce que tu as ? » demande Grayson, irrité et inquiet.

Lian le regarde avec désespoir. Même lui, il ne comprend pas ! Comment lui expliquer ? Lian voudrait s'arracher la chair des os, se couper les mains, les jambes, la tête, réduire en pièces ce corps qui l'a trahi : il disciplinait son esprit, et son corps a court-circuité son esprit, acquis des réflexes qui n'ont pas besoin de lui pour se déclencher !

« Gray, j'ai failli tuer Fred ! Je ne me suis pas arrêté parce que je le voulais mais juste... parce que je me suis rendu compte à temps ! Il faut que je m'en aille ! Je suis mort si je reste ! »

Grayson change d'expression. Il s'approche enfin, tout près, mais sans toucher Lian. « Tu ne peux pas déserter, Liam, c'est la rééducation assurée ! Écoute, on va bientôt commencer les entraînements spécialisés, demande à être médic. »

Lian reste un moment en suspens, balbutie : « Médic ? Je peux... demander ? »

— C'est pas mal tard pour te déclarer objecteur de conscience, mais ça peut sûrement s'arranger. »

Lian s'appuie au lavabo, les jambes molles. Demander. Poser les bonnes questions. Imbécile, il n'a jamais pensé à *demander* !

Ils lui font rencontrer le psychologue, à qui il explique très simplement ce qui s'est passé. Il n'a rien à avouer, rien à inventer, juste la vérité nécessaire : comment il avait cru qu'il pourrait, comment il a compris qu'il se trompait. Le psychologue n'insiste pas, d'ailleurs ; pas plus que le capitaine Trent, qui écoute Lian en hochant la tête. On ne lui fera pas faire ce qu'il ne veut ou ne peut pas faire ; on a besoin de soldats efficaces ; tout le monde a sa place, il s'agit simplement de trouver laquelle. Les instructeurs sont déçus, ils voyaient très bien Lian comme éclaireur, mais ils se font apparemment une raison. Au début d'Août, quand les spécialisations commencent, il va suivre les cours et les entraînements des infirmiers. Avec Grayson, qui lui fait la surprise.

« Je n'allais tout de même pas te laisser t'amuser tout seul ! » lui souffle-t-il en entrant le premier jour dans la salle d'instruction et en observant sa stupeur avec un évident plaisir.

Ils apprennent toutes les façons dont un corps humain est vulnérable, encore, et ils en ignoraient la moitié. Au début, c'est pire que l'entraînement au combat pour Lian – et infiniment pire pour Grayson, qui s'évanouit lors de la première opération à laquelle ils assistent pendant leur séjour à l'hôpital de la Base. Mais Lian serre les dents et reste jusqu'au bout. Il regarde les silhouettes en blouse verte qui s'affairent avec leurs étincelantes armes de vie, le corps inerte, ouvert, sanglant, mais vivant et qui vivra, et il sait qu'il a trouvé sa place. Mieux que ne pas tuer. Guérir.

21

Lian ne dit rien pendant que Nemgorot soigne les entailles de son visage, de sa poitrine et de son dos, quand il panse ses côtes cassées. Il ne dit rien quand Siridelln et Kamlaz passent devant sa cabane en riant très fort. Il ne dit rien non plus quand Thomas vient le voir. Il ne le regarde même pas. Au bout d'un moment, Thomas se lève et sort sans rien dire non plus.

Une semaine passe, deux, trois. Lian ne parle pas. Il recommence à sortir pour jardiner un peu, puis aller à la pêche, puis poser des collets. Les entailles se sont cicatrisées, les croûtes sont tombées ; ses côtes ne lui font plus mal quand il respire à fond. Mais il ne parle pas.

Un jour, alors qu'il est en train de nettoyer des poissons sous l'auvent de la cabane, Nemgorot traverse la pluie qui détrempe la place pour venir s'asseoir près de lui.

« C'est pour ça aussi que Dougall est parti », dit-il à mi-voix, sans le regarder, comme s'il se parlait à lui-même.

Lian continue à écailler son poisson.

« Tous les Krilliadni ne sont pas ainsi, reprend Nemgorot.

— Il ne faut pas tuer », martèle Lian d'une voix rauque, déshabituée de parler, et qui fait tressaillir le guérisseur.

« La loi... est différente ici, murmure enfin Nemgorot. Lian, as-tu jamais pensé à ce qu'elle signifie sur le continent ? »

Lian hausse les épaules.

« Elle signifie " il n'est pas bon de mourir ". Non, laisse-moi continuer ! Quelle est la fin de la vie, sur le continent, son but et son terme ?

— Rejoindre la Mer », dit enfin Lian entre ses dents serrées.

« Mourir, dit Nemgorot avec douceur. Ce qui termine la vie, ici comme dans le reste de l'univers, c'est la mort, Lian. Ceux qui ne rejoignent pas la Mer, quels qu'ils soient, où qu'ils soient, meurent. Et seule Hananai sait ce qu'il advient alors d'eux. »

Lian laisse tomber le poisson écaillé dans la bassine, en prend un autre.

« La Mer n'a pas toujours été là, reprend le guérisseur. Des centaines de milliers de générations sont tombées en poussière avant qu'elle n'apparaisse pour la première fois, et elles ont toutes connu la mort comme un destin inévitable. La Mer est là depuis longtemps – elle ne le sera peut-être pas toujours. La mort, elle, dansera encore avec la vie quand la Mer aura disparu. La mort, Lian, et la souffrance. Rien ne peut les faire disparaître. Croire qu'elles n'existent pas parce qu'on ne les rencontre pas souvent sur le continent...

— Parce qu'elles sont dans les îles ! » Les écailles giclent sous la pluie.

« Parce que tout les combat sur le continent. Sur Tyranaël, sur Atyrkelsaõ, depuis des milliers d'années. Mais personne ne doit les oublier. Oublier que la vie est fragile, l'humanité difficile. Et chaque adolescent, quand son temps est venu, doit aller dans les îles pour mériter sa vie, et l'éternité de la Mer, en risquant la violence et la mort et le mal. »

Lian n'écaille plus son poisson : il le déchiquette, méthodiquement.

« On les entraîne, poursuit Nemgorot d'une voix rauque mais obstinée. Certains écoutent mal. D'autres sont présomptueux, ou maladroits, ou imprudents. Ils ne prennent pas soin de leur équipement, ils ne regardent pas où ils vont ni ce qu'ils font... Il y a des accidents. Certains meurent sous les pattes d'un karaïker. Et certains... aux mains de Krilliadni. Mais la majorité revient sur le continent.

— Et ceux qui ne reviennent pas ? gronde Lian. Ces trois-là n'avaient pas droit à la Mer, comme tous les autres ?

— La Mer n'est pas un droit, Lian. L'éternité de la Mer n'est pas un droit. C'est une possibilité. Sur le continent, il y a des accidents, des maladies incurables. On tue, même, parfois, sur le continent. Et la Mer... La Mer se gagne, et difficilement. L'illumination qui permet de la rejoindre, l'achèvement, certains n'y parviennent jamais. Et certains... » La voix de Nemgorot se brouille : « ... certains refusent la Mer. »

Le couteau de Lian s'immobilise.

« La Mer est un choix, Lian, le nôtre avant d'être le sien. »

Lian a jeté par terre les restes méconnaissables du poisson et le couteau que la pluie lave à grosses gouttes pressées ; son cœur bat douloureusement dans sa poitrine. « Et les naïstoï, ils ont le choix ? »

Nemgorot soupire : « Lian, certaines choses sont. Nous ne pouvons faire que la terre ne soit pas ronde, que la nuit ne suive le jour et la mort la vie. Nous n'y sommes pour rien non plus si la Mer est là, si l'éternité est possible pour certains et pas pour d'autres, si certains se voient octroyer des dons et d'autres pas. C'est ainsi.

— Et c'est bien parce que c'est ainsi ?» gronde Lian.

Le silence de Nemgorot est plus long. «Je n'ai pas dit que c'est bien ou mal, Lian, murmure enfin le guérisseur. Seulement que c'est ainsi.

— Et Siridelln et Kamlaz, et les trois qui n'auront plus jamais le choix, c'est ainsi !?»

Nemgorot détourne les yeux. «D'une certaine façon, oui», dit-il enfin d'une voix brisée.

Lian se lève en renversant son tabouret : «Non, non et non !

— Que leur feras-tu ?» s'écrie Nemgorot avec une passion soudaine. «Les tueras-tu à leur tour, pour les punir ? Et toi alors, qui te tuera ?

— Combien en ont-ils tués ?» rétorque Lian, les yeux brûlants.

Nemgorot s'affaisse sur lui-même : «Trop. Mais...

— Quand un karaïker tue trop de Krilliadni, quand il prend le goût du sang, est-ce qu'on ne le chasse pas sans honneur, avec des trappes à pieux ?»

Il y a une sorte de désespoir, maintenant, dans le regard du guérisseur : «Lian, dit-il enfin, ni Siridelln ni Kamlaz ne sont des karaï.

— Ils sont pires : ils savent qu'ils tuent pour le plaisir !

— Tu le dis toi-même, réplique Nemgorot d'une voix sourde. Pire que des bêtes : des humains.» Il se redresse soudain, prend une grande inspiration en se passant les mains sur la figure : «Écoute-moi, Lian. N'as-tu pas essayé de tuer Siridelln ?

— Pour défendre les autres !

— Mais lorsqu'ils t'ont laissé vivant dans la caverne, ne les aurais-tu pas tués, si tu l'avais pu ?»

Lian remet son tabouret sur ses pieds, se rassied lentement. «Et toi ?» finit-il par dire d'un ton buté.

Nemgorot esquisse un sourire las : « Nos races sont un peu différentes, jeune halatnim. Nous sommes beaucoup plus anciens que vous. Votre violence est plus neuve. Pourtant, même nous, nous n'avons pu faire disparaître la nôtre.

— On peut faire disparaître Siridelln et Kamlaz !

— Oui, en étant aussi violent. C'est ce qui arrivera un jour : ils rencontreront plus fort qu'eux et périront selon leur propre loi.

— Aux mains d'un autre Siridelln ! »

Nemgorot soupire : « Pas forcément. » Il médite un moment. « Thomas t'a sauvé la vie, dit-il avec lenteur. Deux fois. Il est venu me prévenir. Il n'avait rien fait, il était juste resté là. Aurais-tu voulu le tuer, lui aussi ? »

Lian croise les bras pour réprimer le tremblement qui l'a saisi. Quand il est sûr de pouvoir parler, il dit : « Il n'a rien fait. Il est juste resté là. Il est déjà mort. »

Le silence se prolonge.

« Il *est* mort », dit enfin Nemgorot d'une voix presque inaudible. « Il s'est coupé la gorge il y a trois semaines. »

Lian regarde la pluie tomber. Il ne sent rien, il ne pense rien, il ne bouge pas. Il ne pourrait pas.

« Lian », reprend enfin Nemgorot après un très long moment, comme s'il avait pris une décision, « aurais-tu puni les hasallim s'ils s'étaient défendus avec succès, s'ils avaient tué Siridelln et Kamlaz ? »

Lian cherche sa voix, murmure : « Non.

— Ils se seraient punis eux-mêmes ! » Le guérisseur s'est levé, penché vers Lian, sa voix tremble. « Ils se seraient punis parce que leur négligence, en pays de Krilliadni, aurait induit autrui en tentation pour son malheur ! Crois-tu qu'ils ignorent ce qui les attend ici ? On leur recommande d'éviter les villages, de s'assurer qu'on ne les suit pas, de toujours avoir un veilleur... Ces trois-là ne l'ont pas fait, ou mal. S'ils s'en étaient sortis vivants en utilisant leurs dons, et les autres morts, ils auraient été horrifiés, ils se seraient imposé une pénitence, peut-être à vie ! C'étaient des aspirants hékel ! »

Sa voix se casse brusquement.

« Toi aussi, dit soudain Lian. Tu es un hékel. Tu n'as jamais été un Krilliadni. »

Nemgorot s'est rassis : « Oui, je suis un Krilliadni, dit-il enfin d'une voix trop calme. J'ai renoncé à la Mer. Et non, je n'ai jamais été un Krilliadni comme Siridelln ou Kamlaz. »

Il se lève, fait deux pas dans la pluie. Quand il se retourne, son visage ruisselant est indéchiffrable.

« La dernière fois que nous avons entendu parler de ton père, Lian, il se trouvait dans le Nord, à Ansaalion. »

22

Six jours après son départ de Lïu-Ganzer, à l'un des arrêts du caboteur sur le canal qui relie la pointe nord du grand lac à la Hleïtsaõ, Lian aperçoit une silhouette familière parmi les nouveaux passagers qui montent sur le pont. Il reste à la place qu'il s'est choisie.

Il porte toujours les habits de peau qu'il avait troqués contre les siens au village – ses autres vêtements ne lui faisaient plus, il avait beaucoup grandi en un mois. Rien ne signale vraiment qui il est ni d'où il vient hormis peut-être les cicatrices de son visage tailladé. Pourtant, une fois sur le continent, il a constaté qu'on lui offrait vivre et couvert – dans des limites raisonnables, mais sans question. C'est la coutume pour ceux qui reviennent des îles. « Tu es le bienvenu parmi nous », lui dit-on quand il remercie. Et puis, sur le bateau de la Mer qui traversait le détroit, et en remontant la rivière jusqu'au Hleïtan, il s'est rendu compte aussi qu'il ne s'attirait aucun regard curieux ou irrité ; on lui souriait même, parfois. On voit en lui un Chasseur et un halat-nim, de retour sur le continent : cela suffit à tout le monde. Toutes ses différences, celles qui se voient et les autres, se trouvent comme désarmées : il ne dérange personne puisqu'il porte bien haut son étiquette. Au début, il était furieux qu'on le prenne pour un Chasseur : il a essayé de dissuader ses hôtes, il était prêt à travailler pour son écot. Ils ont été surpris, alors, et même un peu inquiets. Mais il n'a pas voulu discuter plus avant : si toutes ces histoires de Ranao tournent finalement à son avantage, pourquoi ne pas en profiter ? Quelle importance ? Cela ne le concerne pas. Et il a trop hâte de se rendre à Ansaalion.

Il ne bouge pas lorsqu'Odatan vient s'accouder près de lui au bastingage, à côté de la grande roue à aubes de bâbord. À quoi bon ? Un instant, très brièvement, il s'est imaginé en train de prendre le petit homme à bras le corps et de le jeter par-dessus bord, mais si Odatan se trouve là, ce n'est sûrement pas pour se laisser décourager par une démonstration aussi grossière. Il suffit de ne pas lui adresser la parole, de ne pas lui répondre. Le petit homme ne dit rien. Ils assistent côte à côte au chargement des dernières caisses, regardent la grande roue se mettre lentement en branle après le coup de sifflet annonçant le départ. Lian, comme à son habitude, se perd dans le mouvement de la roue, le bruissement de l'eau cascadante, hypnotique, un mantra qu'il n'a pas besoin de répéter lui-même. Quand Odatan s'éloigne, c'est à peine s'il le remarque.

Le canal traverse en ligne presque droite la haute plaine d'Utyrkreïtao, entre les deux rivières : trois jours de voyage avec les arrêts. Il en reste deux. Ce n'est pas un très grand bateau et, même si Lian vit sur le pont, il doit aller chercher à manger au réfectoire comme tout le monde. Il aperçoit Odatan à plusieurs reprises pendant ces deux jours. La première fois qu'ils se croisent dans la coursive, l'autre ne fait pas mine de ne pas le voir, ne détourne pas les yeux, incline brièvement la tête, passe. Les autres fois, Lian met un point d'honneur à soutenir aussi son regard – sans inclinaison de tête, bien entendu.

Quand ils arrivent à la Hleïtsaõ, Lian a un bref espoir, mais voit le petit homme monter après lui sur le premier des caboteurs qui doivent l'emmener jusqu'à Ansaalion. Il ne va pas attendre le prochain et retarder son voyage, n'est-ce pas ? Ni au deuxième, ni au troisième transfert. Le quatrième caboteur est un vraiment petit bateau, pour passagers seulement. Quand ils se croisent, inévitablement, dans la coursive du réfectoire, ils essaient de s'éviter mais partent tous deux en même temps à droite, puis à gauche, face à face chaque fois. Odatan s'immobilise et s'efface contre la paroi, avec une ombre de sourire. Lian passe et remonte sur le pont avec son plateau. Il se sent soudain ridicule.

Des joueurs qu'il a déjà remarqués sur le bateau précédent sont encore rassemblés autour de leur grande carte du continent. Odatan s'arrête à son tour pour les observer. Lian demande à mi-voix – et ils sont les seuls badauds : « À quoi jouent-ils ? » Le petit homme répond, très naturellement, en setlâd : « Odhabaï », pour traduire ensuite : « Le jeu de la perfection. » Lian ferait bien mine encore un moment de parler à la cantonade, mais il abandonne cet ultime enfantillage, même s'il continue en virginien : « C'est quoi ? »

La carte, il l'a reconnue, est celle du continent principal, Hébu, sans la Mer. On joue avec un dé à six chiffres et six couleurs, et deux jeux de cartes ; l'un est fort mince – les vingt-huit métiers traditionnels, auxquels correspondent des pions aux couleurs du dé, un par joueur, et des figurines représentant chaque métier ; l'autre est beaucoup plus épais : les cartes renvoient à des villes, des villages, parfois des bois, des collines, des étangs ou des points arbitraires sur le continent – du moins arbitraires pour Lian : de toute évidence, ils ne le sont pas pour les joueurs. Il y a présentement cinq joueurs, mais ils doivent toujours être au moins deux. Les cartes attribuent à chacun un point de départ

et un métier, le dé un chiffre et la couleur correspon-
dante. Jaune pour les danvérani, vert pour les tzinao,
noir pour les keyrsani, roux fauve pour les aïlmâdzi et
rouge pour les kvaazim. Et bleu pour les hékel, qui ont
tous les dons.

Mais une autre catégorie n'est pas attribuée par le
dé : les krilliadni, en blanc. Apparemment, hékel et
krilliadni sont deux joueurs essentiels. Quand il y a
moins de sept joueurs, et même lorsqu'il n'y en a que
deux, on tire le dé selon des règles compliquées pour
déterminer qui sera le hékel et qui le krilliadni.

Le but du jeu consiste à être parfait, "elnaos", à
finir le premier en ayant déposé tous ses pions sur la
carte après avoir exercé chacun des vingt-huit métiers.
On roule le dé, chacun joue quand sa couleur sort, on
s'échange cartes de lieux et de métiers, et le krilliadni
joue toujours après le hékel.

Le fonctionnement du jeu paraît simple lorsqu'Odatan
le décrit ainsi, mais Lian se rend vite compte, en suivant
la partie en cours, qu'il doit y avoir quantité d'autres
règles dont le petit homme n'a pas fait mention. On ne
roule pas souvent le dé, pions et figurines se déplacent
bien lentement, chaque coup suscite entre les joueurs
d'interminables discussions. On y aligne des informations factuelles (souvent très détaillées) sur métiers ou
lieux, des citations – parfois fort longues – dont Lian ne
peut dire s'il s'agit de poésie, de philosophie, de textes
légaux, ou des trois à la fois. À d'autres moments,
deux joueurs se mettent à discuter entre eux à mi-voix,
et leur ton indique un échange serré de questions et de
réponses ; les autres écoutent avec attention. Et quelquefois personne ne fait rien, et tout le monde contemple
longuement la carte d'un air méditatif.

Le krilliadni, en tout cas, bénéficie d'un statut particulier : chaque fois qu'il joue, il peut demander à
n'importe quel joueur de prendre son métier, tandis
que lui-même peut prendre n'importe quel autre métier
et avancer ses pions trois tours d'affilée. Inversement,
le hékel est au service de tous les joueurs, y compris le

krilliadni, peut être détourné de son chemin n'importe quand et, contrairement aux autres joueurs, n'utilise jamais pour lui-même aucun des pouvoirs dont il est pourvu.

« Jolie propagande », remarque Lian, toujours en virginien, après les explications d'Odatan. « Pauvre hékel toujours en train de se sacrifier pour le bien de tous ! »

Il a un peu trop élevé la voix et le joueur qui joue le hékel lève la tête d'un air surpris, voit qui a parlé, se concentre de nouveau sur le jeu.

« As-tu déjà oublié Nemgorot ? » murmure Odatan.

Pris de court par tout ce qu'implique la question, Lian réplique enfin, un peu au hasard : « Nemgorot s'est puni. »

Odatan soupire : « Non. Nemgorot n'a pas voulu jouir de ce que tous ne peuvent recevoir.

— Et vous ? » contre-attaque Lian.

Un petit muscle tressaille dans la joue d'Odatan. « Je ne suis pas un hékel », répond-il – à côté, mais Lian ne se soucie plus d'être poli et précise : « Pourquoi êtes-vous allé dans les îles ? »

Le petit homme tourne la tête vers lui, le regarde un moment avec une calme patience, jusqu'à ce que Lian se sente presque rougir, mais du diable s'il détournera les yeux. Odatan dit enfin : « Parce que je ne savais pas où était ma place, et que la paix se refusait à moi. »

Lian hausse presque les épaules. La ligne du parti.

« Crois ce que tu choisis de croire », murmure Odatan avec une résignation triste.

« Très bien. Expliquez-moi en quoi ce jeu n'est pas de la propagande. »

Odatan lui prend le bras et l'entraîne à l'écart des joueurs, qui se sont tous arrêtés, les bras croisés, et les regardent de l'air ostentatoirement patient de qui est dérangé. Ils s'asseyent sur des caisses, à l'arrière, toujours à l'abri de l'auvent de toile tendu sur le pont. Le petit homme contemple les planches du pont à ses pieds, méditatif. « D'abord, la propagande des uns est la vérité des autres, Lian. Ensuite... je suis un peu mal placé pour te parler du jeu. Je n'y ai jamais joué moi-même. Quant à la recherche de la perfection, de l'achèvement... Je suis un naïstaos, pas un elnaos, je ne rejoindrai jamais la Mer, je ne peux guère en parler non plus. Mais je peux te parler de la vie. »

Il relève la tête, esquisse un sourire en regardant Lian qui mange posément, assis en face de lui : « C'était le nom du jeu, autrefois, "Le jeu de la vie". Tu n'as pas eu l'occasion de le remarquer sur le Landaïeïtan, ni tellement après, mais les Ranao voyagent beaucoup, pendant presque toute leur existence. Quand ils sont jeunes, ils restent quelques saisons ici, puis là, vont encore ailleurs, changent chaque fois de métier, parfois de nom. Même ceux qui restent longtemps au même endroit, dix, vingt, trente saisons, qui ont fondé une famille, finissent par aller ailleurs une fois les enfants grandis, et parfois leurs enfants partent avec eux. Parfois au hasard. Le plus souvent selon les mêmes règles qui régissent le jeu, et qui ne sont écrites nulle part. Je les étudie depuis que je suis ici, en observant des joueurs, et je commence seulement à comprendre certaines progressions. La culture rani est complexe, très ancienne. Quatre cultures, et tous les hybrides qu'elles ont produits au cours des siècles, les Aritnai avec les Hébao, les Paalani avec les Hebao et les Aritnai, les Tyranao avec tout le monde... Plus de sept mille cinq cents années d'histoire documentée, Lian, plus de trente mille saisons, peux-tu imaginer cela ? L'histoire documentée des humains, sur la Terre, n'avait guère plus de cinq mille saisons quand ils ont quitté leur planète. »

Et le jeu est un aide-mémoire autant qu'un guide, pour les Ranao. Ils ne voient pas seulement de l'espace lorsqu'ils regardent la carte et s'y déplacent. Ils voient aussi du temps. Non seulement leur histoire, mais la façon dont leurs sociétés se sont transformées, et pourquoi.

« Les dons, dans leur forme actuelle, n'ont été intégrés qu'assez récemment au jeu, six cents années,

Les seuls détails qui ne concordent pas – et il les suit longuement du regard, au début – ce sont les espèces de pylônes métalliques qui se dressent ici et là, d'une dizaine de mètres de haut, aux flancs incurvés, avec une petite boule étincelante fichée au sommet ; ils brillent pourtant du caractéristique éclat argenté du sirid, et Lian sait que les Virginiens n'utilisent pas cet alliage. Il n'ose poser de question directe, lance à la cantonade, « Ils font drôles, ces pylônes », et Chris enchaîne : « Je me suis toujours demandé ce qui fait briller la boule, moi.

— Réaction chimique à l'atmosphère, non ? lance Delgado.

— C'est ce qu'ils disent ! » fait Abdul, qui doute toujours de toutes les versions officielles.

« Artefact des Anciens, abracadabra, mystère et boule de lumière », conclut Grayson avec un sourire en biais.

Lian ne regarde plus les pylônes.

Lorsqu'ils arrivent à Bellac, dont la moitié ouest s'arrondit toujours au bord de la rivière, pratiquement intacte, c'est comme un soulagement de passer sur le large pont blanc de trois kilomètres, en solide béton virginien, qui relie les deux rives, de voir comme l'autre moitié jumelle de la cité, sur la rive est, a été saccagée par l'insurrection et la guerre et presque entièrement reconstruite sur le modèle à angles droits. Le port d'Anspach est également un répit bienvenu, tout en lignes sévères et fonctionnelles, faisceau de voies ferrées, longs quais gris, alignements d'entrepôts, de réservoirs, de baraquements ; il n'y avait rien sur le lac à cet endroit, de l'Autre Côté.

La gueule caverneuse et sonore des ferries engouffre leur wagon ; comme le train a été doublé à Bellac et qu'on commence par vider les wagons de queue, c'est seulement après une bonne heure de voyage que Lian et Grayson peuvent monter à leur tour sur le premier pont pour s'accouder au bastingage. Heureusement, il fait nuit maintenant, le lac est juste une vaste étendue obscure sous le ciel couvert, on voit seulement les lumières du ferry qui est parti en premier, quelque part en avant, sur la gauche. Et il est bientôt l'heure de l'extinction des feux.

Mais ils arrivent à Morgorod en plein milieu de la journée du lendemain. La ville se déplie peu à peu sous le soleil, le port au premier plan, encore assez étranger avec ses troupeaux de réservoirs blancs et gris et surtout les silhouettes dégingandées de ses grues, bizarres animaux aux longs cous et aux pattes de métal ajouré sur le ciel laiteux. L'étagement des plateaux, ensuite, les épaules asymétriques de la montagne à l'arrière-plan... Les autres recrues excitées se hèlent d'un pont à l'autre, se désignant tel ou tel détail du doigt ; c'est la véritable capitale de Virginia, la haute ville se trouve au-dessus de l'influence de la Mer quand elle est là, on y a l'électricité pendant toute l'Année et, parmi les slogans lumineux de ses enseignes géantes, malgré les ravages de l'Insurrection, elle dresse toujours fièrement ses tours, ses pyramides, ses forteresses aux façades miroitant dans la lumière.

Lian contemple les deux rubans de l'avenue principale qui monte tout droit à travers les plateaux en se divisant autour du vaste édifice écarlate et doré du Capitole, au pied de la montagne : le parc est dévoré par des tours plus hautes que les murailles obliques du Haëkelliaõ. Lian sait pourquoi Odatan était si silencieux, lorsqu'ils sont arrivés à Hleïtzer : la double vision est presque insoutenable.

23

Lian a établi une trêve tacite avec Odatan ; ils ne s'évitent pas, se parlent peu, de sujets anodins – Lian en virginien, Odatan en setlâd. Ils jouent aux cartes, ou aux échecs sur le petit échiquier de voyage d'Odatan, s'attirant les regards curieux de quelques passagers. Certains sont intéressés, quelques-uns demandent à apprendre les règles, d'autres les connaissent déjà. Ce jour-là, à l'un des arrêts, tandis qu'on embarque et débarque, une passagère qui se rend comme eux à Ansaalion a remplacé Lian devant Odatan, une petite Hébaë grassouillette d'âge moyen nommée Gamrit. Elle renverse son roi pour la deuxième fois en soupirant : « Ce jeu est définitivement trop agressif pour nous. »

Ce n'est pas la première fois qu'on fait ce genre de commentaire autour de l'échiquier. Lian ne peut s'empêcher de murmurer : « Hypocrites ! »

— Non, Lian », dit Odatan en replaçant les pièces dans leur boîte. « Ils sont tous allés dans les îles.

— Ils n'y ont pas appris grand-chose !

— À poser des questions », dit Gamrit en virginien.

Lian se fige ; il ne lui était pas venu à l'esprit qu'on pouvait le comprendre : sauf à Hleïtzer, et au Haëkelliaõ, il n'a presque jamais rencontré de Ranao bilingues. Il dévisage la petite femme, surpris : intervenir comme elle vient de le faire n'est pas habituel non plus – mais les Hébao sont notoirement directs. Il répète – en passant au setlâd, une politesse moqueuse : « Des questions, dites-vous. »

La femme répond en setlâd à son tour, sans broncher : « Certaines ont des réponses, et les grandes chasses nous obligent à les trouver. Qu'est-ce que la loi, comment elle vit en nous et par nous, comment nous sommes libres de la choisir, libres de la changer, mais non libres des conséquences de nos choix. D'autres n'ont pas de réponse, et elles nous obligent à nous en souvenir.

Pourquoi pouvons-nous tuer ? Pourquoi pouvons-nous mourir ? Pourquoi la mort quand il y a l'éternité de la Mer ? Les grandes chasses nous donnent ces questions, en les inscrivant parfois dans notre chair, et nous les emportons ensuite avec nous, pour toujours. »

Elle suit des yeux, avec gravité, les cicatrices encore visibles sur le visage de Lian : « Tu as quitté les îles. Et tu es le bienvenu parmi nous. »

Lian reste muet. Puis il se met à rire, avec une fureur stupéfaite. La femme se trouble alors, se lève, une main tendue en geste d'excuse, mais il ne la touche pas. Elle reste un moment immobile, navrée, puis salue Odatan en silence et s'éloigne.

Dans le dernier tiers de son cours, alors qu'elle se rapproche de sa source dans le Leïltlellu, la grande rivière se fait moins large et plus tumultueuse, encaissée entre des collines de plus en plus abruptes qui deviennent bientôt des falaises de granit veinées d'écarlate. Le dernier bateau, dans la matinée du septième jour de voyage, s'arrête à une dizaine de langhi des chutes Ohmalad, au pied du plateau de Hmaladukreïtao, et tous les passagers pour Ansaalion se rendent jusqu'au canal qui double la rivière désormais infranchissable ; d'écluse en écluse, trois autres jours de voyage les mèneront à leur destination.

Sur le dernier caboteur, au sortir de la passerelle, Odatan examine son billet pour s'assurer du numéro de sa cabine ; placé par le hasard à deux pas de lui, Lian s'apprête à explorer le pont pour se trouver une place où dormir. Il entend quelqu'un s'exclamer : « Oghimiu ! », lève machinalement les yeux. Un Paalao aux cheveux tout blancs se précipite vers eux. Vers Odatan, devant lequel le vieil homme tombe à genoux, extatique, les mains levées, en répétant « Oghimiu, bénis-moi, Odatan Oghimiu ! »

Odatan reste un instant pétrifié, puis il prend les mains du vieillard, essaie de le relever en murmurant

« Non, non... ». Mais le vieux s'accroche à lui en répétant « Bénis-moi, bénis-moi, Oghimiu, et je serai parfait ! »

Lian apitoyé s'approche, déprend les mains du vieil homme de la veste d'Odatan et le met debout : « Venez, grand-père, ce n'est pas celui que vous croyez, venez à l'ombre. »

Le vieil homme le dévisage d'un air incrédule : « Ne sais-tu pas en quelle compagnie tu voyages, jeune halatnim ? s'écrie-t-il d'une voix fervente. C'est Matieu Odatan Oghimiu, le premier passeur, l'enfant de la prophétie ! Il porte l'éclair sur son front, le fils d'Oghim ! » Le vieillard s'arrache à l'étreinte de Lian, se précipite de nouveau aux pieds d'Odatan.

Lian prend alors conscience de la curieuse immobilité des autres passagers autour d'eux. Du silence, qui a gagné le quai. Des regards fixés sur Odatan, qui ont peine à se détourner.

Le petit homme, les traits contractés, pose une main sur la tête du vieillard.

« Nous sommes bénis, bénis de ta présence ! » s'exclame celui-ci d'une voix qui se brise en sanglots. « Oh, ma vie est parfaite maintenant que j'ai pu te revoir et te toucher. Merci, Oghimiu, merci ! »

Un homme et une femme se détachent enfin de la foule, viennent prendre le vieux Paalao chacun par une main et l'entraînent à l'écart en lui murmurant des paroles apaisantes ; cette fois, il se laisse faire. Odatan n'a pas bougé. Tête basse, les bras ballants, sans regarder personne, il déclare d'une voix distante : « Je dois me reposer. » Il ramasse son sac et se dirige vers la porte menant aux cabines. Mouvements et bruits reprennent sur le pont, par saccades, tandis qu'on s'écarte de son chemin en feignant de poursuivre le sien.

Lian médusé bondit avec un temps de retard, rattrape la porte qui se rabat et dégringole l'escalier pour rejoindre Odatan dans la coursive. L'autre ne s'arrête pas, ne le regarde pas. Son visage paraît taillé dans la pierre, et la phrase à la fois moqueuse et scandalisée que Lian allait lui adresser meurt sur ses lèvres. Odatan ouvre la porte de sa cabine, ne la referme pas. Lian entre derrière lui. Le petit homme place son sac sur la couchette, en sort posément ses affaires de toilette, des habits propres, un livre. Lian cherche une chaise et s'y laisse tomber, saisi d'un vertige. Toutes les questions semblent dérisoires face à l'énormité devinée. Des éclairs d'images, des fragments de dialogues passés se bousculent dans sa mémoire. Odatan à Dnaõzer, Odatan au bord du Leïtnialen – et, la première rencontre, Odatan au bord de la Mer. Finalement, la seule question qu'il se trouve capable de poser, celle qui n'est pas totalement absurde pour lui, c'est : « Mes parents, ils savaient ? »

— Oui », dit Odatan, dans un souffle rauque. Il se redresse. « Et toi, tu n'avais pas besoin de le savoir ! »

Il fixe sur Lian un regard étincelant, comme s'il le mettait au défi de répliquer, mais Lian n'a rien à dire ; que pourrait-il dire ?

« Je ne l'ai jamais caché. Je n'ai jamais voulu... de secret, de mensonge », reprend le petit homme de la même voix obstinée, déchirée. « Mais je n'allais pas non plus tout le temps le crier sur les toits ! Tu as bien vu ! Au début, ils voulaient faire de moi je ne sais quel être surnaturel ! Oh, pas tous. Il y en avait qui étaient terrifiés. La vision d'Oghim, la prophétie réalisée. Croire est une chose. Avoir la *preuve*... Mais la preuve de quoi ? Ce n'est pas comme si c'était la première fois que des visions se réalisaient peut-être, la Mer est arrivée, les Virginiens sont arrivés sur Tyranaël ! Et ce n'est même pas sûr, que je sois le Matieu d'Oghim. Les détails... ça ne concorde pas exactement. Mais c'était assez, c'était trop, comme une pierre dans un étang et les cercles n'en finissaient pas d'aller tout bouleverser, encore, oh, il y en a eu des nouveaux Krilliadni à cause de moi... »

Le petit homme se passe les mains sur la figure comme s'il voulait s'arracher la peau, ou s'obliger à se taire. Il respire à plusieurs reprises entre ses doigts, profondément. Contemple Lian foudroyé. Secoue la tête en se laissant tomber sur la couchette.

« Et juste quand je commençais à trouver une paix, dans les îles, je me suis rendu compte... que je ne pouvais pas être tué. » Sa voix est plus mesurée, sans inflexion. « Je n'avais pas beaucoup changé physiquement depuis que j'étais passé, non plus, mais je n'y avais pas vraiment prêté attention. Trop occupé. » Une ombre d'ironie : « Du coup, je suis retourné sur le continent. J'avais quitté ma famille, mes enfants, mes amis, mais je ne voulais plus manquer un instant de leurs vies, maintenant que je savais comment j'allais les perdre. »

La phrase s'est achevée dans un murmure. Lian ne bouge pas. Il a presque peur de respirer.

« Et là, d'autres passeurs ont commencé à arriver. Il fallait les aider. Pendant un temps, ça m'a aidé aussi. Eux, ils ne me voyaient pas tout à fait de la même façon. » Un nouvel éclair d'ironie, plus cruel : « Ça n'a pas duré. Au fil des générations, eux aussi ont cru de moi ce qu'ils avaient besoin de croire. Un fou. Un menteur. Les autres me voyaient bien en étalon reproducteur – mes précieux gènes intacts de danvéràn et de Dieu sait quoi encore, pour retarder la dérive génétique des halatnim. Les Keldarao, en particulier, m'auraient bien gardé pour eux. Pas de chance, je me reproduis avec qui je le désire, quand je me reproduis. Un traître, alors. Ah, l'hystérie, quand les premiers têtes-de-pierre ont recommencé à naître parmi eux ! »

Le terme virginien au milieu du flot de setlâd fait sursauter Lian. Le petit homme doit s'en rendre compte car il précise : « Le nom qu'on donnait aux gens comme toi de l'Autre Côté. Aux gens comme moi. Pas tous des passeurs, remarque. Ils ont eu cet espoir, au début, ici, avec les premiers naïstoï. Ils en ont envoyé un sur la Mer. Elle l'a ramené sur la rive avant de partir, bien sûr, comme elle l'a toujours fait de tout ce qu'on a essayé de faire passer depuis Atyrkelsaõ. Ils n'avaient pas voulu me croire. L'homme est devenu fou de désespoir. »

La tête basse, le petit homme caresse d'un air absent la couverture du livre posé près de lui. Après un long silence que Lian ne saurait comment interrompre, il reprend d'une voix lente : « On dit qu'on ne peut pas mentir à tout le monde tout le temps. Mais on ne peut pas non plus dire la vérité à tout le monde tout le temps. Le plus dur, finalement, c'est d'être entre les deux, de ne jamais savoir quand dire quoi, et à qui. »

Il relève la tête, son visage a une expression presque implorante : « Je ne veux rien de toi, Lian, dit-il d'une voix qui se brise. On a essayé... de me forcer à ouvrir mes portes, quand j'avais ton âge. De l'Autre Côté. Je ne te forcerais jamais. Personne. Je pensais que l'Esprit de la Mer et les hékel pourraient... Mais je me trompais. Et c'est fini. Tu as choisi d'essayer, tu as choisi de ne pas continuer, ça s'arrête là. Je veux seulement faire un bout de chemin avec toi, comme je te l'ai dit. Pas de motif secret, pas de machination...

— Choisi ? » souffle Lian avec un temps de retard.

« On ne t'a pas forcé, Lian. Tu pouvais dire non n'importe quand.

— Même si je ne le savais pas ? »

Une grimace douloureuse brouille les traits du petit homme. « Il fallait demander. »

Lian dit, mais avec moins de violence qu'il n'en avait eu l'intention. « Comme si j'avais pu !

— On peut toujours, Lian. Poser des questions.

— Ce n'est pas *poli* ! »

Odatan soupire : « Mais si on veut poser une question quand même, malgré les règles de politesse, c'est qu'elle est importante, n'est-ce pas ? Qu'on n'est ni irrité ni honteux de son ignorance, et qu'on n'a pas peur d'apprendre. » Il regarde dans le vide, accablé. Murmure au bout d'un moment : « J'aurais dû continuer à respecter le choix de Laraï. J'étais tellement aveuglé par mes certitudes... Non, ça ne sert à rien d'être vieux. » Il dévisage longuement Lian. « Un jour, je te demanderai de me pardonner, quand tu pourras m'entendre. J'aurais dû te laisser sur le plateau.

— Non », dit Lian.

Il répète, étonné : « Non. » Il ne sait trop comment expliquer, s'expliquer à lui-même cette soudaine certitude. Il n'aurait pas pu rester sur le plateau. Trop de secrets, trop de mensonges, trop de questions, leur poids accumulé aurait fini par crever l'œuf protecteur, et il serait parti. Il ne sait pas où, peut-être pour les îles, mais pas forcément. Ou pas tout de suite. Il dit tout haut : « Je serais parti. » Ensuite, incertain de ce qu'il ressent, il se lève. Son regard croise celui d'Odatan. Le premier passeur, toujours vivant, et tout d'un coup – un paradoxe que Lian ne peut appréhender, seulement reconnaître – c'est bien plus horrible d'être vivant que d'être mort. Odatan, Matieu Odatan Oghimiu, le passeur de la prophétie d'Oghim. Mais c'est toujours le même petit homme à la tignasse emmêlée, aux yeux pâles, au regard douloureux.

« Vous devriez vous reposer, s'entend-il dire d'une voix sans tranchant. C'est l'heure de votre méridienne. »

24

Ansaalion est la plus ancienne cité du continent – sur Tyranaël. Sur Atyrkelsaõ, elle a moins de mille saisons, mais c'est assez pour lui assurer une patine respectable. Ils arrivent vers la vingtième heure, c'est le plein été, le soleil rase l'horizon. Depuis qu'il a quitté la zone tropicale, Lian a découvert les splendeurs des couchers de soleil. Une mort lente, mais belle. En plissant les yeux et en rêvant un peu, on ne distingue plus la limite entre le ciel et l'eau. Le soleil perd sa blancheur éblouissante, devient jaune, orange, puis d'un rouge plus sombre, alors que le ciel alentour coule du bleu laiteux du jour en un bleu azur, puis indigo, avant de virer lentement au violet. Un halo rose et vieil or se dessine pour diffuser bientôt en une tache pourpre autour du soleil qui glisse rapidement sous l'horizon. Quand le temps est clair, au moment ultime où la dernière goutte de sang sombre disparaît, un bref embrasement vert turquoise semble jaillir du point de feu rouge et vient étinceler – oh, si brièvement – à la surface du Lac... Ensuite, quand la lueur rémanente du soleil s'efface, en été du moins, les animalcules phosphorescents montent des profondeurs et l'on peut rêver encore qu'on est accoudé, divinité pensive, au bord d'un ciel étoilé. La ville elle-même, avec le réseau de ses rues liquides, tremble dans la nuit comme un être vivant, la projection à l'échelle humaine d'une des minuscules créatures translucides qui habitent ses eaux.

Bâtie au bord d'une mer d'eau douce, Ansaalion est enracinée dans les multiples îles parsemant l'embouchure de la Hleïtsaõ – les îles originelles et les îles artificielles – inextricablement mêlée au lac d'où vient toute subsistance, la chair rosée de l'atéhan, les fruits oblongs de l'anahi qui flotte dans les anses tranquilles en épais tapis cuivré, le bois et les baies des grands tingai penchés sur les eaux tièdes qui baignent leurs racines... Protégés par les neiges et les brumes éternelles des hauts plateaux montagneux qui encerclent la fosse d'effondrement du lac, les Tyranao n'ont connu pendant des éternités que l'étendue flamboyante du Leïtltellu ; aux temps anciens, avant d'avoir compris les masques de Hananai, ils vénéraient le soleil et les lunes, mais loin derrière les divinités mystérieuses de l'eau. Sur les murs des édifices, aux proues des bateaux et des barques, dans le langage quotidien, ce sont encore elles qui apparaissent ici et là, pieusement conservées et reconstituées avec tout le reste. La Mer elle-même semble avoir moins droit de cité à Ansaalion que cette myriade de créatures surnaturelles, dzarlit ou divinités plus anciennes encore :

Héhlilu, Anamaliõn, Podzer, et le tout petit, le tout malicieux, Iptit au Chapeau vert.

Lian arpente la cité pendant plusieurs jours à la recherche de Dougall, le plus souvent en barque, quelquefois à pied, dans la fragrance à la fois suave et acidulée des kaïringa qui débordent des terrasses en longs arceaux verdoyants piquetés de fleurs, alternant avec les senteurs mêlées des plats exotiques. Des enfants plongent et nagent ici et là en s'éclaboussant, petites grenouilles nues à la peau dorée. Les reflets des palais et des anciens temples ondulent avec majesté dans les grands canaux, et sur les murs de mosaïque le miroitement incessant de l'eau ; rumeur paisible sur les petits canaux de traverse, appels, plaisanteries, brefs sifflements avertisseurs échangés d'une barque à l'autre, réverbérés par les parois de pierre vers le ciel laiteux. Lian est tombé amoureux d'Ansaalion, au premier regard, et même sa quête infructueuse de Dougall ne parvient pas à assombrir ces quelques jours pendant lesquels, parfois, il se sentirait presque libre.

Plus d'une semaine après son départ des îles, les suppositions des Ranao continuent à lui procurer vivre et couvert. « Et si un Chasseur essaie de continuer ainsi pendant tout le reste de sa vie ? » a-t-il demandé, sarcastique, à Odatan, tandis qu'ils parcouraient les derniers langhi du canal et qu'il s'interrogeait sur les limites de la bonne volonté rani à son égard. Le petit homme a haussé un sourcil : « Cela n'arrive généralement pas. Quand on quitte les îles, c'est pour de bon. Tu n'as pas l'intention de continuer ainsi toute ta vie, n'est-ce pas ? »

Leurs chemins se sont séparés au débarcadère, après une fin de voyage un peu embarrassée où chacun à bord s'efforçait de respecter les règles de politesse et veillait à ce que chacun les respectât ; ils n'ont pas revu le vieux Paalao, en tout cas. Entre Lian et Odatan, pendant ces deux derniers jours, beaucoup de silences, mais à la tonalité presque paisible, comme si l'énormité de la révélation avait brûlé d'un coup toute l'animosité de Lian à l'égard du petit homme. Quand ils se quittent,

Odatan lui donne les informations dont il dispose à propos de Dougall. Lian murmure, un peu accablé : « Je ne sais même pas à quoi il ressemble. » Le petit homme répond avec une curieuse mélancolie : « À toi. »

Un bref retour de curiosité pousse Lian : « Vous le connaissez bien ? »

Odatan le dévisage un moment avec une sorte d'angoisse puis, comme on se jette à l'eau : « C'est un de mes petits-enfants, Lian. »

Lian croit d'abord qu'il parle de façon symbolique. Ensuite, il est moins stupéfait qu'il ne l'aurait cru ; d'une certaine façon, cela explique beaucoup de choses. Ce qui est inexplicable, c'est qu'Odatan persiste à vouloir des enfants. « Je suis... votre arrière-petit-fils, alors. »

Odatan murmure d'un air un peu contrit : « J'avais plusieurs raisons de m'occuper de toi, tu vois.

— Et de Dougall ? »

Le regard bleu s'assombrit. « Je suis un père, quand j'ai des enfants. Mais pas un grand-père, ni la suite. J'y ai renoncé. C'est... trop difficile. Pour tout le monde. Dougall... Ce qui l'a blessé, c'était de savoir qui j'étais, ce que j'étais, et...

— De comparer », achève Lian assombri.

Odatan hoche la tête en silence. Lian médite un instant. « Kilasi ? »

Encore un hochement de tête, une ombre de sourire affectueux. « Une de mes arrière-petites-filles. Elle ne compare pas.

— C'est une hékel, rétorque Lian.

— Mais elle n'a pas pour don principal d'être une danvéràn », réplique à son tour le petit homme sans se troubler ; puis, un ton plus bas : « Et c'est une naïstaos. »

Lian reste un instant pétrifié. « On peut... on peut être hékel et...

— On peut être beaucoup de choses, Lian, dit Odatan avec douceur. Il s'agit de poser les bonnes questions. »

Ensuite, il le serre dans ses bras avec beaucoup de naturel, en lui disant : « Rappelle-toi que tu es libre, Lian. Personne ne peut choisir qui tu es, seulement toi. »

◆

La Base Potemkine se trouve au sud-est de Morgorod, dans la zone ultramoderne reconstruite après la guerre civile. Elle ressemble, en un peu plus petit, à la Base Quintin. Lian retrouve avec gratitude la routine militaire un peu relâchée pendant le bref voyage. Les entraînements et les cours reprennent, surtout de l'instruction technique maintenant, avec une note d'excitation et de nervosité sous-jacente pour les recrues : la ligne Ewald est à moins de quinze cents kilomètres, le prochain voyage sera pour s'y rendre, cette fois-ci, c'est du sérieux. Mais ils plaisantent quand même entre eux : « C'est l'Année de la comète ! » – c'est ainsi qu'ils appellent la tache lumineuse de l'astéroïde-vaisseau qui continue, indifférent aux affaires des planétaires, à se déplacer lentement dans le ciel. Dans des histoires virginiennes – héritées de la Terre, mais les Virginiens ne les voient plus ainsi depuis longtemps –, les comètes sont des signes. Ils ont choisi d'y voir le signe que la guerre finira bientôt. Ils n'y croient pas vraiment, bien sûr.

Lian continue à apprendre avec obstination comment réparer des corps brisés. Il étudie le matin, l'après-midi, le soir. Il écrit dans son carnet, aussi – tout ce qu'il se rappelle des plantes médicinales utilisées de l'Autre Côté et que la pharmacopée virginienne ignore souvent, bien que l'existence et les propriétés en soient souvent connues depuis le début de la colonisation, il l'a bien constaté : plusieurs poussaient même sur la terrasse de la commune. Quand il a quartier libre, il se promène sur les terrains de la Base pour trouver celles qu'il peut préparer lui-même avec l'équipement disponible. Discrètement, mais Grayson l'aide – il a des ressources apparemment infinies de débrouillardise, et une façon bien à lui de régler les problèmes de sous-officiers trop curieux ou de magasiniers trop avares. « Ne me pose pas de questions », dit-il toujours d'un

air bouffon de conspirateur. Lian n'y songe même pas.
Un soir, alors que Grayson a réussi à lui procurer le
demi-litre de lait de chaux dont il a besoin pour traiter
sa récolte de houx bleu, ou sinon la décoction de baies
serait un poison foudroyant, Lian ne peut pourtant
s'empêcher de remarquer : « Ça va faire mal, dis donc,
quand tu vas collecter mes dettes... » Gray le dévisage
avec l'habituel sourire sarcastique qui ne trompe plus
Lian depuis longtemps : « Je serai gentil. »

25

Lian dévide le fil de Dougall à travers la ville : il a
travaillé comme débardeur au port ; il a été cuisinier
dans une des hostelleries du Canal Aïrmôn ; il a aidé à
la reconstruction du Grand Théâtre, après l'incendie du
mois précédent...

Le fil s'arrête là. Y a-t-il un Club Virginien à Ansaalion ? Oui, mais on n'y a pas entendu parler d'un Dougall
Flaherty – bien que le nom soit vaguement familier,
remarque la vieille femme qui l'accueille à l'adresse du
Club. Elle a un peu froncé le nez en le voyant entrer, il
ne sait si ce sont ses habits de Chasseur, sa " tête-de-
pierre " ou la nature de son enquête, mais elle semble
soulagée de le voir partir. Et maintenant, quoi ? Il en
est réduit à interroger les gens aux alentours des endroits
où a travaillé Dougall.

Il se trouve depuis près de six jours à Ansaalion et il
commence à se décourager quand une batelière vient le
trouver dans le petit parc où il a élu domicile. Elle a
appris qu'il cherchait un halatnim aux yeux bleus et

aux cheveux blancs – Lian rectifie machinalement, « blonds ». Elle en a vu un s'embarquer il y a environ trois semaines de cela pour Mérèn-Ilïu. Le cœur de Lian se met à battre : la piste se réchauffe ! Il s'embarque derechef pour Mérèn-Ilïu. Sur le bateau, l'idée le traverse : c'est aussi de là qu'Oghim s'embarque pour l'île des Ékelli, dans la légende. Et tout d'un coup, avec un sentiment pénible de dislocation, il se rappelle que la légende n'en est pas une, ou pas vraiment, que la vision du Rêveur s'est réalisée, qu'Odatan... Puis il se raidit. Réel ou vrai, tout cela ne le concerne pas. Sa vérité à lui, c'est qu'il est venu chercher son père.

Le bateau est un lent caboteur qui dessert tous les petits villages blottis sur les rives. Pêcheurs et bûcherons, dans cette partie de la région : la riche mosaïque des terrasses amoureusement entretenues autour d'Ansaalion a vite disparu le long de la côte rocailleuse. Pas ici que viennent se marier les arbres-Gomphal, mais le long de la rive sud du Leïtltellu, là où les hauts plateaux consentent une ébauche de plaine ; Lian n'en a pas aperçu beaucoup pendant son voyage sur le canal.

Pas de Dougall deux jours après, à Mérèn-Ilïu, une assez grosse bourgade installée au bord d'une anse étroite et profonde, ombragée de hauts résineux dont il ne connaît pas le nom et dont alternent curieusement branches vert sombre et branches blanchâtres. On se rappelle le passage du halatnim ; il a travaillé avec les pêcheurs pendant quelques jours pour payer son écot. Il est parti presque tout de suite pour Ëlmadziulan ; peut-être s'y trouve-t-il encore, à moins qu'il ne soit reparti vers l'ouest depuis l'île, car on ne l'a pas revu à Mérèn-Ilïu. On désigne à Lian la masse brumeuse de l'île toute proche, qui barre l'horizon de l'anse. Un bateau s'y rend tous les deux jours. Demain, à l'aube.

En s'installant dans le lit qu'on a mis à sa disposition à l'auberge – « Tu es le bienvenu parmi nous », encore, et avec une conviction plus accentuée que partout ailleurs – Lian a encore dans l'oreille le nom de l'île tel que le prononcent les habitants du village, avec le

glissement entre " ëlmadzi " et " aïlmâdzi ". En virginien, ça donnerait quelque chose comme " l'île du
rêveur éternel ". Des darnao sont passés par là, qui ont
changé le nom d'Ékellulan. Ktulhudar ne s'y retrou-
verait pas – Oghim non plus. Lian hausse les épaules
dans le noir. On est sur Atyrkelsaõ, ici ; ni Oghim ni
son ancêtre n'ont jamais posé le pied dans cette île-ci.
Cette île-ci, personne n'y rêve, personne n'y dort ; c'est
seulement l'île des Morts.

◆

Le rythme des entraînements et des exercices en
grandeur réelle ne change pas ; les nouvelles recrues,
qui se considèrent maintenant comme des soldats che-
vronnés, piaffent presque d'impatience. Depuis bientôt
deux Mois, on n'a connu que l'univers réglementé des
Bases – avec l'exception toute relative du voyage depuis
Bird. On sait qu'à la fin d'Août, avant de partir pour la
Ligne, on aura quartier libre pendant cinq jours – un
vrai quartier libre, avec permission d'aller en ville. Ils
se racontent ce qu'ils feront – envirosims, vrais con-
certs, holovids, restaurants, mais surtout les bars et les
boîtes ; la vie de Morgorod n'est de toute évidence pas
aussi austère que celle de Bird-City. Lian trouve leurs
fantasmes monotones, mais il les comprend : amours et
amitiés se sont noués et dénoués pendant ces deux
Mois – tant que les relations entre recrues n'interfèrent
pas avec le service et qu'on est discret, elles sont
légales. Mais après tout ce temps, on se connaît trop,
on a envie de sang neuf – comme le dit Delgado au
cours d'une conversation sur le sujet, une expression
qui choque un peu Lian.

Il a été très clair au début, surtout avec Chris qui a
souffert d'un cas aigu de culte du héros lorsqu'il l'a
aidée lors de l'entraînement de base. Après cela, les
quatre autres filles de la section ne lui ont causé aucun
problème ; Vitale a eu une brève relation enjouée avec
Grayson et Nan a flirté avec Delgado, mais comme

Martine et Térésa elles se sont vite cherché de la
compagnie ailleurs ; c'est la même chose dans les
autres sections – « On pratique l'exogamie, a remarqué
Grayson avec ironie, ça développe la cohésion entre les
différentes armes. » Quant aux garçons, il n'y a pas eu
d'ouvertures, ou bien Lian n'a pas su déchiffrer les
éventuels signaux : l'armée sanctionne l'ostentation et le
désordre dans les relations amoureuses, non leur nature,
mais de toute évidence ceux et celles qui préfèrent la
compagnie de leur propre sexe sont quand même plus
discrets que les autres ; ces comportements ont dû être
acceptés assez tard dans l'évolution de la société virginienne, et plus tard encore dans son armée, a déduit
Lian de ses observations. Ce n'est pas comme s'il était
tenté, de toute façon, et par qui que ce soit. La trêve
qu'il a établie avec lui-même est encore bien trop fragile.

26

Le lendemain est un jour d'aube claire à Mérèn-Ilïu ;
le soleil levant diffuse en halo un mince anneau dia-
phane autour de l'autre cercle, où les rayons lumineux
dessinent la grande croix ; aux points d'intersection de
la croix et de l'anneau principal clignotent les petits
arcs-en-ciel évanescents. Lian, qui s'est perdu dans leur
contemplation, arrive juste à temps pour le départ du
bateau à vapeur, on embarque les derniers passagers.
Ils sont plus nombreux qu'il ne l'aurait cru, une quarantaine. Pendant le court laps de temps que dure le voyage,
ils restent appuyés au bastingage ou arpentent le pont
par groupes de deux ou trois, l'air méditatif. Il y a au

moins trois hékel, dont un assez âgé à la tunique bleue et rouge de kvaazim.

Pas de Barrière autour de cette île-ci, qui n'est pas l'île d'Oghim et n'a jamais été celle des Ékelli. Des plages de sable rosé bordées des silhouettes familières des tingai et des kaïringa, bientôt remplacées par ces résineux zébrés, que les gens du coin appellent " ûtelgànai ". Ensuite, un petit port où dansent une dizaine de barques de pêche, un quai, quelques entrepôts. Deux charrois communaux attendent au débarcadère, moteur au ralenti, émettant des petites bouffées de vapeur blanche. En voyant Lian se présenter dans le premier véhicule, le conducteur hoche la tête, murmure «Bienvenue». Lian va s'asseoir tout au fond sans répondre et s'accoude dans le châssis métallique à claire-voie. Le charroi est bientôt plein ; une des hékel, une femme d'une cinquantaine de saisons, tyrnaë mâtinée d'aritnao, s'est installée sans façon près de Lian avec son gros sac. Le charroi démarre. Sans doute ce qu'il y a de plus rapide sur Atyrkelsaõ, après les bateaux de la Mer. Le vent de la course fait claquer par intermittence la toile épaisse tendue entre les ridelles métalliques, qui protège les passagers du soleil estival. C'est la première fois que Lian emprunte un charroi communal, la nouveauté est divertissante un temps. Puis il se perd dans le glissement des arbres sombres de chaque côté de la route, un mantra d'une autre sorte.

Cent vingt-cinq langhi, le trajet jusqu'au centre de l'île prend plus de deux heures. La voisine de Lian ne lui adresse pas la parole, mais personne ne parle à personne. Il y a seulement le martèlement étouffé du moteur, le claquement de la toile, parfois une bouffée de parfums balsamiques. Lian aurait pensé qu'on apercevrait les champs des morts depuis la route mais non, la barrière des ûtelgànai s'avère impénétrable. De toute façon, il n'est pas venu visiter un champ des morts. Au complexe central, il trouvera Dougall, ou on lui dira où le trouver. C'est tout ce qui lui importe.

La route de dalles écarlates ondule avec les collines, puis redescend vers la cuvette centrale. On aperçoit enfin le Haëkelliaõ de l'île, un grand édifice pentagonal à trois étages de taille décroissante, bordés de verdure, aux parois où alternent bandes écarlates et bandes dorées. Une esplanade l'entoure, elle-même encerclée par un bassin en anneau sur lequel se penchent des tingalyai, puis, encore, par les pins omniprésents dont les zébrures presque horizontales accentuent l'effet d'emprisonnement. Le charroi franchit un petit pont, tourne à gauche et s'immobilise sur l'esplanade devant l'entrée principale, suivi du second charroi à moitié plein, qui déverse comme lui ses passagers au soleil. Il est encore tôt, à peine la sixième heure, mais il fait déjà chaud ; une odeur inattendue d'écurie arrive avec le vent. Lian suit les visiteurs dans l'édifice.

Une femme assez âgée, en qui il reconnaît avec surprise une halatnim, accueille les visiteurs. La plupart n'en ont pas besoin et disparaissent dans des couloirs à l'entrée ; Lian comprend qu'il s'agissait de travailleurs du Haëkelliaõ. À la dizaine d'autres vrais visiteurs, la femme montre comment se servir des registres indiquant le secteur où se trouvent ceux qu'ils cherchent ; ils pourront ensuite emprunter les aski ou les carrioles du Haëkelliaõ ; elle leur donne une petite carte indiquant les aires de repos où ils pourront camper. Lian les regarde partir, stupéfait. Camper, dans les champs des morts ?

La femme se tourne vers lui – il sait qu'elle l'a déjà remarqué, avec ses habits de peau. Elle lui adresse un sourire un peu hésitant : « Que puis-je pour toi ? »

Il lui explique le but de sa visite et le visage ridé prend une expression désolée : « Dougall a travaillé avec nous pendant presque deux semaines, mais il est retourné à Ansaalion. » La femme soupire en jetant un coup d'œil circulaire sur la salle, dont les gradins sont couverts de plaques de sirid comme toutes les salles du Haëkelliaõ – les plaques d'Ékellulan, amenées de Tyranaël lors du Grand Passage : « Tenir compagnie aux morts n'est pas chose aisée. Et il avait choisi de travailler aux plantations. Certains de nos bénévoles durent moins longtemps. »

Lian contemple aussi les plaques argentées, aux voix muettes pour lui. Des images, des émotions, des mots, les souvenirs mensongers de survivants eux-mêmes morts depuis longtemps. C'est ce qui reste de toutes ces vies. Et de lui, que restera-t-il ? Il fait volte-face, sans bien savoir où il va, entend la voix de la halatnim derrière lui, hésitante : « Le charroi ne repart que cet après-midi. Veux-tu que je te fasse visiter le Haëkelliaõ ? »

Il dit en hâte « Non, merci », puis après réflexion se retourne et dévisage la femme. « Vous êtes une naïstaos ? »

Elle tressaille un peu, mais répond avec calme : « Oui.

— Vous travaillez ici depuis longtemps ?

— Une vingtaine de saisons.

— Parce que vous êtes une naïstaos. »

Elle incline la tête de côté, réfléchit. « Au début, oui. Je voulais m'endurcir.

— Et vous vous êtes endurcie. »

Elle sourit avec indulgence : « Non. J'ai trouvé ma paix. »

Il sort, cette fois, fait quelques pas rapides, ébloui par les rebonds de la lumière sur les dalles. Puis il ralentit : il n'a nulle part où aller. La dernière carriole de visiteurs disparaît dans l'une des grandes allées en étoile autour du Haëkelliaõ. Il est seul en compagnie du vent et des hauts ûtelgànai qui ploient en murmurant leurs branches alternées d'ombre et de lumière. Mais comme il a commencé d'avancer, il continue, franchit le pont qui s'offre à lui et se retrouve dans l'allée extérieure du premier cercle des morts, les plus anciens. Parmi les arbres et les buissons courent en ondulant les petits murets bas de pierre dorée où sont serties les plaques-souvenirs des morts. Et les grandes statues de cristal bleuté, silencieuses, miroitant au soleil, toutes semblables. À l'intérieur, tous différents, les cadavres préservés, aux yeux ouverts : grands corps, corps ronds, corps fermes ou ridés, bruns, dorés ou bistres, des femmes, des hommes, des enfants même – nus, vulnérables, inaccessibles.

Il suit l'allée circulaire en marchant très vite et en regardant droit devant lui, mais le cercle est un cercle et, devant lui, il y a toujours d'autres statues translucides. Il remarque tout de même des silhouettes animées : ici un groupe de plusieurs personnes chargent des statues sur des carrioles basses ; ailleurs, deux hommes bêchent ; à un moment donné, il entend un roulement et un bruit de sabots derrière lui et une autre carriole passe, tirée par un asker ; dans la carriole sont étendus trois longs paquets étroits recouverts d'un tissu bleu. Des morts dont un kvaazim a réduit en poudre l'enveloppe de cristal, et qu'on s'en va planter avec leur graine de tingalyai sur le ventre.

Lian fait encore quelques pas, mais simplement parce qu'il a acquis un certain élan. Et puis il voit une statue qui n'est pas comme les autres. Le cristal est resté brut au lieu d'être taillé pour imiter la forme humaine. On l'a fichée en terre debout comme les autres cependant ; ses faces biseautées, légèrement asymétriques, lui confèrent une profondeur plus bleue. Un petit homme maigre et brun y repose ; cheveux blancs coupés en brosse touffue, étroit visage au nez en bec de rapace, lèvres minces, paupières fortement bridées, et tout le reste : un pur Virginien. Un Keldaran, dans la partie la plus ancienne du champ des morts ? Lian s'agenouille, fouille dans l'herbe, mais sans trouver de plaque gravée d'un nom.

« Wang Shandaar », dit une voix féminine derrière lui. Il sursaute et se retourne. C'est sa voisine du charroi, la hékel, tenant les bras d'une brouette remplie d'instruments aratoires. « Je t'ai surpris, pardonne-moi », ajoute-t-elle.

Lian dit machinalement « Ce n'est rien », puis il répète : « Wang Shandaar ? »

La hékel hoche la tête en contemplant le bloc de cristal avec respect. « Le premier Virginien venu de son plein gré avec la Mer, environ cinq cents saisons après le Grand Passage. »

Lian reste un instant interdit: «Je croyais qu'Odatan...

— Shandaar n'était pas un passeur. Et ce n'était pas le premier des siens à franchir la Mer. Une trentaine de saisons plus tôt, un bateau et son équipage étaient passés. Par accident, ils n'auraient pas dû se trouver sur la Mer lors de son départ. Tous morts, hélas. La Mer était bien trop puissante pour eux, alors : ils n'étaient pas prêts. » La hékel reprend un peu plus bas, après une pause : «Oh, comme on en a débattu alors sur tout Atyrkelsaõ ! Quelle effrayante merveille de voir encore se réaliser peut-être des visions des aïlmâdzi ! »

Elle médite un instant, les yeux fixés sur le bloc bleuté. «Et finalement, on a décidé de les renvoyer de l'Autre Côté, ces malheureux passeurs malgré eux, sans rien indiquer de notre présence. La Communicatrice de l'époque a demandé à l'Esprit de la Mer, et la Mer a accepté de faire une exception. Mais en examinant ceux que nous avions ainsi renvoyés, Shandaar avait imaginé un moyen d'atténuer le choc du passage, et finalement, il l'a mis en œuvre. Seul. Et la Mer l'a poussé dans le port de Hébuzer. Il a survécu trois jours à son passage. Pendant trois jours, parmi nous, je crois qu'il a été heureux. C'était un homme plein de curiosité. Et on a décidé de le garder ici, pour toujours, sans le replanter. Pour ne jamais oublier. Parce qu'il avait donné sa vie pour nous rejoindre, parce que, à sa façon, et le premier des siens, il croyait en la Mer. »

Lian déconcerté ne regarde plus le bloc de cristal, mais la hékel : «Vous en parlez comme si c'était hier...

— Ceux qui l'ont recueilli l'ont raconté pour des plaques, qui se trouvent ici. Si tu veux, je te les dirai. »

Il secoue la tête en marmonnant une vague politesse et reprend son chemin sans but. Des anciens passeurs, des visions peut-être réalisées, des plaques aux voix éternellement muettes pour lui – rien de tout cela ne le concerne. Il y a seulement les statues de cristal bleuté qui lui répètent son destin, rangées après rangées après rangées de cadavres. Et parmi ces statues, quelque part, loin à la périphérie des champs de morts, il y a un Thomas roux à la gorge tranchée, et le corps déchiré d'une aspirante hékel dont il ne connaît pas le nom et...

Il presse le pas, plus vite, encore plus vite. Traverse le pont qui mène à la route empruntée plus tôt, continue tout droit entre les rangées funèbres d'ûtelgànai. Au bout d'un moment il ralentit, adoptant sans en avoir conscience son ancien rythme de marche en forêt, qu'il pouvait soutenir pendant des heures. Quand il s'arrête, l'estomac noué d'une crampe, l'heure de la collation de mi-matinée doit être passée. Il s'assied, fouille dans son sac à la recherche des noix toujours conservées en cas de besoin. Puis il repart à la même allure, en évitant soigneusement de penser. Quelque part au début de l'après-midi, le charroi s'arrête à sa hauteur, presque vide, le conducteur lui fait signe de monter. Une fois au port, il convainc un des travailleurs des entrepôts de lui laisser emprunter sa barque, et il retourne à Mérèn-Ilïu à force de rames. Vers la fin de l'après-midi, il est de nouveau dans le vapeur qui va vers le sud. Le lendemain à la même heure, il est de retour à Ansaalion.

Au débarcadère, un homme s'avance vers lui. Il n'est pas très grand ; assez maigre, il flotte dans des vêtements de charpentier délavés par le soleil. Il porte un grand chapeau de cuir dont l'ombre lui coupe le visage en deux, dérobant la couleur de ses yeux et soulignant la ligne amère de sa bouche. Il s'immobilise devant Lian qui en fait autant, le cœur battant. Comme l'homme reste silencieux, Lian déclare, incertain, en virginien: «Je suis Lian Flaherty.»

— Tu devrais te trouver d'autres habits », dit enfin l'autre en setlâd. Puis, d'une voix qui s'enroue un peu: «On m'a dit que tu me cherchais.»

27

Le matin où commence la période de quartier libre, Lian reste à la Base ; il n'est pas certain de vouloir aller en ville ; mais Grayson revient le chercher après la méridienne, et il insiste tellement, charmeur, que Lian se laisse convaincre – par amitié, par acquit de conscience, pour se mettre à l'épreuve. Vers le milieu de l'après-midi, il a compris que c'était une erreur. Visiter le Capitole et y voir le Haëkelliað à chaque détour de couloir, dans chaque fresque, s'avère trop pour lui. En attendant que les autres aient fini leur tour guidé, il va s'asseoir dans la cour centrale. Il se perd délibérément dans l'élan incessant des fontaines, contemple l'énorme arbre-à-eau qui ombrage le bassin, se demande fugitivement d'où provenaient sa graine, évite aussitôt cette pensée, comme les caliches du bassin viennent examiner ses doigts trempés dans l'eau mais se détournent en éclairs rouges et noirs dès qu'ils bougent. Il a envie de rentrer à la Base, mais une obstination agacée le fait rester : il ne va pas céder aussi facilement ! Et puis, Grayson serait trop déçu.

À la fin de la soirée, après avoir mangé dans un restaurant plein d'autres recrues et essayé plusieurs bars, ce qui reste de la section se rend dans une des boîtes à soldats de la haute ville – les filles et un des garçons ont retrouvé leurs flammes du moment et décidé de faire cavaliers seuls. On accède à la salle par un long escalier ; elle s'étend en contrebas, immense. Le bruit est assourdissant, on ne perçoit de la musique qu'un rythme de base, lourd et insistant, qui vous résonne dans le ventre. Des lumières multicolores fulgurent dans toutes les directions, des danseuses et des danseurs s'exhibent sur de petites scènes rondes, presque aussi dénudés

que les clients qui se pressent sur les pistes de danse.
Même avec l'air conditionné, il fait chaud ; les peaux
sont moites, les parfums insistants, les yeux fiévreux,
les mains fureteuses. Lian reste un instant confondu au
sommet de l'escalier, tandis que leurs trois compagnons
dégringolent vers la salle avec des ululements joyeux
presque inaudibles dans le tumulte. Rien de ce qu'il a
vécu à la commune de Bird, encore moins à la Base,
ne lui a laissé imaginer ce genre d'endroit.

Une fille rousse vient se coller contre lui sans rien
dire, une autre enlace Grayson en silence aussi, mais le
langage de leurs corps ne laisse place à aucune équi-
voque. « Le repos du guerrier ! » hurle Grayson à l'oreille
de Lian d'un air égrillard. Lian a envie de dire « Quel
repos ? », mais il sait qu'il ne s'entendra pas, et Grayson
non plus, s'il ne hurle pas – et il ne veut pas hurler. Il
secoue la tête et fait demi-tour.

Le silence de la rue est presque aussi douloureux
que le choc sonique précédent. Il fait sombre. Morgorod
est toujours en black-out, la nuit, pendant la saison de
campagne. Lian se laisse tomber sur le rebord d'un des
caissons où l'on enferme les arbres, dans la haute ville,
et se force à prendre de grandes inspirations pour contrôler le tremblement qui l'a saisi. Quel plaisir peut-on
trouver à cette... oblitération par le bruit ? Puis il se
sent soudain glacé, malgré l'air tiède et moite de la
nuit tropicale. Oblitération. Oubli. Ils combattent le
mal par le mal. Rituel propitiatoire. Le rythme lanci-
nant de la musique et les lumières stroboscopiques
pour le futur tonnerre et les futurs éclairs du front. Le
repos du guerrier.

Au bout d'une durée imprécise, la porte s'ouvre et
se referme dans son dos, une lointaine bouffée de bruit
sauvage, puis de nouveau le silence. À peine surpris, il
entend la voix sarcastique de Grayson : « C'est pas ton
truc, hein ?

— Non.

— Quoi, tu n'aimes pas les filles ?

— Pas comme ça. »

Gray vient s'asseoir près de lui. Ses habits sont tout froissés, ses cheveux noirs en désordre.

« Oh la la, quel puritain ! Tu as bien eu des petites amies, quand même ?

— Pas en ce moment.

— Oooh, dit Grayson avec une compassion bouffonne, une belle histoire d'amour qui a foiré ! »

Ce genre de réflexion ne lui ressemble pas ; il doit être ivre. Lian hausse les épaules, se lève. « Je rentre. »

Grayson le rattrape au bout de quelques enjambées. « À pied ?

— Seulement douze kilomètres. On a fait bien plus que ça en une nuit.

— Tu ne sais pas t'amuser, Lian. Pas bon pour la santé, ça !

— Tant mieux si tu t'es amusé, Gray. »

Au bout d'un moment, Grayson marmonne : « Eh, je suis resté dix minutes, ça me prend juste un peu plus de temps pour m'amuser. »

Ils avancent en silence, du même pas – ils sont de la même taille.

« Tu n'avais pas quelqu'un, dans ta commune ? » Grayson semble dégrisé, tout à coup.

« Suzane ? Non. Pas vraiment.

— Qu'est-ce qui n'a pas marché ? »

Lian hésite, mais la réponse est si évidente : « J'étais trop ailleurs.

— Ah, les femmes n'aiment pas ça, c'est vrai. » Puis, plus bas, avec une sorte de ressentiment : « C'est drôle, moi, je préfère les gens qui ne sont pas trop là. »

Après quelques centaines de mètres, ils aperçoivent un taxi en maraude, lui font de grands signes. Le chauffeur consent à s'arrêter, malgré leurs uniformes – tous les transports sont gratuits pour les militaires – s'illumine quand Grayson agite son idicarte : « On paie les braves gens, nous. » Ils roulent bientôt dans l'un des interminables boulevards qui traversent la ville nouvelle et conduisent à la Base. Grayson regarde par la fenêtre sans rien dire. Lian, un peu embarrassé, murmure : «Tu n'avais pas besoin de rentrer... »

L'autre hausse un peu les épaules : «J'étais fatigué. »

Comme on arrive près de la Base, Grayson s'anime soudain, le nez collé à la vitre : «Hé, la comète ! » Lian se penche, suit le doigt tendu : le ciel est découvert, pour une fois, et Lagrange est en effet bien visible, comme un lointain sabre de lumière avec la traînée blanche qui le précède et se perd entre les étoiles ; depuis la ville, on ne le voyait pas, il était dissimulé par la montagne.

Une fois rentrés à la Base, ils se débarrassent de leurs vêtements de sortie tout fripés et Grayson va chercher son petit télescope – où il se l'est procuré, c'est l'habituel mystère. En maillot de corps et short dans la chaleur humide, ils grimpent sur le toit plat du baraquement, Lian étale la couverture qu'il a récupérée au passage sur son lit. Le black-out étant en vigueur à la Base aussi, la pollution lumineuse est nulle et la "comète" brille dans le ciel de toute sa splendeur faussement immobile. C'est une de ses passes les plus rapprochées de Virginia, Lagrange ne sera plus jamais aussi clairement visible. Avec le télescope, on distingue encore mieux les détails du jet d'ions, non un trait rectiligne comme on le croit à l'œil nu mais un brouillard qui se dissipe en nappes et volutes translucides, masquant légèrement les constellations proches. Lian est saisi d'une sorte de vertige : cette grosse tache de lumière est en fait une masse de glace et de rocs filant à travers l'espace à des vitesse inouïes, emportant quarante mille êtres humains dans son ventre, et ces nuages ténus couvrent en réalité des centaines de millions de kilomètres.

« Tu imagines », murmure Grayson dont les pensées ont bien entendu suivi une pente tout autre, « si une comète de cette taille venait s'écraser sur Virginia ? Hop, fini les humains. »

La perspective ne semble pas l'atterrer outre mesure. Il lui tend le télescope.

« C'est un astéroïde, remarque Lian.

— Astéroïde, comète ! La main de Dieu. Qu'est-ce que c'est, nos petits jeux stupides, nos petites guerres, en face de ça ?

— La main de Dieu ? » dit Lian, plutôt amusé maintenant. Gray va-t-il partir dans une de ses grandes méditations métaphysiques ? Mais il le préfère ainsi.

« Dieu, ou le hasard, même chose, question de point de vue. Nous regardons dans nos télescopes et nous nous sentons importants parce que nous voyons des choses immensément lointaines, et en face, il y a Dieu, ou l'univers, même chose, question de point de vue, mais eux ils nous voient par le petit bout de leur lorgnette, et nous sommes très, très petits. Tellement petits que même ton petit gardien des petites choses ne voudrait pas s'occuper de nous.

— Mais quelle humilité, Gray », sourit Lian en se couchant sur le dos pour observer plus confortablement le ciel.

L'autre hausse les épaules sans répondre, et Lian comprend soudain qu'il est sérieux. « Il n'y a rien de trop petit pour le petit gardien des petites choses », remarque-t-il avec douceur – et c'est à lui de perdre son sourire : Laraï le lui disait toujours, quand il omettait dans un dessin tel ou tel détail d'une plante ou d'un animal en arguant que c'était trop petit pour être important.

Il cherche le trait lumineux, le trouve, l'observe en silence en essayant d'imaginer qu'il le voit bouger.

Grayson dit brusquement, d'une voix basse et intense : « Qu'est-ce que je fais, Lian ? Qu'est-ce que je veux ? »

Lian se redresse, déconcerté. Il a beau distinguer aisément Grayson dans l'obscurité avec sa vision de nuit, il ne peut comprendre d'où vient cette soudaine angoisse. Il lui retourne ses questions avec une douceur prudente : « Je ne sais pas, Gray. Que fais-tu ? Que veux-tu ? »

Un long silence. « Je mens, murmure enfin la voix torturée. Je me mens, je te mens. Tellement... de mensonges. Et pourquoi, vraiment ? Je ne sais plus. Ce n'est plus pareil. Tu as tout changé. »

Lian contemple le visage obstinément détourné, les boucles emmêlées qui retombent sur le front têtu, il a envie de sourire, il a la gorge serrée. Il tend une main, effleure le bras nu de Grayson, qui tressaille et tourne vers lui un regard aveugle, terrifié, implorant. Et c'est Argelos, et c'est Thomas, Lian voit maintenant ce qui l'a ainsi attiré en son compagnon depuis le premier jour, il sourit, un peu triste, mais en même temps c'est ainsi que ce doit être.

Grayson reste pétrifié un instant, puis gémit, désespéré : « Tu ne comprends pas, tu ne comprends pas...

— Je comprends quelque chose, dit Lian, étrangement pacifié. Et toi ? »

Il caresse du bout de l'index les lèvres entrouvertes. Grayson le regarde toujours sans vraiment le voir dans le noir, éperdu. Puis il balbutie : « Je n'ai... je n'ai jamais...

— Veux-tu ? »

Grayson est incapable de parler, maintenant. Il hoche simplement la tête. Il tremble. Lian lui caresse la joue – un peu rêche, une barbe d'un jour – l'épaule, si douce par contraste. « C'est très simple, Gray. Juste toi et moi. »

Et il l'embrasse.

28

Le dernier festival de l'été commence à Ansaalion, le festival du gaad, en ce premier jour de Gaadténu. L'épi rouge, symbole des anciens Aritnai, apparaît partout. La ville en profite pour faire toilette, on récure édifices et demeures, on repeint à neuf les emblèmes des barques et des bateaux et la coutume veut que, en ce temps de l'année, on se procure de nouveaux habits. Des odeurs nouvelles s'entrecroisent au-dessus des canaux, celle du gadrundel, le gros gâteau rempli de graines croquantes et de fruits confits auquel chaque famille donne une forme particulière, dictée par ses traditions, et qu'on fait cuire dans les fours de quartiers parce qu'il est trop gros pour les fours familiaux, celle des pâtés d'atéhan aux mille recettes différentes, celle des kilnis, les minuscules beignets rouges qu'on mange à toute heure sur les canaux et les places... Dans le port, les visiteurs affluent de toute la province. Pendant les quatre jours du festival, la circulation augmente sur les canaux ; les barges d'approvisionnement et les bateaux communaux ont la priorité ; ensuite le flot diminue peu à peu et on laisse de nouveau place aux bateaux individuels.

Des flots de musique s'échappent d'un peu partout : le festival est l'occasion de joutes serrées entre les Tyranao et leurs cousins les Hébao dont musique et chant sont sans doute, avec l'affabulation sans frein, les principaux talents. On se déguise, aussi, en souvenir du subterfuge de la maligne Héhlilu pour soutirer aux puissances souterraines l'épi de gaad qu'elles conservaient jalousement. On peut être qui on le désire pendant le festival du gaad, empruntant à celle-ci ou celui-là son métier, son caractère et même son visage – pour lui présenter un portrait parfois sans indulgence, quitte à se rencontrer soi-même ensuite au détour d'un canal ou d'une rue, également caricaturé. On en profite aussi pour sortir accessoires et costumes anciens conservés avec soin dans les coffres familiaux, ainsi bien sûr que toutes les légendes et traditions qui peuvent s'y rattacher.

Dougall emmène Lian chez un tailleur, c'est la première chose qu'ils font ensemble. Il troque des modifications intérieures extensives de l'atelier de l'artisan contre un ensemble complet, deux chemises, pantalons longs et courts, gilet pour toutes occasions ; Lian refuse toutefois de se séparer de sa longue veste de peau, qu'il a faite lui-même, solide, imperméable, et pleine de poches utiles. Ensuite, en attendant que les habits retouchés soient prêts, ils vont s'asseoir à la terrasse d'une taverne.

Après un long silence, Dougall demande : « Pourquoi maintenant ? »

Lian envisage plusieurs réponses, aucune satisfaisante, choisit : « Je ne savais pas que tu étais vivant. »

Un éclair de stupeur douloureuse passe dans le regard bleu, masqué aussitôt par une ébauche de sourire sarcastique : « Elle ne t'a rien dit.

— Ils ne m'ont jamais rien dit ! Ils m'ont toujours menti !

Dougall le contemple un instant, un sourcil levé : « Jamais ? Toujours ? »

Lian hausse les épaules, buté : « Trop souvent.

— Ils voulaient te protéger, murmure enfin Dougall.

— De la vérité ? !

— La vérité...

— De la réalité, alors ! » s'exclame Lian exaspéré. Dougall ne va pas les *défendre* ? « Tu aurais fait la même chose ? »

Dougall regarde au loin. « Je n'aurais pas été un bon père. Il valait mieux que tu grandisses avec Nathénèk.

— Et maintenant ? lance Lian.

— Maintenant, tu vas entrer dans ta dix-septième saison, et tu apprends à poser des questions. » L'ironie s'efface. Le regard bleu revient sur Lian, suit les cicatrices de ses joues, se détourne encore. « Tu es allé chez les Krilliadni », murmure Dougall d'une voix sourde. Son visage à lui ne porte pas de cicatrices.

« Et alors ? » dit Lian au bout d'un moment furieux, terrifié. « Je te cherchais ! Et leurs questions, on n'en a rien à faire, ce sont des questions de Ranao !

— Ces questions-là n'ont pas de race, Lian ! »
Dougall baisse la voix, les traits contractés. « Et tant
qu'on a peur de son ignorance, on ne peut approcher la
vérité. »

Il ne va pas se mettre à parler comme un hékel, non
plus ! Lian fait tourner sa chope de bière sur la table,
exaspéré, les yeux fixés sur les bulles qui n'en finissent
pas de mourir à la surface.

Un choc dans le petit canal devant eux, un cri bref,
l'éclaboussure d'un plongeon. Deux barques viennent
de se heurter. Le pilote de la barque noire et verte jaillit
de l'eau en se propulsant d'un seul mouvement à bord
de la barque blanche et rouge, commence à protester,
ruisselant. L'autre batelier, d'abord apaisant, s'énerve à
son tour et répond avec vivacité. Sans un regard pour
leurs occupants, les autres bateliers contournent les
deux barques qui dérivent lentement au milieu du canal.

Mais la rumeur des voix qui flottaient sur le canal
se tait à cet endroit. Une poche de silence s'élargit peu
à peu autour des deux barques. À la terrasse de la taverne, tout le monde s'est immobilisé, les conversations
se sont interrompues. Lian se rend compte qu'il est le
seul à observer l'altercation, avec Dougall.

Sur un éclat de voix plus haut que les précédents,
l'homme de la barque verte et noire lève soudain la
main et gifle l'autre. L'autre batelier se fige, lèvres blanches sur ses dents serrées. Après un instant de parfaite
immobilité, il prend une profonde inspiration, recule
d'un pas dans sa barque qui tangue et s'incline, les deux
mains offertes, dans le salut du plus profond respect.

L'autre homme semble se réveiller en sursaut ; il
regarde autour de lui comme s'il avait soudain pris
conscience du silence, puis saisit les mains tendues en
s'inclinant à son tour. Comme par enchantement, les
voix du canal s'élèvent à nouveau autour d'eux. Le
pilote de la barque blanche et rouge godille rapidement
pour rattraper l'autre barque, le second batelier saute à
bord de son embarcation et reprend en sens inverse son
trajet interrompu.

Lian laisse échapper un reniflement sarcastique. «Ces gens sont si *polis*!»

Dougall ne dit rien, les mains croisées autour de sa chope de verre. «Sais-tu combien d'habitants il y a à Ansaalion, Lian? dit-il soudain. Près de trois millions. Et la population totale d'Atyrkelsaõ? Huit cent cinquante millions environ. Et il y en a eu jusqu'à un milliard et plus, après le Grand Passage. Sur Tyranaël, au moment de l'arrivée de la Mer, quand toute la population d'Aritu et de Paalu a été déplacée, près de trois milliards sur ce seul continent. Crois-tu qu'ils auraient pu continuer à exister sans politesse? Leurs cultures ont survécu à des chocs dont un seul aurait détruit la nôtre. Ils sortaient de terribles guerres quand la mutation... Connais-tu le jeu de la perfection?

— Un peu, dit Lian en haussant les épaules, surpris du changement de sujet.

— Le hékel ne gagne jamais, l'as-tu remarqué? S'il gagne, il a perdu.

— C'est un *jeu*! Ce sont les hékel qui exercent le pouvoir réel!»

Dougall repose sa chope avec un claquement sec: «Mais non! Ils facilitent à tous l'exercice du leur. Et ils en paient le prix. S'ils atteignent l'illumination, s'ils sont en mesure de rejoindre la Mer mais qu'on a encore besoin d'eux, ils restent. Il y a peut-être autant de hékel que de Krilliadni à l'île des morts! Ils ont fait ce choix à mesure que les dons se développaient. La communauté. Parce qu'ils l'avaient déjà choisie avant les dons, de façon répétée, depuis très longtemps. Ce n'est pas forcément le bon choix, ni le seul. On en a fait d'autres, de l'Autre Côté par exemple... Mais c'est celui qui leur a permis, à eux, de survivre. C'est ainsi.»

Lian le dévisage avec une fureur incrédule. «C'est ainsi? répète-t-il d'une voix rauque. Et il faut aller mourir dans les îles?»

Dougall se mord les lèvres: «Le bien du plus grand nombre...

— Mourir pour le bien-être d'une communauté dont on ne fait pas partie ?

— Nous faisons partie de la communauté rani, Lian ! proteste Dougall alarmé.

— Alors pourquoi dis-tu "ils" en parlant d'eux ? »

Silence. Dougall dit enfin, le regard assombri : « Parce que ma mère, et mon grand-père... » Sa voix s'éteint, reprend. « Mais les enfants de tes enfants seront des Ranao à part entière, si tu y veilles.

— Nous sommes des *naïstoï* ! » gronde Lian, les poings serrés.

Dougall se fige. Un muscle tressaute dans sa mâchoire. « Ils en ont eu aussi. Presque plus maintenant. Cette mutation-là n'a pas duré de l'Autre Côté non plus : il n'y a plus de passeurs. Ici, pour nous, ce n'est qu'une résurgence passagère, j'en suis certain. Les enfants de tes... »

Lian frappe des deux mains sur la table. « S'il y a des enfants de mes enfants ici, moi, je serai *mort* ! C'est moi qui suis ici maintenant, pas les enfants de mes enfants ! »

Dougall se raidit : « Peut-être devrais-tu être ailleurs, alors ! » dit-il entre ses dents serrées.

« J'y suis allé, comme toi ! »

Soudain conscient du silence qui les entoure, Lian adresse aux Ranao les plus proches un regard furieux ; les yeux restent détournés ; le silence persiste.

Au bout d'un moment, d'une voix dépourvue d'inflexion, Dougall dit : « Tes habits doivent être prêts, Lian. Viens. »

Chez le tailleur, une fois Lian vêtu à neuf de pied en cap, Dougall semble se détendre un peu. Il lisse le col de la chemise, tire sur le gilet pour mieux l'ajuster, passe enfin une main maladroite dans les mèches blondes de Lian en marmonnant « ... coupe de cheveux ». Lian bat des paupières à ce contact, la gorge subitement serrée. Mais Dougall fait un pas en arrière, l'examine une dernière fois d'un œil critique et lance par-dessus son épaule au tailleur et à ses apprentis : « Beau travail. »

Puis il retire de son annulaire gauche une bague qu'il tend à Lian : « Ça complétera. » L'or massif enserre sans griffes un cabochon rond et poli, rouge, la nuance du rubis et non de l'ultellaod.

« Je t'échangerais aussi bien les habits du petit contre cette bague, remarque le tailleur en s'approchant, intéressé. J'ajouterais même un manteau d'hiver.

— C'est un bijou de famille, dit Dougall.

— Dans ce cas, soupire l'autre, il n'a pas de prix pour toi. Tant pis. Viens demain, je te montrerai les modifications que j'envisage pour l'atelier. »

Une fois dehors, Lian dit à Dougall : « Je t'aiderai. »

Dougall ajuste son chapeau de cuir sur sa tête, regard de nouveau invisible dans l'ombre : « Je ne suis pas un artisan, je ne forme pas d'apprentis », dit-il enfin avec une réticence évidente.

« Je sais comment travailler le bois ! proteste Lian. Sûrement assez pour t'aider, en tout cas ! »

Dougall reste un moment silencieux puis concède : « D'accord. Sept jours. Mais ensuite, je pars pour l'ouest, et tu ne viendras pas avec moi. Tu me cherchais, tu m'as trouvé, je suis heureux de t'avoir rencontré, Lian. Ça s'arrête là. Je ne suis que ton père-par-le-sang. Juste... un homme, comme n'importe quel homme rencontré en chemin. Ce que tu dois savoir, je ne peux pas te l'apprendre. Personne. »

Et avant que Lian ait pu protester, il tourne les talons en disant : « Viens, il est tard, j'ai faim. »

Ils se rendent sur la place du Haëkelliaõ, où est installée la foire et où l'on peut manger pour rien aux étals de dégustation. Il y a foule, mais plus pour assister aux spectacles qui se déroulent sur les tréteaux ou au hasard des improvisations un peu partout. Avec leurs plateaux et une cruche de vin d'arpelai, ils s'asseyent comme plusieurs badauds sur le rebord d'une des fontaines, non loin d'une scène où des masques improvisent sur des motifs traditionnels. Lian va reporter les plateaux – la cruche n'est pas encore vide – et revient près de Dougall qui est en train d'allumer une pipe, tandis qu'une joute musicale a remplacé les dialogues comiques : des jeunes filles tournent et sautent au son aigu des pilpai et des tikhouti, un jongleur lance des boules multicolores vers le ciel tout en exécutant les premières figures de la maalsaïtlàn, la danse archaïque à l'origine de la satlàn. Alors qu'il s'approche de Dougall, l'odeur à la fois douce et âcre de la fumée le fait tressaillir, il la reconnaît, doublement : c'est celle du maalt.

Un éclair dans sa mémoire, la caverne aux ombres dansantes, les frères du karaïker et leurs balafres noires et rouges, la grande pipe qu'on se passait de main en main... Il s'assied, confusément angoissé, tend la main vers la cruche.

Légère, la cruche. Vide. Il n'en a pas bu une goutte. Il lève les yeux : Dougall le regarde fixement. Son visage semble se brouiller, se défaire, il ouvre la bouche, mais au même moment les cloches de la ville et les cornes de bateaux se mettent à résonner, c'est la vingt et unième heure, le commencement officiel du festival.

Dougall se lève un peu lourdement, sans dire ce qu'il allait dire. Lian en fait autant, décontenancé. Autour d'eux, les réjouissances reprennent de plus belle. Soudain une bande de personnages déguisés séparent Lian de Dougall ; ils portent sur la tête des masques énormes, plus grotesques qu'effrayants, et ils entraînent Lian dans leur farandole. Il n'a pas encore retrouvé ses esprits que le groupe de masques est déjà plus loin. L'un d'eux, aux vêtements noirs et rouges et dont le masque de karaïker richement ouvragé s'orne de crocs argentés, arrive derrière Dougall, se ramasse et lui saute sur le dos avec un rugissement bien imité. Ils roulent tous les deux sur le sol.

Dougall se relève, il a perdu son chapeau, ses cheveux lui retombent dans les yeux. L'autre se met à danser autour de lui en lançant des petits coups de pattes rapides, le touchant à l'épaule, à l'estomac, au flanc...

Dougall reste immobile, comme pétrifié. Ses yeux étincelants comme du verre suivent les mouvements du masque. Et tout d'un coup, avec un cri inarticulé, il saisit l'un des bras tendus, effectue un mouvement rapide de torsion et l'autre se retrouve sur le dos. La main de Dougall accroupi sur lui s'élève et retombe, une fois. Le masque s'immobilise. Dougall aussi.

Les autres avaient cessé de danser et encourageaient leur compagnon avec des rires. Certains font maintenant mine de se prosterner devant Dougall en psalmodiant l'ancien titre des rois paalani, « Kar Karaïlan ! Kar Karaïlan ! » – "tueur de karaï, tueur de karaï". D'autres, dont un adolescent à masque de tovker blanc, feignent de donner des coups de pied au karaï mort, « Tu as trouvé ton maître, Arundaz, lève-toi et marche, maintenant, Arundaz ! »

Ils se taisent et s'immobilisent les uns après les autres. La silhouette rouge et noire ne bouge toujours pas. Dougall non plus. Toute la scène se détache pour Lian avec une précision irréelle dans les lumières tremblantes des lampions et des grandes torchères. Enfin, le masque au tovker blanc retire sa tête pour découvrir le visage anxieux d'un très jeune adolescent. « Arundaz ? » Puis, d'une voix plus aiguë : « Ati ? » Il s'agenouille près du corps inerte, en face de Dougall toujours pétrifié. Avec une hâte fébrile, il détache le masque aux crocs d'argent. En dessous, le visage d'une jeune femme aux yeux fixes, qu'il effleure d'une main hésitante.

Le silence s'étend de proche en proche comme une marée sourde et pourtant vibrante, mis en relief de façon aiguë par les rires et la musique qui s'élèvent toujours aux confins de la place.

Dougall se relève avec des mouvements lents, comme s'il nageait. Lian voudrait courir vers lui, le secouer, le faire revenir à lui, mais il est incapable de bouger. La foule s'écarte, pourtant, en face d'eux. Devant trois hékel en tunique bleue scintillante. L'un d'eux prend avec douceur le bras de Dougall. Entre les deux autres, le corps inerte se soulève sans qu'ils le touchent, et ils s'éloignent dans l'allée que la foule ouvre pour eux. L'adolescent au masque de tovker s'est relevé et regarde dans leur direction avec des yeux d'aveugle, même quand la foule s'est refermée ; il tient toujours le masque de karaïker ; ses compagnons l'entourent et l'entraînent en silence. Comme à un signal, tout le monde se détourne et s'écarte de l'endroit où se trouvent le hékel et Dougall ; les bruits de la fête reprennent peu à peu, avec une note tremblante, angoissée.

Le hékel a lâché le bras de Dougall. Ses lèvres ne remuent pas mais, comme s'il avait parlé, le visage de Dougall perd son effrayante fixité. Sa maigre silhouette semble se recroqueviller, s'affaisser. Il ne regarde pas du côté de Lian, il suit le hékel et disparaît bientôt dans la foule.

Lian revient à lui avec un sursaut, court derrière eux, Trop de monde sur son chemin. Sans le regarder, sans méchanceté, comme par inadvertance, on fait obstruction à ses efforts.

« C'est fini, Lian, laisse-le, c'est fini », dit une voix brisée derrière lui. Il se retourne, Odatan, c'est Odatan, bien sûr, et Lian s'arrache à la main qui s'est posée sur son bras, en criant : « Où vont-ils ? Que vont-ils lui faire ? Laissez-moi passer ! »

Les yeux dilatés du petit homme semblent noirs dans la lumière bondissante des torchères. « C'est la deuxième fois qu'il tue, il est naïkraël maintenant. Ils l'emmènent au Haëkelliaõ. Laisse-le. »

Lian continue à se débattre, les oreilles bourdonnantes. "Naïkraël" : "négation, vide, absence éternels". Naïkraël ? Il se fraie un chemin vers le centre de la place et cette fois on le laisse passer. Il arrive trop tard, Dougall a disparu derrière une masse de hékel en tuniques scintillantes, qui occupent toute la voûte d'entrée, tête baissée, mains offertes à hauteur de poitrine. Lian pense un moment se jeter en courant contre eux, les bousculer, entrer de force, mais ils sont trop nombreux. Trop immobiles. Ils se laisseront trop frapper.

Les bruits de la fête résonnent, des silhouettes vont et viennent autour de lui. Il se sent lourd, lourd et froid, prêt à s'enfoncer dans les profondeurs de la terre. Il a vaguement conscience à ses côtés de la présence des masques silencieux. Il se laisse tomber plus qu'il ne s'assied sur les dalles, devant la première rangée de hékel. Il ferme les yeux.

Après un espace de temps incolore, c'est le silence qui les lui fait rouvrir. Les hékel se sont écartés. Une silhouette vêtue d'une tunique brune s'avance entre eux. Lian ne reconnaît pas tout de suite Dougall : il semble plus grand, plus maigre, son visage est très calme. Ses yeux... une pellicule vitreuse, blanchâtre, les recouvre. Il tient une longue canne avec laquelle il tâte le sol à petits coups.

Lian se relève à genoux, tend la main vers lui : « Béra... »

Le visage pacifié frémit à peine. Dougall continue d'avancer à pas hésitants à travers la place, où chacun, sans le regarder, s'écarte de lui. Deux mains appuient sur les épaules de Lian, quelqu'un murmure à son oreille : « Il a choisi l'aveuglement, il n'existe plus, on ne doit plus le voir ni lui parler, le toucher ni l'aider, ne le sais-tu donc pas ? » Il se débat pour se libérer, se retourne vers un inconnu qui fait un pas en arrière et s'incline d'un air navré, les deux mains offertes à hauteur de poitrine.

Avec un cri de rage, Lian se détourne, court derrière Dougall. La silhouette brune est presque arrivée au bord du canal de ceinture, elle y arrive, elle se penche en tâtonnant vers les anneaux d'amarrage. Lian crie, en virginien : « Dougall ! Père ! »

Les mains de Dougall s'affairent avec maladresse à tirer une barque vers le quai, à défaire le nœud qui la tient captive... Lian le contemple, pétrifié. Lentement, en s'y reprenant à plusieurs fois, Dougall monte dans la barque, repousse de sa canne le bord du quai. La barque glisse entre les autres, semble hésiter un moment puis s'éloigne peu à peu, prise dans le courant qui la poussera de canal en canal vers le sud jusqu'à la Hleïtsaõ, dans les rapides, puis dans les chutes.

Le mois des Moissons passe, le mois des Fermiers, le mois des Chemins. L'été a viré à l'automne. Lian redescend lentement vers le sud. Au gré des routes, selon le travail qui s'offre ici ou là, ricochant de l'ouest à l'est au nord et au sud, toujours au sud, tel un joueur inepte mais obstiné d'Odhabaï. Il aide aux moissons puis à la cueillette des fruits sur les rives de la Toïtsaõ, recommence plus loin, d'autres moissons, d'autres fruits, peu importe. Il a perdu sa veste, il ne sait plus où. Ses habits tombent en loques. On lui en donne d'autres, il les prend. Il est batelier pendant trois lunaisons, charroyeur pendant une autre, vagabond dans l'intervalle. Il dort n'importe où, il y a toujours un champ pour l'accueillir, puis, lorsque la pluie commence à étoiler la poussière de l'été sur les routes, quelque part le long de la Hleïtsaõ, il y a des auberges, des fermes, des hangars, des arbres. Il mange ce qu'on place devant lui, ne répond pas aux questions détournées, ne voit pas les regards apitoyés qui l'accompagnent. Il ne sait pas où il va, seulement que c'est vers le sud. En chemin, il croise des Gomphali. Ils ont laissé leurs frères mourir dans les montagnes, ils vont faire leurs petits quelque part au soleil, et disparaître. Quelle importance ? Quelle importance ?

Un jour, à la traversée d'une rivière, loin à l'intérieur des Plaines Bleues, il rencontre Argelos. Il attend le bac, un jeune homme vêtu de bleu scintillant surgit près de lui et c'est Argelos. Il n'a pas beaucoup changé. Il est hékel maintenant. Il va à Markhalion. Lian veut-il venir avec lui à Markhalion ?

Markhalion se trouve bien au nord-ouest de la route de Lian, mais pourquoi ne pas retourner en arrière, pourquoi ne pas aller à Markhalion, il n'est jamais allé à Markhalion.

À Markhalion, par un incompréhensible télescopage du temps, c'est le début de la nouvelle année, les fêtes du départ de la Mer, odeurs, couleurs, musiques. Plus d'une saison s'est écoulée. Mais quelle importance ? La Mer brille bleu au-delà des quais de pierre polie. À

midi, elle disparaîtra. De ce côté-ci du continent, il y a
une éclipse de soleil pour accompagner son départ. Les
elnoï, les Parfaits qui vont se joindre à elle, marchent
en habits bleus dans les rues, l'air serein. Lian mange
d'autres gâteaux, voit d'autres danses. Perd Argelos
dans la foule, n'essaie pas de le retrouver. Devant le
Haëkelliaõ, le matin du départ, alors que l'éclipse,
lentement, commence à dévorer le soleil, des vagues
d'adolescents se succèdent, plusieurs centaines, des
filles, des garçons, avec des hékel. Ici et là dans leurs
rangs, certains tombent dans une sorte de ravissement,
les yeux tournés vers la façade du Haëkelliaõ. Ensuite,
quelques-uns pleurent. Des adultes viennent embrasser
les adolescents, en larmes aussi parfois. La Mer a dési-
gné les futurs hékel.

Lian marche au hasard le long des quais. Au hasard,
il s'arrête. Il se trouve dans les faubourgs, presque de
l'autre côté de la baie. À l'ouest, Markhalion s'allume de
torchères dans la fausse nuit de l'éclipse à moitié complète. Le ciel tourne au mauve. Les Parfaits doivent être
rassemblés dans le grand amphithéâtre du port, prêts à
monter dans les petites barques que le vent poussera au
large, et d'où ils se jetteront dans la Mer. Quelque part
le long de la Hleïtsaõ, y a-t-il une petite barque vide
qui suit le courant en tournoyant ?

Ce quai est désert, trop loin du cœur de la fête. La
masse bleue de la Mer semble presque immobile, légèrement ourlée là où elle touche la pierre, en bas des
marches. Des irisations presque imperceptibles courent
dans sa brume scintillante. Lian se déshabille. Il descend
l'escalier jusqu'au bord. Au bout d'un moment, il fait un
pas de plus. Il y a encore des marches sous la surface.
La Mer n'est ni chaude ni froide, ni solide ni liquide.
Elle n'existe pas pour son corps, son corps à lui n'existe
pas pour elle, et pourtant elle est là. Il continue à
descendre les marches. La masse bleue lui arrive à mi-
cuisses à présent. Il se penche, laisse baigner ses mains
dans cette absence visible, bouge un peu les doigts. Il
ne sent rien. Les bateaux flottent sur la Mer, tout flotte,

qui n'est pas absorbé par la Mer. Il s'allonge, se retrouve étendu sur le dos. La Mer le porte. Il se met à faire de lents mouvements de bras. Il n'a pas l'impression d'avancer, mais quand il jette un coup d'œil derrière lui, le quai s'est éloigné. Il continue. Des pensées paresseuses l'accompagnent. Qu'arrivera-t-il s'il s'éloigne assez du bord, au-dessus de l'abîme que la Mer recouvre ? Le repoussera-t-elle vers le quai avant de disparaître ? Partira-t-elle en le laissant s'écraser sur la terre noire à nouveau découverte, mille lani plus bas ? Ou se retrouvera-t-il sur le quai après le Départ, incapable de dire comment il y est revenu, une coque vide, incohérent, comme cet homme qu'il a vu un jour et dont on disait que la Mer l'avait refusé ?

Un soudain vertige l'envahit. Il ferme les yeux.

TROISIÈME PARTIE

29

Alicia tombe. Elle tombe vers la planète au fond du puits. Depuis que la navette est entrée dans l'atmosphère, la tour de contrôle de Saint-Exupéry l'a prise en charge et elle n'a rien à faire qu'à essayer de ne pas penser qu'elle tombe. Elle sourit : elle sait bien qu'elle ne tombe pas – elle vole, ce qui est déjà assez bizarre en soi. Elle a pourtant aligné assez d'heures de sim depuis des années, mais elle a décidé de se refuser l'échappatoire trop facile du " c'est juste comme dans les sims ", elle ne veut pas se laisser dériver dans la légère auto-hypnose où elle pourrait se convaincre que sensations et perceptions sont exactement identiques à celles auxquelles elle s'est habituée. Elles ne le sont pas. Ceci est la réalité. Le point culminant de vingt-deux ans d'entraînement. Le but de toute sa vie.

Elle peut se permettre un sourire sarcastique : personne pour la voir. Tous les liens audio et visio avec Lagrange sont coupés, silence total de Saint-Exupéry aussi, ils la pilotent en automatique. Les derniers moments de sursis. Et ensuite, encore trois semaines à vivre en bocal, comme si la demi-quarantaine à bord de Lagrange n'avait pas suffi. Sans compter le temps écoulé à bord de la navette depuis qu'elle a quitté la station. Non, ils veulent encore trois semaines, pour être sûrs. Leurs semaines à eux, quatorze jour chacune. Ne devrait pas s'appeler "quarantaine" quand ça dure plus de soixante jours !

Mais ça aurait pu être pire. Au début des négociations, ils parlaient de la renvoyer en orbite dans la navette pour toute leur période d'observation. Quelle paranoïa ridicule. Que feront-ils quand leur propre émissaire reviendra sur Virginia ? Sera-t-il jamais assez "décontaminé" pour eux ? Bon, leur fameuse Peste terrienne a fait quatre-vingts millions de morts, mais c'était il y a près de quatre *siècles*. D'ailleurs, " terrienne ", "terrienne ", il n'y en a jamais eu la moindre manifestation sur Terre à l'époque, pas plus qu'ailleurs dans le système solaire. Phobies de planétaires. Phobies de *Virginiens*. Ce n'est pas le seul problème auquel elle aura affaire une fois rendue à destination.

Allons, un peu d'honnêteté. Bien sûr que quatre siècles, c'est plus que suffisant pour voir se développer de part et d'autre des virus sans danger pour les locaux, mais mortels pour les non-immunisés. Et on ne se fera pas faute de l'immuniser, elle, c'est sûr ! Déjà dans Lagrange... les dernières semaines n'étaient pas particulièrement agréables... Ennui mortel, en plus, à revoir pour la millionième fois les mêmes bandes, à refaire les mêmes exercices de sim, à vérifier pour la millionième fois qu'elle est prête, prête, prête pour la mission de sa vie.

Et ce n'est pas comme si tu n'avais pas de petites phobies non plus, eh, Alice qui tombe au fond du puits gravitationnel ? Pas vraiment une phobie : un souvenir de phobie, à la rigueur. Son corps est parfaitement conditionné, pas de nausée, pas de panique, sa terreur bien lagrangienne des surfaces convexes est depuis bien longtemps maîtrisée, mais c'est tout dans la tête, pour peu qu'on veuille se laisser aller, la réalité n'a rien à voir. Et elle peut bien admettre qu'elle joue à se faire des sensations. Elle sait qu'elle ne tombe pas, qu'elle vole en une rase trajectoire à travers l'atmosphère de

Virginia et qu'elle se posera en douceur sur la piste
d'atterrissage de la base militaire Saint-Exupéry – dans
un coin très à l'écart de la piste, mais bien en sécurité
sur le plancher des vaches, comme ils disent.

En même temps, pourtant, dans un recoin de sa cervelle, la petite Alicia est encore là, et ses cauchemars
enfantins, l'atmosphère de Virginia comme une soupe de
plus en plus épaisse, de plus en plus étouffante, et elle,
lourde, lourde, qui coule en suffoquant, et elle essayait
de s'imaginer dans un scaphandre pour lutter contre la
terreur, elle descendrait, mais dans un scaphandre, et
ils lui avaient retiré même ce maigre réconfort, non,
elle n'aurait pas de scaphandre, elle se tiendrait toute
nue à la surface – enfin, dans ses vêtements, mais sans
aucune protection au fond, tout au fond du puits et
quand elle lèverait la tête, elle ne verrait pas la concavité
normale de l'horizon, comme dans les cavernes de
Lagrange, avec les champs ou la forêt, les canaux ou le
lac au-dessus d'elle, s'enroulant à l'intérieur du cylin-
dre du monde : il y aurait seulement du ciel, à perte de
vue. Oh, quelle crise d'hystérie elle avait piqué la première fois qu'ils l'avaient plongée dans le sim ! C'était
pourtant sous un ciel relativement plein, où le regard
pouvait s'accrocher dans la distance à de grands beaux
strato-cumulus – mais encore bien trop vide, et bien
trop convexe pour elle la ligne d'horizon quand, affolée,
elle avait essayé de regarder ailleurs ; c'était la mer, en
plus ; ils auraient au moins pu lui mettre des montagnes ! Elle avait vomi partout. Marti n'avait pas été
content. Sa faute aussi, il n'avait pas voulu choisir
l'approche progressive recommandée par les psy. Trois
ans, elle avait seulement trois ans ! Il savait très bien
quel effet ça aurait sur elle. Il l'avait fait exprès, comme
tout le reste. Il a toujours voulu la voir échouer.

Un bref retour de rage douloureuse lui fait serrer les
dents, puis elle s'oblige à se détendre. Elle est passée
au travers de tous les obstacles que son père a mis sur
son chemin, elle est ici, maintenant. Inutile de se faire le
coup du pénible souvenir d'enfance. C'est bel et bien

la mission de sa vie, on l'y a entraînée toute sa vie...
non, *elle* s'y est entraînée : elle l'a faite sienne, et elle la
réussira. Et Marti sera bien déçu. Rien que d'imaginer
sa colère impuissante – et qui devra rester invisible –
ça vaut la peine. Et puis, soyons quand même moins
mesquine, un peu de tenue, elle est en voie d'entrer
tout debout dans l'Histoire. Le Premier Contact Depuis
La Séparation. La Grande Réunion des Frères Ennemis.
Le Retour de la Terre sur Virginia. Ah, non, pas ça, elle
peut le penser en ces termes, tout le monde le fait plus
ou moins dans Lagrange, mais surtout ne jamais le dire
devant des Virginiens. Terrible faux pas diplomatique,
à proscrire absolument, quelle horreur, la Terre ne "revient" pas sur Virginia ! Et c'est vrai, en plus. Lagrange
n'est pas la Terre. Lagrange 5 a levé l'ancre il y a bien
longtemps, rompu ses amarres, fui la Terre en perdition.
On n'y reviendra jamais, sur la Terre, et elle ne reviendra
jamais nulle part. Dieu sait où en est la Terre maintenant.
Lagrange n'a jamais essayé de le savoir, du moins pas
officiellement. On préfère fantasmer, bien sûr, un désert
sans vie ou une planète péniblement vivante mais sans
humains, qu'on a eu raison d'abandonner à son triste
sort. En réalité, et malgré toutes les fulminations des
Néo-Jugementalistes, il y survit des poches de civilisation
chaotiques et cahotantes, plus ou moins retournées à des
archaïsmes divers... Quelque chose comme Virginia, par
exemple.

Ah, non, encore un horrifique faux pas, discipline
ton mauvais esprit, Alicia ! Et puis, la Mer est absente
de Virginia depuis quatre de leurs Mois, là-bas, en bas,
on est en pleine période moderne. Ou du moins le
gouvernement et les militaires. Les fameux rebelles
sécessionnistes aussi, sans doute, même s'ils n'ont
jamais essayé de contacter Lagrange – ou pas pu : le
gouvernement fédéral y a sûrement veillé. Et résolument modernes, les zones de la planète qui se trouvent
au-dessus de deux mille mètres d'altitude, modernes
depuis toujours, ou enfin depuis le début de la colonisation. La version virginienne de la modernité, c'est-à-dire

qui n'a plus grand-chose à voir avec celle de Lagrange. Peut-on dire "une modernité archaïque" ? Mais, au moins, l'électricité.

Elle soupire. Avec tous les sims et les bandes visio et les tonnes de documents et les sessions avec les historiens, les sociologues, les psychologues, elle a l'impression de connaître cette damnée planète comme si elle l'avait faite ! «Illusion dangereuse», répétait le vieux Krantz, index levé. Il avait raison, bien sûr. Elle est tout à fait prête à la méfiance. Elle regrette seulement un peu de ne pas se sentir plus curieuse. «Tu ne vas pas là pour faire du tourisme», lui a sèchement rappelé Marti le jour où, fascinée, elle devait avoir douze ans, elle a commis l'erreur de dire lors d'une session d'instruction : «Tous ces mystères, les Anciens, la Mer...» La tête de Marti ! Ce n'étaient pas des mystères, l'énigme des Anciens était résolue depuis longtemps – ils s'étaient très certainement jetés avec armes et bagages dans la Mer au cours de grands auto-génocides religieux ; quant à la Mer elle-même, elle ne serait pas là lorsque la trajectoire de Lagrange l'amènerait à destination. La jeune Alicia avait remarqué une fois de plus alors, mais en le gardant pour elle, que ni Marti ni personne n'avait d'interprétation expéditive pour se débarrasser de la Mer, mystère ou énigme...

Ce n'est pas comme si elle voulait faire du tourisme, non plus : trop d'informations sont venues laminer sans répit ce qu'elle a pu éprouver au début de réelle curiosité. Mais non, *Père*, je ne vais pas faire du tourisme ni fraterniser avec les indigènes. Je vais chercher le Secret Perdu de la Propulsion Greshe, afin que les vaillants Lagrangiens puissent continuer à des vitesses moins escargotes leur voyage sans fin à travers la galaxie, et la galaxie suivante, et tout l'Univers pendant que vous y êtes. Et, surtout, ne pas vous laisser déranger par l'idée qu'une partie des vaillants Lagrangiens préféreraient peut-être s'arrêter une fois pour toutes, et pourquoi pas sur Virginia, hein ?

Mais cette idée-là est trop hérétique, même pour le noyau central de l'hérétique faction stoppiste. À vrai dire, Alicia ne la soutient, avec un amusement pervers, que pour voir les vieux birbes rappeler une énième fois, très rationnels, le handicap majeur de la planète, cette division entre zones modernisables et zones archaïques, à cause de la Mer. Pas question pour eux d'exprimer le motif profond de leur refus, de leur réflexe – bien sûr, trop incorrect : "Oui, mais il y a des Virginiens sur Virginia." Au mieux, les moins hypocrites parlent de " problèmes d'adaptation avec les indigènes ". Heureusement qu'on peut noyauter aux franges du noyau. Être l'hérétique de quelqu'un, même des hérétiques. Cher Eduardo. Elle lui a quand même appris à dire "oui, mais", à force. Oh, la tête des dignes camarades, ce jour-là, quand il a dit, l'innocent : « Oui, mais nous serions si peu nombreux que nous nous intégrerions vite à leur population. » L'assimilation, horreur. Personne n'a rien dit – ainsi confrontés avec leur réflexe raciste, que pouvaient-ils dire ? – et on est passé à un autre sujet. Comment l'aimes-tu, ton fils stoppiste, Marti ? Et si tu savais à quel point il l'est...

Elle hausse un peu les épaules, agacée de la tournure qu'ont prise ses réflexions – mal à l'aise. C'est pourtant une de ses victoires les plus délicieuses sur leur père, avoir réussi à convertir Eduardo. Pour l'instant du moins : Marti doit penser que cela lui passera, comme il croit que cela lui a passé à elle ; et il a peut-être raison, le gamin n'a que vingt ans (eh, gamine, tu en as vingt-cinq ! Oui, mais. Ses vingt dernières années à elle ont compté double.) Elle y prendrait sans doute davantage plaisir si Eduardo était conscient du véritable enjeu.

Conscient d'être un pion dans la partie qu'elle mène contre leur père ? Sûrement pas ! Le petit en aurait sans doute de la peine. Elle n'a pas du tout envie de lui faire de la peine. Elle l'aime bien, finalement. Et si elle l'a manipulé, c'est pour faire pièce aux manipulations des autres, Marti en tête. Et puis, elle ne l'a pas vraiment manipulé, au contraire, elle l'a déconditionné. Elle a

élargi ses horizons. Elle lui a montré qu'il avait d'autres
options. Plutôt ironique, en fin de compte. Il aurait
bien aimé aller tout de suite sur Virginia, lui, je lui en
ai tellement raconté... Mais ce n'est pas lui qui est en
ligne pour devenir le futur Capitaine, hein, Marti? C'est
moi. C'est moi l'aînée, la préfabriquée. C'est moi qui
dois faire mes preuves. Et je les ferai, je te le garantis.

◆

Dans l'avion qui les emmène à Dalloway, un gros
transport de personnel plein à craquer qui s'arrache
avec difficulté à la piste de la Base Potemkine, Lian est
au début aussi paralysé que ses compagnons ; il a vu
comme eux des avions atterrir et décoller à la Base, et
il a fait comme eux des entraînements avec hélijets et
autoplaneurs ; mais jamais aussi haut ; il n'a jamais été
malade lors de ces exercices, il était trop concentré sur
l'exercice lui-même, le bruit avait un effet comme
hypnotique – et puis, on s'élevait rarement au-dessus
de quinze cents mètres. Une fois, à Hleïtzer, il était monté
dans un ballon, avec Thomas, mais ça n'a rien à voir
non plus. Ici, on grimpe, on grimpe, ça n'en finit pas,
la surface du monde danse, s'incline, tourne, tombe et
se perd dans la distance. Plusieurs recrues se mettent à
vomir. Lian fait jouer ses maxillaires pour se déboucher
les oreilles et avale sa salive, les dents serrées. Le ron-
ronnement des moteurs est trop lointain, il faut sans cesse
reconstruire la certitude du mouvement trop régulier.
Après l'excitation angoissée de la montée en puissance
pour s'arracher à la piste, après l'éclosion au soleil à
l'altitude de croisière, loin au-dessus de la couverture
de nuages, on a l'impression de faire du sur-place, c'est
magique – et en même temps, chaque fois que Lian
regarde les ailes qu'on peut voir ployer un peu, il ne
sait s'il a envie de rire ou de hurler.

Environ à la moitié du trajet, la couverture de nuages
s'effiloche puis disparaît. On est trop haut maintenant
même pour le vertige : les vagues des collines, puis des

plateaux qui se pressent au pied des montagnes Rouges
n'offre qu'un relief incertain, il suffit de tricher un peu
avec ses perceptions pour y voir une simple carte un
peu froissée. La ligne Ewald traverse sur toute sa longueur le haut plateau de Dalloway pour se perdre dans
la distance au nord-est et au sud-ouest. On en voit
clairement depuis le ciel la zone interdite, une longue
balafre rectiligne alternativement grisâtre ou rougeâtre là
où défoliants et bulldozers ont mis à nu du granit ou de
la paragathe. Lorsque l'avion effectue le grand tournant
qui le fait remonter vers le nord-est et sa destination,
un long lac gris terne glisse sous l'aile, en plein milieu de
la zone désertifiée, puis disparaît. Sur les cartes d'état-
major, c'est le lac Boomerang – la forme en est caractéristique. Lian ferme les yeux pour ne pas voir son
Leïtnialen.

30

La gigantesque mer intérieure du bouclier septen-
trional glisse vers l'ouest – le " lac Mandarine ", joli
nom, mais pourquoi pas " mer ", techniquement plus
exact ? Ça sonnerait moins bien, c'est vrai, l'amère
Mandarine... Et surtout, il n'y a sur Virginia d'autre
mer que la Mer, ils ont dû le décider au début de la
colonisation et la Commission de toponymie virginienne
s'est débrouillée avec. Après tout, c'est de l'eau douce,
comme les deux autres " lacs " ; alors, d'accord, lac
Mandarine. Trop haut pour le voir de cette couleur,
juste une vaste surface jaunâtre et triangulaire, presque
étranglée en son milieu sur une île minuscule dans la

distance – l'île d'Aguay entourée de sa fameuse et infranchissable barrière de radiations naturelles. À courte portée, les radiations, heureusement, sinon voilà une zone idéale de peuplement qui aurait été perdue pour la postérité : sources chaudes, eaux poissonneuses, rives hyper-fertiles, climat tempéré en plein milieu de la froidure nordique...

Et dans une région accidentée plutôt inhospitalière aussi, le nord-ouest de la cordillère des McKelloghs qui étire ses dents pointues du nord au sud tout le long du continent. Alicia se permet un bref coup d'œil vers l'écran où s'arrondit la convexité bien visible de la planète à cette altitude, se perdant dans une brume blanchâtre – et au-dessus, le bleu laiteux du ciel ; qui se fonce, devient noir, et loin, loin dans le noir, il y a Lagrange, invisible à présent, mais qui achève ses orbites de yoyo entre les planètes du système d'Altaïr pour se rendre à destination. La navette a pénétré trop loin dans l'atmosphère à présent, il faut un effort trop délibéré pour imaginer la profondeur du ciel, un léger vertige menace : plutôt se laisser croire qu'il n'y a rien au-delà de cette cloche impalpable.

La navette amorce le grand virage qui va lui faire suivre le plateau des Deux-Rivières, le long de la chaîne ; la cime majestueuse du Catalin, le plus haut sommet de la planète à près de neuf mille mètres, glisse à son tour dans les écrans avec ses voisins plus modestes mais néanmoins couronnés de nuages, ou bien ce sont des écharpes de neige soufflées par les vents en altitude. Alicia ne peut s'empêcher de les contempler, l'estomac un peu noué. Il n'y a pas de montagnes dans Lagrange, encore moins d'hiver. Juste des collines avec de la rocaille artificielle pour les amateurs de varappe et de la pluie plus ou moins programmée. Mais ici, en cette deuxième moitié de ce qui est le long Octobre de Virginia, à cette latitude et à ces altitudes, l'hiver est déjà commencé – ou n'a jamais fini en ce qui concerne glaciers et neiges éternelles.

Le but du voyage est proche, à présent. Il fait beau sur cette région des McKelloghs. Exactement comme dans les sims, le relief bien dégagé – la couverture de neige précoce en moins, qui en accentue les détails. Il faut en reconstituer le code paradoxal : les champs en plus foncé, les forêts et les bois plus clairs. L'aspect tridimensionnel est tout de même mieux rendu. (Alicia hausse les épaules : évidemment, idiote, ce n'est *pas* un sim ! Mais les bandes visio en tridi ne font pas le même effet non plus. Tout a l'air plus petit, en tridi...) Les élévations de terrain se froncent comme les plis d'une épaisse couverture, on distingue les tortillements des moindres petits cours d'eau, entre l'élan des deux immenses rivières qui découpent le plateau longeant les McKelloghs, le large flot plus ou moins boueux de la Dandelion, les rives escarpées de la Holodbolchoï aux blancs rapides.

La navette est en trajectoire d'approche basse à présent, difficile de prétendre qu'on regarde une carte, c'est vraiment la surface, et pas du tout comme lorsqu'on fait de l'aéroglisseur dans Lagrange. Pas tellement la planéité, toute relative dans cette région quand même assez accidentée, mais... le désordre, Alicia n'a pas d'autre mot pour se décrire son impression, comme si tous les fractals de tous les programmes de sim n'arrivaient pas vraiment à égaler ce chaos organique. Heureusement, repérées avec une sorte de soulagement, des traces humaines : villes, routes, barrages, carrières, grandes cicatrices blanches des passages de lignes à haute tension, enfin la civilisation. Les civilisations. Assez facile, à cette altitude, de distinguer la superposition des humains sur les indigènes disparus : les grandes taches uniformes des cultures intensives, en longs rubans parallèles, ne s'accordent pas avec le relief du terrain comme le font ailleurs les terrasses ou les petits champs repris des anciens occupants de la planète ; et surtout les villes : le plan circulaire des Anciens, encerclé par les damiers monotones des villes nouvelles entre les lésions des zones commerciales et industrielles.

Et, dans la montagne rabotée, les longues pistes grises et noires de Saint-Exupéry, rubans de tarmac entrecroisés, hangars, entrepôts, radars, baraquements, complexe central et tour de contrôle. Finies les vacances, Alicia. Au travail.

Et en fin de compte, elle se retrouve en scaphandre au fond du puits : le temps de passer de la navette au véhicule isolé puis dans le tube flexible qui la conduit à ses appartements, et elle la garde jusque-là, sa combinaison spatiale, même si elle aurait pu la retirer une fois dans le sas du tube ; elle veut faire preuve de bonne volonté. Le comité de réception, au pied de la plate-forme mobile de la navette, est en combinaison isolante aussi. On se serre les gants avec cérémonie en s'adressant par l'intermédiaire des interphones les paroles historiques requises et dûment répétées. Après quoi, pendant que les techniciens également en combinaison grouillent autour de la navette pour l'arroser d'agents décontaminants avant de l'emmener s'abreuver au lac proche, Alicia s'engouffre dans son cordon ombilical inversé, toute seule, et les autres se rendent dans la salle de contrôle d'où l'on conduira le reste des introductions sur un mode sagement virtuel. Avant son départ de la station, elle a fait la connaissance par l'intermédiaire des écrans d'Alan Grumberg, son homologue virginien, mais elle ne le rencontrera pas : il se trouve déjà dans la navette avec son propre scaphandre isolant, fin prêt à partir pour de bon lui aussi après toute une vie de simulations. Un gars laconique d'une trentaine d'années, format bulldog. On veut espérer qu'il a été correctement entraîné pour sa mission diplomatique : ils ont quand même disposé de tout le temps nécessaire après le premier contact. Ce qui ne vaut évidemment pas quatre cents ans d'obsession maniaque, mais on fait avec ce qu'on a. Non, elle exagère, quand même : on ne savait pas vraiment où on allait quand on a désamarré la station, au moment des Troubles ; ça n'a été voté qu'après une cinquantaine d'années, quand ils en ont eu assez de ramper à travers l'espace. Et le projet Greshe a seulement démarré quand Marti a résolu d'en faire le projet de sa vie – et de la vie de quelques autres. On ne peut pas dire qu'il n'a pas de suite dans les idées, il avait quoi, treize, quatorze ans?

Les appartements sont de dimensions plus que respectables pour qui est habitué aux locaux exigus de Lagrange, et pourvus de tout le confort moderne virginien. La console de communication, entre autres – elle ferait saliver les connaisseurs rétro-techno de Lagrange – est assez fonctionnelle. Et de toute façon, Alicia a appris à se servir de toutes ces antiquités sans prix, comme elle a appris le virginien. Pauvres linguistes, ils se sont bien amusés pendant un temps à extrapoler la dérive du dialecte depuis la rupture totale de la colonie avec la Terre, mais on y a vite mis fin: ce serait inutile, on capterait les émissions radio assez tôt – s'il y en avait, évidemment – pour effectuer la mise à jour bien avant la naissance de l'émissaire prévu. L'évolution vraisemblable de la société virginienne, scénarios, options, ça, c'était important pour La Mission, sociologues et psychologues ont toujours été abondamment subventionnés. La langue... les détails peuvent toujours être rectifiés sur place sans trop d'obstruction des indigènes; la non-communication peut même constituer un outil utile – on a le temps de réfléchir et d'observer pour vérifier l'exactitude des scénarios socio-politiques, par exemple, pour lesquels les indigènes sont sûrement moins enclins à fournir de l'aide. Les techniciens ont proposé, Marti Coralàn a disposé, l'assemblée a avalisé, fin de la discussion.

Et de fait, les indigènes ne font pas d'obstruction. Ils n'ont voulu aucune communication directe de données de Virginia à Lagrange et réciproquement, pour diverses raisons de sécurité (ils craignent sûrement davantage les contaminations informatiques que l'espionnage des rebelles et croient sans doute autant que les Lagrangiens aux vertus de la non-information. Tous aussi maniaques les uns que les autres!). Leur seul caprice – avec l'échange d'ambassadeurs solitaires, et ma foi, on n'avait pas non plus envie sur Lagrange d'envoyer trop de monde se faire spirituellement contaminer, hein ? Et puis, c'était une façon de soutenir la thèse officielle, qui est même vraie : non, non, nous voulons seulement retrouver les plans de la propulsion Greshe, pas question de débarquer même pour du tourisme sur (pouah !) le plancher des vaches ; et avec ou sans les plans de la propulsion Greshe, nous repartirons ensuite vers de nouvelles aventures et vous ne nous reverrez jamais. Les planétaires gardiens des vaches ont choisi de ne point être offensés par le contenu subliminal de ces déclarations : mais c'est parce que leur phobie réciproque est la meilleure garante de la bonne foi entre Lagrangiens et Virginiens. On se rassure comme on peut. Et si la théorie officielle se voit contredite un peu par la suite des événements, eh bien, l'univers n'est pas une horloge.

Comme convenu, Alicia trouve dans sa console tout un tas de cadeaux, données historico, socio et le reste – sans aucun doute péniblement officielles, mais on ne va pas se plaindre, celles qu'elle apporte le sont tout autant ; elle aura en tout cas de quoi s'occuper pendant les trois semaines d'observation.

Après quelques échanges utilitaires avec ses gardiens, pardon, ses hôtes, sur le bon usage de ses appartements et la routine à venir, Alicia déclare qu'elle va maintenant se reposer, on lui souhaite une bonne méridienne et on coupe le contact. Elle ne doutè pas qu'on ne continue à la suivre en audio, peut-être même en visio, et si c'est le cas elle souhaite bien du plaisir aux voyeurs, mais en réalité elle s'en moque : elle y est préparée depuis toujours ; elle pourrait aisément repérer et neutraliser les engins espions, mais on a décidé qu'elle serait parfaitement transparente, question de confiance. Seulement en cas d'extrême urgence, le contact avec Lagrange par l'intermédiaire du transmetteur dont les éléments inoffensifs et méconnaissables sont disséminés parmi ses affaires de toilette ; ses hôtes, ses gardiens, n'ont nul besoin d'en connaître l'existence. En cas de vie ou de mort, exclusivement. Oui, Capitaine. Mais j'ai le transmetteur, et Eduardo a un récepteur aussi, que dites-vous de ça, Capitaine ? En cas de vie et de mort – ou si elle trouve les données convoitées, et alors les hérétiques des hérétiques se mettront en branle.

Elle se déshabille en bâillant. Elle est morte de fatigue, maintenant que l'adrénaline retombe : elle vit à l'heure de Virginia depuis sa demi-quarantaine dans Lagrange. Le plus étrange, sûrement, cette ultime séparation alors qu'elle était encore là, ces deux semaines dans sa bulle à l'intérieur de la bulle de Lagrange. Pour les autres, bien sûr : les contrôleurs, et Eduardo. Pour elle... pas vraiment. Depuis sa toute petite enfance elle travaille à se rendre étrangère. Elle a appris à vivre dans un autre monde – non, *sur* une planète –, une autre société. Elle en a toujours trop su pour être à l'aise dans Lagrange. Les autres enfants se sont chargés de lui rabattre le caquet les quelques fois où elle a essayé de jouer les importantes avec tout ce qu'elle apprenait et dont ils n'avaient pas la moindre idée – et quand Marti a appris ces indiscrétions, quelle fusillade ! Elle a tout dû garder pour elle – jusqu'à la rencontre avec Eduardo, en cachette de tout le monde. Ensuite, bien sûr, quand elle a eu une dizaine d'années, on a appris en grandes pompes officielles quelle était son auguste destinée. Personne n'a été très impressionné, à vrai dire. Elle était déjà à part, avec sa double vision secrète et ses " oui, mais " ; au mieux – dans les meilleurs des cas – on a compris pourquoi. Sinon, on a continué à ne pas beaucoup la fréquenter : trop dérangeante. Oh, les psychologues ont toujours veillé à la rectitude de son allégeance lagrangienne, au cas où. Elle leur a toujours dit ce qu'ils désiraient entendre. Elle ne se fait pas d'illusions, cependant : une fois parmi les Virginiens, elle se trouvera simplement de l'autre côté de sa double vision. La seule chose qui compte, c'est qu'elle sache où elle se trouve réellement, elle : ailleurs, peu importe, là où elle aura choisi d'être.

Les psychologues croient ce qu'ils ont besoin de croire, comme Marti et le Conseil, tout le monde. Et elle, elle ne croit qu'en elle-même. Elle sait qui elle est. Eux, ils n'ont pas besoin de le savoir.

Alors qu'elle se frotte avec délice sous la douche, l'idée la frappe qu'elle est de nouveau dans une bulle pour plus de quarante jours. Sauf qu'à l'extérieur de la bulle, cette fois, c'est une planète entière, pas une autre bulle mais une grosse, très grosse boule – et du plein, pas du creux. Elle quitte le cubicule rempli de vapeur, vite amusée de son malaise : elle ne va pas devenir claustrophobe, maintenant ?

Elle dort mal. Elle rêve, le vieux rêve. La station a explosé, ils flottent tous dans le grand silence du vide, mais ils flottent ensemble. Elle, elle est toute seule, très loin, et elle essaie de nager pour les rattraper, si elle les rattrape elle ne mourra pas tout de suite, mais ils s'éloignent sans entendre ses appels, bien sûr, dans le vide on ne vous entend pas crier. Sauf si on est dans un scaphandre, mais elle n'est pas en scaphandre. Elle a laissé sa combinaison à l'entrée de la chambre et ils ont dû l'emporter pour la décontaminer...

Elle se réveille complètement, enfin, arrachée au sommeil par ses tentatives confuses de rationaliser le cauchemar, ou capable de le rationaliser parce qu'elle était déjà réveillée, peu importe, elle est réveillée. Et la désorientation frappe quand même, un très bref instant – les dimensions de la pièce, les couleurs, l'odeur, les textures, les formes, l'intensité de la lumière qui point lorsqu'elle se lève – pas besoin de claquer des doigts ou de parler, quand même. Elle respire plusieurs fois, à fond, en espérant qu'elle n'a pas crié tout haut – qu'en déduiraient les observateurs ? Elle a dormi comme une bûche, la méridienne est finie depuis longtemps. Elle a faim. C'est le moment de vérifier le bon fonctionnement du matériel ad hoc.

La nourriture est sans surprise : rien d'exotique ; les experts ont sûrement mis au point un programme d'adaptation bien gradué. Alicia replace le plateau vide dans la poubelle à succion, bâille avec ostentation, non, non, vous n'êtes pas en train de m'observer, et va s'installer à la console pour en continuer l'exploration en circuit fermé. Mais un malaise rémanent s'obstine, le rêve ne veut pas s'éteindre. Son plus ancien cauchemar. Le premier dont elle se souvienne – la soupe suffocante de Virginia n'est venue qu'après. Elle sait exactement de quand il date. Cinq ans. Quand elle a découvert qu'elle n'était pas unique.

Alicia le Fantôme. Le nom qu'elle s'était donné à l'insu des autres, son secret à elle toute seule. Les entraînements étaient commencés depuis deux ans ; une fois les premières horreurs passées, elle s'était convaincue qu'elle en était très fière – elle l'était : l'attention de son père, de sa mère, de ses autres dresseurs, tous ces mystères partagés avec les grands seulement, ce qu'elle savait et que les autres devaient ignorer... Elle n'avait pas vraiment d'amis, elle préférait jouer toute seule : elle s'entraînait pour sa *mission* – on ne lui avait pas dit exactement de quoi il s'agissait, farfouiller dans des banques de données archaïques, ou sinon elle aurait eu le fantasme moins facile. Non, elle se rendrait *sur* une *planète*, un jour, parmi des *planétaires*, des gens qui n'aimaient pas les Lagrangiens, et elle devrait alors accomplir sa mission – héroïque et dangereuse, c'est ce qu'elle avait conclu en écoutant l'envers des discours adultes ; malgré les réassurances de Virginia, on se préparait encore pour tous les scénarios, à cette époque-là, y compris des planétaires soudain hostiles et des recherches à effectuer malgré eux. Elle devait donc apprendre à devenir une héroïne, forte, endurante, habile, pleine de ressources, et surtout capable de se faufiler partout sans se faire repérer. Du coup, elle avait pris l'habitude de déambuler sous la peau de Lagrange : conduits d'aération, gymkhana de tubulures, postes de contrôle souterrains, innombrables machines entretenant l'existence du monde. L'illusion du monde, car, elle l'avait vite compris, ce qu'elle considérait comme le vrai monde

était un mensonge, et ces profondeurs étaient l'envers
d'un décor. Le vrai monde n'était pas là, il se trouvait
encore plus loin à l'extérieur de la bulle concave de
Lagrange, et il n'était pas gentil, il était même carrément
méchant, le vrai monde. Mortel. Le vide de l'espace
autour de ces couches successives d'entrailles mécaniques, de terre, d'air, de plantes, d'animaux et d'humains,
autour de la dure enveloppe de ferro-nickel et sa pellicule
d'autres machines, les yeux, les oreilles de Lagrange,
et les énormes jambes qui pédalaient si fort pour ralentir
Lagrange.

La *station*, c'est à cette époque-là aussi qu'elle
avait appris ce terme, en même temps que l'histoire du
monde. Juste un astéroïde en forme de patate, évidé et
transformé pour être ancré dans un coin du réseau invisible de forces qui maintenaient en équilibre le Soleil,
la Terre et la Lune – encore de nouveaux termes à
apprendre tandis que le petit point de Lagrange, qui
s'appelait alors O'Neil, se détachait lentement puis de
plus en plus vite du système solaire terrien reproduit
en animation et fausses couleurs sur l'écran (" pour
atteindre cinq pour cent de la vitesse luminique ", disait
la voix onctueuse de la commentatrice). Autrefois, les
gens n'avaient pas vécu à l'intérieur du monde, mais à
l'extérieur, à la *surface* d'un autre monde, beaucoup,
beaucoup plus gros, mais ce n'était pas très impressionnant sur l'écran ; le sim, un peu plus tard, oui,
horriblement, mais cette première expérience avait été
une pure découverte, d'abord déroutante – quoi, le
monde n'avait pas *toujours* été le monde ? – puis
inquiétante – le monde pouvait *ne pas être* le monde ?
– mais enfin plutôt séduisante : le monde *pouvait être
autre chose* que ce qu'il était. Et puis, la progression était
intellectuellement satisfaisante : on vivait maintenant à
l'intérieur du monde, lui-même à l'intérieur de l'astéroïde, lui-même en mouvement dans le grand ventre
noir de l'espace... Sauf que ce ventre n'était pas très
accueillant, au contraire. Comme tous les autres enfants
de Lagrange, cependant, elle avait appris à ne pas y

penser très souvent. Mais, au contraire des autres enfants, elle savait qu'elle quitterait un jour Lagrange pour se rendre *sur* un autre monde. Sur une planète dont la surface ne serait pas du tout dangereuse de la même façon que celle de Lagrange. Où c'était l'intérieur, en réalité, qui serait dangereux, on suffoquait si on descendait trop profond – c'est là que, l'idée de la pression atmosphérique se mélangeant avec celle de la pesanteur, elle avait développé pour se rassurer son histoire du scaphandre, aussitôt tuée dans l'œuf par ses instructeurs.

Mais *sur* cet autre monde, avec ou sans scaphandre, elle accomplirait sa mission, La Mission qu'elle et elle seule pouvait accomplir, pour laquelle elle s'entraînait déjà plusieurs heures par jour, et même quand ses instructeurs la laissaient tranquille, car alors elle devenait Alicia le Fantôme, circulant comme une ombre à l'envers du décor, et même dans le décor – un fantôme doit aussi travailler à se glisser un peu partout sans se faire remarquer là où il y aurait du monde pour le voir, n'est-ce pas ?

Et un jour, alors qu'elle rampe en silence à l'envers d'un plafond en essayant de reconstituer mentalement le plan des bureaux de son complexe d'habitation, pour se situer, elle entend des voix familières, son père, sa mère. Elle s'immobilise en se mordant les lèvres avec un plaisir coupable : elle est là et ils ne le savent pas ! Ils parlent de leurs obscures affaires d'adultes, et elle va repartir en redoublant de prudence muette quand sa mère dit : « Mais Alicia est l'aînée. » Plus que son prénom, plus même que le dernier mot, c'est d'abord l'intonation qui arrête Alicia : une résignation agacée.

« Règlement stupide, grommelle son père. L'arbitraire érigé en loi. Pourquoi le premier enfant du Capitaine, peu importe le sexe, devrait-il hériter de la fonction ?

— Parce que l'enfant a été prévu pour, indépendamment du sexe, Marti, dit la mère d'Alicia, ironique. L'alliance harmonieuse du hasard et de la nécessité.

— Oh, je t'en prie, Greer, ne me ressors pas ces vieilles rengaines !

« — Ce n'est pas comme si j'avais eu le choix non plus, Marti, dit la mère d'Alicia d'une voix sèche. J'ai servi de ventre, c'est tout. Techniquement c'est ta fille, pas la mienne. Et je ne vois pas pourquoi tu fais tant d'histoires. Elle a encore le temps d'échouer, Dieu sait, et à ce moment-là tu pourras toujours essayer de pousser Eduardo. Quoique, légalement, c'est toute une pente à remonter, je te souhaite bien du plaisir. »

Et à ce moment-là, Alicia, qui a confusément saisi qu'elle ne devrait pas entendre cette conversation, ou du moins ne pas la comprendre, essaie de continuer à ramper à l'intérieur du plafond, mais elle ne fait pas aussi attention qu'elle le devrait : elle pose les mains à un endroit qui n'est pas assez solide – elle l'aurait bien vu si elle n'avait pas pensé à autre chose, essayé de ne pas penser à autre chose – et le plafond cède dans un grand craquement poussiéreux et elle tombe aux pieds de ses parents médusés, la tête la première.

Légère commotion cérébrale, une semaine à l'hôpital, et personne n'a jamais évoqué l'incident, personne ne lui a même jamais demandé ce qu'elle faisait dans le plafond. Quelquefois, lorsqu'elle y pensait, elle se demandait si elle n'avait pas rêvé. Mais elle avait déjà assez exploré l'envers du monde pour savoir que tout a un envers, et que même les rêves peuvent avoir un ventre caché de réalité. Elle a retourné celui-là sur le dos, et elle a vu. En allant fouiller dans les banques de données interdites, mais elle n'a pas demandé la permission non plus : le dossier personnel de son père, de sa mère, le sien propre. Et celui d'Eduardo, le petit frère de deux ans et demi dont elle avait ignoré jusque-là l'existence. Pas vraiment un frère, une moitié de frère, ils ont le même père, c'est tout. Greer non plus n'est pas sa mère à lui. Marti Coralàn a une autre famille, sa vraie famille ; il ne vit plus avec Greer – ils se sont séparés au moment de la naissance d'Alicia. C'est juste pour les besoins de la cause, de La Mission, pour le bénéfice d'Alicia qu'ils prétendent. Quand Alicia dort, Marti et Greer ne dorment pas ensemble. Il est parti chez lui, elle est partie chez elle, et c'est de là qu'ils viennent le matin ; c'est là aussi qu'ils se trouvent lorsqu'ils partent plusieurs jours pour leur "travail", et que les instructeurs s'occupent seuls d'Alicia. Marti ne voulait pas mélanger son vrai fils avec sa fille de hasard, sa fille forcée.

Oh, qu'il a été furieux quand il les a trouvés ensemble ! Trois mois, quand même, elle a réussi à garder le secret avec Eduardo pendant trois mois... Et ensuite, Marti ne pouvait plus s'opposer aux exigences des psychologues menés par le vieux Krantz qui l'avait à l'œil : les dégâts potentiels étaient déjà assez importants, on avait assez sacrifié au caprice de Marti, le contrôle des dommages devait commencer tout de suite : la petite continuerait à voir son frère. Et finalement, elle est allée habiter chez Marti et son autre femme, qu'elle a appris avec obéissance à appeler Maman. Beaucoup, beaucoup plus tard, elle a réussi à décrypter le code des donneurs, à la Banque, et elle a appris qui était sa mère génétique – morte depuis deux générations. Mais ce n'était plus très important alors, juste une question de principe. À ce moment-là, elle s'était habituée à se considérer comme la fille de personne. Alicia le Fantôme.

Mais c'est alors qu'elle a commencé à faire ce rêve, après l'hôpital. Le vrai sujet du rêve, ce qui la réveille en sanglots encore quelquefois, malgré elle, ces larmes qu'elle essuie avec rage, ce n'est pas à cause du vide mortel où culbutent les morceaux de la station éclatée, ce sont les trois silhouettes qui s'éloignent en flottant, Marti, et Greer ou l'autre Maman, mais ensemble, avec entre eux le tout petit scaphandre d'Eduardo qu'ils tiennent chacun par une main.

31

Lian et ses compagnons n'iront jamais dans le complexe central de Dalloway, les tours de contrôle et les bâtiments administratifs de l'ancien spatioport reconverti, ne les voient que brièvement alors que, accompagnés d'avions de chasse aux allures de moustiques, ils font leur approche au-dessus du grand lac rond jouxtant hangars et zones d'entretien pour aller se poser à l'extrémité des pistes d'atterrissage. Leurs baraquements se trouvent près de l'hôpital, au nord ; on les y conduit dans une flotte d'antiques gazobus bleu et noir tout ferraillants. Ils n'y resteront pas longtemps, quelques jours, le temps d'être instruits dans ce qui sera désormais leur tâche principale : patrouiller la Zone II, entre le défilé où passent route et voie ferrée, au nord, et un semis de trois petits lacs, à l'est (" Los Tres Niños ", dit la carte en mode 'spanic archaïque). Le saillant de Dalloway est comme une ligne Ewald en miniature sur trois côtés, mais même du côté du lac on a installé le même genre de défenses pour ne pas être pris à revers. La zone d'interdiction totale s'étend autour du complexe lui-même : sur cinq kilomètres de large, pas une herbe, pas un buisson, un sol râclé à l'os et truffé de senseurs et de mines à pression ; si une bestiole un peu trop grosse vient à se perdre dans ce désert, elle déclenche des feux d'artifice, mais il y a longtemps que les animaux du plateau ont appris leur leçon. La Zone II est moins féroce : les champs de mines y sont limités aux couloirs d'infiltration probables, les senseurs plus espacés, et on a fait grâce à la végétation, sauf autour des points d'appui, des ensembles de bunkers situés sur des élévations de terrain et entourés d'un glacis d'herbe rase comme celui où la Section 3 du 2e Peloton de la Compagnie Écho du 101e Régiment d'infanterie légère va prendre ses quartiers pour le reste de la saison, au bord du plus grand des Trois Enfants.

Les premières semaines de Septembre sont tranquilles. La Section 3 apprend à connaître son territoire. Au début, ils sont nerveux : c'est la partie de la Ligne la plus proche de l'ennemi. En patrouille, Lian est aux aguets et examine comme les autres chaque détail du paysage où peut se dissimuler un rebelle, arbres, lits encaissés des petits torrents, ces hauts buissons fleuris, cet amoncellement de rocaille, ces deux troncs abattus soudés par les draperies de mousse ; quelquefois, il déraperait presque – le rythme particulier d'un chant d'oiseau dans le lointain, une bouffée de parfum, un jeu de la lumière à travers les feuilles, ou juste l'allure familière de la marche en forêt quand on doit faire silence ; mais la plupart du temps son attention est celle de Liam Shaunessy, et le plateau n'est que celui de Dalloway, avec les noms du plateau de Dalloway fermement inscrits dans l'esprit de Liam Shaunessy comme sur la carte.

Ils font de la surveillance, mais surtout, finalement, de la maintenance ; au début, toutes les alertes qui résonnent dans les bunkers les font bondir, dents serrées, à la recherche de leurs armes, mais l'attitude nonchalante des techniciens préposés aux instruments les convainc bientôt de se détendre. Des senseurs claquent, grignotés par la faune ou simplement par l'usure normale, des mines sautent sur un animal malchanceux, à cause d'un arbre qui tombe, dans un petit glissement de terrain – une fois, lors d'un orage, à cause d'un éclair mal placé, un champ entier explose de proche en proche, un vrai tir de barrage qui les réveille en sursaut, le cœur dans la gorge, cette fois ça y est, les Rèbs attaquent... Mais non, les sondes automatiques de reconnaissance ne voient rien, fausse alerte, encore. Grayson lui adresse un clin d'œil : « Plutôt calme pour la guerre, l'Année de la comète ! » La radio transmet des rapports d'escarmouches et de points chauds un peu partout le long de la Ligne et au sud-ouest de Dalloway, mais dans le secteur nord de la Zone II, on s'ennuierait presque.

Ils passent quand même trois jours à reconstituer le champ de mines dévasté, qui borde le plus petit des Trois Enfants ; malgré la proximité de la frontière, et sans doute à cause de la tension suscitée par le travail, dangereux malgré tout, ils sont particulièrement exubérants, se baignent et jouent au water-polo dans le lac, les soirs ; la dernière nuit, alors qu'à la fin de l'après-midi Ritchie surpris par un envol de papillons géants a failli se faire sauter avec l'engin qu'il manipulait, Grayson et Lian se glissent hors de la tente qu'ils partagent avec Delgado et Stuyvesant, s'amusent à échapper à la vigilance des trois sentinelles et se rendent au bord du lac pour y nager nus en silence ; ensuite, ils font l'amour. Lian n'est plus aussi surpris de l'urgence de son compagnon, comme il l'a été au début de leur séjour sur le front. Un réflexe profond unit érotisme et mort chez Grayson, chez tous les autres aussi sans doute – un tropisme que Lian n'éprouve pas avec la même intensité, mais dont il a appris à reconnaître les signes, maintenant ; ce sont les soupirs de Ritchie et de Vitale, dans la tente voisine, qui l'ont réveillé, et Grayson aussi.

Et puis, vers la fin d'Octobre, alors qu'ils sont bien installés dans leur routine – alors que Lian se surprend de plus en plus souvent à déraper vers le Landaïëïtan –, les senseurs se mettent à tomber en panne à une fréquence accélérée, des mines sautent presque tous les jours. Lorsqu'ils se rendent sur place, cependant, aucune trace de rebelles, et la reconnaissance aérienne ne décèle pas d'activité dans leur secteur. Ils réparent, remplacent, multiplient les patrouilles. Rien n'y fait. Les senseurs continuent à claquer, les mines à exploser. Et on ne trouve même pas de débris de bestioles alentour.

Après environ neuf jours de ce régime, et alors que la Section revient au bunker encore bredouille, les techniciens soupirent, plus agacés qu'inquiets : « Allez, c'est les gremlins. Ils ont décidé de venir jouer dans notre coin. On va y avoir droit pour le reste de la saison. »

Des petites unités de rebelles, de la taille d'une Section, dix, quinze soldats maximum, qui se livrent à ces opérations de harcèlement continu. Connaissent le plateau comme leur poche, n'entrent jamais au contact, de vrais courants d'air, on ne les reconnaît qu'aux fréquences de pannes du matériel, c'est pour ça qu'on les appelle " gremlins ". « On aurait vu leurs traces ! » proteste Nan vexée. Non, justement, quand on repère leur piste, c'est là qu'il faut se méfier : ils vous conduisent là où vous les suivez.

Le jour où ils tombent sur des marques récentes, Nan, qui est le chef de section, décide de passer outre à l'avertissement des techniciens. Ils suivent les méandres capricieux de la piste pendant toute une après-midi, dans les parties les plus inhospitalières de leur secteur, de plus en plus proches de leur gibier, apparemment, mais sans jamais réussir à l'entendre ou à le voir en direct. Et en fin de compte, alors qu'ils font une pause, fourbus et exaspérés, pour décider s'ils rentrent au poste ou continuent pendant la nuit avec leur équipement de vision nocturne, une avalanche de fruits pourris leur dégringole dessus de toutes parts, des cailloux, des mottes de terre boueuse. Ils réduisent les arbres environnants en charpie, mais quand le vacarme des armes automatiques s'est tu et qu'ils vont examiner les lieux dans le silence de mort qui est tombé sur la forêt, rien. Et Lian ne peut longtemps faire l'hypothèse d'une troupe de chachiens, qui ont parfois ce type de comportement lorsqu'on empiète sur leur territoire, car le tir de barrage en aurait bien tué au moins quelques-uns, et il n'y a pas une trace de sang dans les échardes de bois et la bouillie de feuilles.

Les techniciens haussent les épaules, mi-apitoyés mi-narquois : « C'est les gremlins, les gars. On vous avait prévenus.

— Mais ils auraient pu nous tuer n'importe quand, alors, murmure Lian abasourdi.

— Oh, ne pensez pas qu'ils ne le feront jamais ! » dit le plus âgé des techniciens, un grand sec du nom de

Passeron. « Ils vous endorment, et après, crac, ils vous descendent. C'est des vicieux, les gremlins. Jamais se relâcher, avec eux ! »

Ils redoublent de vigilance dans leurs patrouilles, triplent les sentinelles lorsqu'ils vont s'occuper des senseurs et des mines qui continuent à sauter n'importe quand – autant de mains de moins pour le travail, qui dure deux fois plus longtemps ; ils ont à peine fini de réparer ou de remplacer ici, un message du bunker les prévient que ça a sauté là ; quelquefois ils restent sept, huit jours d'affilée loin du poste, dans la chaleur humide et sans répit, à manger des rations et à dormir entassés dans leurs minuscules tentes de campagne sans pouvoir vraiment se laver ou mettre des habits secs. Leur humeur s'en ressent. Le jour où on leur tire dessus, c'est presque un soulagement, ils répliquent avec un enthousiasme disproportionné. Une fois la fumée retombée, cependant, ils se rendent compte que personne n'a été touché parmi eux. Pas de trace des gremlins, bien entendu, sur la petite crête d'où sont partis les tirs rebelles. Lian examine depuis la hauteur le ruisseau en contrebas, près duquel ils ont été cloués pendant une demi-heure. Pas beaucoup de couvert. Ou bien les Rèbs tirent comme des pieds, ou bien ils les ont délibérément manqués. Il penche pour la seconde hypothèse.

« Jusqu'au jour où ils ne nous manqueront pas, murmure Grayson.

— Si j'en vois un, en tout cas, grommelle Delgado, je ne le raterai pas, moi, je vous le dis. »

Deuxième semaine de Novembre. Troisième. Les gremlins sévissent toujours. Lian a de plus en plus de mal à prendre la situation au sérieux, malgré les avertissements moroses de Passeron et des autres techniciens – « Et si c'était juste une préparation psychologique à une attaque massive, hein ? Ils nous endorment et crac ! » Il n'y a pas eu de véritable bataille rangée sur la Ligne depuis des décennies, pas même à Dalloway qui est pourtant le point d'étincelle. Quand une action implique cent cinquante hommes de part et d'autre, on parle de bataille ! Tout regroupement, tout mouvement massif de troupes se ferait repérer par les patrouilles aériennes et les sondes ; même une infiltration de densité moyenne se ferait repérer. Et les gremlins n'ont jamais même blessé des membres de la Section 3 – sinon dans leur amour-propre, comme lorsqu'ils leur ont volé une caisse de senseurs au nez et à la barbe des sentinelles, qui n'y ont vu que du feu et pourtant jurent ne jamais s'être endormies.

« C'est quoi, cette guerre-là ? » proteste Ritchie Abdul lors d'une des séances de réflexion avec le capitaine Trent qui fait son tour bihebdomadaire des postes. Comme les autres membres de la Section, le radio est passé de la surprise à la colère puis à une autre sorte d'étonnement, plus fondamental, plus proche du malaise. Lian garde le silence, mais n'en pense pas moins. Une autre sorte de guerre, Ritchie. La guerre comme se la faisaient les Hébao, autrefois ; un jeu, grave, mais sans victimes humaines ; tous les rebelles ne sont peut-être pas aussi assoiffés de sang fédéré qu'on nous l'a toujours dit. Quelquefois, il se prend à imaginer qui sont ces soldats inconnus, de l'autre côté : des jeunes, comme eux, des vétérans ? S'amusent-ils autant à leurs tours que lui, pour sa part, commence à le faire en essayant de les prévoir et de les déjouer ? Si par extraordinaire, par erreur, ils se rencontraient au détour d'un chemin, que feraient-ils ?

« Les réflexes prendraient le dessus », dit Grayson en haussant les épaules.

Lian murmure : « Ça se domine, des réflexes, Gray », et l'autre émet un petit « tsk » agacé : « Pas forcément au contact, et pas quand il y a surprise. Tout le monde n'est pas comme toi, saint Lian. Ne te fais pas trop d'illusions, OK ? Je ne tiens pas à te ramasser en petits morceaux, ça fait désordre. »

Comme Lian sait que l'inquiétude de son compagnon est réelle, malgré le ton sarcastique, il ne relève pas.

Dernière semaine de Novembre. Tout d'un coup, l'état-major s'énerve. Quelqu'un, en haut lieu, a décidé qu'il était temps de mettre fin aux activités des gremlins du secteur nord de la Zone II. Pour le moral des troupes, peut-être, ou bien un général a envie de faire des exercices grandeur nature sur le terrain. Dès que les gremlins du secteur nord se manifestent à nouveau – ils font maintenant sauter les senseurs selon un rythme bien particulier, comme s'ils avaient décidé de signer leurs attaques – on fait donner les hélicoptères, trois pelotons sautent dans le secteur nord, le bouclent et commencent à resserrer la nasse. La Section 3 est au premier rang des opérations – ils se sont précipités dans le secteur dès qu'ils ont eu confirmation de la signature de panne. Lian est persuadé que tout ce brouhaha ne servira à rien, que les gremlins passeront à travers les mailles du filet. C'est avec un scepticisme total qu'il se dirige, avec le reste de sa Section, vers la petite élévation de terrain où le QG déclare que se sont retranchés les rebelles : comment le sauraient-ils, hein ? Les infrarouges ne donnent jamais rien, avec les Rèbs.

Des tirs nourris les accueillent, et cette fois-ci on ne joue plus : Vitale pousse un cri presque incrédule « Médic ! ». Lian bondit pour l'aider à se traîner à l'abri. Une blessure à la cuisse, pas très grave, la balle a raté de loin l'artère fémorale ; Lian désinfecte, recolle, panse, administre la drogue qui annulera l'effet de choc, et Vitale reprend son fusil pour se mettre à mitrailler avec une conviction nouvelle l'amas de rocher où sont bel et bien coincés, il faut le croire, les rebelles.

« Contact confirmé au point N23-47 ! » crie Ritchie dans son micro pour couvrir le bruit de la fusillade. La section prend position tout autour du petit monticule, par groupes de deux ; les rebelles sont techniquement encerclés. Ne reste plus qu'à attendre les renforts ; les plus proches, la 3e Section du 1er Peloton et deux Sections du 3e, sont à environ un kilomètre et demi au sud et à l'ouest de leur position.

Lian va rejoindre Grayson derrière le rocher où il s'est accroupi. « On voit leur vraie couleur, maintenant, hein, à tes gremlins ! » dit l'autre, les sourcils froncés malgré son effort pour rester sarcastique. Lian, angoissé, écoute les tirs qui alternent entre coups isolés et roulements crépitants. Les trois Pelotons ont apporté leurs armes lourdes ; une fois qu'ils auront fait leur jonction, ils réduiront les rebelles en poussière. En petits morceaux. En bouillie.

Lian se faufile vers Nan. « On pourrait leur proposer de se rendre, non ? » Elle le regarde d'un air surpris : « On nous a dit d'attendre le 3e Peloton, avec le commandant. » Puis ses yeux se plissent : « Ah, dis donc, ça ferait plutôt bien dans le décor s'ils se rendaient à nous, eh ? » Profitant d'une accalmie, elle crie de toutes ses forces : « Vous êtes encerclés et les renforts arrivent, avec de l'armement lourd. Rendez-vous maintenant, ça évitera les dégâts ! »

Les tirs reprennent de plus belle et des éclats de pierre ricochent autour de Nan et de Lian. « C'est pas l'enthousiasme... », marmonne la jeune fille en répliquant d'un bref staccato rageur.

Lian se laisse glisser assis, les bras autour des genoux, incapable de penser. Au bout d'un moment, les tirs se font plus sporadiques, pourtant. S'arrêtent. Il se redresse avec un espoir renouvelé...

Et voit, debout sur le monticule, une silhouette en uniforme vert. Sans arme, les bras levés, longs cheveux dans le vent – c'est une fille, au sommet de l'amas rocheux.

Pas debout. Au-dessus. Au-dessus des rochers. En pleine ascension.

« Ils font une sortie ! » s'écrie la voix de Grayson, et au même moment trois ou quatre silhouettes surgissent, dévalent du monticule en tiraillant au hasard – mais personne ne réplique, ils regardent tous, bouche bée, la fille qui flotte au-dessus des rochers.

Grayson pousse un rugissement inarticulé, Nan et Ritchie semblent se réveiller près de Lian, se retournent, à demi couchés et se mettent à tirer dans le dos des fuyards. Deux des silhouettes vertes s'écroulent, les autres zigzaguent et disparaissent entre les buissons et les arbres qui explosent sous le feu roulant des automatiques.

La fille est retombée, Lian peut voir une partie de son uniforme vert, le torse, les bras à l'abandon sur le rocher, les cheveux qui lui voilent le visage. Elle ne bouge pas.

Les tirs crépitent encore un moment de l'autre côté du monticule, puis s'éteignent. La radio de Ritchie émet des bruits furieux, qui deviennent des questions. Ritchie, puis Nan répondent. Lian voit bouger la silhouette verte recroquevillée à trois mètres de lui, il s'élance, s'agenouille. C'est un petit gars blond d'une vingtaine de saisons, l'épaule et le bras déchiquetés, on voit les tendons et les esquilles d'os ; le sang lui a éclaboussé la figure, sa poitrine se soulève convulsivement. Lian murmure il ne sait quoi, des paroles apaisantes, tout en essayant d'appliquer un pansement à pression d'une main et de fouiller de l'autre dans son sac. Le rebelle se débat, les yeux fous. Lian crie « Gray ! Viens m'aider, j'en ai un vivant ! », le bras en travers de la poitrine du garçon pour l'immobiliser.

Le rebelle cesse brusquement de bouger, Lian se redresse : bon, le choc l'a rattrapé, il va se tenir tranquille. Mais l'autre le regarde, les yeux écarquillés. Regarde Grayson qui vient s'agenouiller près de Lian. Puis encore Lian, toujours avec cette expression d'horreur paniquée. Et soudain, le garçon repousse brusquement Lian, qui va bousculer Grayson ; ils tombent, emmêlés. Le rebelle a roulé vers son fusil mitrailleur, se met le canon dans la bouche et appuie sur la détente. La rafale lui fait exploser le crâne.

32

Vers le milieu de la deuxième semaine de Novembre, Alicia sort enfin de sa bulle. Malgré tous ses entraînements, et les conditionnements supplémentaires qu'elle s'est imposés elle-même, ce n'est pas une minute trop tôt. La solitude n'était pas totale, bien sûr. On lui a régulièrement communiqué des condensés de nouvelles expédiées depuis Lagrange, l'arrivée de la navette, la réception de Grumberg, les petits messages d'Eduardo, tout comme on a envoyé à Lagrange des capsules de son arrivée et de sa quarantaine, et ses messages du genre "hello, je suis bien arrivée, on s'occupe très bien de moi, tout se déroule comme prévu" – anodins, comme ceux d'Eduardo ; si les militaires réussissent à les décoder, chapeau. Mais ils n'y parviendront pas, pas quand le texte de référence est un livre inventé et appris par cœur par l'émetteur et le récepteur, et cérémonieusement détruit ensuite.

Elle s'ennuie. Elle s'ennuie mortellement. Elle a visionné encore des centaines, peut-être des milliers de bandes, plus récentes que celles de la station, d'accord, mais après combien de documentaires de propagande sera-t-elle jugée suffisamment dédouanée ? La production agricole des Plaines Dorées, les secteur miniers des McKelloghs, les villes nouvelles et leurs zones industrielles, la pêche sur le lac Mandarine – ça, elle connaissait déjà, de réputation, et il faut reconnaître que le caviar et les filets de poisson-poison, frais ou fumés, quand ils en ont inclus dans le menu, étaient absolument succulents ; elle y développerait assez facilement une accoutumance, il faudra persuader Lagrange d'en stocker.

On lui a également fourni la version virginienne d'environsims, des tridis et même des films bidimensionnels

– sans doute empruntés à des musées – ainsi que des livres. Assez intéressant, plus d'un point de vue sociologique qu'artistique à vrai dire, et encore : une bonne partie des allusions lui échappent encore, malgré les entraînements, normal. Non, son esprit est relativement bien diverti, c'est son corps qui proteste d'être enfermé ! Heureusement qu'une salle de gymnastique bien équipée est incluse dans ses appartements – sans fanfreluches technologiques superflues, mais pas moins efficace pour autant. Alicia y passe des heures. C'est la natation qui lui manque le plus – mais même s'il y avait une piscine, elle n'a pas emporté de maillot de bain : il n'est pas prévu qu'elle aura du temps à perdre une fois au travail. La verdure lui manque aussi, et l'air frais – ou du moins les seuls qu'elle connaisse, leurs équivalents lagrangiens reconstitués. Mais ça ne doit pas être *tellement* différent sur Virginia, n'est-ce pas ?

Enfin, enfin, le sas de sa chambre s'ouvre, et elle sort. Dans le complexe militaire de Saint-Exupéry, d'abord, dont on lui fait visiter les zones permises. Elle rencontre en direct les gens auxquels elle a parlé et qu'elle a vus dans les écrans de sa console depuis trois semaines. Le général Le Plantier, commandant de la Base, ses subalternes, officiers, ingénieurs et techniciens, leurs épouses, leurs époux, et la dizaine de représentants officiels du gouvernement – elle a eu le temps d'apprendre tous les noms. Sauf pour les assistants interchangeables de la conseillère Jenifer Ashton, qui se renouvellent souvent semble-t-il, elle s'est fait des listes, elle ne commet pas d'erreur. Ce n'est pas comme si elle avait hâte de rencontrer tous ces gens en chair et en os, à vrai dire (plutôt en muscles et en os : ces Virginiens sont terriblement en forme) : ils semblent aussi raides et guindés en direct qu'en virtuel. Elle renonce vite à serrer les mains qu'on lui tend avec une hésitation parfois perceptible. Et elle apprend vite à élargir les limites de son espace personnel pour respecter le leur – simple habitude de planétaires, parce qu'ils disposent de davantage de place, ou essaient-ils plus ou moins inconsciemment de la tenir le plus à distance possible ? Peu importe. Elle les imite. À la guerre comme à la guerre, n'est-ce pas ?

Inutile d'examiner les banques de données de la Base : celle-ci est de construction bien trop récente ; après l'Insurrection, il a bien fallu trouver un endroit sécuritaire autre que Dalloway pour effectuer les envois de satellites et autres activités du même type ; on a transféré tout ce qu'on a pu à Saint-Exupéry, mais rien que le nécessaire, et on sait exactement ce qu'on y a. Ce qu'elle recherche a bien plus de chances de se trouver dans d'obscurs dossiers maintes fois encryptés, compressés et oubliés, comme leurs programmes de compression et d'encryptage, sous des couches séculaires de poussière électronique. Les machines originelles sont encore là aussi, malgré toutes les modifications ultérieures : on va faire de l'archéologie informatique. Alicia est bien préparée : l'équipement de Lagrange date à peu près de l'époque où les liens ont été rompus entre la Terre et Virginia. Si les Virginiens n'ont pas réussi à trouver le trésor, depuis le temps qu'ils doivent le chercher (un autre espoir déçu de Marti : Alicia ne s'est pas vu couper la mission sous le pied), c'est sûrement faute d'avoir continué à développer le savoir-faire nécessaire. Elle a bon espoir. Elle trouvera. Peut-être dans les banques d'une des Tours de communication, dans une des cinq grandes villes ; plus vraisemblablement à Dalloway. Elle aurait bien commencé par là, mais on en a décidé autrement en hauts lieux. Comme les fouilles à Dalloway risquent d'être bien plus longues que partout ailleurs, on ira en dernier, à la fin de Novembre : la Mer reparaît à la fin de Décembre, les opérations militaires s'interrompent alors, on aura la paix ensuite pour la majeure partie des recherches. Alicia a acquiescé sans rien dire ; elle espère bien qu'elle n'aura pas besoin de plus d'un de leurs Mois pour trouver les données !

Pas question d'accéder aux ordinateurs de Dalloway à partir de Saint-Ex, bien entendu, ni d'ailleurs de

n'importe quelle Tour de communication : ils fonction-
nent en circuit fermé, trop dangereux sinon, avec la
proximité des rebelles. Quant aux Tourcoms, eh bien,
oui, elles sont reliées entre elles, mais il y a eu tellement
de remises à jour des machines comme des logiciels, il
se peut que des dossiers traînent un peu partout, isolés,
inaccessibles à distance. Il faut voir sur place. Elle comprend très bien : les Virginiens veulent promener l'ambassadrice lagrangienne sur le continent, pour prouver
hors de tout doute à leurs lointains visiteurs qu'ils ont
davantage à échanger contre leurs bonnes grâces technologiques que la seule, et hypothétique, propulsion Greshe.
C'est prévu, Alicia se conformera au scénario. Ce n'est
pas comme si elle avait son mot à dire : la procédure a
été déterminée avant même sa naissance.

On la promène donc d'abord dans la Base, labora-
toires, ateliers, centres de contrôle, hangars d'entretien.
On en est visiblement très fier, elle en est visiblement
très impressionnée, tout le monde est bien content.

Ce soir-là, dîner de gala chez Le Plantier, servi par
des ordonnances en uniforme blanc. Intime : seulement
une vingtaine de personnes, la moitié des civils – Jenifer
Ashton, la déléguée du gouvernement, et ses assistants
en combinaisons ou costumes bruns ou gris, à peine plus
colorés qu'elle. On échange de graves et ennuyeuses
considérations sur la visite et sur l'industrie spatiale virginienne – très limitée, mais à laquelle l'arrivée des
visiteurs a donné un regain de vie (on évite avec tact
d'évoquer la remise à neuf concomitante d'une partie des
installations de défense planétaire, bien entendu). On
essaie de pousser Alicia à boire, et à parler, ce qu'elle
évite avec une égale agilité en dissimulant sa surprise :
elle aurait cru les Virginiens plus habiles. Mais pour des
négociateurs aussi prudents et rusés derrière les écrans,
ils sont curieusement ineptes au face à face. Au bout de
trois heures de ce régime, elle est presque tentée de
boire pour alléger son ennui. La tension et la fatigue de
la journée aidant, elle se sent flotter de plus en plus
loin des conversations et des rires discrets, à la fois

incrédule et vaguement scandalisée. Cette ridicule comédie, et elle en a peut-être pour des *Mois* ! ? Et pour quoi ? Pour faire la nique à Marti Coralàn ? Absurde – et soudain curieusement pénible d'être ainsi isolée de ces gens alors qu'elle se trouve enfin parmi eux. Les simulations ne l'avaient pas préparée à cela. On a traversé des milliards de kilomètres, des générations sont nées et ont disparu, les deux branches de l'humanité terrestre sont bel et bien réunies après des siècles de séparation, et que fait-on, maintenant ? On ment, tout le monde ment, tout le monde sait bien que tout le monde ment...

Elle essaie de se calmer, un peu inquiète. Petite crise d'adaptation quand même, maintenant qu'elle est en direct, elle savait que c'était possible. Et non, question mensonges, elle espère bien qu'ils ignorent au moins avoir affaire à Alicia Coralàn, la Fille du Capitaine – pas question de laisser savoir aux planétaires quelle otage potentielle ils détiendront là, a décrété Lagrange, et Marti Coralàn a dû s'incliner. Quand elle l'a appris, elle a tout de suite choisi elle-même son nom d'emprunt : Alice, pour le puits, et Cortès, pour sa mère génétique. Ils n'ont pas émis de commentaires, du moins pas en sa présence.

Or, en regardant les autres dîneurs, Alice Cortès a quand même envie de faire quelque chose d'inattendu, crier, sauter sur la table, dire la vérité, une vérité, n'importe laquelle. Mais Alicia se rend compte qu'il n'y en a aucune qui ne soit potentiellement compromettante. Elle se contente de dire, un peu penaude : « Je me demande comment les livres d'histoire raconteront tout ceci.

— Les vôtres ou les nôtres ? » remarque un des assistants de Jenifer Ashton, un nouveau, elle n'a pas retenu son nom. L'intonation est surprenante dans son sarcasme discret, presque complice. Alicia observe mieux l'homme qui vient de parler : un de ceux à qui la combinaison gris passe-partout va mieux qu'aux autres, de type vaguement latino comme elle, peau très brune, cheveux

gris argent – une coquetterie, sûrement, même pour
des Virginiens –, la quarantaine mince, longue face
anguleuse, trop d'expressivité pour être un agent de la
sécurité comme Armitadj, Brandelles et Pyrce, les trois
autres membres de base de l'équipe d'Ashton avec
l'assistant Delplace. Il ne la regarde pas, mange avec
application son dessert, yeux noirs à demi voilés par
les lourdes paupières un peu bridées. Seule l'intonation
était ironique, rien n'en transparaît sur le visage incliné.
Et les autres, autour, ne tiennent pas compte de son
commentaire tout en s'empressant de fournir les leurs
– vraiment un subalterne, alors, Alicia n'est même pas
sûre qu'on le lui ait présenté, ni qu'il ait pris la parole
depuis le début du dîner ; on ne la lui a sûrement pas
adressée non plus. Pas si subalterne qu'il n'ait été invité,
quand même. Un peu vieux pour un apprenti assistant.
Mais la bureaucratie virginienne est un buisson si éternellement foisonnant...

On fait assaut de considérations philosophiques
auxquelles elle doit se prêter, en dissimulant son ennui
– le commentaire de l'anonyme, au bout de la table, était
plus proche de ce qu'elle voulait dire, et ne pouvait pas
dire. Mais il ne se mêle pas à la conversation.

Après le repas, on prend café et liqueur sous la
véranda couverte. La vue est à couper le souffle sur les
hauts plateaux, à l'ouest, et le ciel étoilé. Heureusement, on ne voit pas Lagrange, dissimulée par les
montagnes à cette heure, ou Alicia n'y couperait pas
d'autres tentatives plus ou moins maladroites de lui
tirer des vers du nez. Elle s'est assise le plus à l'écart
possible, – on l'a laissée faire – et hume son cognac
indigène plus qu'elle ne le sirote mais cela lui donne
une contenance et la dispense de parler comme de se
voir adresser la parole. L'anonyme vient tout de même
se camper devant la vitre près d'elle, les mains dans le
dos – peut-être par politesse, pour qu'elle ne reste pas
trop ostensiblement seule – et sans rien dire. Un double
égard qui mériterait récompense. Si elle lui parle, ça
fera peut-être avancer sa carrière, à ce brave homme.

« Vous ne croyez pas en l'objectivité historique, alors ? » C'est un sujet qu'on a réussi à ne pas aborder pendant l'échange de propos précédent, mais Alicia ne sait pas trop comment engager autrement la conversation.

L'autre se retourne à demi. « Pourquoi, vous y croyez, vous ? » dit-il enfin, comme après mûre réflexion, comme si la question méritait d'être considérée avec sérieux.

Elle ne peut s'empêcher de rire : « Y a-t-il encore quelqu'un pour y croire ? »

Il sourit, mais sans ironie. « Certains mensonges sont peut-être plus vrais que la vérité. »

Elle le dévisage, un peu surprise mais surtout amusée : « Mmmm. Et c'est quoi votre mensonge, à vous autres ? »

Cette fois, le sourire est sarcastique : « Ah, mais si nous vous le disons, quel mérite ? »

Elle rit encore : « J'ai autre chose à faire de toute façon ! Tant que vous restez cohérents...

— Mais c'est là tout le problème, n'est-ce pas ? Ne pas se perdre entre les vrais mensonges et les mensonges vrais...

— Tout le monde vit dans les mensonges », remarque-t-elle, un peu méfiante tout à coup, par retour de réflexe même si c'est sans doute absurde. « On ne les appelle simplement pas ainsi. Mythes, légendes, religions, idéologies. Des histoires. Chaque société, chaque culture a ses propres histoires. Elles sont toutes utiles.

— Mais pas toutes vraies. »

Elle hausse les épaules : « Vraies par rapport à quoi ?

— Pas toutes bonnes, en tout cas. L'histoire que Virginia s'est racontée sur la Terre a abouti à des massacres. Ça a mal tourné. »

Alicia est vraiment surprise, cette fois. C'est un des sujets absolument tabous. « Il aurait suffi de s'en raconter une autre, une bonne, dit-elle avec une prudence renouvelée, pour que ça tourne autrement.

— Peut-être. On ne le saura jamais, n'est-ce pas ?

L'intonation est curieusement attristée. Alicia fronce les sourcils : « C'est à nous de changer l'histoire, non ? »

Le visage de son interlocuteur s'illumine d'un sourire d'abord incertain puis plus franc : « Oui. Oui, c'est à nous. »

Ils se regardent un moment, lui avec un plaisir incompréhensible, et Alicia déroutée – de quoi sont-ils en train de parler, exactement ? Ce type n'est pas aussi coincé que les autres, en tout cas. Rafraîchissant. Et elle ne sait même pas comment il s'appelle. Elle se lève, fait jouer les muscles de ses épaules avec un soupir. Le stratagème qu'elle a mis au point au-cas-où ne lui a pas encore servi jusque-là, mais c'est le moment ou jamais : « Excusez-moi, mais comment épelez-vous votre nom, exactement ? » L'orthographe virginienne des noms propres a souvent des caprices inattendus.

« A-n-d-e-r-s-o-n », dit-il aussitôt, et précise ensuite que son prénom s'écrit Graëme, et non Graham. Le diagnostic d'Alicia semble se confirmer : politicien, qui a les bons réflexes. Tant qu'à se faire remarquer, qu'il n'y ait pas erreur sur la personne, n'est-ce pas ?

Ou bien il veut seulement être aimable, se dit-elle quand même aussi, un peu honteuse, avec l'étrangère parachutée de si loin.

« Je suis arrivé aujourd'hui, offre-t-il encore, mais je me rends à Nouvelle-Venise avec la délégation. »

Il semble impliquer qu'il n'en fera pas partie une fois rendu à destination. Un peu déçue, Alicia demande : « Vous connaissez bien la ville ? »

— Mais vous serez très occupée... »

Elle se trompe exprès : « Pas vingt-quatre... trente-cinq heures sur trente-cinq, j'espère ! C'est une cité particulièrement pittoresque, d'après ce que j'en sais. »

Holà, Alicia ! Pas de tourisme, pas de fraternisation, tu te rappelles ? Mais ce sont leurs règles à eux, là-haut, pas les siennes. Ou du moins c'est elle qui décide de leur application. Et puis, ce type semble plus ouvert que les autres, on pourra peut-être en apprendre quelques petites choses intéressantes, qui sait ?

Anderson l'observe avec une discrète surprise. Quoi, s'imagine-t-il qu'elle est en train de flirter ? La société virginienne est pourtant assez égalitaire pour que ce genre d'a priori n'y soit pas un réflexe – ce n'est pas comme dans Lagrange ; il y a presque autant de femmes que d'hommes parmi les soldats de la base, leurs officiers, les ingénieurs et les techniciens civils.

Elle dévisage son interlocuteur, la tête un peu rejetée en arrière – vraiment grands, ces Virginiens ! Pas laid, dans le genre intellectuel – peu courant chez les politiciens... Es-tu en train de flirter, Alicia ? Quelle idée absurde ! Et justement, non dépourvue d'un charme pervers... Ils auraient une attaque, là-haut. Mais Marti serait trop content.

« Si vous pouvez vous libérer, je serais très heureux de vous accompagner », dit Anderson, avec juste un peu plus d'enthousiasme que ne le nécessiterait la politesse.

33

Un mort dans la Section 3, Bob Mayer. Trois blessés, outre Vitale. Lian soigne, stabilise, l'hélijet de l'équipe médévac emporte. Ensuite, ils ramassent les cadavres vêtus de vert avec les membres de la 3e Section du 2e Peloton, qui a fait sa jonction. Les autres sont retournés à leur fort quand ils ont appris le résultat de la bataille, apparemment. Lian ne pense pas, il ne ressent rien, son corps a pris les commandes. Huit rebelles tués, les autres ont réussi à s'échapper. La fille, sur le monticule, ne porte aucune blessure apparente. « Encore une suicidée », marmonne le soldat inconnu en la faisant rouler

dans le sac noir. « Mais ils sont dingues, ces Rèbs ! »
Lian entend vaguement la remarque à travers le brouillard, regarde mieux le visage de la fille. Lèvres cyano-
sées, joues marbrées. Il prend la main molle : le bout des
doigts est bleu aussi. La machine à diagnostic intérieure
se met en route, automatiquement : attaque cardiaque
massive. *Suicidée* ? Le soldat referme le sac, en empoigne
la tête. « Eh, on y va ? » Lian prend l'extrémité du sac
et ils redescendent l'aligner auprès des autres.

Ils retournent au bunker en hélijet. Lian regarde à
ses pieds parce qu'il se trouve avoir la tête baissée,
habité uniquement par le sifflement des moteurs, le
battement du rotor. Les survivants de la Section 3 ne
disent rien. L'excitation du combat est retombée, ils
sont plutôt épuisés, et même un peu hébétés. Finalement
Delgado remarque, d'une voix comme hésitante : « Ils
ont bien failli nous avoir avec leur truc, hein ? La fille
qui se rend...

— Salope de Rèb, dit Nokuda. Bob serait peut-être
encore là si je l'avais descendue plus tôt. »

Lian tressaille, répète : « Descendue ? » L'intonation
incrédule de sa voix les tourne vers lui. « Personne ne
l'a descendue. »

Nokuda le dévisage en fronçant les sourcils : « Eh,
je sais quand même bien ce que j'ai fait !

— Elle n'était pas blessée. Elle a eu une crise cardiaque.

— Ça, tu peux le dire : une balle en plein cœur ! »
aboie Nokuda avec un rire bref.

Les autres hochent sombrement la tête.

« Personne ne lui a tiré dessus », murmure Lian. Il a
l'impression de discuter dans un de ces rêves où l'on
s'obstine, mais sans conviction. « Elle flottait en l'air
et les autres ont déboulé et vous leur avez tiré dessus,
mais pas sur elle.

— Qu'est-ce que tu racontes, elle flottait en l'air ? dit
Ritchie en rigolant. Elle s'est levée, *les bras* en l'air,
comme si elle se rendait.

— Elle flottait. Je l'ai vue. Vous l'avez tous vue. C'est pour ça que personne n'a tiré, au début. »

Les autres le dévisagent avec un mélange de perplexité et d'amusement inquiet. « Liam, dit Grayson avec patience, elle faisait semblant de se rendre, Nokuda a compris que c'était une ruse et il l'a tirée. »

Lian se retourne vers lui ; de vagues volutes de scandale agitent son brouillard, à présent. « Tu as crié "ils font une sortie", et la fille est tombée, et ensuite tout le monde s'est mis à tirer sur ceux qui se sauvaient. Avant, elle flottait en l'air. Ses pieds ne touchaient pas le sol. »

Grayson lui passe un bras autour des épaules d'un air navré : « Tu as mal vu, Liam, dit-il avec douceur. Elle s'est levée tout d'un coup, alors, l'effet de surprise...

— Ouais, dit Ritchie, ça m'a fait le même effet, un moment, Liam. Comme si elle flottait. Elle était drôlement grande, ça doit être pour ça, aussi. »

Les autres acquiescent. Eux aussi, ça leur a fait ça. Mais c'était la taille de la fille, oui, ses bras levés, la surprise. Il y a une note hésitante dans leur voix. Ils ne sont pas tout à fait sûrs, ils sont prêts à admettre ce qu'il a cru voir, ou du moins à essayer de se l'expliquer avec lui... Lian ne sait plus trop, du coup. Peut-être qu'il s'est trompé ? La surprise, le soulagement de voir peut-être les rebelles se rendre, cette grande fille aux cheveux qui flottaient dans le vent...

Mais non ! Non ! Il en est presque désolé, ce n'est pas qu'il désire croire ce qu'il a vu, mais il sait qu'il l'a vu. Il secoue la tête sans rien dire, les autres haussent les épaules ou froncent les sourcils, déconcertés. Grayson le dévisage, visiblement inquiet pour lui. « On est tous fatigués, Liam, dit-il enfin. On va se reposer et on en reparlera. »

On ne se repose pas tout de suite : le capitaine Trent est là pour féliciter la section ; il y aura des médailles à la clé. Il les encourage à lui raconter le combat. Quand on en est au moment crucial, où la rebelle fait mine de se rendre, Delgado remarque en riant : « Et là, Liam a été tellement impressionné qu'il a cru la voir flotter en l'air!» Trent se tourne vers Lian d'un air discrètement soucieux: «Ça va mieux, maintenant, Shaunessy?»

Lian regarde les visages souriants de ses compagnons, hésite, finit par secouer la tête en marmonnant: «Je l'ai vue.» Les autres se mettent à rire, mal à l'aise, ou lèvent les bras au ciel. Trent ne sourit pas. Il regarde Lian comme s'il ne le voyait pas vraiment. Puis il semble sortir de sa méditation avec un petit sursaut, murmure: «Le premier vrai combat, Shaunessy, ça fait toujours un choc.»

Tandis que les autres continent à parler avec Trent, Lian s'éloigne – ils ne le remarquent pas, même Grayson – et il va prendre sa douche. Ensuite, il reste étendu sur son lit, en slip; l'air conditionné a des ratés dans leur bunker, ce sera une nuit sans. Il voudrait que Grayson soit là. Pour que Gray lui répète encore une fois que non, il n'a pas vu ce qu'il a vu, et si Gray lui-même ne le croit pas, c'est bien qu'il se trompe, n'est-ce pas? Il n'a pas vu ce qu'il a vu. Il n'a pas vu une tzinan parmi les rebelles. Il n'a pas vu une tzinan se sacrifier pour que ses compagnons rebelles puissent s'échapper. Il n'a pas vu une tzinan rebelle morte d'une absence de balle en plein cœur.

Et le mot est une clé, *tzinan*, et il tourne dans la serrure et la boîte s'ouvre. Il y a toujours des mutants sur Virginia. Les autres, de l'Autre Côté, Costa, Lartigues, tous les membres du Club, Thomas... Ils se trompaient. Ils *se trompaient*: se mentaient. Croyaient ce qu'ils avaient besoin de croire, et il voulait le croire aussi, il n'en a jamais parlé avec Argelos ou les hékel du Temple, il n'a jamais demandé, il n'a jamais posé de questions à Odatan, il préférait cette histoire-là, il voulait la croire, et elle a été vraie tant qu'il l'a crue – le soleil était un œuf, les montagnes le pondaient le matin et les autres montagnes l'avalaient le soir, mais comment pourrait-il le croire maintenant, comment a-t-il pu le croire, comment a-t-il pu être assez *fou* pour...?

Qui est fou ? Tout le monde croit les mutants disparus, ici. Tous les membres de la Section ont réussi à s'expliquer ce qu'ils ont vu afin de ne pas l'avoir vu. Qui est-il pour dire qu'il a raison et qu'ils se trompent ?

Il se redresse soudain, le cœur battant. Ou pour dire qu'ils se trompent *totalement* ? Ils le croient peut-être parce que... parce que c'est vrai, *presque* vrai. Parce que les mutations sont peut-être simplement rares, très rares, extrêmement rares, maintenant. Et seulement chez les rebelles, si cela se trouve ! Combien sont-ils, maintenant, en Licornia ? Dix, neuf millions, moins ? Un réservoir génétique limité, en tout cas, et depuis des dizaines d'Années. Pas étonnant si les mutations ont mis plus de temps à disparaître de chez eux, si elles reparaissent parfois, un accident, une rareté, une curiosité. Et bien sûr, ils s'en serviraient. Comme cet après-midi, pour la valeur de choc, et ça a failli marcher, en plus ! Et la pauvre fille est bien morte d'une crise cardiaque, parce qu'elle a trop demandé à son trop faible pouvoir. En face, les Fédéraux, quand ça arrive, on ne peut pas y croire, évidemment, on n'y pense même plus, ou on préfère ne pas y penser : les mutations ont disparu depuis si longtemps, et elles ont fait tant de mal !

Lian reste là, à demi appuyé sur un coude, hors d'haleine comme s'il venait d'échapper... à quoi ? Il ne sait pas. Ou bien il sait : à la folie. Grayson arrive sur ces entrefaites. Lian lui dit presque... mais se tait, attristé – encore une des confidences qu'il ne peut faire à Gray. Est-ce que ce sont des mensonges, quand on ne vous dit pas ce que vous ne pouvez pas entendre ? L'autre se déshabille avec des gestes brusques, se rend dans les douches sans un mot. Il n'a pas l'air content. Parce que Lian s'est entêté ? Parce qu'il a dû le défendre devant les autres et qu'il n'aime pas attirer l'attention sur eux deux ? Ou parce qu'il est dérangé, peut-être, dans l'histoire qu'il se raconte, qu'il a bien le droit de se raconter – lui aussi il a vu la fille se rendre, seulement se rendre.

Quand Grayson revient, Lian se lève et va à sa rencontre. Comme il n'y a personne d'autre qu'eux dans le dortoir, il le prend par le cou, appuie son front contre le sien. Grayson reste les bras ballants. « Liam, dit-il d'une voix tendue, il faut arrêter avec cette histoire de rebelle qui vole, là. Si jamais Trent décide que tu es en train de craquer... »

Lian ébauche un sourire : « Ne t'en fais pas, je suis calmé. C'était juste une illusion d'optique. »

Grayson reste un instant figé, puis le prend par les épaules pour le tenir à bout de bras en le dévisageant avec intensité : « Tu es sûr ? Vraiment sûr ? »

Lian incline la tête. Ce n'est pas un mensonge, n'est-ce pas, quand on vous dit ce que vous avez besoin d'entendre ? Grayson s'illumine ; il serre Lian contre lui. Après quelques instants, son sexe se tend sous la serviette-éponge ; ses mains sur Lian deviennent plus précises, le dos, le creux des reins – Gray aime la peau de Lian, au grain si lisse, il le lui a souvent dit, ça l'ex-cite incroyablement. Lian murmure : « Les autres vont arriver.

— Oh, ils en ont bien encore pour une heure avec Trent », dit Grayson, la voix rauque. Ils s'étendent l'un près de l'autre. Grayson tremble. Il jouit presque tout de suite, aux premières caresses. Et il se met à sangloter, sans larmes, un bras sur les yeux. Lian se redresse sur un coude, consterné de son inconscience, de son égoïsme : pour Gray aussi, c'était le premier combat, les premiers morts. Il le prend dans ses bras avec une tendresse désolée, caresse les cheveux encore mouillés. L'autre s'accroche à lui comme s'il se noyait. « Qu'est-ce que je peux faire, Liam ? murmure-t-il, qu'est-ce que je peux faire ? »

Lian lui embrasse le front, apaisant : « Rien, Gray. C'est comme ça. »

34

Depuis le petit aéroport où atterrit leur avion, au nord des McKelloghs, Alicia et la délégation se rendent en convoi automobile discret jusqu'à Nouvelle-Venise. Très discret, le convoi, mais c'est depuis longtemps entendu de part et d'autre, il n'y aura ni réception officielle, ni parades ni bains de foule – pas après avoir fait croire si longtemps à la population que Lagrange ne s'arrêterait pas. Et puis, on est en guerre, ce serait un trop grand risque de publiciser la présence de l'ambassadrice lagrangienne.

La guerre est un peu loin, à vrai dire, dans l'autre moitié du continent, mais d'après ce qu'Alicia sait des rebelles, et même en tenant compte de l'inévitable propagande fédérale, elle préfère ne pas attirer leur attention. Elle est en train de succomber à la contamination locale : leur nom officiel est "Sécessionnistes", mais tout le monde les appelle "rebelles", et elle commence à en faire autant. Ma foi, à la guerre comme à la guerre, encore, même si ce n'est vraiment pas la sienne. La route traverse une section de territoire qui a été l'une des places fortes rebelles pendant la guerre d'attrition, après l'Insurrection ; on lançait de là des raids sur la région du lac et Nouvelle-Venise. Même après tout ce temps, il reste des traces de batailles sans merci, des morceaux entiers de forêt dévastée qui n'ont pas repoussé, ou mal, des chaos de rochers noircis ou à demi fondus, des cratères vitrifiés. Avec une vague sensation de nausée, Alicia contemple le paysage bouleversé. Certes, les forces fédérales n'y sont pas pour rien, mais comment peut-on en arriver là, comment les rebelles ont-ils pu déclencher une guerre civile aussi impitoyable, aussi meurtrière – aussi longue ? Un tel entêtement...

Et des deux côtés, en plus. Alors que la solution
d'Ewald était évidente depuis le début, les laisser tous
aller dans le sud-est et faire sécession. Sauf que ce n'é-
tait pas vraiment *leur* choix, aux rebelles, ils ne l'ont
accepté que sous la contrainte au moment où la victoire
se décidait contre eux, et ils ne s'y sont jamais résignés.
Et maintenant, ils sont tous là en train de se tirailler
dessus à la frontière, toutes les deux saisons. Des cam-
pagnes saisonnières. Quelle barbare absurdité.

Mais ce n'est pas comme si tout le monde pouvait
désamarrer une station Lagrange et partir au petit bonheur dans le cosmos quand la situation devient trop
intenable. En laissant les autres crever comme bon leur
semble sur le plancher, avec les vaches.

Le reflet d'Alicia fronce les sourcils dans la vitre
fumée du compartiment arrière où elle se trouve avec
Jenifer Ashton et trois uniformes – Anderson est dans
la voiture de queue. D'où lui vient cette idée idiote ?
Elle n'a jamais avalé la thèse du trauma souterrain qui,
selon certains psychologues hérétiques de Lagrange,
grignote tout un chacun dans la station – on a quitté le
système solaire depuis près de quatre siècles, pour
l'amour du ciel, personne n'a une mémoire aussi longue ! Elle a vu les documents, comme tout le monde :
les catastrophes climatiques sans répit, de plus en plus
généralisées, la panique, les émeutes, les épidémies,
les guerres-éclairs des dictateurs désespérés d'acquérir
des territoires moins menacés – et la certitude générale,
horrible, paralysante : ce n'était pas la première fois mais
cette fois-ci il n'y aurait pas de salut, parce que le point
d'équilibre avait été dépassé, parce que tous les freins
avaient sauté, parce que le bolide roulait à une vitesse
accélérée vers le fond de l'abîme, parce que le reste de
la Confédération solaire était dans un état trop précaire
lui-même pour ne pas se laver les mains de la Terre –
et parce que la voie des étoiles était fermée à jamais,
sans la propulsion Greshe. Et alors, que pouvaient-ils
faire d'autre, les premiers Lagrangiens, que de s'emparer

de la seule barque de sauvetage et s'enfuir ? Ils n'avaient pas de boule de cristal pour leur dire que cent cinquante ans plus tard un nouvel état d'équilibre aurait été atteint malgré tout, plusieurs tours de spirale plus bas, et que la Terre serait encore vivante, et même une partie de l'humanité. Ils étaient de bonne foi quand ils croyaient devoir être les seuls survivants.

Mais de moins bonne foi, hein, Alicia, quand ils ont alors capté le message, " Revenez, on a besoin de vous ! " et qu'ils l'ont enterré au plus profond de leurs banques de données. Elle en a eu, du mal, pour le récupérer. Curieux, quand même : enterré, mais pas effacé...

Peu importe : elle n'a pas éprouvé le besoin d'en parler. Elle avait satisfait sa curiosité, c'était suffisant. Ni alors ni jamais elle n'a éprouvé la moindre crise de conscience, pas sur des choix faits par des gens morts depuis presque trois cents ans ! C'est comme ce paysage dévasté, ces reliques d'affrontements fratricides. Absurde, ou navrant, mais en dernier ressort, cela ne la concerne pas.

Avec les ingénieurs et les techniciens du lieu, Alicia retourne pendant sept jours les entrailles des banques de données à la Tourcom de Nouvelle-Venise. Sans grande conviction, mais c'est le scénario. Elle dort sur place, elle mange sur place. Pendant les pauses, elle contemple le panorama, le long haut plateau bleuté du massif des Brouillards, au sud-ouest, ou l'horizon un peu trop infini du lac, mais surtout la ville en contrebas, avec son dessin de mandala. Vraiment mandarine, le lac sous le soleil, et la ville presque irréelle à force d'être une ville des Anciens. Depuis l'altitude de sept cents mètres où s'ouvre le bouquet des installations de la Tour, aucune présence virginienne n'est décelable. Elle est d'ailleurs minimale : il n'y avait pas assez de place pour construire une ville nouvelle, et de toute façon cette région a été un fief des Vieux-Colons dès le début de la colonisation, des gens qui avaient décidé de se faire indigènes pour de bon et préféraient conserver les précieuses terrasses de culture plutôt que d'y agrandir la ville. Seulement trois millions d'habitants, Nouvelle-Venise, pas plus que du temps des Anciens. Et pratiquement pas un poil d'électricité, même quand la Mer est absente comme en ce moment. Quelquefois, lorsqu'Alicia se rappelle qu'il y a des générations de gens, sur cette planète, qui n'ont jamais utilisé un intercom, un ordi ou un bain sonique, jamais joué dans un sim, jamais même vu un film, bi ou tridi, elle éprouve malgré tous ses entraînements une sensation d'étrangeté totale, d'autant plus déboussolante que ces gens, s'ils se trouvaient dans Lagrange, n'attireraient pas un regard. Plus foncés, c'est tout, mais il y a des maniaques du bronzage parmi les Lagrangiens, et quelques atavismes.

Le septième jour, dans l'après-midi, elle décide qu'elle s'est assez conformée au scénario. Elle a trouvé des tas de trucs bizarres, et même quelques petites choses utiles – pour les Virginiens ; elle les leur abandonne avec magnanimité – mais de propulsion Greshe, point. Elle déclare forfait. Passons à la Tour suivante, je vous prie. On exprime des regrets, on la remercie de ses trouvailles, et Jenifer Ashton vient la cueillir au pied de la Tour, avec son entourage. Parmi lequel, discret et à l'écart, se tient Anderson.

« Nous allons vous emmener à l'hôtel » dit Ashton pleine de sollicitude après avoir manifesté à son tour ses regrets, « vous pourrez vous reposer.

— Je préférerais me détendre en faisant autre chose, déclare Alicia. Visiter la ville, par exemple. Serait-ce possible, discrètement ? Avec une ou deux personnes, pas plus ? »

Jenifer Ashton fait oh, et fait ah, ce n'était pas prévu, elle ne connaît pas du tout la ville, il va falloir trouver un guide sûr et mettre un itinéraire sur pied...

« Écoutez, puisque ce n'était pas prévu, personne ne pourrait savoir que je me promène, n'est-ce pas ? Discrétion, je veux bien, mais je ne vais quand même pas rester enfermée tout le temps comme un poisson dans un bocal ! » proteste Alicia, carrément prête à feindre un caprice s'il faut en venir là.

« Nouvelle-Venise a été tirée au sort comme première ville, les risques sont en effet extrêmement minimes... », intervient Delplace, dûment inquiet de l'incident diplomatique qu'il a pour rôle de sentir poindre et d'éviter. « Andy et Gregor peuvent suivre en protection rapprochée. Et Anderson est qualifié. Il connaît très bien la ville, je crois ? »

L'intéressé hoche la tête, impassible : « Je me ferais un plaisir d'accompagner Serra Cortès. »

Alicia révise son évaluation d'Anderson, un peu déçue. " Qualifié ", hein ? Pour la protéger au cas où ? Pas un fonctionnaire subalterne, alors, un agent aussi secret que les autres. Mais pourquoi pas ? Ce sera sûrement une promenade intéressante quand même, dans une perspective différente, voilà tout.

Nouvelle-Venise mérite son nom. La Venise terrienne désormais engloutie n'a sans doute jamais été aussi propre, cependant. Le système d'égouts des Anciens était impeccable, et l'est toujours tant qu'on l'entretient, comme c'est visiblement – et d'après l'absence d'odeurs intempestives – le cas. L'écologie autorégulatrice des canaux est restée d'une remarquable efficacité aussi, sans doute parce que les habitants de Nouvelle-Venise ont choisi dès le début de ne pas la soumettre à des pressions trop fortes : les algues et les herbes des fonds, tout comme les caliches, omniprésents et voraces petits poissons rouges et noirs, ne sont pas conçus pour combattre une pollution normale. Ou enfin, terrienne, rectifie intérieurement Alicia, avec ironie. Mais le biogaz utilisé par les descendants des Vieux-Colons pour alimenter leurs bateaux et leurs barques ne laisse pas de résidus. De toute façon, la ville entière semble d'une propreté méticuleuse, canaux grands et petits, places, rues, ruelles. Dans le Nord, on n'a apparemment jamais tout à fait oublié la leçon des premières Catastrophes sur Terre – au contraire des rebelles, et des Terriens.

Et on n'a pratiquement rien modifié dans cette ville. Tout juste si on décèle ici ou là, habilement déguisées, les tubulures qui amènent dans certains édifices l'autre variété de gaz, celle qui est distribuée sur tout le continent à partir des énormes gisements du Dolgomor. Nouvelle-Venise et sa région sont toujours restées à part, encore plus archaïques que tout le reste de Virginia, comme plus à l'ouest la Nouvelle-Dalécarlie. Ce ne sera pas pareil à Cristobal, Bird ou Tihuanco – encore moins à Morgorod, dont la haute ville semble sortie tout droit d'un cauchemar futuriste du début du XXIIe siècle !

Anderson ne dit rien de tout cela ; c'est Alicia qui le pense avec obstination, au début, pour résister à l'attrait pernicieux de la cité. Et au choc, parce que c'est son premier vrai contact, sans intermédiaire, avec la réalité de Virginia. Mais elle résiste, par réflexe. Ce n'est pas comme si elle n'en avait pas fait cent fois l'expérience dans les sims, cette ville. Plutôt mille fois, c'étaient ses sims préférés jusqu'à ce que Marti s'en rende compte et avertisse les psychologues. D'accord, les sims ne lui rendent pas tout à fait justice : il manquait les parfums, les fleurs le long des quais, sur les branches des arbres-rois retombant des terrasses, et jusqu'à l'odeur de l'eau, bizarrement acidulée là où elle recouvre les évents volcaniques sous-marins qui tiédissent le lac et son climat. Mais Alicia connaît en réalité Nouvelle-Venise aussi bien qu'Anderson, elle aurait pu s'y promener toute seule. Ou enfin, presque, ses souvenirs des sims remontent quand même à une dizaine d'années.

Et puis, ce ne serait sûrement pas aussi fascinant. Agent secret, peut-être, mais Anderson en sait bien plus que les sims sur Nouvelle-Venise. Et quand il ne sait pas, il invente. À un moment donné, leur barque passe près d'une longue fresque – parfaitement conservée, comme toutes les autres, sous son épais vernis d'origine – dépeignant sur plusieurs édifices de suite toute une histoire qu'il lui conte par le menu. C'est d'abord une grande scène de chasse en forêt assez incongrue dans ce royaume ancien de pêcheurs. Le personnage vêtu de riches vêtements, là, monté sur son cabal, c'est le prince Khaliad, un enfant gâté qui ne voulait pas devenir roi. Au-dessus, dans les nuages, toutes ces créatures bizarres sont des divinités en train d'observer les absurdités des humains. Et là, debout sur ce minuscule nuage, c'est Iptit, le dernier créé, le petit dieu des petites choses, en train de lancer le caillou doré qui va changer la destinée de Khaliad, et celle d'Arani, cette jeune personne vivant dans la forêt, ici, avec son chachien. Grande, rousse et bien en chair, elle collecte des herbes tandis que Tamal le chachien est suspendu par la queue dans les branches au-dessus d'elle, en train de se balancer. Et ici, Khaliad se réveille, il a perdu la mémoire après être tombé de sa monture effrayée par le choc du petit caillou, et il est recueilli par une joyeuse bande de saltimbanques. Voici sa rencontre avec Arani, sur la place du marché où, en chassant Tamal qui lui a volé son caillou-talisman, il renverse l'étal de la jeune guérisseuse...

Alicia, surprise et amusée, finit par arrêter Anderson : « Je ne savais pas que vous étiez un conteur. Avez-vous inventé des histoires sur toutes les fresques de Nouvelle-Venise ? »

Il ne répond pas tout de suite – elle commence à s'habituer à ses pauses méditatives : « Nous en avons tous inventé sur les Anciens, depuis le début de la colonisation. Tellement de vides à remplir... Alors, des poètes, des écrivains, des musiciens...

— *Ô Reine, amante, sœur...* », fredonne Alicia en souriant, les premiers vers de l'oratorio d'Œniken, le grand compositeur virginien – et le seul, en ce qui la concerne, mais elle espère que la discussion ne portera pas là-dessus.

Anderson poursuit : « *... visage dressé sur le sable des heures, pour quel marin perdu regardes-tu la Mer ?* » Il sourit aussi ; il a une plaisante voix de baryton, un peu voilée.

« Je croyais qu'on ne parlait pas trop des Anciens »,
remarque Alicia, un peu malicieuse.

« On n'en parle pas, mais on en rêve. Tous les enfants
de Virginia en rêvent. Et ils deviennent grands...

— Les musiciens, les écrivains, les poètes.

— Ceux qui n'oublient pas leurs rêves. »

Il regarde au loin, avec une légère tristesse. « Mais
vous n'êtes pas un musicien », reprend Alicia, un peu
déconcertée.

— Ni un écrivain ni un poète, dit-il après une petite
pause. Je vous raconte seulement ce que j'ai lu. »

La barque continue d'avancer au rythme régulier de
son moteur, tandis qu'il la guide entre bateaux et pontons.
On est en Hiver, et c'est le Nord, mais la température
est douce même si le ciel est couvert. Alicia regarde
défiler le reste de la fresque – elle peut se raconter sa
propre histoire maintenant : Khaliad tombe amoureux
d'Arani, il lui offre la moitié de son caillou-talisman... et
il s'en va ? « Que s'est-il passé ? Arani pleure...

— Ah, dit Anderson avec gravité, Khaliad a retrouvé
la mémoire, mais du même coup il a oublié ce qu'il a
fait depuis qu'il l'a perdue, et sa vie avec Arani. Il retourne chez son père et devient un bon prince, au lieu
de l'enfant gâté qu'il était. »

Devant les portes du palais royal – plus petit et
d'architecture différente, ce n'est pas l'édifice abritant
le gouvernement provincial, bien qu'il occupe comme
lui la place centrale bien reconnaissable malgré la
perspective tordue – s'étire maintenant une longue file
de femmes jeunes et vieilles, portant toutes un caillou
doré, et elles passent devant Khaliad, qui a l'air bien
affligé.

« Je sais ! dit Alicia. Il a l'autre moitié, et il va retrouver Arani de cette façon.

— Et ensemble, ils mettent fin à la guerre entre leurs
deux peuples – le peuple d'Arani avait été conquis par
celui de Khaliad. De surcroît, Khaliad a découvert
grâce au caillou les propriétés de la pierre dorée, la
pseudo-pyrite, qui restitue au contact des êtres vivants

l'énergie emmagasinée. Et à partir de ce temps-là, on commence à l'utiliser systématiquement dans la construction.

— Bien trouvé ! » s'exclame Alicia en riant.

Anderson hoche la tête, tout en continuant à guider la barque. Au bout d'un moment, il murmure, pensif : « Petites causes, grands effets. Nous racontons les histoires, les histoires nous racontent, qui sait ? Il finit toujours par se passer quelque chose.

— Quelque chose d'inattendu, j'espère ! » remarque Alicia en pensant au scénario où elle joue son rôle, surprise d'entendre le vague ressentiment qui perce dans sa voix. Il la regarde. Pendant un instant, elle se plaît à imaginer qu'il donne un grand coup de barre, lance le moteur à plein régime et vire dans un canal perpendiculaire, au grand dam des deux suiveurs dans leur propre barque. Mais bien sûr il se contente de sourire – un peu comme le soir du dîner, avec un plaisir surpris, hésitant, chaleureux : « Oui, espérons. Iptit a toujours son mot à dire. »

On repart de Nouvelle-Venise pour retourner au petit aéroport au pied du Catalin, d'où on traversera en biais la moitié du continent pour aller atterrir dans un autre petit aéroport du massif de la Tête, également situé à plus de deux mille mètres ; de là, cent cinquante kilomètres en voiture jusqu'à Cristobal, où se trouve la Tourcom suivante. Encore heureux que la Mer soit absente, sinon ç'aurait été quoi, chemin de fer à vapeur et carriole ?

Anderson n'est pas du voyage.

La Tourcom de Cristobal est comme toutes les autres – c'étaient des modules préfabriqués, livrés presque tout montés au début de la colonisation, en même temps que les colons en frigo. Elle aussi a été placée au point le plus haut de la ville, au sud-est, dans la ville nouvelle – seulement sept cent cinquante mètres, la Tour, c'est toujours ça d'économisé grâce au relief environnant, celle de Bird fait le kilomètre, elle. En entrant dans la petite pièce spartiate qui va constituer ses quartiers pendant toute la durée de son séjour, au sommet de la Tour, Alicia retient un soupir. On lui avait offert de loger au Palais du Gouvernement provincial, mais la perspective des allées et venues l'a rebutée : elle préfère être sur place et davantage maîtresse de son temps ; elle regrette pourtant presque d'avoir refusé l'offre de ses hôtes – même si de toute évidence eux aussi la préfèrent tout le temps au même endroit, ça simplifie la surveillance.

Elle se met au travail avec une autre fournée d'ingénieurs et de techniciens – on est apparemment jaloux de son territoire, d'une province à l'autre –, et se rend compte très vite qu'elle en a pour un moment. Les modifications des machines sont labyrinthiques, les banques de données monstrueuses, et les vieilles archives s'empilent et s'emboîtent, fossilisées, dans caves et greniers électroniques. Nouvelle-Venise a beau être la capitale provinciale du Nord, le Nord lui-même n'est pas un des grands centres économiques et politiques de Virginia. Cristobal, au contraire... Bird-City, l'ancienne capitale, ce sera encore pire. Et ne parlons même pas de Morgorod !

Après sept jours, elle a un bref espoir : des plans ! Mais c'est seulement une antique description de moteurs ioniques, comme ceux de Lagrange, en moins sophistiqué. Elle se passe les mains sur la figure, tandis que les techniciens se lèvent en silence, visiblement dégoûtés, pour se dégourdir les jambes. C'est le milieu de l'après-midi, juste après la méridienne, et avec la retombée de l'adrénaline elle a envie de tout envoyer promener. Une demi-semaine, et elle a peut-être grignoté la moitié des archives ! Et ce n'est pas comme si les spécialistes locaux lui étaient d'un grand secours non plus. À croire qu'ils se traînent les pieds. Quoi, c'est une question d'honneur, si nous n'avons pas trouvé, elle ne trouvera pas ? Mais quels imbéciles !

«Vous allez vous brûler si vous continuez comme ça. »

Elle ne se retourne pas tout de suite, avec plus d'exaspération que de plaisir. La cavalerie à la rescousse, hein ? Il faut la distraire, la pauvre petite ?

« Vous avez encore des histoires à me raconter ?

— Une escapade », sourit la voix d'Anderson.

Elle fait pivoter son fauteuil, le dévisage : « Pas quand c'est permis. »

Il écarte un peu les mains d'un air d'excuse, sans se départir de son calme souriant : « Mieux que rien. »

Elle finit par dire : « Pourquoi pas ? » en haussant les épaules, et il lui demande aussitôt, la prenant au dépourvu : « Vous avez emporté un maillot de bain ? »

Ils traversent la ville en voiture – celle d'Anderson, un gazillac ordinaire de milieu de gamme ; les anges gardiens sont invisibles derrière, mais après le premier coup d'œil machinal Alicia se fait un devoir de ne plus vérifier. D'ailleurs, pas d'itinéraire compliqué : on va chercher le grand canal de ceinture de la ville ancienne, et la rue qui le double, on le suit tout du long et on sort de la ville pour longer la digue vers le nord-ouest. Alicia commence à se douter de leur destination, mais elle a décidé de ne rien demander. Anderson n'explique rien non plus et s'il n'est pas anxieux de remplir le silence, elle ne l'est pas davantage.

Ils s'arrêtent devant une grande villa ancienne, au creux de la courbe en S dessinée par la Digue. Anderson en ouvre la grande porte d'entrée avec une bonne vieille clé, s'efface devant Alicia. « La maison de famille. On ne s'en sert jamais en cette saison. Il doit bien y avoir des maillots qui vous feront. »

C'est une demeure ancienne classique à un seul étage, bâtie autour du traditionnel bassin, avec terrasse luxuriante sur le toit, tourelle à oiseaux et arbres-à-eau, qui n'a apparemment pas été reconditionnée pour sacrifier à la modernité virginienne : ni électricité ni gaz. Il fait sombre quand ils entrent dans la salle de séjour. Anderson se déchausse et enlève ses chaussettes, reste un moment pieds nus sur les dalles. Une sourde marée lumineuse s'arrondit bientôt autour de lui, repoussant la pénombre fraîche des volets clos. « Maillot de bain », lui rappelle Alicia, agacée. Croit-il qu'elle va pousser des cris de surprise émerveillée ?

« Maillot de bain. Attendez-moi là. » Ses pas s'éloignent. Alicia s'est laissée engloutir par un divan et regarde la lueur de la pierre s'éteindre. Et puis, quand même, elle se penche et pose la main sur une dalle, le temps de la voir s'illuminer à son contact. Se redresse quand elle entend Anderson revenir.

Après avoir trouvé un maillot adéquat, ils remontent en voiture et se dirigent, comme elle s'y attendait, vers le parc de la Tête. Anderson conduit en silence, détendu, un coude à la portière, cheveux gris emmêlés par le vent.

« Ce n'est pas comme si je n'y étais jamais allée », remarque enfin Alicia, toujours agacée.

Il lui adresse un regard en biais, avec un grand sourire sarcastique : « Mais pas avec moi. Et le parc a un peu changé depuis vos sims, quand même. »

Elle se tasse dans son siège, morose, tandis que la campagne défile. Qu'est-ce qu'elle fait là ? Elle devrait être à la Tour en train de travailler. Chaque minute qui s'écoule est une minute de plus qu'elle devra passer sur cette misérable planète, avec ces planétaires stupides !

De fait, le parc n'est pas exactement celui qu'elle a visité. Des sentiers différents. Des œuvres d'art inconnues. Davantage d'arbres et de buissons. Ou bien ils ont l'air plus nombreux parce qu'elle sait que ses pieds foulent vraiment l'herbe, parce que ses narines hument les senteurs mêlées des fleurs et des feuilles. Elle a l'impression d'être pour la première fois *dehors* ; la visite de Nouvelle-Venise ne compte pas, même avec les jardins et les parcs : c'était une *ville*. Mais ici, pas un seul bâtiment. Rien que la nature sauvage. Ou enfin presque : ce parc est totalement artificiel, somme toute, comme la falaise-digue à la pointe de laquelle il s'étend ; les Anciens l'ont aménagé de toutes pièces, pas un seul repli de terrain qui n'ait été voulu, comme l'agencement des bosquets et des prairies, les ruisseaux, les petits lacs : tout du faux, comme Lagrange.

Alicia, tu es de mauvaise foi. Du faux qui date de centaines de siècles, est-ce encore du faux ? Et puis les plantes ne sont pas "fausses". À part les arbres-à-eau, et encore, il n'y en a sans doute pas une seule d'origine dans ce parc, elles ont toutes été remplacées au cours du cycle naturel des saisons, sous un vrai soleil, plantées dans de la vraie terre. Pas d'entrailles mécaniques sous la peau verte des prairies. Non, ce n'est pas le même genre de fausseté que dans Lagrange. Un de ces mensonges vrais dont parlait Anderson à Nouvelle-Venise, alors – devenu vrai avec le temps, comme tant de mensonges.

Presque personne dans les allées, dans les prairies. C'est tout de même à plus de trente kilomètres de la ville, on est en semaine, les adultes travaillent, à cette heure-ci, à Cristobal. Et ceux qui ne travaillent pas restent apparemment chez eux, même s'il fait un temps splendide pour la saison, il faut le reconnaître : pas trop chaud, pas trop frais, et un ciel d'un bleu tendre, presque dégagé de sa sempiternelle couverture de fins nuages en haute altitude.

Serviettes sur l'épaule, et tenant un panier de pique-nique qu'il a rempli à la villa, Anderson s'arrête au bord d'un des petits lacs parsemant le parc. Alicia examine l'eau d'un œil sceptique. De la vraie eau sauvage. Avec plein de bestioles sauvages dedans. Elle sait qu'elle ne risque rien, et le lac de Lagrange ressemble à s'y méprendre à ce lac, en plus grand, mais elle hésite un peu à se lancer. Il n'y a pas trop de plantes aquatiques, heureusement, et elles se trouvent toutes de l'autre côté, bambous, joncs, nénuphars, lentilles d'eau en voile vert et ondulant le long de la rive.

Anderson désigne le lac d'un ample geste du bras : « Pour vous toute seule », dit-il d'un ton encourageant.

Alicia se déshabille en marmonnant : « Quoi, vous avez fait chasser tout le monde du parc ? » Puis, sans attendre la réponse qui ne vient pas, un peu honteuse de son obstination dans la mauvaise humeur, elle s'élance sur le ponton et plonge. Au bout d'une trentaine de mètres, elle se retourne sans pouvoir retenir un rire exultant, continue à crawler sur le dos plus lentement, en savourant la douceur de l'eau, son goût étrange –

pas désagréable, juste différent. Anderson s'est assis en tailleur sur la berge. «Vous ne venez pas?»

Il répète: «Pour vous toute seule.

— Je vous invite, allez!»

Il se déshabille et plonge à son tour.

Une fois séchés et rhabillés, ils se dirigent vers la Tête en suivant l'un des cheveux de pierre qui grimpent et convergent sur le promontoire. Alicia n'a pas vu la Tête en arrivant, l'avion est allé se poser au sud-ouest du massif et n'a jamais suivi la côte, mais elle s'en est approchée cent fois dans les sims depuis l'océan, pour la voir grandir dans le lointain : une tache bleutée d'abord – dans les sims de crépuscule, les plus spectaculaires, quand l'enduit luminescent de la sculpture géante se met à briller – puis un visage de plus en plus immense, légèrement tourné vers le ciel, une femme, une Ancienne, la reine, l'amante et la sœur d'Œniken, ou plus vraisemblablement une déesse, peut-être en attente, peut-être en prière, peu importe, gigantesque tête de proue de la falaise gigantesque. Treize cents mètres presque à pic sur la plaine en contrebas quand la Mer est absente ; Alicia y a fait de la varappe plus d'une fois, remontant par la voie la plus difficile, celle qui aboutit sur la tiare dont est coiffée la Tête en passant par la courbe de la joue et l'oreille ; si l'enduit lumineux n'est pas lisse, heureusement, la pierre est travaillée avec minutie, il n'y a pas beaucoup de bonnes prises. Elle aurait bien aimé faire l'escalade pour de vrai, mais ce serait inimaginable, bien entendu. Une petite baignade dans un lac, c'est tout ce qu'on lui permet.

Alicia jette un coup d'œil en biais à Anderson. Ils n'ont pas échangé trois phrases depuis leur arrivée au parc. Est-il fâché d'avoir à la cornaquer encore ? Il n'a pas le choix, il est en service commandé, lui aussi. Alicia continue à l'observer, il ne semble pas s'en rendre compte et continue à marcher comme si de rien n'était. Elle essaie de maîtriser l'impatience qui point de nouveau.

«Pourquoi êtes-vous ici avec moi?»

Si elle croyait le prendre au dépourvu, c'est raté. « Pour vous distraire, j'espère, répond-il aussitôt sans broncher.

— Ils espèrent. »

Il la regarde enfin, en haussant les sourcils : « Si je rends votre séjour plus agréable et vous dispose plus favorablement à notre égard, ça ne fera sûrement pas de mal. Mais je n'ai pas d'ordre de mission en poche, si c'est ce que vous voulez savoir.

— Qu'est-ce que vous faites ici ? Et à Nouvelle-Venise ?

Il esquisse un sourire : « Quelqu'un m'a offert une faveur non sollicitée, dit-il enfin. Vous avez dû remarquer le taux élevé de renouvellement dans la délégation ? On profite de votre présence pour... alimenter les résumés. Distribuer des points, se gagner des faveurs, payer des dettes.... Politicailleries habituelles. J'allais à Nouvelle-Venise, on m'a fait faire un crochet par Saint-Ex. Ça a pris une tournure un peu imprévue. On m'a demandé de recommencer ici, j'ai accepté. Je pouvais refuser.

— Ce n'est pas mal vu de fraterniser avec les horribles Lagrangiens ?

Il réplique, du tac au tac : « Ce n'est pas mal vu de fraterniser avec les horribles Virginiens ? »

Alicia sourit plus largement, prête à rester dans le mode sarcastique, mais il s'est immobilisé et la fixe, très sérieux, presque avec reproche. Elle laisse son sourire s'effacer, ne détourne pas les yeux. « Non. Je ne suis pas comme ça.

— Eh bien, moi non plus ! Nous ne sommes pas nos étiquettes ! »

Elle l'observe, surprise de ce soudain éclat. Il prend une grande respiration, ébauche un sourire : « Et je suis curieux.

— On vous en donne le droit ?

— On le prend, non ? »

Elle ne peut s'empêcher d'éclater de rire, incrédule : « Vous ne me ferez jamais croire que vous êtes un politicien ! »

Il se met à rire aussi, vraiment amusé : « J'espère bien que non. Mais vous avez consulté mon dossier. »

Elle s'efforce de rester impassible. Fils d'une famille d'importants de père en fils, mais assistant secrétaire d'un assistant secrétaire, des transferts presque toujours horizontaux, un graph de carrière quasiment plat. Elle avait parfaitement le droit de consulter son dossier officiel, rien de secret là-dedans, routine, elle n'est pas allée fouiller plus profond : elle ne va pas alimenter la paranoïa de ses hôtes en leur révélant ses réelles capacités de pirate informatique. Mais ils savent l'un et l'autre que cela se fabrique, des dossiers. Elle le regarde bien en face, d'un air entendu : « *Un* dossier. »

Il lui rend son regard, soudain très sérieux : « Mon emploi m'importe peu. Je suis dans la politique par paresse ou par atavisme. Une planque comme une autre. » Et, un ton plus bas : « Nous ne sommes pas nos étiquettes. »

— Aucune ambition ? » commente-t-elle avec le scepticisme amusé qui s'impose, mais plus par réflexe que par conviction.

Il fronce les sourcils et réplique : « Et vous ? » d'un ton soudain mordant.

Elle bat des paupières, prise au dépourvu : « Trouver la propulsion Greshe. »

Il la dévisage d'un air sévère, presque comme un juge, et elle se rappelle brusquement qu'il a au moins vingt ans de plus qu'elle : « Que vous la trouviez ou non, vous allez retourner là-haut et repartir. Vous vous y êtes préparée toute votre vie. Vingt-cinq ans. Et après ? »

Alicia reste prise dans le feu des yeux noirs, exigeants, incapable d'échapper à l'écho de la question, la question qu'elle a si souvent essayé de ne pas se poser. Et finalement, elle dit : « Je serai libre. Libérée », mais elle entend bien son intonation, elle sait que c'est plutôt un souhait, un espoir, un vœu pieux. Elle n'a même pas encore décidé si elle se ferait débarquer ou non avec les stoppistes – si tout se passe comme prévu, bien sûr : il reste encore à retrouver cette maudite propulsion Greshe.

Anderson fait: «Ah», avec une tristesse mélancolique qui la laisse déroutée et sans possibilité de réplique. Ils se remettent à marcher. Alicia a enfoncé ses poings dans les poches de sa combinaison, oppressée. Qu'est-ce qu'elle a? Pour qui il se prend, ce bonhomme? Elle marmonne obstinément, pour se l'entendre dire : « Je veux juste faire ce que j'ai à faire, et après, être tranquille.

— Moi aussi, murmure Anderson. Nous sommes plus que ce que nous faisons. »

Elle lui jette un regard à la dérobée : un petit muscle saute dans sa joue.

« Qu'est-ce qui est important pour vous, alors? » demande-t-elle impulsivement, sincère.

Il tourne la tête vers elle. « En ce moment? » dit-il enfin. Et, un ton plus bas, d'une voix soudain un peu éraillée : « Vous. »

Elle imagine plusieurs répliques, les écarte toutes, reste avec sa protestation : « Mais pourquoi? » Ça ne peut pas être... Elle n'est même pas vraiment jolie, juste... moyenne. Et volontaire, et intelligente, et elle sait dire "oui, mais" – et sur Lagrange, ça ne paie pas.

Il s'immobilise : « Pourquoi!? » s'exclame-t-il, incrédule. Puis il semble se reprendre. « Parce que vous venez... de tellement loin... de tellement longtemps... » Il avale sa salive, les traits soudain contractés. « Et nous sommes là à essayer de nous parler, juste vous et moi, à essayer de nous connaître, à tâtonner... »

Il la dévisage d'un air presque furieux, elle ébauche un mouvement de retrait, déconcertée. Il tend la main aussitôt, touche son bras nu en murmurant : « Non... », et elle reste paralysée sous le regard intense, comme implorant, des yeux noirs rivés aux siens. Anderson prend sa main, et elle se laisse faire. Il l'attire vers lui, lui caresse avec lenteur la joue, les lèvres, comme fasciné. Elle se laisse faire encore, fascinée de sa fascination. Il se penche, il va l'embrasser, il l'embrasse. Ses lèvres sont sèches et chaudes, juste ses lèvres, il lui a même lâché la main, mais elle ne recule pas. Il la regarde, les yeux agrandis, avec une sorte de sourire tremblant. Puis il lui prend la main et sans un mot, ils reprennent leur chemin, vers la Tête, et la grotte du motif central du bandeau de pierre, où ils s'étendent sur la nappe du pique-nique pour faire l'amour.

Pendant qu'il la caresse, interminablement, avec une délicatesse infinie, attentive, délicieuse, elle se dit "pourquoi pas", elle se dit "je ne le reverrai jamais", elle se dit "ce sera mon secret". Et puis elle ne se dit plus rien parce que les caresses deviennent plus précises, et elle s'enhardit à son tour, ne plus penser, juste être là, ne rien rater. Elle est surprise par le plaisir, et même lorsqu'il la pénètre, il n'y a aucune douleur, c'est terriblement excitant, pour un peu elle jouirait encore. Ensuite, il recommence à la caresser, toujours avec la même lenteur hypnotique, elle doit l'arrêter parce que c'est trop, maintenant, de l'autre côté de la passion.

Il lui embrasse le bout des doigts. A-t-il l'air lointain ou simplement rêveur?

« À quoi pensez-vous, après ? »

Il a l'air surpris, elle se rend compte qu'elle l'a vouvoyé, mais elle ne va pas se reprendre. Il semble méditer un instant : « À comment c'était. »

— Et c'était comment ?

Il dit « Éblouissant » d'une voix altérée, en la regardant presque avec angoisse et, déroutée, elle le croirait presque. Ensuite il demande : « Et vous ? »

Elle hésite – elle pense aux sims défendus. Mais techniquement... Et elle aussi, c'est la vérité quand elle dit, sans détourner les yeux : « La première fois. Pas vraiment... le plaisir. Mais avec quelqu'un. »

Il la dévisage avec intensité, lui caresse le front, la joue, les lèvres, la prend dans ses bras et murmure dans ses cheveux quelque chose comme "Merci".

35

La deuxième semaine de Décembre, le temps pour les blessés de reprendre leur place dans la Section, et pour tout le monde de s'habituer à la remplaçante de Bob Mayer, Trance Huitzinga, une fille d'une efficacité méticuleuse et qui ressemble à une souris, un capitaine des Opérations spéciales vient leur rendre visite. Ils ont fait leurs preuves en patrouille et au combat, on a une mission à leur confier : un campement rebelle a été repéré non loin de la Ligne, au nord-est, dans le secteur de Solmedad. C'est la première fois depuis longtemps que l'ennemi s'installe aussi près de la vallée où passent route et chemin de fer. Pas question de lui laisser croire qu'il pourrait tenter quoi que ce soit de sérieux. La mission de la Section 3 : se rendre en territoire rebelle, détruire le camp. Des autoplaneurs les déposeront à proximité, reviendront les prendre quand ils auront terminé : insertion rapide, précision chirurgicale, on entre, on sort.

Ils étudient les cartes et préparent leur matériel. Ils étaient plutôt taciturnes depuis la confrontation finale avec les gremlins, même l'exubérant Abdul, et même si Lian n'a jamais évoqué de nouveau ce qu'il avait vu lors de l'incident. Mais cette mission, et la confiance qu'on leur manifeste, semble les avoir sortis de leur morosité. Ils partent à l'aube, alors que la brume se traîne encore le ventre sur les montagnes, accrochée dans les hauts arbres fantomatiques. Les deux autoplaneurs passent au ras des cimes, dans un silence presque parfait, franchissent la Ligne sans incident et se posent dans une petite vallée rocailleuse. On débarque le matériel, on vérifie une dernière fois le code d'appel – on observera un silence radio total jusqu'à l'extraction – et les autoplaneurs redécollent et disparaissaient, étranges poissons plats dans la mer de brume. Nan prend l'arrière avec Lian et Grayson, Nokuda prend la pointe.

Après trois heures de marche dans la forêt, ils arrivent à la crête qui, selon leur carte, doit se trouver en face et un peu au-dessus de l'endroit où est établi le campement ennemi, à environ huit cents mètres. Pas de sentinelle avancée. Les rebelles se trouvent dans leur territoire, certes, mais si près de la Ligne... Un peu surpris, ils prennent leurs positions, s'aplatissent entre les buissons, examinent les lieux à la jumelle. Grayson passe les siennes à Lian, déconcerté : « On est au bon endroit ? » Nan est déjà en train de vérifier la carte. « Oui », dit-elle, les sourcils froncés. « Un piège ? » murmure Ritchie.

On ne voit rien, du moins pas d'où ils se tiennent. Les détecteurs de mouvement n'indiquent rien d'humain non plus.

Ils envoient des éclaireurs. Après une demi-heure de tension croissante, ils repèrent juste en face d'eux les pulsions lumineuses codées qui leur servent à communiquer entre eux à distance : ils peuvent y aller.

Il y a eu un campement sur le petit plateau de Solmedad, assez important, et pendant assez longtemps ; on voit encore les trous des poteaux de tentes, des marques de feux, l'herbe foulée dans les endroits passants, et quelques détritus, étonnamment rares. Les rebelles ont nettoyé avec soin avant de quitter la place – ce qui ne concorde guère avec les barbares environnementaux décrits à Lian par les grands-pères, à la commune. Mais ils ont quitté la place. Depuis au moins une semaine. Et n'y ont même pas laissé de pièges, comme le prouve l'examen minutieux du site.

Les membres de la Section 3 sont perplexes, et déçus. Toute cette prudence, toute cette adrénaline gaspillées pour rien ! Ils vérifient encore une fois la carte, non, ils ne se sont pas trompés. Ils explorent la jungle environnante : pas de traces de passages récents.

« C'était un test ? proteste Ritchie scandalisé.

— De quand elles dataient, leurs infos ? » marmonne Huitzinga, encore plus déçue qu'eux tous, car c'était sa première mission.

« Voulaient voir si on a toujours la forme, après l'autre jour », dit Delgado avec une intonation interrogative, mais sans conviction. Lui aussi, il est irrité.

Ils font une pause pour manger, reprennent leur matériel et repartent en sens inverse. Il fait plein jour maintenant. L'humidité est exténuante, les insectes exaspérants. Lian marche en état d'alerte flottante, trop soulagé pour être étonné du résultat de leur mission. Test, erreur, il s'en moque. Pas de sang. Un répit.

Ils arrivent dans une zone relativement dégagée, un grand champ ondoyant d'herbes et de fougères où la brise roule des vagues d'un jaune bleuâtre et d'où émergent çà et là des arbustes aux grasses feuilles vernies doublées d'épines. Herbes et fougères poussent dru, si haut qu'on doit traverser le champ comme un étang, de la végétation jusqu'à mi-poitrine, armes tenues à bras levé.

« Est-ce qu'il y a des serpents, là-dedans ? » murmure Huitzinga. C'est sa phobie, dont l'entraînement n'a pas réussi à la débarrasser ; ils s'en sont rendu compte très vite et ne lui laissent rien passer. Ritchie, qui marche derrière elle, dit d'un ton faussement rassurant : « Seulement des non venimeux », et Huitzinga se crispe, jetant autour d'elle des regards paniqués. Grayson renifle derrière Lian, amusé. « Il n'y en a pas, Trance, dit Lian en haussant un peu les épaules, les serpents aussi aiment pouvoir se déplacer avec un minimum d'obstacles. »

Et brusquement, à leur gauche, une demi-douzaine de silhouettes vertes se dressent dans les fougères, des coups secs résonnent. Huitzinga saute sur le côté comme si on lui avait donné une gigantesque claque. Ritchie lève brusquement les bras, son fusil mitrailleur virevolte et plonge dans les fougères, et le radio part à la renverse vers Lian, qui tend les bras par réflexe, mais quelqu'un lui saute sur le dos et l'aplatit par terre, il ne voit plus rien. Encore quelques coups secs, entrecoupés de deux uniques et brèves rafales de fusil mitrailleur, plus loin à l'avant de la colonne. Lian a le nez dans les tiges écrasées des fougères, Grayson l'étrangle presque pour l'immobiliser. Un gémissement devant eux à leur gauche, Huitzinga, Ritchie ? Lian veut dire leur nom, mais il n'a pas articulé une syllabe que la main dure de Grayson vient le bâillonner. Encore des coups secs, espacés. Des tirs de semi-automatiques. Détachés, méthodiques, on achève les blessés. Les froissements réguliers dans les fougères sont les enjambées des tueurs qui se rapprochent.

Soudain, Grayson se propulse d'un seul élan par-dessus le corps de Lian jusqu'à celui de Ritchie, tâtonne, se retourne, à demi couché, avec le revolver du radio qu'il pointe à deux mains, haletant, « Pardonne-moi, c'est la seule façon », et tire.

L'explosion, c'est tout ce que se rappellera Lian.

36

Alicia ne revoit pas Anderson pendant le reste de son séjour à Cristobal, et elle ne demande pas de ses nouvelles. À Bird-City non plus, où elle passe une autre semaine entière, plus cinq jours – encore sans rien trouver. Le séjour dans l'ancienne capitale est d'un ennui mortel, même si Alicia a accepté de séjourner au Présidium, le Palais du Gouvernement (pour se rendre compte qu'on ne lui faisait effectivement cette proposition que dans l'espoir de la lui voir refuser ; tant pis pour eux). Mais elle n'a pas envie d'aller se promener, comme le lui propose avec insistance l'un des nouveaux assistants d'Ashton ; elle reste dans sa chambre et essaie d'imaginer de nouvelles stratégies pour venir à bout des programmes rétifs. Bird est une ville plutôt laide, bien plus marquée que Cristobal par l'Insurrection et la guerre subséquente, avec des poussées incongrues d'architecture "moderne" en plein milieu des édifices anciens. Tout en s'acharnant sur les codes et les langages de programmation antiques, Alicia n'essaie pas de nier qu'elle pense à Anderson – normal, les hormones en folie, l'exotisme, l'interdit... Elle ne le reverra plus, il a poussé la fraternisation un peu trop loin, il doit être puni, le pauvre homme – ou bien une fois lui a suffi, Alicia, l'exotisme a des limites pour tout le monde, mais elle refuse de se laisser déranger même par cette idée, elle ne le reverra plus, tout est sous contrôle.

À Tihuanco ensuite, sur le Lac Doré – le seul des trois à presque mériter ce nom de lac, seulement huit cent cinquante kilomètres de longueur – la ville pourrait être intéressante ; les combats ont eu lieu dans la ville nouvelle, sur la rive du lac, et non dans la cité ancienne elle-même qui élève intacte sur sa montagne en pain de sucre son architecture unique de terrasses circulaires reliées par des rampes et des escaliers, comme la tour de Babel des anciennes gravures. Peut-être que les drogues adaptant son métabolisme à tous ces voyages commencent à s'emmêler les pieds (elle sait bien que non : Cristobal, Bird et Tihuanco ont à peine une heure de décalage), mais Alicia est morose tout du long. Le lac n'est pas doré, la température est pourrie, il pleut presque tout le temps, les responsables locaux sont particulièrement guindés, et quand, par pur esprit de contradiction, elle demande à aller visiter la ville, on lui dit "Non" presque sans fioritures, comme si Delplace en avait déjà assez de son rôle de paratonnerre diplomatique.

Elle partirait pour Morgorod d'une humeur massacrante si, sur sa console au Palais gouvernemental où on l'a encore logée sans lui demander son avis cette fois, elle ne trouvait la veille du départ une image rebondissant paresseusement d'un coin à l'autre de l'écran. Une des illustrations originales d'Alice au pays des merveilles, mais à la place de "Drink Me", sur la bouteille, on a écrit "Read Me". Elle pose un doigt sur l'image, sans résultat, pense à toucher l'étiquette de la bouteille, idiote, la voit s'ouvrir : « À bientôt. » Pas de signature, et elle ne va pas faire de recherches qui pourraient être compromettantes pour tout le monde. Mais elle s'embarque d'un cœur plus léger dans l'avion militaire pour Morgorod. Juste de la curiosité, bien sûr. Elle a décidé qu'elle en avait le droit.

À Morgorod, dans la haute ville qui est d'un rétro encore plus délirant maintenant que dans les sims, la Tourcom n'est qu'une tour parmi d'autres, car cette partie de la ville, sur le dernier plateau avant la montagne, est située à plus de deux mille mètres : on se demande pourquoi Morgorod n'a pas été dès le début la capitale de Virginia ; mais c'est seulement depuis l'Insurrection, comme par défi aux rebelles tout proches derrière leur redoute des montagnes Rouges... La Tour se trouve à un demi-kilomètre du Capitole, le siège du gouvernement fédéral ; comme les gouvernements provinciaux dans leurs capitales respectives, on a installé celui-ci dans le vaste complexe que les Anciens édifiaient au centre de leurs cités – palais ou temple ou n'importe quoi, mais une petite ville dans la ville : il y travaille au moins cinq mille personnes dont la moitié vivent là en permanence, et il reste quand même assez de place pour assurer à Alicia un séjour tranquille à l'abri des indiscrets. Chaque matin, une limousine anonyme l'emmène à la Tour, la ramène le soir – elle a transigé avec elle-même : elle fait la méridienne sur place. Mais elle a décidé de prendre désormais son temps. Lagrange est encore en train de négocier son approche au point L4 du système ; la troisième semaine de Novembre n'est qu'au tiers écoulée ; ce n'est pas comme si un compte à rebours tictaquait quelque part.

Elle n'essaie pas de trouver Anderson. Il vient à la Tour, comme elle l'espérait, le surlendemain de son arrivée. Elle le voit apparaître à la porte de la salle où elle travaille avec les techniciens laconiques de Morgorod, et s'entretenir avec un des ingénieurs venu à sa rencontre ; elle continue son travail sans broncher. C'est la fin de la journée, excellent minutage – après le énième terabyte de données météo conservées Dieu sait pourquoi, elle n'a pas l'intention de faire des heures supplémentaires aujourd'hui. Il vient à sa station, regarde avec elle en silence l'écran dérouler menu après menu de dossiers aux titres cryptiques, flasher quand quelque chose s'accroche dans les filtres, puis reprendre, fausse alerte. Finalement il murmure: «Fascinant.»

Elle entend bien qu'il plaisante, souffle en retour : «Ça vaut tous les mantras.

— Vous n'avez pas besoin de vous détendre, alors.»

Cette fois, elle lève la tête vers lui et l'enveloppe d'un seul regard, surprise du choc sourd d'excitation qui lui vibre jusqu'au bout des doigts ; cheveux d'argent ébouriffés, face anguleuse aux rides un peu lasses, yeux à demi voilés, grande bouche faussement sérieuse, elle ne se le rappelait pas si... intéressant.

«J'ai besoin de me réveiller, plutôt.

— Ça peut s'arranger.»

Il la ramène au Capitole, où elle se change, puis l'entraîne dans une véritable escapade cette fois : dans la basse ville, déjà en proie à son fameux brouillard hivernal et où cloches et clochettes de repérage font retentir leurs incessants et mélodieux carillons. Ils se tiennent par la taille, «Surtout, ne me lâchez pas», a dit Anderson, tandis que, après avoir débarqué du ferry, ils passent de rues en canaux en ruelles. Ou bien, sans clochettes aux chevilles, ils ont semé leurs anges gardiens depuis longtemps, ou bien ceux-ci suivent leur trajet bien tranquilles depuis leur voiture parce qu'Anderson porte un traceur. Peu importe, c'est amusant quand même de jouer aux gendarmes et aux voleurs dans le brouillard en évitant les passants pourvus de clochettes, eux –

rares à cette heure tardive, il est vrai, les passants : on se couche tôt à Morgorod pendant la saison de campagne, avec le blackout. Et oui, bien sûr, les sims, mais c'est vrai qu'elle ne l'a jamais fait avec Graëme et que ce n'est pas pareil.

Ils arrivent enfin à leur destination, un restaurant chic sur le vieux port, dont les fenêtres sont soigneusement masquées et l'intérieur éclairé autant par la lueur de la pierre dorée que par celle des lampes à gaz. Pour les dîneurs, il est tard, et la salle est pratiquement déserte. Alicia se laisse tomber dans la chaise que lui tire aimablement le maître d'hôtel dans une alcôve bien abritée – hors d'haleine, ravie. « Comment avez-vous fait...

— J'ai travaillé assez longtemps à Morgorod pour avoir eu le temps d'apprendre à me repérer dans la basse ville. Et j'ai une excellente mémoire auditive.

— Non, je voulais dire, comment avez-vous fait pour venir me retrouver ? Je vous croyais puni pour fraternisation excessive. »

Il paraît un instant désarçonné de son erreur d'interprétation, puis se met à rire : « Oh, non ! Personne n'est au courant. Et j'ai été bien sage, j'ai fait tout ce que j'avais à faire.

— Personne n'est au courant ?

— Et ne le sera, si nous sommes raisonnables. »

À la façon dont il la regarde, dont il se retient de la toucher, elle se demande, un peu ivre sans avoir rien bu, lequel des deux devra l'être le plus. Anderson poursuit d'un ton amusé : « Vous aviez l'air de si mauvaise humeur à Bird qu'on a décidé en haut lieu de me recruter, puisque vous aviez semblé apprécier ma compagnie. Je me suis fait prier. J'ai tenu à terminer les projets en cours avant d'être mis en vacances.

— À Bird ? proteste Alicia, à la fois amusée et scandalisée. Je n'étais pas de mauvaise humeur à *Bird* ! »

Il sourit : « On vous a crue de mauvaise humeur et on m'a contacté sans que j'aie rien à faire, c'est ce qui compte.

— Et on ne se doute vraiment de rien », remarque Alicia, masquant son embarras de scepticisme ironique.

Il demande, très grave : « Y a-t-il quoi que ce soit à soupçonner ? »

Elle se défend encore : « Qu'en pensez-vous ? »

Il la dévisage un long moment sans répondre, les yeux soudain voilés. « Peu m'importe ce qu'ils peuvent penser », murmure-t-il d'une voix basse, presque féroce.

En un éclair, elle décide définitivement que ça lui est égal aussi, ce qu'ils peuvent penser là-haut. Tant que tout cela n'entrave pas sa mission, après tout, ils n'ont rien à dire. Et ils n'ont pas à le savoir, non plus – elle n'en a évidemment pas parlé dans ses petits messages bihebdomadaires, et Virginia n'envoie certainement pas à Lagrange des rapports détaillés sur elle dans son dos. Le seul message qui intéresse Lagrange, c'est celui où elle annoncera avoir découvert ce qu'elle recherche. Elle hoche la tête : « Moi aussi. »

Il se tend vers elle, se force de justesse à ne pas lui toucher la main, prend à la place son verre d'eau qu'il fait tourner sans y boire. « Ce n'est pas... pensable pour eux », dit-il enfin, les sourcils un peu froncés. Il lève les yeux et la regarde bien en face. Elle acquiesce avec gravité : « Contre nature, hein ? Les miens aussi, je pense. Oh, pas consciemment, mais... »

Il a un sourire triste : « Oui. »

Elle le dévisage un moment, un peu perdue. Que sont-ils en train de se dire, encore ? Saisie d'un accès de remords, d'honnêteté, de crainte, elle dit : « Je repartirai, vous savez. » Elle ne le savait pas, elle n'en est toujours pas sûre, mais c'est le scénario, en cet instant sa seule certitude.

Et il dit encore, plus bas, les yeux détournés : « Oui. »

37

Lian reprend conscience à l'hôpital de Dalloway, au cours de la troisième semaine de Décembre. Il ne sait pas la date, bien entendu, seulement que du temps s'est écoulé. Quand il bouge, avec un gémissement inarticulé, il y a un brusque mouvement blanc près de lui, un visage emplit tout son horizon, une femme, peau brun foncé, cheveux crépus, regard étincelant de plaisir, grand sourire : « Eh bien, vous voilà revenu parmi nous ? » Le visage disparaît, on fait le tour du lit, on manipule quelque chose, des instruments sans doute, il y a des bips sonores, puis le visage souriant se penche à nouveau de l'autre côté. « Tout ira bien, maintenant. » Lian referme les yeux, étourdi.

Plus tard, ils lui disent qu'il est tombé dans le coma après son arrivée à l'hôpital, pendant une semaine ; sa blessure à la tête n'était pas si grave, la balle a ricoché en lui fêlant simplement le crâne, mais ils ont craint des complications imprévues. Les premiers examens indiquent pourtant qu'il devrait se remettre sans séquelles majeures. Il n'éprouve pas de tressaillement d'inquiétude à l'idée qu'il s'est trouvé pendant au moins quatorze jours inconscient entre les mains de médecins qui ont pu l'examiner sous toutes les coutures : l'idée ne l'effleure même pas.

On le traite avec beaucoup d'égard. Il a une chambre individuelle, avec une infirmière pour lui tout seul. Des gens en uniforme lui expliquent plus tard : il est un héros. Seul survivant de la bataille de Solmedad avec les rebelles, il en a neutralisé une section entière à lui tout seul. Il ne réagit pas. Ces énoncés lui parviennent à travers un vide atone, détachés les uns des autres, et de lui. Il dort, se nourrit sans le savoir par perfusion, urine sans le savoir grâce au cathéter, on le lave, il dort. Entre-

temps, rien. L'infirmière lui parle, il entend – l'idée
d'une réponse ne l'effleure pas non plus : il flotte dans
un univers d'où la causalité est absente ; les paroles
qu'on lui adresse sont des objets aussi arbitraires et
indéniables que le pied du lit qu'il peut voir lorsqu'il a
les yeux ouverts, la table de nuit qu'il peut voir lorsqu'il
tourne la tête à droite, les instruments de surveillance à
gauche, le torse et la tête de l'infirmière, ses mains.

Un jour cependant, et c'est un événement aussi arbitraire que tous les autres mais plus rien n'est pareil
ensuite, il se réveille pour de bon. L'infirmière lui a dit
quelque chose, il n'a pas répondu, elle lui caresse les
cheveux avec un petit soupir – on lui a retiré son gros
pansement depuis un moment déjà, des mèches ont
repoussé. Il regarde la main passer au-dessus de son
visage, plusieurs fois, et soudain, indépendamment de
sa volonté, sa main à lui se lève pour prendre le poignet
de la jeune femme. Il en observe la paume, la retourne
– la peau est un peu plus sombre sur le dessus – il écarte
les doigts un par un. Sa peau à lui est beaucoup plus
claire, et maintenant il regarde sa propre main. Et il
s'entend dire, « Seul survivant ? » comme si pendant
toutes ces semaines, depuis qu'il a entendu cette phrase,
son cerveau avait travaillé à son insu à élaborer cette
seule question.

On vient le voir, les docteurs, et un homme mince à
la voix douce, d'une cinquantaine de saisons, qu'il
connaît mais dont il n'arrive pas à retrouver le nom,
jusqu'à ce que les autres l'appellent "Captaine Trent".
C'est Trent qui raconte à nouveau l'histoire, d'abord
presque mot pour mot : seul survivant de la bataille de
Solmedad, Lian a neutralisé l'ennemi à lui tout seul.
Pour cet acte héroïque, on lui a décerné l'Étoile du
Congrès, la plus haute distinction militaire virginienne.
Il est un héros de guerre.

Lian contemple ses mains alternativement ouvertes
et refermées sur le drap devant lui. Il dit « Neutralisé ? » Il reconnaît l'euphémisme habituel, mais il a

l'impression qu'il devrait pouvoir le connecter à ses mains, et il n'y arrive pas.

« Oui, dit Trent. Tu ne te rappelles pas ?

— Amnésie résiduelle, marmonne un des docteurs. Ça passera sans doute. »

Trent vient s'asseoir sur le bord du lit, dévisage Lian avec attention. « Qu'est-ce que tu te rappelles ? demande-t-il avec douceur.

— Non », dit Lian, en réponse à la première question de Trent : son cerveau fonctionne encore au ralenti. Mais la causalité s'y est suffisamment rétablie pour qu'il commence à éprouver un étonnement diffus, et quand la deuxième question vient s'ajouter à la première, leur soudaine synergie doit éveiller des réflexes qu'il ignorait avoir, car il dit : « Pas grand-chose. »

Trent lui raconte alors l'histoire reconstituée de la bataille : l'équipe d'évacuation a trouvé les cadavres des rebelles éparpillés dans le champ de fougères ; d'après les traces qui s'entrecroisaient, ils ont évidemment pourchassé Lian après avoir tué les autres membres de la patrouille, et il leur a échappé, jouant avec eux à un jeu mortel de cache-cache pour les neutraliser un par un. On l'a trouvé à côté du cadavre de Ritchie Abdul, son fusil mitrailleur encore en main.

Lian dit avec lenteur – c'est une longue phrase, celle-là : « Je n'avais pas d'arme.

— Tu avais pris celle du radio. »

Lian regarde ses mains. Au bout d'un moment, il demande : « Tous morts ? »

Trent comprend d'abord de travers : « Tous les sept », puis, devant l'expression patiente de Lian, il rectifie : « Oui, toute ta Section.

— Grayson, réussit à dire Lian, mais il veut être sûr.

— On ne sait pas, dit Trent en baissant la tête. On n'a pas retrouvé assez de... Officiellement, il est disparu au combat. Il semble avoir sauté sur une grenade. » Sa voix s'effiloche dans le silence ; ensuite il répète, avec une douceur apitoyée : « Tu ne te rappelles rien ? »

Lian ferme les yeux. « Non », dit-il, et il sait qui ment, et pourquoi. « Rien. »

Trent reste un instant immobile, puis il se lève avec un soupir, tapote l'épaule de Lian : « La guerre est finie pour toi, en tout cas, mon garçon. » Il sort en entraînant les médecins.

Lian passe les trois dernières semaines de Décembre en convalescence à l'hôpital de Dalloway. Ses mains, ses bras sont sans force ; au début il est incapable de tenir quelque chose, peut à peine s'asseoir seul dans son lit, encore moins se hisser hors du fauteuil où on l'installe. On lui fait de la rééducation par principe : aucun trauma physique, aucun trouble endocrinien ne justifient ces symptômes. On espère davantage des séances avec les psychologues, mais on est déçu : le patient refuse de parler de sujets autres qu'anodins, refuse de répondre aux questions, refuse les autres approches indirectes – interprétation de taches, visionnement d'images, associations de mots, psychodrame... À la fin de la première semaine, son handicap physique s'atténue, il redevient au moins capable de s'occuper seul de lui-même ; il est par ailleurs toujours cohérent, calme et poli, et c'est tout de même un héros certifié : on ne s'acharne pas trop. Il peut maintenant s'habiller, se déplacer, tenir une fourchette, un verre plein, une assiette, même si ses mains sont toujours incapables d'exercer une pression supérieure à deux kilogrammes. Vers le milieu de la deuxième semaine, il demande des pinceaux et de l'aquarelle. Sa coordination est redevenue excellente. Les psychologues l'observent avec espoir. Mais il peint uniquement des plantes, fleurs, herbes, buissons, arbres. De mémoire, car il ne va jamais s'installer pour travailler dans le petit parc de l'hôpital, s'il y effectue les obligatoires promenades journalières ; les reproductions sont néanmoins d'une stupéfiante exactitude. Les psychologues estiment que c'est bon signe, même s'ils sont toujours inquiets à propos de l'état de sa mémoire : non seulement il ne se rappelle pas le combat de Solmedad, mais son amnésie semble avoir fait tache d'huile sur les semaines précédentes : il n'a du premier affrontement victorieux de sa Section avec les rebelles dans la Zone II que des souvenirs flous et lacunaires. On a essayé des drogues psychoactives et mnémotropiques, sans grand résultat, mais comme il semble par ailleurs parfaitement fonctionnel – excepté sa myopathie partiellement sous contrôle – et que la saison de campagne s'achève, il est démobilisé deux jours avant le retour de la Mer et mis dans le dernier avion en partance pour Morgorod.

De là, il repart presque aussitôt pour l'ouest et Bird-City, dans un train bondé de soldats démobilisés comme lui. Il a droit à un traitement de faveur, cependant : un compartiment-couchette pour lui tout seul, en tête du train. À quel point est-il spécial pour ceux qui ont décidé de le traiter ainsi ? Il se le demande, distraitement, sans y attacher beaucoup d'importance. On l'a relâché, c'est tout ce qu'il veut savoir. Personne n'a jamais fait aucune remarque sur ses particularités physiques ou autres à l'hôpital de Dalloway, et on l'a toujours traité par ailleurs exactement comme les autres patients : sa coloration protectrice tient toujours le coup. Quand il doit se déplacer dans le train pour se rendre aux toilettes et au restaurant, si on le remarque, c'est avec un respect admiratif, à cause de ses médailles. Pas l'Étoile du Congrès, elle lui sera décernée en grande pompe la semaine suivante, lui a-t-on dit, lors de la parade qui clôturera la campagne de l'An 148 à Bird-City. Il n'a pas l'intention de s'y rendre. Après sa première expédition au wagon-restaurant, il tire les rideaux du compartiment et enfile ses vêtements civils. La guerre est finie. La guerre est finie.

38

Alicia passe à Morgorod presque deux semaines, qui lui semblent moins longues que tout le temps écoulé depuis son arrivée à Saint-Exupéry. Elle travaille d'arrache-pied le jour, fait sagement sa méridienne dans un local ad hoc de la Tour, puis trois heures de conditionnement physique, et retourne travailler parfois assez tard dans la soirée – mais pas les jours où Anderson vient la chercher pour une autre escapade-surprise. C'est quelquefois très officiel, comme l'après-midi où il l'emmène visiter, horreur, la zone férocement industrielle de Morgorod. Et certes, il y a là des usines " ultramodernes ", et oui, on a raison d'être fier de l'ingéniosité typiquement virginienne mise en œuvre dans la partie de la zone qui se trouve en dessous de l'influence de la Mer, mais défend-il vraiment le principe de ce travail répétitif et ennuyeux, les dégâts écologiques malgré tous les efforts, la triomphante affirmation rétro du XXIIe ou du XXIIIe siècle dans la zone avec et, dans la zone sans, cette version baroque du XIXe siècle d'avant l'électricité, lourd aussi sur l'environnement ?

« Mais justement, si vous nous aidez… »

Il s'arrête en plein élan, pose un index sur ses lèvres puis sur celles d'Alicia : « Non, murmure-t-il, non. »

Pour faire preuve de bonne volonté à son tour, elle remarque après un petit silence : « Mais la situation s'est énormément améliorée depuis une centaine de saisons, tout de même…

Il lui adresse un sourire reconnaissant : « La participation collective s'est améliorée. Les comités d'usines collaborent au contrôle de la production et travaillent avec les comités de citoyens, à tous les niveaux. On a dû faire des choix difficiles, c'est ce qui a mené à l'Insurrection, au départ. Nous avons fait le choix de la collectivité. Il faut le refaire sans cesse. » Il soupire, le regard lointain. « Le système a des ratés, bien sûr, il n'y en a pas de parfait, mais dans l'ensemble, compte tenu des circonstances – et nous n'avons pas vraiment décidé des circonstances, de cette guerre qui nous pompe chaque Année pendant deux saisons – les gens sont heureux.

— Pourquoi n'y mettez-vous pas fin, à cette guerre, une fois pour toutes ?

Il se redresse dans le lit, choqué : « Une solution finale, Alice ? »

Atterrée du malentendu – comment peut-il croire cela d'elle ? – elle proteste : « Mais non, je voulais dire, faites la paix ! »

Il se mord les lèvres, dit enfin : « Il faut être deux pour ça. Les Rèbs se sont calmés, sûrement, mais... Et de notre côté... Disons que le degré de confiance implicite n'est pas assez élevé pour que nous décidions de retirer unilatéralement nos billes. Et pourtant, sur le plan économique...

— Nous pourrions servir d'intermédiaire », dit impulsivement Alicia.

Mais, avec un sourire mélancolique, il répète : « Non », un doigt sur ses lèvres, en l'attirant vers lui. Elle répond à ses caresses, essaie de se perdre dans sa peau comme il semble pouvoir le faire si aisément dans la sienne ; elle sait bien qu'il a raison, que lorsqu'ils sont ensemble, il ne doit y avoir personne d'autre avec eux, aucun autre temps non plus que le présent. Mais pendant un instant elle hésite entre plaisir et douleur, tant il y a d'urgence angoissée dans leur étreinte, et après, elle a envie de pleurer.

Vers la fin de la cinquième semaine de Novembre, il la surprend : il lui fait un cadeau. Un collier d'or émaillé des Anciens, assez lourd, une copie évidemment, mais d'âge vénérable. Alicia est moins frappée par le geste ou la valeur certainement considérable de l'objet que par sa nature ouvertement symbolique. Une fois le collier refermé sur son cou, lui dit Graëme avec le grand sourire en biais qu'il a lorsqu'il est sincère et embarrassé de l'être, elle ne pourra pas l'ouvrir. Elle se met à rire pour rester dans le mode léger : « Vraiment ? » Le collier se referme avec un petit cliquetis discret. Elle tâtonne à l'aveuglette, ne sent aucune trace de fermeture. Elle le retourne vers sa poitrine, amusée, mais c'est plutôt une collerette : il ne s'écarte pas assez du cou pour qu'on puisse en distinguer le mécanisme. Examiné dans un miroir non plus : impossible à dire avec les lignes complexes de l'émaillage bleu. « Très bien, je me rends. »

Il passe les mains dans son cou, un déclic, le collier défait glisse vers ses seins nus ; elle le rattrape, mais il le lui prend avant qu'elle ait pu l'examiner. « Le veux-tu ? »

Protester que c'est un cadeau trop coûteux serait simplement une échappatoire, indigne d'eux. Elle sait ce qu'elle doit dire, même si ça fait mal, bien plus mal qu'avant, de se le rappeler, de le lui rappeler – elle est de moins en moins sûre, mais ils n'en ont plus jamais parlé : « Tu me montreras comment on le défait, quand je partirai ? »

Elle voit la vague d'ombre qui passe sur son visage, la façon dont il respire, par petits coups, comme s'il avait mal : « Oui, dit-il très bas, sans la quitter des yeux, mais j'espère que tu voudras le garder. »

Elle balbutie, « Bien sûr ! », elle lui prend le collier des mains, se le passe autour du cou et en presse les extrémités l'une contre l'autre, au hasard, mais il y a un déclic et elle peut sentir reposer contre sa peau la lourdeur du métal. Ce jour-là, ils font éperdument l'amour, et elle a autant de mal à laisser Graëme partir, ensuite, que lui à s'en aller.

Cela devient un rituel entre eux : elle met le collier, elle le garde jusqu'à ce qu'il vienne la chercher à la Tour, et il le défait quand ils se retrouvent. C'est incroyablement érotique ce poids tiède contre sa peau, sous ses vêtements, à l'insu de tous. Parce qu'ils savent tous deux le poids réel de ce collier, ils plaisantent.

Elle plaisante : « Je reprends le collier », en se pré-
parant à aller travailler, un matin qu'il est encore avec
elle – une de leurs très rares imprudences. Il la regarde
avec incrédulité, puis éclate de rire en même temps
qu'elle, un rire libérateur, et déchiré.

Ils ne font pas l'amour chaque fois qu'ils se voient.
Souvent, simplement, parfois en se promenant, ils parlent, de tout et de rien, en évitant avec une politesse
tendre et triste les sujets dangereux. Elle sait qu'elle ne
peut vraiment se confier sans se compromettre et
s'abstient donc de trop l'interroger sur lui. De loin,
avec prudence, elle a compris qu'il n'est pas marié,
qu'il a eu des liaisons ; elle sent des blessures, n'insiste
pas, se sent soudain très jeune et très ignorante avec
son existence tout entière gaspillée à apprendre la vie
sur une planète où elle ne restera sans doute pas vivre.
Lagrange, ou Virginia, c'est paradoxalement moins
périlleux – tant qu'on reste dans le mode neutre de
l'information. Une fois, la conversation aboutit au ma-
riage et aux arrangements familiaux des Lagrangiens.
À demi endormie par les lentes caresses de Graëme,
Alicia a réagi moins vite qu'elle ne l'aurait fait ordi-
nairement, et même là, elle hésite à changer de sujet,
consciente à la fois de l'écueil mais aussi de l'obscure
motivation qui peut pousser Graëme à nager aux alentours. Il prétend à la simple curiosité objective, bien sûr :
Lagrange n'a pas fourni beaucoup de données sur ce
point. Elle décide de répondre dans le même registre.

« On donne sperme et ovules à seize ans à la banque
génétique : il y a des emplois dangereux, les accidents
sont toujours possibles, la population est trop limitée
pour risquer de perdre quelque potentiel que ce soit.
Par ailleurs, le premier enfant est « aléatoire » : un seul
des parents est le parent donneur. Et porteur, le cas
échéant, si c'est la mère ; mais le tout est réglé par con-
trat préalable. L'autre parent est anonyme et choisi au
hasard dans la banque, afin d'assurer le brassage génétique. Choisi au hasard, sauf pour les détenteurs de

postes héréditaires : on sélectionne pour les traits souhaitables, les prédispositions – et non, pas pour le sexe. C'est un pari calculé, bien entendu, on voit à l'usage. C'est seulement s'il y a "incapacité démontrée", ultérieurement, qu'on n'hérite pas du poste. »

Et elle n'a pas dû réussir à demeurer dans le strict registre informationnel, car Graëme murmure, après l'avoir dévisagée avec attention : « Tu es une première enfant. »

Elle hausse un peu les épaules : il a eu entre les mains le dossier d'Alice Cortès : « Oui. »

Il sourit en secouant un peu la tête : « Comme c'est bizarre, ces postes héréditaires. Le poste d'ambassadeur ? »

Il plaisante à demi, mais Alicia tressaille intérieurement. « Non, on l'a créé pour moi. On m'a créée pour lui. Qu'est-ce que ça peut te faire ? ! » Elle a senti que sa voix lui échappait encore, mais il est trop tard pour revenir en arrière. Graëme ne sourit plus. Il la dévisage avec une soudaine intensité triste : « Je ne peux pas deviner ce qui te blesse, Alice », murmure-t-il.

Elle essaie de revenir au mode léger : « Oh, juste un cas classique de rivalité entre frère et sœur. Mon père voulait un garçon.

— On est encore comme ça chez vous ? Je croyais... Lagrange n'est pas une société égalitaire de ce point de vue ?

— En droit oui, mais pas forcément dans les têtes. Ça a toujours varié d'une culture à l'autre, sur Terre. Il se trouve qu'une forte proportion des premiers Lagrangiens venaient de cultures ayant un sens profond de... la différence. Alors, la plus vieille différence du monde, ça s'efface mal. »

Il lui caresse le bras avec sollicitude, songeur. Elle ne s'est jamais sentie aussi seule avec lui. Elle a envie de crier.

« Et ton frère ? »

Elle hésite, mais puisqu'Alice Cortès a un frère aussi, elle peut presque dire la vérité – louée soit la petite cervelle machiavélique de Marti, pour une fois, même s'il a exigé cette donnée dans le dossier sous prétexte d'empêcher les lapsus dangereux, une façon détournée de mettre en doute sa compétence : « C'est leur véritable enfant. Oh, un garçon charmant. Sérieux. Doué. De toute façon, les enfants essaient toujours de se conformer aux histoires que leurs parents leur ont inventées, n'est-ce pas ? »

La main de Graëme s'est immobilisée ; Alicia lève les yeux : il la regarde, mais il ne la voit pas. « On croit qu'on le doit, murmure-t-il, jusqu'à ce qu'il soit trop tard. Et puis les parents meurent, les histoires changent. On survit. » Le brouillard se dissipe, le regard noir l'enveloppe d'une caresse désolée : « Il n'est peut-être pas encore trop tard pour toi, Alice. »

Elle s'oublie, elle écarte son chagrin pour poser sa main sur la main de Graëme et dire avec douceur : « Quand a-t-il été trop tard pour toi ? »

Il tressaille un peu, comme surpris, essaie de sourire : « Très tôt », et puis il se laisse aller dans l'oreiller, un bras sur les yeux.

Et comme le silence se prolonge, comme elle ne peut pas le supporter, Alicia choisit soudain de donner ce qu'elle peut donner, elle trahit son propre silence : « La fonction d'ambassadeur n'existait pas », murmure-t-elle, très vite, pour ne plus pouvoir se reprendre. « Mais celle de capitaine, oui, et elle est héréditaire – sauf incapacité démontrée. »

Graëme reste muet un moment. Il a laissé retomber son bras et il la contemple, le visage absolument dénué d'émotion. Puis il penche un peu la tête, elle peut pratiquement voir les rouages s'enclencher... mais il lui arrive d'un côté où elle ne l'attendait pas si tôt, sur un ton un peu amusé, un peu incrédule, mais fondamentalement sérieux : « Et tu veux vraiment devenir capitaine ? »

Le raccourci laisse Alicia presque molle de soulagement, de gratitude. Elle se raidit, regarde Graëme droit dans les yeux : « Je ne sais pas. Mais je ne veux pas *échouer*. »

Ils se dévisagent, puis Graëme affirme, avec un sourire presque féroce : « Tu n'échoueras pas.

— Merci du vote de confiance », murmure-t-elle ; elle voudrait en être aussi certaine.

Il l'attire à lui, et elle se laisse aller contre la poitrine si étonnamment lisse – il utilise des dépilatoires, une autre coquetterie, l'inverse de ses cheveux argentés. Après une pause, un peu inquiète quand même, elle demande, les lèvres sur la veine qui bat sourdement au cou de Graëme : « Tu vas le leur dire ?

La réponse est lente à venir, et Alicia se redresse, un peu alarmée ; mais il demande en retour, très sérieux : « Tu veux que je leur dise ? »

S'il pense que ça pourrait lui servir à quelque chose, à elle, elle ne voit vraiment pas comment ; mais elle ne veut pas lui demander quelle machination compliquée vient de lui traverser l'esprit : « C'est à toi que je l'ai dit. »

Il hoche la tête sans sourire non plus, lui caresse la joue d'un revers de doigt : « Toi et moi, alors. » Et il la serre contre lui.

39

Lian arrive à Bird le lendemain de son départ de Morgorod, après la méridienne. Des foules de parents et d'amis venues accueillir les soldats se pressent sur les quais, il y a même un orchestre. Personne ne l'attend, personne ne le remarque : il est en civil. Il bourre ses habits militaires dans une consigne de la gare et laisse la clé sur la porte. En sortant de la salle de consigne, son gros sac en bandoulière, il entre presque en collision avec un petit vieux croulant sous plusieurs sacs bruns bourrés à craquer. Il l'aide à les ramasser et à les ranger dans un casier, sans un mot ; le petit vieux lui serre les mains avec effusion, ah mon garçon, il devrait y en avoir davantage des comme vous. Lian n'écoute pas, se détourne dès que le vieux lui a lâché les mains, sort de la gare.

Il ne peut pas dire que rien n'a changé à Bird-City : il ne connaît pas Bird-City. Mais une fois quittées la gare et ses retrouvailles bruyantes et émues, la ville ressemble à ce qu'il en a vu lorsqu'il en est parti, deux saisons, deux siècles plus tôt. Les passants affairés sur les trottoirs, les vendeurs de sandwichs et leurs tricycles, les hordes de bicyclettes, les gazobus bleu et noir dans les avenues et les rues, le sifflet des ferries haletants aux débarcadères. La température est plaisante, tiède ; le vent souffle sans discontinuer du nord-ouest – le vent de la Mer, qui annonce son retour, mais pour les citoyens de Bird c'est simplement le vent du Nouvel An, deux semaines de répit bienvenu dans la chaleur équatoriale de l'Hiver. La guerre n'existe pas pour tous ces gens. Ils ont raison. Elle est finie.

Il a pris une carte de la ville à la gare – il ne se fie pas à sa mémoire pour retrouver son chemin. En examinant le plan, il se dit que Jill avait choisi un périple bien compliqué pour se rendre avec lui à la Base Quintin depuis la commune : il suffisait de prendre le ferry du canal Carghill, puis l'autobus 207, qui suit tout du long l'avenue Otchkis. Peut-être Jill voulait-elle lui faire visiter la ville, pour une fois qu'il s'y déplaçait... Depuis la gare, c'est plus compliqué. Elle se trouve au sud-est, aux confins de la ville nouvelle, au pied de la Tourcom. Gigantesque, la Tour. Lian l'avait aperçue dans le lointain depuis la terrasse de la commune, bien sûr, mais sa ressemblance avec les tourelles à oiseaux des Anciens lui en avait masqué les dimensions véritables – dans son idée, c'était simplement une tourelle beaucoup plus haute que toutes les autres. Extrêmement plus haute, il peut le constater à présent. Un peu plus d'un kilomètre de haut, afin de pouvoir assurer toute l'Année l'électricité à ses services essentiels : banques de données, communications, météo.... Heureusement, elle est doublée d'un matériau qui prend la couleur du ciel environnant, et sa mince tige aux flancs incurvés n'abrite que les ascenseurs menant au bouquet du sommet : sa masse n'est pas aussi oppressante qu'elle pourrait l'être, même quand on se trouve comme Lian à son pied, la tête renversée en arrière, à en suivre l'élan gracieux et interminable vers le ciel.

Saisi de vertige, il s'arrache à sa contemplation. Il n'est pas là pour faire du tourisme. Il n'est là pour rien, en réalité, mais il y est. Et le seul endroit où il peut se rendre, c'est la commune. Le silence de Jill, de Suzane? Il refuse d'être inquiet. Peut-être préféraient-elles ne pas lui écrire parce que c'était trop dur, elles avaient peur pour lui, elles ne voulaient pas le démoraliser... Et puis, des lettres se perdent, les postes commettent des erreurs – une de ses dernières lettres, à Morgorod, lui a été retournée "destinataire inconnu"! On l'a recueilli alors qu'on ne savait pas même d'où il venait, on l'accueillera, bien sûr, maintenant qu'il revient de la Ligne.

Il vérifie une dernière fois son trajet : trois bus pour aller rejoindre le Grand Canal Trenton Est, qui suit la digue le long d'Orlemur-Est, un premier ferry, et le second dans le petit canal Carghill, qui contourne le port ancien et s'arrête juste devant la commune. Lian aurait préféré des ferries tout du long, mais il n'y a pas de canaux dans la ville nouvelle.

Dans le deuxième bus, entre deux arrêts, un homme barbu en combinaison de travail tachée de graisse se lève brusquement à l'avant et commence à distribuer des feuilles volantes, mal imprimées sur du papier grossier. La plupart des passagers les refusent d'un air ennuyé ou en soupirant un « Ah non, pas encore ! » exaspéré; d'autres les prennent mais les plient sans les lire et les jettent dans la corbeille à papier au moment de descendre à leur arrêt. Certains les chiffonnent même avec une certaine violence – sans les jeter par terre, bien entendu. Lian s'est assis tout au fond. Il secoue la tête sans regarder l'homme quand il lui tend une feuille sous le nez – il entraperçoit SOLIDARITÉ en grosses lettres grasses au-dessus d'un texte serré. « Travailles-tu, camarade ? » dit l'homme d'une voix revêche.

Lian lève les yeux : l'autre a l'air moins irrité que las et découragé. « Non », dit Lian vaguement apitoyé. Et, mais seulement parce qu'il pense ainsi couper court à la discussion : « Je reviens de la Ligne. »

L'autre lui agite la feuille devant la figure : « Prends ça, alors, et penses-y. Penses-y maintenant plutôt que dans quelques semaines, quand tu redeviendras comme tout le monde. »

Lian hausse les épaules, déjà distrait, et prend la feuille. L'autre se détourne, appuie sur la sonnette d'ar-rêt, descend d'un pas lourd. Par acquit de conscience, Lian parcourt la feuille en diagonale : c'est un appel à une manifestation pour la fin de l'après-midi sur l'avenue de la Victoire. "Pour une véritable participation !" "De vrais comités d'usine !" "Contrôle des quotas !" "Liberté d'association !" Le texte est hérissé de points d'excla-mation, et Lian vite lassé repose la feuille sur le siège vide près de lui. Rien de tout cela ne le concerne. Il ne redeviendra pas comme tout le monde : il n'a jamais été comme tout le monde. Et il se déplace dans une bulle temporelle restreinte, où le futur se limite pour lui au trajet du bus, du prochain bus, à peine à celui du premier ferry. La commune, c'est encore plus flou.

À bord du dernier ferry, ce sont de très jeunes gens, garçons et filles, qui distribuent les feuilles, d'autres feuilles, sur du papier orange criard, et ils font l'article en même temps, ils vous interpellent, ils vous prennent par le bras, ils veulent discuter. C'est pour la même chose, une grande manifestation conjointe, étudiants-ouvriers, même combat, toute la population est appelée à manifester devant le Présidium, il faut exiger la limitation des quotas, la levée des mesures d'exception ! « Mais qu'est-ce que vous vous énervez, les jeunes, la campagne est finie ! » disent les quelques passagers qui acceptent de discuter, plus pour se distraire pendant le trajet que par conviction, sans doute. « Les mesures seront levées demain. Et les quotas vont changer aussi. Vous n'êtes pas censés être encore en classe, à cette heure-ci ? C'est demain, les vacances.

— Et la prochaine campagne, et toutes les autres ! ? s'exclame une des adolescentes avec passion. Il n'y a aucune raison de maintenir les mesures de guerre, même pendant les saisons de campagne. À quand remonte la dernière action rebelle à l'arrière de la Ligne, hein ? Le dernier sabotage ? Pas depuis que je suis née ! Les Sécessionnistes sont en Licornia, et ils n'en sortiront jamais. Le couvre-feu, le black-out, les contrôles, ça n'a plus aucun sens ici, ou n'importe où ailleurs sur le continent ! On devrait essayer de faire la paix !

— Pfff, écoute-moi ça », dit une femme d'une cinquantaine de saisons, avec une indulgence souriante. « C'est jeune et ça croit que le monde commence avec eux.

— Ça leur passera avant que ça me reprenne », glousse son compagnon, la soixantaine gaillarde. « Tu te rappelles, la manif' de 141 ? »

L'adolescente exaspérée apostrophe Lian : « Tu dois bien comprendre, toi ! ? »

Lian hausse les sourcils et se détourne, vaguement étonné : pourquoi comprendrait-il, que devrait-il comprendre ? C'est cette malheureuse fille qui ne comprend pas, ces adolescents, les passagers sur le ferry, dans les gazobus, partout dans la ville, tout le monde. Ils ne comprennent pas. Ils ne savent pas qu'ils s'agitent en vain, qu'ils vivent dans une histoire qu'on a fabriquée pour eux. Et lui, il est coincé là aussi : il sait, mais ça ne lui sert à rien non plus.

◆

À la toute fin de la dernière semaine de Novembre, Alicia subit une énième inoculation : les rebelles ont apparemment mis au point un nouveau virus, on ne prend pas de risques avec des gens qui vont se trouver en première ligne. L'épisode laisse à Alicia une impression bizarre – pas l'inoculation, qui provoque une simple fièvre bénigne, quand elle se réveille après la méridienne c'est déjà passé – mais le rappel soudain qu'elle va se rendre à Dalloway. "En première ligne." Dans ce qui est, somme toute, un peu l'équivalent d'une forteresse assiégée.

Après trois derniers jours de travail à la Tourcom de Morgorod – on fait les choses consciencieusement ou on ne les fait pas – Alicia se retrouve, avec la délégation réduite à Ashton et Delplace, et Graëme, à la Base Potemkine d'où ils vont s'envoler vers Dalloway. Voir tous ces uniformes affairés est sans doute une préparation adéquate à ce qui s'en vient, se dit-elle en essayant de rester impassible, mais elle ne peut se déprendre d'un certain malaise. Qui s'accentue lorsqu'elle voit par le hublot les escorteurs de l'escadrille de chasse. Elle a toujours eu du mal à prendre cette guerre au sérieux ; c'est un conflit d'intensité très basse, une routine, des escarmouches, à la rigueur un bras de fer militaire où personne n'est capable de l'emporter parce que – d'après les spécialistes de Lagrange, et l'attitudes des officiels virginiens l'a confirmé à Alicia – les Fédéraux ne veulent pas réellement l'emporter et les rebelles n'en ont pas les moyens. Mais l'idée qu'il serait néanmoins techniquement *possible* pour ceux-ci de descendre l'avion en vol d'un missile bien placé... Ça deviendrait presque réel, tout d'un coup.

La ligne Ewald est bien réelle aussi, et Alicia la regarde se déplier dans le hublot avec une fascination horrifiée. La dévastation totale impliquée par cette ligne blanchâtre qui s'étire au milieu des montagnes... Le roc et la terre nue, et, autour des forts et des casemates, une armée de machines meurtrières prêtes à pulvériser tout ce qui bouge. C'est d'une absurdité si totale qu'elle en a presque la nausée. Graëme assis près d'elle devait l'observer, il se penche : « Ça va ? » demande-t-il avec sollicitude.

Elle désigne le hublot du menton : « C'est un peu... accablant. »

Il soupire : « Oui. Mais il y a des situations qui viennent de trop loin, elles sont pratiquement impossibles à transformer, ou alors... avec des solutions radicales, et nous y avons renoncé, heureusement. Ensuite, tout ce qui reste, c'est... le triage. Sauver ce qui peut l'être. Vous connaissez ça, sur Lagrange. » Il esquisse un sourire en rectifiant : « dans Lagrange. » Il se trompe toujours.

Elle répond à son sourire et ferme les yeux. Elle préfère quand même ne pas voir les montagnes martyrisées.

Dalloway a été modifié depuis l'Insurrection ; on a dynamité la route et la voie de chemin de fer qui reliaient l'ancien spatioport à Léonovgrad maintenant en territoire rebelle ; les nouvelles voies d'accès passent plus au nord et arrivent directement, par un large souterrain, au complexe central. La défense du périmètre extérieur est si dense qu'un moustique n'y passerait pas. Sur trois côtés, et même sur le lac pourtant techniquement en territoire fédéral, c'est la zone de protection totale, bourrée de senseurs, de mines et d'armes automatiques, quadrillée par d'incessantes patrouilles ; pas une herbe ne pousse dans ce carré de quatorze kilomètres de côté. La zone suivante est un peu plus vaste et pas mal plus verte, malgré des taches glabres autour des bunkers servant de points d'appui, mais sur dix kilomètres de large tout autour du périmètre rapproché, c'est encore le royaume des senseurs, des mines et des patrouilles. Après, vers l'est, c'est de nouveau la forêt tropicale, le territoire ennemi ; les installations des rebelles sont quant à elles parfaitement invisibles.

On loge la délégation dans l'aile sud du complexe central. Au sous-sol, bien entendu, plus sécuritaire. On attribue d'ailleurs à Alicia un capitaine Bertran – pas de prénom – qui ne doit pas la lâcher d'une semelle, un grand type brun plat et carré d'une quarantaine de saisons, aux cheveux rasés de si près qu'il semble chauve, et auprès de qui les agents habituels des services secrets semblent presque des chiots joueurs. Il salue avec raideur, sans un mot, absolument impassible. « Il va rester tout le temps avec moi ? » dit ensuite Alicia à Graëme, assez horrifiée.

« Vois-le comme... toutes les personnes responsables du service aux chambres dans un hôtel rassemblées en une seule », dit Graëme. Un petit sourire entendu : « Et non, pas *tout le temps*. » Il redevient grave : « Tu as autre chose à faire que d'apprendre le bon usage de Dalloway. Il te servira de guide partout où tu voudras aller. Et puis, s'il arrive n'importe quoi...

— Dalloway doit être l'endroit le mieux défendu de toute la planète ! proteste Alicia.

— L'endroit le plus attaqué aussi, réplique Graëme. Surtout cette Année, semble-t-il. » Il médite un instant, l'air sombre. « On m'a trouvé du travail pour justifier ma présence, dans la section politique. Je ne pourrai pas être là aussi souvent que je le voudrais. Ça me rassure de savoir Bertran avec toi, Licia. »

Le diminutif l'attendrit – Graëme ne l'utilise que lorsqu'ils sont seuls, bien sûr, et dans les moments de grande tendresse ; il la prend par les épaules : « Ce que tu cherches est sûrement ici », ajoute-t-il avec un sourire un peu triste. « C'est tout ce à quoi tu dois penser maintenant, n'est-ce pas, à le trouver ? »

40

Une fois descendu du dernier ferry, Lian trouve l'esplanade Carghill inchangée, elle, tandis qu'il en suit les chemins de traverse le long des parterres toujours fleuris pour se rendre jusqu'à la commune. Guère de monde dehors : les trajets sont lents sur les canaux, et c'est déjà l'heure de la collation d'après-midi. Personne ne prête attention à Lian parmi les quelques passants. Il ne s'arrête pas au bord de l'esplanade pour contempler les deux étages de la façade rouge et dorée de la commune, de l'autre côté de la rue, il s'engage tout de suite sous la voûte d'entrée.

Une silhouette féminine traverse la cour intérieure d'un pas pressé, en diagonale, sans doute en retard pour la collation. Une femme, la quarantaine, qu'il ne connaît pas, mais c'est normal, ce doit être une nouvelle. Elle infléchit son chemin vers lui quand il la hèle après avoir posé sa valise : « Oui, que puis-je faire pour vous ?

— Pourriez-vous prévenir Jill ? Je suis Liam Shaunessy. »

La femme fronce un peu les sourcils : « Jill ?

— Jill Estérazy », dit Lian, un peu déconcerté : il n'y a qu'une Jill à la commune.

La femme semble encore plus perplexe : « Nous n'avons pas de Jill Estérazy... Vous êtes sûr que vous êtes au bon endroit ? »

Lian reste un instant muet. Dit encore : « Jill Estérazy ! » comme si la simple répétition devait déclencher les souvenirs de la femme. Puis, comme elle secoue la tête : « Commune 1, 1 avenue Trenton Ouest ! »

La femme continue à secouer la tête d'un air à la fois dérouté et un peu agacé : « Non, je suis désolée, il n'y a pas de Jill Estérazy ici.

— Jaques Hueng », dit Lian avec une irritation croissante où point l'angoisse. « Je veux voir Jaques ! » Ont-ils décidé de l'ignorer ? De le proscrire ? Mais pourquoi ?

« Pas de Jaques Hueng non plus. Vous devez vraiment faire erreur.

— Écoutez », dit-il entre ses dents serrées, prêt à tout pour se faire entendre, « je reviens de la Ligne, j'ai habité ici deux saisons, je sais quand même bien de quoi je parle ! Je veux voir Jaques ! »

La femme se mord les lèvres, plus embarrassée qu'agacée à présent : « Je suis vraiment désolée, mais je ne connais pas les gens dont vous parlez. » Et plus bas, presque compatissante : « Je suis née ici, vous savez. »

Il la regarde fixement pendant un moment, incapable d'articuler un mot. Son cœur bat à tout rompre, il est obligé d'ouvrir la bouche pour respirer à petites goulées oppressées. « Je veux... » Sa voix est inaudible, il se reprend : « Je veux voir les autres membres de la commune. »

La femme écarte les mains d'un air impuissant et, sans l'attendre, il traverse la cour au pas de charge pour se rendre dans la salle commune. La femme s'élance derrière lui avec un temps de retard : « Eh ! »

On ne le voit pas entrer, les conversations continuent, les rires, la circulation des assiettes et des pichets. Il s'avance entre les tables, sous le battement feutré des grands ventilateurs, et le silence se fait au fur et à mesure tandis que des visages surpris et interrogateurs se tournent vers lui.

Tous inconnus.

« Quelqu'un connaît une Jill Estérazy ou un Jaques Hueng, ici ? » demande la voix résignée de la femme, à l'entrée. Un murmure de négations déconcertées passe dans la salle. Lian se retourne, hébété ; la femme a croisé les bras et le regarde en secouant un peu la tête avec commisération. Il dit faiblement : « ... pas possible », et elle vient le prendre par la main, avec douceur, pour le reconduire dans la cour.

« Je suis désolée, murmure-t-elle, vraiment désolée. Vous devriez aller à l'hôpital Willamette, ils pourraient peut-être vous aider. Je peux vous accompagner. »

Il dit : « Non, non », il s'arrache à la main bienveillante, franchit de nouveau la voûte, ne s'arrête pas quand la femme lui crie « Eh, votre sac ! », court après

lui en essayant de lui mettre la bandoulière sur l'épaule,
en vain. Il suit le trottoir d'un pas mécanique. Se retrouve devant l'édifice de la commune voisine. Entre.
Personne dans la cour. Au bruit des voix, il devine la
salle à manger, s'y rend, voit d'autres visages inconnus
se lever vers lui mais il ne les connaissait pas vraiment,
les gens de l'autre commune. Il balbutie : « Jill ? Jill
Estérazy ? Suzane Estérazy ? Jaques Hueng, Paula
Éklosz ? »

Un homme se lève, les sourcils froncés : « Qui
cherches-tu, mon garçon ? Ce n'est pas ici.

— Mais vous les connaissez ! Ils habitent à côté,
dans la commune 1 ! Jill, Suzane... »

Le visage de l'homme a pris une expression plus
méfiante : « Non, on ne les connaît pas. Il n'y a jamais
eu personne de ce nom dans le coin. Tu dois te tromper,
mon gars. »

Un autre homme plus jeune se lève à une table, ils
s'en viennent ensemble vers Lian, qui recule d'un pas en
balbutiant, encore : « Je reviens de la Ligne. J'habitais
là. À côté. Ils habitaient là. »

La mention de la Ligne a fait ralentir les deux hommes, qui échangent un regard. « Oh, mon garçon, tu
devrais retourner à Willamette... soupire le plus âgé.
Viens, on va t'accompagner. »

Lian recule vers la cour : « Je ne suis pas fou !

— Bien sûr que non, mon gars, juste... fatigué. Ça
peut arriver, d'être fatigué, c'est normal. Surtout quand
on revient de la Ligne. Tu as bien gagné le droit de te
reposer, maintenant. Viens, on va aller avec toi... »

Lian hurle « Non ! » et bondit dans la cour. La femme
de la commune 1 s'y trouve avec le sac, l'air désemparé.
Les deux autres ont suivi Lian, le plus jeune amorçant
un mouvement tournant qui l'amène devant la voûte
d'entrée. Le plus vieux se rapproche en murmurant des
paroles apaisantes. Lian se rend compte qu'il a pris
une posture de défense, malgré ses mains affaiblies.
Horrifié, il laisse ses bras retomber. Recule jusqu'au

bassin et s'assied sur le rebord, en répétant : « Je ne suis pas fou. »

Les deux hommes se sont immobilisés, d'autres membres de la commune aussi, qui étaient sortis de la salle à manger. Le plus vieux s'approche lentement, mains ouvertes bien en évidence, un peu tendues. Lian ne bouge pas. L'homme s'assied à son tour au bord du bassin, non loin de lui, sans le regarder. « Je me rappelle, quand j'ai fait mon service. Pas toujours drôle, la Ligne. Tu étais dans quelle zone ? »

Lian marmonne « deux », tout en suivant des yeux un adolescent qui a sauté sur une des bicyclettes rangées dans le râtelier près de l'entrée et disparaît sous la voûte.

« Ah, dit l'autre, oui. Les patrouilles, et les gremlins, hein ? Près de Dalloway ? »

Lian se lève et l'homme le considère d'un œil alarmé. « Je vais très bien, dit-il d'une voix qu'il pense calme. Je ne vais pas vous déranger plus longtemps. »

Quelques hommes esquissent un mouvement pour s'interposer, mais il les regarde sans rien dire, et finalement ils s'écartent. La femme lui tend encore son sac au passage. Il l'ignore.

Il se retrouve dehors. La lumière a baissé, une petite averse se prépare. Il marche droit devant lui sur le trottoir. La voiture de police le rattrape après quelques centaines de mètres. On est très poli, surtout après avoir vérifié son identité militaire. Il n'a jamais habité à la commune, cependant ; il a une autre adresse, quelque part dans le quartier 1. On lui redonne son sac, on lui propose de contacter la Tour pour lui, et on le fait malgré ses protestations. Pas de Jill ni de Suzane Estérazy à Bird-City, mais il y a d'autres Estérazy, veut-il les contacter ? Il dit, « non », il dit, « je dois me reposer ». On lui offre de le reconduire en voiture. Il dit, « je préfère marcher un peu, ça me fera du bien ». On le laisse finalement partir.

Il fait demi-tour quand il est certain que la voiture de police s'est éloignée, laisse glisser son sac de son

épaule et revient à la commune, sa commune. Il fait le
tour dans la ruelle, passe par l'escalier extérieur, escalade la porte de la terrasse. Va droit à l'arbre-roi qui se
dresse à son emplacement habituel, comme tous les
autres arbres de la terrasse, mais si les plantes et les
arbres et les oiseaux le reconnaissent, ils ne peuvent
pas le lui dire, ils ne parlent pas, ici. Il cherche, l'anneau
des amoureux s'est beaucoup élargi sur le tronc noueux.
Mais là, comme il se les rappelle, dans le double cercle, les initiales entrelacées, S, L. Ses jambes se dérobent sous lui, il s'agenouille, le front contre l'écorce,
les bras autour de l'arbre. Il n'est pas fou. Il n'est pas
fou. C'est pire.

Il se retrouve dans la rue sans savoir comment.
L'averse a chassé les rares passants des trottoirs luisants.
La rue est vide, le quartier, la ville pourraient aussi bien
être vides aussi : il est seul. Il n'est pas fou. Tout le
monde l'est sauf lui et ça revient au même. Il a bien vu,
tous ces gens ne mentaient pas, ils sont certains, ils ont
vécu dans cette commune toute leur vie, et ils savent
qu'il n'y a jamais eu là de Jill, de Suzane, de Jaques –
ni de Liam Shaunessy. Ils sont tranquilles. Persuadés.
Ont été persuadés, comme Delgado, et Ritchie et Nan
et tous les autres – comme Ritchie, et Nan et Delgado
et tous les autres auraient été persuadés, bien tranquilles, bien en sécurité, s'il n'avait pas été là, lui et
ses yeux rétifs, son esprit rétif, inaccessible, impossible
à manipuler ! Mais non, il était là, comme un caillou
dans leur chaussure, et chaque fois qu'ils le regardaient,
une petite pointe de doute les traversait malgré tout,
juste un peu, juste trop pour Trent et tous les autres
Trent de la Ligne, et c'est pour ça, pour ça qu'on les a
massacrés. Éliminés. *Neutralisés.* Plus de doute, plus
d'incertitude, plus de fille rebelle qui vole au-dessus
des rochers, plus d'histoire à raconter, peut-être, en
plaisantant, une fois revenus chez eux.

Et maintenant, la commune. Quand, la commune ?
Après son enrôlement, quand Jill et Suzane ne répon-

daient plus à ses lettres ? Plus tard, " destinataire inconnu " ? Ils l'ont aidé, ils lui ont procuré des faux
papiers, ils l'ont peut-être pris pour un rebelle, c'étaient
des sympathisants. Ou bien Jill, seulement Jill – ses
paroles elliptiques le jour de la conscription, le trajet
tortueux qu'ils ont suivi pour se rendre à la Base : elle
avait peur, oh, comme elle devait regretter de l'avoir
hébergé, mais il était trop tard. Seulement Jill, alors,
mais c'est pareil. Toute la commune, disparue. Non : la
commune n'a jamais existé. Seulement dans ses souvenirs à lui, qui n'est pas fou. Et lui, on le laisse courir
depuis le début, mais pourquoi ? Pour qu'il pousse
d'autres sympathisants à se dénoncer ? Quel rôle joue-t-il
sans le savoir dans l'histoire secrète que se racontent
les véritables tireurs de ficelles, les mutants, les télépathes, oh, ils sont partout, ils sont toujours là, ils n'ont
jamais cessé de l'être, comment a-t-il pu être aussi aveugle, et maintenant toute la commune a disparu, cinquante
personnes, effacées de l'existence, Suzane, Jill, Jaques,
Paula, les grands-pères et les grands-mères, Katrina,
Patrik, oh, les petits, non, oh, non !

« Lian ! »

Quelqu'un le secoue. On le tient par les bras et on
le secoue. On le tient par les bras, on le secoue et on
l'appelle " Lian ". La stupeur le paralyse, et on ne
s'écroule pas, assommé par une manchette, à ses pieds.
On est un petit vieillard aux cheveux blancs coupés en
brosse drue, aux yeux très pâles dans sa maigre face
brune, vaguement familière. On répète « Lian ? » d'un
air soulagé quand on réussit à accrocher son regard.
« Ne restons pas là. » Une voiture est arrêtée près du
trottoir, un vieux cabriolet gazillac d'un modèle antique.
Comme on voit qu'il ne bouge pas, s'est planté les
deux pieds sur les dalles et ne se laissera pas entraîner,
on ajoute d'un ton pressant : « Je m'appelle Dutch
Grangier. Je suis un ami de Matieu. Je te cherche depuis
tellement longtemps, Lian, deux saisons ! Mais invisible
comme tu es, et couvert... Et l'autre se protège tellement
bien aussi, là... Seulement quatre semaines que je t'ai

repéré. Mais tout va bien maintenant, tu es en sécurité. Viens, Lian, il finira bien par comprendre, il faut partir tout de suite ! »

C'est à peine si Lian a entendu ce qui a suivi le nom de Matieu. Il n'a pas la force de résister à la main sèche qui le pousse dans la voiture, claque la portière. Le petit vieillard démarre en trombe. Lian réussit enfin à balbutier : « Matieu ?

— Des Années que je ne communiquais plus avec lui, trop frustrant, tu comprends, quelques dizaines de secondes aux passages de la Mer et puis plus rien... », dit le vieux sans le regarder, le cou tendu pour mieux voir au-dessus du volant un peu trop haut pour lui. « Lui m'a contacté lors du dernier passage, il y a deux saisons. Je t'ai cherché dans toute la ville pendant des semaines ! L'aiguille et la botte de foin. Pas évident, dans une ville de six millions d'habitants, surtout quand l'aiguille est déguisée en foin ! Je n'avais pas pensé que quelqu'un pouvait te couvrir. M'occupe plus de tout ça depuis des Années, est-ce que je sais, moi, toutes les taupes qu'il y a à Bird-City ? »

Lian murmure : « Les taupes ? »

Le petit vieux lui jette un rapide regard en biais, prend un virage sur les chapeaux de roues. « Excuse-moi, je suis un peu énervé, ça m'a pris plus longtemps que prévu pour passer à travers la couverture. » Un petit rire sec, pas amusé du tout : « Ces téleps de dernière génération commencent à être presque aussi forts que moi, incroyable mais vrai. Mais là, je t'ai, tu peux être tranquille, il ne te retrouvera pas. Ah, zut, sens interdit, d'où il sort, celui-là, l'était pas là la dernière fois ! »

La voiture fait une embardée et repart tout droit, tourne dans la rue suivante qui longe un canal. « Jill », dit le petit vieux d'une voix plus calme ; il a dû prendre conscience de l'hébétude de Lian, il parle un peu plus lentement : « Jill était une agente des rebelles, une clandestine. À Bird depuis au moins huit Années. Très, très profondément infiltrée. Jamais été utilisée. S'était un peu relâchée, sans doute. Et pas moyen de prévenir ou de poser des questions, les communications ne marchent que dans un seul sens avec les taupes, question de sécurité. Il n'y a plus de bloqués chez les Gris – ah, les Fédéraux – seulement chez les rebelles, et même là, rares, maintenant, mais... Son réflexe a été de te protéger, elle n'a pas vraiment réfléchi. Heureusement. Et quand elle a réfléchi, il était trop tard, elle était obligée de continuer à te couvrir. Encore heureux qu'elle n'ait pas été du genre enclin aux solutions expéditives... Surtout quand ton numéro est sorti à la conscription ! Mais je comprends son raisonnement. Les Fédéraux n'avaient rien fait depuis deux saisons, c'était un risque à courir, ta disparition à ce moment-là aurait attiré une attention tout aussi dangereuse... »

Lian essaie de dire « Jill », sa voix se bloque dans sa gorge et il reprend: « Jill n'a jamais existé. »

Le petit vieux freine à un feu rouge, de justesse. « Jill pensait qu'elle était compromise, une fois que tu étais au service ils se rendraient compte, c'était fichu. Elle n'avait pas compté avec les manigances de la petite superstar, là... Même moi, ça m'a pris des Mois pour comprendre qu'il t'avait trouvé, qu'il te couvrait. Mais quelle idée aussi d'écrire ce bouquin, Lian ! En tout cas, Jill a quitté Bird par les voies clandestines habituelles. Quand elle a enfin pu parler de toi à quelqu'un, il était trop tard. Les Fèds avaient déjà escamoté tout le monde. » Le vieux reprend plus bas, d'une voix sombre: « Hyperréaction, comme d'habitude. Ne devaient même pas savoir de quoi il s'agissait vraiment, mais par principe, quand les parents se sont rendu compte que le petit avait pris des initiatives discutables... On nettoie derrière, comme d'habitude. Oh, il a dû être furieux quand il l'a appris. Et ensuite il a dû se dire que ça te ferait un autre choc, ma foi, que tu débloquerais peut-être après ça. Rien compris ! Mais comment le pourrait-il ? Il ne sait même pas qu'il réinvente la roue, le pauvre gamin... Stupéfiant, qu'ils l'aient laissé s'amuser aussi longtemps.

Ah, mais bien sûr, ce n'est pas n'importe qui. Va quand même passer un mauvais quart d'heure maintenant qu'il t'a perdu. Doit se demander pourquoi ta bague n'émet plus ! »

Le petit vieux émet un gloussement sarcastique, tout en passant une intersection à l'orange. Il a moins de chance à l'intersection suivante, ralentit en grommelant.

Lian ouvre la portière et zigzague dans le boulevard entre les voitures qui klaxonnent frénétiquement. Il saute sur le trottoir, continue à courir. Il ne veut plus entendre les explications, les vérités, les folies du vieil homme – c'est de sa faute, c'est de sa faute, ils sont tous morts, non, non, ils sont tous morts et lui il est vivant, et *c'est de sa faute !*

41

Alicia trouve, à la fin de la dernière semaine de Novembre. Elle est en train de faire des heures supplémentaires, Graëme n'étant pas disponible ce soir-là, pris dans une de ses sessions très fermées du bureau politique de Dalloway ; les autres techniciens sont allés se coucher. Et c'est très simple, trop. L'un des utilitaires d'archivage qu'elle a apporté de Lagrange est le bon, les archives compressées s'ouvrent sur les dessins techniques du *Mercure*, et des données sur les moteurs Greshe, y compris un court document hérissé de formules expliquant succinctement mais avec précision la théorie de leur fonctionnement. Le premier choc passé, joie, soulagement, Alicia éprouve cependant un curieux malaise. Ce n'est pas parce qu'elle n'a personne à qui apprendre la nouvelle, Graëme étant absent – de toute façon le premier à le savoir devait être Eduardo ; et ce n'est pas même parce qu'elle va maintenant changer de scénario : elle n'y songe pas encore vraiment. Mais c'était si... facile. Elle essaie d'ironiser : un retour de flamme de La Mission Héroïque et Dangereuse, Alicia ? Mais elle sait depuis trop longtemps que c'était une question de patience mécanique, si les informations se trouvaient bien sur Virginia : arriver à la bonne archive par éliminations successives et utiliser les bons programmes. Elle en a éliminé beaucoup, les jours et les semaines passées en sont les pénibles témoins ; et cette archive était encore perdue dans un tas d'autres vieux chiffons qu'il a fallu trier un par un, interminablement, de dix façons différentes. Oui, mais. Avec tout le temps dont les Virginiens ont disposé pour chercher avant elle, ils n'ont jamais trouvé ? Ils ont dû mettre des équipes là-dessus. Et ils ont dû commencer par Dalloway, eux. D'accord, ils n'avaient pas ces programmes-là, mais leurs informaticiens sont compétents, surtout pour l'équipement dont ils disposent dans les Tours et à Dalloway. Et ils n'ont pas été fichus d'extrapoler un seul bon algorithme pour les archives qu'ils n'arrivaient pas à ouvrir ?

Du coup, par habitude, parce que Graëme n'est pas là et qu'elle n'a bien sûr pas sommeil, Alicia examine l'envers de sa découverte. Et décèle aux alentours des ombres, des empreintes suspectes, des traces de manipulation récente – elle utilise ses véritables talents de pirate, là, elle veut en avoir le cœur net ; elle a conclu depuis longtemps que ses stations ne sont pas sous surveillance, et puis ce n'est pas comme si elle était en train d'essayer de pirater les banques de Dalloway présentement en utilisation. Or l'envers du décor ne ment pas : on a placé cette information là. Pour qu'elle la trouve, quoi d'autre ? On l'a menée en bateau, comme Lagrange – depuis quand, pourquoi ? Elle est plus déconcertée que furieuse, au début : quel intérêt peuvent y avoir les Virginiens ? Leur position aurait été bien plus forte s'ils avaient eu les données en main. Mais non, la véritable question qui fait mal, tout de suite, c'est : Graëme, Graëme est-il au courant ?

Elle dissimule toute trace du fait qu'elle a copié la précieuse archive après l'avoir ouverte, éteint sa station, récupère le fidèle chien de garde Bertran dans la salle attenante et retourne à ses appartements. Il est tard, la soirée est bien entamée. Graëme ne devrait plus en avoir pour très longtemps. Prendre une douche, se calmer, réfléchir surtout, réfléchir. Eduardo et les autres peuvent attendre encore un peu.

Après avoir congédié Bertran, elle arrache sa veste brune et la jette sur le lit – elle a adopté la tenue militaire, à Dalloway : plus discret. Elle s'immobilise en voyant dans le miroir, à moitié dissimulé par son t-shirt blanc, le collier qu'elle a mis le matin, comme d'habitude. Un élan d'exaspération chagrine la jette vers la porte, lui fait rappeler Bertran qui s'éloigne dans le couloir de son allure élastique et résolue. Il revient sur ses pas, l'air à peine interrogateur.

« Pouvez-vous défaire ce truc, Bertran ? »

Il reste un instant immobile, les yeux fixés sur le collier. Qu'est-ce qu'il a ? Face-de-bois est surpris ? Il a intérêt à ne pas faire de commentaires ! Mais il se penche, déclenche le mécanisme du premier coup, et c'est à Alicia d'être surprise et de le cacher. N'importe qui connaît ce genre de collier, alors, sur Virginia ? Si ça se trouve, c'est un cadeau habituel, un cliché, et elle qui... Mortifiée, elle dit sèchement : « Ce sera tout, merci, Capitaine », referme la porte et jette le collier sur la table de nuit.

Elle prend sa douche, longuement, mais cela ne change pas grand-chose. Elle n'arrive toujours pas à trouver d'explication satisfaisante. Les Fédéraux avaient les données en main, c'est la seule certitude. Depuis quand, impossible de le savoir pour l'instant. On a voulu être certain que Lagrange entrerait dans le système et s'amarrerait au point L4 ? Mais de toute façon, s'ils avaient la carte en main, nous serions passés par leurs conditions. Sont-ils si paranos qu'ils croient que nous les aurions *attaqués* pour obtenir les données sans échange de technologies, et si stupides qu'ils pensent pouvoir *nous* attaquer pour s'emparer de nos joujoux ? Ils ont peut-être remis partiellement en état leur système de défense planétaire, mais ce ne sont pas quelques missiles à peine furtifs qui viendront à bout de *nos* défenses anti-débris spatiaux !

Ou alors l'hypothèse *vraiment* parano – la seule existence de Lagrange est une menace pour les Fédéraux, ils veulent la station à proximité pour la détruire. Mais c'est toujours aussi stupide, les défenses de Lagrange sont toujours aussi efficaces ! Et ce n'est pas leur émissaire solitaire qui peut faire quoi que ce soit là-haut, la Sécurité doit le surveiller avec deux fois plus de prudence que moi ici ! Et puis, autre problème : s'ils sont si paranos, et s'ils ont placé l'info pour que je la trouve, comment peuvent-ils être absolument certains que je ne vais pas feindre de ne pas l'avoir trouvée et repartir avec ? Ils ne savent même pas que j'en suis techniquement capable. Après quoi Lagrange prétendrait que après tout, non, on n'a rien eu, on ne donne rien, on repart, et qu'est-ce que vous pouvez y faire, hein ? Ou bien...

Mais non, il y a des limites, elle ne va pas se laisser entraîner dans cette spirale infernale et soupçonner les Fédéraux d'avoir des talents informatiques cachés, eux aussi. Elle s'en serait rendu compte, depuis le temps. Ou alors on serait déjà venu l'arrêter ou quelque chose. Les boîtes dans les boîtes, c'est bien joli, mais il ne faut pas surestimer la duplicité de l'ennemi. Et qu'est-ce qu'elle raconte, "l'ennemi !". L'adversaire, à la rigueur.

Elle se roule en boule sur le lit, furieuse de se sentir aussi misérable. Interroger Graëme. Le doit-elle ? Si Graëme fait partie de... Ah non, elle ne va pas repartir là-dedans, il faut s'arrêter quelque part – elle *veut* s'arrêter là, elle ne veut pas croire que Graëme... elle ne peut même pas terminer la phrase, et même si c'était le cas, pourquoi, POURQUOI ?

Elle se rhabille et appelle Bertran. Elle lui dit qu'elle doit voir Graëme de toute urgence, toutes affaires cessantes. Elle songe confusément que c'est un test : si Bertran refuse... si elle est consignée dans ses quartiers, si Graëme refuse de la voir... Mais Bertran acquiesce sans rien dire ; il ne contacte même pas le central pour prévenir Graëme. Est-ce suspect ? Graëme s'attend-il à ce qu'elle vienne le trouver ? Oh, tais-toi, Alicia !

Elle se rend à la suite de Bertran dans une partie du complexe où elle n'a jamais mis les pieds. Quelques gardes, au début, et ensuite, apparemment, un saint des saints : seulement des systèmes de sécurité à cartes et empreintes. Mais Bertran détient tous les bons codes – Bertran est bel et bien son passe-partout dans la base, comme le lui avait promis Graëme ; elle n'avait simplement jamais eu l'occasion de l'utiliser ainsi. Une preuve qu'ils ont confiance en elle, et donc en Lagrange, non ? Elle se sent un peu honteuse de sa crise d'hystérie.

Et elle arrive dans un couloir au bout duquel Bertran lui ouvre la porte d'une petite pièce brillamment éclairée, comme une antenne chirurgicale : la propreté, l'odeur, les instruments de contrôle... Elle s'immobilise sur le seuil, prise au dépourvu : elle croyait arriver dans une salle de conférences. Est-ce son arrivée inopinée, tout le monde semble figé sur place. Un garde en uniforme brun, trois autres hommes en blouses blanches, infirmiers ou médecins. Graëme. Et une espèce de table oblique où est attachée une femme nue.

Tout ce monde immobile, comme tétanisé, et l'entrée d'Alicia fait voler le tableau en éclats. Graëme se tourne vers elle, stupéfaction, horreur. Les quatre autres s'effondrent par terre comme des masses, sans un soupir, mais pas Graëme. Les attaches qui retenaient les poignets et les chevilles de la femme sautent et la femme se propulse vers Alicia en criant : « Alicia Coralàn, ils vous mentent ! »

Graëme n'a pas bougé. Et puis il rugit «Non!», une protestation désespérée, il bondit vers le garde étalé à ses pieds, prend son pistolet et tire. Le visage de la femme se fracasse. Le sang gicle, avec des esquilles d'os et de cervelle, sur Alicia qui s'était instinctivement mise en posture de défense.

Sans savoir ce qui s'est passé dans l'intervalle, elle se retrouve dans des passages déserts avec Graëme qui murmure d'une voix atterrée, «C'est fini, tout va bien», tout en la portant à moitié. Bertran n'est nulle part en vue. Alicia balbutie: «Qu'est-ce que... qu'est-ce qui s'est passé?» Il continue à l'entraîner et elle se laisse faire, toute molle.

«La rebelle t'a attaquée...» Et, suppliant: «Mais qu'est-ce que tu faisais là, Alicia!?»

Elle s'entend dire, de loin: «J'ai trouvé... les documents... la propulsion Greshe.»

Graëme ne ralentit pas, mais son étreinte se resserre autour de sa taille: «Mon Dieu, c'est splendide! Oh, ma pauvre chérie, et il a fallu que... Est-ce que c'est bien ce que vous vouliez?»

L'esprit d'Alicia a comme un hoquet, revient au début de leur échange: «Attaquée?

— Une rebelle, Alicia. On l'a prise en train de s'infiltrer dans le périmètre, elle venait pour toi, pour te tuer.

— Elle a dit... "ils vous mentent"...

— Pour te paralyser, le temps d'être assez près de toi.

— Mais ses menottes... ont sauté... et elle n'a pas... couru, elle...

— Chut, Alicia, mon amour, tu es sous le choc, attends qu'on soit dans ta chambre.»

Il l'aide à se déshabiller, à se nettoyer sous la douche brûlante, le visage, les cheveux, elle en a partout, elle grelotte, la réaction. Il veut appeler un médecin pour lui donner un sédatif, mais elle fait un effort surhumain pour se calmer, elle dit, non, non, je suis très bien, elle refuse avec énergie d'être anesthésiée et finalement

Graëme renonce. Elle marche de long en large dans son peignoir, les bras croisés, en essayant de réprimer les frissons qui la secouent par intermittence. Quand il essaie de la prendre dans ses bras en lui disant « Tu devrais t'étendre », elle se dégage avec brusquerie.

Il se laisse tomber sur le bord du lit, consterné. Prend le collier, en ferme et en ouvre le mécanisme : « Tu as réussi à le défaire ? »

Elle lance entre ses dents serrées, sinon elles claquent : « Bertran. »

Il répète à mi-voix, « Bertran », et elle trouverait l'intonation curieuse si elle n'avait pas tant d'efforts à faire pour cesser de trembler.

« Ma pauvre chérie, murmure-t-il avec une compassion navrée, quelle horrible histoire, et justement quand tu touches au but ! »

Elle a trop de mal à parler, avec ses maxillaires contractés, elle va au plus court, en s'interrompant quand ses muscles lui échappent : « Les données étaient là. Pour que je les trouve. Vous les aviez. Tout du long. » Mais ce n'est plus ça, l'important, ce n'est plus ça ! « Elle ne m'a pas. Attaquée. Elle s'était. Arrêtée.

— Elle fonçait sur toi !

— Comment s'est-elle libérée de ses attaches ? » s'écrie Alicia tout d'un trait avec la soudaine énergie du désespoir, qui l'emporte sur ses contractions nerveuses. « Que faisiez-vous à cette femme, *que faisais-tu là ?!* »

Graëme est très calme. Il a mis ses mains dans son dos – pour s'empêcher de la toucher ? « Les commandos rebelles sont conditionnés, ils se suicident quand ils sont pris et interrogés. C'est pour ça qu'on les déshabille et qu'on les attache. Elle devait avoir un conditionnement encore plus profond, déclenché par ta vue. Force hystérique, elle a fait sauter ses liens. »

C'est plausible, c'est plausible, n'est-ce pas ? Alicia essaie de se rejouer la séquence des événements, elle ne sait plus très bien, tout le monde était comme paralysé, puis les autres se sont affaissés, pourquoi ? mais pas

Graëme, pourquoi ? et après que la femme s'est libérée, Graëme n'a pas agi tout de suite, il y a eu un délai, la surprise, mais vraiment long même pour de la surprise, et la femme aurait largement eu le temps de sauter sur Alicia, mais elle s'était *arrêtée*, elle ne voulait sûrement pas la tuer.

Elle secoue la tête, brusquement affolée, « Non, non », elle ne sait pas si elle dit non à Graëme ou à ses propres pensées incohérentes. Graëme s'approche, mais elle s'écarte à nouveau, bras pliés, mains raidies, « Ne me touche pas ! » Il se fige, il la regarde comme si c'était lui et non elle qui se noyait, murmure d'une voix éraillée : « Licia, je ne peux pas savoir ce que tu crois avoir vu, mais je t'assure que tu te trompes. J'ignore comment les rebelles ont su que tu étais ici, mais cette femme était un assassin venu pour te tuer.

— Elle savait mon *nom* ! Qui lui a dit mon *nom* ?

Il s'écrie : « Je n'en sais rien, je n'en sais rien, je te jure que je ne l'ai dit à personne », et il est si visiblement désespéré...

« Mais tu m'as menti, tu n'es pas un... un petit fonctionnaire, tu étais en train d'interroger cette femme.

— Le médecin était en train de l'interroger, j'étais seulement témoin, ça fait partie du travail de la section politique à Dalloway, la routine, tu crois que ça *m'a-muse* ?

— *La routine* ? Une rebelle venue m'assassiner ?

— Nous venions seulement de l'apprendre !

Ils restent un moment dressés l'un contre l'autre, et Graëme s'effondre sur le lit : « Oh, Alicia, non, non », et c'est vrai, il ne peut pas faire semblant, pas comme ça, il est vraiment effondré.

« Mais les données, vous avez menti, vous les aviez trouvées. Depuis quand ?

— Une vingtaine de saisons. Mais je voulais que tu les trouves, Alicia, que *toi* tu les trouves.

— Quoi, moi ! ? »

Il la contemple un moment sans bouger, l'air bouleversé. Puis il se lève, il lui prend les mains malgré sa résistance, d'abord, et quand il parle c'est d'une voix basse, angoissée mais résolue : « Écoute-moi bien, Alicia. Ils avaient un accord secret avec ton père. Tu n'étais pas censée réussir. Tu devais être discréditée avant même de venir à Dalloway. Ils m'ont manipulé – c'était mieux si je ne savais rien, au début, si j'étais sincère. Ils avaient étudié ton profil, le mien, ils savaient que nous étions... compatibles. Si ça n'avait pas marché, ils avaient un deuxième choix, et un troisième... Quand j'ai compris, après Cristobal... Je me suis tenu à l'écart. Et j'ai essayé de me traîner les pieds aussi longtemps que je l'ai pu, quand ils sont revenus me chercher officiellement. Ils ne savaient pas où nous en étions, toi et moi, mais tu n'avais même pas *vu* l'autre type qu'ils t'avaient flanqué dans les pattes. Heureusement qu'ils m'ont recontacté avant de prendre des mesures radicales du genre drogues et mises en scène. »

Alicia reste muette de stupéfaction, de chagrin, de fureur.

« J'ai choisi, Alicia. Toi et moi. Je les ai convaincus que le plan de ton père était trop gros, que tu ne te laisserais pas faire, que tout cet aspect de la magouille se retournerait contre lui et ultimement contre eux qui y auraient collaboré. Qu'il était puissant dans Lagrange, mais pas tout-puissant, qu'il avait des comptes à rendre. Qu'il valait mieux procéder en douceur. La partie essentielle de son plan, c'est d'envoyer Eduardo réussir là où tu aurais échoué, et somme toute ce serait te discréditer assez, il finirait par s'en contenter. Ils ont accepté, ils ont retiré toute la surveillance rapprochée. À partir de là, je n'avais plus qu'à placer les données à Dalloway pour que tu les trouves. J'ai... des amis. »

Il lui embrasse le bout des doigts, elle se laisse faire, dans le brouillard : « Je ne pouvais pas te le dire, je n'osais pas. J'avais déjà assez de mal à ne pas me trahir, nous trahir – et j'ai l'habitude de toutes ces saloperies depuis presque toujours, moi. Tu es très bien entraînée et intelligente et habile mais... tu n'étais pas préparée pour *ça* ! Je ne pouvais pas courir ce risque pour nous, ma chérie. Triage, Alicia, j'ai fait pour le mieux, tu comprends, n'est-ce pas, dis-moi que tu comprends ? »

Alicia hoche la tête machinalement, *mais il ne comprend pas, lui*, intérieurement une autre Alicia hurle et rage, comment a-t-il pu faire ça, *comment a-t-il pu la manipuler ainsi*, il n'avait pas le droit, pas le droit de choisir pour elle, pas lui, *pas lui aussi*, l'accumulation des mensonges a atteint le point critique, Marti, Graëme, c'est la même chose, et il ne se rend même pas *compte*, il ne se rend même pas compte de ce qu'il a fait, elle ne veut même pas essayer de savoir s'il dit la vérité ou pas, quelle partie de ce qu'il dit est vraie, ou ce qu'il *croit* vrai, elle explose enfin, elle lui crie : « Je ne pourrai jamais plus te croire, tu ne comprends pas, je ne pourrai jamais plus te croire ! »

Il proteste, plaintif : « Mais c'est la vérité, Alicia, je l'ai fait pour toi ! »

Oh, elle voudrait le secouer, elle voudrait le frapper, pour qu'il *comprenne*, elle se sent déborder d'une telle violence qu'elle en est épouvantée, recule : « Laisse-moi, va-t'en ! »

Il reste un long moment muet, immobile, puis il dit d'un ton distant, blessé : « Je te dis la vérité, Alicia. Tu es sous le choc, mais tu comprendras plus tard, j'en suis sûr. Tu verras que c'était le mieux à faire. Tu devrais prendre un calmant. Tu aurais les idées plus claires. »

Elle se force à dire : « Non, ça va aller. J'ai vraiment besoin d'être seule. Dans ces cas-là... je t'assure, il vaut mieux me laisser seule. Je t'en prie. » Et elle se hait, et elle le hait d'avoir à feindre, à demander, à dépendre.

Elle regarde la porte se refermer sur lui. Pas de clé qui tourne dans la serrure – la serrure est à carte magnétique, ils n'ont qu'à annuler son code s'ils le désirent. Elle jette un coup d'œil autour d'elle, réprime durement une velléité de frisson, se force à prendre de grandes respirations. L'éclat bleu et doré du collier la nargue, sur la table de nuit. Il faut faire quelque chose, n'importe quoi, mais agir, si peu que ce soit. Et elle fait ce qu'elle n'a jamais fait auparavant, s'ils la surveillent, ils sauront que le jeu peut se jouer à deux : elle scanne la chambre.

Rien ? Pas la moindre miette de senseur-espion ? Elle n'en ressent même pas de la satisfaction. Ça ne veut rien dire. Elle est à *Dalloway*. Tout le maudit complexe est une prison ! Elle s'assied sur le lit, pose le scanneur sur la table de nuit et se passe les mains sur la figure. Quoi, maintenant, quoi faire ?

Et son regard tombe sur la table de nuit, et le scanneur, et le collier près duquel est posé le scanneur, et la petite lumière ambrée qui dénonce. Dans le collier. Un traceur.

Elle s'habille, ramasse les divers petits objets usuels où sont dissimulés les composants du transmetteur, les enveloppe avec soin dans un morceau du rideau de douche déchiré, avec le cube des données sur la propulsion Greshe – et elle redevient Alicia le Fantôme.

42

Lian marche.

Il voit – vert, brun, rouge, doré, brun, noir, gris, blanc, roux, multicolore, des arbres, des murs, des lampadaires à gaz, des affiches, des bicyclettes, des gazillacs, des camions, des gazobus, des ferries, des passants, des promeneuses, des chiens, des tricycles de vendeurs ambulants, des fontaines, des allées, des parcs, des canaux, des escaliers, des ruelles, des rues, des feux de circulation, des trottoirs. Il entend – le grondement proche ou lointain de la circulation, les voix paisibles,

rieuses, fâchées, pressantes, distraites, les sonneries aigre-
lettes des bicyclettes, les roulades musicales des oiseaux
dans les parcs, de brefs aboiements de chiens, des sifflets
de ferries, des bruissements frais de fontaines. Il sent,
il goûte les mille parfums des arbres, des buissons, des
fleurs, des herbes dans les parterres, tombant des terrasses, sur les remblais des canaux – acidulés, poivrés,
sucrés, violents, délicats, doux, âcres – et tout autour et
par-dessus, l'odeur de la ville, plastique et caoutchouc
chauds, asphalte suintant, ferraille, poussière. Il goûte
aussi son sang, métallique, parce qu'il s'est violemment mordu la lèvre inférieure, il ne sait pas quand, et
y passe machinalement sa langue de temps à autre. Sur
sa peau, seulement le frottement de ses vêtements et la
chaleur tiède et le vent. Il ne touche personne, même
s'il s'en va en aveugle : son corps a encore pris les rênes,
avec tous ses entraînements – peut-être qu'on l'évite
aussi, mais il l'ignore. Il ne veut plus rien savoir, jamais.
Il ne pense pas. Il marche.

Soudain, il ne marche pas seul. Il y a du monde
autour de lui, devant, derrière. Des femmes, des hommes, jeunes, vieux, en habits de ville ou de travail, au
coude à coude, allant du même pas, certains bras dessus
bras dessous. Les uns sourient, d'autres froncent gravement les sourcils, d'autres encore semblent anxieux.
Ici et là des jeunes gens portent des jeunes filles à cali-
fourchon sur leurs épaules. Ils rient. Il y a des enfants.
Beaucoup de gens tiennent des bâtons au bout desquels
sont accrochés de grands ou de petits panneaux de carton
souple où sont écrits des mots, à la main, en majuscules
et en couleur. À quelques mètres devant lui, on brandit
une longue et large banderole gonflée comme une voile
malgré les petits trous qu'on y a percés. Il déchiffre
machinalement, en transparence, le mot à l'envers,
SOLIDARITÉ. De l'arrière, de l'avant, arrivent des
chants scandés, qu'on reprend autour de lui et qui
passent, comme des vagues.

Quand s'est-il trouvé pris dans la manifestation ? Il
l'ignore. Mais il continue à marcher avec tout le monde

le long de l'avenue de la Victoire, en direction du Présidium. On occupe toute la largeur de l'avenue vidée de sa circulation, les deux voies, en épargnant cependant l'étroit terre-plein médian et ses longs parterres fleuris. C'est un peu comme à la parade, mais le rythme change d'un groupe à l'autre, d'une personne à l'autre – et il n'y a pas d'uniformes. Ce n'est pas le même jeu : on marche ensemble, mais pas pour marcher. Pour quoi, alors ? Pour les rêves inscrits sur les bouts de carton, sur les bannières ? Sur les trottoirs, peu de spectateurs ; davantage aux fenêtres ou penchés aux parapets des terrasses. « Avec nous, avec nous ! » scandent les manifestants. Quelques silhouettes jaillissent des entrées pour se joindre à la foule, surtout des jeunes, déclenchant des flots de reproches, d'ordres ou de supplications depuis les terrasses ; parfois on leur court après pour les arrêter, mais la mer des manifestants se ferme sur eux, se reforme en un mur souriant.

Entre les têtes moutonnantes de la foule, Lian entraperçoit maintenant au loin les hautes parois obliques du Haëkelliaõ – du Présidium –, la façade principale tournée vers le nord et la Mer encore absente, toute dorée, mais veinée de verdure sombre là où branches et lianes retombent depuis la dernière terrasse. Les rires se font moins fréquents, les conversations se taisent, les filles sont descendues des épaules des garçons ; on scande les slogans avec plus de force, comme si la colère montait – ou la peur.

« C'est là qu'on va voir ! » lance l'homme qui marche devant Lian, à la cantonade.

« Si c'est le gouvernement du peuple, par le peuple, pour le peuple ! » scande un autre, farouche, à sa gauche.

« Parce que c'est nous, le peuple ! » s'exclame un troisième, un de ceux qui tiennent des porte-voix et veillent aux bords de la foule.

Un chœur d'acquiescements sombres leur répond.

« Ils ne peuvent pas nous tirer dessus, hein ? » dit une voix plus timide, juste à côté de Lian, tandis qu'un bras se glisse sous le sien. « C'est une manif' pacifique, même s'ils l'ont interdite... » Lian a comme un éblouissement : une vingtaine de saisons, trapue, courts cheveux noirs, peau bistre, noirs yeux bridés, la jeune fille ressemble à Nan. Il effleure la main qui s'agrippe à son bras, murmure : « Mais non. » Il ne sait même pas si la fille l'a entendu par-dessus le nouveau slogan qui déferle à travers la foule, mais elle semble rassurée, elle lui sourit.

Puis une autre vague passe dans le long serpent des manifestants : de proche en proche on ralentit, on s'arrête. Lointaine, bien qu'amplifiée par des haut-parleurs, une voix résonne, nette, calme, impérative : « Dispersez-vous et rentrez chez vous. Cette manifestation est illégale. Dispersez-vous et rentrez chez vous. »

Il y a un bref flottement. « Tu parles ! » s'exclame un adolescent. « Et quoi encore ? » grogne une matrone. Un nouveau slogan se déclenche, lancé par le porte-voix d'un des membres du service d'ordre de la manifestation, « Nous-sommes-le-peuple, Nous-sommes-le-peuple ! », qui se répand d'avant en arrière le long des manifestants, repris enfin comme par une seule énorme voix, tandis que la foule se remet en marche avec une lenteur délibérée. « Ils bloquent la place, on s'assoira devant, suivez les directives, on reste calmes, faites passer, on reste calmes », lancent les bénévoles qui circulent aussi le long du cortège. Lian continue à avancer en jetant de temps à autre un coup d'œil dans les rues transversales ; elles sont vides, et bloquées au bout d'une centaine de mètres par des véhicules de police.

« Dispersez-vous et rentrez chez vous », gronde de nouveau la voix amplifiée, plus proche, « cette manifestation est illégale. Dispersez-vous...

— Nous-sommes-le-peuple ! Nous-sommes-le-peuple ! »

On ralentit encore, les rangs se tassent davantage, on s'arrête : l'avant de la manifestation est arrivé devant le barrage qui empêche l'accès à la place de la Victoire. Lian se hausse sur la pointe des pieds, comme plusieurs, pour voir. Ceux qui sont moins coincés dans la foule escaladent les caissons des arbustes, sur le terre-plein central. « Oh la la », lance l'un d'eux, un adolescent, à gauche de Lian – d'une voix qui se veut consternée mais sonne plutôt excitée – « la place est pleine de fourmis !

— Juste la garde, pas l'armée, alors ? » dit quelqu'un, une femme, soulagée.

« Eh, faudrait voir ça qu'ils nous mettent l'armée ! » grommelle un homme d'une soixantaine de saisons. « On n'est pas des rebelles ! »

Lian veut en avoir le cœur net. Il se fraie un chemin jusqu'au terre-plein, escalade à son tour un caisson. À environ deux cents mètres en avant, sur toute la largeur de l'avenue, s'alignent plusieurs rangées immobiles de silhouettes en armures brunes luisantes, casquées, masquées, portant de grands boucliers rectangulaires et des longs bâtons flexibles. Plus loin en arrière, on devine les véhicules blindés qui cordonnent la place elle-même.

Les directives arrivent de l'avant, en même temps que Lian voit les gens s'asseoir par vagues dans l'avenue. L'adolescent guetteur préfère rester juché sur son caisson, comme plusieurs autres et Lian, qui regarde cette mer de têtes brunes, blondes, rousses, grises, ondoyant un peu autour de lui, à perte de vue. Son cœur se serre, il ne sait pourquoi, ce n'est pas de l'angoisse ni du chagrin mais une exaltation bizarre, à la fois sombre et chaleureuse, comme les braises d'un feu dans la nuit, comme lorsqu'il regardait dormir les autres à la belle étoile, pendant ses tours de garde, en patrouille, sur la Ligne. Le chant reprend, « Nous-sommes-le-peuple ! Nous-sommes-le-peuple ! », clair mais un ton plus bas, comme si on fredonnait au bord d'un berceau – qui veut-on charmer, les fourmis casquées, là-bas, immobiles ?

« Pour la dernière fois, dispersez-vous, rentrez chez vous, cette manifestation a été déclarée illégale par l'assemblée de vos représentants élus », clame la voix électrifiée, énorme à présent.

Le slogan revient en vague depuis le fond de l'avenue. Lian se surprend à scander intérieurement : nous-sommes-le-peuple, nous-sommes-le-peuple.

Des éclatements sourds, devant, des sifflements, quelques cris. Des filets blanchâtres commencent à s'élever en tournoyant. Des silhouettes se lèvent et courent ramasser des grenades pour les relancer en direction des gardes. Plusieurs, près de Lian, sortent des mouchoirs et des foulards qu'ils se nouent sur le nez et la bouche ; plusieurs ont de petits aérosols à pompe dont ils arrosent les masques. « Les andouilles ! dit un gamin jubilant, avec le vent, ils vont tout prendre dans la gueule ! » En avant, des manifestants commencent pourtant à se relever en masse pour échapper à la fumée, malgré les exhortations des porte-voix.

Les gardes chargent. D'abord au pas. Puis à la course, suivis par les tireurs de lacrymogènes qui envoient une troisième bordée beaucoup plus profondément dans les rangs de la foule encore assise – on en relance le plus possible, encore partiellement protégé de la fumée par le vent. En tête de la manifestation, sur une dizaine de rangées, presque personne n'a bougé – conviction ou paralysie, peu importe. La garde arrive au contact des assis en plein élan, bâtons levés. Les rangées suivantes s'éparpillent pour échapper à la charge, se font rattraper ; quelques-uns essaient de contourner les gardes pour se rapprocher de la place, mais la plupart s'engouffrent dans les rues avoisinantes pour les trouver barrées et bientôt enfumées à leur tour – et le vent s'y fait bien moins sentir que dans l'avenue. On reflue en toussant vers la seule voie ouverte, où les premiers rangs des gardes ont été suivis par les voitures d'incendie et leurs lances à pleine pression, qui vous fauchent les jambes. On tombe, on dérape sur plusieurs mètres, la peau arrachée, on est violemment plaqué contre des murs, des poteaux, d'autres manifestants qui dégringolent à leur tour.

De nouveaux tirs serrés – plus des gaz, on a dû enfin se rendre compte que le vent n'était pas propice, mais une pluie de petites balles de caoutchouc dur, en tir tendu. Lian saute par réflexe derrière le caisson, accroupi, tandis que les projectiles hachent l'arbuste et les touffes de fleurs. Autour de lui, on court, on crie. On tombe, et un autre réflexe l'envoie vers l'homme qui s'est étalé tout près, pour le tirer à l'abri relatif du caisson. « Merci », halète le type, un des gars du service d'ordre, il porte le brassard bleu. Il se redresse avec une grimace. « En plein dans le dos, les salauds. Viens, on se tire !

— Toutes les rues sont barrées.

— Ça ne fait rien, faut essayer, s'ils me ramassent, je suis cuit. »

Lian se fige, soudain glacé. Le crâne du jeune rebelle explose au ralenti dans sa mémoire.

Des silhouettes casquées passent autour d'eux, apparemment trop concentrées sur les fuyards pour prêter attention à ce qui ne bouge pas. Lian aide l'autre à se relever, à demi accroupi. Ils échangent un regard puis, d'un commun accord, se lancent dans l'avenue.

Lian se retrouve bientôt avec son compagnon parmi des hommes et des femmes qui courent ensemble, par petits groupes de trois ou quatre, une douzaine en tout mais ensemble, c'est clair pour Lian. Ils zigzaguent avec habileté entre les nuages de fumée, les corps étendus et les gardes et bifurquent soudain, les uns après les autres, dans une rue étroite bloquée par deux voitures de police placées en biais. Que croient-ils faire ? Mais ils arrivent aux barrières, les sautent ou les écartent, puis escaladent les voitures. Pas de grenade lacrymogène, aucune réaction. Les cinq ou six policiers embusqués derrière les véhicules restent immobiles tandis qu'on les bouscule pour passer. Lian continue à courir.

Des crépitements secs le tirent de son hébétude : les policiers se sont réveillés aussi. À côté de lui une femme trébuche et s'effondre, deux des hommes en avant aussi, les autres se plaquent contre les murs ou zigzaguent pour échapper aux balles, puis s'enfoncent sous les voûtes des entrées qui s'ouvrent à droite et à gauche.

Certaines sont fermées par des grilles. Lian en trouve une ouverte, longe un bassin, gravit quatre à quatre l'escalier d'une terrasse, se rend compte qu'il n'est pas seul, un de ses compagnons l'a suivi. Il défonce la porte de l'escalier extérieur à coups de pied et dégringole dans la ruelle arrière.

Des claquements secs résonnent dans le lointain du côté de l'avenue, des coups de feu, maintenant, de plus en plus nourris. Et ici, autour d'eux, des bruits de course. Lian voit passer des silhouettes au croisement de la ruelle avec une rue transversale, policiers ou autres fuyards, impossible à dire. Il part dans la direction opposée, vers l'ouest, pour s'éloigner le plus possible de l'avenue. L'autre le suit.

Lian prend soudain conscience qu'il fait sombre, que la nuit est tombée. Ils foncent dans un lacis de ruelles obscures et d'allées herbeuses chichement éclairées de petits lampadaires à gaz, encombrées de poubelles, de linge qui sèche, de balancelles et de caisses, déclenchant au passage des hurlements de chiens. Soudain l'autre trébuche et s'effondre en balbutiant : « Attends, attends ! » Lian se laisse tomber près de lui, hors d'haleine. C'est un homme assez jeune, la trentaine, maigre et nerveux, qui a réussi à ne pas perdre ses lunettes pendant la course. Il semble écouter, les yeux fermés. « Sont à cinq rues, dans McEwen. Parallèles. On peut encore. Quelle heure ? »

Pris au dépourvu, Lian consulte sa montre, se rend compte qu'elle ne marche plus : un choc violent en a enfoncé le boîtier. L'autre secoue la tête, toujours haletant : « Ça fait rien. Faut aller au nord. Le port. Rendez-vous. »

Il essaie de se relever, mais ses jambes se dérobent sous lui. Lian le soutient, sent quelque chose de visqueux contre sa paume. Dans l'ombre, on ne voit pas la couleur du sang, mais sa main en est couverte. Il rassied l'autre qui proteste faiblement, examine la blessure. La balle est entrée de bas en haut dans l'épaule en évitant de justesse l'omoplate, a dû ricocher sur la clavicule en la fêlant; le pectoral gauche, à la sortie, est un dégât de chairs éclatées. En cherchant autour de lui, Lian voit une corde à linge où traînent quelques chiffons; il improvise un pansement de fortune immédiatement rougi. L'autre a perdu beaucoup de sang, il devrait être en état de choc, mais il parle encore, d'une voix entrecoupée: «Au port. Il faut aller. Au port.»

Lian retire sa chemise, la déchire pour faire un pansement supplémentaire plus solide, ses mains ont retrouvé leur force, il n'y pense même pas. C'est la nuit à présent. Les petites lunes ont commencé à monter à l'est, la pénombre est moins dense. Le bruit lointain de l'émeute se fait de plus en plus sporadique. Les poursuit-on encore? Sans doute: des chiens aboient, de façon intermittente, dans tout le quartier à l'est de leur position. Aller au port avec le type, il pourrait, il pourrait le porter, il connaît la direction générale, c'est suffisant. Mais si le blessé ne reçoit pas des soins immédiats, ça ne servira à rien de l'emmener jusqu'au port!

L'autre respire à petits coups, en retenant chaque fois un gémissement. Tout d'un coup, d'une voix très claire, comme s'il avait rassemblé ses dernières forces pour parler, il dit: «Va au port, camarade. Laisse-moi.»

Lian reste pétrifié. Puis, avec une rage soudaine, il frappe le mur près du blessé, qui tressaille mais ne le quitte pas des yeux. «Non!» Il répète «Non!» et soudain il explose: «Comment... comment pouvez-vous laisser arriver ça!?

— On ne peut pas... contrôler... tout le monde... tout le temps. Ni eux... ni nous. Va au port. N'y vont... jamais. Trop peur. Surtout... cette nuit.»

Lian gronde de nouveau: «Non. Je ne vais pas te laisser là!

— Je ne serai... pas là, dit l'autre avec un faible sourire. Va, camarade. Je t'en prie.

— Non», répète Lian, mais tout bas, presque d'un ton implorant. Il regarde la ruelle obscure à la recherche d'il ne sait quoi, il ne sait qui pour l'aider, étreint d'un désespoir brûlant.

Le corps du blessé se convulse près de lui. Il se retourne juste à temps pour voir l'autre s'affaisser. Il le redresse, affolé, incrédule malgré la puanteur qui assaille ses narines – il la connaît bien, pourtant, il l'a assez sentie sur la Ligne, le jour des gremlins. La tête part en arrière sur le cou ramolli, cogne le mur. Derrière les lunettes de travers, les yeux sont révulsés ; la bouche est ouverte ; sur une molaire, en bas, à gauche, dans la salive, on peut voir la pellicule gélatineuse d'une capsule écrasée.

43

Alicia n'essaie même pas la porte. Elle a étudié les plans de Dalloway, du temps où elle devait effectuer une Mission Héroïque et Dangereuse, et à la veille de partir encore, les nouveaux plans, par acquit de conscience. Les données ont un peu changé, mais pas tellement dans le complexe central. L'envers du décor est toujours là, derrière les murs, les plafonds. Elle se faufile. Là où il le faut, une ou deux fois, elle passe dans le dos des gardes. On est en régime de nuit, tout a l'air bien tranquille. Y aura-t-il une alerte si on découvre qu'elle n'est pas dans sa chambre ? Peut-être pas, mais elle s'en moque. Elle accède au rez-de-chaussée, dans une ancienne salle de consigne transformée en réserve. À partir de là, c'est facile : la porte se laisse faire sans déclencher d'alarme. Alicia se retrouve sur le tarmac, trois cents mètres à parcourir avant d'atteindre les hangars, sous les pinceaux des projecteurs, pas de problème, la routine. Les détecteurs de mouvement et tout le reste, c'est à la périphérie plus que dans la base elle-même. Elle se faufile entre les caisses, les véhicules, les bidons, les non-identifiables bâchés. Échappe à deux patrouilles. Longe deux kilomètres de hangars et après, voie presque libre, c'est le lac.

Elle s'est fait rappeler par son souffle court qu'elle se trouve à plus de deux mille mètres et qu'elle n'y est pas encore tout à fait habituée, malgré le séjour à Morgorod. Elle se glisse plus posément, sans éclaboussures, dans l'eau frisquette. Toutes ces jolies défenses rétro-modernes sont plus conçues pour empêcher d'entrer que de sortir, ce qui aide. Le lac, presque parfaitement circulaire, se trouve dans le périmètre de protection totale, mais c'est surtout une ligne de mines et de détecteurs de mouvement au milieu, et la même chose le long de l'extension triangulaire du périmètre autour de la moitié sud du lac. C'est un scénario qu'elle a répété plusieurs fois avec succès : il faut passer le premier barrage, continuer le long de la rive et ensuite ramper dans un aqueduc des Anciens qui alimentait l'une de leurs mines à ciel ouvert du secteur, disparue quand on a raboté le plateau. Il débouche un kilomètre à l'intérieur de la zone moyenne.

À ce moment-là, l'excitation nerveuse d'Alicia est retombée ; elle continue parce qu'elle a commencé et ne peut pas faire demi-tour – ne veut pas. Et elle ne veut pas penser à ce qu'elle fera si l'arrivée de l'aqueduc a été condamnée ; elle avait monté son sim après avoir découvert l'existence de l'aqueduc en comparant des documents datant de la colonisation aux derniers travaux de sécurité effectués à Dalloway momentanément redevenu propriété terrienne, juste avant la Libération. Il y a des chances raisonnables qu'on ait encore oublié ce conduit à moitié sous-marin. Sinon... Mais une chose à la fois. Pas de passé, pas de futur pour le Fantôme, juste l'instant présent, seul réel.

Elle arrive sans embûches à la ligne de mines et de senseurs flottants, prend son souffle et plonge. Une dizaine de mètres, elle peut le faire aisément ; les senseurs sont réglés sur la surface et non sur la profondeur.

Ensuite, elle continue à suivre la rive, très lentement, en émergeant à peine pour respirer à intervalles irréguliers : elle pourrait être un poisson venant gober des insectes à la surface, les senseurs ne vont pas s'énerver pour un poisson, et puis elle continue à *s'éloigner* de la base. Et, finalement, elle arrive là où doit se trouver l'orifice de l'aqueduc. Elle explore un moment sous l'eau, angoissée, mais c'est là, et ça a bel et bien été obstrué, mais un gros animal, peut-être une des loutres géantes qui vivent encore dans le lac, a défoncé la grille il y a longtemps ; on n'a jamais pris la peine de la réparer. En s'arc-boutant, on peut écarter assez le métal pour se faufiler. Environ encore dix mètres sous l'eau, et on émerge.

Ça pue et il fait très noir, dans le conduit de l'aqueduc ; elle ne voit absolument rien après les premiers mètres. Elle patauge sur les mains et les genoux. Et soudain, elle donne la tête la première dans quelque chose de mou et un petit pinceau de lumière s'allume, presque aveuglant. Alors qu'elle s'apprête à défendre chèrement sa vie, elle reconnaît dans les taches d'ombres et de lumières le visage de Bertran. Qui lui fait signe de se taire et vient lui murmurer à l'oreille : « Senseurs à la sortie, directionnels. Suivez-moi. » Il éteint sa lampe, elle l'entend remuer tandis qu'il se retourne et s'éloigne. Incapable de penser, elle le suit.

À la sortie, vers le haut, une autre grille. Dont Bertran désactive les senseurs d'une façon qui ne déclenche apparemment aucune alarme nulle part : les projecteurs continuent à peindre leur lumière violente sur le paysage, danse bien réglée des ombres qui s'allongent, s'étrécissent, disparaissent, reviennent. Ils s'intègrent souplement à cette danse, s'éloignent davantage encore du périmètre de protection totale. Ils se trouvent maintenant dans la zone moyenne, où la végétation leur offre un luxe d'abris possibles. Entre les mines et les bouquets de senseurs, bien entendu, mais Bertran semble en connaître fort bien les emplacements. « Restez très près de moi. » Elle obtempère et se faufile derrière lui de buisson en arbre en rocher, direction sud, au moins trois kilomètres, jusqu'à la limite de la zone plane qu'on a écorchée dans le plateau. Toujours dans le périmètre de protection moyenne, et presque six kilomètres à faire pour en sortir, mais ils seront encore mieux à l'abri dans le relief naturel du plateau. Et après ? Alicia ne veut pas se poser la question, ni s'interroger sur Bertran. Plus tard. Le scénario a pris un tour inattendu, mais c'est toujours le scénario. Il faut sortir de Dalloway pour de bon.

Et puis quelque chose tourne mal alors qu'ils approchent des éboulis menant sur la hauteur. Une patrouille les a-t-elle repérés ? Un tir de barrage se déclenche, éclairs, pulsations de tonnerre, explosions de roches en shrapnels autour d'eux. Ils se mettent à couvert. Une autre explosion, toute proche, un choc violent sur la tête, même pas de douleur, fin de la partie pour Alicia.

Quand elle reprend conscience, elle est perdue dans le temps pendant un bref instant, elle gémit : « Ce n'est pas ma faute, pourquoi vous ne m'avez rien dit ! », elle s'accroche à son père qui la ramasse par terre alors qu'elle vient de tomber à ses pieds depuis l'envers du décor. Elle le regarde, terrifiée, suppliante, et il a changé de visage... Elle se rappelle alors, non, c'est Bertran, elle se redresse, elle se sent un peu floue. Il fait très sombre, mais l'espace respire assez vaste autour d'eux. Le petit faisceau de la lampe-crayon ne va pas très loin, même une fois que ses yeux se sont accoutumés à l'obscurité.

Bertran explique : elle a juste été assommée par un morceau de roc, pas grave. L'important, c'est que l'explosion les a fait tomber dans un des tunnels miniers des Anciens – la région en est truffée, on ne s'est pas donné la peine de tous les repérer, c'est un labyrinthe ; on a simplement bouché les entrées qu'on a trouvées. Mais il connaît un itinéraire, ils pourront quitter le périmètre moyen de cette façon, en marchant une vingtaine de kilomètres à l'intérieur de la montagne. Ensuite ils se trouveront dans une des petites vallées qui découpent les massifs, et de là ils pourront descendre tranquillement vers le sud-ouest, ils seront en dehors de la Ligne – en terrain fédéral, mais c'est la forêt vierge, les risques de détection sont minimes. Il est venu par là. Il a une cache avec de l'équipement, à une soixantaine de kilomètres à l'ouest ; il va falloir marcher.

Elle se lève avec prudence, se tâte la nuque, étonnée de ne pas se sentir plus vaseuse. Une grosse bosse, et c'est très sensible, mais il n'y a même pas de sang. Le petit sac est toujours attaché à sa ceinture, espérons que le paquet ficelé dans le bout de plastique est resté raisonnablement étanche. Après avoir jeté un bref regard au relief indistinct qui est le visage de Bertran dans l'ombre, toujours aussi impassible en vrai agent double qu'en faux capitaine, elle dit simplement : « Allons-y. » Elle ne veut même pas savoir ce qu'il est, un rebelle sûrement, ou même un Fédéral se faisant passer pour un rebelle, elle n'a pas d'énergie à perdre dans ce genre de spéculations improductives. S'éloigner le plus possible de Dalloway, c'est la priorité. Il l'emmène vers l'ouest ? Tant qu'à faire, ça l'arrange : les rebelles dans leur territoire seraient une variable inconnue de trop en la circonstance. Elle s'arrangera pour neutraliser ce type et elle expédiera à Lagrange le code d'extraction immédiate. Elle a en main les données convoitées, la station est maintenant ancrée depuis deux jours au point L4, ils conviendront d'un lieu de récupération, ils enverront la navette avec un moddex, ce sera terminé, et que les Fédéraux essaient de les en empêcher, pour voir !

Ils marchent et ils marchent et ils marchent dans le labyrinthe des tunnels. Elle n'a jamais tenté ce genre d'évasion de Dalloway – l'information dont dispose Bertran était inconnue des auteurs des autres sims, comme d'elle-même – mais c'est un bon plan ; sauf qu'elle n'a jamais eu aussi soif dans un scénario. Et ensuite ils marchent, ils marchent et ils marchent pour arriver à la cache de Bertran. Ils se nourrissent sur la forêt, en attendant – Face-de-bois a des ressources inattendues. Alicia espère surtout que ces denrées exotiques ne vont pas lui flanquer la diarrhée, mais ses craintes sont de courte durée. Elle finit même par prendre goût aux racines de rattèles. Ça goûte la carotte.

Elle croyait s'être habituée à la réalité de Virginia, mais l'escapade au parc de la Tête ou les promenades dans les jardins du Capitole à Morgorod pourraient aussi bien avoir eu lieu dans des sims, ils lui semblent irréels, ces souvenirs de gazon, de sentiers, ces plantes bien sages, ces petits lacs et ces fontaines, tandis que, en sueur, la peau irritée, elle se fraie un chemin avec Bertran à travers les lianes, les ronces, les troncs abattus, les buissons grands comme des arbres, les arbres grands comme des tours, la pénombre humide et verte si épaisse qu'on a parfois l'impression d'être devenu amphibie... Le bruit incessant et chaotique de la faune, ça va, il y en avait dans les sims ; mais la chaleur, l'humidité, les insectes, et les odeurs entêtantes – fleurs, champignons, écorces, pourriture opiniâtre qui nourrit la vie opiniâtre à chaque étage de la forêt... Et il n'y a pas de commande d'arrêt quand on n'en peut plus, il faut continuer, et encore après : c'est Bertran la seule commande d'arrêt, et il a l'air infatigable. Il ménage Alicia, pourtant, elle s'en rend bien compte et met un point d'honneur à ne pas être fatiguée, mais il y a des moments au début où elle tient à peine debout. Toutes ces heures passées à fixer un écran, malgré le conditionnement physique journalier, ça ne vous prépare pas très bien pour la partie Héroïque et Dangereuse de La Mission, hein, Alicia ? Au moins, elle a retrouvé assez d'énergie pour ironiser, c'est bon signe.

Ils arrivent enfin à la cache, dans une partie du plateau où la végétation s'espace un peu. Il y a un petit torrent, Alicia se lave, elle se change, bonheur inouï. Ils font leur premier vrai repas depuis cinq jours. Elle dort douze heures d'affilée.

On continue à marcher ensuite. Face-de-bois ne pouvait pas avoir un tout-terrain dans sa cache ? Trop près, encore trop aisément repérable, bien sûr. Ils suivent une série de larges pistes anciennes, praticables parce qu'encore pratiquées par des camions. Pas en cette saison ; la campagne en a encore pour plus d'un Mois, si près de la Ligne l'interdiction d'exploitation est en vigueur pour les mines, les carrières et les exploitations forestières : on ne rencontre personne. En de nombreux endroits la forêt a eu le temps de reconquérir la piste, il faut dégager, mais on couvre ses bons vingt à vingt-cinq kilomètres par jour. Alicia calcule, horrifiée, qu'on en a au moins pour trois semaines, plus de quarante jours, avant d'atteindre la passe qui quitte le plateau pour se diriger plein ouest vers les collines et la plaine longeant les montagnes Rouges. Et elle qui trouvait archaïques et lents les petits avions empruntés pour sauter d'un bord à l'autre du continent !

Face-de-bois semble capable de marcher pendant des heures sans dire un mot. Alicia essaie d'imiter ce laconisme et de se perdre dans le rythme de la marche, mais elle y a beaucoup de mal : si elle n'y prend garde, elle se retrouve en train de penser à Graëme et à ce qui s'est passé cette nuit-là. À un moment donné, pour empêcher les événements de se rejouer trop complètement dans sa mémoire, elle cède en partie – contre-feu – elle demande : « Je dois vous appeler comment ?

— Bertran.

— Qu'est-ce que vous faisiez là ?

— J'attendais de pouvoir vous emmener. »

Vraisemblable. Une fois les données en main, et l'ambassadrice, ils pouvaient négocier.

« Et comment avez-vous su que j'essaierais de m'échapper, et par où ?

— Psychologie, et tactique élémentaire. »

Elle envisage un bref instant ce que cela implique de surveillance et d'information sur elle, puis s'en détourne résolument : « Et si j'étais restée ?

— Plan B. »

Elle ne va pas demander ce qu'aurait été le plan B. Elle aurait dû continuer à se taire. Elle a presque la nausée. Toutes ces machinations qui se tramaient par-dessus sa tête, sa naïveté, son ignorance, son arrogance de se croire si peu que ce soit aux commandes ; si elle avait une touche pour s'arrêter elle-même, elle l'utiliserait. En l'absence d'une telle touche, elle se secoue pour répartir autrement sa charge sur son dos et presse le pas.

44

Ils prennent Lian le lendemain matin à l'aube, par hasard, un couple de policiers en fourgonnette qui allaient déjeuner et qui jugent bien suspect ce type au torse nu et ensanglanté en train de marcher sur le terre-plein de l'avenue Goulet, dans la ville nouvelle. Il est très loin du port. Il est parti plein sud. Il n'a même pas ralenti quand la lune éclipsée, à minuit, a inondé le ciel de sa luminescence violette pour annoncer le retour de la Mer.

Ils le trouvent encore plus bizarre quand ils sont en contact direct avec lui. Plus de coloration protectrice : il a échappé à tous ses bergers, plus personne, de près ou de loin, pour le faire passer pour normal. Il y pense un instant, distraitement, oublie. Les policiers ne semblent d'ailleurs pas très bien savoir ce qui les dérange ainsi chez lui – en dehors de son torse dépourvu de blessure et de son absence de réaction. Il ne répond pas quand la femme lui demande son nom, mais il a une expression tellement hébétée qu'elle n'insiste pas. Ils

cherchent ses papiers. Ses papiers étaient dans sa veste
– il a perdu sa veste, il ne se rappelle plus, pendant la
manifestation. Les policiers s'illuminent : ah, il était à
la manifestation ? Il est rendu bien loin du centre-ville,
et toute la nuit est passée, mais voilà qui simplifie les
choses. Ils l'embarquent.

Et l'emmènent à la grande prison centrale où l'on
est en train de rassembler les manifestants arrêtés la
veille au soir. Elle occupe tout un pâté d'édifices au
bord du canal encerclant la grande place du Présidium,
le long de la voie nord de l'avenue. Ils doivent attendre : il y a un embouteillage de gros fourgons amenant
d'autres prisonniers d'autres postes de police, l'avenue
autour de la place du Présidium est pratiquement bloquée. Les policiers, philosophes, attendent leur tour.
Lian, rencogné seul sur la banquette arrière, menottes
aux poings, voit sans vraiment les regarder la place et
l'immense édifice du Présidium qui glissent à une allure
d'escargot dans la fenêtre tandis que la voiture de police
rampe vers sa destination. Ni dans l'avenue ni sur le
canal on n'aperçoit trace des événements de la veille.
Au milieu de la place quasiment déserte, le Présidium
dresse sa façade nord, dorée, aveugle, impassible.

Elle tremble, pourtant, étrangement liquide, comme
derrière un voile d'air chaud. Lian cligne des yeux,
machinalement : il voit flotter une tache noire, comme
s'il avait trop regardé le soleil. Et la tache ne s'efface
pas, elle continue à flotter devant lui, dansant sur la
façade du Présidium. Pas vraiment noire, d'ailleurs, ou
alors par contraste avec l'éclat doré de la pierre et les
réseaux étrangement brillants du sirid. Et si exactement
circulaire... Il cligne encore des yeux, vaguement curieux
à présent : la tache se dédouble. Ou plutôt, non, il y
distingue des détails, un autre cercle plus petit, à l'intérieur. Ou une spirale. Peut-être seulement parce que
les cercles bougent. Saisi d'un bref vertige, déconcerté,
il ferme les yeux en appuyant sa nuque contre le dossier
de la banquette.

Les cercles sont toujours là ! Il n'y en a pas deux mais dix, cent, mille, tous parfaitement distincts ! Et son regard sans paupières est attiré comme par un aimant au centre des cercles, là où ils semblent naître du néant, là où point... une lumière ? Immense, brûlante, et le temps ralentit, s'arrête, se contracte...

Explose, un grand jaillissement fixe, et Lian avec lui, retourné comme un gant, mince pellicule en expansion autour de la durée qui gonfle à la vitesse de l'éclair. Et pendant cette éternité, cette seconde, il voit, il entend, il goûte et sent et touche.... Quoi, il l'ignore, c'est trop bref, mais il sait qu'en même temps il a été vu, entendu, goûté, senti, enveloppé d'une présence multiforme, immense, terrifiante.

Et l'instant d'après, il n'est plus un avec la surface infinie de la durée infinie, il a retrouvé son centre. Quelque chose a jailli en lui, une volonté – une négation ? – et il flotte à présent dans une bulle très petite, très souple et très imperméable. Il pourrait traverser sans effort cette membrane invisible – mais pourquoi le ferait-il alors qu'il risquerait de toucher à nouveau cette écrasante présence toute proche ? Juste au-delà de la membrane – surprise, curiosité – tourne une unique présence, le vieux petit homme de la gare, Dutch Grangier. Lian reste immobile sur la banquette arrière de la voiture de police tandis que le conducteur, devant, se frotte les tempes en grommelant : « Il va encore durer longtemps, cet embouteillage ? Ça me fout mal au crâne de me traîner comme ça. » Et la femme réplique : « Mais non, Ted, tu as faim, on n'a pas pu prendre le petit-déjeuner, avec le rigolo, là, derrière. Moi aussi, j'ai une sacrée migraine. »

45

Après cinq autres jours de marche, ils arrivent à un camp de forestiers, abandonné et à moitié englouti par la jungle, mais qui sert apparemment aussi de cache aux rebelles infiltrés en territoire fédéral : il y a là un gazillac tout-terrain et des vivres. La durée anticipée du voyage diminue soudain de façon radicale, pour le plus grand soulagement d'Alicia. Il faut toujours dégager la route de temps à autre, et plus largement maintenant, mais on arrive à faire en moyenne trois cents kilomètres par jour, en se réapprovisionnant en gaz dans les caches réparties le long de la route. C'est plus facile de ne pas penser dans les incessants cahots, accrochée au volant quand c'est son tour de conduire, ou lorsqu'on plonge à la machette dans la jungle dévoreuse de piste. Après sa brève discussion avec Bertran, première et dernière erreur, Alicia trouve extraordinairement facile de ne pas récidiver. Aux haltes, elle mange de façon mécanique puis s'endort d'un sommeil de brute.

Après trois jours – pas trop tôt, elle est couverte de bleus – ils arrivent à la passe Toïtovna et rejoignent une véritable route. Brièvement, car celle-ci est encore trop exposée : ils bifurquent presque aussitôt dans un autre réseau de pistes, mais de bien meilleure qualité et pour cause : cette région est plus peuplée. À vrai dire, ce sont de petits villages, parfois des hameaux, parfois quelques bourgades un peu plus grosses, logeant forestiers, mineurs et leurs familles : les compagnies forestières et minières qui exploitent cette partie-là des montagnes Rouges ne ferment pas pendant la saison de campagne, elles – on est à plus de cinq cents kilomètres à l'ouest de la Ligne.

Après la passe, on a quitté la forêt dense et oppressive et l'on descend de plateau en plateau dans un paysage plus dégagé. Alicia souffre pourtant d'une telle surdose de jungle qu'elle conduirait volontiers tout le temps :

pendant qu'elle négocie la piste, elle oublierait presque ce qui l'entoure. Quelquefois, si elle se laissait aller, elle aurait la nausée. Elle donnerait n'importe quoi pour ne plus jamais voir un arbre de sa vie.

Vers la fin de la deuxième journée après la passe, son vœu se réalise presque : ils sortent de la forêt pour retrouver la route, devenue à deux voies – mais toujours les dalles jointives des Anciens, la paragathe encore en bon état – qui s'accroche aux flancs rocailleux du dernier haut plateau. Les arbres reculent, s'espacent, disparaissent même parfois pour laisser place à de simples buissons sur le terre-plein entre les deux voies. Enfin un paysage complètement différent ! Sur la route et dans les falaises, c'est la pierre écarlate qui domine – les montagnes Rouges justifient enfin leur nom. Et surtout un gigantesque panorama s'offre en contrebas ; pour un peu Alicia aurait le vertige. L'herbe neuve est jaune en cette saison, le début du printemps dans l'hémisphère sud, mais, la brume de la distance aidant, les Plaines Bleues sont raisonnablement bleuâtres.

Une fois sur la route, la durée recommence à s'écouler à des vitesses un peu plus humaines. On doit bien faire des pointes vertigineuses à cent à l'heure, dans les descentes. Est-ce la relative vitesse, la profondeur du paysage ? Le temps se déplie de nouveau pour Alicia, vers le futur du moins. C'est dit, à la prochaine halte elle utilisera le transmetteur pour se faire sortir de là.

La prochaine halte est une ville ancienne en ruine, rareté presque unique chez les premiers indigènes extraordinairement fidèles à leurs cités à travers le temps. Très respectueux de leurs quelques reliques – la plupart du temps des fragments, d'ailleurs, et non des villes entières – ils les entouraient habituellement de parcs. Ces ruines-ci sont d'une incroyable antiquité, les plus vieilles de la planète, plus de huit mille saisons. Il ne reste que la forteresse centrale, ou le palais, le cœur de la cité en tout cas, sur environ huit cents mètres de large et cinq cents mètres de long. Aucun parc, mais au début

de la colonisation on voyait encore que les ruines avaient
été entretenues avec soin : on y avait planté une variété
d'herbe drue et courte, qui se ressème très longtemps
toute seule, et fort inhospitalière à tout ce qui n'est pas
elle-même ; des murs branlants avaient été consolidés,
voire restaurés, les endroits trop dangereux condamnés...
Plus de huit cent cinquante ans après la disparition des
Anciens, la nature si infatigablement policée par eux a
repris un peu de sa liberté : des arbres ont poussé dans
des taches d'herbe affaiblie, des buissons, d'autres herbes, des plantes grimpantes se sont lancés à l'assaut des
murs. Et comme l'image qu'en connaît Alicia date elle-
même d'au moins quatre cents ans, elle ne reconnaît
pas vraiment les lieux ; mais elle sait où elle se trouve.

Ils s'installent à la tombée de la nuit dans l'ancienne auberge toujours intacte, que les sims décrivaient
comme l'auberge Vichenska – un grand édifice traditionnel encore abreuvé par son arbre-à-eau, dans le
bassin ; variante du modèle habituel, un pylône se dresse
aussi dans le bassin à travers les branches, petite boule
dûment lumineuse piquée au sommet. Tout a été démé-
nagé bien proprement au moment de la grande migration
des rebelles vers le sud-est, plus de cent soixante-dix
saisons plus tôt : on pourrait dire que le bâtiment est dans
l'état exact où l'ont trouvé les premiers colons terriens...
Personne d'autre n'est venu s'y installer : les Virginiens
n'ont guère le loisir aujourd'hui, ni le désir, de se livrer
au tourisme, surtout dans une région aussi proche de la
Ligne. De toute façon, les trouvailles archéologiques
faites sur le site au début de la colonisation sont toutes
rassemblées depuis longtemps au Musée de Cristobal –
armures, tapisseries, mobilier et objets funéraires, et
surtout, bien sûr, le fameux sarcophage de cristal bleu,
avec la momie intacte de son roi-guerrier. La petite
Alicia a souvent contemplé la fresque qui décore les
parois du grand puits circulaire au fond duquel on a
découvert le sarcophage – en accélérant le sim, car
l'énorme dalle de pierre qui bouche le puits et s'y
enfonce en tournant met plus de quatre heures pour

effectuer la descente complète, de la naissance à la mort du héros. Mais, là encore, Marti a veillé à refroidir sa curiosité.

Ils étendent leurs sacs de couchage dans une grande chambre donnant sur la terrasse. On est encore à plus de mille mètres et les nuits de printemps sont fraîches, surtout avec des fenêtres sans vitres : Bertran installe le brasero à gaz dans la chambre pour suppléer à la chaleur qui sourd des murs et du sol, lumineuse, depuis qu'ils sont entrés et surtout depuis qu'ils se sont déchaussés. Alicia se demande distraitement comment elle va réussir à dormir avec toute cette lumière ; les Anciens disposaient d'écrans pour profiter de la chaleur sans la lumière, mais eux n'en ont pas.

Quand ils ont fini de manger, Alicia étale devant elle les composants du transmetteur, en vérifie le bon état et commence à les monter.

« Il vaudrait mieux pas, dit Bertran. Anderson connaît l'algorithme de dispersion. »

Elle se fige.

« Et de toute façon, continue l'autre de sa voix posée, toutes les communications ont été interrompues avec Virginia depuis le sabotage. »

Alicia répète d'une voix blanche : « Sabotage ?

— On a saboté les ordinateurs de vol. L'insurrection a été arrêtée, mais Lagrange ne pourra pas repartir de L4 avant très, très longtemps, et seulement à condition d'avoir les données sur la propulsion Greshe. »

Elle regarde bouger les lèvres de Bertran, elle entend ce qu'il dit, mais elle ne comprend toujours pas. Elle répète « Insurrection ? » et proteste malgré elle : « Ils ne devaient pas saboter les ordi ! Seulement si... » Puis se force à se taire, mais Bertran conclut, à peine interrogateur : « Si on ne trouvait pas les données sur la propulsion Greshe. »

À quoi bon dissimuler encore ? Elle hoche la tête. Murmure d'une voix blanche : « Quand ?

— Deux jours après notre départ de Dalloway. Mais je ne l'ai appris que tout récemment. Dès votre disparition, Dalloway a prévenu Lagrange : vous avez été enlevée, peut-être tuée, par les rebelles, qui croyaient à tort les données sur la propulsion Greshe déjà en votre possession. Les Fédéraux ont assuré à Lagrange qu'ils étaient eux-mêmes sur une bonne piste et trouveraient bientôt les données. Grumberg a dû prendre contact avec vos amis – on a spéculé très tôt sur l'existence de factions désireuses de débarquer sur Virginia, et c'était son rôle de se trouver des alliés pour immobiliser Lagrange. »

Il ne va pas plus loin, c'est inutile : Alicia disparue, les données bientôt entre les mains des Fédéraux qui les fourniraient à Lagrange, c'était maintenant ou jamais, il fallait coincer la station et négocier le débarquement en échange de la remise en état des ordis de vol. Elle comprend très bien la logique de la situation. Mais Cédric, Moran, Fabienne – Eduardo ? Jamais ils n'auraient... « Pourquoi une insurrection ? »

— Un dérapage, une bavure, est-ce que je sais... On a peut-être réagi plus durement que prévu au chantage. Ou Grumberg a poussé à la roue. Vos amis ne devaient pas être très expérimentés. »

Alicia accablée essaie de les imaginer en train de se battre, n'y arrive pas. Se battre *pour quoi* ? Elle se reprend à deux fois pour demander : « Il y a eu... des morts ? »

Bertran soupire : « Nous n'en savons rien. Les communications ont été interrompues juste après l'insurrection. Il faut supposer que oui. Le sabotage devait sûrement être réversible, n'est-ce pas ? »

C'était si simple. Si on en venait là, ils encryptaient les routines de contrôle des moteurs ioniques et ils échangeaient le code d'encryptage contre le débarquement. Puis elle comprend brusquement où va la question de Bertran, se fige, glacée. Si on a mis fin à l'insurrection, et si Lagrange est toujours coincée, c'est qu'on n'a pas obtenu le code d'encryptage. Moran, c'était elle qui... Si elle avait été prise, elle l'aurait donné, elle n'aurait pas résisté – aucun d'entre eux. Non, oh, non, ils se cachent encore dans les entrailles de Lagrange, l'insurrection est finie mais ils ne les ont pas tous capturés, Moran court encore, Moran ne peut pas être morte !

« Quand les communications seront rétablies », murmure Bertran, pensif, « et elles le seront quand les Fédéraux préviendront Lagrange qu'ils ont retrouvé les données, on découvrira que Grumberg était un agent double des rebelles, et avec la puissance de feu de Lagrange derrière eux, les Fédéraux pourront régler la guerre de façon définitive. »

Alicia a comme un éblouissement, et ensuite, pourquoi fait-il si noir ? Elle se sent vaciller, pose les mains par terre. « Mais ce ne sont pas... les rebelles.

— Non. C'est Graëme Anderson. »

Elle a beau ouvrir la bouche pour respirer, elle n'y arrive pas. Il lui semble qu'elle tombe, elle tend une main pour se rattraper, sent la main de Bertran la saisir, s'y accroche de toutes ses forces en fermant les yeux. Elle serre les dents en avalant sa salive, non, elle ne vomira pas.

Après un moment, la voix de Bertran reprend avec douceur : « C'est sans doute ce que cette femme voulait vous dire, mais elle n'en a pas eu le temps. Elle est allée au plus pressé : vous alerter, n'importe comment. »

Alicia secoue la tête, pas trop, elle a peur de se briser. Elle est complètement défaite, maintenant, elle n'a plus aucune défense contre les images qui se bousculent. Le visage convulsé de la rebelle qui crie...

« Mon nom, balbutie Alicia, elle savait... mon nom.

— Graëme le savait.

— Mais pourquoi... le lui aurait-il dit ?

— Il ne lui a pas dit. »

Les attaches sautent toutes seules, les quatre hommes s'effondrent comme des poupées de chiffon, mais pas Graëme, pas Graëme, et l'élan incroyablement rapide, incroyablement... immobile de la femme vers elle. Tout son corps, immobile, ses jambes, ses pieds. Ses pieds qui ne touchaient pas terre. Elle l'a bien vu. Graëme a profité du choc, ensuite, il a détourné son attention, une distraction, un truc d'illusionniste, mais ce n'était pas ça l'important pour lui – leur histoire à eux, ses mensonges ou non, ses machinations avec la propulsion Greshe – l'important, c'était cette femme qui ne touchait pas terre, et elle l'a bien vue, et il voulait le lui faire oublier et elle aussi elle voulait l'oublier, ça n'avait pas de sens, elle ne pouvait pas avoir vu...

Ils vous mentent. Ils vous mentent. Tandis que la voix de Bertran aligne des mots qu'elle comprendra plus tard, "mutation", "télépathes", "têtes-de-pierre", une pensée paresseuse s'étire dans la tête d'Alicia, de plus en plus lente : ça ne peut pas être un mensonge, ils ne nous ont jamais rien dit. Ensuite, elle ne pense plus.

Quand elle se réveille, elle ne se rappelle rien du reste de la soirée. Elle ne s'est pas évanouie, quand même ? C'est la lumière du jour qui l'a réveillée, plus intense que la lueur de la pierre dorée. Elle se sent bizarrement bien, du moins sur le plan physique. Bertran n'est nulle part, si son sac de couchage est roulé bien proprement en face du sien. Sur le brasero, du café chaud, ou du moins un équivalent virginien. Trois barres de rations nutritives. Alicia est surprise de se sentir affamée, prend une des barres et commence à en peler l'enveloppe protectrice, puis se rappelle qu'elle est comestible et mord à pleines dents. Des oiseaux chantent sur la terrasse. Ciel bleu tendre dans la découpure de la fenêtre. Une belle journée de printemps.

Elle sort sur la terrasse. Les oiseaux se taisent et s'envolent, comme toujours – elle a pu le vérifier au Parc, dans les jardins à Morgorod, dans la forêt : même après quatre cents ans loin de la Terre, les humains de Lagrange portent encore la marque du péché originel pour la vie native de Virginia. Il a fallu une bonne demi-douzaine de générations pour que les stigmates terriens commencent à s'effacer chez les colons. Ce n'était pas ainsi, dans les sims. Licence poétique. Et puis, surtout, nombre des sims qu'elle préférait dataient de bien après la colonisation.

Toujours pas de Bertran. Alicia arrive au parapet qui borde la terrasse, écarte les branches luxuriantes d'un arbre-roi. Vue splendide sur la ville. Une silhouette entre les ruines, dans la grande allée qui aboutit au puits circulaire. Bertran joue les touristes. Ça ne colle pas au personnage. Un Énigmatique Agent Secret Rebelle ne fait pas du tourisme. Mais pourquoi pas ? Nous ne sommes pas nos étiquettes, comme disait quelqu'un. Non, trop tôt, bien trop tôt pour l'ironie, le souvenir la plie presque en deux, un coup de lance chauffée à blanc dans la poitrine, vite, penser à autre chose, Bertran, que fait Bertran dans les ruines ? Il ne bouge pas. A-t-il mis en marche le mécanisme du puits ? Est-il en train de regarder la massive dalle ronde, taillée dans un seul bloc de granit, qui s'enfonce en tournant, tournant, vers la mort du héros ? Peut-être temps pour la petite Alice d'aller voir un autre puits, n'importe quelle distraction, mettre un pied devant l'autre, bien appliqué sur le sol, le pied, et aller rejoindre Bertran.

Il doit l'entendre venir, elle marche si lourdement sur les dalles de l'allée. Mais comme s'ils continuaient une conversation, il dit sans se retourner : « La ville couvrait presque toute cette partie du plateau. Ils l'ont démantelée, vous savez, après la dernière bataille, pour en distribuer les pierres dans toutes les cités et les villages du continent. Ils n'ont laissé que le palais. »

Ce détail ne se trouve nulle part dans la fresque, ni dans les spéculations des archéologues qui ont examiné le site. Encore une de ces histoires que les Virginiens s'inventent pour remplir les trous de leur mémoire d'intrus. Qui l'aurait cru, Face-de-bois est un rêveur ! Alicia hausse les épaules : « Ils avaient tué un dieu, ça valait la peine d'être commémoré.

— Non », dit Bertran – il proteste, comme si elle n'avait pas parlé juste pour dire quelque chose. « Ils commémoraient son sacrifice. La victoire était celle de tous. Celle de la paix.

— Quand un dieu-guerrier meurt, ce n'est sûrement pas une victoire pour son camp. »

Bertran se retourne vers elle. Pour la première fois, dans la lumière sans obstacles, elle remarque ses yeux, d'une étonnante teinte ambrée. Il dit enfin, un ton plus bas – et elle se demande alors avec qui il discute, sûrement pas avec elle : « Mais ce n'est pas l'histoire d'un dieu-guerrier. C'est l'histoire d'un dieu qui aurait voulu pouvoir mourir, qui a aimé une mortelle et qui a été puni pour avoir enfreint les lois de l'univers. »

Elle aboie un rire bref, dont elle n'entend pas le son trop rauque : « C'est un jeu national, inventer des histoires d'amour à vos Anciens ? »

Il la dévisage un moment avec attention. « Aucune histoire d'amour n'est jamais inventée, il y a toujours quelqu'un pour les vivre », dit-il avec cette douceur bizarre qui lui donne envie de fuir – ce n'est pas, ce n'a jamais été le Bertran auquel elle s'est habituée à Dalloway mais elle ne veut pas y penser, pas maintenant. Puis il se redresse avec un soupir : « Prête à partir ? Alors, allons-y. »

46

« Alors, qu'est-ce que vous cherchez comme ça ? » dit en plaisantant le policier au volant du véhicule où se trouve Lian, quand les deux hommes en vêtements civils viennent se pencher à sa fenêtre après avoir examiné un par un chacun des fourgons de prisonniers qui le précèdent. Il sait qui ils sont, bien sûr, et il a bien vu que la circulation est maintenant complètement arrêtée, mais c'est un homme naturellement jovial. Le premier des deux agents montre brièvement un insigne accroché au revers de sa veste et dit, laconique, en désignant Lian du menton : «Lui.»

On ne dit pas "mais" deux fois à des agents fédéraux après le premier « Sécurité nationale ». Les policiers leur remettent Lian, avec un soupir ; ils vont devoir attendre que la circulation débloque pour retourner chez eux, maintenant.

Lian, toujours menotté, traverse la place entre les deux agents. Il fixe les dalles qui défilent à ses pieds : il ne veut pas risquer de voir la façade dorée qui se rapproche. Enfin, une longue voûte sonore les avale. Ils ne s'engagent pas dans la grande cour centrale, bifurquent tout de suite sous l'arcade à colonnade. Autour d'eux passent des visiteurs ou des employés de l'État, affairés, soigneusement indifférents. Lian flotte, calme, lointain, en état de choc. Il lui semble n'avoir jamais perçu avec autant d'acuité, comme si sa bulle protectrice faisait office d'amplificateur : la voix amusée de cette femme, là-haut, accoudée au parapet de la première terrasse, cet oiseau qui déplie une aile sur la branche la plus basse de l'immense arbre-à-eau, au ras du bassin, les reflets miroitants sous lesquels jouent les caliches rouges et noires, la brise acidulée qui a dû passer sur des fleurs de miralilas, le silence massif des deux hommes qui l'encadrent de leur impersonnelle hostilité... C'est son attention qui concentre ces perceptions, il s'en rend compte après un moment, comme si sa simple volonté allait chaque fois découper un morceau de réalité pour l'amener plus près de ses yeux, de ses oreilles, de ses narines – ou comme s'il se trouvait soudain à coïncider, d'une manière intense et immédiate, avec ce qu'il regarde, entend ou goûte. Mais il ne s'étonne pas, ne s'interroge pas. Il est en mode uniquement réceptif.

Il pénètre avec ses gardiens dans un long corridor dallé de mosaïques anciennes ; les murs sont décorés de fresques continues, une congrégation hétéroclite d'animaux terrestres faisant mine de se cacher dans une luxuriante forêt, à gauche, à droite une assemblée non moins improbable d'animaux aquatiques dissimulés dans une forêt sous-marine, habitants de l'eau salée comme de l'eau douce. Le mythe d'Amléandaï, sans doute, quand l'héroïne fondatrice des Hébao s'en va chercher les créatures reprises par Hananai en punition de la première chasse, et qu'elle leur pose des énigmes pour les attirer hors de leurs cachettes, jusqu'à la dernière énigme, qui fait sortir Hananai elle-même, curieuse. Pas grand monde dans ce corridor ; ceux qui croisent Lian et ses gardiens détournent les yeux ; ils ne regardent pas non plus les fresques.

Enfin une porte à double battant, qui se referme sur Lian sans que ses gardiens soient entrés derrière lui. Dans une salle de travail aux murs nus, sans fenêtre, occupée tout entière par une grande table noire en fer à cheval, à l'éclat lustré. Des chaises pivotent vers Lian, tournant vers lui des visages figés, un homme, trois femmes dont une très vieille ; un autre homme au fond, très vieux aussi, dans un plus grand fauteuil ; les autres ont tous environ la cinquantaine, mais ils ont l'air plus âgés, des visages durs, desséchés, terrifiés. Et Grayson qui se lève à demi et retombe dans son siège comme si on lui avait cassé les genoux.

Lian les observe tour à tour avec une sérénité un peu distante, il sait qui ils sont sans savoir comment, ces membres du Conseil restreint du Présidium. Et Grayson, qui le regarde comme s'il était le soleil, aveuglé. Lian attend. Il attend leurs questions. Mais la première n'en est pas une, malgré la tournure interrogative. C'est un refus scandalisé, presque une supplication aussi, chuchotée : « Mais qu'est-ce que c'est que ça ? »

La plus vieille des femmes, la plus proche de Lian ; elle n'a pas de relief, on dirait une feuille de papier chiffonnée ; ses mains remuent sur la table, par saccades réprimées, comme si elle voulait agripper, griffer, déchirer. L'autre femme, près d'elle, hausse les épaules : « Un Rèb, Mélanie. » Celle-là est plus en chair, avec un meilleur contraste, peau très noire dans un ensemble de soie vert mousse, courte paille de cheveux blancs ou d'un blond très clair, impossible à dire sous la lumière artificielle des panneaux à gaz.

« Jamais vu de Rèb comme ça, marmonne la très vieille Mélanie.

— Un faux bloqué », laisse tomber la femme la plus proche de Lian, avec la patience ennuyée de qui explique pour la centième fois. C'est la plus jeune des trois ; elle, elle porte des lunettes complètement noires.

« Plus de bloqués comme ça, s'entête la très vieille Mélanie.

— Ce n'est *plus* un bloqué, s'exclame Grayson. Vous l'avez bien senti tout à l'heure !

— ... sens pas grand-chose maintenant », grommelle le vieillard du fond, éteint par sa veste d'un blanc éclatant.

« On le couvre, et ce n'est pas moi !

— Ah, tu ne vas pas recommencer avec tes histoires à dormir debout », dit sèchement l'homme aux verres teintés. Il se lève, vient se planter devant Lian. « Il se couvre lui-même, c'est tout, une nouvelle variété de protection. C'est un Rèb, qui faisait semblant d'être bloqué et qui s'est trahi. N'est-ce pas, mon garçon ? »

La question est purement rhétorique et Lian ne répondrait pas, même s'il savait de quoi l'autre veut parler.

« Mais bon. sang ! s'écrie Grayson avec une rage incrédule, je l'avais bien perdu avant et maintenant on l'a retrouvé, et sans son traceur, non ?

— Je ne sais pas ce que j'ai senti tout à l'heure », remarque le vieux au fond de la salle, obstiné. « Ça ne ressemblait à rien. »

Les autres acquiescent.

« Là n'est pas la question..., reprend la femme aux lunettes noires.

— C'est toute la question ! » proteste Grayson. La femme lui jette un regard fulgurant et il se raidit en se mordant la lèvre inférieure.

« La question, reprend-elle d'une voix dangereuse, c'est : pourquoi les Rèbs ont-ils modifié ainsi son code génétique, et pourquoi nous l'ont-il envoyé. Une vague caricature d'Ancien !

— Éliminons-le tout de suite », dit la femme aux cheveux blond-blanc, toujours du même ton ennuyé. « Je ne vois pas pourquoi on en fait toute une histoire. Gray s'est bien amusé dans notre dos, on l'a pris sur le fait pour la deuxième fois, *é finita la commedia*, et revenons aux choses sérieuses.

— Non, reprend la femme aux lunettes noires. Ce n'est quand même pas une coïncidence si la manifestation d'hier a si mal tourné. Je dis qu'ils préparent quelque chose, quelque chose de gros, et que ce garçon est un test.

— La manifestation a mal tourné parce qu'on a de plus en plus de mal à contrôler et qu'il faudrait arrêter d'utiliser ce genre de truc pour crever les abcès, intervient de nouveau Grayson exaspéré. Et il ne peut pas être un rebelle. Je l'ai trouvé par *hasard* ! S'il n'avait pas publié ce bouquin, je ne l'aurais *jamais* remarqué ! Il a vécu deux saisons dans cette commune sans jamais rien faire, et ils ne savaient absolument rien, vous avez bien vu ! Et moi j'ai vécu deux saisons avec lui, je sais quand même bien que c'était un bloqué ! Et qu'il ne l'est plus. La question que vous devriez vous poser, c'est ce qu'il est maintenant, ce qu'il pourrait faire pour nous. C'est à peine si on le perçoit, là, même moi...

— Il ne s'agit pas de toi ni de tes puériles manigances, coupe la femme avec une irritation dédaigneuse. Ce n'est pas pour nous dire ce que nous devons faire que tu es là. » Elle se retourne vers Lian et lui adresse un sourire carnassier: « Crois-tu pouvoir nous résister longtemps, petit rebelle ? Aux six meilleurs téleps de toute Virginia ? Si tu parles maintenant, les dégâts seront bien moindres, tu le sais, n'est-ce pas ? »

Lian l'observe, fasciné, sans répondre : parce qu'elle a dissimulé ses yeux, elle se croit inscrutable ; ne sait-elle pas qu'elle a laissé tout le reste de son visage à découvert, à l'abandon, et qu'on peut y lire sa terreur ?

« Non ! » s'exclame Grayson, qui se lève en renversant son fauteuil.

Les autres ne bougent pas, ne le regardent même pas. Ils ne regardent pas Lian non plus, d'ailleurs. Mais sa bulle protectrice résiste souplement à leur assaut. Le leur renvoie en miroir. Ils ne bougent toujours pas, mais leur expression a changé : ils sont sous le choc.

Lian, alors, très posément, avec douceur, leur explique. Qui il est, ce qu'il est, d'où il vient, comment il est venu, et ce qu'il a vu sur la façade dorée de leur Présidium.

Et ils ne l'entendent pas. Ne veulent pas l'entendre ! Ils se ratatinent dans leur fauteuil en croisant les bras, pour s'éloigner davantage, se protéger davantage, et leur stupeur horrifiée ne procède pas de ses révélations mais de la facilité avec laquelle, l'instant d'avant, il a résisté à leurs pouvoirs conjugués. Même Grayson ne le croit pas. Son visage a pris une expression consternée, et il murmure : « Oh, Liam, si ce sont les Rèbs qui t'ont fait ça, s'ils t'ont fait croire ça, nous pouvons t'aider, je te le jure, je peux t'aider ! »

Lui aussi, comme les autres, il a peur, il s'est enfermé derrière une barrière rigide et opaque, lui non plus il ne veut pas reconnaître la vérité.

Soudain agacé par cette obstination dans la folie, Lian traverse sa bulle comme si elle n'avait pas existé – sent, lointaine, la stupeur incrédule du vieux Dutch Grangier qui se trouve dans la cour du Présidium, assis au bord du bassin, faisant mine de nourrir les caliches – et, avec une gravité sévère, il va les toucher, directement : la très vieille Mélanie Roster, la Noire aux cheveux de paille, Toni Elikéra, Tara la femme aux lunettes révélatrices, la mère de Grayson – et le père de Grayson, Brice, derrière ses verres teintés, et le vieux Grégoire Arnussen encore hébété au fond de la salle. Il les regarde, et ils se voient. Tout ce qu'ils ont dit, tout ce qu'ils ont tu, leurs mensonges, leur carapace, volent en éclats. Pour découvrir leurs vieilles, vieilles terreurs, pâles, nues et frissonnantes. Il les regarde – et ils le voient, parce que sa bulle est totalement transparente à présent, ils ne peuvent plus ne pas le voir, nu comme eux, mais sans colère, sans peur, triste et calme. Ils ne peuvent plus ne pas le croire. Ils n'ont plus le choix.

L'idée le traverse, hésitante, qu'il est peut-être cruel. Il se retire, mais ils demeurent pétrifiés, les yeux fixes, et il n'ose les toucher à nouveau pour les sortir de leur catatonie. Il se tourne vers Grayson, qui recule, les mains levées, en balbutiant : « Que... qu'est-ce que... », tandis que son regard affolé passe d'une silhouette immobile à une autre.

Et maintenant qu'ils sont tranquilles tous les deux, Lian le touche aussi, attristé, un peu honteux, avec prudence, presque avec bonté. Il ne le forcera pas. Il se laissera simplement couler en lui. Et *le technicien lui tend la bague avec un sourire satisfait : « Particules émettrices dans la colle qui aide à tenir le cabochon. Trois kilomètres de portée, ça devrait suffire ? » Il sourit en retour. Le technicien le regarde soudain d'un air perplexe : « Je peux faire quelque chose pour toi, mon gars ? » « Me suis trompé de porte, excusez-moi. »*

Et *la colère sourde, le chagrin, « Mes parents me destinent à la politique », et il me regarde, l'innocent, je le piste depuis des semaines, j'ai fait tirer mon propre numéro à la conscription pour être sûr de ne pas le perdre, j'ai dépensé des trésors d'ingéniosité pour dissimuler toutes mes manœuvres à mes parents, ils seraient fiers de moi, si ça se trouve, tant d'efficacité procédurière ! Mais cet étrange garçon blond n'en sait rien, rien – et moi je ne sais rien de ce qu'il pense, de ce qu'il ressent, simplement qu'il a l'air sincère dans sa tristesse quand il dit « Tu penses que tu n'as pas le choix. »*

Et *la désolation opaque, le vertige de l'alcool, pas assez, l'alcool, la certitude qui tue sous la fausse comète messagère de catastrophe, c'est la catastrophe, je ne peux plus, je ne peux plus, mais je dois continuer, je n'ai pas le choix, et il ne comprend pas, et je ne pourrai jamais lui dire la vérité maintenant, mais oh, touche-moi, Liam, oui, touche-moi, maintenant, pardonne-moi même si tu ne sais rien et si tu comprends de travers,* tu as très bien compris, embrasse-moi, oui, juste toi et moi, Liam, juste toi et moi.

Et *Oh, cette peau, si incroyablement lisse et douce, ce corps tellement... fermé, on le caresse et on ne sent rien, rien que la peau, la douceur, la tiédeur, les muscles qui tressaillent, les os devinés,* et il me caresse, il m'embrasse, seigneur que sa peau est douce, partout, comme une fille, et lui non plus ne sent rien, rien d'autre, pas de bouillie d'émotions, pas d'échos, pas de barrière non plus à garder tout le temps, tout le temps, rien, juste l'autre, complètement autre, quel miracle.

Et *Stupeur, incrédulité, fureur, fureur, non, ce n'est pas possible, pas maintenant ! Trent... oh, les salauds, les salauds !... Couche-toi, Liam, couche-toi, ne bouge pas, bon Dieu, ne bouge pas ! Horreur, désespoir, fureur, oh seigneur, ils les ont tous... tais-toi, Liam, tais-toi, tu ne peux rien faire pour eux, on ne peut rien faire, il faut que je fasse quelque chose...* Et *le revolver de Ritchie, voilà, armé, oui, pas trembler, bouge pas, Liam, bouge pas, pardonne-moi, c'est la seule façon, yeux bleu gris, stupéfaits, bouche ouverte, non, bouge pas, non... mais trop tard, l'explosion, le choc dans les poignets, les oreilles sourdes, horreur, désespoir, non, NON, Liam, NON, fallait pas bouger, je l'ai tué, NON !* Chape de glace, tripes nouées, l'autre est tout près, pas le temps, se lever, bien visible, juste au cas où, mais non bien sûr, savent que je suis là, les salauds, les salauds ! « C'était le dernier, je crois », vas-y, retourne-toi, va vers tes copains, mon salaud, Ritchie, où as-tu mis ton fusil, imbécile ! Et la fureur satisfaite, la nausée de haine comblée quand les trois premières silhouettes vertes s'écroulent, et tu crois que tu vas me tirer dessus, toi ? Tu ne peux même pas bouger, regarde-moi arriver, oui, yeux fous, bouche muette, à bout portant, oui mon salaud, Liam, oh, Liam !

Et *des fleurs, il peint des fleurs, qu'est-ce que j'ai fait, plus jamais ensemble, non, non, ce n'est pas possible, je dois aller le trouver, personne ne se rendrait compte, je pourrais lui expliquer, il comprendrait, je*

*suis sûr, je lui ferais comprendre, ce n'est pas ma faute,
je n'avais plus le choix, Liam, je ne pouvais plus faire
marche arrière, mais j'ai essayé, je te le jure, j'ai essayé
de tous les protéger, Trent, pissant dans son froc, la
terreur de Dieu, j'étais tellement sûr... Mais il a prévenu
mon père, le salaud, il ne s'en tirera pas à si bon
compte, je te le jure, je l'aurai au tournant, quand il ne
se méfiera pas ! Je ne suis pas n'importe qui, merde !
Et eux aussi, ils vont l'apprendre, ça a assez duré tout
ça, le fils à maman à papa, je les emmerde tous roya-
lement, je les conchie, tous ces vieux débris ! Quand tu
auras débloqué, je t'expliquerai et tu comprendras, tout,
tu comprendras, oh qu'il est maigre, mais comment ils
le nourrissent dans cet hôpital, plus que la peau sur les
os, sa peau, si douce, sa peau, oh, Liam, pardonne-moi,
je n'avais pas le choix, c'était pour toi, tu comprends,
pour toi. Je ne pouvais rien dire à personne, Dieu sait
ce qu'ils t'auraient fait. Et c'est moi qui t'avais trouvé,
pas eux ! On leur montrera, Liam, tu verras, toi et moi,
Liam, juste toi et moi.*

Grayson a trébuché dans son fauteuil renversé. Il
continue à reculer par terre, sur les fesses et sur les
mains, vers le coin de la salle. Lian veut s'accroupir
pour le rassurer, mais l'autre lève les bras pour se protéger la figure. Lian s'immobilise, la poitrine brûlante.
Il a du mal à respirer, il est descendu trop profond, bien
trop profond dans la nuit lourde où se débat Grayson,
où il s'enfonce. Une petite lumière est encore là, pourtant, il peut la voir qui ricoche affolée entre les parois
d'ombre, – mais comment pourrait-il l'arrêter, quelle
paix lui offrir, quelle vérité qui soit une paix, il n'en
connaît aucune, rien que la blessure, toujours, et la perte,
et la mort.

Et alors, parce qu'il n'a rien d'autre à donner, Lian
donne à Grayson, pêle-mêle, le visage convulsé de
l'homme dont il ne saura jamais le nom, la veille, dans
la ruelle, et les visages vivants de leurs compagnons de
la Section, parce qu'il ne les a jamais vraiment vus morts
mais c'est pareil, et le jeune gremlin inconnu aussi

dont le crâne explose en geyser rouge, et les aspirants hékel massacrés il n'a pas pu l'empêcher, et Thomas que son silence a envoyé se trancher la gorge, et le visage de Laraï « Oh, Lian, nous ne serons jamais ensemble dans la Mer ! » et Dougall qu'il n'a pas su retenir au bord de sa violence, et tout au fond, la première angoisse, la silhouette noire du Gomphal écroulé. Un déluge de souffrance, de vies brisées, de questions sans réponses, de réponses qui tuent, et lui pourtant, toujours vivant, il ne sait pas pourquoi mais il est toujours vivant, est-ce que ça veut dire quelque chose, qu'il soit encore vivant, y a-t-il à cette question-là une réponse qui ne tue pas ? Il l'ignore, et tout ce qu'il peut donner, à la fin, la dernière offrande, c'est le petit Gomphal qui escalade son enclos de roches pour remplir peut-être sa destinée, absurde et obstiné, c'est ainsi, camarade, c'est ainsi.

47

Ils descendent à travers les dernières collines, puis obliquent vers le sud et commencent à traverser les Plaines Bleues. Bertran conduit toute la matinée. Après cinq heures de route, Alicia est déjà presque aussi écœurée de l'austérité monotone de la plaine qu'elle l'a été de la monotone luxuriance de la forêt. De l'herbe, de l'herbe, à perte de vue, parfois aussi haute que le tout-terrain, une ondulation jaune verdâtre infinie où surnage ici et là la boule blanche vaguement lumineuse d'un plumetier. Les montagnes sont bientôt trop loin à l'est pour distraire le regard. De temps à autre, – rarement, cette partie des Plaines Bleues est l'un des endroits

les plus déserts du continent – l'herbe s'abaisse, il y a
des cultures, des villages, on les voit à peine, le mur
d'herbe revient encadrer la piste, ou la route, c'est
selon ; mais piste ou route, elles sont en bon état, pas
beaucoup de cahots non plus pour venir décrocher Alicia
de ses pensées. Elle essaie de dormir, elle ne peut pas.
Yeux ouverts ou yeux fermés, c'est la même chose : son
cerveau en roue libre, zigzaguant comme ivre d'une
horreur à l'autre, lui rejouant tout ce qui s'est passé
depuis qu'elle a débarqué, mais l'autre version, la
vraie version. Graëme. Rien, elle ne peut rien croire de
tout ce qu'il lui a dit. Il a toujours su qui elle était. Il a
toujours su qu'elle ne repartirait jamais. Un pion de
plus dans son jeu. Elle a une conscience aiguë de l'air
dans ses cheveux, du frottement de ses vêtements contre
ses bras, ses cuisses, ses seins, quand elle touche sa propre peau nue par accident elle tressaille, elle imagine,
elle l'imagine, lui, en train de la toucher. " Je suis curieux. " Oui, pervers, contre-nature. Ses caresses interminables, comme on caresse un animal. Un télépathe.
Et elle, sourde, aveugle, muette, tête-de-pierre. Comment
pouvait-il seulement la toucher ? Elle a envie de hurler,
comment a-t-elle pu être aussi stupide... Mais comment
aurait-elle pu ne pas l'être ? Le secret le mieux gardé
de tout Virginia. L'union sacrée des mutants, Fédéraux
et rebelles, tous aussi menteurs les uns que les autres,
depuis toujours, depuis qu'ils se mènent cette guerre à
éclipses, depuis des *siècles*, presque depuis le début de
la colonisation ! Et maintenant qu'elle le sait, ce n'est
pas seulement sa petite histoire à elle qui prend un autre
sens, c'est toute l'histoire de Virginia, l'Indépendance,
la Libération, les Terriens éternelles marionnettes igno-
rantes manipulées par les uns, par les autres, par les uns
contre les autres, et maintenant aussi. Et maintenant
qu'elle sait...

Ils ne la laisseront jamais retourner sur Lagrange.

Elle regarde les immuables murs d'herbe avec un
dégoût mêlé d'épouvante, puis une froide ironie vient
presque la calmer : ce n'est pas comme si Lagrange

allait l'accueillir à bras ouverts, non plus. Il faudrait passer sur le corps de Marti Coralàn. Si les gamins ont parlé... Et puis de nouveau, l'horreur brûlante, Moran ! Non, ne pas penser à Lagrange, rester ici. Sur le plancher des vaches. Où elle est coincée pour toujours, maintenant qu'elle sait le secret des Fédéraux et des rebelles – toi qui aimes connaître l'envers des décors, tu es servie, tu fais maintenant partie de l'élite, des rares élus, hein, Alicia ? Qui ne vont sûrement pas non plus te laisser claironner la vérité sur les toits virginiens.

« Qu'allez-vous faire de moi ?

— Je vous mets à l'abri », dit Bertran comme si cela allait de soi.

« Après.

— Il faut d'abord voir comment la situation va se développer.

— Ils n'ont pas rétabli les communications ?

— Non. »

Ils doivent encore être en train d'essayer de débrouiller les ordinateurs de vol, par pure obstination. Mais ils finiront bien par négocier. Et à ce moment-là... Avantage politique, technologique et militaire garanti une fois pour toutes aux Fédéraux. Sauf si une petite voix vient révéler la vérité. Pas tellement sur leurs machinations, mais sur leur nature. À tous. Étonnant qu'elle soit encore vivante, de fait. Mais ce n'est pas comme si on allait la croire, non plus. Même si elle a la propulsion Greshe. Elle observe à la dérobée le profil calme de son compagnon. Le sait-il ? Elle essaie de se rejouer leur conversation de la veille, elle n'est pas sûre. Si elle communique avec Lagrange, les Fédéraux la repéreront et la reprendront tout de suite. C'est ce qu'il a dit. Mais pourquoi le croirait-elle, lui ? Parce qu'il l'a aidée à sortir de Dalloway ? Il avait l'intention de le faire de toute façon. Parce qu'elle est toujours vivante alors qu'il sait qu'elle sait ? Ils ont besoin d'elle pour négocier éventuellement avec Lagrange. Pas pour sa libération, bien sûr, mais pour la propulsion Greshe. Ah, mais s'il ignore qu'elle l'a ? Et c'est une question de minutage : si les Fédéraux reprennent contact avant elle avec Lagrange, plus de négociations possibles. À la limite, il devrait vouloir qu'elle les contacte maintenant, repérage par les Fédéraux ou pas, un risque à courir. Car elle pourra bien utiliser le transmetteur depuis la Licornia, elle sera chez les rebelles, compromise – à plus d'un titre – non fiable, et détentrice de données inutiles, parce que sûrement déjà en la possession de Lagrange par le biais des Fédéraux.

Elle répète plus durement : « Qu'allez-vous faire de moi ? Si je ne peux pas parler à Lagrange maintenant, je ne vous suis plus d'aucune utilité et j'en sais trop. »

Il lui jette un rapide coup d'œil : « Vous avez vraiment avalé tout ce qu'ils vous ont dit des Sécessionnistes, n'est-ce pas ?

— Personne ne nous a dit que vous étiez tous des télépathes !

— Vraiment pas tous. Mais je comprends votre argument. Pensez-vous cependant que, même s'ils vous croyaient, cela changerait quoi que ce soit à la situation de Lagrange ? Les vôtres sont immobilisés mais ils sont loin, à l'abri de n'importe quelle attaque. Une fois en possession des données, ils peuvent travailler tout seuls dans leur coin à se doter de la propulsion Greshe. Ça leur prendrait plus de temps qu'avec la collaboration des Fédéraux, c'est tout. Non, les capacités particulières des Virginiens n'entreraient pas dans leur équation. Ils pourraient très bien choisir de travailler avec les Fédéraux même en sachant ce qu'ils sont : la télépathie ne fonctionne pas avec les Lagrangiens. Ils vous auraient peut-être envoyée même s'ils l'avaient su ! Ce n'est pas parce qu'il est télépathe que Grumberg a convaincu vos amis. »

Brusquement renvoyée à sa culpabilité, Alicia se raidit, agressive : « Mais combien de *Virginiens* savent la vérité, du côté des Fédéraux ? »

Bertran a un petit sourire : « De plus en plus. Et tout le monde en Licornia. Pensez-vous qu'ils essaient de le cacher ? Les *Fédéraux* essaient. Non, Alicia, croyez-moi, on ne va pas vous manger toute crue. »

Elle se rencogne contre la portière, absurdement irritée : il vient de lui dire qu'elle est en sécurité ; mais il vient surtout de lui dire qu'elle ne peut rien faire, n'a plus rien à faire, qu'elle est… superflue, surnuméraire, un dommage collatéral. Que dis-tu de ton Héroïque et Dangereuse Mission maintenant, Alicia ? De tes ridicules petites machinations ? Dangereuses, oui, mais pas pour toi. Le visage de Moran passe dans sa mémoire, leurs visages à tous, leurs yeux brillants, leur excitation, leur confiance. Moran sûrement, mais les autres, y en a-t-il d'autres, des morts, oh, pas Eduardo, pas Eduardo ! Elle se replie sur elle-même en retenant un gémissement.

Elle n'a pas dû le retenir assez bien : « Vous ne pouviez pas savoir », dit Bertran.

Elle se redresse, les bras férocement croisés sur la poitrine, mortifiée : « Ça ne change rien.

— Ça devrait modifier la façon dont vous évaluez vos actions. »

Elle hausse les épaules avec violence. Ses actions ! Quelles actions ? Sa seule action, c'est quand, à cause de sa guerre secrète contre Marti Coralàn, elle a écouté les gamins et s'est persuadée que leur plan idiot avait des chances de fonctionner ! Une fois sur Virginia, elle n'a jamais rien fait qui n'ait été manipulé de bout en bout, que ce soit le scénario de Lagrange ou celui de Graëme.

Inexact, remarque la voix sarcastique en elle : il n'avait sûrement pas prévu que tu irais le surprendre dans son antre.

Parce qu'elle n'était pas censée *pouvoir* le surprendre. Elle portait le collier, n'est-ce pas, quand elle n'était pas avec lui ? Et à Dalloway elle ne pouvait aller nulle part sans Bertran, non plus.

Bertran. Qui a défait le collier. Qui lui a ouvert les portes interdites.

Elle se tourne vers lui, soudain saisie d'une rage brûlante : « Et c'était quoi, votre scénario à vous ? »

Il comprend vite : « J'attendais que vous ayez les données.

— Vous saviez... » Elle a presque dit " que je les avais ? ", se retient de justesse au cas très, très hypothétique où elle disposerait encore de cette ombre d'avantage – à quelles fins elle n'en a pas la moindre idée, mais elle contrôle ce qu'elle peut. « Vous saviez qu'il interrogeait cette femme ? demande-t-elle plutôt.

— Je savais qu'il restait une survivante. »

Et combien d'autres morts sur ta conscience, Alicia ? Ah mais non, non, elle ne prendra pas ceux-là, elle n'est quand même pas coupable de ce que les *rebelles* ont choisi de faire !

« Je n'aurais pas pu y aller sans vous. »

Il ne répond pas tout de suite : « Non, dit-il enfin. J'ai pensé... que ce serait plus convaincant de vous faire voir. Me simplifierait le travail ensuite. » Il soupire : « J'aurais dû me douter que les rebelles en enverraient au moins un de la même force que Graëme. »

Quand elle n'est plus aussi suffoquée, elle remarque : « Mais en fin de compte tout a tourné pour le mieux, ça vous a bel et bien simplifié le travail, non ? »

La voiture s'arrête brusquement. « Alicia, dit Bertran d'une voix un peu enrouée, je regrette que ce soit arrivé ainsi. Je voudrais que rien de tout cela n'ait été nécessaire. Mais on ne peut défaire ce qui a été fait. Seulement essayer d'en trouver la juste perspective. Il y a longtemps que j'ai cessé de croire en mon innocence. Peut-être est-il temps pour vous d'en faire autant. »

Elle le dévisage, livide de fureur : « Je n'ai jamais cru être innocente !

— Alors cessez de chercher qui blâmer ! »

Et elle s'entend crier « Je n'ai rien fait ! », mais le regard de Bertran sur elle ne change pas, et elle sait qu'elle ment, elle voudrait pouvoir se dire que c'est la faute de Marti, que tout, depuis le début, a toujours été la faute de Marti, mais elle sait bien que ce n'est pas vrai, que c'est sa faute à elle aussi, ses choix, ses décisions, depuis longtemps, sa faute.

Elle ouvre la portière et saute sur la piste. Se sent stupide tout de suite, elle ne va pas plonger dans l'herbe ! Elle n'a nulle part où aller. La phrase prend soudain toutes ses dimensions, une planète entière et nulle part où aller. Elle entend le moteur du tout-terrain s'arrêter, les pas de Bertran qui contourne le véhicule et arrive derrière elle. Il ne la touche pas, heureusement. Il murmure : « Il ne s'agit pas de blâmer ou de se blâmer, Alicia. Il faut comprendre. Apprendre. Et aller plus loin.

— Nulle part ! » C'est tout ce qu'elle peut dire, elle explose en sanglots. Alors seulement il la prend dans ses bras, quand elle n'a plus la force de lui résister, et il la berce un peu en murmurant : « On arrive toujours quelque part, Alicia. »

Cette nuit-là, elle fait une crise de manque aigu – venue elle ne sait d'où, une souffrance torturante, incompréhensible, odieuse. Graëme. Elle ferme les yeux, elle se mord les lèvres, elle se grifferait pour cesser de penser à lui, mais ce ne sont pas des pensées, c'est son corps qui se rappelle et son corps ne pense pas : il a enregistré Graëme dans chacune de ses cellules et il le lui rejoue. Ses mains, sa bouche, sa langue sur elle, sa peau contre la sienne, son rythme, son souffle, ses gémissements, son odeur, son goût. Des fragments d'images, un regard, un sourire, une échappée d'épaule, la ligne d'une cuisse, jamais au complet, comme s'il la tentait, comme s'il la narguait. Elle se ramasse en boule, d'abord, puis se retourne avec brusquerie sur le dos en écartant les bras, elle ne veut pas se toucher, ce n'est pas supportable, elle chiffonne le sac de couchage dans ses poings, presque tétanisée de rage, de désir. Finalement elle n'y tient plus et sort de la tente à quatre pattes.

Bertran est assis près du feu rougeoyant, il prend toujours le premier tour de garde. Elle se laisse tomber près de lui, en murmurant : « Peux pas dormir. » Il ne dit rien, tisonne un peu le feu qui lance quelques étincelles. La nuit n'est pas sombre. La lueur de la lune, à l'est, diffuse dans le ciel voilé. Pas de point lumineux à chercher dans l'orbe immense du ciel, on ne distingue aucune étoile. Alicia a mal à la poitrine comme si elle avait couru. Elle se balance un peu d'avant en arrière tout en observant Bertran à la dérobée. Puis se laisse aller contre son épaule avec un soupir. Lui passe un bras autour de la poitrine. Il a tourné la tête vers elle. Elle caresse la ligne lisse de sa joue, ses lèvres.

Il lui immobilise la main et dit avec douceur : « Non, Alicia.

— Pourquoi ? Vous n'aimez pas les animaux, vous ? »

Il murmure : « Oh, Alicia ! Ce n'est pas ça du tout. Ce n'était pas ça du tout pour lui. Et vous n'effacerez pas Graëme ainsi.

— Je croyais que ça ne marchait pas avec nous, la télépathie ! »

Il la dévisage avec une consternation angoissée : « Ça ne marche pas. Mais ce n'est pas nécessaire. Ça ne dispense pas d'essayer de comprendre. J'ai vécu autrefois avec quelqu'un à qui je ne pouvais pas tout dire. » Il se tait, reprend un ton plus bas : « Il vous a sûrement confié des secrets qu'il osait à peine s'avouer. »

Un retour de Graëme la plie soudain en deux, "Je ne peux pas savoir ce qui te blesse, Alice." Elle referme ses mains dans l'herbe, renverse la tête en arrière, convulsée de désespoir furieux et crie à elle ne sait qui, Bertran ou Graëme : « Ça m'est égal ! Plus jamais personne comme ça, plus jamais ! Je préfère crever ! »

Le feu crachote à travers les herbes. La voix de Bertran dit soudain, lointaine, presque amusée : « Les humains disent si facilement jamais. Graëme aussi l'a dit, vous savez. Il y a eu quelqu'un pour Graëme, comme ça, et il a dit "plus jamais". Et il vous a rencontrée. »

Elle nie, d'une voix qui se brise dans les aigus : « Il ne m'a jamais aimée ! »

Bertran penche un peu la tête de côté en faisant : « Ah... » Il la prend avec fermeté par les épaules et l'attire vers lui avec un sourire triste et indulgent : « Ce serait plus facile ainsi, n'est-ce pas ? Mais ce n'est pas vrai. »

Son dernier éclat l'a comme épuisée. Elle se laisse aller contre lui en fermant les yeux, les bras repliés contre la poitrine. Et elle s'endort.

48

Lian laisse Grayson couché dans le coin, recroquevillé sur lui-même la tête entre les coudes, les genoux sous le menton. On enterrait les morts ainsi, il y a très, très longtemps. Peut-être Grayson ne renaîtra-t-il jamais non plus. Mais il n'y a plus rien à faire pour lui, c'est à lui d'essayer d'être. Flottant dans une compassion navrée, mais détachée, Lian sort de la salle de travail. On essaie de l'arrêter, puis on le laisse passer : il *regarde*, il trouve son image, il l'efface, on s'écarte, on l'a oublié, on ne l'a jamais vu. Le vieux Grangier est là quelque part à la périphérie de la bulle, silencieux, attentif, mais il ne fait rien. Les gens qui passent dans le couloir aux fresques ne voient pas non plus la transparence tremblante devant laquelle Lian s'arrête, un peu intrigué, parce que la voix de Dutch Grangier lui dit, lointaine : *Descends par là.* Un escalier aux parois bleutées l'accueille une fois le mur traversé, des marches qui s'enfoncent en tournant dans une luminescence bleutée presque familière. En bas, un espace d'abord obscur, mais *Déchausse-toi*, dit le vieux. Lian obéit encore, conciliant, et bien sûr, au bout d'un moment, la lueur dorée de la tellaod éclôt autour de sa chaleur vivante et gagne de proche en proche les parois, dessinant confusément des salles, puis des couloirs et encore des salles, toutes désertes.

Dans une salle que rien ne distingue des autres, ouverte sur un couloir tout aussi identique, Grangier dit *Attends-moi là, j'arrive.* Lian s'immobilise un instant puis il se remet en marche, il ne sait pourquoi. La lente marée de la lumière dorée lui fait signe et il la suit, il descend avec elle, ou bien y a-t-il autre chose qui l'attire dans les profondeurs des souterrains, les profondeurs, où le sang du monde coule encore pour un amour qui ne finit jamais ? Il descend. Les pierres des parois sont plus grosses, d'un travail plus fruste, les plaques de sirid plus nombreuses, plus épaisses et moins bien polies aussi ; quand il les effleure au passage, elles lui renvoient une sensation opaque et massive : il passe à travers les racines du Haëkelliaõ.

Le calme ici est si vaste, si vaste le silence, que Lian doute par moments de sa propre existence. La voix de Grangier ne lui parvient plus, qui avait protesté au début, inquiète, puis irritée puis suppliante. Il descend. Si loin sous l'écorce du monde, la lumière de la tellaod, puisée au soleil, pénètre encore. Elle illumine à présent une petite salle ronde au plafond en coupole, aux parois incurvées. Pas de décoration sinon, dans les parois et jusqu'à l'apex de la coupole, de complexes filigranes de sirid dont la lumière réveille peu à peu l'éclat argenté. Lian suit la vague lumineuse jusqu'au centre de la salle, et là, sans savoir pourquoi, il s'arrête et la laisse continuer sans lui. Il regarde les dalles nues à ses pieds, pensif, étrangement pacifié, les yeux perdus dans la lueur de la tellaod. Cligne des yeux en apercevant un point minuscule d'un éclat différent, presque une couleur. Mais déjà c'est une ligne, qui frise en arabesque, dont chaque volute se déploie en d'autres arabesques, se gonflant peu à peu en un motif d'un bleu intense et pourtant impalpable. Dans le motif, des myriades de points s'allument, qui sont des arabesques en mouvement vers d'autres points, et tous les points sont le centre, et tous les centres forment le même cercle, et les dalles tremblent comme de l'eau, comme la façade du Présidium. Un grand vent se lève dans la tête de

Lian, une rumeur, des millions de voix bourdonnantes, mais à distance, comme prudentes, elles tournent autour de lui. Quelques-unes se détachent et viennent à lui, plus claires, plus disciplinées, interrogatives – l'Esprit de la Mer, le cercle toujours renouvelé des baïstoï qui sert de conduit, de porte-parole, d'intermédiaire. Mais Lian les écarte sans même y penser, il va vers la lumière, il reconnaît la lumière qui point derrière eux, à travers eux, tout autour, nulle part ailleurs qu'en lui-même, la présence, immense, attentive, curieuse, intense, de plus en plus intense, trop intense – il lève un bras pour se protéger les yeux, instinctivement, mais sans paupières pour les couvrir ses autres yeux deviennent braises, sa peau fond comme cire, sa chair se carbonise, ses os s'envolent en poudre, il brûle.

49

Deux jours plus tard, au début de la deuxième semaine de Décembre, ils rencontrent le cirque.

Alicia voit d'abord seulement qu'ils doublent une caravane et trois camions poussifs et non identifiés, – ils n'ont pas rencontré un seul véhicule depuis le début de la matinée. Il y a en tête du convoi une petite camionnette d'un bleu poussiéreux qu'ils vont sans doute doubler aussi, mais non, Bertran s'arrête, fait signe, et les autres s'arrêtent aussi. Bertran ne dit pas à Alicia de rester dans le tout-terrain, mais il ne l'invite pas non plus à venir. Dans le doute, elle préfère s'abstenir. Les conducteurs de la camionnette et des trois camions descendent pour venir à la rencontre de Bertran, une douzaine de personnes en tout, des hommes et des femmes, apparemment jeunes et apparemment amicaux.

Après un bref conciliabule, Bertran revient vers le tout-terrain : « On décharge les affaires. On va ranger le tout-terrain dans le dernier camion. »

Alicia obtempère : « On ne va plus en Licornia ?

— Jamais dit qu'on allait en Licornia. Dit que je vous mettais à l'abri. »

Alicia pose le dernier sac au bord de la route, en se forçant à rester impassible ; elle n'est plus très sûre de comprendre la stratégie des rebelles.

« Vous n'avez plus peur que les Fédéraux nous rattrapent ?

— Ils ne vous cherchent plus. Leur thèse officielle est maintenant que vous avez été assassinée. Ils essaient toujours de communiquer avec Lagrange. Et ils cherchent toujours la propulsion Greshe. »

Alicia a un peu plus de mal à ne pas réagir. Bertran n'est pas dupe, car il complète : « J'ai réencrypté les données avant de partir, un autre code, ça va les occuper pendant plusieurs semaines. »

Alicia se mord les lèvres. Il savait que les données étaient là ! Elle demande plutôt : « Ils n'en avaient pas de copies ?

— Ils ont découvert qu'elles ont été effacées, comme l'original. »

Alicia reste un instant interdite, hésitant entre la stupeur et la fureur. Elle se contient, demande d'une voix à peu près calme : « Pourquoi ne les aviez-vous pas prises ?

— Elles n'étaient pas là avant que vous arriviez avec Anderson. Et nous ne pouvons pas contacter Lagrange. Nous avons besoin de vous et de votre transmetteur. » Il fait une petite pause : « Et puis, ç'aurait été dommage de vous être donné tant de mal pour rien. »

Alicia le dévisage avec un scandale incrédule : il se moque d'elle ? Mais elle a déjà admis que tous ses efforts avaient été absurdes, un peu plus un peu moins, elle n'en est plus à ça près. Elle ne demande pas pourquoi il n'a pas simplement effacé aussi les données de Dalloway : les Fédéraux essaieraient avec bien plus d'acharnement de savoir si elle est vivante ou non et de la retrouver s'ils pensaient qu'elle en détient la seule copie. Elle empoigne son sac à dos : « Alors, on fait quoi, maintenant ?

— On voyage avec le cirque, et on attend. »

Elle enregistre sans commentaire que le convoi est un cirque. « On attend quoi ? Qu'ils récupèrent les données ?

— Même s'ils les avaient, ça ne changerait rien : tout le monde est coincé pour le moment. Dalloway appelle, mais ils ne savent même pas si on reçoit leur message. Pas moyen de savoir si c'est volontaire ou non, si le système de communication de Lagrange a été endommagé aussi à la suite de l'insurrection. On attend que *Lagrange* rétablisse de nouveau le contact. Tant qu'à révéler où vous êtes à Anderson, autant que ce soit en communiquant avec les vôtres quand vous le pourrez réellement.

— Et Lagrange me croira un peu plus si je ne suis pas encore en Licornia.

— Peut-être. Mais, surtout, la Mer revient à la fin de Décembre, dans cinq semaines. Elle égalisera un peu les chances. Espérons qu'ils ne passeront pas trop vite à travers mon encryptage. »

Le cirque, puisque c'est un cirque, ne dispose pas d'un personnel bien nombreux : onze personnes en tout, six gars, cinq filles. Ils savent qui elle est sans que Bertran leur dise plus que son vrai nom, lui serrent tous la main sans réticence, avec enthousiasme même, presque avec respect. Maintenant qu'elle est au courant, Alicia peut mieux apprécier : ces gamins sont de bien meilleurs acteurs que les Fédéraux avec l'intruse tête-de-pierre. Elle enregistre les noms – des prénoms, on n'offre rien d'autre : Karl, Marco, Michelle, Sélim, Antonia, Kat, "pour Katerine", Tran et Chen, des jumeaux qui se présentent d'une seule voix, puis précisent et se mettent

à rire, Djira, Benny, Samanta... Plus grands qu'elle –
comme tous les Virginiens, mais elle est habituée –
plutôt jolis dans l'ensemble, et surtout minces, musclés,
énergiques. Et jeunes. Alicia dissimule sa surprise : deux
seulement doivent avoir vingt saisons, Karl et Michelle,
et la plus jeune, Samanta, semble en avoir à peine quatorze, ce qui équivaudrait à peu près à seize ans de
Lagrange. Difficile de dire qui est le chef – les plus âgés
sans doute, mais ce n'est pas évident. Des rebelles infiltrés, en tout cas. Les Fédéraux contrôlent moins bien
le continent qu'ils ne le prétendent, remarque Alicia en
se dirigeant avec Bertran vers la camionnette bleue.
« Ils se concentrent sur les grands centres et la Ligne,
précise celui-ci, surtout pendant la saison de campagne. »

Et c'est vrai que cette partie des Plaines Bleues ne
rassemble pas un maximum de population. Le cirque
semble pourtant ne pas vouloir en rater le moindre
petit hameau. Quand Bertran déploie la carte pour lui
montrer leur itinéraire, son doigt fait plus de zigzags
qu'une fourmi hyperactive. Ils roulent encore pendant
deux heures et arrivent à destination à Kamtcha, un
presque village – treize édifices anciens disposés en
rond autour d'un bouquet d'arbres-à-eau. Ils se garent
à proximité, Karl et Michelle descendent de la camionnette pour aller rencontrer les responsables du village.
Alicia aurait cru qu'on essaierait de la cacher mais
non. Bertran lui tient la portière ouverte : « Venez, il va
falloir monter la tente. »

Il veut dire le chapiteau. Un petit, qui prend seulement
trois heures à monter, mais c'est vraiment la préhistoire
du cirque, Alicia n'a vu de telles installations que dans
des documents d'archives. Les rebelles sont-ils si retardataires ? La toile est en synthétique, quand même,
comme les câbles, et les deux mâts principaux en fibre
de carbone, mais le mode d'emploi est garanti archaïque : on monte les mâts, on plante les piquets, on
tire les câbles et on tend la bâche à force de bras.
Ensuite, on sort des camions les bancs des gradins et

on les assemble autour de la piste, à la main. Ils sont en bois franc, léger et d'une teinte bizarrement violette qui ne doit pas être celle du vernis, mais c'est du vrai bois.

Et tout ce mal pour une soixantaine de personnes à tout casser, enfants compris, qui se rassemblent peu à peu autour de la tente à mesure que s'approche l'heure de la méridienne. Une fois les plates-formes des trapèzes et les autres agrès installés, les forains vont manger un morceau et se reposer dans leur caravane ; on a installé Bertran et Alicia dans la camionnette.

Au début de l'après-midi, Alicia, qui n'a rien d'autre à faire, va regarder la répétition, mais elle s'en lasse vite. Ils sont gracieux, rapides et agiles, mais là aussi c'est l'enfance de l'art : jongleries diverses, monocycle et danse sur une corde raide, pyramide d'équilibristes... Le numéro de trapèze est ordinaire, comme la séance de prestidigitation – même pas un lapin ou une colombe ; qu'est-ce qu'un cirque sans animaux ? Tran et Chen ont un numéro de clowns en miroir assez amusant, si on veut.

Et puis, à vingt-huit heures trente, quand tout le monde a fini de souper, c'est le spectacle. Un peu plus magique tout de même : musique, costumes, paillettes scintillant dans les lumières, la nuit tout autour... Et l'attente des villageois, qui se sont habillés pour l'occasion, les adultes comme les enfants, visages déjà illuminés de plaisir. Ne doivent pas avoir beaucoup de distractions au fond de leur brousse.

Bertran s'initie avec Sélim au programme de la console son et lumière, en face de l'entrée des artistes. Alicia s'est installée dans les coulisses ; on lui a montré quoi faire, elle ne va pas manifester de la mauvaise volonté : elle est capable de passer des accessoires aussi bien que n'importe qui. C'est même d'une absurdité comique, pour changer. Le contraste. Elle regarde les spectateurs s'installer dans les gradins et elle se dit que pas un d'entre eux ne sait que des ex-Terriens tournent au-dessus de leur tête, ou qu'à Dalloway les Fédéraux s'arrachent les cheveux pour désencrypter l'enjeu de toute l'affaire qu'ils ignorent également ; connaissent-ils même le nom de la propulsion Greshe ? Des avenues, des rues et des canaux portent ce nom dans plusieurs villes, mais savent-ils encore de quoi il s'agit ? Se rappellent-ils leurs lointains ancêtres amenés sur Virginia en une fraction du temps qu'il a fallu à Lagrange pour ramper jusqu'ici ?

Mais ils ne savent rien, ces braves gens. Et moins encore l'essentiel, ce que sont les Fédéraux, et ce que sont les fringants jeunes gens en costumes chamarrés en train de virevolter sur la piste. On se demande ce qu'ils font là, d'ailleurs – Alicia pourrait imaginer des couvertures plus discrètes pour des rebelles circulant à l'arrière des lignes ennemies. Ou bien ce cirque n'était-il destiné qu'à la récupérer, elle, depuis le début ? Un peu bizarre quand même. Et qu'auraient-ils fait, alors, si en s'enfuyant de Dalloway elle était partie vers l'est et non vers l'ouest ? Ah, mais Bertran aurait été en train de l'attendre de toute façon. Et puis, "tactique élémentaire", comme il disait : plus logique de s'enfuir par le lac, moins de périmètre mortel à traverser...

Elle ne peut retenir un sourire ironique : sur la piste, les quatre jongleurs finissent leur numéro ; l'effet de dislocation entre le souvenir de Dalloway et les objets hétéroclites qui volent entre leurs mains est trop appuyé. Ils devaient se retenir pendant la répétition, elle doit s'avouer que c'est assez impressionnant à présent : balles, quilles, assiettes, chapeaux circulent en une navette incessante, au rythme de plus en plus rapide de la musique d'accompagnement, jaillissent dans les airs, retombent presque par miracle dans les mains tendues avec négligence pour les récupérer, repartent... et filent soudain en direction des coulisses, où les accessoiristes les récupèrent – Alicia s'est laissé surprendre. La foule applaudit à tout rompre tandis que les jongleurs saluent puis s'éclipsent en bondissant, remplacés par les équilibristes.

Là encore, Alicia doit admettre que la répétition ne leur rendait pas justice. Est-ce mimétisme involontaire avec l'assistance suspendue à chacun de leurs mouvements, muette, les yeux écarquillés, ou bien a-t-elle envie de retomber elle-même en enfance ? La finale du numéro de danse de Djira sur la corde raide, en particulier, lui laisse le souffle aussi court qu'aux autres spectateurs : double, puis triple saut périlleux, hélice, saut carpé, avec une lenteur étonnante, toujours au bord du décrochement, toujours récupérés avec une impossible grâce. Alicia n'en est pas encore remise que les trapézistes escaladent déjà les agrès, aussi souples et vifs que s'ils étaient à l'horizontale – ils ne grimpent pas, ils coulent vers le haut – et, tandis que la musique change de tonalité et de rythme, ils commencent à se balancer tout en s'enroulant autour de barres et de cordes comme autant de rutilants et souples serpents.

Alicia se sent étreinte d'un vague malaise et pourtant elle est conquise. Elle fait " oh ", et " ah ", et applaudit en même temps que les autres spectateurs, la bouche un peu entrouverte, le cœur dans la gorge. Dix fois elle pense, mon Dieu, ce n'est pas possible, elle va tomber, il va tomber – les trois trapézistes officient à quinze mètres de haut, et sans filet. Mais dix fois les mains trouvent les barres, les chevilles, la taille, les poignets prévus à l'endroit prévu. Avec une nonchalante élégance les corps élastiques s'étirent, se replient, font des vrilles : ils se promènent, ils nagent, ils volent, le vide est leur élément naturel.

Le cœur battant, plus essoufflée qu'eux, Alicia leur tient le rideau lorsqu'ils reviennent dans les coulisses et ne peut s'empêcher de leur crier : « Bravo », comme la foule debout, presque plus incrédule qu'admirative, dans les gradins. Samanta lui adresse un sourire radieux au passage.

Il n'y a pas d'entracte. Tran et Chen viennent cabrioler sur la piste pendant qu'on installe devant les coulisses l'estrade où va avoir lieu le spectacle de magie. Leur numéro aussi est plus amusant lorsqu'ils sont en costume mais, après l'incroyable apothéose des trapézistes, finir par la séance de prestidigitation semble un choix un peu curieux.

Et de fait, même si le rythme est plus rapide qu'à la répétition et si costumes et musique dramatisent les gestes, Alicia ne trouve toujours pas les premiers tours particulièrement impressionnants. Bouquets, plumes, foulards, bougies allumées surgissent avec obéissance des mains de Michelle ou des oreilles du souriant Benny son assistant. On déchire le papier de soie et on le tire reconstitué de la bouteille si ostensiblement vide, après quoi on se verse à boire et on lève son verre à la santé du public. Les tours de cartes suscitent les murmures attendus du public bon public ; le dernier, il faut l'admettre, est spectaculaire : les cartes semblent douées d'une vie propre tandis qu'elles s'étirent impossiblement entre les mains écartées de la magicienne puis s'arrondissent en arc-de-cercle tandis qu'elle les bat – Michelle était l'une des jongleuses, à vrai dire.

Pendant tout le début du numéro, Benny a fait mine d'être toujours un peu maladroit, ou distrait, et Michelle a feint de le tolérer avec de plus en plus d'agacement. Comme il rattrape de justesse – mais sans en rater une, comment fait-il ? – les cartes qu'elle lui envoie d'un revers de main négligent, par brassées, elle se fâche. Elle tape du pied sur la scène, tend vers lui un doigt accusateur, et il décolle, l'air ahuri, pour se retrouver à plat sur le dos à un mètre du sol.

Il se couche sur le côté, accoudé, la joue sur la main, en faisant semblant de prendre son mal en patience, mais Michelle tape encore du pied, dessine un cercle de l'index : Benny se met à tourner, toujours dans la même position détendue, puis feint de protester, gesticule, je veux descendre, mais Michelle inverse simplement le mouvement. Benny se roule en boule d'un air piteux, mais il ne fait que tourner plus vite, d'un bout à l'autre de la scène, comme un toton, toujours suspendu dans le vide.

Les spectateurs quittent la tente à regret après avoir applaudi tous les artistes revenus saluer sur la piste. Ensuite on démonte le système son et lumière et on désassemble tout de suite les gradins ; la tente en dernier, le lendemain quand on repartira, tôt à l'aube. Des conversations s'entrecroisent dehors : la foule ne s'est pas entièrement dispersée, on discute avec animation du spectacle. Quelques personnes offrent un coup de main, les forains acceptent volontiers : plus tôt on aura fini, plus vite on pourra aller manger et se reposer.

Alicia aide à ranger les accessoires. Elle sait maintenant d'où venait le malaise croissant qui a accompagné pour elle la majeure partie du spectacle. Les voltes impossiblement lentes de Djira. Les rattrapages impossibles des trapézistes. *Impossibles*. Benny non plus ne portait aucun équipement spécial. Ils ne lui ont pas montré la fin de la séance de prestidigitation, lors de la répétition, elle se demande pourquoi, ce n'est pas comme si elle n'était pas au courant, elle. Elle se demande surtout pourquoi ils prennent ce risque stupide. Pour faire la nique aux Fédéraux, ou aux ignorants qu'ils tiennent sous leur coupe ?

Lorsqu'il ne reste plus que le chapiteau, ils se retrouvent dans la caravane pour souper, épuisés mais satisfaits, plusieurs portant encore des traces de maquillages. Ils échangent des commentaires, plaisanteries, félicitations, conseils – à haute voix ; Alicia aurait pensé qu'entre télépathes... Mais Bertran n'a-t-il pas dit que les rebelles n'en étaient pas tous ? Et puis ils sont polis, de toute évidence, ces jeunes gens.

En plein milieu du souper, on frappe à la porte de la caravane. Autour de la table, on échange des sourires dont le sens échappe à Alicia. Samanta se lève et fait entrer deux personnes d'âge moyen, une femme et un homme, à l'air embarrassé mais résolu. Alicia les observe avec un certain amusement : quoi, ils veulent se sauver pour se joindre au cirque ? On les assied à la table, on leur offre à boire, on fait les présentations. Ce sont des éleveurs. Térésa Dillion fabrique du fromage pour le village, Tom Dillion entretient un petit troupeau de cabals. Ils sont nés ici, oui, ils ont des enfants et des petits-enfants, ah oui, les petits ont adoré le spectacle, nous aussi d'ailleurs... Là, ils se taisent, sirotent leur verre sans regarder personne.

« Est-ce que vous êtes des rebelles ? » demande Térésa Dillion de but en blanc, et Alicia manque s'étrangler, mais pas autant que lorsque Michelle répond « Oui » sans broncher.

Les deux visiteurs hochent la tête ; ils n'ont pas l'air plus terrorisé qu'il ne faut ; apparemment, ce n'est pas le but réel de leur visite. « J'ai toujours cru... que c'étaient des bobards, dit le fermier. Mon grand-père me racontait des histoires de l'Insurrection que son père lui avait racontées, on avait vu des rebelles faire des trucs bizarres...

— On se disait que ça devait être de la propagande rebelle, vous savez, continue la femme. Pour faire peur aux troupes, à l'époque. Mais ce que vous avez fait ce soir... Les autres ont beau dire... Le truc de la fin, là, avec le gars qui tourne en l'air, vous ne pouvez quand même pas faire ça avec des miroirs, hein ? Et puis, les trapézistes... Et elle, là... » Elle indique Djira du menton. « Non.

— Et que disent les autres gens du village ? demande Marco.

— Ils trouvent que vous êtes bien entraînés », dit Térésa Dillion avec un petit sourire gêné.

— Nous *sommes* très bien entraînés », remarque Antonia.

Térésa et Tom Dillion échangent un regard, puis secouent la tête à l'unisson, l'air buté. « Pas à ce point-là, dit la femme. Mais si vous êtes des rebelles, ils ne veulent pas le savoir. Et pour le reste... encore moins. Ils ont la trouille.

— Pas vous », commente Karl.

La femme hausse les épaules : « Un cirque ! » dit-elle, une évidence.

« Et puis, ce n'est pas comme si la sorcellerie existait », ajoute l'homme d'un ton définitif.

La bouteille de vin se soulève toute seule et vient
remplir son verre devant lui.

« Si on n'est pas des sorciers, alors, dit Kat, on est
quoi ? »

L'homme avale sa salive, prend son verre – en se
forçant quand même un peu – boit et repose le verre
sur la table. « Je ne sais pas, mais sûrement pas des
sorciers. »

Une vague de sourires approbateurs passe autour de
la table, et les deux visiteurs se détendent un peu plus.
Mais la femme regarde tour à tour les jeunes gens d'un
air encore obstiné : « Les histoires qu'on a entendues
disaient aussi... » Elle se racle la gorge. « ... que les
rebelles pouvaient vous forcer à faire des trucs que vous
ne vouliez pas faire, parce qu'ils, euh, ils pouvaient
entrer dans les esprits. »

Elle hausse un peu une épaule, elle veut seulement
en avoir le cœur net, elle espère être rassurée. Mais
Karl incline simplement la tête : « Nous pouvons entrer
dans les esprits, si on nous y invite. Mais nous ne forçons
personne à faire ce que nous voulons. »

Tom Dillion ébauche un sourire : « Ça, c'est une
blague, dans les esprits, personne ne peut... »

Tout le monde secoue la tête autour de la table. Sous
le feu croisé de tous ces regards graves, les Dillion se
recroquevillent un peu. Samanta, qui est la plus proche
de la porte, va l'ouvrir.

« Vous pouvez partir quand vous voulez », dit Karl.

L'homme semble bien prêt à le prendre au mot, mais
la femme se carre dans sa chaise en croisant les bras.
« Montrez-moi. »

Presque aussitôt elle se redresse : « Eh ! » Elle contemple Karl, les yeux écarquillés, ouvre et referme la
bouche à plusieurs reprises. Son mari s'est tourné vers
elle, inquiet, mais elle dit : « Montrez-lui !

— Voulez-vous qu'on vous montre, Ser Dillion ? »
demande Michelle.

Il hésite, mais sa femme hoche la tête, le regard brillant, et il dit « Oui. » Dans la fraction de seconde suivante, son visage prend une expression incrédule. « C'est... c'est moi, ça ?

— C'est comme ça que je vous vois, en tout cas », dit Michelle avec bonne humeur, puis grave à nouveau : « Vous êtes un homme courageux, Ser Dillion. »

Après cela, il y a un grand silence. Térésa Dillion demande « Je pourrais avoir un verre d'eau ? » d'une voix un peu enrouée. On la sert, et tout le monde attend. Y compris Alicia. Elle a voulu chuchoter une question à Bertran, mais il a posé un doigt sur ses lèvres et elle s'est tue, agacée. Ils savent ce qu'ils attendent, eux, de toute évidence.

Térésa Dillion se racle encore une fois la gorge. « Ce n'est pas juste vous, c'est tous les rebelles ?

— Pas tous, mais beaucoup, dit Antonia.

— Et vous demandez toujours... la permission ?

— Nous, oui, dit Sélim. Sauf en cas de vie et de mort. » Et, un ton plus bas, avec tristesse : « C'est quand même la guerre. »

Tom Dillion a froncé les sourcils : « Il y en a qui ne demandent pas la permission ? »

Tous les jeunes gens hochent la tête en silence autour de la table.

« Les Fédéraux, Tom, dit soudain la femme. Je t'ai toujours dit que je n'aimais pas ce type de New Sonora, quand il vient en tournée. Les séances de réflexion avec lui, là, au village... »

Tom Dillion hausse les épaules, mais elle insiste : « Réfléchis cinq minutes, Tom ! Si les rebelles peuvent faire ce genre de choses, tu crois qu'ils seraient encore derrière la Ligne après tout ce temps ? Il doit y en avoir de l'autre bord, chez les Fédéraux, pour leur faire pièce. Réfléchis, Tom ! »

Alicia les observe, fascinée malgré elle. Tom n'a pas trop l'air d'avoir envie de réfléchir davantage ; il commence à prendre conscience de tout ce qu'il vient d'entendre et il arrive à sa limite. Il marmonne : « Infériorité militaire et technologique...

— Ha ! » fait sa femme – la découverte l'excite plutôt, elle. « S'ils peuvent faire voler un bonhomme, tu crois qu'ils ne peuvent pas faire dévier des missiles ? Toutes ces histoires qui courent sur la Ligne, c'est pas juste des histoires !

— On ne peut pas trop... dit Tran.

— ... utiliser les dons sur la Ligne, poursuit Chen.

— ... les Fédéraux ne veulent pas que ça se sache...

— ... et ils suppriment les témoins, conclut Chen.

— Quoi ? » dit Térésa Dillion horrifiée.

Son mari se redresse, alarmé : « Eh, mais on le sait, nous, maintenant ! »

Alicia commencerait presque à s'amuser. Ils ne peuvent pas les dénoncer, après ce qu'on vient de leur dire des témoins. Bien joué. Et ensuite ? On recrute ?

« Il y a une façon simple de vous protéger, dit Michelle. Comme nous nous protégeons nous-mêmes quand c'est nécessaire. Nous plaçons une sorte de... labyrinthe dans notre esprit, et les questions se perdent dedans. Si on insiste trop, ça devient une barrière, et les questions... rebondissent dessus. »

Les deux Dillion digèrent l'information. La femme réagit la première : « Mais vous, ça peut marcher parce que vous êtes des... euh...

— Télépathes, offre Marco. Non, ça marche pour n'importe qui. On peut vous montrer, c'est très simple, et une fois que c'est en place, ça reste. »

Térésa Dillion continue à réfléchir. « Il faut que vous... entriez dans notre esprit pour le faire.

— Oui, dit Karl.

— Quelle garantie... », commence Tom Dillion d'un ton rogue.

« Aucune, dit Michelle avec douceur. Seulement la confiance.

— Nous, on vous a fait confiance, renchérit Samanta. On vous a montré. On n'était pas obligés. »

Et Michelle : « Vous m'avez vue aussi, n'est-ce pas, Ser Dillion, quand je vous ai touché ? »

Tom Dillion ne dit rien, mais sa femme murmure : « C'est vrai », en regardant Karl. Elle se redresse : « Je ne vais pas... devenir, euh, télépathe ? »

— Pas du tout », dit Karl en souriant.

Elle médite encore un moment, puis prend sa décision : « Allez-y. D'accord. Faites-le.

— Térésa... dit son mari.

— Vous pouvez encore réfléchir, remarque Michelle. Nous ne partons que demain matin après huit heures. Prenez votre temps.

— Tom, tu fais ce que tu veux, mais moi, c'est maintenant. Si je peux être protégée, je ne vais pas rater l'occasion. Et tu sens bien qu'ils disent la vérité.

— Les Fédéraux aussi peuvent avoir l'air sincère !

— Les Fédéraux ne nous ont jamais dit qu'il y avait des gens comme eux !

— Ça ne fait peut-être pas longtemps !

— Oh, Tom, tu es de mauvaise foi. Rappelle-toi les histoires de ton grand-père.

— Pourquoi ils ne nous l'ont pas dit plus tôt, *eux* ? »

Cette question-là arrête Térésa Dillion en plein élan. Elle se tourne vers les autres : « C'est vrai... pourquoi ? »

Karl hoche la tête : « Nous avions peur aussi. Nous avons eu peur très longtemps. Les Fédéraux ont encore peur.

— Mais pas nous, dit Djira avec un sourire lumineux. Nous, nous n'aurons plus jamais peur. »

Alicia ne peut pas attendre d'être revenue dans la camionnette avec Bertran. « Quel *cirque* ! s'exclame-t-elle. Quelles foutaises ! C'est ça que vous faites, raconter des histoires aux gens pour les endormir ?

— Pas des foutaises. Avec la barrière-miroir, Térésa Dillion est désormais à l'abri de l'influence des Fédéraux. Tom le sera aussi, s'il finit par se décider à accepter.

— Mais si ces gens ne sont pas des télépathes, rien ne peut...

— Ça prend sur n'importe quel Virginien. Les mutations ont plus ou moins touché tout le monde, rappelez-vous. Les modifications que le contact a apporté à certains fonctionnements neurochimiques du cerveau de Térésa Dillion inhiberont désormais tout autre effort de modification de ce type induit par un contact télépathique. Ce n'est pas transmissible de parents à enfants, cependant. Il faut choisir à chaque fois. »

Alicia s'arrête pour dévisager Bertran ; il est très sérieux. « Vous êtes en train de me dire que la télépathie est de la télékinésie, et que les rebelles ont trouvé un moyen de fabriquer des têtes-de-pierre.

— Pas exactement. C'est un cas un peu particulier, ici. Et la nature de votre barrière est différente, comme celle d'ailleurs des gens qu'on a appelés têtes-de-pierre ici après la Libération. Mais l'effet, à toutes fins pratiques, est similaire.

— Sauf si des *rebelles* veulent jeter un petit coup d'œil, bien entendu.

Bertran secoue la tête en reprenant son chemin, et elle le rattrape : « Eux non plus ne peuvent pas défaire la barrière-miroir, dit-il avec patience. Seuls les immunisés eux-mêmes peuvent passer au travers s'ils le désirent, mais ils doivent apprendre comment.

— Ah oui, les Rèbs vont se priver eux-mêmes de leur arme la plus puissante !

— Ce n'est pas une *arme,* Alicia », soupire Bertran.

Ils grimpent dans la camionnette et déroulent leurs sacs de couchage. Il ne fait pas trop chaud, heureusement : on a laissé les portières grandes ouvertes, et la nuit a rafraîchi l'habitacle.

« Dans ce cas, pourquoi pas pendant le spectacle ? Ils se montrent pour ce qu'ils sont, ils expliquent, et hop, barrière-miroir pour tout le monde. »

Le sourire de Bertran est-il amusé ou attristé ? « Ils ont essayé de dire la vérité lors de l'Insurrection, et ça s'est retourné contre eux. Vous dites, je crois, "il n'est pire sourd que celui qui ne veut pas entendre" ? Ou qui ne peut pas. Et puis, ce n'est pas ainsi que procèdent les enfants d'Iptit. »

Alicia a reconnu le nom et elle a tressailli, mais le grand écart est trop déconcertant : « Le petit dieu des petites choses ? Quel rapport ? »

Bertran sourit : « Le gardien du hasard ou du chaos. C'est un mouvement qui s'est développé chez les Sécessionnistes depuis une vingtaine de saisons. Ils croient… en la force accumulée des petits changements. En l'inattendu, aussi. Comme l'arrivée de Lagrange, par exemple, un joker que personne n'attendait dans le jeu… » Il se retourne et fouille dans son sac pour en tirer un livre épais, en format de poche, visiblement lu souvent. « Essayez ça. Vous comprendrez mieux. Peut-être. »

50

Le livre s'intitule *L'Autre Rivage*, par un nommé Nathan Leray, publié dans une maison d'édition de Licornia nommée Choix, première édition Léonovgrad, Hiver 149, une dizaine ensuite ; aucune information biographique, pas de description du contenu, pas même l'étiquette minimale "roman" ou "biographie" ou "essai". Alicia commence à le lire dans la camionnette le lendemain matin, doit arrêter parce qu'elle a mal au cœur, reprend à la halte de mi-matinée ; puis ils arrivent dans un autre village et il faut aider à installer le chapiteau. Elle grignote une partie de sa méridienne – elle sait ce qu'elle lit, à présent, une fiction, et ma foi, c'est assez bien tourné, un style élémentaire mais efficace. Est-ce le livre où Graëme avait pris ses histoires d'Anciens ? Elles s'y trouvent, en particulier celle d'Iptit au Chapeau vert, avec Khaliad et Arani.

Alicia est tentée de la lire en diagonale, se force à ne pas le faire : si les gamins du cirque se considèrent comme "les enfants d'Iptit", c'est sûrement important. Mais c'est la même histoire, à quelques détails près. Presque supportable – elle s'attendait à être submergée de souvenirs, mais non. Elle termine pendant l'après-midi, la deuxième partie est nettement plus difficile à avaler que la première, même pour de la fiction, et quand elle part à la recherche de Bertran, son opinion est faite. Si ce livre, comme elle le soupçonne à présent, est à l'origine du mouvement, la bible des gamins du cirque et d'autres comme eux, l'auteur est un escroc qui a réussi, ou un fou qui n'a jamais été enfermé et qui en a trouvé d'autres aussi fous que lui.

« Tout repose sur un jeu de mot, Bertran ! La Mer "s'en va" et donc elle va quelque part, et de là découle tout le reste, y compris les "passeurs", et les Rêveurs, et les délires sur la nature même de la Mer qui se promène entre deux univers. Mais si la Mer "disparaît", ça marche déjà moins bien, eh ? Si elle "s'éteint", c'est encore pire. Non ? »

Bertran est assis sur le rebord de la fontaine dont la vasque occupe le centre du village. Il l'a écoutée sans rien dire, les yeux au loin. Il demande enfin : « Êtes-vous chrétienne ? »

Alicia répond, totalement prise au dépourvu : « Élevée catholique, pour ce que ça a de sens maintenant.

— Eh bien, remarque Bertran d'une voix pensive, si on juge Leray aux œuvres de ses disciples, on peut dire que c'est en effet un escroc ou un fou qui a réussi, comme Jésus. »

Elle est choquée par réflexe. Puis son autre réflexe s'enclenche, *oui mais*. Bertran n'a pas tort. Les gamins ne forcent personne à connaître la vérité. Ils la montrent à ceux qui veulent voir, qui peuvent voir. Comme les Dillion – deux personnes sur une soixantaine – qui ont été capables de passer à travers les mensonges accumulés, la peur ou l'indifférence... Et ils leur laissent le choix de ce qu'ils ont vu, comme le choix de ce qu'ils feront ensuite. Tom Dillion est venu leur dire au revoir avec sa femme, quand ils ont quitté Kamtcha, mais il a décidé de ne pas se laisser installer la fameuse barrière.

« Je suppose qu'il n'y a pas de cirques à Cristobal ou Morgorod », remarque Alicia, un peu ironique quand même.

« Non, mais le livre circule sous le manteau.

— Puni de mort, si on est pris avec ? »

Bertran secoue un peu la tête, indulgent : « Mais non. Les Fédéraux ont choisi de le traiter comme un mauvais livre, c'est moins dangereux que la répression ouverte. Quand les premiers exemplaires en sont arrivés chez eux, on en a publié quelques critiques littéraires détaillées, des démolitions en règle, juste pas trop féroces, plutôt sarcastiques, et ensuite on l'a oublié en espérant que les gens en feraient autant. Ce qui a été plus ou moins le cas : de la mauvaise fiction... Bien entendu, on confisque tous les exemplaires qu'on peut trouver, et on rééduque, discrètement. Mais il y en a quelques-uns qui passent au travers, des livres, et des lecteurs. »

Alicia fronce les sourcils : « *C'est* de la fiction.

— Si vous le voulez, dit Bertran.

— Oh, Bertran ! C'est juste une autre manière de montrer en cachant, puisque vous me disiez que la méthode directe n'a pas réussi aux rebelles. Le bon vieux coup des paraboles. On laisse les gens démêler le vrai du faux. »

Les yeux ambrés la contemplent, indéchiffrables. Puis Bertran hoche la tête en soupirant : « Exactement. »

51

Il y a presque deux semaines qu'elle a quitté Dalloway. Un après-midi, alors qu'ils ont fini les répétitions et se détendent un peu en attendant l'heure de la représentation, elle entend l'une des filles du groupe demander à une autre si elle a encore des tampons, et soudain elle se rappelle qu'elle n'a pas eu ses règles depuis... quand? Un peu trop longtemps. Elle va trouver Michelle, le médecin du groupe : elle a été assez irrégulière depuis qu'elle est arrivée sur Virginia, malgré les drogues utilisées pour l'aider à adapter ses rythmes à ceux de la planète ; les premiers colons ont eu le même genre de problème, elle ne s'inquiète pas, mais à tout hasard... Michelle lui fait une prise de sang, lui demande de l'urine, elle s'exécute et retourne lire dans l'herbe à côté de la camionnette – depuis l'ouvrage de Leray, elle a pris goût à l'archaïsme de la simple lecture, l'ennui aidant, et elle est en train de passer à travers les livres du groupe, en les faisant durer le plus possible.

Quand elle retourne voir Michelle, Bertran est là, elle se demande pourquoi. Et Michelle lui dit qu'elle est enceinte.

Elle proteste tout de suite : « C'est impossible, mes anticonceptionnels longue durée...

— ... peuvent se neutraliser », dit Bertran.

Elle se sent glacée, mais bizarrement détachée. Elle dit enfin : « Les immunisations, avant Dalloway.

— Oui. »

Elle le dévisage avec une curiosité distante : « Vous saviez?

— C'est facile à reconstituer. »

La question suivante devrait être plus difficile, mais elle ne l'est pas ; Alicia se sent tellement calme... « Il sait?

— On ne vous a pas fait d'analyses à Dalloway. Il y a seulement quoi, trois semaines? »

Elle se rappelle quand, elle est presque sûre de savoir quand. Ni Michelle ni Bertran ne demandent, et elle en est lointainement reconnaissante, ce qu'elle va faire. Il est bien trop tôt pour choisir. Ou trop tard?

Ils continuent leur chemin vers le sud, une autre semaine passe. Alicia, flottant encore sur l'onde de choc, regarde le paysage changer – ils se dirigent de nouveau vers les collines et les hauts plateaux des Rouges et la piste suit la rive boisée d'une petite rivière qui se transforme par endroits en torrent – rapides écumeux, chaos de rochers, arbres et buissons suspendus dans la falaise. On retrouve ensuite les méandres paresseux à travers des prairies parfois herbeuses et fleuries, parfois marécageuses, et alors des voiles d'oiseaux s'enlèvent à leur passage. L'Été sous ces latitudes est d'une profusion discrète, mais d'autant plus précieuse. C'est comme une générosité de Virginia, ce changement, cette variété nouvelle des paysages, Alicia se prend à penser pour la première fois sans ironie " c'est beau ". C'est comme si cet enfant dans son ventre était une racine que Virginia avait fait éclore, comme si un atavisme profond répondait maintenant en elle aux dimensions sans limites du ciel et de la terre, comme si Lagrange avait été une couche ancienne de débris alluviaux dans un lac qui se serait étouffé et qu'une crue soudaine, emportant tout, aurait revivifié. Elle ne comprend pas. Elle pense, elle essaie de penser à ce que Graëme lui a fait, causes, conséquences, paramètres de ses propres actions futures, et elle a l'impression que son cerveau refuse tout simplement de les appréhender, grippe, renâcle, cesse de fonctionner. Une fois – ils se trouvent dans le premier camion, Bertran conduit, Karl dort dans la couchette arrière – sa stupeur, son désarroi débordent, elle murmure: «Pourquoi?! Je devrais haïr cet enfant, je devrais m'en être déjà débarrassée!»

Bertran ne dit rien – il doit savoir qu'il n'y a rien à dire, qu'elle seule peut répondre à cette question. Elle s'exclame ensuite, plus accablée que furieuse: «Pourquoi a-t-il fait ça ? Pour m'enchaîner davantage à lui ? Ce n'était pas nécessaire... »

Mais il ne le savait pas forcément. Il n'a jamais rien su, peut-être. Elle se rejoue leurs dialogues, leurs moments ensemble, maintenant qu'elle sait, elle voit tous les malentendus. Il était surpris mais jamais fâché, il riait, il s'excusait, ça l'amusait qu'elle ne devine rien, qu'elle comprenne de travers. Mais lui aussi se trompait – bien plus souvent qu'elle, de fait. Et il riait encore, ça l'amusait encore. Ou bien il faisait semblant tout le temps, est-ce qu'elle sait, en réalité il était exaspéré ! Un enfant, avec elle, avec une tête-de-pierre, pourquoi, pourquoi ?

Elle regarde le paysage défiler à la portière, sans pensées. Bertran prend soudain la parole, et au début, elle ne voit pas le rapport. « Ils sont obligés de contribuer à l'amélioration des lignées. Pas forcément de se marier, mais de se reproduire. Graëme est un surtélépathe, l'un des plus puissants des Fédéraux sinon le plus puissant. Il n'a jamais voulu connaître ses enfants. »

Alicia n'en est plus à une stupeur ni à un chagrin près. Elle demande : « Combien en a-t-il ?

— Trois. » Puis Bertran ajoute, une conclusion : « Il voulait peut-être un véritable enfant. »

Alicia tressaille à l'écho soudain que cette phrase éveille en elle. Elle pourra sans doute en faire quelque chose à un moment donné, mieux l'écouter, mais c'est trop, trop tôt. Elle proteste, blessée : « Vous essayez de l'excuser ! »

Bertran soupire : « Non, j'essaie de comprendre. »

Elle contemple son profil ; il a laissé pousser ses cheveux depuis qu'ils ont quitté Dalloway, ils retombent en petites boucles serrées sur son front, sur sa nuque, il a l'air plus jeune ainsi. Elle demande, confusément agressive : « Vous en avez, vous, des enfants ? »

Une très légère pause : « Non.

— Pourquoi pas ? » Elle est surprise : il ferait sûrement un bon père. « Les rebelles sont-ils forcés aussi de contribuer aux lignées ? »

Elle se rend compte, à son léger raidissement, que la question le blesse, mais il est trop tard.

« Non. Mes enfants sont tous morts. »

Elle se fige, puis souffle, consternée : « Oh. Oh, pardonnez-moi. »

Il dit : « Non, non. Il y a longtemps. »

Elle entend bien son intonation, elle lit bien l'expression de sa bouche ; elle murmure avec une douceur coupable : « Mais quand même. »

Il semble longuement méditer, tandis que des émotions complexes se chassent sur son visage. Puis, avec une ébauche de sourire mélancolique, il secoue un peu la tête : « Mais quand même. Je ne regrette rien. »

Alicia se replonge dans la contemplation du paysage.

Une autre semaine passe, elle n'a toujours pas pris de décision, le temps se fait court. Elle devrait être plus angoissée mais, c'est étrange, au lieu d'augmenter, son angoisse diminue. La routine du cirque, peut-être, a sur elle un effet apaisant. La compagnie des enfants – elle pense à eux et elle pense " les enfants " ou " les petits ", et elle a beau ironiser, elle se sent incroyablement vieille avec ses vingt-six ans maintenant – son anniversaire a eu lieu, est déjà loin, sur Lagrange. Si passionnés, si convaincus, les petits, et pourtant une telle paix en eux, une telle innocence... Ils savent qui ils sont, ce qu'ils font, quelle est leur place. Elle les observe au petit-déjeuner, au souper, les repas qui les rassemblent tous – ils prennent les collations et dînent plutôt par groupes sans cesse changeants. Elle devrait se sentir encore plus à l'écart ici que sur Lagrange : elle sait qu'elle est exclue du réseau mental qu'elle ne peut s'empêcher de soupçonner entre eux, même s'ils parlent toujours à voix haute, et même quand elle n'est pas directement présente. Pis encore, elle ne fait pas partie du tissu plus lâche mais plus constant de leurs émotions, celui qui unit plus ou moins tous les Virginiens au contact ou à proximité. Elle devrait se sentir exclue – mais, paradoxalement, elle a l'impression de l'être moins que sur Lagrange. Parce que depuis le début, elle sait, ils savent qu'elle sait, et ce n'est pas si grave ou si important. Pas de mensonges, pas de soupçons, pas d'embarras. Elle ne comprend pas comment il peut en être ainsi – elle a cessé, quelque part au cours de sa deuxième semaine avec eux, de les penser polis et hypocrites : ce préjugé-là ne résiste pas au frottement quotidien. Elle ne comprend pas comment, mais c'est ainsi. Elle n'est pas une étrangère pour eux, on l'a adoptée d'emblée, elle fait partie du groupe – Sélim essaie de lui apprendre à jongler, Benny à faire des tours de cartes. On lui sourit quand les regards se croisent, on lui parle sans qu'elle parle la première, on la consulte, on l'écoute.

Un jour, Samanta vient s'asseoir près d'elle alors qu'elle somnole dans l'herbe après la collation de mi-matinée. Comme l'adolescente ne dit rien, Alicia ne dit rien. Puis Samanta fait un drôle de bruit, ou bien elle bouge d'une drôle de façon : Alicia lui jette un regard à la dérobée, voit qu'elle pleure. Catastrophée, elle lui passe un bras autour des épaules, qu'est-ce qui ne va pas ? Samanta est amoureuse de Benny, Benny n'est pas amoureux d'elle. « Il est tellement désolé, ce n'est pas supportable », gémit la gamine. Elle continue à pleurer dans les bras d'Alicia qui ne sait pas quoi dire. Finalement, elle se redresse et s'essuie la figure en disant d'une petite voix tremblante : « Merci. »

Alicia lui remet des mèches brunes en place derrière les oreilles, mi-amusée mi-chagrine : « Je ne crois pas avoir fait grand-chose.

— Oh si ! » s'exclame la petite avec conviction. Alicia hausse les sourcils. « Tu sais comme c'est, quand on a du chagrin et que quelqu'un essaie de nous aider, ils ont de la peine pour nous, ou bien ça les enrage de ne rien pouvoir faire, et on le sait, et c'est pire ? Nous, c'est vraiment pire, tu comprends, on le *sent*. Quand on peut, on bloque, bien sûr, mais alors là, c'est vraiment affreux, on se sent encore plus seul, ça devient un cercle vicieux, tu comprends... »

Alicia comprend très bien.

Samanta a un hoquet, renifle et s'essuie encore les yeux avec un sourire embarrassé. «Ça fait drôle de dire ça, c'est sûrement égoïste, mais des fois, on a envie d'avoir de la peine... tout seul. Sans être distrait. C'est... reposant. Et ça passe plus vite.» Elle dévisage Alicia en se mordant un peu une lèvre, incertaine de ne pas commettre un impair : «Tu m'as beaucoup aidée, là, je me sens vraiment mieux.

— Eh bien, à ton service, dit Alicia en souriant pour la rassurer, n'importe quand, n'hésite pas», et la petite s'en va. Alicia contemple sans la voir la page de son livre. Se peut-il que Graëme l'ait trouvée *reposante*, lui aussi ?

Une autre semaine commence, le délai approche, arrive, est dépassé sans qu'Alicia ait pris une décision, la décision est prise. Elle gardera l'enfant. L'enfant n'est pas responsable. Ce n'est pas l'enfant qu'elle déteste. Elle ne sait plus trop qui elle déteste, elle a un peu le vertige devant ce panorama trop vaste où les responsabilités individuelles tendent à se diluer. Il y a toujours une autre perspective qui s'ouvre derrière, les décors se multiplient, avec leurs envers qui sont la vérité d'un autre décor et finalement c'est aussi grand que la planète, et qui peut dire alors ce qui est décor et ce qui ne l'est pas ? Facile de détester, sur Lagrange : l'espace limité concentrait tout (elle prend soudain conscience qu'elle ne pense plus "dans Lagrange", depuis quand ?) Mais ici, ce n'est pas pareil. Elle contemple l'horizon des montagnes, les collines où ils sont en train de rouler et qui modifient la perspective des plaines en contrebas. Sauter d'un bout à l'autre du continent en avion lui avait permis de continuer à se mentir, à prétendre que c'était toujours une sorte de scénario limité, bien contrôlé, mais les longues heures dans l'exaspérante monotonie des plaines, pendant les semaines précédentes, ont fini par user aussi cette illusion-là ; pas la pénible randonnée en forêt : jamais d'horizon. Mais ici, on sent qu'on peut toujours aller plus loin. Pas forcément parce qu'on y est prêt, parce qu'on a compris, comme le disait Bertran, mais au moins on peut changer le mal de place.

52

Vers la fin de la septième semaine de Décembre, la nouvelle arrive : les communications sont rétablies avec Lagrange.

La nouvelle arrive en la personne d'un petit vieillard sec mais énergique nommé Simon Fergusson, épais cheveux blancs toujours en désordre au-dessus d'un regard pâle et froid. Il rejoint le cirque dans un petit hameau à l'heure matinale où l'on est en train de démonter la tente. S'il remarque le ventre un peu arrondi d'Alicia, il ne fait pas de commentaires. Il explique, personne ne discute : les Fédéraux ont réussi à récupérer les données encryptées, mais ils ne les ont pas transmises au complet à Lagrange, ils prétendent n'en avoir retrouvé qu'une partie ; ils négocient les premiers transferts de technologie militaire. Temps pour Alice et son transmetteur d'entrer en lice. Fergusson est arrivé avec un ampli linéaire et des antennes directionnelles démontables qui devraient permettre une durée raisonnable de communication avec Lagrange. Après quoi il repartira en quatrième vitesse avec Alicia pour la Licornia, car ils auront sûrement été repérés.

Alicia assemble le transmetteur tandis que les autres, sans un mot, vont finir de ranger bâches et mâts dans les camions. Elle jette un coup d'œil à Fergusson qui finit d'installer son propre matériel. Le laconisme tout militaire du petit homme est sans doute de rigueur, mais elle n'est pas obligée de l'aimer. « Ils ne me croiront pas forcément, vous savez. Ils croient que ce sont les rebelles qui ont poussé les stoppistes à saboter les ordis de vol. Et avec la propagande qu'on leur a fait avaler depuis le début...

— Vous allez leur transmettre les données au complet, remarque le vieil homme sans lever les yeux de ses fils, c'est une preuve.

— Seulement s'ils veulent la voir comme telle. Ils peuvent encore soupçonner je ne sais quelle machination des rebelles. Et ils ne voudront pas automatiquement vous aider pour autant.

— Nous ne voulons pas qu'ils nous aident. Nous voulons qu'ils n'aident pas les Fédéraux. Qu'ils se retirent du jeu.

— C'est dans leur pente », remarque Bertran, qui vient d'arriver après avoir aidé à bourrer les camions. « La faction stoppiste n'a pas exactement le vent dans les voiles en ce moment, et la tendance générale doit être à se retirer complètement des affaires des planétaires. »

Fergusson se redresse, les mains sur les reins, et toise Bertran. « Ah, le fameux capitaine Bertran, notre agent très secret à Dalloway. » Puis, à la cantonade, c'est-à-dire à Alicia, car ils sont seuls tous les trois, il déclare : « L'homme providentiel. C'est lui qui a découvert le projet de sabotage et le fait qu'Anderson jouait dans le dos du Conseil, et c'est lui qui nous a prévenus quand vous étiez rendue à Dalloway. » Il continue à dévisager Bertran qui reste là, paisible, les bras croisés. « Vous auriez pu nous prévenir plus tôt, quand elle était encore à Morgorod.

— L'itinéraire était ultra-secret.

— Mais pas les plans d'Anderson ?

— J'ai eu accès à Grumberg avant son départ, pas à Anderson. J'ai reconstitué à partir de ce que j'ai pu tirer de Grumberg. Mais je ne pouvais pas savoir quel

en était le minutage, la faction stoppiste était une hypothèse pour nous comme pour eux, et quant à évaluer
quelle influence exacte aurait Alicia dans le tableau...
Je ne me doutais pas qu'il voudrait la prendre en main
lui-même, c'était une addition tardive au plan. »

Alicia intervient, suffoquée : « Vous saviez qu'ils
voulaient saboter... et vous n'avez pas prévenu Lagrange
alors que vous étiez à Dalloway ?

— Les communications sont étroitement surveillées,
j'aurais risqué de me brûler, et pour quoi ? Les Fédéraux
auraient aisément fait passer ça pour de la désinformation
émanant d'un agent provocateur. Comme vous le disiez,
les Lagrangiens sont prédisposés à penser le pire des rebelles. Quant au reste, encore une fois, je n'ai pu sonder
Grumberg qu'à son départ de Dalloway. L'esprit d'un
être humain n'est pas un livre ouvert, Alicia, surtout un
agent préparé par Anderson. Grumberg ne savait pas
qu'il était un agent double des rebelles, par exemple,
ce conditionnement-là ne se déclenchait qu'après le sabotage... Et ensuite, difficile de prévoir comment votre
relation avec Graëme avait pu modifier son plan. »

Les rouages s'enclenchent dans l'esprit d'Alicia :
« Il n'y avait pas d'accord secret au départ avec mon
père pour me faire échouer ? »

Bertran semble déconcerté, puis il soupire : « Non,
Alicia. Vous deviez trouver les données et faire la li-
vraison, ensuite on sabotait, Lagrange était fermement
anti-rebelles, et vous étiez en place pour devenir un
capitaine fort bien disposé envers les Fédéraux.

— En tout cas, intervient Fergusson, vous auriez pu
encrypter correctement toutes les données, Bertran, et
pas seulement la moitié.

— J'étais un peu pressé.

— Vous avez bien eu le temps d'effacer les copies
et l'original. »

Bertran sourit : « Ça, ça faisait un moment.

— Vous auriez pu vous arranger pour qu'elle trouve
les données plus tôt.

— Et prendre des risques superflus ? dit Bertran en haussant les épaules. Elle devait les trouver de toute façon.

— Vous auriez pu la laisser chercher et nous les donner à nous plus tôt, on aurait tout fait pour contacter Lagrange.

— Et les Fédéraux en auraient fait encore plus pour vous en empêcher, quitte à réchauffer davantage la guerre tiède. C'est ce que vous auriez voulu, des missiles sur Léonovgrad et de l'autre côté des Rouges ? »

Alicia a eu le temps de sortir de son hébétude. Pourquoi le vieux s'acharne-t-il ainsi sur Bertran ? Y a-t-il donc des factions chez les rebelles aussi ? Elle remarque, agacée : « Sans Bertran, je ne serais sans doute pas sortie aussi facilement de Dalloway. »

Fergusson se tourne vers elle avec un petit rictus sarcastique : « Facilement, oui. En échappant entre autres à tous les détecteurs.

— Je savais où ils étaient placés, dit Bertran sans se départir de son calme. Et on a eu de la chance. Vous ne croyez pas en la chance ? »

Cette fois, le vieux ricane carrément : « Iptit.

— Iptit, dit Bertran, très sérieux.

— Iptit a dû être extrêmement occupé cette nuit-là, rétorque Fergusson. Il n'y est pas allé de main morte, avec le tunnel. Les débris l'ont rebouché derrière vous, en plus. Encore utilisable pour nous, mais eux ne l'ont pas trouvé.

— De quoi vous plaignez-vous ? intervient encore Alicia, excédée. Vous avez maintenant une voie d'accès à Dalloway par la porte d'en arrière ! »

Fergusson n'a pas quitté Bertran des yeux ; il marmonne : « Justement...

— J'étais à la bonne place au bon moment, dit Bertran avec une soudaine lassitude. Ça arrive, non ?

— Vous étiez à la bonne place depuis très longtemps. Plus de vingt saisons, si je ne me trompe. Le truc bizarre, c'est qu'il n'y a aucune trace nulle part de votre implantation à Dalloway. »

Bertran se met à rire : « J'espère bien, ou sinon quelqu'un n'aurait pas fait correctement son travail.

— Quelqu'un a trop bien fait son travail, réplique le vieux du tac au tac, *nous* ne savons même pas qui vous êtes. Josh Bertran, oui, votre couverture est remarquablement bien solide et détaillée, mais personne n'a l'air de savoir exactement qui il y a dessous. Votre lignée, par exemple. Avec une barrière comme la vôtre, et pour avoir réussi à tromper Anderson aussi longtemps, vous ne devez pas être n'importe qui. »

Cette fois Alicia en a assez : « Mais qu'est-ce que c'est que ces histoires, à la fin ? »

Bertran sourit : « Notre ami Simon a de bonnes raisons d'être très méfiant.

— Qu'en savez-vous, de mes raisons ? réplique le vieux.

— Vous êtes un surtélép, ça vient avec le territoire. »

Fergusson le dévisage un moment en silence, les yeux étincelants, puis se tasse un peu sur lui-même. « Vous en êtes un aussi, murmure-t-il, et plus fort que moi.

— Ah bon, c'est ça qui vous dérange ? » lance Alicia, écœurée.

Le vieux a une drôle d'expression, résignation, lassitude. Il dit : « Non. » Il ajoute : « Notre ami Bertran peut s'occuper de vous aider aussi bien moi, je n'en doute pas. Allez-y. Il faut que je mange quelque chose. »

Et il s'éloigne.

Alicia médusée demande : « C'était quoi, ça ? Je vais devoir dire à Lagrange qu'il y a des factions chez les rebelles, en plus ? Ça ne va pas les disposer davantage à écouter.

— Non, dit Bertran, en prenant place devant les appareils du vieux. C'est une histoire entre Simon et moi, purement personnelle. Rien à voir avec les rebelles. Dites-leur ce que vous avez à leur dire. »

Alicia l'observe un moment : « Tout ?

Bertran lui rend son regard, impassible : « Tout ce que vous voulez leur dire. »

Et Alicia leur dit tout. Elle s'identifie, et quand ils sont persuadés que c'est bien elle, elle commence par leur expédier les données sur la propulsion Greshe. Ensuite, elle leur raconte le plus succinctement possible ce qui s'est passé à Dalloway, la véritable nature des forces qui s'affrontent sur la planète – en faisant l'impasse sur ses relations avec Graëme. Elle n'est pas sûre qu'on la croit en ce qui concerne la mutation, mais elle s'en moque. Ils croient ce qu'ils veulent croire, ils feront ce qu'ils veulent avec. La réaction est claire, d'ailleurs, elle le devine vite : comme on en avait l'intention au départ, on ne se mêlera pas de toutes ces sombres histoires de planétaires, et on se débrouillera entièrement sans eux.

On n'a pas encore dit un mot du sabotage, de l'insurrection stoppiste. Elle pourrait revenir sur Lagrange. En héroïne, même, puisqu'elle a échappé aux Fédéraux et récupéré les données. On le lui propose – Marti est obligé de le lui proposer : on peut l'extraire comme prévu par le plan d'urgence, si elle est capable d'échapper encore aux Fédéraux pendant quelques jours. Elle s'entend dire "Non", se rend compte seulement alors qu'elle a pris la décision de ne pas revenir sur Lagrange, et pas seulement parce qu'elle ne le peut pas, mais parce qu'elle n'en a pas *envie*. Elle se soupçonne aussitôt : es-tu bien sûre, Alicia, que ce n'est pas la crainte d'être mise en accusation et emprisonnée pour ton rôle dans la conspiration stoppiste ?

Elle lance un coup d'œil à Bertran : « On peut continuer ? » Il hoche la tête. Elle pose des questions brèves sur l'insurrection. Si on est au courant du rôle qu'elle a joué, on ne lui assénera pas des accusations véhémentes, elle s'en doute bien : on la laissera revenir et là, fin de la partie. Mais au cours des échanges, il appert que personne n'a parlé – seulement Grumberg, et il a présenté les jeunes stoppistes comme uniquement manipulés par lui, par les rebelles, sans jamais mentionner Alicia. Moran a été tuée par accident quand la police de Lagrange a pris d'assaut la cache des gamins, il y a eu plusieurs blessés chez les autres conspirateurs. On en a été tellement horrifié – et tellement horrifié surtout d'apprendre que Moran était la seule à connaître les codes d'encryptage – qu'on a complètement laissé tomber le reste : la priorité était à la remise en état des ordis. On a interrogé les prisonniers de façon rudimentaire, ces jeunes imbéciles crédules – et ils n'ont pas offert plus d'information qu'on en demandait. Ils ont protégé Alicia.

Elle dit à Marti qu'elle est la seule véritable responsable.

Pas pour lui asséner son triomphe en pleine face – ni sa fille ni son fils ne seront capitaine, le poste va sortir de la famille, s'il savait comme elle s'en moque maintenant ! Mais parce qu'elle ne veut pas revenir en arrière. Ça marche : il met fin de manière abrupte à la communication.

À ce moment-là, elle se rend compte qu'elle pleure, et que les petits du cirque se sont rassemblés autour d'elle. Sans un mot, Samanta vient l'embrasser, et les autres, chacun son tour. Bertran l'étreint en dernier. Même le vieux Fergusson est là, qui lui tapote l'épaule.

Et maintenant, on s'en va. Dans le tout-terrain, le minimum vital, pas question de s'arrêter pour dormir, seulement pour se réapprovisionner en gaz et en eau, on se relaiera au volant. Alicia, Fergusson et Bertran. Seulement ? Fergusson se méprend, déclare avec un petit sourire sarcastique : « Ce sera plus que suffisant.

— Mais eux ? » dit Alicia en désignant les autres.

« Nous allons partir de notre côté, dit Sélim.

— Nous nous débrouillerons très bien, ajoute Karl. S'il le faut, on s'évaporera dans le paysage. Avec Sélim et Benny pour faire la couverture, on a l'habitude. »

À vrai dire, on ne sait pas exactement ce que vont faire les Fédéraux : tous les plans de tout le monde sont à l'eau, maintenant, à cause d'Alicia – et à cause de Graëme Anderson. Vont-ils essayer par principe de la recapturer ? Ils vont peut-être placer le blâme un plus près de chez eux, remarque Fergusson. Le Conseil du Présidium était de bonne foi : ils voulaient *vraiment* échanger contre de la technologie les plans de la propulsion Greshe, dans les meilleures condition pour eux – en s'assurant d'un maximum de bonne volonté de la part de Lagrange. Et que Lagrange reparte, bon débarras. C'est Graëme qui a tout manigancé pour naufrager Lagrange au point L4.

« Mais pourquoi ? » dit Alicia en grimpant dans le véhicule à côté de Bertran.

Fergusson s'installe à l'arrière : « Il voulait une coopération plus active de Lagrange, je pense. Il serait entré dans l'Histoire comme l'homme qui aurait mis fin à la guerre dans le sud-est...

— Mais son scénario n'a pas tourné comme prévu, dit Bertran. Et ce qu'il fera s'il réussit à se sortir de cette histoire-là... Le Conseil ne se laissera sûrement pas convaincre aussi aisément que les autres fois. Il y a des limites à ce qu'ils peuvent tolérer, même d'un surtélépathe essentiel aux lignées, même d'un membre du Conseil.

— Comme s'ils pouvaient le contrôler », murmure Fergusson, qui semble avoir oublié pour un instant sa querelle avec Bertran. Puis, avec un soupir : « On ne sait pas ce qu'ils feront, les uns ni les autres, mais on ne va pas attendre pour voir. »

53

On roule. Ils ont deux mille cinq cents kilomètres à parcourir en se tortillant par des petites pistes entre les caches de réapprovisionnement, au moins une journée entière, trente-cinq heures de route. Alicia surveille le ciel, au début ; Bertran le remarque : « Ils n'enverront pas d'avion. Ou seulement pour débarquer du monde. »

Fergusson glousse à l'arrière : « Ils nous veulent vivants, d'une part, et d'autre part, ils ne peuvent pas risquer un avion. Ils ne savent pas qui nous pouvons avoir, comme mesures antiaériennes. »

Ils vérifient constamment, du moins Alicia le suppose, mais à ce qu'ils disent personne ne semble les suivre. Personne ne suit le cirque non plus, quand Fergusson se permet un bref contact pour vérifier. Après quelques heures, elle ne demande plus. Peut-être les Fédéraux ont-ils décidé de ne plus perdre de temps et d'énergie pour elle ? Elle n'est plus *persona grata* sur Lagrange, elle ne leur sert plus à rien. Ce sont des pragmatiques. C'est seulement dans les mélodrames que les malfaiteurs frustrés dans leurs machinations essaient à tout prix de se venger.

« Ne sous-estimez pas Graëme, dit Bertran.

— Ou ne le surestimez pas, renchérit Fergusson. Si quelqu'un vient, ce sera lui. »

Alicia ne comprend pas très bien les sous-entendus – Bertran et le vieux trouvent moyen d'être d'accord en se contredisant. Elle entend surtout que Graëme viendrait en personne. Elle souffle : « Graëme ?

— Vous ne risquez rien », lui dit Bertran avec une certitude absolue. Et pour une fois, Fergusson hoche la tête sans réticence.

Ils traversent la pénéplaine qui sépare les derniers contreforts des Rouges de ceux des monts Shœlzer et arrivent en vue du Fjord Blanc, le lendemain très tôt à l'aube. La Mer est revenue dans la nuit, c'est pour cela qu'ils arrivent déjà à la côte : le fjord est presque deux fois plus large quand elle est là.

Pour la première fois de sa vie, Alicia voit vraiment la Mer. Ou plutôt elle ne la voit pas, ce qui confirme pour elle l'authenticité de la chose. C'est la limite des

sims, la Mer : toujours reconstituée sans le brouillard
qui la recouvre, puisqu'on ne peut pas le photographier
– et on n'allait pas pousser l'authenticité jusqu'à si-
muler ce brouillard qui cache tout... Ici, Alicia ne voit
que le brouillard, ou du moins ce qu'on a décidé il y a
fort longtemps de désigner par ce terme. Les descrip-
tions virginiennes orales ou écrites parlent d'une sorte
de scintillement, parfois même d'une luminescence
diffuse, mais ce n'est vraiment pas le cas : juste un mur
blanchâtre, immobile, opaque – un vrai mur, qui commence impossiblement raide au bord de la côte et s'élève
droit dans le ciel, pour se perdre quand même peu à peu
dans la lumière du jour.

Ils roulent vers ce mur immuable. Si loin au sud,
c'est pratiquement un désert, et les pistes ne sont pas
en très bon état. Si personne ne les suit, ils pourraient
aller moins vite. Fergusson, dont c'est le tour au volant,
fait « mmmm », mais ne ralentit pas. Bertran dort à
l'arrière – Alicia ne sait pas comment il fait. Elle est
épuisée, elle n'a pas vraiment fermé l'œil depuis la
veille au soir et à chaque cahot trop prononcé elle porte
les mains à son ventre par réflexe, agacée chaque fois
qu'elle s'en rend compte, mais c'est plus fort qu'elle.
Elle a connu un début de grossesse remarquablement
libre d'inconvénients – à vrai dire, elle était occupée à
courir dans les champs de mines puis à se battre avec
la forêt vierge, elle avait autre chose à faire que de
vomir tous les matins. Ce serait quand même trop bête
s'il arrivait quelque chose maintenant qu'elle a décidé
de garder cet enfant.

Il y a à peine une heure qu'ils longent le mur de
brouillard vers l'est quand brusquement Fergusson
freine et coupe le moteur.

« Graëme », dit Bertran d'une voix sans inflexion.

« C'est seulement maintenant que vous le repérez ?
remarque Fergusson avec une surprise appuyée. Ça fait
une heure qu'il joue les phares tous azimuts.

— Je ne voulais pas le dire avant vous, au cas où
vous ne l'auriez pas vu », réplique Bertran, aimable.

Alicia les dévisage tour à tour, incrédule : « Mais vous n'avez pas bientôt fini ? Combien sont-ils ? »

Ils se retournent vers elle du même mouvement : « Seulement Graëme, dit Bertran. N'est-ce pas, Simon ? »

Fergusson acquiesce d'un air revêche. « Ses hommes sont arrêtés à plus d'un kilomètre. Une trentaine. Ils bouclent le coin.

— Ses hommes ! ?

— Nous ne voulions pas vous inquiéter inutilement, dit Bertran. Il pourrait en avoir deux fois plus, ça ne change strictement rien. »

Alicia reste médusée. Le silence se prolonge. « Qu'est-ce qu'on fait ? » s'exclame-t-elle enfin, partagée entre l'exaspération et un début de panique.

« Il veut vous voir, dit Fergusson.

— Pas question !

— Vous êtes sûre ? dit Bertran.

— Vous ne risquez rien », reprend le vieux. Alicia n'est pas si sûre : il a l'air épuisé.

« Je n'ai rien à lui dire.

— Il veut vous parler.

— Pour me dire quoi ? !

— Vous ne voulez vraiment pas le savoir ? » murmure encore Bertran. Sa voix est empreinte d'une curieuse tristesse. Alicia se perd un moment dans le regard ambré fixé sur elle. Qu'est-ce qu'il veut, une dernière rencontre pour bien conclure l'histoire d'amour ? Il n'y en a pas eu, d'histoire d'amour, juste un énorme mensonge.

« Il est seul, Alicia », dit Fergusson à son tour. Quoi, ils sont de mèche ? Mais le vieil homme poursuit : « Il ne nous laissera pas passer sans vous parler.

— Deux contre un ! »

Fergusson jette un bref regard à Bertran : « Peut-être, mais je préférerais éviter un affrontement... déplaisant, et Bertran aussi, sûrement. » Les yeux pâles la dévisagent un moment puis, comme s'il prenait une décision, d'un ton plus net, le vieil homme déclare : « Et je crois que vous en avez besoin, Alicia. »

Si elle disait non maintenant, ce serait uniquement pour les contrarier ; elle n'en est plus là. Elle dit « très bien », et Fergusson remet le tout-terrain en marche.

Encore trois tournants et, à une cinquantaine de mètres, ils aperçoivent une silhouette assise sur un rocher au bord de la piste.

Alicia descend du tout-terrain. Elle a les jambes engourdies, ils roulent sans discontinuer depuis cinq heures, depuis la dernière cache d'approvisionnement. La silhouette s'est levée et attend. Alicia se retourne, indécise, vers ses deux compagnons. Deux contre un. Et Graëme est venu seul ? Elle se remet en marche.

Il n'a pas changé. Plus maigre, les cheveux plus ternes, peut-être. Vêtu de noir, manipulation, encore, " je porte le deuil de notre amour ". Tu peux le porter, le deuil ! Elle voudrait tourner les talons mais il n'en est plus question maintenant, au contraire, elle se force même à s'approcher presque à portée de bras. Il ne bouge pas. Il la regarde. Elle ne va pas baisser les yeux. Le silence devient insupportable, mais elle n'a rien à lui dire, rien ! Lui aussi, il doit bien savoir que cette rencontre est inutile ! Et pourtant, il est venu. Que pourrait-il lui dire ?

Ce qu'il ne lui a jamais dit, bien sûr : « Je t'aime, Alicia. »

D'une voix presque neutre. Une information, objective. Pour que ce soit clair entre eux. Au moins ça.

Et elle le croit. Elle ne l'aurait cru nulle part ailleurs, mais ici, elle le croit. Il ne serait pas venu là se mettre à la merci de ses ennemis. Il ne serait pas venu là tout seul.

Il ne la quitte pas des yeux. Comme si c'était à elle de parler, de finir.

Et elle s'entend dire, d'une voix moins dure qu'elle ne l'aurait cru : « J'attends un enfant. Pourquoi ? »

Il a fait un brusque pas vers elle, le visage illuminé de joie incrédule. S'immobilise en jetant un bref coup d'œil à sa gauche : « Je ne la toucherai pas. »

Elle regarde aussi : les deux autres sont descendus du tout-terrain et l'ont rattrapée, à sa droite, en longeant le mur de brouillard. À portée de voix, mais peu importe. Elle répète : « Pourquoi ? »

Graëme la contemple avec une avidité désespérée : « Oh, Alicia... » Puis il semble réfléchir un moment, yeux baissés, mains à l'abandon. Dit soudain à mi-voix : « Pour ça. Parce que tu es obligée de demander. Parce que tu ne sais pas ce que je pense, parce que tu dois deviner ce que je ressens. Et moi aussi avec toi, Alicia, moi aussi ! Nous sommes... à égalité. Tu ne peux pas savoir... » Il ferme les yeux dans un soudain élan de passion douloureuse : « Tu ne peux pas savoir à quel point je hais ce que je suis, ce que nous sommes, les Fédéraux, les rebelles, tous des... monstres ! Ça ne devrait pas être ainsi. Cette mutation n'aurait jamais dû exister ! » Il se tend vers elle, les poings serrés dans l'effort qu'il fait pour ne pas la toucher : « Et elle peut disparaître, Alicia. Notre enfant à nous, il sera normal. *Normal*. Il a au moins cent jours, et je ne le sens pas du tout en toi ! Ça veut dire que j'ai raison, vos gènes sont dominants, les gènes de Lagrange, et maintenant que vous êtes là, si vous vous croisez avec nous, la mutation disparaîtra, Alicia, comprends-tu ? La mutation disparaîtra ! »

Elle le contemple, paralysée par une soudaine épouvante. Ces yeux étincelants, ce sourire triomphant, cette certitude. Il ne peut pas croire... Il ne peut pas avoir fait tout ça pour...

« Après quelques générations, la mutation commencera à se déclencher chez eux aussi, dit Bertran d'une voix un peu altérée. C'est ce qui est arrivé après la Libération aux derniers colons terriens, c'est ce qui est toujours arrivé. »

Graëme se tourne vivement vers lui : « Ce n'est pas pour ça que ça arrivera toujours ! On pourra étudier en détail ce qui se passe. On trouvera un moyen de neutraliser la mutation ! »

— Quarante mille cobayes, Graëme ? » laisse tomber Fergusson avec lassitude

« Ils comprendront ! Ils se porteront volontaires, quand on leur expliquera ! » Graëme regarde à nouveau Alicia avec ferveur : « Tu comprends, toi, Alicia, n'est-ce pas ? Il faut mettre fin à cette mutation. C'est à cause d'elle, tous ces mensonges qui tuent. C'est elle qui nous empoisonne, depuis le début. C'est elle qui nous a dressés les uns contre les autres. Il faut que ça cesse. On ne va pas se massacrer jusqu'à la fin des temps ! »

Alicia recule d'un pas, malgré elle. Elle s'est presque sentie penser un instant qu'il n'a pas tort ! Mais elle sait bien que non, les mutations ne sont pas responsables de tout ce qu'on a commis en leur nom depuis le début. Elle évoque, presque comme on prie, Samanta et Karl, et Djira, Antonia, Michelle, Benny, tous, les enfants d'Iptit qui n'ont jamais tué personne, jamais menti à personne, qui risquent leur vie chaque jour pour rendre le choix possible à autrui. Elle n'en peut plus, elle se détourne pour s'enfuir vers les deux autres – oui, elle va s'enfuir, mais c'est intolérable tout d'un coup.

Graëme lui prend le bras pour l'arrêter – tressaille comme s'il avait pris une décharge électrique mais murmure quand même d'une voix rauque, le visage contracté : « Non, Alicia, je t'en prie. Tu dois venir avec moi, maintenant, notre enfant a besoin de nous. »

Elle le dévisage, presque plus consternée qu'incrédule : comment peut-il penser une seconde... : « Je suis avec eux, Graëme. Je vais en Licornia avec eux. »

Il se redresse, soudain presque indulgent : « Et comment ? Vous êtes coincés là. Mes hommes vous encerclent. Je suis prêt à attendre aussi longtemps qu'il le faudra. Mais avec l'enfant, c'est un peu différent. Il faut être raisonnable, Alicia. »

Elle secoue la tête : « Par la Mer, Graëme. Nous partons par la Mer. »

Il reste un moment immobile, puis son visage prend une expression navrée : « Oh, Licia. Vous auriez essayé de traverser par les montagnes en contournant le Fjord.

Ils t'ont raconté leurs histoires et tu les as crus ? Ils t'ont fait lire ce tissu d'âneries, je parie ? Ne me dis pas que tu l'as cru ? Pas toi, Licia, tu es au-dessus de ça ! » Il la contemple avec une tendresse presque amusée : « On ne peut pas voyager sur la Mer, elle rend fou, c'est ce qui lui est arrivé, à ce pauvre rebelle, il est devenu dingue, et il a écrit ces idioties. Ils savent très bien que ce sont des divagations, mais ils les utilisent pour recruter des malheureux qu'ils envoient se faire massacrer après, comme cette pauvre femme à Dalloway. On ne peut pas voyager sur la Mer, Licia, et si on la touche, on *meurt*, tu sais bien que c'est vrai, c'est vrai depuis le début de la colonisation, et ça, ce sera toujours vrai ! »

Elle le dévisage, éperdue. Elle entend ses propres arguments, ce sont les arguments qu'elle a opposés à Bertran, et pourquoi en doute-t-elle maintenant ? Parce que c'est Graëme qui les défend ?

Fergusson s'éloigne déjà le long du brouillard. « Venez, Alicia », dit Bertran en lui prenant la main.

Elle se détourne pour le suivre, incertaine, hébétée de chagrin.

« Alicia ! » proteste Graëme en s'élançant vers elle. Il s'immobilise de nouveau, lutte en vacillant pour faire encore un pas en avant, puis renonce. « Qu'allez-vous lui faire ? s'écrie-t-il avec désespoir. Ne les écoute pas, Alicia ! Ils sont capables de te tuer pour perpétuer leurs mensonges ! Viens avec moi, je t'en supplie ! » Et il a peur, il a vraiment peur pour elle, elle peut l'entendre dans sa voix.

Fergusson s'arrête. Puis il va s'agenouiller devant le mur de brouillard. Ses mains disparaissent dans la masse opaque, en ressortent festonnées de bleu, un bleu comme Alicia n'en a jamais vu, intense et pourtant impalpable, plus une lumière qu'une couleur. Des petits filaments s'étirent et retombent, des gouttelettes, qui glissent de nouveau vers le brouillard en serpentant à travers les cailloux, mais dans les mains de Fergusson réunies en coupe, alors qu'il revient vers eux, il y a cet

éclat bleu, la Mer. Il s'arrête – la tête un peu rejetée en
arrière, il est si petit en face de Graëme – et, avec
lenteur, il laisse couler la Mer à ses pieds.

Ensuite, il prend l'autre main d'Alicia et, avec
Bertran, ils marchent tous trois le long de la Mer vers
le bateau qui les attend.

54

Ils traversent le Fjord Blanc en diagonale vers le
sud-est, plus de mille kilomètres pour se rendre au cap
Termaine, l'extrême pointe de la Licornia : la côte est
du fjord devient inaccessible lorsque la Mer est là, toute
en falaises abruptes et crêtes aiguës alignées comme
des jeux de cartes sous leur épaisse et rase toison de
plantes grasses et d'épineux.

Après une rapide collation, Alicia s'est accoudée au
bastingage de poupe entre Fergusson et Bertran. Les
trois marins sont invisibles dans les entrailles du bateau,
sauf la femme de barre, debout dans son petit cockpit
transparent. Alicia se dit qu'elle devrait aller dormir,
mais elle est trop énervée, anxieuse aussi. Elle connaît
par cœur l'histoire de l'*Entre-deux*, le bateau perdu
lors de la malheureuse tentative d'exploration de l'archipel ouest, au début de la colonisation ; et celle des
deux équipages décimés lors de la traversée expérimen-
tale du Grand Golfe, après la première Indépendance.
Fergusson et Bertran la protégeront si sa propre im-
munité naturelle ne tient pas le coup assez longtemps,
elle *sait* qu'elle ne risque rien, mais on ne change pas
d'histoires aussi facilement.

Curieusement, le brouillard n'est pas aussi épais lorsqu'on se trouve à l'intérieur : on voit presque d'un bout à l'autre du petit vapeur, et la Mer en dessous, ourlée le long de la coque telle du mercure bleu ; les hélices semblent y laisser une trace plus sombre qui s'efface vite. Tout flotte sur la Mer, elle n'offre pratiquement pas de résistance, à cette vitesse ils arriveront vers minuit.

Alicia contemple la Mer, consciente du globe de brouillard qui semble se déplacer en même temps que le bateau ; elle pense aux mains de Fergusson dégoulinant de bleu, elle a le vertige devant cette nouvelle perspective, trop vaste cette fois, suffocante. Elle murmure enfin, avec une sorte d'effroi : « Tout est vrai, alors, dans le livre ?

Bertran pousse un petit soupir : « C'est certainement la vérité de Nathan Leray.

— Oui, c'est vrai », dit Fergusson plus durement.

Elle le dévisage un moment, ce vieux petit homme tanné par le soleil, cet inconnu avec ses yeux incolores et sa tignasse blanche. Elle le revoit devant Graëme – et le visage pétrifié de Graëme. Elle n'arrive pas à penser clairement : « Vous êtes... un passeur, alors ?

Fergusson semble hésiter : « Non. Certains d'entre nous... » Sa voix ralentit, se perd comme s'il était las d'avoir à expliquer ou ne savait comment le faire.

Bertran reprend à sa place : « Certains d'entre nous sont simplement réfractaires à la Mer. »

Alicia se retourne vers lui, bouche bée : « Vous aussi ?

— Oui. »

Et comme il regarde Fergusson, elle regarde aussi le vieil homme : il a l'air médusé. Alicia lui demande, incertaine : « Vous avez essayé... de passer ?

Fergusson se reprend : « Non, dit-il d'un ton sec.

— Mais alors comment savez-vous...

Il a un drôle de sourire tordu : « Je sais. »

Alicia se tourne vers Bertran : « Et vous ?

Le sourire de Bertran a une tonalité différente, presque amusée : « Je sais que je ne suis pas un passeur non plus. »

Alicia le regarde en clignant des yeux – elle devrait mettre un chapeau, elle va se faire prendre : le soleil ne se soucie pas du brouillard qui n'existe pas pour lui, et tape. « Il n'y en a plus, des passeurs », remarque-t-elle, à moitié interrogative quand même.

« Oh si, potentiellement », dit Bertran en faisant une petite moue. « Mais à un moment donné on s'est rendu compte qu'il suffisait aux bloqués de se trouver sur la Mer juste avant son départ, ou après son retour : l'induction a lieu tout aussi bien sans passer. Sauf que, une fois qu'elle a eu lieu et qu'ils sont devenus des télépathes, la Mer devient dangereuse pour eux. Non seulement ils ne peuvent plus passer mais les séquelles neurologiques sont parfois mortelles. Après les premières tentatives, elle les rejette maintenant, tout simplement. Entre-temps, ils ont fini par apprendre que, de l'autre côté, leurs descendants perdaient toutes leurs capacités et redevenaient même des bloqués. Ça les a pas mal... refroidis. Et finalement, – il jette un petit coup d'œil à Fergusson – ils se sont laissé persuader de consacrer leurs dons... à la révolution. Enfin », rectifie-t-il avec une intonation un peu ironique, « au travail qui devait être fait de ce côté-ci, puisque ce sont presque tous de puissants téléps. »

Fergusson murmure, avec moins d'animosité que ne l'aurait cru Alicia, puisque de toute évidence Bertran et lui poursuivent leur affrontement larvé : « Ils sont plus utiles ici, non ? »

Bertran dit : « Sans doute. »

Alicia écarte leurs sous-entendus indéchiffrables ; cette querelle ne la concerne pas, lui semble surprenante, décevante même – politicailleries. D'un autre côté, ce serait presque rafraîchissant. Rassurant. Ces deux hommes peuvent bien être capables de plonger dans la Mer sans en être affectés, ce sont après tout des êtres humains...

Et puis non, elle a beau essayer, le contraste est trop grand entre leurs petites mesquineries et les énormités dont ils discutent, les véritables dimensions de ce nouveau paysage la dépassent, elle n'arrive pas à s'y installer. Elle proteste à mi-voix en songeant de nouveau au livre de Leray : « Tout vrai ? Des passeurs, des Rêveurs, des... des immortels ? » Elle entend sa propre incrédulité, elle sent qu'elle hausse les épaules.

« Ce serait plus facile, n'est-ce pas, si ce n'était pas vrai, dit Fergusson avec une pointe d'amertume.

— On peut toujours choisir ce qu'on croit, remarque Bertran.

— Choisir ? » Elle éclate d'un rire scandalisé : « Comment ?

— Oh, on se débrouille toujours, murmure Fergusson. C'est une question de survie. »

Tiens, ils sont d'accord, maintenant ? Alicia se tourne vers Bertran, indécise : « Qu'est-ce que vous croyez, vous ? »

Un bref rire muet fait tressauter les épaules de Bertran : « Je crois ce que je peux. Pour le reste, je cherche.

— Vous apprenez », dit Alicia avec un sourire hésitant ; elle se rappelle leur conversation dans les ruines de Dnaõzer.

Fergusson marmonne : « Et vous avez beaucoup de choses à apprendre ?

— Oh », dit Bertran, et son sourire est redevenu mélancolique, « j'ignore énormément de choses, et il y en a plus encore que je ne comprends pas. » Puis, de nouveau ironique : « Pas vous ? »

Ils se toisent, un échange incompréhensible ; Fergusson hausse les épaules et se détourne. Un peu agacée, Alicia regarde la Mer et bascule de nouveau dans une fugue de stupeur incrédule. Elle est en train de voyager sur la Mer ! En désespoir de cause, elle essaie de s'accrocher à quelque chose de solide, de familier – tactique, stratégie, plans – et demande, « Qu'est-ce qui va se passer maintenant ? », mais en réalité elle demande ce qui va se passer pour elle, comment elle réussira à vivre dans ce nouveau décor qui n'arrête pas de se ramifier dans toutes les directions, comme un fractal en folie ;

elle se dit, à la fois ironique et catastrophée, qu'elle en sait définitivement trop pour son propre bien.

Comme elle l'espérait, cependant, Bertran enchaîne sur des préoccupations plus immédiates : « Eh bien, on est revenu à peu près à la situation précédente, les Fédéraux dans leur coin, les rebelles dans le leur, et à l'autre bout du triangle, hors-jeu, on le souhaite, Lagrange. De ce côté-ci, le livre continue à circuler, les enfants d'Iptit aussi. De l'autre côté... qui sait ? Pas de passeurs, en tout cas. Peut-être qu'ils avaient besoin des passeurs de ce côté-ci, de l'influx de sang nouveau, pour ainsi dire. La mutation évolue de façon si capricieuse... Et maintenant que le contact a été délibérément interrompu...

— Il peut être rétabli n'importe quand, sans doute, dit Fergusson comme à regret. Mais je ne suis pas sûr de l'accueil qui serait fait ici à des passeurs venus de l'autre côté.

— S'il y en avait, ce serait plus difficile à nier, non ? remarque Alicia. Le livre de Leray... c'est un peu court. »

Fergusson la dévisage et se met à rire tout bas.

« Quoi ? dit-elle.

— Vous pensez toujours que c'est une fiction.

— Une biographie fictive, réplique-t-elle en haussant les épaules, butée. Il y a eu des contacts entre les deux côtés, de toute évidence, au moment des passages de la Mer, des informations ont été échangées. On a choisi ce moyen de les diffuser sur Virginia, avec tout le reste. »

Le vieil homme semble toujours amusé : « Vous admettez que des passeurs sont partis d'ici, mais pas que l'inverse ait eu lieu, dit-il en secouant la tête.

— Et vous ? » rétorque Alicia, agacée.

Bertran vient à la rescousse – de qui exactement ? « On croit ce qu'on peut. Vous en discuterez avec l'auteur. Nous passerons chez lui. »

Fergusson s'est raidi : « Ce n'était pas prévu.

— Vous y voyez un inconvénient ? » demande Bertran, très calme.

Le silence se prolonge. Puis, comme s'il venait de prendre une décision, le vieil homme murmure : « Non. »

Bertran hoche la tête, puis se penche avec une sollicitude inquiète vers Alicia, qui s'accroche brusquement au bastingage car la tête lui tourne un peu : « Ça va ? »

Elle dit, « Oui » – que dire d'autre ? – « C'est juste la fatigue.

— Vous devriez aller vous reposer », dit Fergusson, avec une gentillesse inhabituelle.

Elle décide qu'il a raison.

55

Ils abordent vers minuit au cap Termaine, où ils montent les tentes et s'endorment, épuisés. Le lendemain matin arrive une camionnette d'un vieux modèle, mais entretenue avec amour, et fort confortable. Ils remontent plein nord le long du cap. Il fait un temps radieux, sous un ciel presque bleu. Le paysage est austère, à cette latitude – montagnes râpées à l'ouest, à l'est les collines de plus en plus abruptes qui s'élèvent vers le plateau de la Licornia proprement dite, entre les deux, une steppe herbeuse et ses rares arbustes. Ils roulent sur une route des Anciens, à une seule voie, mais dallée d'imperturbable paragathe : les Anciens – Alicia se force en vain à penser "les Ranao" – s'étaient répartis dans tout le continent bien plus également que ne l'ont fait leurs successeurs. Les nouveaux habitants du sud-est en ont fait autant. Les replis des collines dévoilent de temps à autre des villages de nouveau vivants, entourés de soigneuses cultures en terrasses, de canaux d'irrigation, de quelques boisés, de petits enclos où des cabals paissent, fraternellement, avec des vaches et des chevaux.

Une voie de chemin de fer, inattendue, ondule entre montagne et plateau.

Après deux heures de voyage, Alicia aperçoit un troupeau de licornes accroché à l'une des collines entre lesquelles passe la route. Une vingtaine d'adultes, une dizaine de petits, sans doute un clan, car les teintes et les motifs de leurs robes se complètent harmonieusement. Elles ne bougent pas quand la camionnette longe leur prairie, lèvent à peine la tête. Alicia les contemple longuement, le nez sur la vitre, retombée sans honte en enfance. C'est le cadeau ultime de Virginia, la confirmation ultime. Quand elle était petite, elle n'avait jamais cru à la réalité des sims, au contraire des autres enfants – elle en savait déjà trop sur l'envers des décors. Elle pensait toujours confusément que si elle le désirait assez fort elle parviendrait à traverser les sims et à se retrouver de l'autre côté, là où ils étaient vrais. En voyant les licornes, pour la première fois depuis qu'elle se trouve sur Virginia, elle a le sentiment que c'est arrivé. Elle est arrivée.

Pour se rendre chez Nathan Leray, il faut longer le plateau vers le nord puis le traverser plein est : la présence de la Mer rend la côte impraticable là aussi. Ils arrivent dans la fin de l'après-midi à Esperanza, un petit village au bord de la Mer : une vingtaine de demeures anciennes autour d'une place où se dressent les omniprésents arbres-à-eau, vraiment adaptés à tous les climats ; derrière le village, un pylône est bizarrement planté de guingois, aux trois quarts enfoui dans la pente rocailleuse, avec sa sphère qui brille entre les coulées de paragathe.

On vient à leur rencontre quand la camionnette s'arrête devant l'entrée voûtée de la troisième demeure. Quelques enfants, quatre femmes, dont une dans un fauteuil roulant, une demi-douzaine d'hommes d'âges divers. L'un d'eux est plus grand, maigre, un peu voûté – plus vieux aussi, ses cheveux drus sont tout blancs. Il s'avance plus vite que les autres mais, à mesure qu'il s'approche, il ralentit, pour s'arrêter enfin devant Fergusson qu'il dévisage avec intensité. Il murmure enfin : « Dutch ? Je te croyais...

— Mort », complète le vieil homme. La tête renversée en arrière, il contemple l'autre avec une expression à la fois lasse et soulagée : « C'est une très longue histoire. Je te la raconterai demain, tu veux ? Maintenant, j'aimerais... me reposer. »

Il s'éloigne vers l'entrée, tandis que l'homme le suit du regard, comme foudroyé.

Alicia hésite, puis, comme Bertran ne dit rien, elle demande : « Nathan... Nathan Leray ? »

L'homme se retourne vers elle. Il a des yeux très pâles sous les mèches blanches – non, pas blanches, c'est un de ces blonds qui blanchissent au soleil ; pas aussi vieux qu'il en a l'air, le milieu de la quarantaine tout au plus. Étranges, ces yeux, pas vraiment la couleur – gris-bleu très atténué, comme ceux de Fergusson – mais la pupille, plutôt ovale.

L'homme a un sourire un peu embarrassé et Alicia se sent presque rougir d'être surprise à l'examiner ainsi : « Ici, je m'appelle seulement Lian Flaherty », dit-il. Il lui tend les mains : « Vous devez être Alicia Coralàn. »

Cette nuit-là, Bertran s'en va sans rien dire à personne. Il a laissé un cadeau sur la table de la salle commune, enveloppé dans un grand carré de soie bariolé, souvenir du cirque, avec un morceau de papier portant le nom de Simon Fergusson au-dessus de sa propre signature. Ils le trouvent en descendant prendre le petit-déjeuner, le lendemain matin. Le vieil homme déplie le tissu, dévoilant une sphère de métal argenté, grosse comme deux poings et incrustée de trois cabochons de paragathe rose assez rapprochés, qui lui servent de trépied.

Fergusson se laisse tomber sur la chaise la plus proche.

« Ça va ? » demande la femme au fauteuil roulant, inquiète – Jillian, elle s'appelle Jillian. Alicia regarde

le vieil homme prendre la sphère et en couvrir les
cabochons de sa main droite. Elle les voit s'illuminer,
entend quelques exclamations étouffées de surprise
parmi les personnes présentes. Reconnaît sa propre
incompréhension sur le visage de Flaherty qui est entré
en dernier. Fergusson a replacé la sphère sur le carré de
soie et la contemple, comme paralysé. Les cabochons
sont de nouveau éteints.

Flaherty s'approche, pose les deux mains sur la
table en face de lui, se racle la gorge : « Dutch ? »

Le vieil homme tressaille, lève vers l'autre un regard
d'abord aveugle, puis son expression hébétée se dissipe, remplacée par une résignation faiblement teintée
d'ironie : « Une *très* longue histoire », murmure-t-il en
hochant la tête.

56

Lian descend dans le chemin qui traverse les prairies
suspendues en escalier derrière la maison. Les humains
font la méridienne, l'heure et demie qui en reste, mais
pas les tapoches : elles se dressent à son approche et se
battent le poitrail en sifflant. Il siffle en retour. Elles
l'observent un moment, puis retournent rassurées dans
leur terrier. Il doit y en avoir en train de nidifier. Lian
sourit : c'est l'Hiver, mais à cette latitude, si près de
l'équateur, il y a toujours quelque chose pour naître et
fleurir, mourir ou porter fruit.

Tout le monde est allé se coucher, parce qu'on a
sauté la majeure partie de la méridienne pour assister
au départ de la Mer emportant les premiers passeurs

virginiens depuis cent dix saisons. Lian n'arrive pas à
dormir, comme s'il était encore pris dans la turbulence,
l'appel d'air de cette porte enfin rouverte sur l'autre
rivage qu'il ne reverra pas. Il se refuse la mélancolie
facile du "plus jamais", continue à descendre de prairie
en prairie par le chemin rocailleux, arrive à la dernière,
maintenant suspendue sur l'absence de la Mer, et s'installe à côté du vieil arbre-Gomphal qui en occupe le
centre. Il n'a pas encore commencé à faire ses enfants,
cet arbre, mais il est ancien. On a voulu le symbole
pour ce départ de nouveaux émissaires vers l'Autre
Côté : ils sont partis du même endroit que le premier
passeur. C'est l'arbre de Mathieu, la prairie de Mathieu,
tout en haut de la pente se dresse la demeure d'où
Mathieu Janvier est sorti, il y a si longtemps, sans savoir
qu'il allait traverser la Mer et devenir Matieu Odatan
Oghimiu. Les Bordes et même leurs descendants l'ont
quittée depuis longtemps ; d'autres familles s'y sont
installées, et maintenant une commune d'une quarantaine de personnes ; mais la maison est pleine à craquer,
avec la célébration dont on a accompagné le départ ;
les deux premières prairies, en haut, sont couvertes de
tentes ; voitures et carrioles s'amassent sur le terre-
plein devant la maison.

Lian a supporté avec patience les cérémonies – ils
ne lui ont pas demandé de faire un discours, heureusement – mais vers la fin, la tête lui tournait. Trop de
gens. Il en a presque complètement perdu l'habitude à
Esperanza, dans leur quasi-désert du bout du monde.
Mais il ne pouvait pas ne pas venir en réponse à l'invi-
tation, n'est-ce pas ?

Il s'installe avec un soupir, les bras autour des genoux, contemple le paysage en contrebas, la terre nue
des autres prairies suspendues, puis les collines toutes
nues aussi qui ondulent vers l'océan invisible au loin.
D'ici quelques semaines, la vie aura explosé de nouveau sur le territoire abandonné par la Mer, les herbes
auront poussé, insectes et bestioles seront sortis de leur
sommeil souterrain, puis les oiseaux reparaîtront par

vagues successives et enfin, vers la fin du mois de Juillet, des licornes commenceront par petits groupes leur lente migration vers leurs terres ancestrales, le long de l'isthme de Shandaar, par le défilé de la Hache à travers la barrière des monts Barth et jusque dans les plaines centrales du continent Est. De Paalu, redevenu Aalpaalu de l'autre côté, avec le retour de la Mer. Là-bas, bientôt, les bateaux des hasallim commenceront à voguer vers les îles et leurs Krilliadni, pour les Grandes Chasses.

Lian se redresse soudain, heureux de la diversion, malgré tout : il a senti le contact léger, curieux, voit presque en même temps la licorne apparue entre les arbres dans le chemin tracé par ses congénères, au bord de la Mer absente. Il lui rend son salut, avec un soupir résigné. Son don à éclipses s'est remis à fonctionner tout d'un coup. Encore heureux que ce soit maintenant et pas tout à l'heure, pendant les cérémonies, ou quand la Mer est partie. La dernière fois que ça lui est arrivé, après un retour, pendant la période où la Mer était encore active, il a eu des migraines absolument épouvantables.

Un don qui a des hauts et des bas. Il sourit au souvenir de Nathénèk. Il n'a pas toujours été aussi philosophe. Se réveiller dans la voiture de Dutch, en route vers le sud, et se rendre compte qu'il ne percevait absolument plus rien... Il était encore sous le choc, heureusement, le choc de sa rencontre avec la Mer. Mais avec le temps, il a tout de même fini par accepter sa cécité comme allant de soi – un juste échange, cette éternité fulgurante de savoir contre son don calciné, tout le reste de sa vie à l'explorer, à essayer de comprendre. Revenir dans l'univers du temps, étirer ce point unique, sans dimension, dans l'espace de la causalité, de la séquentialité, des mots...

Oh, il a dû réécrire des dizaines de fois le chapitre où il relatait son contact avec la Mer. Il a gardé les premières versions, les plus proches de l'illumination, non qu'elles soient nécessairement les plus fidèles – il a abandonné cette illusion depuis longtemps – mais pour

leurs enchaînements elliptiques, fiévreux, leur vocabulaire approximatif où se fixait et se perdait du même
mouvement le souvenir. Pour lui-même, pour se souvenir du souvenir. Pour les autres, il a fini par renoncer,
honteux mais résigné : il a recréé un analogue lointain,
un reflet, une simulation vraisemblable, acceptable. À
peine acceptable – il sourit ; il se rappelle encore mot
pour mot la critique parue dans *El Pueblo*, le grand
quotidien de Cristobal : " [...] imitation servile mais
maladroite de techniques archaïques, pseudo-flot de
conscience à la ferveur apprêtée, suspension infantile
de la ponctuation, l'auteur n'a de toute évidence pas
compris que, si ce qui se conçoit bien ne s'énonce pas
toujours aisément, ce qui se conçoit mal n'a vraiment
rien à gagner d'une incohérence doublement redondante ". Le " doublement redondante " l'avait plié en
deux de rire, mais en même temps il devait admettre
que la période aurait moins bien ronflé sans l'adverbe.

Non, il rit maintenant, mais il ne riait pas de si bon
cœur à ce moment-là. C'était important, à ce moment-
là, de dire, d'être entendu. Oh, il a essayé la description
objective ; il voulait tout inclure, le moindre détail de ce
qu'il avait connu avec la Mer, et dans l'ordre, depuis sa
naissance dans un univers lointain jusqu'au moment
où Oghim l'avait touchée, bien loin de chez elle déjà,
éveillant sa curiosité... Mais chaque tentative chrono-
logique a abouti à un échec. L'instantané de la révélation
première était un labyrinthe sans cesse jaillissant de
lui-même, un infini jeu de miroirs. La naissance même
de la Mer se multipliait dans d'innombrables univers
où elle s'était vue naître, où elle s'était vue s'éveiller à
l'intelligence, où elle avait ensuite maîtrisé le déclic qui
la projetait dans un autre univers, et un autre, et un autre,
à volonté. Et finalement la voix même de la Mer – pas
une voix, il l'avait simplifié ainsi pour pouvoir l'écrire,
il y pensait désormais ainsi – éveillait à chaque instant
l'écho de toutes ses autres voix, dans tous les autres
univers où elle avait laissé des doubles en se divisant
pour s'enfanter. La Mer accueillie par les anciens Ranao

était repartie depuis longtemps, laissant sa fille, sa
sœur, son autre elle-même, satisfaire une curiosité née
ailleurs, dans un autre univers immensément lointain,
tout proche. Et en même temps elle était là, comme tous
les autres, toujours en contact, bien sûr : y a-t-il une
partie de l'esprit qui ne soit en contact avec tous les
autres, à tout moment ?

Il se rappelle, à un moment il avait pensé *Hananai ?*
avec une terreur sacrée. Et il l'avait entendue, il les
avait entendues, rire, dans tous les univers. C'était
seulement la Mer, et elle savait rire. Du coup, il n'était
pas devenu fou.

Pas fou, mais aveugle, mais sourd, mais muet. Trois
jours de coma, puis le réveil dans la voiture et tout le
voyage jusqu'au fin fond du sud, et la traversée du
Fjord. Pas un mot. Il n'avait pas dit un mot pendant
des semaines. Il ne pouvait pas. Il ne voulait pas. S'il
parlait, il basculerait de nouveau et pour toujours dans
le monde mortel, la révélation se ternirait s'il laissait le
temps la toucher, et le temps, c'étaient les mots, la
mort, c'étaient les mots.

Puis, pendant quelques secondes, la lumière est revenue. Le don est revenu. Il les a vus, tous ceux qui se
trouvaient avec lui dans la maison au bord de la Mer,
Dutch, Martel, Sélina, Jhotto, Jill, Sirban...

Jill ?

La lumière s'est éteinte à cet instant, mais il a répété
« Jill ? » et il est retombé dans l'univers du temps. Il
aurait préféré que ce fût pour une raison plus spectaculaire, ou plus signifiante, mais non, c'était seulement
Jill – stupeur, joie, culpabilité, colère, rancune, sentiments transitoires des humains transitoires, pour lui
rappeler qui il était, d'où il venait, et qu'il ne pouvait
demeurer seul à jamais dans l'illumination de la Mer.
Il a même fini par discerner là un dessin satisfaisant
comme un dessein : cette femme l'avait trouvé au bord
de la Mer, il renaissait une nouvelle fois à Virginia en
la retrouvant, la boucle était bouclée. Qu'elle ne fût ni sa
mère, ni sa sœur ni son amante, seulement une femme

qu'il ne connaissait en fin de compte pas du tout, même s'il avait vécu deux saisons en sa compagnie, cela diminuait un peu la portée du symbole, mais on fait avec ce qu'on a. Il essayait d'écrire sa biographie, et non – ou du moins pas délibérément – une fiction.

Il se met à rire tout seul, un rire qui se perd dans un bâillement. Il s'étire, les mains derrière la tête, recule pour s'adosser plus confortablement au tronc du Gomphal et appuie sa nuque contre le tronc. Il le perçoit – la lumière est restée avec lui, ce sera un jour avec, peut-être. L'arbre est une présence diffuse, une curiosité très lente – ils n'existent pas dans la même durée que les humains, comme si la Mer, en leur donnant vie, avait voulu créer une image bizarrement inversée d'elle-même : des êtres qui se déplacent dans l'espace et le temps, mais dans un seul univers, sur un seul continent, pendant des siècles, et dont les pensées coulent moins vite que la sève.

Lian se laisse glisser dans l'état d'apesanteur qui précède le sommeil, laissant ses propres pensées flotter au hasard et redevenir des sensations tout juste au bord du langage, prêtes à couler sous le seuil, images, sons, les visages des cinq passeurs, surtout la jeune fille, Ivania, radieuse ; la foule entonnant le chant de la Mer, le chant lui-même, et voilà qu'il se mêle à l'autre, celui de sa première rencontre avec la Mer, les images virent et deviennent celles de son enfance, où se précisent soudain le visage rond de Nathénèk, la démarche vive de Laraï, a-t-il bien fait de remettre un exemplaire de son livre aux passeurs, est-il encore temps de dire, à travers les Années ? Voudront-ils entendre ? Pourront-ils entendre ?

Il a recommencé à penser – la rive du sommeil s'éloigne. Au même moment, il sent quelque chose bouger sous sa main, tressaille. Avec un soupir, il ouvre les yeux.

À côté de lui, les racines-pseudopodes de l'arbre-Gomphal se sont emparées d'un petit caillou, qu'elles poussent avec lenteur sur la terre rocailleuse, entre deux taches de fine herbe bleuâtre.

Lian s'écarte, un peu surpris. Après plusieurs minutes, plusieurs cailloux, quelque chose se dessine, une ligne vaguement courbe. Lian observe, fasciné. La lumière du don s'est éteinte de nouveau, il ne perçoit plus l'arbre-Gomphal, mais les racines-pseudopodes continuent leur manège. Il y a maintenant un demi-cercle de cailloux entre les deux touffes d'herbe.

Lian sourit, à la fois ému et incrédule. L'arbre a-t-il pu cueillir cette image en lui, tout à l'heure? Le souvenir de ses efforts obstinés pour sauver un petit Gomphal qui n'en avait cure? En l'enfermant pour l'obliger à se sauver. Quelle logique étrange. Mais il la comprend toujours, il la comprend mieux que jamais. Il regarde le ciel laiteux de l'après-midi. Quelque part, loin, très loin au-delà des nuages, dans le noir de l'espace, il y a des gens qui se sont enfermés pour se sauver, et combien de temps leur faudra-t-il pour comprendre qu'ils peuvent sortir eux-mêmes de leur prison? Mais ce sont les plus difficiles à quitter, n'est-ce pas, les cages qu'on chérit parce qu'on les a édifiées soi-même. Il sait. Il se rappelle les siennes.

Hop, la lumière s'est rallumée, il peut sentir l'intention patiente du Gomphal. Ah, non, pas un jour en pointillé! Il se redresse, un peu chagrin, entend au même moment un rire de bébé et la voix alarmée d'Alicia: «Maria, attends-moi, Maria!»

Il se retourne, voit la petite qui titube dans le chemin entre les rochers, les bras tendus pour garder l'équilibre. Il se lève, inquiet à son tour, mais les petites jambes en caoutchouc réussissent à rester tendues, et l'enfant arrive dans l'herbe de la prairie – le changement de texture la fait trébucher, pour le coup, et elle se retrouve assise sur son derrière avec de grands yeux étonnés. Alicia l'attrape en riant et la secoue: «Friponne-friponne!». Puis, la fourrant sans cérémonie sous son bras, appuyée sur sa hanche – elle ne peut plus la porter autrement – elle rejoint Lian devant l'arbre-Gomphal.

«La méridienne est déjà finie?

— Tu n'as pas dormi, hein ? accuse-t-elle en souriant. Tu vas être frais ce soir, au banquet. »

Il pousse un gémissement d'agonie à moitié feint seulement. Il avait oublié le banquet.

Alicia dépose la petite dans l'herbe, où l'enfant choisit un mode d'exploration plus sécuritaire, à quatre pattes. Puis la jeune femme se redresse, les mains sur les reins. Lian effleure d'un doigt son ventre protubérant sous le mince voile de coton. « Ça va ? Tu as dormi, toi ?

Alicia dit : « Un peu. Maria s'est réveillée avant moi. »

Il l'aide à s'asseoir, ce qu'elle accepte avec un petit "tsk" agacé, comme toujours, mais il ne peut s'en empêcher. Elle est à peine aux deux tiers de sa grossesse, mais elle est si petite, et si ronde... Ils vont avoir des jumeaux, il n'arrive pas à se faire à l'idée, c'est magique ! Alicia trouve sans doute la chose un peu moins merveilleuse, surtout par cette chaleur. Elle se laisse aller avec un soupir contre le tronc de l'arbre, enlève son chapeau et s'évente. « Je serai contente quand ce sera fini », dit-elle, et il ne sait pas si elle parle de la grossesse ou du banquet, mais il acquiesce en lui embrassant la main. Elle le regarde un moment, les paupières mi-closes. « Ça va, toi ? » demande-t-elle avec tendresse. Il sait ce qu'elle veut dire. Il répond « Oui », et c'est vrai, la légère mélancolie de tout à l'heure s'est dissipée.

Ils regardent la petite qui leur fait face, accroupie sur ses jambes potelées pour examiner avec gravité une tige d'herbe dentelée par une chenille. Elle a les sourcils et les yeux de Graëme, c'est certain, les paupières, la profondeur noire du regard. Peut-être la bouche. Pour le reste, non, ce sera Alicia. Les pensées de Lian prennent toujours la même pente, dans un premier temps, quand il observe l'enfant ; il n'essaie pas de les en empêcher. C'est assez loin pour lui, maintenant, assez longtemps, il voit tout autrement – il aime à penser " plus clairement ", mais il ne laisse jamais cette hypothèse devenir tout à fait une certitude. Un jour, ce sera sans doute pareil pour Alicia.

Elle le surprend. Elle murmure : « Il est toujours là quelque part... » Elle tourne la tête vers lui : « Crois-tu qu'il viendrait, un jour ? Ici ? »

Pas d'angoisse dans sa voix, juste une question, pensive. Lian regarde les racines-pseudopodes de l'arbre-Gomphal, près de lui, qui continuent à rouler le dernier petit caillou qui fermera le cercle. Graëme a survécu tellement de fois, à tellement d'histoires. Peut-être qu'il accepterait de vivre, à la fin. Les risques de la vérité.

« L'accueillerais-tu ? » demande-t-il à mi-voix.

Alicia réfléchit, le front plissé, puis répond, toujours honnête : « Maintenant, non. Mais plus tard... je ne sais pas. S'il était capable de venir ici... Je ne sais pas. » Et maintenant elle est un peu anxieuse, ses yeux cherchent ceux de Lian – elle n'est pas sûre de ce qu'elle est en train de dire, de ce qu'il est en train d'entendre, elle demande, un ton plus bas, hésitante : « Et toi ? »

Lian réfléchit à son tour. Il prend le caillou qui fermait le cercle, le jette, en fait autant d'un autre à côté. Et finit par dire aussi « Je ne sais pas », mais il sourit, ce n'est pas de l'inquiétude, pas même de l'incertitude, seulement la sereine affirmation des possibles, *han'maï*, sous le regard de Hananai.

La petite a ramassé le caillou. Elle le retourne entre ses doigts, le considère un moment, les sourcils froncés, puis le met dans sa bouche. Lian bondit avant Alicia, mais déjà la petite a décidé que la sensation ne lui convenait pas et lui tend le caillou luisant de salive. Il la prend dans ses bras en riant et se rassied sous l'arbre. Elle essaie de se dégager : elle a vu bouger les racines-pseudopodes, elle veut aller voir. Lian la laisse faire. L'enfant s'accroupit près des racines, fascinée. Près d'eux, avec lenteur, avec délibération, le Gomphal finit de démanteler le cercle.

ÉLISABETH VONARBURG...

... fait figure de grande dame de la science-fiction québécoise. Elle est reconnue tant dans la francophonie que dans l'ensemble du monde anglo-saxon et la parution de ses ouvrages est toujours considérée comme un événement.

Outre l'écriture de fiction, Élisabeth Vonarburg pratique la traduction (*la Tapisserie de Fionavar*, de Guy Gavriel Kay), s'adonne à la critique (notamment dans la revue *Solaris*) et à la théorie (*Comment écrire des histoires*), tout en offrant aux auditeurs de la radio française de Radio-Canada une chronique hebdomadaire dans le cadre de l'émission *Demain la veille*.

Depuis 1973, Élisabeth Vonarburg a fait de la ville de Chicoutimi son port d'attache.

Extrait du catalogue

ALIRE

QUAND LA LITTÉRATURE SE DONNE DU GENRE !

Collection « **Romans** »

➡ ### Espionnage

Deighton, Len
009 • *SS-GB*

Novembre 1941. La Grande-Bretagne ayant capitulé, l'armée allemande a pris possession du pays tout entier. À Scotland Yard, le commissaire principal Archer travaille sous les ordres d'un officier SS lorsqu'il découvre, au cours d'une enquête anodine sur le meurtre d'un antiquaire, une stupéfiante machination qui pourrait bien faire basculer l'ensemble du monde libre...

Pelletier, Jean-Jacques
001 • *Blunt – Les Treize Derniers Jours*

Pendant neuf ans, Nicolas Strain s'est caché derrière une fausse identité pour sauver sa peau. Ses anciens employeurs viennent de le retrouver, mais comme ils sont face à un complot susceptible de mener la planète à l'enfer atomique, ils tardent à l'éliminer : Strain pourrait peut-être leur servir une dernière fois...

➡ ### Fantastique / Horreur

Champetier, Joël
006 • *La Peau blanche*

Thierry Guillaumat, étudiant en littérature à l'UQAM, tombe éperdument amoureux de Claire, une rousse flamboyante. Or, il a toujours eu une phobie profonde des rousses. Henri Dieudonné, son colocataire haïtien, qui croit aux créatures démoniaques, craint le pire : et si "elles" étaient parmi nous ?

(MARS 98) • *Les Amis de la forêt*

Afin de démasquer les auteurs d'un trafic de drogue, les autorités d'un hôpital psychiatrique décident de travestir en «patient» un détective privé. Mais ce dernier découvre qu'il se passe, à l'abri des murs de l'hôpital, des choses autrement plus choquantes, étranges et dangereuses qu'un simple trafic de drogue...

SÉNÉCAL, PATRICK
(FÉV. 98) • *Sur le seuil*

Thomas Roy, le plus grand écrivain d'horreur du Québec, est retrouvé chez lui inconscient et mutilé. Les médecins l'interrogent, mais Roy s'enferme dans un profond silence. Le psychiatre Paul Lacasse s'occupera de ce cas qu'il considère, au départ, comme assez banal. Mais ce qu'il découvre sur l'écrivain s'avère aussi terrible que bouleversant...

➡ ## POLAR

MALACCI, ROBERT
008 • *Lames sœurs*

Un psychopathe est en liberté à Montréal. Sur ses victimes, il écrit le nom d'un des sept nains de l'histoire de Blanche-Neige. Léo Lortie, patrouilleur du poste 33, décide de tendre un piège au meurtrier en lui adressant des *messages* par le biais des petites annonces des journaux...

➡ ## FANTASY

KAY, GUY GAVRIEL
(1998) • *Tigana*
(1998) • *Les Lions de Al-Rassan*

ROCHON, ESTHER
002 • *Aboli* (Les Chroniques infernales –1)

Une fois vidé, l'ancien territoire des enfers devint un désert de pénombre où les bourreaux durent se recycler. Mais c'étaient toujours eux les plus expérimentés et, bientôt, des troubles apparurent dans les nouveaux enfers...

007 • *Ouverture* (Les Chroniques infernales –2)

La réforme de Rel, roi des nouveaux enfers, est maintenant bien en place, et les damnés ont maintenant droit à la compassion et à une certaine forme de réhabilitation. Pourtant Rel ne se sent pas au mieux de sa forme. Son exil dans un monde inconnu, sorte de limbes accueillant de singuliers trépassés, pourra-t-il faire disparaître l'étrange mélancolie qui l'habite ?

(Mars 98) • *Le Rêveur dans la citadelle*

En ce temps-là, Vrénalik était une grande puissance maritime. Pour assurer la sécurité de sa flotte, le chef du pays, Skern Strénid, avait décidé de former un Rêveur qui, grâce à la drogue farn, serait à même de contrôler les tempêtes. Mais c'était oublier qu'un Rêveur pouvait aussi se révolter...

➡ ## Science-fiction

Pelletier, Francine

011 • *Nelle de Vilvèq* (Le Sable et l'Acier –1)

Qu'y a-t-il au-delà du désert qui encercle la cité de Vilvèq ? Qui est ce « Voyageur » qui apporte les marchandises indispensables à la survie de la population ? Et pourquoi ne peut-on pas embarquer sur le navire de ravitaillement ? N'obtenant aucune réponse à ses questions, Nelle, une jeune fille curieuse éprise de liberté, se révolte contre le mutisme des adultes...

(Mars 98) • *Samiva de Frée* (Le Sable et l'Acier –2)

Apprentie mémoire, Samiva connaissait autrefois par cœur les lignées de Frée. Elle a cru qu'elle oublierait tout cela en quittant son île, dix ans plus tôt, pour devenir officier dans l'armée continentale. Mais les souvenirs de Frée la hantent toujours, surtout depuis qu'elle sait que le sort de son île repose entre ses mains...

(1998) • *Issa de Qohosaten* (Le Sable et l'Acier –3)

Vonarburg, Élisabeth

003 • *Les Rêves de la Mer* (Tyranaël –1)

Eïlai Liannon Klaïdaru l'a « rêvé » : des étrangers viendraient sur Tyranaël... Aujourd'hui, les Terriens sont sur Virginia et certains s'interrogent sur la disparition de ceux qui ont construit les remarquables cités qu'ils habitent... et sur cette mystérieuse « Mer » qui surgit de nulle part et annihile toute vie !

004 • *Le Jeu de la Perfection* (Tyranaël –2)

Après deux siècles de colonisation, les animaux de Virginia fuient encore les Terriens. Pourtant, sous un petit chapiteau, Éric et ses amis exécutent des numéros extraordinaires avec des chachiens, des oiseaux-parfums et des licornes. Le vieux Simon Rossem sait que ces jeunes sont des mutants, mais est-ce bien pour les protéger qu'il a « acquis » la possibilité de ressusciter ?

005 • *Mon frère l'ombre* (Tyranaël –3)

Une paix apparente règne depuis quelques siècles sur Virginia, ce qui n'empêche pas l'existence de ghettos où survivent des "têtes-de-pierre". Mathieu, qui croit être l'un d'eux, s'engage dans la guerre secrète qui oppose les "Gris" et les "Rebbims", mais sa quête l'amènera plutôt à découvrir le pont menant vers le monde des Anciens...

010 • *L'Autre Rivage* (Tyranaël –4)

Lian est un lointain descendant de Mathieu, le premier sauteur d'univers virginien, mais c'est aussi un "tête-de-pierre" qui ne pourra jamais se fondre dans la Mer. Contre toute attente, il fera cependant le grand saut à son tour, tout comme Alicia, l'envoyée du vaisseau terrien qui, en route depuis des siècles, espère retrouver sur Virginia le secret de la propulsion Greshe.

(Nov. 97) • *La Mer allée avec le soleil* (Tyranaël –5)

La stupéfiante conclusion – et la résolution de toutes les énigmes – d'une des plus belles sagas de la science-fiction francophone et mondiale, celle de Tyranaël.

COLLECTION « RECUEILS »

➡ SCIENCE-FICTION

MEYNARD, YVES

• *La Rose du désert*

Cinq prodigieuses nouvelles de SF qui vous feront explorer les étendues désertiques d'une planète où la vie éternelle ressemble à la mort, rencontrer un poisson-dieu et sa cargaison d'hommes-écailles et voyager jusque dans un lointain avenir où un vaisseau navigue vers la fin de l'univers et le début du suivant.

COLLECTION « ESSAIS »

➡ ## FANTASTIQUE / HORREUR

MORIN, HUGUES *ET AL.*

(OCT. 97) • *Stephen King – Trente Ans de Terreur*
L'auteur le plus lu du monde fête en 1997 ses trente ans de
vie professionnelle. Cinq spécialistes francophones vous
invitent à partager leur engouement et leur connaissance de
l'œuvre traduite de celui qui est devenu, pour des millions
de lecteurs, une cause d'insomnie !

➡ ## SCIENCE-FICTION

BOUCHARD, GUY

• *Les 42 210 univers de la science-fiction*
Qu'est-ce que la science-fiction ? Guy Bouchard donne une
réponse définitive et éclatante à cette épineuse question.
Un essai qui convaincra les plus sceptiques de la richesse
incroyable de ce genre littéraire, tout comme de sa position
privilégiée dans l'ensemble des imaginaires potentiels de
l'Humanité.

VOUS VOULEZ LIRE DES EXTRAITS
DE TOUS LES LIVRES PUBLIÉS AUX ÉDITIONS ALIRE ?

VENEZ VISITER NOTRE DEMEURE VIRTUELLE !

www.alire.com

L'Autre Rivage
est le dixième titre publié
par Les Éditions Alire inc.

Il a été achevé d'imprimer
en août 1997 sur les presses de

imprimerie   gagné ltée

IMPRIMÉ AU CANADA